MITHU SANYAL

ANTI CHRISTIE

Roman

Hanser

1. Auflage 2024

ISBN 978-3-446-28076-2
© Carl Hanser Verlag München GmbH & Co. KG, München
Wir behalten uns auch eine Nutzung des Werks für Zwecke des Text
und Data Mining nach §44b UrhG ausdrücklich vor.
Umschlag: Designbüro Lübbeke Naumann Thoben, Köln
Motive: © Pavlo Stavnichuk / iStock / Getty Images Plus;
© Yuri Arcurs / peopleimages.com / Adobe Stock;
© mauritius images / Allstar Picture Library Ltd / Alamy /
Alamy Stock Photos; © javarman / Adobe Stock;
© RedKoalaDesign / iStock / Getty Images Plus
Satz: Greiner & Reichel, Köln
Druck und Bindung: CPI books GmbH, Leck
Printed in Germany

~~Alle Namen, Charaktere und Ereignisse in diesem Roman sind fiktiv. Ähnlichkeiten mit realen Personen – Lebenden oder Toten – sind rein zufällig.~~

»Alle Charaktere und Ereignisse in diesem Film sind fiktiv. Ähnlichkeiten mit realen Personen – den Lebenden und den Unsterblichen – sind rein zufälllig.«
FRAUEN, FRIEDEN, FREIHEIT:
DIE CHARLOTTE DESPARD STORY

»Alle Charaktere und Ereignisse in diesem Werk – auch die realen Personen – wurden von unserem Unbewussten frei erfunden.«
ANTI CHRISTIE'S POIROT: TEN LITTLE RACISTS

»Diese Geschichte basiert auf Tatsachen, Ähnlichkeiten mit fiktiven Ereignissen und Zeitreisenden sind rein zufällig.«
DOCTOR WO

Dies ist ein **Disclaimer**. Alle Figuren, die der Autorin ähneln, sind frei erfunden, alle erfundenen Figuren sind historische Persönlichkeiten. Zur besseren Übersicht gibt es im Abspann eine Liste von **Cast & Crew** ab S. 539.

THE QUEEN IS DEAD

INTRO:
(((CLOSE-UP)))
Nacht. Schatten. Schafgarbe, um die Blutung zu stillen.
Fingerhut für dein Herz. Hopfen bringt dich zum Schlafen.
(((AUSSEN – STADTRAND – ZOOM)))
Das Plopp, Plopp, Plopp einer tropfenden Regenrinne über einem gewölbten Garagentor lässt das Metall vibrieren wie ein Trommelbecken. Eine Aschewolke wird von einer Windböe vorbei getrieben.
(((SCHWENK)))
Die Asche weht die Straße hinunter
(((FAHRT)))
wirbelt um die Ecke, wirbelt, wirbelt Staub und Ruß in einem Luftstrudel auf, der sich langsam, schwankend zur KAMERA heruntersenkt.

(((VOICEOVER)))
»Wir können auch von Geistern lernen.« Elif Shafak

»Fossils are really an imprint of another body that we don't have access to anymore.« Siegmar Zacharias

»First things first, but not necessarily in that order.« Doctor WHO

1 Es gibt ein indisches Sprichwort: Verstreue Asche nicht gegen den Wind. Durga hatte das immer für eine metaphorische Redewendung gehalten: Kämpfe nicht gegen das, was ohnehin geschieht. Als sie nun den Deckel der Urne aufschraubte

und ihr der erste Windstoß die Asche ihrer Mutter ins Gesicht fegte, bemerkte sie, dass es genau das bedeutete, was es besagte: Unterschätze niemals die Macht des Faktischen.

Ihr Vater hustete. Seine Frau unterbrach ihren Redefluss, um ihn zu fragen: »Geht es dir gut, Dineshlein?«, und fuhr, ohne auf eine Antwort zu warten, fort: »Die Lila und ich sind immer gut miteinander ausgekommen. Ich habe immer gesagt, warum sollten wir uns hassen? Habe ich dir erzählt, dass ich immer gut mit deiner Mutter ausgekommen bin, Durga?«

Durga nickte abwehrend. Sie schätzte Rosa für ihre endlose Freundlichkeit, nur konnte sie im Moment nicht noch mehr davon ertragen.

»Just pretend it's a sitcom«, flüsterte Jack ihr zu. Doch Durga wollte sich die Beerdigung ihrer Mutter nicht als Comedy vorstellen. Sie wollte sich die Beerdigung ihrer Mutter überhaupt nicht vorstellen. Allerdings wurde ihre Mutter gerade nicht beerdigt, sondern verstreut, wenn auch weniger von der kleinen Gruppe Trauernder, die sich zum Schutz vor dem schneidenden Wind zusammendrängten, als von den Elementen selbst. Lila hätte das gefallen, je dramatischer, desto besser. Special Effects by God. Welchen Gott auch immer sie gerade favorisierte.

Jack legte seinen Arm um Durgas Taille, als wolle er sagen: Ich weiß, dass du keinen starken Mann an deiner Seite brauchst, aber wie wäre es mit einem sexy Mann? »Du machst das großart...«, sagte er und brach ab, als er eine Mundvoll Lila einatmete.

In diesem Moment begann Durgas Jackentasche *Death is not the End* zu spielen. Sie reichte die Urne weiter, zog ihr Handy heraus und bemerkte, dass sie zu einer Signal-Gruppe hinzugefügt worden war: »*Sie ist nicht tot, sondern wird lebendig begraben.*« WTF?

Death

»*Achte darauf, dass der Sarg nicht zugeschraubt wird.*« Sarg?

is not

»*Ihr Ehemann hat sie einäschern lassen. Das ist Mord.*« Und dann sah sie den Namen der Gruppe: *Anti-Christie*.

the End.

»*Der perfekte Mord!*« Das waren keine bedrohlichen Beerdigungs-Stalker, sondern ihre neuen Kollegen aus dem Londoner Writers' Room, zu dem sie in achtzehn Stunden aufbrechen würde.

»Du weißt, dass du die Nachrichten auch stumm schalten kannst?«, bemerkte ihr Sohn.

»Da wäre ich ja nie drauf gekommen, Rohan«, sagte Durga. Das Knirschen der Asche zwischen ihren Zähnen erinnerte sie an ihre Kindheit, wenn in der Kirche nach der heiligen Kommunion der Leib Christi an ihrem Gaumen klebte.

»Du weißt, dass du auch einfach später nach London reisen kannst?«, bemerkte Jack. Durga ersparte sich eine Antwort.

»*Du weißt, dass man aus einem abgeschlossenen Raum entkommen kann, indem man die Schrauben aus der Türangel entfernt und die Tür an der Angelseite öffnet?*«, bemerkte eine Maryam in dem Signal-Chat. »*Wenn man zurückkommt, muss man sie nur wieder hineinschrauben, und niemand ahnt, dass man das Zimmer jemals verlassen hat.*« Und da wäre Durga nun wirklich nicht drauf gekommen.

Sie regelte die Lautstärke hinunter, aber ließ das Handy an. Natürlich erwartete niemand von ihr, dass sie sich während der Beerdigung ihrer Mutter an Brainstormings beteiligte, geschweige denn, dass sie schon morgen nach London zu dem Agatha-Christie-Writers'-Room reiste. Doch das Nachdenken der anderen Screenwriter über Geheimgänge, Briefe mit unsichtbarer Tinte und aus Eis geschnitzte Messer, die nach dem Einsatz einfach davonschmolzen, gab ihr ein Gefühl von Realität in dieser surrealen Situation.

Das Surrealste war natürlich, dass Lila tot war. Wer verstand schon seine eigene Mutter? Aber Durga hätte Lila auch dann nicht verstanden, wenn Lila nicht ihre Mutter gewesen wäre. Lila und ihre Obsession für den Tod, als sie ... nicht tot gewesen war. Zu sterben bedeutete für Lila unendliche ästhetische Möglichkeiten, ein Steampunkfilter für das normale Leben, das selbstverständlich weiterging, und zwar ewig. Totsein bedeutete, unsterblich zu sein. »Wenn ich gestorben bin, werdet ihr die Wahrheit erfahren!«

»Mama, du bist fünfundsiebzig und nicht fünfzehn«, hatte Durga protestiert. Wann? Jedes Mal. Aber das letzte Mal vor zwei Wochen.

»Woher willst du das wissen?«, fragte Lila. »Was ist Zeit?«

»Jeder weiß, was Zeit ist. Zeit ist das, was du findest, wenn du auf eine Uhr schaust«, zitierte Durga den Physiker Sean Carroll. Irgendeinen Vorteil musste es ja haben, dass sie dieses Gespräch nicht zum ersten Mal führten. Weswegen sie selbstverständlich davon ausgegangen war, dass es auch nicht das letzte Mal sein würde. Nichts in ihr war darauf vorbereitet gewesen, dass ihre Mutter nicht weiter auf den Tod warten, sondern ihm aktiv entgegenspringen würde wie einem Liebhaber, wenn dieser Liebhaber ein auf sie zurasender Zug wäre.

»Du weißt nicht, wo deine Mutter verstreut werden möchte?«, hatte Jack fassungslos gefragt, als das Undenkbare passiert war und ihre Mutter sich in einem winzigen Moment von einem Atemzug zu keinem Atemzug, von einer Person in eine Leiche verwandelt hatte, ein toter Körper, wo ein lebender Körper sein sollte, ein Fehler im Universum. »Sie hat doch von nichts anderem gesprochen!«

Das war nicht ganz fair. Lila hatte zahlreiche Lieblingsthemen gehabt: UFOs, BlackRock und Vanguard, UFOs, One-World-Government unter Vorherrschaft der europäischen Königshäuser, dass die Freiheitsstatue transgender ist, UFOs, aber ihr eigener Tod hatte nun einmal die größte Faszination auf sie ausgeübt. Er war die Frage, die nur beantwortet werden würde, wenn sie die Antwort nicht mehr weitersagen konnte. (»Oder vielleicht doch?« – Lila.)

»Genau, sie hat pausenlos darüber geredet! Warum weißt *du* es dann nicht?«, schoss Durga zurück. Wut war besser als Schmerz.

»Hatte sie denn einen Lieblingsort?«, versuchte Jack ihrem Gedächtnis auf die Sprünge zu helfen.

»Natürlich hatte sie den.« Dummerweise konnte sich Durga nicht daran erinnern. »Gerolstein, Fachingen, eine dieser Städte, die nach einer Mineralwassermarke benannt sind.«

Und so standen sie nun auf einer Wiese bei Sinzig und schütteten Lilas Asche in den Harbach, wo sie dreckige Blasen schlug. Durga schaute hoch und fühlte sich sofort einsam angesichts dieser Natur, mit der sie sich nicht verbinden konnte: Kurhausgrün und feuchter kurzgeschorener Rasen. Wie hatte ihre Mutter nur für immer hier ruhen wollen können? Und dann merkte sie, dass genau das ihr Problem war, die Ruhe, die sich auf alles an diesem Ort legte wie ein ewiger Sonntagnachmittag ihrer Kindheit. Das Einzige, was fehlte, waren Kirchenglocken und der Geruch von Gulasch. Und in dem Moment begannen die Kirchenglocken zu läuten.

Durgas Vater wischte sich die Asche seiner Exfrau aus dem Gesicht. Es schmerzte Durga, dass seine Hand zum ersten Mal heller war als ihre eigene. Sogar die Linie, die seine Handfläche vom pigmentierten Handrücken trennte, war unscharf und verwaschen, ein Zeichen dafür, wie selten er inzwischen die anstrengende Reise in die Welt jenseits seiner Wohnung unternahm. Mit der anderen Hand stützte er sich schwer auf einen Gehstock, bis Rosa einen Siebzigerjahre-Campinghocker aufklappte und Dinesh dankbar auf dessen geblümte Sitzfläche sank.

»Kannst du dich noch an das Sprichwort mit der Asche erinnern?«, fragte Durga.

Ihr Vater schaute sie aus müden Augen an. »Nein. Welche Asche?«

»Die, die gegen den Wind verstreut wird.«

Dinesh nickte. »Wir verstreuen unsere Toten in Indien.«

»Aber die Lila kommt doch gar nicht aus Indien«, sagte Rosa zur Abwechslung einmal genau auf den Punkt. Und nicht zum ersten Mal wunderte sich Durga, warum beide Frauen ihres Vaters Mischungen aus Rot und Blau als Rufnamen gewählt hatten.

Rosa war kurz für Roswita.

Lila war kurz für Sigrun.

Lila brauchte die Realität nicht als Stichwortgeberin. Von ihrer Heirat mit Dinesh Chatterjee an hatte sie sich mit Haut und Haaren in den indischen Unabhängigkeitskampf geworfen, obwohl der bereits bei ihrer Geburt gewonnen gewesen war. Lila war eines jener Mitternachtskinder, die ihren ersten Atemzug machten, als Indien zum Leben und zur Freiheit erwachte. Durgas Vater erzählte gerne, wie ein bengalischer Freund ihn zu Lilas Geburtstagsparty mitgenommen hatte und Dinesh, noch bevor er die Unbekannte, die genauso alt war wie sein Heimatland, das erste Mal sah, wusste, dass sie die Frau seines Lebens sein würde.

Nur war Lila natürlich nicht die Frau seines Lebens gewesen, sondern *eine* Frau seines Lebens, und der indische Freiheitskampf nur *einer* der Freiheitskämpfe in ihrem Leben. Das Einzige, bei dem Lila unerschütterlich blieb, war ihre Entscheidung, eingeäschert zu werden. Und wie die meisten ihrer Entscheidungen bereitete auch diese Durga maximale Ungelegenheiten.

»Friedhofszwang?«, hatte sie den Leichenbestatter entgeistert gefragt.

»Ja, schrecklich, nicht wahr?«, antwortete der junge Mann gut gelaunt und rückte das Namensschild an seinem Jackett zurecht. *D. R. Dath* las Durga und wusste, dass Jack ihn bereits Dr. Death getauft hatte.

»Friedhofzwang?«, wiederholte Jack wie aufs Stichwort. »What's that supposed to mean? Stay in your grave oder du bekommst einen Strafzettel?«

Der Bestatter strahlte ihn an, als hätte er endlich einen Menschen gefunden, der ihn vollkommen verstand.

»Oh«, sagte Jack, als keine Widerrede kam. »Aber es gibt exceptions, nicht wahr?«

»Selbstverständlich.«

Nur bezogen sich diese Ausnahmen – Seebestattung, Waldbestattung – ausschließlich auf den Ort, nicht aber auf die Person, die autorisiert war, Lila dorthin zu befördern. Mit dem Moment ihres Todes war Lila Chatterjees Körper in die Hand des Staates übergegangen, und nur offizielle Stellen waren noch befugt, ihn zu berühren. Sogar auf den Aschestreuwiesen ausgesuchter Friedhöfe – »Sie haben Glück, wir sind hier in Nordrhein-Westfalen!« – hätte Durga die Asche ihrer Mutter nicht selbst verstreuen dürfen, stattdessen wäre sie von einem sogenannten Träger mit einer Art überdimensionierter Puderzuckerdose ausgebracht worden. Ausgebracht? Lila? Das Gewicht ihrer Mutter, das sie nicht tragen durfte, lastete so schwer auf ihren Schulterblättern, dass Durga sicher war, sie würde Lilas Silhouette in der spiegelnden Scheibe des Beerdigungsinstituts sehen, wenn sie aufschaute, nur in Schwarz und ohne Licht zurückzuwerfen, als bestünde sie aus Antimaterie, Antilila.

Jack schnaubte und bekam ein Taschentuch gereicht, das er irritiert anstarrte. »Okay, vergiss Bestattung«, sagte er so langsam, als würde er mit einem Kind sprechen. »Was mache ich, wenn ich sie mit nach Hause nehmen will?«

»Ah, da habe ich genau das Richtige für sie«, sagte Dr. Death und öffnete eine Schatulle, in deren Samtinneren ein gänseeigroßer Diamant lag, mit der Gravur *Für die Ewigkeit*.

»Ist das Capitalism, oder was?«, explodierte Jack. »Why is it okay, wenn ich meine Schwiegermutter zu einem Diamanten pressen lasse? Aber ihre Asche ist tabu? Was ist aus der guten alten Tradition geworden, sie in einer Kaffeedose aufzubewahren, und wenn man zu viel getrunken hat, versehentlich eine Tasse mother-in-law zu trinken?«

»Shut up«, sagte Durga.

Doch der Bestatter liebte britischen Humor. Nur nannte er ihn englischen Humor, was Jack, der zwar Brite, aber nicht Engländer war, definitiv NICHT Engländer, einen Schwall schottischer Schimpfworte entlockte.

Was den Bestatter noch mehr begeisterte. Er rammte Jack feixend den Ellbogen in die Seite. »Wissen Sie, was Sie tun müssen?«

»Nein, das versuchen wir ja die ganze Zeit rauszufinden«, sagte Jack drohend.

»Sie müssen ein Krematorium finden, das relativ liberal ist.«

»Was heißt das?«, fragte Durga, bevor Jack etwas einwerfen konnte, das Dr. Death den nächsten Lachanfall bescherte.

»Einfach ein Krematorium, das keine Bescheinigung über den Verbleib der Asche braucht.«

»Good man!«, sagte Jack.

2 Die Urne war noch immer halb voll, als es zu regnen begann. Durgas Tante Elisabeth und ihr Onkel Ralf eilten zum Auto zurück. Lilas Freundinnen, die Jack – sehr zu ihrer Befriedigung – *The Three Witches* nannte, folgten mit flatternden schwarzen Mänteln, dann kam Dinesh, auf Rosa gestützt, langsam und unsicher, bis Rohan seinen Großvater auf der anderen Seite unterhakte. Das Schlusslicht bildete Durgas Cousin Stanis mit seinem Mann. Durga hatte ihn das letzte Mal bei seiner Hochzeit getroffen und davor wahrscheinlich bei der Beerdigung ihrer Großmutter. Familiensinn war etwas, das man erbte, und Lila hatte nicht genug davon besessen, um ihr mehr zu hinterlassen als Gesichter, die wie im Zeitraffer alterten, wenn Durga sie nach fünf, fünfzehn, fünfundzwanzig Jahren wiedersah.

Stanis beugte sich zu ihr und deutete auf die Urne. »Du weißt, dass das nicht wirklich deine Mutter ist?«

»Natürlich ist das nicht Lila«, sagte Durga dankbar und verärgert zugleich. Natürlich war das nicht ihre Mutter, die sie hier in der Landschaft verteilten, nicht Lilas Essenz, nicht ihr Atem, nicht ihre Seele.

»Nein, das ist nicht Lilas Asche«, sagte Stanis. »Was bei einer Einäscherung übrig bleibt, sind nur der Schädel und der Beckenknochen. Alles andere verschwindet durch den Schornstein. Wie Santa Claus, nur umgekehrt.« Er wartete darauf, dass sie seinen Witz mit einem angemessenen Lächeln quittierte, und wiederholte hilfsbereit: »Wie Santa Claus, nur umgekehrt.«

»Sie versteht dich schon, she just doesn't find it funny«, sagte Jack, der die Fähigkeit besaß, Leuten die unglaublichsten Dinge ins Gesicht zu sagen, ohne dass sie das Bedürfnis hatten, ihm ein blaues Auge zu verpassen. Das musste an dem anglo-deutschen Wortsalat liegen, mit dem auch noch die krassesten Beleidigungen kuschelig klangen. Denn in Schottland funktionierte das nicht so zuverlässig.

»Ach so«, sagte Stanis entsprechend ungetrübt. »Der Schädel und der Beckenknochen werden übrigens zermahlen, bevor sie in die Urne gefüllt werden.«

Durga konnte nicht entscheiden, ob das besser oder schlechter war als verbrannte Haut und Magen und Gebärmutter. Da ihr keine Antwort einfiel, schüttelte sie ihm die Hand, während ihre Jackentasche *Death is not the End* murmelte.

»Do me a favour and ändere den Klingelton«, stöhnte Jack. »Was will deine Anti-Rassisti-Writers'-Gruppe denn jetzt schon wieder?«

»*Wir sind FRONTPAGE NEWS!*« Durga drückte auf den Link zu einem Artikel in der *Daily Mail*: »*Nach Roald Dahl und Ian Fleming: AGATHA CHRISTIE OPFER VON CANCEL CULTURE! Erst wurden ihre Texte umgeschrieben, jetzt sollen die Filme bereinigt werden. Willkommen in der SCHÖNEN NEUEN POLITISCH KORREKTEN WELT!*«

Noch nie hatte Durga die Presse so für ihre endlose Fähigkeit zur Erregung geliebt. Auf der Rückfahrt nach Köln schaffte sie es, jeden Gedanken an ihre Mutter mit fröhlichem Medien-Raten zu verdrängen.

»*Kontroverse um antirassistische Neuverfilmung von Agatha-Christie-Klassikern*«, las Rohan vor.

»Keine Ahnung, das könnten alle sein. Deutschlandfunk Kultur?«, riet Durga.

»WDR 5«, sagte Rohan. »*Agatha Christie wird gesäubert?*«

»Fox News«, schlug Jack vor.

»*Die Welt*«, sagte Durga.

»*FAZ*«, sagte Rohan. »*Kein Kriminalfall mehr für Hercule Poirot?*«

»*Focus?*«

»Nein. Sternstunde Philosophie.« Rohan scrollte durch den nicht enden wollenden Schwanz an Schlagzeilen. »Krass, wie viele Leute sich für Bücher interessieren.«

Jack schaute ihm über die Schulter. »*This woke censorship of Agatha Christie is wrong?*«

»*Sun*«, riet Durga.

»*Telegraph*«, sagte Jack. »Aber die *Sun* hat auch darüber geschrieben: *Idiots who remove Agatha Christie's racier side are just criminals.*«

»*Wenn wir es jetzt noch schaffen, nicht verboten zu werden, sind uns die Einschaltquoten sicher! XOXO Christian*«, textete der Produktionsassistent in die Signal-Gruppe.

»Cringe«, sagte Rohan.

»Was, seine Quotengeilheit?«, fragte Durga.

»Nein, hugs 'n' kisses. Warum macht der keine Emojis wie ein normaler Mensch?«

Alles, was nötig gewesen war, um die Empörungsspirale anzukurbeln, war ein gleichzeitig in der *BBC* und dem *Times Literary Supplement* platziertes Interview mit ihrem Producer: *Let's kill the Queen*. Jack schaute es im Internet an, während Durga ziellos durch die Wohnung lief, anstatt ihren Koffer zu packen, und bei jedem Gegenstand, den sie aus dem Badezimmer holte, minutenlang in den Waschbeckenspiegel starrte, in dem sie – Lifehack: warmes, frontales Licht – noch immer so aussah, wie sie ausgesehen hatte, als sie mit Jack zusammengekommen war, als gäbe es eine Welt jenseits des Spiegels, in der sie vor der Endlichkeit alles Lebenden sicher war. Sie fühlte sich wie ein Bündel von Geschichten. Mit fünfzig hatte man eine Menge Geschichten angesammelt, und keine davon machte noch irgendeinen Sinn.

»But my dad died too«, wandte Jacks Gesicht ein, das neben ihr im Spiegel auftauchte.

»Das ist etwas anderes«, sagte sie.

»Why?«

»Weil das dein Vater war.«

»Betonung auf dein oder auf Vater?«, fragte Jack.

»Was willst du mir vorwerfen, dass ich egoistisch bin oder dass ich sexistisch bin?«, blaffte Durga ihn an.

»Das versuche ich ja gerade rauszufinden«, sagte Jack.

Der Tod ihrer Mutter hatte die Uhren angehalten. Das hieß nicht, dass die Zeit stehen geblieben war, sie bewegte sich bloß nicht mehr weiter, sondern geschah gleichzeitig. Durga stand noch immer im Badezimmer und schaute Jack im Spiegel an und saß zusammen mit ihrer besten Freundin Nena im Zug und fuhr unter dem Ärmelkanal hindurch, sie war eine graue Wetterfront und zog auf dem Wind nach Westen, und sie war das wogende Meer, das sich nach der Berührung des Regens sehnte – und dann hielt der Zug in St. Pancras, und sie war in London, der Hauptstadt des Empires, in dem Milch und Hummus fließen.

»Wer war eigentlich dieser heilige Pancras?«, fragte Nena und hievte ihren Rollkoffer auf die Plattform.

»Der Heilige der Bauchspeicheldrüse?«, schlug Durga vor und merkte, dass sie kein einziges Mal während der Zugfahrt an den Aufprall von Lilas Körper auf den Schienen gedacht hatte. Okay, ein einziges Mal, als Nena zur Toilette gegangen war, aber ansonsten *kein einziges Mal*. Sie kannte Nena jetzt ihr Leben lang, oder zumindest den Teil davon, den sie für erinnerungswert hielt, und bei allen großen Krisen hatte sie sich instinktiv in ihre Nähe gestellt, so wie Schafe bei Gewitter die Köpfe zusammenstecken, nicht um Hilfe zu erhalten, sondern weil sie sich in Nenas Anwesenheit selbst besser helfen konnte. Deshalb kam es ihr wie ein Zeichen vor, dass Nena schon vor Lilas Tod beschlossen hatte, mit nach London zu kommen, um tagsüber Freunde und Museen zu besuchen und nachts mit ihr ein Vierteljahrhundert Freundschaft zu feiern. Trauern und Feiern waren kein Widerspruch. Nicht dass Durga schon beim Trauern gewesen wäre, eher bei dem Gefühl, leicht oberhalb ihres Körpers zu schweben und nicht mit sich selbst Schritt halten zu können. Sie folgte Nena durch die kunstvolle Choreographie aus Menschen, die in Höchstgeschwindigkeit aus allen Richtungen aufeinander zu rasten, ohne zu kollidieren, und spürte, wie sie für einen Moment Teil dieses vielarmigen, vielbeinigen Körpers wurde, der sich ausdehnte, zusammenzog und sie dann mit einer konvulsiven Bewegung aus dem Bahnhof hinausspie. Der Wind fuhr ihr ins Gesicht, feucht und voll feinem, klebrigem Staub. Durga war in London angekommen, aber ihre Mutter war schon vor ihr da und erwartete sie mit einer Umarmung aus Leere.

»Das Problem mit Zeitreisen ist nicht die Zeit, sondern dass der Körper bei einer schnelleren Passage durch die Zeit ebenfalls schneller altern würde«, referierte eine BBC-Stimme aus dem Taxiradio.

»Ja klar, das Problem ist immer der Körper«, sagte Durga bitter, und der Taxifahrer drehte sich überrascht zu ihr um.

»Sie hat mal eine Folge *Doctor WHO* geschrieben«, erklärte Nena.

»Wirklich?«, fragte der Taxifahrer beeindruckt.

»Zwei«, sagte Durga.

»Es war ein Zweiteiler«, räumte Nena ein. »Kennt hier echt jeder diese Science-Fiction-Serie?«

»Ein weiteres Problem mit Zeitreisen beschreibt der theoretische Physiker Stephen Hawking mit der Metapher einer Chronologieschutzbehörde«, sprach Tante BBC uninteressiert weiter. »Eine Art Zeitpolizei, die dafür sorgt, dass keine Anachronismen entstehen. Der Schriftsteller Paul Levinson geht in seiner Novelle *The Chronology Protection Case* so weit, dass alle Wissenschaftler, die kurz davor stehen, eine Zeitmaschine zu erfinden, kurzerhand vom Universum ermorde... **Die BBC unterbricht ihr normales Programm für eine wichtige Durchsage: Dies ist BBC News aus London. Buckingham Palace hat den Tod von Königin Elizabeth II bekanntgegeben.«**

»OH NEIN!«, entfuhr es Durga. »Warum ausgerechnet JETZT?«

»Verabredung mit dem Schicksal, Schätzchen«, sagte Nena und machte ein Selfie (*Ich saß in einem schwarzem Taxi, als ich erfuhr, dass die Queen gestorben ist*). »Immerhin hatte sie ein langes, glückliches Leben.«

»Glücklich?«, schnaubte der Taxifahrer. »Und was war mit Prinzessin Diana?«

Nena schnalzte mit der Zunge: »Das ist so lange her, dass es schon nicht mehr wahr ist.«

»Und Meghan Markle?«

Ein erneutes Schnalzen. »Immer auf die Frauen.«

»Und Prinz Andrew?«

Unter anderen Umständen hätte Durga Kolonialismus eingeworfen, und (Un-)Commonwealth und royale Hitlergrüße, aber wenn die Umstände eines nicht waren, dann anders. Sie kramte in ihrem Rucksack nach dem Handy, das bereits siebzehn verpasste Nachrichten anzeigte, und schrieb an Jack: »*Die Queen ist gestorben.*«

»*Aha*«, antwortete er.

»*Jetzt interessiert sich die ganze Welt nur für sie und nicht für Lilas ... Tod.*«

»*Cmon Durga, es passiert jeden Tag Weltgeschichte, dann hätte Lila ja nie sterben dürfen.*«

»*Sag ich doch*«, schrieb Durga.

3 Eine Gruppe von Demonstranten stand in unterschiedlichen Stadien von Erschütterung vor dem Florin Court, als Durga zur Krisensitzung des *Writers' Room* eintraf. Sie bahnte sich einen Weg durch Plakate, auf denen in kaum getrockneter Schrift zu lesen war *Wer wollte die Queen töten? Florin Court Films!* und *Heute geistige Brandstiftung – Morgen ein Staatsbegräbnis!!!*.

Eine rothaarige Frau versperrte ihr breitbeinig den Weg. »Die Queen ist tot, zeigt ein bisschen Respekt für unser kulturelles Erbe!«

»Das ist nicht nur euer Erbe, das ist auch meines«, fauchte eine eindeutig nicht zu den Protestierenden gehörende Frau mit dem sexysten Hijab, den Durga je gesehen hatte, und rauschte durch die Menge hindurch die sechs Stufen zur State-of-the-Art-déco-Eingangspforte aus Glas und schwarz lackiertem Stahl hinauf. Durga nutzte den Moment von Was-war-das?, um an der Rothaarigen vorbeizuschlüpfen.

»Seid ihr nicht damit zufrieden, *eine* Queen aus dem Weg geräumt zu haben?«, schrie die Frau ihnen hinterher. Und plötzlich hoben sich zahlreiche Arme und zerrissen das Interview mit dem unglücklichen Titel *Let's kill the Queen*: »Cancelt die Canceler!« »Mörder!« »Cancelt die Canceler!«

»Oh, ihr habt es geschafft. Ich meine: willkommen«, rief der pinke und weiße junge Mann, der ihnen die Tür öffnete, mit gespitzten Lippen, als wolle er auch seine gesprochenen Nachrichten mit Kuss-Emojis interpunktieren. »I'm Christian.«

»Hi, I'm muslim«, sagte die sexy Hijabträgerin. »Du kannst mich Shazia nennen.«

»Er wollte dir sagen, dass er Christian heißt«, sagte Durga.

»Jesus!«, sagte Shazia und rollte die Augen.

»Nein, Christian.«

»Du musst die lustige Deutsche sein, die Jeremy extra für die Comedy-Szenen eingeflogen hat.«

»Das bin ich«, bestätigte Durga.

»Und das ist also deutscher Humor.«

»Dafür ... sind wir berühmt«, sagte Durga so lange verunsichert, bis Shazia sich das Lachen nicht weiter verkneifen konnte und ihr eine überraschend weiche Handfläche an die Wange legte.

»Hast du auch einen Namen, Sister?«

Shazias Gesicht war ihrem so nahe, dass Durga ihren Geruch einatmete, zuckrig süß mit einem Biss Säure, wie das Teekanne-Zitronenteegranulat, das sie als Kind statt Ahoj-Brause auf ihre Hand gestreut und abgeleckt hatte.

»Durga«, sagte sie atemlos.

»Wie die Lady auf dem Tiger? Respekt!«

Dass jemand bei ihrem Namen an die indische Göttin Durga dachte und nicht an ... nichts, trieb Durga die Tränen in die Augen. Ihr inneres Wasser drängte mit Vehemenz nach außen, die Kategorien drinnen und draußen lösten sich auf und ließen sie einen Moment lang embryonal und ungeformt zurück – bis sie eine weitere Hand auf ihrem Rücken spürte und eine Stimme wie aus einer Aston-Martin-Werbung fragte: »Die junge Dame aus Riga, die lächelte, als sie ritt auf dem Tiger?«

»Ja, nur dass die Göttin Durga eher den Tiger gefressen hätte«, entgegnete Durga unwirsch und schüttelte die Hand ab, bevor sie bemerkte, dass sie ihrem Producer gehörte.

Jeremy schaute ihr tief in die Augen. »Durga aus Deutschland, wo Fred Sauer 1928 den ersten Agatha-Christie-Film gedreht hat. Lovely! Damit bist du unser Maskottchen.«

Und Durga antwortete gewitzt: »Äh.«

Jeremy wandte sich abrupt um, nahm dem letzten Gast einen voluminösen roten Mantel ab, reichte ihn sofort an Christian weiter, der darunter verschwand wie unter einer roten Daunendecke, und verkündete: »Danke, dass ihr euren freien Abend vor den Nachrichten geopfert habt, um hier gemeinsam Nachrichten zu schauen!«

Bei dem Wort ›Nachrichten‹ stieß er eine Art-déco-Tür mit asymmetrischen Milchglaspaneelen auf. Durga hörte einen beeindruckten Pfiff und fürchtete, dass sie ihn selbst ausgestoßen hatte. Der Sitzungsraum war die perfekte Kopie des Sprechzimmers von Agatha Christies Poirot aus der gleichnamigen ITV-Serie, nur dass über dem Kamin anstelle eines Spiegels ein Breitbandbildschirm hing, auf dem ein Kommentator ohne Ton die Folgen des Todes der Monarchin auf No. 10 Downing Street analysierte, während auf dem Splitscreen royales Footage lief.

»Wie ihr wahrscheinlich mitbekommen habt, haben wir unser persönliches Begrüßungskomitee«, fuhr Jeremy fort und machte eine Handbewegung, die die Protestierer vor dem Gebäude, Buckingham Palace und den Himmel mit einschloss. »Wenn ich gewusst hätte, dass die Queen im Sterben liegt, hätte ich in meinem Interview zu unserer Neuinterpretation von Agatha Christie und good old England deutlich weniger Guillotine-Metaphern verwendet. Aber hey! – man muss nun mal radikale Schnitte machen, wenn man etwas Neues schaffen will, und auf den Ruinen der alten Paläste lassen sich die besten Serien drehen ... *anyway*, die Kacke ist königlich am Dampfen. Die Frage ist, wie reagieren wir am besten darauf?«

Christian legte den roten Mantel wie ein perfekter Butler über einen Thonet-Kleiderständer und eilte an Jeremys Seite: »Ich habe einen 10-Punkte-Plan vorbereitet, um Shitstorms zu vermeiden – okay, dafür ist es etwas spät –, zu beruhigen. Erstens: Agatha auf keinen Fall die Queen of Crime nennen ...«

»Ich dachte eher an Wortspiele mit Royal und Corpse«, unterbrach ihn Jeremy.

»Wie bitte?«, sagte Durga und fragte sich, an wen Jeremy sie erinnerte.

Jeremy zwinkerte ihr verschwörerisch zu. »Wir müssen dabei natürlich trotzdem darauf achten, dass unsere Presseerklärung patriotisch klingt.«

»Patriotisch?«, wiederholte sie fassungslos.

Der Besitzer des roten Mantels verschränkte die Arme seines pinken Nadelstreifenjacketts. »Eine Frau mit einer sehr teuren Kopfbedeckung ist gestorben. Was geht mich das an?«

»Und da wir gerade bei ihrer Kopfbedeckung sind: Wann gibt sie den Koh-i-noor zurück«, ergänzte Shazia. »Der Diamant gehört nicht in die Krone der Queen, sondern in den Punjab.«

»Hast du gehört, dass Camilla bei der Krönung von Charlie-Boy eine B-Krone tragen wird?«, fragte pinkes Jackett. »Der Palast hat Angst, dass es ansonsten zu Ausschreitungen von Leuten wie uns kommen könnte, die es pietätlos fänden, wenn sie sich mit Diebesgut schmückt. You bet it would!«

»*Die Königin des Kolonialismus ist tot!*«, rief Shazia. »Ist das patriotisch genug?«

»Was haltet ihr von: *The Queen is dead, long live the Queen?*«, sagte Christian mit einem panischen Quietschen in der Stimme.

»Vergesst David«, erklärte Jeremy zwei Stunden später, während derer er das Wunder vollbracht hatte, sie von einer argwöhnischen Truppe in ein aufgeregtes Team zu verwandeln, das es kaum erwarten konnte, mit dem Drehbuchschreiben loszulegen.

»Wer ist David?«, fragte – pretty in Pink – Asaf.

»Well done«, lobte Jeremy. Er hatte sie sogar dazu gebracht, ein Kennenlernspiel zu spielen, ohne dass es zu einer Meuterei gekommen war.

»Das ist jetzt ein Scherz, oder?«, sagte Asaf.

»Da wäre ich mir bei Jeremy nicht so sicher«, bemerkte Maryam, die Königin der Locked-Room-Krimis und einzige Schwarze Frau in Jeremys Diversitäts-Kategorien-Erfüllungs-Crew. Von der ersten Minute an war klar gewesen, welche Sorte Chef Jeremy war. Diese Sorte Chef. Die Hälfte von ihnen hasste ihn, alle versuchten, ihm zu gefallen.

»Unsere Serie wird für Agatha Christie vollbringen, was *Sherlock* für Arthur Conan Doyle getan hat. Was *I may destroy you* für sexuelle Gewalt getan hat. Autokorrektur: für das Sprechen *über* sexuelle Gewalt getan hat.« Jeremy saß – wo auch sonst – an Poirots Schreibtisch und klopfte mit Poirots Füllfederhalter auf das glänzend dunkle Walnussholz der Tischplatte, und plötzlich realisierte Durga, dass all das hier keine Kopie war, das *war* die Wohnung des Meisterdetektivs Poirot, Florin Court *war* der Drehort, der, wenn es nach Durga ging, besten Agatha-Christie-Verfilmung, weil David Suchet den belgischen Privatdetektiv in London bis hin zu den Trippelschritten perfekt spielte. »Erinnert euch daran, dass die *New York Times*, als Agatha Christie Poirot 1975 bei seinem letzten Fall sterben ließ, einen Nachruf auf ihn veröffentlicht hat«, fuhr Jeremy fort. »Auf der Titelseite! Das ist unsere Messlatte! Wenn die Öffentlichkeit uns schon hasst, dann wenigstens richtig!«

»O-kay«, sagte Durga, während der Raum sich um sie herum in seine Einzelteile zerlegte und wieder neu zusammensetzte, glitzernder, mehr Art déco als Art déco, mehr Jeremy. »Aber welche Agatha-Christie-Romane verfilmen wir überhaupt?«

»Fangen wir mit der Pilotepisode an. Da adaptieren wir nicht *einen* Agatha-Christie-Roman«, rief Christian eifrig. »Wir adaptieren *den* Agatha-Christie-Roman.«

Die Tür öffnete sich, und ein Mann mit weißer Jeans, weißen Haaren, weißer Haut sagte in dem aufgesetztesten indischen Akzent, den Durga je gehört hatte: »*Mord im Orientexpress.*«

»Nein, besser als *Mord im Orientexpress*«, lächelte Jeremy den weißen Mann an. »Darf ich vorstellen: Carwyn, unser Experte für die drei D: Dunkelheit, Drogen und Druiden.« Und Durga berichtigte sich mental: nicht indischer, walisischer Akzent.

Der Raum pulsierte noch immer, und sie versuchte, sich auf Shazia zu konzentrieren, die über einen Sessel drapiert lag, dessen Schachbrett-Bezug ihren Stil von Decolonized Glamour in Charleston Flapper verwandelte. »*Tod auf dem Nil?*«, schlug Shaz vor und blies Kringel aus dem Rauch einer imaginären Zigarettenspitze.

»Noch besser.«

»*10 kleine N-Worte?*«, sagte Maryam trocken vom Kamin aus, an dem sie lehnte wie Poirots Kollege Inspector Japp von Scotland Yard. Die stille Überlegenheit dieser Designermöbel war so dominant, dass man sofort anders ging, stand, saß, sprach. Und anders bedeutete Sherry und Eton und ein wenig – okay, *sehr* – klassenbewusst. Durga musste sich zusammenreißen, um nicht die ganze Zeit »toodle-pip« und »jolly good« zu sagen, weil sie kein anderes Referenzsystem für die Opulenz um sie herum hatte als das Golden Age der britischen Kriminalliteratur und nur ahnen konnte, welche subtilen Botschaften die anderen von der Einrichtung empfingen. Eine antirassistische Agatha-Christie-Verfilmung zu entwickeln, erschien hier nicht bloß wie eine gute Idee, sondern dringend notwendig.

»Viel, *viel* besser!«, rief Jeremy.

Asaf, der offensichtlich das Gefühl hatte, dass die Reihe an ihm war, sagte zögernd: »Errm – *16 Uhr 50 ab Paddington*?«, und eine Woge von Rührung schwappte über Durga. Warum war sie nicht mehr in der Lage, normale Gefühle zu empfinden? Als hätte der Tod ihrer Mutter alle Maße und Verhältnismäßigkeiten zerschmettert und würde sie ins Meer der ankerlosen Affekte hinaustreiben.

»Alle richtig und alle falsch«, erklärte Jeremy. »Ihr seid hier, um den archetypischen Agatha-Christie-Plot zu … schreiben.«

Shazia lachte auf. »Wenn's weiter nichts ist.«

»Genau«, sagte Jeremy triumphierend.

»Muss es wirklich Poirot sein?«, seufzte Maryam. »Ist das noch nicht häufig genug gemacht worden? Und wenn schon Poirot, dann wenigstens ohne diesen ganzen Zwangsstörungsscheiß, seinen Ordnungszwang, seine makellosen Lackledergamaschen.«

»Hast du ein Problem mit Mental Health, Maryam?«, fragte Christian erschrocken.

»Nein, aber heutzutage ist doch jeder Fernseh-Detektiv irgendwo auf dem neurologischen Spektrum. In den Neunzigern hatten alle ein Alkoholproblem, jetzt heißt es: Lass uns Sherlock machen, aber lass ihn uns zu einem Asperger machen. Wenn ich so was will, muss ich keinen Krimi gucken, davon hab ich genug zu Hause.« Maryam machte eine Pause, die niemand füllte, und etwas katapultierte Durga auf die Beine.

Zwei Schritte später war ihr immer noch nicht klar, was sie

eigentlich beabsichtigte. Auch nicht direkt vor Maryam, deren dunkle Augen sie herausfordernd anschauten. Erst recht nicht, als sie den Arm ausstreckte und – zu ihrer eigenen Verwunderung einen Wecker vom Kaminsims nahm. »Was hältst du davon, wenn Poirot nicht mehr wie früher immerzu alle Gegenstände geraderückt, sondern ungerade, weil er Symmetrie für Verrat hält?«, hörte sie ihre Stimme lockend und verführerisch und viel zu intim für diese Situation. Was war nur mit ihr los?

Anstelle von Maryam antwortete Jeremy: »Das ist schon mal die Richtung, die ich will: quirky, aber wiedererkennbar.«

Durga misstraute Männern, deren Anzüge zu gut saßen. Jeremys Haare waren zu akkurat geschnitten, sogar die Fältchen auf seinem Gesicht waren zu symmetrisch. Das änderte aber nichts daran, dass sie sich über sein Lob freute und nach mehr davon sehnte. Einen Moment war es so still im Raum, dass sie das Ticken des Weckers hätte hören können, wenn dieser denn getickt hätte. Doch gab er nur ein sirrendes Geräusch von sich, während sich der Sekundenzeiger ohne innezuhalten im Kreis drehte, und Durga stellte ihn so schnell sie konnte auf das Kaminsims zurück. Sie wollte Zeit nicht als verrinnende Masse, sondern als eine Ansammlung von Innehalten. Zwischen den Minuten nistete die Unendlichkeit.

4 »Bist du dir sicher, dass du nicht noch auf ein Glas Wein bleiben möchtest?«, fragte Jeremy zum Abschied und legte seine Hand erneut auf jenen Punkt zwischen ihren Schulterblättern. Er war ein großer Flache-Hand-an-den-Rücken-Leger: eine perfekte Mischung aus fürsorglicher Rückversicherung, ohne dabei Besitzansprüche zu signalisieren, und dem Polizeigriff, mit dem in angelsächsischen Krimis verhaftete Personen in den Streifenwagen befördert wurden, welcher wiederum eine perfekte Mischung aus Demütigung und dem simultanen Vermeiden von Gewaltvorwürfen war: Pass auf, dass du dir nicht den Kopf an der blauen Minna stößt.

Im Zug nach London mit Nena hatte Durga einen Artikel über die Dichterin Diane di Prima gelesen, Sexy-»what-don't-swing/-I-don't-push«-di-Prima. Irgendwann in den wilden Sechzigerjahren hatte Jack Kerouac der dunkelhaarigen Beat-Priesterin, die gerade eine Party verlassen wollte, geraten: »Di Prima, wenn du nicht aufhörst, die ganze Zeit an deine Babysitterin zu denken, wirst du nie eine echte Schriftstellerin.« Da anscheinend nichts erotischer war als ein paternalistischer Dichter, hatte sie ihren Mantel an den Garderobenhaken gehängt und kurz darauf auch den Rest ihrer Kleidung, so weit das Nachwort zu ihren gesammelten Gedichten.

Der Artikel dagegen verriet, dass sie in Wirklichkeit ohne mit der Wimper zu zucken nach Hause gegangen war, weil sie davon überzeugt war, dass, wer nicht einmal das Wort an seine Babysitterin halten konnte, erst recht nicht den knallharten Prozess des Gedichte-Schreibens durchhielt. Durga, die ihre Karriere als Autorin sich wie durch eine fatale Vollbremsung verlangsamen gesehen hatte, als Rohan auf die Welt gekommen war, und noch immer den Muskelkater in ihrer Seele trug, den ihr das Wiederanschieben mit Baby im Tragetuch und dann Kleinkind, das aus der Kita abgeholt werden musste, und dann Schulkind, das Rund-um-die-Uhr-Betreuung brauchte, bereitet hatte, fühlte eine flüchtige Seelenverwandtschaft mit di Prima, bevor sie sich daran erinnerte, dass Jeremy sie mit seinem Glas Wein keineswegs zu einer Orgie eingeladen hatte, und sie gleich auch zu keiner Babysitterin zurückeilen würde, sondern zu Nena und ihrem gemeinsamen Airbnb. Trotzdem spürte sie, als ihre Schritte durch das leere Treppenhaus hallten, einen Stich Bedauern, dass sie wie immer als Erste aufbrach.

Zumindest waren auch die Demonstranten nach Hause gegangen. Nur ein einsames Schild lehnte noch an der Eingangstreppe: ein laminiertes Foto von Margaret Rutherford als Miss Marple, mit vorgeschobener Unterlippe und wehrhaft erhobenem Golfschläger, die auf die Fortführung des Protests am nächsten Tag wartete. Durga konnte sich beim besten Willen nicht erinnern, aus welcher Richtung sie gekommen war, also ging sie auf gut Glück nach links, was sich schnell als Pech herausstellte. Die Straßen waren hier zwar nicht mehr leer, doch waren sie voll von Teddybären und immer mehr Teddybären mit gelben Regenhüten.

»Die Straßen sind hier voller Paddington-Bären«, flüsterte Durga in ihr Handy. Sie hatte das Gefühl, durch den Spiegel getreten und in einem Stephen-King-Horrorfilm gelandet zu sein.

»Ja klar, weil Paddington doch gestorben ist«, antwortete Jack, und Durga konnte den Puls ihres Herzschlags in ihren Ohren fühlen. »Ah no, das war ja die Queen.«

»Was?« Eine Toreinfahrt leerte einen Rachen kalte Luft über sie aus.

»Das ist das Letzte, was sie getan hat«, erklärte Jack gut gelaunt. Zu gut gelaunt für Durgas Geschmack. »Mit Paddington Tee getrunken. Auf ihrem Jubilee zu siebzig Jahren Königin-Sein. Everybody loved her for that. Keine Ahnung, was die Brexit-Leute davon gehalten haben, because Paddington is such an immigrant. Aus dem dunkelsten Peru – warum eigentlich *dunkel*? Und noch nicht einmal Commonwealth. Wenn sie heute *Paddington 2* drehen würden und nicht 2017, wäre das ein kurzer Film.«

»Wieso reden wir gerade über Filme?«

»Weil Paddington in dem Film versucht, seine Tante nach England zu holen. Und das wäre jetzt nicht mehr möglich.«

»Jack, ich liebe dich, aber manchmal wünschte ich, du

könntest Gefühle auch anders transportieren als durch Humor. Jack?« Doch Jack war weg.

Durga schaute in das dunkle Display ihres Handys wie in eine Kristallkugel und war plötzlich sicher, das sie sich nur eingebildet hatte, mit ihm zu sprechen. Der berühmte Sekundenschlaf, wenn man zu schnell ... die Straße entlangging. Doch die Stofftiere waren noch immer da, plus ein Papp-Aufsteller der Queen – das hier musste eine besonders königinnenversessene Nachbarschaft sein –, und dann wurde es plötzlich hell, als wäre sie geblitzt worden. Und noch einmal. In jedem Hauseingang, an dem sie vorbeikam, schaltete der Bewegungsmelder das Licht mit summenden LEDs ein.

In diesem Moment sah sie ihre Mutter am Ende der Straße.

Die Person bewies, dass sie tatsächlich Lila war, indem sie sich nicht weiter um ihre Tochter scherte und um die nächste Ecke bog. Durga versuchte, hinterherzurennen, doch jeder Schritt fühlte sich an, als würden sich ihre Beine durch Honig bewegen. *Verdammt, das ist ein Traum, ich bin noch immer in Poirots Arbeitszimmer und an Jeremys Schulter eingeschlafen!*, dachte sie, bevor ihr klar wurde, dass sie einfach einen verdammt langen Tag hinter sich hatte und schlicht zu erschöpft zum Laufen war. Als sie die Kreuzung erreichte, hatten sich zu ihren schweren Beinen Seitenstiche gesellt. Nur von ihrer Mutter fehlte jede Spur.

Death is not the End, kommentierte ihr Handyton.

Du hast recht, ich muss wirklich dringend den Klingelton ändern, wollte Durga zu Jack sagen, stattdessen ploppte auf dem Display eine Whatsapp von Lila auf, abgesendet vor einer Woche. Die Buchstaben verschwammen vor ihren Augen und formten neue Sätze, Gespräche, die sie nie mit ihrer Mutter hatte führen können, Antworten, die sie nie erhalten hatte. Und dann kristallisierten sich die Lettern zu einer anscheinend erst jetzt durch das Funknetz – ... oder die zahlreichen Hände der indischen Göttinnen? – gedrungenen Nachricht ihrer seit einer Woche toten Mutter:

Ich weiß, du glaubst mir nicht. Du glaubst mir nie. Aber ich kann jetzt beweisen, dass ich überwacht werde. Heute habe ich meinen Undercover-Cop angehalten und gefragt: Warum folgen Sie mir? Er hat mich ertappt angestarrt und ist ohne ein Wort weggegangen. Sie werden bis zum Äußersten gehen. BIS ZUM ÄUSSERSTEN.

D-DAY

INTRO:
(((CLOSE UP)))
Und der Wind ist im Weißdorn. Und der Regen ist im Klee.
Und Donner ist in der Eiche. Und Mondlicht in der Schlehe.
(((AUSSEN – NACHT – HANDKAMERA)))
Mond. Schatten. Gras. Äste. Laub. Eine Säule aus Asche, die wie ein gebeuteltes, wütendes Wesen über eine Waldlichtung getrieben wird, nahe, näher, bereit, die KAMERA zu verschlingen, in diesem Moment erfasst sie der Sturm, trägt sie hoch über die Baumwipfel. Ein Blitz! Und die Asche zerbirst zu einer Wolke schwarzer Krähen.

(((VOICEOVER)))
»The mother stands for madness.« Marguerite Duras

»Ich habe das Gefühl, dass es in jedem Satz, den ich über meine Mutter schreibe, Schichten und Schichten und Schichten von Geschichte gibt. Hier ist meine Mutter als Kind, hier ist meine Mutter als junge Erwachsene, hier bin ich. Hier ist meine tote Mama. Alle zusammen, alle gleichzeitig, wie Bakterien in einem Tropfen Teichwasser.« Jacinta Nandi

»Come to daddy, I mean, mummy!« Doctor WHO

1 Durga hatte nie Ayahuasca genommen, weil ihre Mutter das bereits alles gemacht hatte. So wie die gebürtige Duisburgerin Lila auch die bessere Inderin gewesen war. Neben ihr wirk-

te sogar Dinesh verwestlicht. Wenn Durga an ihre Kindheit zurückdachte, dachte sie an:

Bezahlung: Tod
Belohnung: Märtyrertum
Rente: Freiheit
Schlachtfeld: Indien

Lila hatte dieses Zitat aus dem Ailan-e-Jang – der Kriegserklärung der Ghadar-Partei, jener indischen Unabhängigkeitsbewegung Anfang des zwanzigsten Jahrhunderts – in wochenlanger Kleinarbeit auf eine weiße Tischdecke gestickt und diese danach demonstrativ im Wohnzimmer aufgehängt. Als Kind starrte Durga immer so lange auf die Buchstaben, bis sie vor ihren Augen verschwammen, und stellte sich vor, wie der tote, freie, indische Märtyrer wohl aussah, der diese Kampfansage an die Briten verfasst hatte. Meist war dabei eine braunere Version von Che Guevara herausgekommen, der direkt daneben hing.

»Sein Name war Lala Har Dayal«, hatte ihre Mutter ihr beim Sticken verraten, jeder Nadelstich ein Todesstoß für das Empire. »Er hat das Ailan-e-Jang geschrieben, während er 1913 mit der großen Anarchistin Emma Goldman durch Amerika getourt ist.«

Also wusste Durga, dass man bei der indischen Revolution tanzen konnte.

Das war ein Glück, da auch Lila es liebte zu tanzen, und Durga wiederum liebte es, sie dabei auf den Parties zu beobachten, die Lila nahezu jedes Wochenende in ihrer Neubauwohnung gab. Dafür musste Lila nichts weiter tun, als Wein und Früchte zu einer Bowle zu mischen und den Esstisch zur Wand zu rücken. Im Rückblick erschien Durga dieser Tisch, der keine andere Funktion hatte, als dass sie an Sonn- und Feiertagen daran aßen, genauso exotisch wie der Käseigel, der während Lilas Parties unweigerlich in seinem Zentrum thronte, oder der Schallplattenspieler, auf den Dinesh die glänzenden, schwarzen LPs legte, nachdem er sie mit einer seidenweichen Bürste von Staub gereinigt hatte. Lila trug einen Salwar Kameez – ohne die dazugehörige Hose – und tanzte wie andere Leute Sex hatten. In den Pausen warf sie ihre nylonbestrumpften Beine dem nächstsitzenden Mann auf den Schoß, so dass die wulstigen Nähte an ihren wippenden Zehen Durga verschwörerisch zuzwinkerten.

Und dann hörten die Parties eines Tages auf.

Es war ein Dienstag. Durga war dreizehn, und Lila setzte sie an den Esstisch – das erste Anzeichen dafür, dass etwas nicht stimmte, da alle normalen Gespräche, Mahlzeiten, Hausaufgaben am Küchentisch stattfanden – und erklärte ihr, dass sie ihren Halbtagsjob aufgeben und ab jetzt ernsthaft gegen »den Staat« kämpfen werde. Vermutlich ebenfalls halbtags, um danach Pfannkuchen braten und Baumwolltücher in Batikfarbe tauchen und tanzen, tanzen, tanzen zu können, nahm Durga an, und stimmte ihr aus vollem Herzen zu, dass das die richtige, die einzige Entscheidung war.

Und am Anfang war das auch so. Lila schlief vormittags mit anderen Revolutionären und erzählte Durga nachmittags davon, und Dinesh ließ sich einen Schnurrbart wachsen, mit dem er depressiv aussah, wahrscheinlich weil er depressiv war. Zwischendurch – in der Regel, wenn ihre aktuellen Affären zu Ende gingen – versuchte Lila, alles wiedergutzumachen, indem sie wochenlang zu Hause blieb und die Geschichten aufschrieb, die Dinesh und seine Freunde, die alle persönlich mit Gandhi gekämpft hatten (»Just as all the Germans were in the resistance« – Jack), ihr über den indischen Befreiungskampf erzählt hatten.

»Wer kennt ihre Namen, wenn ich sie nicht für die Ewigkeit festhalte?«, verkündete sie dramatisch und hängte ein weiteres Bild neben das Ailan-e-Jang: ein junger Mann in einem Garten, der so konzentriert in die Kamera blickte, als könne er durch sie in die Zukunft und auf Durga schauen. Seine Locken waren ein wenig kürzer und ordentlicher in der Mitte gescheitelt als Ches, und er trug einen gestreiften Anzug und keine Lederjacke, doch ansonsten hätte er der jüngere und sexyere Bruder des kubanischen Revolutionärs sein können.

»Har Dayal«, hauchte Durga.

»Unsinn. Das ist Madan Lal Dhingra«, sagte Lila. »Madan der Märtyrer.«

»Und was hat er gemacht?«

»Irgendjemanden umgebracht«, antwortete Lila vage.

»Oh.« Durga war inzwischen vierzehn und noch immer davon überzeugt, dass ihre Mutter das Richtige tat, aber nicht mehr ganz so sicher, dass sie dieses Richtige *richtig* tat. Lilas Bibel der Befreiungsbewegung etwa wurde nicht nur nie veröffentlicht, sie wurde auch niemals fertig. Darüber hinaus hatte Lila Chatterjee, die Sekretärin gewesen war, bevor sie Teilzeit-Guerillera wurde, keine Berührungspunkte mit dem Buchmarkt, weshalb ihre Strategie war, darauf zu warten, entdeckt zu werden. Als das auf sich warten ließ, entschied sie, dass es Zeit war, Fulltime-Partisanin zu werden und in eine Kommune nach Nideggen zu ziehen.

Durga war so entsetzt darüber, Köln zu verlassen, ihre Freundinnen zu verlassen, ihre Schule zu verlassen, dass sie nicht auf den Gedanken kam, dass ihre Mutter überhaupt nicht vorhatte, sie mitzunehmen. Umso überraschter war sie, als sie eines Dienstags – alle Katastrophen passierten an einem Dienstag – nach Hause kam, und Lila gerade die letzten Kisten in einen VW Westfalia packte.

»Oh, hallo Durga«, sagte Lila, und hatte den Anstand, schuldbewusst auszusehen. »Wie war die Schule?«

Und noch immer war sich Durga sicher, dass Lila nur vorfahren und schon einmal alles einrichten würde. Doch Lila sagte nur traurig: »Ist ja nicht für immer.«

»Sondern?«, fragte Durga mit enger Kehle.

»Bis nach ... na, du weißt schon.«

In diesem Moment merkte Durga, dass sie nicht mehr daran glaubte, dass ihre Mutter die Welt retten würde, weder jetzt noch später. »Und wann hattest du vor, mir das mitzuteilen?«

Lila antwortete, als wäre damit alles oder auch nur irgendetwas erklärt: »Ein Revolutionär hat keine Familie.«

»Das hättest du dir früher überlegen sollen«, schrie Durga, weil ihre Mutter, sobald sie zu schreien aufhörte, in den Bulli steigen und wegfahren würde. Die Luft war warm, die Linden dufteten nach Sommer, und Durga trug die besten Sandalen, die sie in ihrem Leben besitzen sollte. Wieso konnte Schönheit nicht die Welt retten? Und dann trat Schönheit mit einem Wäschekorb voller Schallplatten in den Händen aus der Haustür. Männliche Schönheit mit törichten Locken und einem Oberkörper, um den ihn sogar Patrick Swayze beneidet hätte.

»Verstehe«, sagte Durga, obwohl sie nichts verstand. Lila hatte ständig Liebhaber, warum sollte sie das davon abhalten, sich um ihre Tochter zu kümmern?

»Ich wusste, dass du mich verstehen würdest«, strahlte Lila.

»Hallo, ich bin der Dachboden-Piet«, strahlte Mr. Oberkörper.

Durga öffnete den Mund, um ihm zu erklären, dass er sich gehackt legen solle, als etwas Kaltes, Kalkuliertes von ihr Besitz ergriff, und sie mit formvollendeter Höflichkeit sagte: »Entschuldigung, es lohnt sich für mich nicht, mir das zu merken, weil meine Mutter nächste Woche sowieso einen anderen hat.«

Das war die erste absichtliche Beleidigung ihres Lebens, und Durga fühlte sich so schlecht dabei, dass sie hoffte, es werde auch ihre letzte bleiben.

»Ich wünschte, du wärst nicht so eifersüchtig«, brachte Lila diesen Vorsatz umgehend ins Wanken, doch Durga fiel einfach nichts ein, womit sie Lila treffen konnte, weil Lila bereits unendlich weit entfernt war, obwohl sie noch immer vor ihr auf dem Bordsteinpflaster stand. Das Gefühl war so stark, dass Durga den Finger ausstreckte und Lilas nackten Oberarm anstupste, um zu überprüfen, ob sie real war, was Lila als Aufforderung verstand, sie zum Abschied zu umarmen.

»Denk immer daran, ich liebe dich wie eine Tochter.«

»Ich *bin* deine Tochter!«, protestierte Durga in den Eine-Welt-Laden-Geruch nach Rosen Attar am Hals ihrer Mutter hinein. »Ich bin sogar deine einzige Tochter!«

Die Wohnung sah gerupft aus, wie ein Huhn, das nur in letzter Sekunde dem Suppentopf entkommen war. Noch Wochen später streckte Durga die Hand nach Dingen aus, bloß um zu bemerken, dass Lila sie mitgenommen und an ihrer Stelle eine greifbare Leere hinterlassen hatte. Nur das Ailan-e-Jang hing noch immer im Wohnzimmer und verkündete in seinen inzwischen staubig rosafarbenen Garnbuchstaben Lilas Abwesenheit. Da Dinesh nicht zu irgendeiner Entscheidung in der Lage zu sein schien, nahm Durga es irgendwann ab, warf es in die Badewanne und zündete es mit einem Feuerzeug an. Die Flamme schlug an der Wannenwand hoch, die weiße Baumwolle verfärbte sich schwarz, und dann fiel das Feuer in sich zusammen und erstarb.

Nach vier weiteren Versuchen faltete Durga die leicht angekokelte Kriegserklärung an die britische Kolonialmacht zusammen und legte sie in eine Schublade, die sich für eine Weile zu einem Archiv der vergessenen Lila entwickelte, mit all den Tipp-Ex-verkleckerten Seiten ihres aufgegebenen Manuskripts, den selbstbemalten Seidentüchern, halbleeren Bachblüten-Fläschchen und dem germanischen Runen-Tarot. Egal, wie viele Dinge Durga bei den zahlreichen Umzügen der nächsten Jahrzehnte hinter sich lassen oder verlieren sollte, das Ailan-e-Jang folgte ihr wie Falschgeld und lag nun in einer Schublade in ihrer gemeinsamen Wohnung mit Jack in Köln.

Durga stellte sich vor, wie das Telefonklingeln – 600 Kilometer und einen Ärmelkanal entfernt – durch die leeren Räume dieser Wohnung hallte, bis Rohan irgendwann rangehen und ihr erklären würde, dass Jacks Sachen verschwunden seien. Statt dessen nahm Jack nach dem ersten Klingeln ab und sagte auf ihre stoßweise Erzählung hin beeindruckt: »You have met a ghost!« Umfragen ergaben stabil, dass in Großbritannien mehr Menschen an Geister glaubten als an Gott.

»Eine Frau, die aus der Entfernung vage wie meine Mutter aussah«, korrigierte ihn Durga, die nichts gegen Geister hatte, solange sie nicht Lilas Geist waren. »Aber was hältst du von der WhatsApp? Eine Woche nach ihrem Tod!«

»Awesome«, antwortete Jack noch immer zu fröhlich für Durgas Geschmack, aber sie war zu erleichtert, seine Stimme zu hören, um sich darüber zu beschweren. »Wie hat sie das wohl geschafft, die zeitversetzt zu versenden?«

»Hast du mir zugehört? Sie hat geschrieben: *Sie werden bis zum Äußersten gehen!*«

»What? Ihr phone abhören?«

»Du glaubst also nicht, dass ...« Durga wusste selbst nicht was, nur dass es so unwahrscheinlich und melodramatisch sein musste wie Lila.

»Du etwa?«, kam Jacks Stimme überrascht aus dem Handy.

Wenn Durga eines in den fünf Jahrzehnten, die sie nun Lilas Tochter war, gelernt hatte, dann, dass sie ihr nicht vertrauen konnte. Je melodramatischer, desto weniger. Deshalb hatte sie ihr nicht geglaubt, als Lila vor einem Monat mit unüberhörbarem Stolz in der Stimme verkündet hatte: »Meine Wohnung wird überwacht.«

»Warum sollte deine Wohnung überwacht werden, Mama? Wenn sie dich bisher nicht überwacht haben, warum sollten sie dann jetzt damit anfangen?«

»Was meinst du mit *bisher nicht*?«

Durga versuchte, sich Lila als den Hirtenjungen aus der Fabel vorzustellen, der das Wort *Wolf* rief, um Aufmerksamkeit zu erheischen, und als dann wirklich ein Wolf kam, glaubte ihm niemand mehr. Aber Lila war eher der Hirtenjunge, der alle auch noch nach Jahren in Alarmbereitschaft versetzte, und alle hieß natürlich: ihre Tochter Durga.

»Bist du noch dran?«, sagte Jack, und Durga fragte sich, ob es möglich war, dass sie Besorgnis in seiner Stimme hörte.

»Ich weiß nicht«, flüsterte sie.

»Durga, deine Mutter hatte einen hohen Unterhaltungswert. But I doubt whether she believed half the things she said herself.«

Unterhaltsam? Was kam als Nächstes? Soziopathisch? »Die Frage ist doch eher, ob wir es glauben.«

»Das meinst du nicht ernst, oder?«, sagte Jack überrascht.

»Doch. Nein. Ein bisschen.«

»Ach Durga«, sagte Jack.

»Ach Durga«, sagte auch Nena, als Durga ihr Lilas Textmessage aus dem Jenseits zeigte.

Durga nahm einen Topf Hummus und stolperte über ihre

Schuhe, die sie vor dem Kühlschrank ausgezogen hatte. Sie wünschte sich nichts so sehr wie ein Glas Wein, um die Spitze von ihrer Panik zu nehmen, doch Nena trank keinen Alkohol mehr und aß auch fast keinen Zucker.

»Wer sollte Lila ernst genug nehmen, um sie zu überwachen?«, fragte Durga, weil sie sich nicht traute *Wer sollte Lila ernst genug nehmen, um sie vor einen Zug zu stoßen?* zu fragen, und versuchte, gleichzeitig mit einem Oatcake Hummus aus dem Plastiktöpfchen zu schaufeln und ihre Strumpfhose herunterzuziehen. Durga war eine dieser Reisenden, die aus ihrem aufgeklappten Koffer lebten und jedes Hotelzimmer im Handumdrehen in eine Rumpelkammer verwandelten, ja, sogar komplett ohne Dinge Unordnung verbreiten konnten. Nena dagegen reiste nicht ohne ihren Diffuser und eine Sammlung Kristalle, allen voran eine Rauchquarzpyramide, die nun zwischen zwei Kerzen in der Mitte des Couchtischs stand und dem Airbnb-Zimmer mit seinen generischen IKEA-Möbeln eine subtile Festlichkeit verlieh, als wäre morgen Weihnachten.

»Du könntest natürlich auch einfach die Polizei benachrichtigen«, sagte Nena so beiläufig, als würde sie zu dem Rauchquarz sprechen.

Durga fror mitten in der Bewegung ein, ein Bein nackt, eins noch immer in der Strumpfhose, und ein drittes, leeres baumelnd daneben. »Wenn etwas an Lilas Nachricht dran ist – wohlgemerkt *wenn* –, dann ist es doch gerade die Polizei, die sie … du weißt schon was«, erklärte sie das Unerklärliche.

»Ach Durga«, wiederholte Nena.

Die Nacht hatte Augen, die sie öffnete, sobald Durga das Licht ausschaltete. Also schummelte sie und ließ den Laptop an. *Wo bist du, Lila?*, fragte sie, und ihr Bildschirm schwieg wie ein Grab. Zumindest das hatte sie ihrer Mutter ersparen können.

Sie war nicht in eine Holzkiste eingesperrt. Ihre Asche war frei. Einen Moment lang fühlte sich Durga so leicht und unbedeutend wie Asche, die vom Wind weggetragen respektive den Harbach hinuntergespült wurde. Sie hatte irgendwo gelesen, dass Asche gesund sei, und spürte wieder den Geschmack ihrer Mutter im Mund. Was bedeutete es, dass sie sich ihre Mutter – okay, Fragmente ihres Schädels oder Beckenknochens – vampiristisch einverleibt hatte? Was bedeutet das überhaupt alles?

»Was machst du da?«, fragte Nena verschlafen auf dem Weg zur Toilette.

Es war Viertel vor vier. Durga schaute inzwischen Regenerationsszenen des Doctors – wenigstens der Doctor in *Doctor WHO* war unsterblich und wechselte nur alle paar Staffeln den Körper. »Das einzig Traurige daran ist, dass ich nicht weiß, wie es weitergeht«, sagte Jodie Whittaker als der 13. Doctor, bevor sie sich in David Tennant verwandelte.

Nena wickelte eine senfgelbe Herringbone-Decke um ihre Schultern und setzte sich neben sie auf das Bett. »Willst du reden?«

Durga fragte sich, ob sie in einer Vorabendserie gelandet war, in der Menschen Sätze sagten wie: Willst du reden? Und merkte, dass das genau das war, was sie wollte. »Ja! Warum ist es immer ein weißer Mann, der die Welt rettet?«

»Oder eine weiße Frau«, ergänzte Nena.

»Okay, Doctor-Wer-Auch-Immer-Ich-Sein-Werde, du bist dran«, sagte Jodie im Laptop.

Durga pausierte Youtube. »Im Fall von *Doctor WHO*, muss ich sagen, interessiert mich das Geschlecht des jeweiligen Doctors nicht die Bohne.«

»Uh, eighties!«

»Nein, ganz im Ernst. Als ich meine Folgen schreiben durfte, habe ich allen-allen-allen in den Ohren gelegen, dass der nächste Doktor von einem indischen Schauspieler gespielt werden MUSS. Und natürlich nie eine Antwort bekommen. Und irgendwann sagt der Showrunner auf dem Flur zu mir: Oh, wir nehmen schon eine Frau. Als gäbe es keine indischen Frauen!« In der Dunkelheit des Wohnzimmers klang ihre Stimme überraschend laut und überraschend wütend.

»Das dir das jetzt gerade einfällt, hat etwas mit eurem Agatha-Christie-Projekt zu tun, nicht wahr?«, fragte Nena.

Zu allem Überfluss bewies Dachboden-Piet eine unerwartete Beständigkeit in Lilas Leben. Die letzten sechsunddreißig Jahre war er zwar nicht Lilas einziger, aber ihr hauptsächlicher Beziehungspartner, während die Beziehung zwischen Durga und ihm nie über ihren verkorksten Anfang hinwegkam. Deshalb rechnete Durga es ihm hoch an, dass er nicht zu Lilas Beerdigung erschienen war, zumindest musste sie so nicht die nahezu lebenslange Tradition brechen, ihm alles, was er tat, übelzunehmen.

»Ich tue das für dich«, hatte Lila ihr bei ihrem ersten Besuch, drei Wochen nach dem Auszug, erklärt. Bei keinem anderen Menschen würde Durga jemals wieder die Löcher in der Argumentation so deutlich erkennen können wie bei ihrer Mutter, aber zumindest hatte Lila damals das Gefühl, dass sie etwas erklären musste. »Ich hatte die Wahl, in einer Welt, die auf Unterdrückung und Diskriminierung aufgebaut ist, deine Mutter zu sein, oder diese Welt für dich zu ändern. Das war die härteste Entscheidung meines Lebens.« Lila lauschte dem Klang ihrer eigenen Worte und wiederholte: »Ich tue das für dich.«

Durga widerstand dem Drang, zu sagen: Wie ändert dein

In-einer-Kommune-Sein die Welt? Denn ein Teil von ihr wollte noch immer daran glauben, dass das, was ihre Mutter tat, weltbewegend war. Dass ihre Mutter weltbewegend war. Lila hatte das Gesicht einer Märtyrerin, mit dichten, geraden Brauen über seelenvollen Augen, die Probleme hatten, sich auf ihr Gegenüber zu fokussieren, weil sie stets auf ein entferntes Ziel ausgerichtet waren. Doch das, was sie opferte, waren andere, also Durga oder Dinesh – und Durga wünschte, Lila würde sie für ein würdiges Ziel opfern.

2 Der Protestmob vor Florin Court war doppelt so groß wie am Abend davor und doppelt so wütend. Durga fragte sich, ob die Demonstranten, wenn sie sie anschrien, in Wirklichkeit ihrer Trauer über den Tod der Queen Ausdruck verliehen.

»Wieso soll es wichtig sein, welche Hautfarbe Poirot hat?«, bellte ein Mann mit Melone und einem Schild mit der Aufschrift: *Mord ist nun einmal nicht politisch korrekt.*

»Schon mal vom Gleichbehandlungsgebot gehört? Es ist egal, welcher Schauspieler Poirot spielt!«, übertönte ihn eine Frau, die ... ebenfalls eine Melone trug. Auf ihrem Schild stand *Keep calm and hands off our Queen!*

»Eben, dann können wir ihn doch auch Schwarz machen«, entgegnete Durga, die nichts dergleichen vorhatte.

»Das ist nicht dasselbe!« Warum war der politische Gegner nie eine Person, die kohärent argumentierte? »Wir haben schon eine schwarze Anne Boleyn auf Channel 5! Müssen jetzt alle Hauptrollen von Schwarzen gespielt werden? In Agatha Christies Romanen ist der Detektiv nun einmal nicht schwarz! Im Original ist Poirot Franzose!«

»Belgier«, berichtigte Durga.

»Eben! Warum muss das Original verändert werden, nur um in eure Super-PC-Welt hineinzupassen?«, schrie eine dritte

Person mit einem Hut, dessen Namen Durga nicht kannte. Es war ein guter Morgen für klassische britische Hüte.

Das Gelb der Sonne war wie ein Spiegelei am Himmel für einen Moment durch die geronnene weiße Wolkendecke zu erkennen, und Durgas Magen krampfte sich zusammen. Vier Stunden Schlaf waren vier Stunden zu wenig, weshalb sie die goldene Regel ›Argumentiere nur bei Leuten, die dir zuhören‹ in den Wind schoss und »Verändert?« zurückfragte. »Wo hat Agatha Christie geschrieben: Hercule Poirot, ein weißer Mann?«

»Hast du nicht zugehört? Belgien! Hercule Poirot war Belgier!«

»Und Belgien hatte Kolonien, oder irre ich mich da?«

»Kolonien?«, Melone 1 schaute sie an, als hätte sie etwas außerordentlich Dummes gesagt.

Wo sollte sie anfangen? Durga ging im Kopf ihre über die Jahre verteilten Recherchen zu ›Belgien‹ und ›Kolonien‹ durch und stieß zuerst auf eine Bildersuche, die sich ihr für immer eingebrannt hatte: Kongogräuel, ein Mann, der auf eine kleine Hand und einen Fuß starrte, die vor ihm auf dem Boden lagen. Nsala. Sein Name war Nsala! Und seine fünfjährige Tochter war getötet und in Stücke gehackt worden, weil sein Dorf nicht die von der belgischen Krone geforderte Quote an Kautschuk produziert hatte.

Als hätte sie ihre Erinnerung gelesen, begann die Menge zu singen: »*And did those feet in ancient time / Walk upon England's mountains green?*« Wie konnte es sein, dass ein Gedicht von William Blake, vom Naturmystiker und Visionär William Blake, zur Hymne des britischen Patriotismus geworden war? Weitere Fotos blitzten durch ihren Kopf. Von Kindern mit abgehackten Händen. Zertrampelten Menschen. Niedergebrannten Dörfern. »*Among these dark Satanic mills?*«, skandierten die

Protestierenden. Und Durga rannte die Treppen zum Büro von Florin Court Films hoch, als wäre Leopold II. von Belgien, König und Schlächter, leibhaftig hinter ihr her.

»Fällt euch etwas Originelleres ein als Mord?«, fragte Jeremy, während Durga googelte, wie viele Statuen von Leopold noch in Belgien standen. Zu viele, aber zumindest wurden seit 2020 die ersten entfernt.

»Massenmord?«, schlug Asaf vor und spitzte seine ohnehin stets gespitzten Lippen, als wäre er im Begriff, eine unsichtbare Kerze auszupusten.

»Langweilig«, sagte Jeremy.

Maryam sah ihn provokativ an. »Entführung? Folter? Sexuelle Folter?«

»Lang und weil und ig«, sagte Jeremy

»Politische Verschwörung«, sagte Durga und dachte an Lila.

»Ja, in die Richtung.«

Durga war erstaunt, dass Jeremy sie schon wieder anlächelte. Sie war zur Abwechslung einmal nicht die Älteste in einem Kreis junger Drehbuch-Kreativer – das war Carwyn, dicht gefolgt von Maryam –, aber angesichts von Shazias Sexappeal und Maryams Glamour war Jeremys unverhohlenes Interesse an Durga weniger verblüffend als verdächtig. Jeremy war kein Mann, der seine Aufmerksamkeit einfach so verschenkte, er verlieh sie wie einen Orden: Herzlichen Glückwunsch, du bist es wert, im Jeremy-Universum wahrgenommen zu werden. Und dann löste er das Rätsel, indem er verkündete: »Durga hat eine Episode von *Doctor WHO* geschrieben.«

»Zwei«, sagte Durga.

»Es war ein Zweiteiler«, sagte Jeremy.

»Das ist der Zweiteiler, der mit einem klassischen Konzert anfängt, und mitten in der Symphonie bricht der Dirigent mit einem Dolch im Rücken zusammen. Zweitausend Zuschauer haben ihn die ganze Zeit im Blick gehabt. Niemand aus dem Orchester hat sich von seinem Platz bewegt. Kein Unbefugter hatte Zutritt zur Bühne. Trotzdem ist der Dirigent erstochen worden. Am Ende stellt sich heraus, dass er durch einen Zeitreisenden ermordet wurde«, erklärte Chris eifrig. »Oh, das war ein Spoiler, nicht wahr?«

Shazia tätschelte ihm den Arm und sagte: »Nein, nein, ich lese immer zuerst die letzte Seite eines Krimis.«

»War das Ironie?«, fragte Chris unsicher.

»*Etwas Originelleres als Mord*!«, sagte Jeremy. »Außerdem möchte ich ein Locked-room-Mystery, das noch niemand vorher geschrieben hat.«

»Bin ich John Dickson Carr, oder was?«, zischte Shazia Durga zu.

»Das habe ich gehört«, sagte Jeremy mit einem Zwinkern, das er vor dem Spiegel geübt haben musste. Jeremy mochte ein lupenreines Arschloch sein, aber er wusste, wie er eine Gruppe dazu brachte, ihr Bestes zu geben, und sei es in Konkurrenz zueinander. In diesem Moment begann das Läuten: Ein einzelner, gedämpfter Glockenschlag, gefolgt von einem leiseren, wieder und wieder, Jeremy sah auf seine Armbanduhr, alle anderen auf ihre Handys, es war 12:00 Uhr. High Noon. Die Glocken läuteten ohne Atempause, ohne aufzuhören, weiter und weiter, Trauer wie Schläge auf einen eisernen Glockenleib, Sekunden verwandelten sich in Schall, in Schwingungen, in Vibrationen, in den Klang des Todes, der eine Stunde lang über ganz Großbritannien zu hören war. *Frag nicht, für wen die Glocke schlägt, sie schlägt für dich.*

Als Nena Durga am Nachmittag abholen kam, stand bereits das Feeling der Serie: eine Twin-Peaks-Version von Über-England, voller roter Telefonzellen und Parsley, Sage, Rosemary und Union Jacks, in der alle Colonels in Indien gedient hatten und alle alten Damen sich nachts mit ihrem Hexenzirkel trafen. Der so britische belgische Detektiv Poirot mit seinem Regenschirm und seiner Melone würde vom MI6 gebeten werden, mit einer Agentin namens Emma Peel zusammen zu arbeiten. Emma Peel war Shazias Idee und der erste Durchbruch des Tages gewesen, umso verwunderter war Durga, dass Shaz' Vorschlag, aus Emma eine Hijabträgerin zu machen, auf taube Ohren gestoßen war.

»Da kriegen wir unsere Kooperationspartner nie im Leben zu.«

Sie mochten ein hierarchiefreies Team sein, aber Jeremy war der Chef.

»Hallihallo.« Nena steckte ihren Kopf durch die Tür und wechselte auf Englisch. »Unterbreche ich irgendwelche wichtigen kreativen Prozesse?«

»Oh nein, komm rein«, rief Christian eifrig wie immer. »Ich bin Christian.«

»Nena«, sagte Nena.

»Willkommen, Nina!«

»Nena«, berichtigte Nena ihn ohne die Irritation, die Durga empfunden hätte, wenn er ihren Namen verstümmelt hätte, was er umgehend tat.

»Dooga hat uns schon gesagt, dass du kommst.«

»Er ist sweet, nicht wahr?«, bemerkte Nena, nachdem sie sich mit »Tschussi-Kussi!« von Jeremy und dem Rest verabschiedet hatte. Nena war die einzige Person, die *Tschussi-Kussi* sagen konnte und das auch mit erschütternder Regelmäßigkeit tat, und es hörte sich ... normal an. Durch Nena lernte Durga immer wieder, dass Worte etwas komplett anderes bedeuten konnten, je nachdem, wie sie gesagt wurden und auch, vermutete Durga, wer sie sagte.

»Sweet?«, sagte Durga verblüfft. »Christian?«

»Ja, wie ein überdimensionierter Hundewelpe, der die ganze Zeit gestreichelt werden will.«

»Ich mag keine Hunde«, sagte Durga.

»Ah«, machte Nena vielsagend.

»Was?«, fragte Durga.

»Nichts, nur: Ah.«

Die Schreie prasselten auf sie ein wie Schläge, sobald sie die Glas-und-Stahl-Türen der Pforte öffneten.

»Jetzt dürfen wir keine Poirot-Filme mehr machen, wenn nicht alle schwarz, lesbisch und behindert sind!«

»Wann werdet ihr beginnen, Bücher zu verbrennen?«

»Das brauchen sie gar nicht. Wenn sie mit dem Umschreiben fertig sind, wird nichts mehr von Agatha übrig sein!«

»Hallo!«, sagte Nena und winkte wie die Queen.

»Euer ganzer PC-Scheiß zeigt nur, dass ihr Agatha nicht gelesen habt«, brüllte Mr. Melone sie an. »Ihre Krimis sind nicht antisemitisch!«

Antisemitisch?, wunderte sich Durga.

»Stimmt, ich hab die nie gelesen«, sagte Nena gut gelaunt.

»Wirklich nicht?«, fragte Durga verblüfft.

Nena nickte und Melone verlor umgehend das Interesse an ihr und konzentrierte seinen Groll auf Durga: »Wenn man keine Ahnung von Literatur hat, sollte man die Finger davon lassen. Christie hat Märchen für Erwachsene geschrieben!«

»Ihr wollt uns nur den Spaß an ihren Büchern nehmen!«, bestätigte die weibliche Melone.

»Meinst du, wir sind wirklich Spaßverderber?«, fragte Durga Nena, als sie die aufgebrachte Menge hinter sich gelassen hatten.

»Bist du?«, fragte Nena zurück wie eine gute Psychotherapeutin.

Durga hob die Hände. »Ich finde die ganzen Neubearbeitungen der BBC, die versuchen, so viele Leute so sinnlos wie möglich zu traumatisieren, ja auch scheiße, trotzdem protestiere ich nicht dagegen.«

»Dafür schreibst du gerade eine Serie, bei der cosy little England das Mordopfer sein wird. Wenn das mal nicht der ultimative Protest ist«, lachte Nena.

»Die Antwort auf schlechte Krimis ist nicht, Krimis zu verbieten, sondern zu versuchen, bessere Krimis zu machen«, sagte Durga defensiv.

»Ich dachte, das sagt man über Pornos?« Nena schob ihre Sonnenbrille in die Haare, was aussah, als hätte sie zwei Katzenohren.

Und endlich gelang es Durga, mitzulachen. »Meinst du, die demonstrieren, weil sie denken, wir machen einen Agatha-Christie-Porno?«

Durga liebte London, weil sie nirgends sonst so perfekt ins Straßenbild passte. Das erste Mal war sie mit fünfzehn mit ihrem ebenfalls ersten Freund nach London getrampt, hatte von Cheddar und pappigem Weisbrot gelebt und sich gefühlt, als wäre ein Gewicht, von dem sie nicht gewusst hatte, dass sie es trug, von ihren Schultern genommen worden. Menschen sahen sie hier nicht an, als wäre sie ein Wesen von einem anderen Stern, dessen Ursprung sie herausfinden mussten, bevor sie mit ihr kommunizieren konnten, sondern verstanden ohne Erklärung, wer sie war: der Inbegriff ihrer Geschichte, die Personifizierung von Ursache und Wirkung, unvermeidlich wie ein Naturgesetz.

Jack dagegen hasste London, weil er in jedem Kragstein, jedem Giebel und jedem Eisengitter das Empire erkannte und deshalb in stetem Streit mit der Architektur stand. Doch genau das berührte Durga so sehr an dieser Stadt: dass die schmerzhafte Geschichte, die Jack und sie durch den Kolonialismus miteinander verband, hier sichtbar war. Okay, schmerzhaft vor allem für eine Seite, ihre Seite.

»Das britische Empire war auch für uns schmerzhaft«, hatte Jack am Anfang ihrer Beziehung protestiert.

»Weil es so hart war, uns zu erobern, white man's burden und so?«, sagte Durga ironisch.

»Why don't you shut your head about things you don't understand«, fuhr Jack sie oder die Stadt an.

»Why don't you?«, gab Durga zurück.

Doch je länger sie mit Jack zusammen war, desto mehr verstand sie die verborgenen Verstrickungen zwischen ihren Geschichten und Positionen. Als sie ihn ihrem Vater vorstellte, spürte sie Dineshs Erleichterung wie einen angeschalteten Heizstrahler. Ein Engländer war, nach einem guten indischen Jungen, das Beste, was Durga mit nach Hause bringen konnte.

»Ich bin kein Engländer!«, beschwerte sich Jack.

»Für meinen Vater schon«, sagte Durga.

London war der logische Ort, an dem Durga die Auseinandersetzung mit dem Tod ihrer Mutter vertagen konnte, eine Stadt, so hemmungslos, so gefräßig, so vollgesaugt mit Geschichte, dass alles Aktuelle sich oft wie noch Jahrzehnte in der Zukunft anfühlte. Allerdings waren auch nirgendwo sonst Tote so präsent wie zwischen diesen historischen Steinen und wispernden Regenrinnen.

»Die Queen war immer da.«

»Was?«, fragte Durga schuldbewusst, weil sie zu sehr mit ihren eigenen Gedanken beschäftigt gewesen war, um Nena zuzuhören.

»In den Siebzigerjahren wurde sie pink, in den Neunzigern hatte sie ein Comeback«, zählte Nena auf. »Alle meine Lieblingsschauspielerinnen haben sie gespielt.«

»Du meinst, Olivia Coleman?«

»Und Helen Mirren.«

Durga wusste nicht, ob es die Nachwirkungen des Writers' Room oder die der Demonstration waren, dass sie schon wieder protestierte: »Ja, aber keine Schwarze oder braune Schauspielerin.«

»Naja, immerhin ist sie ...« Nena brach ab.

»Was? Die Queen?«

»Du weißt schon ... weiß.«

»Na und? Schließlich war sie auch Empress of India, da könnte sie schon von einer braunen Schauspielerin gespielt werden«, sagte Durga uneinsichtig.

»Ich glaube, das war ihre Mutter«, wandte Nena ein.

»Es gibt einfach zu viele Elizabeths in England.« Durga fühlte sich kleinlich, weil sie irritiert über Nenas Schauspielerinnen-Präferenzen war. Schließlich war es nicht Nenas Schuld, dass Kostümdramen bis auf rare Ausnahmen – *looking at you, Bridgerton* – in einer Welt spielten, die so weiß war wie frisch gefallener Schnee, und ebenso unhistorisch. Dass die Gesellschaft es – mit sehr viel Anstrengung – schaffte, sich die Gegenwart divers vorzustellen, aber nicht die Vergangenheit. Als hätten Menschen wie Durga keine Vergangenheit, keine Tradition, nichts, auf dem sie aufbauen oder gegen das sie kämpfen konnten. Keine Nostalgie im Sinne von *nostos*: Rückkehr, Heimat – sondern nur *algos*: Trauer, Schmerz. Eine Abwesenheit, wo eine Anwesenheit sein sollte. Das war besonders perfide, da Durgas Geschäft als Autorin ja gerade Nostalgie war, sie arbeitete für eine Branche, die von und mit Sehnsucht handelte. Und Durga selbst sehnte sich natürlich auch empfindlich nach der Vergangenheit, okay, vor allem nach der Zeit, bevor ihre Mutter das Gewebe des Universums aufgerissen hatte.

Nena war die einzige Konstante in dieser Landschaft verschwimmender Referenzen, deshalb war Durga so überrascht, als Nena sagte: »Kolonialismus und wie viele schwarze Schauspieler in einer Serie mitspielen ... Ich wusste gar nicht, dass du dich so für diese Dinge interessierst!«

Durga war sekundenlang sprachlos, oder anscheinend war sie all die Jahre sprachlos gewesen und hatte mit Nena kein einziges Gespräch geführt, das den Bechdel-Test bestanden hätte. *Machen wir das alle so?*, fragte sie sich. *Reden wir alle nur über die sicheren Dinge miteinander? Über die, bei denen wir davon ausgehen können, dass wir einer Meinung sind, oder von denen wir zumindest beide schon einmal gehört haben?*

3 Durga hatte Nena mit Mitte zwanzig in einer Badewanne kennengelernt, in der sie zusammen auf einer Party gelandet waren. Das war weniger Rock 'n' Roll als Wohnungsnot, weil sie in ihren jeweiligen Wohnungen nur duschen konnten, aber zugleich schadete auch nicht, dass sie sich der ungeteilten Aufmerksamkeit aller Männer in den anderen Zimmern (inklusive des Balkons) sicher sein konnten. Als Nena bald darauf die Nase vom neuen Freund ihrer Mitbewohnerin voll hatte und Durga vom Alleine-Wohnen, suchten sie sich zusammen eine Wohnung. In Durgas Erinnerung lief darin stets die schwüle, brütende Musik der Cowboy Junkies, und Nena war eine Fruchtbarkeitsgöttin. Schließlich hatte sie die größten Brüste, die Durga jemals gesehen hatte, und gefühlt immer

ihre Tage. Außerdem war sie erst seit kurzem eine Fruchtbarkeitsgöttin und musste das deshalb voll auskosten.

»Ich hatte noch nie einen Scheidenpilz«, verkündete sie, während Durga versuchte, trotz Knurpsen und Rauschen mit ihrem Freund zu telefonieren.

»Das kommt noch«, versprach Durga und zerrte mit dem einzigen Erfolg am Telefonkabel, dass die Hälfte des Altglases klirrend durch die Küche rollte und die Verbindung deutlich schlechter wurde. »Hallo? Hallo?«, rief sie in den Hörer, weil man das damals so machte.

Nena verstand den Wink, griff eine Netzstrumpfhose vom Wäscheständer, um sie über ihre Nylons mit Tigermuster zu ziehen – radical chic eben –, und fragte im Hinausgehen: »Bürstest du mir nachher die Haare?« Jede Party hatte ihren Preis.

Nena war Durgas erste WG-Mitbewohnerin, wenn man von Dineshs wechselnden Gefährtinnen absah (wie sich herausgestellt hatte, war melancholisch Aussehen kein Nachteil auf dem Beziehungsmarkt, wenn man indisch war), aber Durga war nicht Nenas erste. Es rührte Durga jedes Mal aufs Neue, wenn Nena ganz selbstverständlich in ihrer dickbauchigen, geblümten Kanne Tee für zwei kochte, trotzdem stellte Durga noch lange immer nur eine Tasse auf den Tisch und war am Ende der Tage überraschend erschöpft, weil sie Nena stets mit ungeteilter Aufmerksamkeit zuhörte.

Der Tisch war Nenas Beitrag zu ihrer Einrichtung, ebenso ein niedriges Sofa mit braunem Samtbezug, das Durga so scheußlich fand, dass sie überzeugt war, Nena einen Gefallen zu tun, indem sie umgehend einen ihrer Lieblingssaris darüber ausbreitete, und Nena hielt schlauerweise den Mund und wartete ab, bis Durga den Sari eines Tages beim Putzen herunternahm und entdeckte, wie viel schöner das Sofa ohne verkrumpelten Seidenüberwurf war. Auch kam man zwar immer noch nur knapp mit der Brust über die Tischkante, aber zumindest saß man nicht mehr auf aufgestickten Spiegelscherben, die sich in die Unterseiten der Oberschenkel bohrten.

Bevor sie zusammengezogen waren, hatte Durga Visionen vom Frühstücken zu fünft gehabt: Nena + Freund und sie + Freund und die Morgensonne. Da ihre Küche nach Nordosten ging, standen sie jedoch in ihren kompletten WG-Jahren nie früh genug auf, um die Sonne mitzubekommen, und die einzigen Männer, die hin und wieder mit am Frühstückstisch saßen, waren Nenas Affären und tranken Dosencola gegen ihren Kater.

Dass Durgas Freund lieber mit ihr telefonierte als vorbeikam, lag am Asperger-Syndrom. Nur hatte Mitte der Neunzigerjahre noch niemand davon gehört, so dass alle, inklusive Durgas Freund selbst, dachten, er hätte Depressionen. Vor Dirk hatte Durga klinische Depressionen nur aus Romanen mit Vampirplots gekannt, und in ihnen machten sie sich relativ gut, doch Dirk wusch sich lediglich nicht mehr, bekam alle möglichen Allergien und erklärte ihr, dass es besser sei, ihre Telefonate auf einmal alle drei bis vier Wochen zu beschränken.

»Ihr streitet euch noch viel heftiger als wir«, bemerkte Nena beglückt, als Durga aufgelegt hatte. »Kommst du mit auf den Bauwagenplatz?«

»Nein«, sagte Durga zum ersten Teil ihrer Aussage und »Ja« zum zweiten.

»Dann nichts wie los nachher irgendwann«, erklärte Nena und legte ihren Kopf in Durgas Schoß, und Durga fingerte sich durch Myriaden von winzigen Knoten in Nenas babyweichen Haaren. Das Leben mit Nena war ein sinnliches Ereignis, und Durga, für die Freundschaften bis dahin aus intensiven Gesprächen und sehr wenig anderem bestanden hatten, versuchte atemlos mitzuhalten.

Es dämmerte bereits, als sie in die Gebärmutter kletterten. So hieß der Bauwagen von Nenas Freund, weil ein vergessener Vorbesitzer ihn von außen wie innen rot angemalt hatte. Irgendwie war der Name, abgekürzt zu Mutter, auch an Nenas Freund hängen geblieben. Durga hielt das für den Beweis, dass das Schicksal oder die Götter oder das Universum Humor hatten, da Mutter stets zu sehr mit dem beschäftigt war, was er gerade tat, um sich um irgendjemand oder etwas anderes zu kümmern. Trotzdem, oder vielleicht weil Mutter so schlecht für alle Leichtigkeit des Lebens ausgerüstet war, mochte Durga ihn und verzieh ihm sogar, dass er Dreadlocks trug. Es waren die Neunzigerjahre, während derer die Hälfte der weißen Linken Dreadlocks hatte, ohne rassistisch zu sein, oder zumindest ohne zu wissen, dass ... aber das war zu kompliziert.

An diesem Abend galt Mutters Aufmerksamkeit dem Dachfenster, das er in Gebärmutter einbaute. Wie bereits in der Woche davor. Und in der davor. Nachdem er sie zehn Minuten lang ignoriert hatte, wischte Nena Sägespanstaub von seinem Tapedeck und legte eine Riot-Grrrl-Band auf.

»*Meine Möse ist grün und schäumt / Das ist ein Stück über Männer*«, schrien vier Frauenstimmen aus den Boxen.

»*Und mein Zimmer / Ist immer / Unaufgeräumt / Denn das ist ein Stück über Männer*«, schrie Nena mit und schlug den Takt auf ihrem Po. Durga öffnete behutsam die Wagentür und ließ die beiden alleine.

Draußen lehnte sie sich eine Weile an Mutters kalte, feuchte Hängematte und atmete. Der Wiesenrand blühte lila vor Oregano. Der Weg war voller Nacktschnecken, die ihre glitzernden Schleimspuren wie auf einem Schnittmuster kreuz und quer über den ausgebleichten Teer zogen. Alles dampfte Versprechen und Anfang, und Durga wusste nicht wohin damit, als sich die Tür des nächsten Bauwagens öffnete und Mutters Nachbar Jan ihr einen Joint anbot.

»Menschen sind schon merkwürdig«, sagte Durga, nachdem sie den Rauch ausgehustet hatte.

Und Jan bestätigte: »Menschen sind merkwürdig.«

Durga, ein Vierteljahrhundert älter und in London statt auf dem Bauwagenplatz, hatte eine plötzliche, überwältigende Sehnsucht nach dieser verwehten Zeit mit ihren vielen Versprechungen und ihrer wenigen Süße, danach, noch einmal den Ansturm von Sinneseindrücken zu spüren, den sie erlebt hatte, als sie damals auf ihrem Rad nach Hause geflogen war, ihr Körper leichter als Luft. *Ist das das erste Zeichen von Altwerden, wenn man nostalgisch an vergangene Drogenerlebnisse zurückdenkt?* Doch dachte sie gar nicht nostalgisch an Marihuana, sondern an Nena, mit der sie das erste Mal seit damals wieder zehn Tage am Stück in einer Wohnung verbrachte.

Die Rolltreppe trug die beiden in den Schlund der Londoner U-Bahn, wo die Abdrücke der ehemaligen Passagiere wie Schattenrisse von Geistern an der Wand hinter der Wartebank zu erkennen waren, darüber warben gelbe Plakate mit schwarzbrauner Schrift für ein Screening des klassischen Dokumentarfilms: *Muhammad Ali, Skills, Brains And Guts*. Und Durga fragte impulsiv: »Erinnerst du dich noch an Cassius Clay?«

»Cassius the vicious!«, lachte Nena. Ein Passant sah sie misstrauisch an, als würden sie über die Queen lachen.

Cassius war die erste Katze, die sie bekommen hatten, weil Mutter es nicht geschafft hatte, sie rechtzeitig kastrieren zu lassen, und der Rest des Bauwagenplatzes beschloss, dass für einen weiteren Wurf nun wirklich kein Platz mehr sei. Cassius Clay war schwarz und drahtig und neurotisch, und dann wurde sie schwarz und dick und neurotisch. Alle ihre Geschwister hatten schon längst Junge, nur Cassius' Leib schwoll und schwoll.

»Sie hatte als Allerletzte gefickt«, lachte Nena.

Und als sie dachten, sie würde überhaupt nicht mehr anfangen zu werfen, hörte sie gar nicht mehr damit auf. Sieben Kinder, die eines nach dem anderen dehydrierten, weil Cassius' Brustwarzen den vielen suchenden Kätzchenmäulchen nicht standhielten und sich entzündeten. Die Überlebenden gaben sie schließlich Mutter zurück, damit sich die anderen Katzen am Platz um sie kümmerten, was sie auch taten, sehr zum Ärger des amtierenden Katers, der sie noch am selben Tag totbiss.

»Warum haben wir sie damals eigentlich nicht Muhammad Ali genannt?«, fragte Durga, und Nena zuckte die Achseln.

»Aber wirklich, schließlich war das der Name, den Cassius Clay für sich selbst gewählt hat, weil die ganzen versklavten Menschen in Amerika die Familiennamen ihrer ›Besitzer‹ tragen mussten wie ein Brandzeichen ...« begann Durga, doch alle Erklärungen gingen im Rauschen der einfahrenden U-Bahn unter, im Schaudernd-an-Lilas-tödlichen-Sturz-vor-eine-noch-schnellere-Bahn-Denken-und-dann-sofort-an-etwas-anderes-Denken, im An-den-Halteschlaufen-hängend-gegeneinander-geschaukelt-Werden, im Schluchzen der grauhaarigen Dame, die wie so viele Londoner seit dem Tod der Queen plötzlich unvermittelt in Tränen ausbrach, im Zwiebel-und-Cider-Geruch der Chips, die der Mann neben ihnen aß. Und dann waren sie bei Aldgate East und drängten sich durch die Gedärme der Stadt nach oben, vorbei an einem riesigen roten Graffiti *Arier – go home!*, und schauten an dem silbernen Minarett der Brick-Lane-Moschee hoch in den Himmel, der inzwischen weniger nach Spiegelei aussah als nach zu lange gekochtem Milchreis mit angebrannter Zimtkruste.

Kannst du dir vorstellen, dass bengalische Kids hier Angst hatten, zur Schule zu gehen, weil Skinheads Jagd auf sie machten, als wir in Deutschland eingeschult wurden?, wollte Durga Nena fragen, doch klang das sogar in ihrem Kopf zu pathetisch.

»Wusstest du, dass Brick Lane als Banglatown bekannt ist?«, fragte sie stattdessen. »Und dann haben ausgerechnet die Bangladeshis dagegen protestiert, als *Brick Lane* hier verfilmt werden sollte.«

»Brick Lane?«, fragte Nena desorientiert.

»Monica Alis Roman.«

»Ganz schön riskantes Business, dieses Romane-Verfilmen«, meinte Nena und knöpfte ihren Kunstleopardenfell-Mantel gegen den Wind zu, der Fang-mich mit einer Plastiktüte spielte, sie hochhob, wieder auf das Pflaster warf und schließlich mit einem raspelnden Geräusch die stilisierte Blumenstruktur hinaufschleifte, die die komplette Stahlhaut des Minaretts überzog wie ein Tatoo. »Ich muss jetzt mal etwas zugeben«, sagte Nena nachdenklich. »Wenn die Moschee zu Ende ist und alle auf die Straße rauskommen, fühle ich mich manchmal wie eine Fremde im eigenen Land.«

»Was, hier?«

»Quatsch, hier bin ich eine Fremde in einem fremden Land. Zuhause in Köln, Durga!« Und die Zeit blieb stehen.

Durga starrte auf das Straßenschild neben dem Minarett: »Brick Lane E.I.«, und darunter, leicht verwittert, dasselbe Schild noch einmal auf Bengali. Sie hatte Nena nicht wegen der Schönheit der Moschee hierhergelotst – schließlich hatten sie in Köln, der Stadt der Superlativ-Sakralbauten, eine noch viel atemberaubendere Moschee –, sondern wegen dieses Straßenschilds auf Bengali mitten in Europa – dieses ungeheuren Zeugnisses, dass sie existierte, dass sie im Plural existierte, dass Menschen wie sie Teil dieser Stadt, dieses Landes, dieser

Welt waren, Teil ihrer Schichten und Schichten von Geschichte. Durga fühlte eine Mischung aus Schock – wenn sogar Nena Moscheen und muslimische Menschen so sah, welche Hoffnung gab es dann für diese Welt? – und moralischer Überlegenheit. »Was ist daran so schlimm, wenn du dich so fühlst? So fühle ich mich schließlich immer«, erklärte sie und hörte, noch während die Worte ihren Mund verließen, wie ... falsch sie klangen. Was sie eigentlich sagen wollte, war ... ja, was wollte sie eigentlich sagen?

Anscheinend hatte Nena ähnliche Probleme. Alles war schwierig. Alleine das war verblüffend. Normalerweise war nichts so einfach, wie mit Nena zu sprechen. Nena war der einzige Mensch, abgesehen von Jack, mit dem Durga sprechen konnte, ohne vorher nachzudenken, mit dem sie beim Sprechen denken konnte, aber anscheinend nicht jetzt, wo alle Gedanken in plötzlicher Fremdheit gerannen und nur kaltes, körperloses Entsetzen blieb. Wie konnte sie bloß von ihrer besten Freundin entsetzt sein?

»Das ... ist etwas anderes«, sagte Nena schließlich erstickt.

»Warum, weil wir uns kennen?«

»Nein, weil du nicht wirklich indisch ...« Durga zuckte zurück, als hätte Nena sie geschlagen, doch anscheinend hatte sie etwas ganz anderes gesagt, da ihr Satz mit den Worten endete: »... nun einmal so, dass die Typen, die mich blöd anbaggern, wenn ich nachts nach Hause gehe, immer Muslime sind.«

Diesmal kam Durgas Antwort schnell, zu schnell: »Und das kannst du ihnen ansehen, dass sie Muslime sind?«

»Du weißt, was ich meine.«

Ich befürchte ja! Laut sagte Durga ... nichts. Die Luft zwischen ihnen wurde gleichzeitig schwer und spiegelglatt, wie etwas, das man unmöglich einatmen konnte, das keinen Klang transportierte, keine Informationen, nur Gefühle. *Die ganzen*

Leute hier könnten mein Vater sein – Wie kannst du mir vorwerfen, rassistisch zu sein? – Das habe ich nicht gesagt – Aber du hast es gedacht – Wie kannst du das nur denken? – Du kennst mich doch ...

»Du kennst mich doch«, wiederholte Nena leise, und Durga wünschte, sie hätte geschrien. Denn es stimmte, Durga kannte Nena, Durga kannte Nena besser als nahezu jeden anderen Menschen. Seit sie denken konnte, hatte sie sich eine Schwester gewünscht, oder einen Bruder, oder ein nonbinäres Geschwisterteil, und Nena war das Nächste gewesen, was sie zu einem Geschwister hatte. Wenn also Nena horrenden islamophoben Unsinn erzählte, reichte es nicht, dass sie ihn für horrenden islamophoben Unsinn hielt, sie musste verstehen, warum.

Doch Nena driftete bereits die Brick Lane hinunter. Sie hatte sich einfach umgedreht und war gegangen. Nicht abweisend, nur jenseits ihrer Reichweite. Gleich würde ihr Teddyfell-Leopardenoptik-Mantel vom Schlund der U-Bahn verschlungen werden. Durga fühlte sich, als würde sie ebenfalls die Straße entlanggespült. Seit ihre Mutter einfach aufgehört hatte zu existieren, war nichts mehr sicher, und mit Nena war nun der letzte Anker, der sie an die Realität band, gelöst. Sie versuchte einen Punkt an der Ziegelwand der Moschee zu fokussieren, um gegen den Strudel in ihrer Magengrube anzukämpfen. Ihr Blick blieb an der Sonnenuhr im Giebel hängen, die aus Mangel an Sonne keine Stunde anzeigte, oder alle Stunden, während sie fatalistisch ihr Motto präsentierte: *Umbra sumus.*
Wir sind Schatten
        Schatten
            Schatten
                Schatten

4 *Okay, der Satz hört sich jetzt äußerst ominös an. Aber was soll er eigentlich bedeuten? Dass wir, auch wenn das Blut noch mit heißem Puls durch unsere Adern pumpt, bereits Schatten sind? Oder dass die, die vor uns waren, noch immer wie Schatten anwesend sind? Oder schlicht, dass die Stunden als Schatten über das Uhrengesicht huschen? Oder vielleicht ist ja Zeit selbst der Schatten von etwas, das wir nicht sehen können? Von den Körpern der Entscheidungen, die Menschen über die Jahrhunderte getroffen, den Taten, die sie getan oder unterlassen haben?*

Und wie kommt es, dass hier plötzlich so viele Juden in die Moschee gehen? Und damit meine ich richtig orthodoxe Juden mit Kippa und Schläfenlocken? Was macht die Brick-Lane-Moschee besser als all die anderen Moscheen?

Nur dass über dem Eingang nicht mehr Brick Lane Jamme Masjid *steht, sondern:* Spitalfields Great Synagogue.

»Kakalz aun masalz, lebedik, lebedik, aoy.«

»Oranjaz aun lemanz, zogn di belz fun st. klements.«

»Koyfn bezem buzzamz, koyfn zey ven zey zenen nay, feyn kheder bred uns, beser keynmol gevaxn.«

Die Worte schlagen über mir zusammen wie eine Welle. Ebenso viele Worte wie zuvor, eine ebensolche Sprachenvielfalt, nur dass die meisten von ihnen ... Deutsch sind? Allerdings ein Deutsch, das ich nur verstehe, wenn ich nicht hinhöre, dann löst es sich in Liedfetzen auf, in Donajdonajdonajdon. Natürlich: Jiddisch!

Mit der nächsten Welle treffen mich die Gerüche, scharf und süß wie Urin, wie überreife Äpfel, wie feuchte Teppiche – und darüber DDR: Braunkohle und Schwefel. Es fühlt sich an, als wäre mein ganzer Körper Augen und Ohren und Nasen. Und von allem zu viel. Nicht zu laut, sondern zu viel. Und ich kann nichts anderes tun, als komplett still zu stehen und abzuwarten, bis die Schrille der Welt abklingt.

Was sie nicht tut. »Ir dort, vos min fun mentsh bistu?«, ruft eine

Stimme hinter mir. Ein junger Mann mit Schirmmütze. Misstrauisch. Im Eingang eines Ladens, der hauptsächlich Wecker zu verkaufen scheint – oh, und Orden –, Reihen und Reihen von Weckern und Orden. Die Zeiger der Wecker stehen still, trotzdem kann ich sie bis zu mir ticken hören. Kann ihr Bedürfnis zu ticken hören.

»Hey, fun vanen bistu?« Eine andere Stimme. Ein anderer Mann in einem anderen Eingang. Darüber ein Zwiebelbaldachin aus rotem und blauem und grünem Glas: Russian Vapour Baths.

Aus allen Richtungen kommen Männer mit offenen Jacken über Vintage-Westen auf mich zu. Frauen in langen Röcken mit göttlichen Stopfdetails, die ich sofort für unser Anti-Christie-Filmprojekt kopieren möchte, zeigen mit dem Finger auf mich. Kinder mit geknöpften Schuhen zupfen, nein, ziehen an meinem durchsichtigen Plastik-Regenmantel.

Was ist hier los?

Da gibt es nur eine Erklärung: Die Zeitpolizei hat einen Tag Urlaub genommen.

OPERATION LONDON BRIDGE

D-DAY + 1

INTRO:
(((INNEN – ZIMMER – FAHRT)))
Wand, Stockflecken, wellige Tapete, Bilderrahmen
(((ZOOM IN)))
Holzschnitt: zwei Zwiebeln mit pausbäckigen Gesichtern. Segen. Spruch:
»Zwiebel gelb, Zwiebel rot, Zwiebel unter der Erden,
Vergib mir, reinige mich, bewahre mich vor allem Bösen!«
(((SCHWENK)))
Flirrende Staubpartikel in der Nachmittagssonne.
(((SCHNITT))) Ein Schatten von Flügeln. (((SCHNITT)))
Vogelkrallen (((SCHNITT))) schließen sich um die Rahmenleiste.
(((SCHNITT))) Eine Krähe landet flatternd auf dem schaukelnden Bild. (((SCHNITT))) Das Bild löst sich von der Wand, fällt (((SCHNITT))) auf den Boden.
(((SCHWENK))) Scherben fliegen in Zeitlupe durch die Luft
(((SOUND))) Raschelnde Schritte
(((SCHWENK ZURÜCK)))
Auf dem Holzschnitt ist nur noch eine Zwiebel zu sehen. Die linke ist verschwunden.

(((VOICEOVER)))
»Im bloßen Raum wäre die Welt starr und unbeweglich: kein Nacheinander, keine Veränderung, kein Wirken. In der bloßen Zeit wiederum wäre alles flüchtig. Erst durch die Vereinigung von Zeit und Raum erwächst die Möglichkeit des Zugleichseyns.«
Arthur Schopenhauer

»All this could be put much more simply: Time exists in order so that everything doesn't happen all at once, and space exists so that it doesn't all happen to you.« Susan Sontag

»People assume that time is a strict progression of course to effect, but actually, from a nonlinear, non-subjective viewpoint, it's more like a big ball of wibbly wobbly timey-wimey ... stuff.«
Doctor WHO

Und es gab nur eine Möglichkeit: Flucht! Noch bevor sich der Gedanke in meinem Kopf geformt hatte, rannte ich schon zurück in Richtung U-Bahn. Warum auch immer. Schließlich war der Kleidung nach zu urteilen jetzt ... was auch immer jetzt bedeutete ... Ende des neunzehnten Jahrhunderts. Oder so. Ich kann noch nicht einmal die Tageszeit an der Sonne ablesen. Woher soll ich das Jahrhundert an der Kleidung ablesen können? Einige Kinder rannten mir hinterher, aber keiner der Männer, und die Frauen warfen nur Kusshände und riefen lachend: »Vayzn mir deyn fis.«

Weglaufen war kein Problem, das Problem war, dass sich mir hinter jeder Ecke neue Menschen in den Weg stellten und nach mir griffen. Zu meiner Überraschung war der U-Bahnhof Aldgate East noch da. Wenn auch nicht ganz da, wo ich ihn erwartet hatte, und er sah auch nicht mehr so aus, wie ich erwartet hatte. Die Straße zu überqueren war schwieriger als ... zu meiner Zeit. Ich entkam einer Straßenbahn und mehreren Pferdekutschen, nur um beinahe von einem Handkarren überrollt zu werden, der in letzter Sekunde auswich und wütend vom Fahrer eines entgegenkommenden Busses angehupt wurde.

»Trink deinen Whisky und spann mal ab«, rief der Kärrner dem Busfahrer zu. »Der Vogel hier hat auch schon einen im Tee.«

Ich schaute an dem Doppeldecker hoch. Dort, wo während des Brexit-Referendums Boris Johnsons 350-Millionen-Euro-Lüge (die Großbritannien jede Woche an die EU zahlen und gleich nach dem Austritt in das Gesundheitssystem stecken würde) gestanden hatte, war eine Werbung für *Shanahan's Scotch Whisky*. Und der Vogel sollte dann wohl ich sein. Da ich lieber für einen Säufer als für eine Zeitreisende gehalten wurde, wedelte ich mit den Armen als wären sie Flügel, und eilte über die Straße, vorbei an noch mehr Werbung, dieses Mal für Lyons Tea, bevor ich die Bahnhofstür aufstieß, als wäre sie ein Portal in meine Welt ... äh: meine Zeit!

Nach rechts ging es zur U-Bahn.

Damals schon.

5 o'clock, verkündete die Bahnhofsuhr, als wolle sie mich verhöhnen. Ich drückte meine Hand tiefer in die Tasche meines Rocks – meines für dieses Jahrhundert eindeutig zu kurzen Rocks – und versuchte krampfhaft, nicht zu hyperventilieren. Mein Taschentuch war so weich, als hätte es ebenfalls die Reise durch die Zeit angetreten und wäre wieder eine Baumwolldolde. Wenn ich weniger Panik gehabt hätte, hätte ich mehr Panik gehabt, hätte Panik alle meine Nervenbahnen geflutet. Aber die pulsierenden Röhren meiner Nerven waren bereits so randvoll mit Adrenalin, dass dafür schlicht kein Raum mehr war. Und dann war plötzlich doch Raum, eine ganz neue Dimension von Raum, als ein riesiger Polizist, der mit seinem schwarzen Helm

noch größer erschien, durch die Menge auf mich zusteuerte. Ich wirbelte herum. Zu spät. Die Hand eines zweiten Polizisten legte sich mit dem Gewicht des Schicksals auf meine Schulter.

Als würde er das jeden Tag machen, ließ sich mein Körper fallen, zog gleichzeitig die Arme aus meinem Regenmantel und rollte über den Boden, zwischen Beinen hindurch, die erschrocken wegsprangen, kam mit derselben Bewegung wieder zum Stehen und sprintete die Stufen hinunter in die Kälte des U-Bahn-Schachts.

Die Polizisten erreichten die Plattform in dem Moment, in dem meine Bahn anfuhr. Ich schloss die schwere Wagentür und winkte ihnen fröhlich zu, beeindruckt von meinen ungeahnten Reflexen. Dann drehte ich mich um und schaute in misstrauische Gesichter, die mich und meine merkwürdige Kleidung mit zusammengekniffenen Augen taxierten.

»Keine Sorge, ich bin nur betrunken«, brabbelte ich und hätte mit den Armen gewedelt, wenn ich die nicht gebraucht hätte, um mich an den Handschlaufen festzuhalten.

»So spricht man nicht vor Damen«, echauffierte sich ein älterer Herr, und ich nickte zustimmend, was die ganze Sache nur noch schlimmer machte.

»Das kannst du zu Hause machen, aber nicht hier«, polterte er.

»VERSTANDEN?«, rief ein Zweiter, als wäre ich schwerhörig. »Sprichst du ENGLISCH?«

Ich kalkulierte mental, wie viele Minuten wir zur nächsten Station brauchten – Antwort: keine Ahnung –, und entschied, mich dumm zu stellen. »Ang-lisch?«, sagte ich möglichst gebrochen.

»Hast du überhaupt ein Ticket?«, fiel der Nächste ein.

»Ticket, oh ja, oh ja«, erwiderte ich und hoffte, dass mich niemand auffordern würde, es vorzuzeigen.

»Zeig her!«

Beflissen begann ich, in meinen erstaunlich wenigen Taschen zu wühlen, und betete, dass wir bald halten würden. Doch die eiserne Bahn rumpelte durch den dunklen Tunnel, als gäbe es kein Morgen. Ein weiterer Mann vom Typ Britische Bulldogge trat zu uns und taxierte mich, als würde mir eine Tracht Prügel ungemein guttun.

Ich überlegte fieberhaft, wie ich die Situation entschärfen könnte, und kam auf: »God save the Queen!«

»Was? Was? Was?«, bellte Bulldogge und hob drohend die Hand. Allerdings machte er den Fehler, dafür die Halteschlaufe loszulassen, und ein Ruck der Bahn brachte uns beide ins Straucheln.

»God save the *King*!«, intonierte der erste Mann.

»God save the King«, wiederholte der gesamte Waggon.

Und dann kreischten die Bremsen, und ich rief: »Hier ist es!«, und winkte mit dem Ticket, das ich zusammen mit Nena gekauft hatte, und riss die Tür auf.

»Nicht so schnell!«

Doch ich war bereits draußen.

Draußen: »Ticket bitte!« Bulldogge stand neben einem Holzkiosk, als hätte er sich an das Ende der Plattform gebeamt – oder vielleicht sahen feindselige weiße Männer mit Schnäuzer und Anzug alle gleich aus – und schwang seine Lochzange wie einen Schlagstock. »Ticket BITTE!«

Ich gab ihm mein Einundzwanzigstes-Jahrhundert-Ticket und rannte. Die Mäntel, gegen die ich bei meiner Flucht stieß, wurden alle von Bulldoggen getragen, die ihre Mäuler aufrissen, die Köpfe zurückwarfen und ein markerschütterndes Geheul ausstießen, das von den Wänden des Tunnels zurückgeworfen wurde und wuchs und wuchs und wuchs.

Mit klingelnden Ohren tauchte ich aus dem Schacht an die

Oberfläche. Doch meine Erleichterung war kurzlebig, weil sofort neue Bulldoggen nach mir schnappten, Anzugmänner mit zu vielen Armen nach mir griffen. Wie lange konnte ich rennen? Wie lange konnte irgendjemand rennen, bis die Erschöpfung größer wurde als die Angst?

Und plötzlich wurde mir klar, dass ich gar nicht rennen musste, ich musste nur unsichtbar werden.

Alles, was ich dafür brauchte, war ein Kleid, ein langes Kleid, ein Kleidungsstück, mit dem ich nicht sofort alle Aufmerksamkeit auf mich zog. Nur woher nehmen, wenn nicht stehlen? Wie eine Antwort flatterte eine Wäscheleine in der lauen Septemberluft, und ich zog mich erstaunlich athletisch über die Latten eines kopfhohen Bretterzauns.

Der Garten bebte vor Farben und Gerüchen: pinke und rote und gelbe Stockrosen, die im Wettlauf mit den Gurkenranken dem Himmel entgegenstrebten, Ringelblumen summend vor Insekten und Reihen und Reihen voller Kohlpflanzen. Ich hatte mich schon immer gewundert, wie ein Gemüse gleichzeitig dermaßen banal und so mystisch sein konnte wie Kohlköpfe. Mein Herz blutete bei dem Gedanken, der unbekannten Gärtnerin hier Kleidung stehlen zu müssen. Aber was blieb mir anderes übrig?

Es gab kein Kleid, dafür einen langen Rock mit aufgesetzten Taschen und eine cremefarbene Bluse. Ein Hundsrosenstrauch mit prallen roten Hagebutten gab mir Deckung, während ich mir den Fleece-Cardigan und den senfgelben Rock, der meine Knie freiließ, so schnell wie möglich vom Leib riss, doch bevor ich das Diebesgut überstreifen konnte, stockte mein Atem. Mein Bauch war nicht nur so flach wie seit Jahren nicht mehr, er kurvte auch nach innen zu seidigen Schamhaaren, und darunter ... schaute .... ein ... Penis hervor. Gebannt streckte ich meine Hand aus und tippte vorsichtig mit dem Mittelfinger dagegen. Ich hatte erwartet, dass ich ein fremdes Ding berühren würde, unbelebt und kühl, stattdessen war es warm und ich berührte es gleichzeitig von außen und innen.

Dieses Glied war mein Glied, ich hatte einen Penis, was anscheinend bedeutete, dass ich ein Mann war. Stimmte die Gleichung Penis = Mann? Doch an all das dachte ich in dem Moment nicht. Um ehrlich zu sein, dachte ich überhaupt nicht, sondern spürte nur den Druck meiner Finger auf der samtweichen Haut meines Penis. Ich presste erneut dagegen, diesmal fester, und mein Penis pochte zurück. Der Rock und die Bluse waren vergessen, und auch wenn ich an sie gedacht hätte, wären das wohl kaum die geeigneten Kleidungsstücke für mich gewesen. Ich hatte einen Penis! Dieses irgendwie bekannteste und zugleich fremdeste Körperteil meiner bisherigen Welt. So sehr ich es auch versuchte, war ich nicht in der Lage, meine Finger davon zu lösen.

Und während die Wärme der Sonnenstrahlen und die Kühle der feuchten Erde und der Duft von Laubmulch meinen ungewohnten neuen Körper mit ebenso neugierigen Fingern berührten wie ich meinen Penis, hörte ich Schritte, die darauf hinwiesen, dass die Gärtnerin kam, um sich um das zu kümmern, was in ihrem Garten wuchs. Ich kauerte mich tiefer hinter meinen Busch, während eine tiefe Stimme mit den Blumen redete wie mit Kindern oder Tieren und nicht mit Dingen, und merkte, dass ich mich geirrt hatte. Das war keine Gärtnerin, das war ein Gärtner. Gender war schon verdammt verwirrend. Und noch immer konnte ich meine Hand nicht von meinem Penis lösen oder meinen Penis nicht von meiner Hand. *Meinen* Penis, meinen *Penis*. Ich versuchte, meinen Atem zu unterdrücken, um nicht auf mich aufmerksam zu machen. Und als unausweichlich war, dass ich kommen würde, kommen wollte, kommen musste, dass ich zum ersten Mal erleben würde, wie es sich anfühlte, wenn ich meinen Samen ergoss, sagte der Gärtner: »Hallo du!« zu meinem Busch.

Der Busch zitterte oder ich zitterte, und einen unendlichen Moment lang schauten wir uns direkt in die Augen, während ich nicht aufhören konnte, krampfhaft zu ejakulieren und zu ejakulieren und zu ejakulieren.

Mit einer Mischung aus Schrecken und Faszination riss er mir den Rock aus der Hand, schaute abgestoßen darauf und schleudere ihn zurück in mein Gesicht, nur um ihn sofort wieder an sich zu reißen. Wahrscheinlich dachte er, ich hätte die Kleidung seiner Frau gestohlen, um darauf zu masturbieren. Aber ich blieb nicht, um das mit ihm zu klären.

»Polizei!«, schrie er mir hinterher. »Bandit!« Was ich ein wenig überdramatisch fand, obwohl ich im Wegrennen noch ein Paar Hosen von der Wäscheleine griff. Meine Hoden schmerzten oder fühlten sich einfach fremd an, und mir war nicht klar, wie ich zugleich die Hose anziehen und sprinten und über den Zaun klettern sollte, als ich von der anderen Seite Stimmen hörte.

»*One potato, two potato, three potato ...*«

»*... four!*«

Kinder. Höchstwahrscheinlich Mädchen.

»*... five potato, six potato, seven potato ...*«

»*... More!*«

Offenbar planten sie nicht, so schnell weiterzugehen. Ich hüpfte erst auf einem Bein, dann auf dem anderen, dann war ich in der Hose, die wie auf einem Vorher-Nachher-Werbefoto für Abnehmpillen noch zwei Handbreit Platz für einen unsichtbaren Bauch ließ. Zu meiner Erleichterung eilte der Gärtner nicht mir hinterher, sondern in Richtung Haus, also hetzte ich zurück zur Wäscheleine, erbeutete noch ein Hemd und ein langes Stück Stoff – eine dünne Krawatte? Ein Zierband? –, das ich mir anstelle eines Gürtels um die Taille wand, und war mit einem Satz über den Zaun.

Die Mädchen brachen in begeistertes Gelächter aus, als ich ihnen vor die Füße rollte wie Fallobst. Die Älteste von ihnen half mir auf, zwei Kleinere klopften den Staub von meiner Hose.

»Hat Mein-Freund-der-Baum dich beim Pflaumenklauen erwischt?«, fragte eine von ihnen ehrfürchtig.

»So etwas in der Art«, antwortete ich.

»Dann holt er jetzt den Hund!«, meldete sich eine Vierte und hüpfte lachend von einem Fuß auf den anderen.

»Oh, Bandit ist ein *Hund*?« Doch das losbrechende Bellen im Garten machte eine Antwort überflüssig.

»Schnell!«, zischte Nummer eins mir zu und begann »*London Bridge is falling down*« zu singen, um mein Wegrennen zu übertönen.

»*Falling down, falling down, falling down, my fair Lady*«, fielen die anderen mit schrillen Stimmen ein.

»Hier ist niemand vorbeigekommen«, war das Letzte, was ich hörte, als ich um die Ecke bog. Diese erste Freundlichkeit, seit ich ... hier war, schwemmte mir Tränen in die Augen. Und wie das so ist mit Gefühlen, machten sie alles erst einmal noch viel schwieriger, sprich: Ich bekam heftige Seitenstiche und musste mich gegen die nächste Mauer lehnen. Meine Kleidung saß schlecht, war aber wohl genderkonform genug, um mir, wenn schon keine Unsichtbarkeit, so doch zumindest Plausibilität zu verleihen. Ich war ein fremder, jawohl, Mann, in einer fremden Stadt, die voll von fremden Menschen war.

Wie war ich hierhergekommen? Noch wichtiger: Wie kam ich wieder zurück? Noch noch wichtiger: Wie kam ich an etwas zu essen? Mit einem Mal bemerkte ich, dass ich entsetzlich hungrig war. Und dann sah ich sie. Mein Herz begann schneller zu schlagen, als mir klar wurde, dass all meine Probleme gelöst waren. Die Welt mochte vor einer Alien-Invasion oder einer anderen Katastrophe stehen, aber ich war gerettet. Da stand sie nämlich vor mir, die Tardis-Zeitmaschine aus *Doctor WHO*, die aussah wie eine klassische Polizeizelle, die wiederum aussah wie eine rote Telefonzelle, bloß in Blau, und dass man von ihr aus lediglich die Polizei anrufen konnte. Warum reiste der Doctor ausgerechnet mit diesem Symbol für Law and Order aus der Hochzeit des Empires durch das Universum? Und was würde er/sie/they sagen, wenn ich einfach in die Tardis einstieg und um einen Lift nach Hause bat? Ich riss die Tür auf und sah das Telefon. Das hier war keine Zeitmaschine, die sich als Polizeibox tarnte, das hier war eine Polizeibox, die sich als Schlag in die Magengrube tarnte, smaller on the inside.

Damit sackte alle Kraft aus mir heraus. Ich rutschte an der Polizeizelle herunter auf den Bürgersteig und legte meinen Kopf auf die Knie. Durch meine verschränkten Arme konnte ich sehen, dass meine Füße im Wachsen die Schuhspitzen durchbrochen hatten. Die Sohlen schlappten wie die Mäuler zweier sehr müder Hunde. Ein Schatten fiel über mich und ein Mann mit Schnäuzer forderte mich auf, sofort weiterzugehen. Wenn London eins brauchte, dann weniger Männer mit Schnäuzern.

Irgendwo vor mir floss die Themse. Ich konnte die Anwesenheit des Wassers spüren wie einen unsichtbaren Nebel, der bereits nach der Weite des Meeres roch. Doch zwischen uns standen historische Gebäude, die schon ... damals historisch gewesen waren, und ich begriff, dass sich die grobe Geographie Londons natürlich nicht dramatisch geändert haben konnte. Rechts musste es zum Hyde Park gehen, links zu den Docks. Die goldene Zunge der tiefstehenden Sonne leckte über die

Dächer der Häuser. Hyde Park oder Docks? Mit einem Mal kam mir diese Entscheidung unglaublich bedeutsam vor. Ein brauner Mann, der aussah wie mein Vater, als Lila ihn verlassen hatte, fegte die Straße, und ich folgte ihm.

2 Die Docks waren die Zukunft, bewohnt von riesigen Metalldampfern, die Qualm atmeten. Die Docks waren die Vergangenheit, voller Pferdekarren, die die Güter aus den neuen Welten in die alte transportieren. Und überall waren Inder, verblüffend viele Inder. Da ich nichts zu verlieren hatte – vermutlich hatte ich eine Menge zu verlieren, aber in diesem Moment fiel mir beim besten Willen nicht ein, was –, ging ich auf den nächsten braunen Mann zu und sagte: »Hilf mir.«

Er sagte etwas auf Tamil zu mir und ich sagte in meiner Not ganz sinnlos etwas auf ... Deutsch. Der Tamile nick-schüttelte den Kopf und legte seine Hand auf meinen Arm und dann fühlte es sich an, als würde der Film der Realität mit doppelter Geschwindigkeit laufen, die Menschen wimmelten um uns herum, bis wir in einer riesigen, kahlen Halle voller Männer ankamen und der Tamile mir einen Teller in die Hand drückte.

»Eat«, sagte er. Also aß ich.

Die Suppe schmeckte nach nassem Gemüse, bis ich auf ein rohes Stück Tomate stieß, dessen Aroma in meinem Mund explodierte wie eine Kardamomschote. Anscheinend hatte früher wirklich alles besser geschmeckt, zumindest alles, was nicht totgekocht worden war. Die Halle war riesig und hatte den Charme eines Bahnhofwartesaals mit Holzbänken und ... einem braunen Bären, der voller Genuss einen Haufen Möhren verspeiste.

»Was ... ich meine, *wo* bin ich hier?«, fragte ich den Tamilen, der nur auf meine Suppe deutete und »Eat« wiederholte.

»Im *Strangers' Home for Asiatics, Africans and South Sea*

Islanders«, antwortete ein älterer Laskar, ein Wort, das ich bisher nur in Sherlock-Holmes-Romanen gelesen hatte und das indische Seemänner bezeichnete. Dieser hier sah aus, als wäre er Bengali, und rutschte neben uns auf die Bank. »Der besten Adresse für fremde und gestrandete Männer aus allen Ecken des Empires.«

»Du meinst wohl der einzigen«, korrigierte ihn ein Mann mit Fez.

»Besser eine als keine«, sagte der Bengale und steckte mir zwinkernd ein Stück Brot in die Hemdtasche. »Für später.«

»Und was macht der Bär hier?«, fragte ich, da ich schon einmal dabei war.

»Das ist Aditya«, sagte Mr. Fez.

»Was macht Aditya hier?«

»Wo soll er sonst hingehen?« *Jetzt, wo er es sagte.*

Hinter mir begann eine Konzertina eine sehnsuchtsvolle Melodie zu spielen, und alle sangen mit:

»*Purano Sei Diner Katha bhuulbi kire haay*

O sei chhokher dekha, praaner katha, se ki bhola jaay«

– nur ich sang:

»*Nehmt Abschied Brüder, ungewiss ist jede Wiederkehr,*

Die Zukunft liegt in Finsternis und macht das Herz so schwer«

Und dann versagte mir die Stimme, weil das Lied von Jacks Lieblingspoet stammte und ich nicht wusste, ob ich Jack jemals wiedersehen würde. »Der große schottische Nationaldichter Robert Burns«, krächzte ich.

»Der große bengalische Nationaldichter Rabindranath Tagore«, sagte der Bengale streng.

Diese Nacht verbrachte ich in einem Schlafsaal voll von Männern und einem schnarchenden Bären. Es war nicht das erste Mal, dass Schausteller mit einem Bären im *Strangers' Home* gestrandet waren, flüsterte mir der ältere Bengale zu, der mich Bhai nannte, kleiner Bruder, also nannte ich ihn Dada, großer Bruder, doch im Gegensatz zu den früheren Bären zahlten Adityas Besitzer für sein Essen. Und ich fragte mich, wer für mein Essen zahlte.

»Du kannst dich revanchieren, wenn du deine erste Heuer bekommst«, kam Dadas heiseres Wispern durch die Dunkelheit. »Mach dir keine Sorgen. Das Meer wartet nur auf junge, starke Männer wie dich.« Der Geruch von Schweiß und feuchter Kleidung und Braunkohle kroch mir in Nase und Mund, und ich musste plötzlich würgen bei dem Gedanken, dass das ab jetzt meine Welt war.

Das Problem waren natürlich nicht die Männer, mit denen ich lebte, sondern das Leben, das sie führten, führen mussten, unterbezahlt und misshandelt in einem der vielen ausbeuterischsten Berufe des Empires. Und es gab kein Entkommen vor dem Rauschen der See, diesem lebenden, zerstörenden Element voll rollender, wogender brauner und Schwarzer Körper, das mit jedem Tag lauter nach mir rief, um mich mit Haut und Haaren zu verschlingen und mir die Wärme meines Blutes zu rauben, bis ich mich in die Legion der heimatlosen Leichen zwischen den Kontinenten einreihte.

»Glaubst du an Gott?«, fragte der Pfarrer bei seinem wöchentlichen Besuch, um unsere Seelen zu retten aka uns zu konvertieren.

»Ich glaube an Durga!«, schrie ich ihn an, weil ich irgendjemanden verletzen musste, weil ich so verletzt war. Nichts von dem, was mich ausmachte, existierte in dieser Welt, ich existierte nicht. »Durga!«, schrie ich, »Durga, Durga, Durga«, um wenigstens den Klang meines Namens zu hören. Der Pfarrer sprang alarmiert auf, aber bevor er Verstärkung holen konnte, legte Dada mir den Arm um die Schultern und zog mich in den Schlafsaal, wo ich mit tiefen untröstlichen Schluchzern an seiner Brust weinte.

»Durga«, wiederholte ich. »Ich bin Durga.«

»Ja«, sagte er, »hier«, und drückte mir ein rundes, kantiges, glattes, raues Stück Ton in die Hand. Ich öffnete die Augen und sah: eine Göttin auf einem Tiger, in einem flammenfarbenen Sari, Waffen in jeder ihrer acht Hände.

»Durga. Geliehen. Nicht geschenkt«, sagte er wie Dinesh, wenn dieser von seiner eigenen Großzügigkeit erschrocken war. »Bis morgen. Oder solange du sie halt brauchst.« Bevor ich mich bedanken konnte, hatte er bereits den Schlafsaal verlassen.

Ich hörte die Tür hinter ihm zufallen und die Uhr fünf schlagen. Ich hörte Stimmen, die sich in Richtung Speisesaal entfernten, gefolgt von Adityas hungrigen Tatzen auf dem Steinboden. Für die nächste halbe Stunde war ich so allein, wie ich jemals in diesem Haus sein würde. Kurzentschlossen kniete ich mit der Göttin aus Ton in den Händen nieder, presste meine Augen zusammen und stellte mir vor, wieder an der Kreuzung zu stehen und das Aroma der unsichtbaren Themse zu riechen und den Straßenfeger zu sehen, der vor mir die Straße überquerte und so sehr nach Dinesh aussah, aber nach einem Dinesh, auf dessen Schultern das Empire die Sohle seines Schuhs platziert und dann langsam und bewusst heruntergedrückt hatte. *Die andere Richtung! Ich muss in die andere Richtung gehen*, flüsterte ich Durga zu. *Bitte mach, dass ich nicht zu den Docks gehe, wo die Hälfte der Männer Brandzeichen auf ihrer Haut tragen und Narben, Narben, Narben, sondern zum Hyde Park, was auch immer mich dort erwartet.*

»Freiheit!«, antwortete Durga und sprang wie eine Zirkusartistin mit den Füßen auf den Rücken ihres Tigers. »Freiheit ist alles, was wir wollen.«

»Durga«, keuchte ich, aber sie bedeutete mir mit einer Geste, den Mund zu halten.

»Sie alle hier wissen Bescheid über die Verhältnisse in Russland, über die Einschränkungen der Pressefreiheit, die Verbannung von Dissidenten in Arbeitslager. Aber wissen Sie auch, was Ihre eigene Regierung in Indien macht? Wissen Sie, wie viele junge Männer jährlich wie Kriminelle in Gefängnisse geworfen werden? Ich würde in Indien verhaftet und ausgepeitscht werden, und zwar für das Verbrechen, vor Ihnen über Freiheit zu sprechen.«

Und dann erkannte ich, dass sie nicht auf einem Tiger stand, sondern auf einer Seifenkiste. Und auch keine Göttin war, sondern eine kleine indische Frau, so alt wie ich, wenn ich nach wie vor eine Frau gewesen wäre und ... sie stand auf einer *Seifenkiste*! Das hier war nicht mehr der Schlafsaal im *Strangers' Home*, sondern die sagenumwobene und touristenumwimmelte Speakers' Corner, an der seit dem neunzehnten Jahrhundert alle jederzeit öffentliche Reden halten durften. Die Rednerin, die zwar keine Göttin war, aber die Menge genauso in einem Zauberbann hielt, hob ihre Faust in die Luft, die Zuhörer klatschten, und der Wind fauchte durch die Platanen des Hyde Park wie eine himmlische Raubkatze, die zu neuen Abenteuern aufbrach.

»Das Empire der Engländer wird fallen, wie ... alle Empires vor ihm«, hörte ich eine stockende Stimme hinter mir, als müsse der Sprecher erst jedes Wort einzeln begutachten, bevor er es hinaus in die Welt ließ. Ich schaute mich um, und zwischen all den interessierten, gelangweilten, zustimmenden, verächtlichen Gesichtern sah ich ein bekanntes: Che Guevaras indischer

Bruder blickte genauso konzentriert auf die Rednerin, wie er an Lilas Wohnzimmerwand in die Kamera geschaut hatte.

»Madan Lal Dhingra«, sagte ich atemlos.

Er löste die Augen von der Frau auf der Seifenkiste und lächelte mich mit einem langsamen Lächeln an, das ein paar Sekunden brauchte, um von den Mundwinkeln zu seinen Augen zu gelangen. »Woher kennst du meinen Namen?«

»*Jeder* kennt deinen ...«, begann ich und brach ab. Schließlich war ich mir sicher, dass Nena Madans Namen nicht kannte, noch nicht einmal Jack kannte ihn. Warum gab es eine Geschichte für weiße Menschen und eine für uns? Okay, ehrlicherweise hätte ich ohne Lila ebenfalls nie von Madan Lal Dhingra erfahren. Und auch Lila hatte letztlich nur gewusst, dass er ein Märtyrer war, zu einer Zeit, in der wir beim Wort *Märtyrer* noch an Jesus dachten und nicht an Al-Qaida.

Doch dann hatte ich mich eines Tages bei den Dreharbeiten zu meiner Doppelfolge *Doctor WHO* mit Leena Dhingra unterhalten, mit LEENA DHINGRA, die in *East is East* und *Life isn't all Ha Ha Hee Hee* und sogar schon in einer früheren Staffel von *Doctor WHO* aufgetreten war, als man indische Schauspielerinnen im britischen Fernsehen noch an den Fingern einer Hand abzählen konnte und *ich* indische Schauspielerinnen an den Fingern einer Hand abzählte wie an einem Rosenkranz: Meera Syal, Nina Wadia, Ayesha Dharker, Shobu Kapoor, Leena Dhingra. Sie waren meine Rollenmodelle gewesen, meine Wegbereiterinnen, das Versprechen, dass die Geschichten, die ich erzählen wollte, irgendwann einen Platz im Fernsehen haben würden. Um sie zu feiern, hatte ich eine Doppelrolle für Leena in meine Doppelfolge geschrieben, als Oma und als Super-Heldinnen-Göttin mit acht Armen, einem Banyanbaum als Wohnstätte und einer natürlichen Autorität, neben der sogar der Doctor wie ein Schulmädchen wirkte.

So wirkte ich vermutlich auch, als ich dann am ersten Drehtag tatsächlich vor Leena Dhingra stand. Ich war so aufgeregt, dass ich begann, zusammenhanglos von meiner Mutter und ihrer Bewunderung für den selbstlosen Revolutionär Madan Lal Dhingra zu erzählen, und Leena sagte: »Das ist mein Großonkel.«

»Was?«

»Mein Großonkel: Madan Lal.« *Dhingra!*

Ich wollte gleichzeitig im Boden versinken und ihr um den Hals fallen. Stattdessen stotterte ich: »Meine Mutter hatte ein Foto von ihm an ... unserer Wohnzimmerwand.«

»Das hier?«, fragte sie und zog das gleiche Foto aus ihrem Portemonnaie, nur dass ihres das Original war.

»Wir müssen reden«, sagte ich, als würden wir das nicht bereits tun.

Und Leena lächelte ihr Oma/Göttinnen-Lächeln und tätschelte meine Hand und erzählte mir, dass Madan zum Studieren nach London gegangen war. Dass Madan dort Lord Curzon – zurück von seiner blutigen Amtszeit als Vizekönig von Indien – erschossen hatte. Und dass Madan dafür im Londoner Pentonville Prison gehängt worden war.

»Wir müssen reden«, sagte ich über hundert Jahre früher zu Leenas Großonkel.

»Über die Freiheit?«, fragte Madan, und ich nickte nachdrücklich, obwohl ich keine Ahnung hatte, was ich zu diesem Thema beitragen könnte. Ich wusste nur – wenn wissen bedeutet: die vage Vermutung haben –, dass dieser Mann, den ich gefühlt mein ganzes Leben kannte, der Grund dafür war, warum ich hier war, und dass ich ihn um keinen Preis aus den Augen verlieren durfte.

In diesem Moment rief ein zweiter Inder, der aussah wie

der junge Allen Ginsberg oder jeder andere wallebärtige Mann vom Typ Yogi, »Taxi!«, und winkte Madan, ihm zu einer Hansom-Kutsche zu folgen. In blinder Panik griff ich nach Madans Hand und klammerte mich daran, als würde das Meer kommen und mich verschlingen, sobald ich ihn losließ. Zu meiner Überraschung schien er meine Gefühle besser zu verstehen als meine Worte.

»Hör zu, ich muss gehen«, sagte er. »Aber wenn du Hilfe brauchst ...«, er schüttelte den Kopf, als müsse er eine unliebsame Fliege vertreiben, die ihn davon abhielt seine Gedanken klarer auszudrücken. »Wenn du ... irgendetwas brauchst, geh zu India House.«

»Wohin?«

»India House.«

»Zum Büro der Verwaltungsbehörde Britisch-Indiens?«, sagte ich überrascht.

»Ganz im Gegenteil.« Er klopfte seinen Savile-Row-Anzug ab, den er trug wie eine Verkleidung – aber nicht um sich zu tarnen, sondern wie eine besonders schöne Verkleidung auf einem Kindergeburtstag –, fand eine Rechnung für Kragen in der Brusttasche und schrieb eine Adresse darauf. »Hier. Alle Inder sind stets willkommen, und es gibt immer indisches Essen.« Bei dem Wort Essen krampfte sich mein Magen zusammen und ich merkte, dass ich schon wieder – immer noch – Hunger hatte. »Es ist eine Pension für indische Studenten, zumindest ... du wirst schon verstehen.«

»Werde ich das?«

»Ich muss gehen.« Und dann tat Madan etwas sehr madantypisches, wie ich lernen sollte. Er beugte sich hinunter, löste seine Schnürsenkel, drückte mir die noch warmen Schuhe in die Hand und ging auf Strümpfen zu der wartenden Taxi-Kutsche.

3 Zu Fuß und ohne Stadtplan brauchte ich vier Stunden, um die Cromwell Avenue zu finden, trotzdem war es noch immer früh am Abend. Dieselbe untergehende Sonne, die mich den ganzen Weg begleitet hatte, rollte wie eine reife Mango über die Dächer. Es war, als hielte die Zeit den Atem an und verharre erwartungsvoll – wie der Polizist, der kurz vor meinem Ziel an einem Baum lehnte und jeden meiner Schritte auf das Genaueste beobachtete. Von einer plötzlichen namenlosen Angst ergriffen, stieß ich das Tor zur Nummer 65 auf und stolperte die Stufen zur Haustür hinauf. Die Tür öffnete sich in meine tastende Hand, und ich taumelte in einen dunklen Flur.

»Ah, Sanjeev«, sagte eine hohe, melodische Stimme, und ein brauner Arm schoss aus dem Schatten und zog mich näher zu sich heran. »Wie schön, dass du da bist.« Der Polizist draußen verlor umgehend das Interesse. Offensichtlich wollte er nicht von dem Besitzer der Stimme entdeckt werden, wobei ebenso offensichtlich war, dass dieser seine Worte nur für ihn gesprochen hatte.

Im Dunkel des Flurs funkelte ein Paar Brillengläser an einer Kette, die verdächtig nach echtem Gold aussah, dann materialisierte sich nach und nach der Rest eines glattrasierten, elfenhaften Gesichts. Ich hatte noch nie einen so absurd hübschen jungen Mann gesehen, als hätte ein computergeneriertes Bildverfahren versucht, eine niedlichere Version von Bambi zu erstellen, nur mit Brille und indischem Akzent.

»Ärger mit den Bullen?«, fragte er, und für einen Moment konnte ich die Worte nicht mit seiner Stimme wie flüssigem Silber übereinbringen.

»Bullen?«

Der Mann sagte ein paar Sätze auf Marathi, von denen ich kein Wort verstand. Dann fragte er: »Und wen haben wir hier?«

»Sanjeev«, antwortete ich, weil er mich so genannt hatte.

»Wirklich?«, lachte er. »Und weiter?«

»Chatterjee.«

Bambi sah mich streng an. »Das heißt Chattopadhya.«

»Wie bitte?«

»Ihr Bengalen solltet endlich aufhören, eure Namen zu verstümmeln, damit sie klingen wie die eurer britischen Herren und Meister. Chatterjee ist die anglisierte Form von Chattopadhya. So wie Bannerjee die anglisierte Form von Bandopadhya ist.«

»Wirklich?«

»Das wusstest du nicht?« *Warum wusste ich das nicht?*

Schnelle Schritte näherten sich aus dem Bauch des Hauses, und eine nasale Stimme fragte: »Oh Mr. Vinayak, war das die Tür?« Ein Dienstmädchen. Ein *Dienstmädchen*? Na gut, das hier war ja auch die Sorte Haus – groß und freistehend und mit Sicherheit nicht erst seit dem Neoliberalismus unbezahlbar –, in dem man Dienstmädchen hatte.

»Ich kümmere mich schon, Gladys«, sagte Bambi und wiederholte leise: »Ich kümmere mich um dich, Sanjeev Chattophadya.«

Tatsächlich hätte mich meine hyperindische Mutter aus Duisburg Sanjeev genannt, wenn ich ein Junge geworden wäre. »Nach Sanjeev Bhaskar, meinem Lieblingscomedian.«

»Lila, Bhaskar war erst zehn, als ich geboren wurde«, hatte ich sie neunmalklug zurechtgewiesen. Mich an meine Mutter zu erinnern, war nicht nur aus Trauer schmerzhaft, sondern auch, weil ich mir selbst dabei so unsympathisch war.

»Na und?«, fragte Lila renitent.

»Dann hättest du mich doch gar nicht nach ihm benennen können«, erklärte ich geduldig, oder naja, geduldig für ein Gespräch mit Lila.

»Warum nicht? Er wurde vor dir geboren, du *nach ihm*«, sagte sie, als wäre das die rationalste Sache der Welt.

»Ja, aber immer noch mehr als zwei Jahrzehnte, bevor er irgendetwas gemacht hat, von dem du gehört haben könntest.«

»Ich kann eben zeitreisen«, erklärte sie mit dieser Lilaernsthaftigkeit, die immer die schlechtesten Seiten an mir zum Vorschein brachte.

Und jetzt stand ich in einem dunklen, nach Sandelholz und Bohnerwachs riechenden Hausflur und nannte mich selbst Sanjeev. War das ein Zeichen dafür, dass ich begann, Lila zu verzeihen? Nicht dass sie mich jemals um Verzeihung gebeten hätte. Nicht dass sie gedacht hätte, sie habe jemals etwas getan, das ich ihr verzeihen müsste.

Hatte sie die Realität wirklich so komplett verdrängen können? Oder hatte sich ihr schlechtes Gewissen, keine gute, ja, überhaupt keine Mutter gewesen zu sein, sondern immer ausschließlich eine Lila, auf Umwegen in ihr Leben geschlichen? War ihre im Laufe ihres Lebens immer weiter angewachsene Überzeugung, überwacht zu werden, bedroht zu sein, eine Camouflage für kompliziertere Gefühle? Okay, oder einfach Ausdruck eines dringenden Bedürfnisses nach Drama und Aufregung?

Nachdem ihr die Kommune in Nideggen zu klein geworden war, war sie nach Big Sur zu Terence McKenna an das Esalen Institute gegangen und hatte mir von dort lange Briefe geschrieben.

»Liebste Durga,

herzlichen Glückwunsch zu deinem 16. Geburtstag. Ich hoffe, du hattest es so schön wie ich. Alles ist HERVORRAGEND. Das Wetter: HERVORRAGEND. Die Leute: HERVORRAGEND. So HERVORRAGEND, dass ich jetzt an einem Workshop mit dem Titel ›Endarkenment‹ teilnehme. Es geht darum, so oberflächlich und egozentrisch wie irgend möglich zu sein, während wir saufen und rauchen wie die Schlote. Jeder soll den anderen seine schlechteste Eigenschaft beibringen.

Mein Sitznachbar: Ich schließe Aufgaben nie ab.

Wir: Echt?

Er: Echt, und bis nächsten Mittwoch werdet ihr das ebenfalls können.

Leider ist er danach nicht mehr in dem Workshop aufgetaucht. Deshalb übernehme ich seinen Slot. Du fragst dich, was meine schlechteste Eigenschaft ist? Ich setze andere immer an erste Stelle. Allen voran dich.

Habe ich dir gesagt, wie HERVORRAGEND Terrence McKenna ist?«

India House, das Lila ebenfalls HERVORRAGEND gefunden hätte, war von innen größer als von außen. Und ja, das war gerade eine Referenz auf die Tardis-Zeitmaschine aus *Doctor WHO*, die von innen größer ist als von außen. Es hatte 25 Zimmer und sogar eine Bibliothek.

»Ihr habt eine eigene Bibliothek?«, sagte ich verblüfft.

»Oh ja, voller Bücher, die die Briten in Indien verbieten«, sagte Bambie-Face-Vinayak, als wolle er mich auf die Probe stellen. *Auf die Probe für was?*

»Bücher«, wiederholte ich, wie ich hoffte, vielsagend, und er hob noch vielsagender seine geschwungenen Augenbrauen, die aussahen, als hätte er sie gezupft. Sicherlich konnte kein Mensch einfach so derart makellos sein.

In der Bibliothek standen intensiv diskutierende braune Männer von Anfang bis Mitte zwanzig – so wie ich, das schätzte ich zumindest anhand meiner makellosen Haut, Haare, von allem – plus eines schnöseligen weißen Schuljungen, der hier ähnlich deplatziert wirkte wie der Bär im *Strangers' Home*. Dann machte mein Herz einen Sprung: Am großen Tisch in der Mitte des Raumes saß die Frau aus dem Hyde Park und begutachtete mich mit einem Paar sehr scharfer Augen aus einem Gesicht, das nicht weicher hätte sein können.

»Hat Madan dir die Adresse gegeben?«, fragte sie.

Im Laufe des Abends würde ich erfahren, dass sie Bhikaji Cama war, *Madame Cama*, die berühmte Freiheitskämpferin, der Lila ein ganzes – wenn auch natürlich nie geschriebenes – Kapitel in ihrem Buch gewidmet hatte, und nicht mehr ohne einen Schauer von Bewunderung mit ihr sprechen. In diesem Moment nickte ich nur erleichtert und reichte ihr die Rechnung, auf der Madan die Adresse von India House notiert hatte.

»Du musst mir nichts beweisen, wir sind hier unter Freunden«, sagte sie amüsiert.

Doch Vinayak inspizierte den Zettel sorgfältig, bevor er ihn mir zurückgab. »Das ist Sanjeev Chattophadya, ein Verwandter von Chatto.«

Ein Mann mit lachendem Mund und melancholischen Augen schaute mich überrascht an.

»Nicht wirklich«, protestierte ich.

»Was? Schämst du dich für deinen revolutionären Cousin?«, spottete Vinayak.

»Lass ihn in Ruhe, Tatya«, sagte Chatto und schüttelte mir die Hand. »Chatto, kurz für Chattopadhyaya.«

»Chatterjee«, sagte ich, und er nickte.

»Vielleicht sind wir ja wirklich miteinander verwandt. Du musst mir mehr über deine Familie erzählen.«

»Oh ja, du musst«, sagte Vinayak, und ich fragte mich, warum alle ihn Tatya nannten.

»Lass ihn in Ruhe, Tatya«, sagte prompt der Mann, der mit Madan im Hyde Park gewesen war und der aussah wie Allen-

Ginsberg-India-Version. Ich hatte ihn bis dahin nicht bemerkt, weil er zu Füßen von Madame Cama auf dem Boden saß. Hoffnungsvoll schaute ich mich nach Madan um, doch leider war er nirgendwo zu sehen.

Stattdessen trat der einzige anwesende ältere Mann auf mich zu und sagte strahlend: »Shyamji Krishna Varma, willkommen.« Seine Haare waren grau, doch sein Bart war noch zur Hälfte schwarz. Ich schätzte, dass er in meinem Alter war, also in meinem Alter-als-ich-Durga-war. »Willkommen in India House! Laut offizieller Statistiken ist Highgate der gesündeste Stadtteil Londons mit der geringsten Todesrate.« Vinayak und die anderen stöhnten. Anscheinend erzählte Shyamji das jedem neuen Besucher. »Deshalb habe ich meine Pension hier eröffnet und sechs Stipendien für junge Inder eingerichtet, um in London zu studieren – Tatya dort mag lachen, aber er trägt eins davon.«

»Und bin ich nicht ewig dankbar dafür?«, sagte Tatya/Vinayak mit einer Verbeugung, die wie anscheinend alles, was er tat, ironisch und zugleich nicht ironisch war. »Habe ich nicht auf die Bibel geschworen, wenn ich nach Indien zurückkehre, niemals eine Stelle in der Verwaltung des britischen Empire anzunehmen?«

»Komm, Tatya, lass die Bibel ...«

»Auf *deine* Bibel habe ich geschworen, Shyamji«, erklärte Vinayak und nahm einen ledergebundenen Band von einem Ehrenplatz in einem Regal herunter.

»Ah, auf Harbhat Pendse!«, sagte Shyamji und nickte einverstanden.

»Auf wen?«, fragte ich.

»Auf Pendse, den größten Philosophen Europas.«

Mit einer weiteren Verbeugung reichte Vinayak mir das Buch: *The Man versus the State*. »Oh, *Herbert Spencer*!«

»So heißt er für die Engländer«, sagte Shyamji. »Aber in Maharashtra lieben wir ihn so, dass wir ihm einen eigenen Namen gegeben haben. Und niemand liebt ihn mehr als ich, deshalb habe ich auch meiner Alma Mater Oxford eine Vorlesungsreihe zu Ehren dieses Wohltäters der Menschheit gespendet.«

Ich wusste zwar immer noch nicht, was genau India House war, aber zumindest wusste ich nun, wer es finanzierte. Später erklärte Savarkar mir, dass Shyamji Rechtsanwalt in Londons nobler Anwaltskammer Inner Temple war, aber den größten Teil seines Vermögens mit Import und Export gemacht hatte, hauptsächlich von Eiern. Wer hätte gedacht, dass das Eiergeschäft so lukrativ war?

Zu meiner Überraschung fuhr mein Gastgeber fort: »Bist du für Home Rule?«

»Äh, ja klar.«

So das möglich war, wurde sein Lächeln noch strahlender. »Dann bist du hier an der richtigen Adresse! Letztes Jahr habe ich die Home Rule Society gegründet!«

»Eine Gesellschaft für die politische Selbstverwaltung Irlands?«, fragte ich erstaunt.

»Nicht Irish Home Rule, *Indian* Home Rule«, verbesserte er mich.

»Oh wow«, sagte ich perplex.

»Ich mag deine Wortmalereien«, sagte Shyamji. »Oh wow, in der Tat. Die Engländer behaupten, dass sie nur zu unserem Besten in Indien sind, um uns die Zivilisation zu bringen.«

»Ich dachte, die Eisenbahn und die Bürokratie«, unterbrach Allen-Ginsberg-India.

»Habt ihr gehört, dass sie jetzt auch ein Gesetz vorbereiten, nach dem wir keine Züge mehr bauen dürfen, damit wir all unsere Züge von England kaufen müssen?«, warf Vinayak empört ein.

»Wirklich?«

»Oh ja, Sanjeev Chattopadhya.«

»Perfidious Albion«, sagte ich, so wie Jack es in dieser Situation gesagt hätte.

Vinayak musterte mich zum ersten Mal mit etwas wie Wärme. »Weißt du, wer den Indian National Congress gegründet hat?«

»Die indische Kongresspartei? Gandhi?«

Das brachte ihn tatsächlich zum Lachen. »Wohl kaum. Das war dein perfidious Albion.«

»Warum sollten die Briten ...« *die politische Partei gründen, die sie später aus Indien herauswerfen würde?*, wollte ich sagen, biss mir aber rechtzeitig auf die Lippen.

»Um unsere Widerstandsbewegungen gegen sie zu kanalisieren und zu kontrollieren. Und was sagt Congress jetzt über die Engländer?«

Da ich davon ausging, dass er das sowieso gleich sagen würde, schaute ich ihn nur erwartungsvoll an. Statt seiner antwortete Allen-Ginsberg-India: »Die Briten sind von Gott zum Wohle des indischen Volkes bestimmt.«

»Das war jetzt ein Zitat?«, fragte ich, um sicherzugehen.

»Selbstverständlich, was denkst du denn«, schnaubte er. »Von Dadabhai Naoroji. Dadabhai, dem großen alten Mann Indiens! Und das nach seinem bahnbrechenden Buch *Armut und unbritische Herrschaft in Indien,* in dem er bereits vor vier Jahren nachgewiesen hat, wie Großbritannien Reichtum und Bodenschätze aus Indien heraussaugt und nichts als Hunger und Tod hinterlässt.«

»Und Hungertod«, fügte Madame Cama hinzu. »Wie viele unserer Landsleute sind in den von den Briten verursachten Hungersnöten gestorben?«

»100 Millionen«, antwortete ich und spürte Vinayaks Blick

auf mir wie eine Liebkosung. Erst vor ein paar Tagen hatte ich nämlich in einer Studie des Ökonomen Robert Allen gelesen, dass zwischen 1880 und 1920 nach konservativen Schätzungen 100 Millionen Inder durch den britischen Kolonialismus umgebracht worden sind ... werden würden ... Ein Windstoß fuhr durch das geschlossene Fenster. Hatte ich gerade irgendwelche Kontinuitätsregeln gebrochen und ein Chronologieparadox ausgelöst, das zu nachhaltigen Problemen im Zeit-Raum-Kontinuum führen würde? Zeitreisen waren nichts für Feiglinge.

»Sag ich doch. Wenn sogar Dadabhai das denkt, welche Hoffnung besteht dann für den Rest der Bande?« Etwas an Alan-Ginsberg-India-Versions Formulierung erinnerte mich an mein Entsetzen über Nena, weshalb ich nahezu Shyamjis Verteidigung Dadabhais verpasste.

»Niemand bezweifelt, dass Dadabhai ein großer Mann ist, Shyamji«, beschwichtigte Madame Cama. »Es ist die Tragik unserer Leute, dass sie die Lügen des Empires mit der Muttermilch eingeflößt bekommen. Sogar unsere wichtigsten Politiker glauben, die unterdrückten Völker dieser Welt müssten den Unterdrückern nur beweisen, dass sie würdig sind, sich selbst zu regieren.«

»Die Kongresspartei denkt ernsthaft, dass die Engländer Fair Play und Gerechtigkeit lieben und nur nicht wissen, was die imperiale Verwaltung in Indien anrichtet, sonst würden sie das sofort stoppen«, sagte Vinayak verächtlich. »Deshalb verschwenden sie ihre Zeit damit, Briefe und Petitionen an die britische Regierung zu schreiben: Liebe Wölfe, es ist euch wahrscheinlich nicht aufgefallen, aber es tut uns weh, wenn ihr uns die Kehle durchbeißt – hochachtungsvoll, eure Schafe.«

Allen-India-Ginsberg trommelte mit der Faust auf den Teppich. »Die britische Regierung weiß nur zu gut, wie wir uns fühlen, sie kann die Wände mit unseren Bittschreiben tapezieren.«

»Ist denn niemand auf unserer Seite?«, hörte ich meine eigene erregte Stimme.

»Doch, die Sozialdemokraten«, verkündete Shyamji stolz, als hätte er sie persönlich davon überzeugt.

»Labour?« Manche Dinge waren damals anscheinend doch besser.

»Pah!«, machte Vinayak.

»Die Sozialdemokraten sind eine eigene politische Partei mit dem Ziel, das britische Empire aufzulösen«, erklärte Madame Cama.

»Wow«, sagte ich wieder, und Shyamji nickte mir erfreut zu.

»Und deshalb nennt die Labour-Partei sie Extremisten«, spuckte Vinayak aus.

»Extreme Sozialisten«, berichtigte Madame Cama.

»Warum ist alles, was für uns ist, extrem?«, schmollte Vinayak, und natürlich sah auch das bei ihm äußerst apart aus.

»Sollen sie uns doch Extremisten nennen. Mr. Hyndman hat gesagt: *Es sind die extremen Männer, die maßlosen Männer, die fanatischen Männer, die die Rettung Indiens herbeiführen werden*«, deklamierte Shyamji.

»Henry Hyndman ist der Führer der Sozialdemokraten.« Ich hatte nicht bemerkt, dass der Schuljunge neben mich getreten war. Von nahem sah er nicht mehr schnöselig aus, sondern nur noch jung, vielleicht fünfzehn oder sechzehn – so alt wie Rohan! Was ihn arrogant wirken ließ, war seine Kleidung, die förmlich Oxford-Professor schrie, allerdings Professor in einer Oxford-Krimiserie der BBC oder von ITV.

»Hi, ich bin David Garnett, aber alle nennen mich Bunny«, informierte er mich mit einem nachlässigen, reichen Akzent, der mich an Jeremy erinnerte. Er sah mich an, als müsse mir sein Name etwas sagen, und ich fragte mich, ob er erwartete, dass ich ›Oh, einer der Shropshire-Garnetts‹ rief oder etwas in dieser Art, bis ich merkte, dass mir sein Name tatsächlich etwas sagte. Ich wusste nur nicht was, und Google war noch nicht erfunden.

»Das ist der Grund, aus dem wir unsere Bibliothek Hyndman Library nennen«, fuhr Shyamji fort.

»Eure Bibliothek hat einen Namen?«, fragte ich beeindruckt. *Meine Bibliothek heißt Billy ... ich meine, mein Bücherregal.* Wieder spürte ich die Hitze von Vinayaks Bambi-Blick auf mir und fühlte mich sofort ertappt, ohne zu wissen wobei, und sagte defensiv: »Und was ist mit den Frauen?«

Er lachte auf. »So einer bist du also.«

»Nein, ich meine, was ist mit ... dem Wahlrecht für Frauen?«, stotterte ich.

»Wenn Indien endlich unabhängig ist, wird es ein universelles Wahlrecht für alle geben«, sagte Madame Cama bestimmt.

Hausherr Shyamji polierte seine Brille mit einem strahlend weißen Taschentuch und bemerkte: »Es ist dunkel, nicht wahr?«, und David hechtete zum Lichtschalter. Es gab elektrisches Licht! Arthur Conan Doyle hatte uns angelogen mit den ganzen Sherlock-Holmes-Geschichten, in denen es nur den gelben Schein von Gaslampen gab.

Während alle weiter über Politik redeten – und zwar gleichzeitig und in voller Lautstärke –, fragte ich mich, warum ich so wenig über Geschichte wusste. Abgesehen von Hitler und dem Zweiten Weltkrieg, das hatten wir jedes Schuljahr hoch und runter behandelt. Warum wusste ich so viel über Nazis und so wenig über Kolonialismus und über ... jetzt? Nur, wann war jetzt? Wie zur Antwort darauf begann die Standuhr in der

Ecke des Raumes zu surren. Im *Strangers' Home* hatte es keine Zeit gegeben, weil es kein Ich gab, das sich durch die Zeit bewegte, nur Angst und die hungrige See. Hier dagegen konnte ich die süßen Schläge der Uhr mitzählen – viermal hoch, sechsmal tief – und wusste, dass ich, koste es, was es wolle, in India House bleiben musste. Der erste Schritt dazu war, herauszufinden, welches Jahr wir überhaupt hatten. Kurz überlegte ich, Bunny-Boy-David zu fragen, doch dann erinnerte ich mich, dass ich in einer Bibliothek war – Bibliotheken bedeuteten Zeitungen – und richtig! Im Erker stand ein kleiner Tisch, auf dem sich die Zeitungen nur so stapelten, und alle hatten sie dieselbe Kopfzeile: *The Indian Sociologist*. Ich hob die oberste auf und las das Motto von Shyamjis altem Freund Herbert Spencer: *Widerstand gegen Aggression ist nicht nur gerechtfertigt, sondern notwendig. Keinen Widerstand angesichts von Aggressionen zu leisten, schadet sowohl dem Individuum als auch der Gesellschaft.*

Und darunter das Datum: London, September 1906.

4 Ich lag in der Dunkelheit und hörte den Geräuschen des Hauses zu, das sich in die Nacht entspannte, das Knacken des Holzes und Knirschen der Stufen, auf denen niemand ging außer den Geistern. *Wir sind Schatten.* War ich ein Geist? Okay, ein Geist aus Fleisch und Blut und Haut und Knochen. Aber was sonst konnte ich hundertundsechzehn Jahre jenseits meiner eigenen Zeit sein? War ich transtemporal, trans-chron? Der Boden der Bibliothek war hart, aber nicht kalt, da ich mich in den Teppich eingerollt hatte, der vor dem erloschenen Kamin lag. Er roch nach Rauch und Staub und Kurkuma, und in meinem Kopf hallten die Gespräche des Essens nach.

Und vor allem die Erschütterung, als ich den Salon betrat und durch das Fenster sah, wie zwei Polizisten eine schattenhafte Person zu einem Polizeiwagen führten, und mir die Tränen in die Augen schossen, weil ich wusste, dass das ... ja wer war? Die Erscheinung verschwand so schnell, wie sie gekommen war, und hinterließ eine vage Vorahnung von Verlust. »Es fühlt sich an, als würde hier etwas Schreckliches passieren!«, keuchte ich.

Und dann ein zweiter Schock, als eine samtige, viel zu weiche Stimme hinter mir fragte: »Hast du das zweite Gesicht?« Der späte Gast war eine jüngere Version von Carwyn, inklusive seiner Tendenz, zu spät zu kommen, damit niemand seinen Auftritt verpasste.

»Wenn du wüsstest«, antwortete ich, und er musterte mich einige Sekunden lang intensiv, bevor er sich dem elfenhaften Vinayak zuwandte und den Rest des Abends nur mit ihm redete.

»Das ist Grealis«, flüsterte David, und fügte dramatisch hinzu: »Sinn Féin.« Zur Abwechslung verstand ich, worauf er sich bezog. Nur nicht, was jemand von den irischen Unabhängigkeitskämpfern der Sinn Féin hier wollte. So naiv war ich. Und dann, oh, das Essen! Essen, das nicht unterschiedlicher zu den Suppen und Eintöpfen im *Strangers' Home* hätte sein können – Stichwort: Gewürze – und gleichzeitig so bekannt schmeckte, dass sich mir das Herz zusammenzog. So kochte Dinesh. So schmeckte meine Kindheit, meine Jugend, so schmeckte jeder Besuch bei meinem Vater. Und plötzlich sprachen alle über Essen.

»Erinnert ihr euch, auf der Überfahrt das erste Mal Messer und Gabel benutzen zu müssen?«

»Ich hatte versucht, mir zu merken: Messer in die rechte Hand, Gabel in die linke.«

»Hast du dir auch versehentlich das Messer in den Mund gesteckt?«

»Ja, und geblutet wie ein abgestochenes ... na, ihr wisst schon.«

»Und erst der Fisch! Ein Bissen, und ich hatte den Mund voller Gräten!«

»Gräten! Wie Nadeln! Wie ein ganzes Nadelkissen!«

»Wie kann man nur einfach so in einen Fisch beißen?«

»Ja, ja, Chatto, wir verstehen Fisch eben nicht als vegetarisches Essen wie ihr Bengalen.«

»Ich hätte am liebsten nie wieder Fisch gegessen, aber dann wäre nicht mehr viel geblieben.«

»Nichts blieb dann! Weißt du, wie viele Hindus die ganze Überfahrt lang gefastet haben, weil es nur Fleischgerichte gab?«

»Und Fisch.«

»Chatto!«

Die ganze Zeit harrte ich auf meinen Moment, der kam, als David aufstand und sich verabschiedete. Ich begleitete ihn bis zur Tür, bemerkte, dass ich etwas Wichtiges vergessen hätte – was? Schließlich konnte jeder sehen, dass ich nichts bei mir trug außer meiner schlabbernden Kleidung –, dann schlich ich die Treppe hinauf, die wie zur Unterstützung nicht knarrte, schlüpfte zurück in die leere Bibliothek und wartete.

Und wartete noch immer.

Ich hatte keinen Plan, keine Alternative und keine Ahnung, worauf ich wartete. Dann öffnete sich die Tür, und ich wusste es.

Es war Vinayak, beautiful Bambi Vinayak, der offensichtlich nicht nach einem erbaulichen Buch zum Einschlafen suchte, sondern nach mir. Ich hörte seine tastende Hand an der Wand, bevor das Licht anging, und er mein erbärmliches Schlaflager sah.

»Sehr Cäsar und Cleopatra«, sagte er gedehnt.

In diesem Moment hatte ich einen Geistesblitz. Ich rollte

mich mit Schwung aus dem Teppich, so dass ich vor seinen Füßen zu liegen kam wie Elizabeth Taylor in dem cultural-appropriation-Klassiker *Cleopatra*, und erklärte: »Ich beantrage politisches Asyl.«

Vinayak zog mich mit einer Mischung aus Umarmung und Ich-will-dir-in-die-Augen-schauen-wenn-ich-dich-verhöre auf die Füße. »Und wie kann ich sichergehen, dass du kein Polizeispitzel bist, Sanjeev, der nicht Sanjeev heißt?«

»Das hat mich noch nie jemand gefragt«, sagte ich entsetzt.

»Dann hast du dich wohl nicht in politischen Kreisen rumgetrieben«, antwortete er versonnen.

»Doch!«

Und damit war ich in seine Falle gegangen. Seine Augen verloren ihren verträumten Ausdruck und wurden klar und scharf. »In welchen?«

»In ...«, begann ich und die Worte verwelkten auf meiner Zunge: antifa, antira ... anti war in India House nur etwas wert, wenn es antikolonial war. »Kali« stieß ich als gute Tochter Dineshs schließlich auf den einzigen Namen, der immer Widerstand bedeutete.

»Was auch sonst, du kommst ja aus Bengalen«, lächelte Vinayak und lockerte seinen Schwitzkastengriff. Ich dankte Durga, die mich hierhergebracht hatte. Und Kali, die mich davor bewahrt hatte, rausgeworfen zu werden. Und Leena Dhingra, die mit so viel Wärme über ihren Großonkel gesprochen hatte.

»Und was machen wir jetzt mit dir?«

»Machen?«, fragte ich überrascht. Irgendwie war ich davon ausgegangen, dass nun alles gut war.

»Geld. Miete. Verpflegung. Ich zahle lediglich sechzehn Shilling pro Woche, weil ich eines von Shyamjis Stipendien habe«, erklärte Vinayak. »Für dich wäre es mehr.«

Instinktiv fasste ich nach dem nächsten Möbelstück, um mich daran festzuhalten. Es war der Tisch mit den Zeitungen. *Ich muss in India House bleiben. Bitte Durga, mach, dass ich in India House bleiben kann.* Laut sagte ich: »Ich werde arbeiten!«

»Als was? Was kannst du?«

Was konnte ich? »Schreiben.«

Vinayak hob interessiert seine überaus agilen Augenbrauen. »Ich auch, aber ich kann dir sagen, dass die Zeitungen, die bereit sind, uns zu drucken, nicht die Zeitungen sind, die genügend Geld haben, uns dafür zu bezahlen.« Und dann fragte er plötzlich unvermittelt: »Bist du beschnitten?«

Schon bei dem Gedanken schmerzte mein neuer Penis. »Um keinen Preis!« Anscheinend war das die richtige Antwort.

Er lachte: »Zum Glück ist Shyamji reich genug, um sich dich als kleinen Luxus leisten zu können. Er war ein reicher Mann, als er vor sechs Jahren nach London gekommen ist, und jetzt ist er doppelt so reich. Eier, du weißt schon.«

»Nein.«

»Und Baumwolle. Und jetzt halt kleine Sanjeevs.«

»Was heißt das?«

»Dass er dringend Unterstützung für die Zeitung braucht, die er jeden Monat herausgibt, er weiß es nur noch nicht«, antwortete Vinayak und deutete mit dem Kinn auf die Stapel des *Indian Sociologist*. »Überlass das nur mir. Ich werde ihn überzeugen, dass es seine Idee war. Eine seiner vielen hervorragenden Ideen.« Damit schob er den Teppich mit dem Fuß zurück an seinen Platz und schaltete das Licht aus. »Du kannst dir das Bett mit mir teilen.«

Bei dem Gedanken lief ein Prickeln über meinen Körper. Ich mochte eine heterosexuelle Frau sein, aber mein Penis war eindeutig bisexuell.

»Warum nennen dich alle Tatya?«, flüsterte ich, um das Klopfen meines Herzens in der dunklen Bibliothek zu übertönen. »Ich dachte, du heißt Vinayak? Oder ist das dein Nachname?«

»Mein Nachname ist Savarkar.«

»Savarkar? Wie der Flughafen?«

»Der was?« *Oh!*

Der Veer-Savarkar-Airport auf den Andamaneninseln im Golf von Bengalen würde in ... keine Ahnung, sechzig Jahren? ... gebaut werden. Aber das war auch egal, weil es 1906 noch überhaupt keine Flughäfen gab, weder auf den Andamanen noch sonst wo.

»Wie Veer Savarkar?«, korrigierte ich mich hastig. Veer Savarkar, nach dem der noch nicht gebaute Flughafen benannt worden war ... werden würde. Veer Savarkar, der gegen die Briten gekämpft und dafür elf Jahre auf besagten Andamanen im Gefängnis gesessen hatte. Veer Savarkar, der trotz seiner Leiden und Opfer für die Befreiung Indiens kein Held meiner Kindheit gewesen war. Ganz im Gegenteil.

Ein Streichholz flammte auf. »Du hast also schon von mir gehört.«

»*Du* bist Savarkar?«, fragte ich entsetzt.

»Ja«, sagte Savarkar und zündete eine Kerze an.

»*Der* Savarkar?«

»Absolut.«

»Der ...«, und dann fehlten mir die Worte, und ich wiederholte, »der Savarkar.«

»Ich bin Savarkar.«

Ich starrte ihn an, als hätte er gesagt: Mein Name ist Hitler. Adolf Hitler. Schließlich nannte ich – also mein Durga-Ich – Savarkar so: der Hindu-Hitler. Ich bin eine deutsche Autorin: keine Alliteration ohne Nazivergleiche.

Doch in diesem Fall war ich damit nicht alleine.

»Und sein scheiß Buch ist in Indien noch nicht einmal verboten wie bei euch *Mein Kampf*«, hatte Shaz in unserer Mittagspause in Florin Court getobt, als Facebooks Algorithmus ihr ihren meistgeteilten Post hochspülte, geschrieben mit flammender Tastatur, nachdem der indische Premierminister Narendra Modi zum fünfundsiebzigsten Jahrestag der indischen Unabhängigkeit Savarkar geehrt hatte. Shazia hatte ihren schäumenden Rant mit dem berühmten Bild von Modi illustriert, der 2018 in Savarkars Zelle auf den Andamanen vor Savarkars Foto niedergekniet war wie Willy Brandt 1970 vor dem Ehrenmal für den Aufstand im Warschauer Ghetto, nur ... komplett anders.

Ich versuchte, in die Erinnerung hineinzuspringen, um einen besseren Blick auf das Foto werfen zu können. Alles Bambihafte war aus Savarkars Gesicht verschwunden, aber noch immer sah er aus wie eine Elfe. Wie eine gefährliche Elfe.

»Welches Buch?«, hatte ich Shazia in der Teeküche von Florin Court Films gefragt. Ich bin eine deutsche Autorin, ich weiß zwar, *wer* Nazi ist, aber nicht, warum.

»*Hindutva*«, hatte Shazia ausgespuckt.

»Was?«

»*Essentials of Hindutva.*«

»Was?«

»*Who is a Hindu?*«

»Was jetzt?«, hatte ich überfordert gefragt.

»Genau! Warum kann der sich nicht wenigstens für einen Titel entscheiden?«, schimpfte Shaz und hielt plötzlich inne: »Wobei, euch nicht entscheiden zu können, ist tatsächlich typisch Hindu.«

In den flackernden Schatten von India House sagte Savarkar amüsiert: »Schau mich nicht an, als wäre ich der Antichrist.« Und mir wurde klar, dass er *Hindutva* noch gar nicht geschrieben hatte. Noch nicht auf die Andamanen deportiert worden war. Noch nicht ... Savarkar war?

Die Flamme der Kerze spiegelte sich in seinen Brillengläsern, als er nach meiner Hand griff und erklärte: »Aber wenn ich der Teufel bin, dann willkommen in der Hölle.«

OPERATION UNICORN

D-DAY + 2

INTRO:
(((CLOSE UP)))
Wer ist mächtig gegen drei und gegen dreißig?
Gegen die Hand des Teufels?
Gegen Flüche und Verzauberung durch böse Geister?
Kerbel und Fenchel.
(((INNEN – NACHMITTAG – ZOOM OUT)))
Die Krähe flattert aufgescheucht durchs Zimmer;
(((SCHNITT))) Wind schlägt die Äste einer Kopfweide ans Fenster; (((SCHNITT))) Der Vogel prallt gegen die Zimmertür; (((SCHNITT))) Die langen dünnen Weidenblätter drücken gegen das Fensterglas wie grüne Finger; (((SCHNITT))) Krähe; (((SCHNITT))) Weidenfinger; (((SCHNITT))) Flügelschlagen; (((SCHNITT))) Tapp, Tapp, Tapp; (((SCHNITT))) Die Zimmertür schwingt auf.
(((OVER SHOULDER))) Durch die Tür, entlang der Schlüsselblumen-und-Mohn-Tapete des Flurs, an dessen Ende der Mantel einer rennenden Gestalt um die Ecke verschwindet.
(((ZOOM)))
Eine einzelne schwarze Feder schwebt auf den Boden.

(((VOICEOVER)))
»What we call identity is sometimes a point of departure for thinking about our history.« Judith Butler

»*In India everybody is somebody else's other.*« Ritu Menon

»*There's a horror movie called Alien? That's really offensive!
No wonder everyone keeps invading you.*« Doctor WHO

1 »Wer von euch war das?«, fragte Jeremy, und einen Moment lang malte der Schatten blaue und rote Flecken in sein Gesicht, als hätte er sich geprügelt.

»Wer war was? Make sense, man«, brummte Carwyn, der nicht viel besser aussah, nur blieben die Schatten auch bei Licht unter seinen Augen und erzählten von einer Nacht voller Geister und Spirituosen.

Jeremy schlug die Zeitung auf den Tisch: ›*Poirot war schwarz*‹, *behauptet Drehbuchautorin.*

»Oh«, sagte Durga und alle Augen richteten sich auf sie. »Ich ... nein ... ich meine ...«

Jeremy schaute sie so lange ohne zu blinzeln an, dass sie dachte, seine Augen müssten austrocknen. Auf dem stummen Breitbandbildschirm hinter ihm lief der Dead-Elizabeth-Livestream: *Wo ist ihr Leichnam jetzt?*, mit eingeblendeten Landkarten und gestrichelten Routen. Dann sagte er: »Brillant!«

»Was?!?«, keuchte Durga und fragte sich wieder, an wen Jeremy sie erinnerte.

»Brillant! Der historische Poirot war schwarz, behaupten wir! Und das ist der Grund, aus dem er auch in unserem Film schwarz ist.«

»Der *historische* Poirot?«, fragte Durga. »Welcher historische Poirot? Agatha Christie hat Poirot erfunden.«

»Ist da jemand deutsch unter uns?«, fragte Jeremy und zwinkerte den anderen verschwörerisch zu.

Durga machte unbehaglich »Aha-ha«, aber niemand hörte ihr zu, weil alle mit eigenen Einwänden beschäftigt waren.

»Ein Schwarzer *Polizeipräsident*?«

»Anfang des zwanzigsten Jahrhunderts?«

»In Belgien?«

»Ja, denn dort gab es ... die Force Publique«, sagte Jeremy, als würde er ein Kaninchen aus einem Hut zaubern, was er ja tatsächlich gerade tat.

»Force Publique?«

»Openbare Weermacht«, erklärte Jeremy, ohne damit irgendetwas klarer zu machen. »Eine Mischung aus Polizei und Armee im Kongo-Freistaat.«

Kongogräuel, schrie Durgas Hinterkopf.

»Und die hatten *Schwarze* Offiziere?«, fragte Asaf ungläubig.

»Natürlich nicht. Das ist der Teil der Geschichte, den wir noch ausarbeiten müssen«, lächelte Jeremy.

»Du meinst, erfinden müssen«, versetzte Shazia.

»Das ist schließlich euer Job!«

»Don't you just love him?«, fragte Maryam Durga in der Pause.

»Liebe ist nicht das erste Wort, das mir zu Jeremy einfällt.« Der Wasserkessel schaltete sich mit einem Klicken aus, und Durga warf Teebeutel in Tassen, die Jeremy mit Zitaten aus Agatha-Christie-Romanen hatte bedrucken lassen.

»Sondern?«

»Wie wäre es mit: Das dringende Bedürfnis, ihm sein selbstgefälliges Lächeln aus dem Gesicht zu ... wischen, verbunden mit dem nagenden Verdacht, dass das Teil der Jobbeschreibung ist, und du ohne das Gefühl, Gott ist dein Vater und du bist der Erbe des Himmels, nicht in der Lage wärst, Fernsehunterhaltung für ein Millionenpublikum zu machen. Hast du die Nachrichten aus Australien gehört?« Durga goss sprudelndes Wasser auf die Teebeutel, die sich aufplusterten und an die

Oberfläche stiegen wie Motive für Mord, sobald Hercule-»Ich-bin-der-beste-Detektiv-der-Welt«-Poirot begann, Fragen zu stellen.

»Welche? Dass sie bei der Australian Football League eine Schweigeminute für die Queen vor jedem Spiel abhalten sollen? Oder dass sie die Schweigeminute abgesagt haben, weil gerade Aboriginal Week ist, und die Aboriginal-Australians und die Torre-Strait-Islanders es nicht so toll finden, dass ihr Land bis 1992 nach britischem Recht als terra nullius galt, als Land ohne Menschen, weil sie ja keine Menschen waren, und dass ihre Kinder noch bis weit in Elizabeths Regentinnenzeit geraubt und in Umerziehungscamps verschleppt wurden?«

»Okay, du hast also schon davon gehört«, sagte Durga enttäuscht. »Tee?«

Maryam schüttelte den Kopf, so dass die Perlen an den Enden ihrer Braids klimperten. »Ich nehme keine Genussmittel, die wir nur durch Sklavenhandel haben.«

»Das ist der Grund, aus dem ich kein Kokain nehme«, antwortete Durga leichthin.

»Eben«, bestätigte Maryam und Durga war sich sicher, dass Maryam tatsächlich nur aus diesem Grund auf Kokain verzichtete. Warum fühlte sie sich neben Maryam stets so, als würde ihr Herz auf die Waagschale gelegt?

Zum Glück tanzte in diesem Moment Shaz in die Teeküche und stürzte sich auf die zurückgewiesene Tasse wie auf ein Indiz, das alle übersehen hatten. »Ihr wisst, dass er eigentlich Godfrey heißt?«, verkündete sie. Zwischen ihren Fingern blitzte der Satz *Wenn etwas unmöglich ist, kann es nicht geschehen sein, also muss das Unmögliche trotz allen Anscheins möglich sein* in Jugendstilbuchstaben hervor. Durga drehte die Schrift auf ihrer Tasse nach vorne und las: *Alle Anwesenden hier sind miteinander verbunden – durch den Tod.*

»Jeremy ist nur sein Zweitname«, erklärte Shazia. »Er benutzt ihn, weil ihn sonst alle Gott nennen würden. Und das ist kein Kompliment.«

Ich konnte mich an jedes Wort erinnern. Ich konnte mich an das ausgemalte Muttermal über Shazias genüsslichem Lächeln und Maryams leicht erhobene rechte Augenbraue erinnern. Ich könnte schwören, dass ich mich erinnerte. Obwohl es noch gar nicht passiert war. OBWOHL ES NOCH GAR NICHT PASSIERT WAR!

Ich meine, natürlich war es JETZT noch nicht passiert. Aber in dem JETZT vor JETZT, bevor ich HIER gelandet war ... in diesem Bett, unter diesem Laken, das unter einer Wolldecke lag, die unter einem Plaid lag, und alle waren miteinander verfaltet wie ein Briefumschlag, nur härter und schwerer, viel schwerer. Ihr Gewicht drückte mich ans Bett, ohne meine Arme und Beine zu wärmen. Am Fußende stand Savarkar und zog sich aus. Ich hatte noch nie einen Menschen gesehen, bei dem sich die Knochen so deutlich unter der Haut abzeichneten. Doch anstatt mich zu erschüttern – die einzeln sichtbaren Rippenbögen waren offensichtliche Anzeichen von Unterernährung –, faszinierten sie mich und ich hätte ihm gerne zu seinem Brustkorb gratuliert, so wie man Menschen Komplimente für ihre Wangenknochen macht. Wenn er atmete, drückten seine Rippen die Haut in Wellen nach außen, eine innere See. *Konzentrier dich, Durga! Konzentrier dich auf ... Nena! Erinnerst du dich an deine Freundin Nena?*

Natürlich tue ich das! Und nenn mich nicht »Du«.

Nenas Fake-Leopardenfell-Mantel – der sich in meiner Erinnerung immer wieder in Durgas Tiger verwandelte und die Brick Lane mit nachlässiger Anmut hinunterlief, die Muskeln klar definiert unter glänzenden Flanken – war das Letzte, was ich gesehen hatte, bevor die Sonnenuhr an der Moschee/Synagoge dreizehn schlug – oder die Verzweiflung über mir zusammenschlug – und mich hierher transportiert hatte? Nur dass *hier* nicht das richtige Wort war. Falsch: *hier* war genau das richtige Wort. Denn HIER hatte sich nicht verändert, WANN hatte sich verändert. WAS-AUCH-IMMER hatte mich nicht HIERHIN, sondern DANNHIN transportiert. Schon wieder falsch: WAS-AUCH-IMMER hatte WEN-AUCH-IMMER nicht hierhin, sondern dannhin transportiert. Was sagte es über mich aus, dass ich durch die Zeit reisen und mein Geschlecht und mein Alter hinter mir lassen konnte, aber nicht meine race?

Nena und die Sonnenuhr und dann ... nichts!

Ich war definitiv nicht, erschrocken von der Befangenheit zwischen Nena und mir, zurück zu unserem Airbnb gegangen, und erst recht nicht am nächsten Morgen zum Florin Court, um Jeremy eine Vorlage für seine Brillanz zu liefern ... Warum zum Teufel konnte ich mich dann daran erinnern? Und zwar erst jetzt, als würden die Geschehnisse mit derselben Geschwindigkeit in meinen Kopf gebeamt werden, wie sie in der Zukunft passierten?

»Brauchst du Wärme?«, fragte Savarkar, und sein Körper glitt neben meinen unter die Decken. »So ging es mir auch, als ich in dieses Land gekommen bin. Wie kann man nur mit so viel Kälte leben? Kälte überall. Sogar in ihren Betten.« Und damit zog er mich in seinen Schoß und hielt mich wie Lila, wenn ich als Kind nachts aufgewacht war – die Dunkelheit um mein Bett voll von körperlosen Anwesenheiten, die sich auf mich stürzen würden, sobald ich wieder einschlief –, und mich den langen Weg durch den bedrohlichen Flur gewagt hatte, um an ihrer Seite ins Elternbett zu schlüpfen. Der Körper meiner jetzt also toten Mutter war so warm gewesen wie die Brötchen, die sie sonntags im Ofen aufbuk, und ebenso weich, und ich sank unter ihren Duft und war eingeschlafen, noch bevor sie die Decke fertig um mich geschlungen hatte.

Nur dass Savarkars Körper die entgegengesetzte Wirkung auf mich hatte. Die Frage, die mich ein Leben lang umgetrieben hatte – wer wäre ich, wenn ich in Indien aufgewachsen wäre? –, war hiermit beantwortet: ein geiler, junger Mann.

Und dann schlief ich doch irgendwann ein und träumte von Christian, der begeistert rief: »Natürlich ist er Schwarz! Schließlich heißt er Hercule. Das ist ja wohl kaum ein christlicher Name, oder?« Und verkniff mir, ihn auf die ganzen Missionare in den Kolonien hinzuweisen.

»Deshalb verrät Agatha Christies Detektiv auch in allen ihren Romanen so wenig über seine Vergangenheit. ... hier!« Christian fischte *Three Act Tragedy* aus den Stapeln von Christie-Romanen, die überall im Writers'-Room-Kaminzimmer in bibliophilen Ausgaben herumlagen. »Hier erinnert sich Poirot: *Als Junge war ich arm. Ich hatte viele Geschwister, wir mussten so schnell wie möglich Geld verdienen.*« Was Chris an Selbstsicherheit fehlte, machte er durch Gründlichkeit wett.

»Außerdem war seine Mutter alleinerziehend!«, ergänzte Jeremy.

»War sie das?«, fragte Maryam.

»Selbstredend, sein Vater wird in keinem einzigen Buch erwähnt.« Was Jeremy an Selbstbewusstsein zu viel hatte, machte er durch Manie wett. *Natürlich* hatte er alle dreiunddreißig Poirot-Romane, fünfzig Kurzgeschichten und zwei Theaterstücke zur Vorbereitung gelesen. Wahrscheinlich in einer Nacht. »Dafür spricht Poirot ständig über den Respekt und die Zärtlichkeit, die der Mutter in seinem Heimatland entgegengebracht wird. Deutet das nicht auf eine matriarchale Gesellschaft hin?«

Jeremy ließ eine seiner Gelegenheit-für-beeindruckte-Interjektionen-Pausen und fuhr fort: »Oder zumindest auf eine Gesellschaft, die noch bis vor kurzem matriarchal war.« Pause. »Bis die Belgier dorthin kamen?«

»Ist das alles relevant?«, fragte Carwyn und hielt seinen Kopf fest, damit er nicht über den Tisch rollte. »Sind das die Probleme, mit denen die Menschheit sich in der absehbaren Zukunft herumschlagen wird?«

»Was meinst du damit?«, japste Christian.

»Was ist mit Klimakrise? Flucht?«

»Alles bereits bedacht«, sagte Jeremy. »Poirot hat während des Ersten Weltkriegs für die Résistance in Belgien gearbeitet, deswegen musste er nach England fliehen.«

»Warum nennst du ihn Weltkrieg und nicht Europäischen Krieg?«, fiel ihm Asaf ins Wort, der sein pinkes Jackett heute durch ein brombeerfarbenes ersetzt hatte.

»Was?«, fragte Jeremy, zum ersten Mal aus dem Konzept gebracht, und starrte auf Asafs Schatten, der schräg über den nächsten Stuhl fiel, als hätte sich ein weiterer Gast zu ihnen gesellt.

»Ihr mögt uns erpresst haben, in euren Kriegen zu kämpfen, aber das waren nicht unsere Konflikte«, antwortete der Schatten, doch niemand hörte ihn außer Durga.

»Was?«, wiederholte Jeremy.

»Wir sind für euch gestorben, und ihr habt uns trotzdem nicht die Unabhängigkeit gegeben, die ihr uns dafür versprochen hattet«, erwiderte Savarkars Stimme in Durgas Kopf wie ein Klopfen, bevor das Geräusch erklingt, eine Vorahnung, wenn das, was vorhergesagt wird, die Vergangenheit ist.

Die Welt wachte auf und teilte das möglichst lautstark mit. Mein Kopf pochte noch immer, nur dass das Klopfen nicht in meinem Kopf angefangen hatte, also nicht in dem Kopf, den ich jetzt mit den Fingern abtastete, als wäre darauf in Braille die Antwort auf die Frage versteckt: Wenn schon nicht mein Körper mit mir durch die Zeit gereist ist, dann was von mir? Meine Seele? Meine Essenz? Ich streckte meine Hand aus, spreizte die Finger und stellte mir vor, dass sie wie in einer Zeitrafferaufnahme vor meinen Augen alterten, ein Bild pro Tag, vierundzwanzig Tage pro Sekunde. Doch dann würde ich meine Haut nicht welken und abblättern sehen, weil alles in Bewegung verschwimmen würde. Leben hieß bewegen. Meine Haut fiel nicht in Flocken von meinen Knochen, ich warf sie ab wie die Federn einer Boa, wie Dessous bei einem Striptease, und für jede Hornzelle, die abgeschilfert wurde, wuchs eine neue nach. Aber keine davon war Durga. Fuck Identität!

Savarkar war bereits aufgestanden und hatte mir auf dem Sessel neben dem Bett einen Anzug zurechtgelegt, den er irgendwo aufgetrieben haben musste. Auch wenn ich so schlank war wie seit dreißig Jahren nicht mehr, hätte ich nicht in seine Kleidung gepasst. Die schmalen Beine seiner abgelegten Hose von gestern wirkten durch die Nadelstreifen noch länger und dünner, so das überhaupt möglich war, und ich spürte noch einmal die Wärme von Savarkars Oberschenkeln an meinen. Mit einem Scheppern schlugen alle Alarmglocken in meinem Kopf an. Denn Shazia war ja nicht die Einzige, die mich vor ihm gewarnt hatte. Hätte. Gewarnt haben würde.

Den einzigen Wutausbruch, an den ich mich überhaupt bei Dinesh erinnern konnte, hatte er wegen Savarkar gehabt. Das war, kurz nachdem Lila Dachboden-Piet kennengelernt hatte, nur dass ich das damals noch nicht wusste und dachte, sie sei aufgeregt, weil sie gerade das Inhaltsverzeichnis ihres Buches umgeschrieben hatte. Wenn ich ehrlich bin, schrieb sie hauptsächlich das Inhaltsverzeichnis.

»*Veer Savarkar – Staatsfeind Nr. 1?*«, las Dinesh fassungslos. »Weißt du überhaupt, wer Savarkar ist?«

»Staatsfeind Nummer eins«, antwortete meine Mutter.

»Ja, der Feind Indiens«, fauchte mein Vater.

Danach hielten die beiden sich mit Details auf, wie dass die Überschrift dann ja trotzdem korrekt war, und dass Lila Dinesh nicht so liebte, wie Dinesh Lila liebte, und ich hörte nur noch mit halbem Ohr zu, bis Dinesh schrie: »Savarkar ist der Mann, der Gandhi umgebracht hat!«

»Nein, du irrst dich, das war …«, sagte Lila und begann, in ihren Unterlagen nach dem Namen des Attentäters zu suchen.

»Godse. Nathuram Godse«, spuckte Dinesh aus.

»Stimmt«, lobte Lila.

»Stimmt nicht! Godse war nur die Hand, die die Pistole abgefeuert hat. Savarkar war das Gehirn dahinter.«

Wenn Lila in der Lage gewesen wäre, beeindruckt zu schweigen, hätte sie das in diesem Moment getan. Stattdessen sagte sie: »Warum war Gandhi, als er 1948 erschossen wurde, eigentlich im Birla House? Ich dachte, die Birlas waren indische Großindustrielle? Was macht ein Revolutionär beim Klassenfeind?«

»Lass mich in Ruhe mit deinen jüdischen Verschwörungstheorien!«

»Waren die Birlas Juden?«

»Du weißt, was ich meine.«

»Es ist antisemitisch, dass du bei Geld automatisch an Juden denkst.«

Und dann brach der erste Teller. Er gehörte zu dem Acapulco-Geschirr von Villeroy & Boch, das Lila so lange begehrt und schließlich im Ausverkauf als B-Ware erstanden hatte – »Es ist ganz bunt, du kannst dir gar nicht vorstellen, wie bunt es ist«, hatte sie mir verheißen. Und es war tatsächlich bunt. Am Rand. Der Rest war weiß, wie andere Tassen und Teller auch. »Bunter geht nicht«, sagte sie beleidigt. Oder vielleicht war auch ich diejenige, die beleidigt gewesen war und das auf sie projiziert hatte. – Deshalb beobachtete ich fasziniert die Flugbahn des Tellers gegen die Wand. Und die der Teetasse, die zu klein für eine Tasse Tee war. Und die der Sauciere, die damals fester Bestandteil jedes Geschirrs war und längst ein kompletter Anachronismus wäre. Ich wusste nicht, dass ich gerade die Ehe meiner Eltern zerbrechen sah.

Der Geruch von gebratenem Reis und Daal leitete mich die Treppe hinunter. Mein vor Stärke steifes Hemd und die Röhrenhose saßen so perfekt, als hätte Savarkar Maß genommen. Sogar die Hausschuhe hatten die richtige Größe. Und dann öffnete ich die Tür zum Esszimmer, und da war Madan: Der Märtyrer, der Mann, dessen Porträt auf Briefmarken gedruckt werden würde, mein persönlicher Retter. Ein Gefühl ungeheurer Erleichterung überflutete mich. Wo bei Savarkar jeder Satz ein Test war, war Madan keine Frage, sondern eine Anwesenheit, die Wärme ausstrahlte wie der Kamin, neben dem er saß und seine Samosas aufmerksam von allen Seiten betrachtete. Ich nahm einen Teller vom Sideboard, füllte ihn wahllos mit warmem Gemüse, kaltem Fisch (Chatto hatte sich also durchgesetzt, und Fisch galt nun auch in India House als vegetarisch) und Dosa und setzte mich neben ihn. »Hier bin ich.«
»Ja«, sagte Madan.
»Danke«, sagte ich.
»Ja«, sagte er.
Und dann fiel mir nichts mehr ein. Ich war noch immer erleichtert, ihn zu sehen, leider konnte ich nicht dasselbe über

das Sprechen mit ihm sagen. Auf der Suche nach Inspiration schaute ich auf die knusprigen braunen Samosas auf seinem Teller, und er reichte mir eine, die noch besser war als Dineshs und mich plötzlich mit Heißhunger erfüllte, so dass ich den Inhalt meines Tellers hinunterschlang, als hätte ich nicht am Abend zuvor bereits ein hervorragendes Essen gehabt. Jeder Bissen schmeckte wie ein ganzes Buch, wie Informationen, die direkt in meine Zellen geleitet wurden und mich mehr und mehr in dieser Welt materialisieren. Und die ganze Zeit überlegte ich fieberhaft, was ich als Nächstes sagen sollte.

»Was ... interessiert dich?«, fragte ich schließlich das Banalste, was mir in den Sinn kam.

Doch Madan schien es für eine tiefgründige Frage zu halten und antwortete in seiner charakteristisch langsamen Art: »Ja-pan.«

»Japan?«, fragte ich überrascht.

Er blickte in die tanzenden Flammen im Kamin, als müsse er sich noch einmal rückversichern, und bestätigte dann: »Ja-pan.«

»Wegen dem Design?«

Der Vorteil an Madan war, dass er nicht überlegte, ob ich eine dumme Frage gestellt hatte, sondern schlicht erklärte: »Nein. Weil Japan die russische Marine im Tsushima Strait besiegt hat.«

»Wirklich?«, fragte ich verblüfft. Und wieder deutete Madan das nicht als Zeichen für meine Begriffsstutzigkeit, sondern als angemessene Reaktion auf eine solch weltverändernde Information, und lächelte mich an. Ich habe niemals zuvor – natürlich niemals zuvor – und niemals seitdem einen Menschen mit einem so herzlichen Lächeln getroffen.

»Das dachte der Kaiser auch.«

»Der Kaiser?«

»Wilhelm.« Nur, dass er es aussprach wie: Wellem.

»Oh, *unser* Kaiser!«

Er war einen Augenblick verwirrt, doch die Weltgeschichte war monumentaler als meine Merkwürdigkeit. »Und Theodore Roosevelt hat die Schlacht als das größte Phänomen beschrieben, das die Welt jemals erlebt hat.«

»Ah«, sagte ich, weil das anscheinend von mir erwartet wurde. Doch da das hier Madan war, der so offensichtlich niemanden beurteilte und bewertete, wagte ich, nach einer Pause nachzuhaken: »Wann war das genau?«

»Letztes Jahr.«

»Ah«, wiederholte ich. *Kaiser Wilhelm? Dieser opportunistische, alte ...*

»Alte?«, vollführte Madan wieder denselben Gedankenlese-Trick wie im Hyde Park.

»Na ... ja ... früher oder später.«

Er biss in eine Samosa und kaute sie so gründlich durch, dass jeder Ernährungsberater begeistert gewesen wäre, bevor er fragte: »Und warum opportunistisch?«

»Weil ...« Ich tastete blind in meinem Gehirn nach Fetzen von Gesprächen mit Rohan über seinen Geschichts-Leistungskurs, als sie endlich, endlich den deutschen Kolonialismus durchgenommen hatten wie eine Überraschung – huch, das haben wir ja auch gemacht –, und kam auf: »Gelbe Gefahr!«

»Was?«

»So hat Wilhelm II. die Japaner genannt, ach was, alle Asiaten.«

»Uns auch?«

»Nein, wir sind nur für die Engländer Asiaten, für die Deutschen sind wir ...«

»Was?«

»Mittel zum Zweck. Der alte Wilhelm war ein Schlitzohr,

und wenn er irgendjemanden gegen jemand anderen aufhetzen konnte, am liebsten gegen die Briten, war er dabei.«

Also, Kaiser Wilhelm hat seinem Cousin, dem russischen Zar Nikolaus, einfach erzählt, dass Horden von Asiaten nur darauf warten würden, nach Westen zu marschieren, um die Russen zum Krieg gegen die Japaner anzustacheln – und, na klar, auch um Deutschlands koloniales Vorrücken nach China zu rechtfertigen, flüsterte Rohans Stimme in meiner Erinnerung, und dann hörte er sich an wie ein Radio, das den Sender verloren hatte, und ich konnte nur noch einzelne Worte verstehen wie *Amerika, England* und – was auch sonst? – *Geopolitik.*

»Aber wir *sind* Asiaten«, insistierte Madan. »Und letztes Jahr hat jemand von uns zum ersten Mal seit dem Mittelalter eine europäische Armee in einem bedeutenden Krieg besiegt.«

»Ah«, sagte ich, und diesmal meinte ich es so. Ich verbiss mir die Frage, ob Russland wirklich europäisch war, also, so ganz. Aber 1906 von Indien aus gesehen war es das natürlich.

»Danach hat mein bester Schulfreund seine Babytochter Togo genannt, nach dem Oberbefehlshaber der japanischen Flotte.« Madan starrte weiter in die Flammen, als könnte er darin Schiffe sehen, die Kanonen aufeinander feuerten, oder ein winziges Baby mit einem großen Namen, oder den Lauf der Weltgeschichte, die einen Haken machte und eine neue Richtung einschlug – während ich mit dem Schwindel kämpfte, plötzlich von der anderen Seite auf die Geschichte zu schauen und zu meiner Erschütterung zum ersten Mal Bedauern darüber zu empfinden, dass Deutschland zwei Weltkriege verloren hatte. Okay: Einen. Denn darüber, dass wir den Zweiten verloren hatten, war ich immer noch heilfroh. Aber was hätte es für Indien bedeutet, wenn die Briten den Ersten Weltkrieg verloren hätten? Wie viel früher wären wir unabhängig geworden? Und wer war *wir* in diesem Kontext?

»Er hatte also Recht«, murmelte Madan.

»Wer?«, fragte ich überrascht.

»Dein Kaiser mit seiner Angst vor der ›gelben Gefahr‹. Weiße Männer, Eroberer der Welt, nehmt euch in Acht! Ihr seid nicht länger unbesiegbar. Wir kommen.«

2

»Willkommen beim Zentralorgan für Volksverhetzung«, sagte Shyamji, der mich in sein Arbeitszimmer bestellt hatte, und spreizte die Finger, so wie er insgesamt dazu neigte, sich zu spreizen. Er wohnte mit seiner Frau ein paar Straßen entfernt in der Queens Wood Avenue, verbrachte aber den größten Teil seiner Zeit in seinem »revolutionären Projekt« India House.

»Danke«, sagte ich verblüfft.

»Ich habe zu danken.«

»Ah«, sagte ich, langsam wurde das zur Gewohnheit, ich sollte dringend mein Vokabular erweitern. »Wofür?«

Shyamji klopfte enthusiastisch auf einen Haufen Manuskripte auf dem überquellenden Schreibtisch. »Dass du dich von Savarkar hast überreden lassen, mir auszuhelfen.«

Und damit war ich Redakteurin, pardon, Redakteur, des *Indian Sociologist*. ›Zentralorgan der Volksverhetzung‹ war noch eine der höflicheren Beschreibungen der englischen Presse für uns, und regelmäßig gab es Anfragen im Parlament, ob wir nicht verboten werden sollten.

»Wenn wir in Indien wären, wäre das auch schon längst passiert. Aber die Engländer bilden sich so viel auf ihre Pressefreiheit ein, dass sie eine Zeitung, die sich an die Buchstaben des Gesetzes hält, hier nicht einfach so verbieten können«, erklärte Shyamji, und ich erinnerte mich daran, dass er Rechtsanwalt war.

Meine Vormittage bestanden daraus, Shyamjis Artikel zu

redigieren, seine Korrespondenz zu tippen, und vorsichtige Vorschläge zum Layout zu machen, die alle in letzter Sekunde mehr Text zum Opfer fielen. Jeden Mittag um Punkt zwölf forderte er mich auf, meinen Körper für die Revolution zu trainieren – aka Tennis zu spielen, und ja, India House hatte einen eigenen Tennisplatz –, an Zeitungen zu schreiben, um sie auf die verheerende Situation in Indien aufmerksam zu machen, oder mich meinem Tagebuch zu widmen. Tagebuchschreiben war, wie überhaupt jede Art, zu schreiben, eine bedeutsame Angelegenheit in India House.

»Es geht darum, Zeugnis abzulegen, damit die Nachwelt weiß, was wir getan haben«, erklärte Allen-Ginsberg-India, nur dass ich inzwischen wusste, dass er V. V. S. Aiyar war. Und auch Aiyar war ein NAME, ein … JEMAND, den ich kannte wie einen Onkel dritten Grades, der unerwartet zu Besuch kam, und den man unmöglich nach dem genauen Verwandtschaftsverhältnis fragen konnte. Nur dass es hier das Verhältnis zur Weltgeschichte war. Langsam wurde es ärgerlich. Warum konnte ich Aiyar nicht einfach googeln? Ich fühlte mich wie damals, beziehungsweise in der Zukunft, als mein Postfach gehackt worden war, und ich, während ich in der endlosen Warteschleife des Kundendienstes hing, ständig versuchte, meine E-Mails zu checken, weil mir das so in die Fingerspitzen übergegangen war.

Ansonsten vermisste ich überraschenderweise am meisten das Streicheln meiner Haare auf dem Rücken, wenn ich nachts mit nacktem Oberkörper zur Toilette ging. Dafür hatte ich jetzt genau die Sorte Locken, die ich mir gewünscht hatte, als ich mir mit fünfzehn eine Dauerwelle machen ließ und ein qualvolles halbes Jahr aussah wie ein Pudel. Sanjeevs Haare dagegen tanzten auf meinem Kopf, bogen und wanden sich und griffen nach dem Himmel, und es brach mir das Herz, dass ich sie jeden Morgen mit Neemöl bändigen musste. Sein Körper war ein Wunder und ein Rätsel zugleich. Ich wusste, wo mein Körper war: im einundzwanzigsten Jahrhundert, wo er ging und stand und Dinge tat, an die ich mich – manchmal – unerklärlicherweise erinnern konnte. Aber ich hatte keine Ahnung, wo dieser Körper hier hergekommen war. Schließlich war er offensichtlich bereits seit rund zwanzig Jahren auf der Welt. Also musste dieser Körper schon so lange ein Jemand sein, nur wo war dieser Jemand dann jetzt?

»Wo bist du?«, flüsterte ich meinen Händen zu, als ich allein in unserem Zimmer war, weil Savarkar wie die meisten Tage für sein Opus Magnum über die indische Revolution (»Die was?« – »Aha!«) in der Bibliothek des India Office (im selben Gebäude wie das Foreign Office und direkt neben dem Home Office und dem Colonial Office) recherchierte, und meine Hände antworteten in einer Sprache der Zärtlichkeit und Dringlichkeit, die mich vor neue Fragen stellte. Wie: Wohin mit meinem Sperma? Als Frau war es deutlich einfacher gewesen, heimlich zu masturbieren.

»Sprichst du Marathi?«, fragte Savarkar, der wie immer lautlos hereingekommen war, und ich sprang vor Schreck beinahe aus meiner glänzenden neuen Haut. Zum Glück deutete er meinen halbnackten Zustand als Zeichen dafür, dass ich mich fürs Abendessen umzog, und begann, ebenfalls seinen Kragen zu lösen. Die Bewegung der langen, dünnen Finger an seiner Kehle hypnotisierte mich, und ich schaffte es nur mit Mühe, mich an seine Frage zu erinnern.

»Marathi?«

»Ja«, sagte er.

»Nein«, sagte ich.

»Ihr Bengalen denkt immer, Bengali ist die einzige Sprache der Poesie und Marathis hätten keine Kultur außer Agrikultur«, schimpfte Savarkar und warf sein Hemd achtlos auf den

Boden. Ich spürte mein Herz schneller klopfen. Doch zur Abwechslung lag das nicht an Savarkars faszinierendem Oberkörper, sondern daran, dass mir ein Gedanke gekommen war. Sprach ich etwa Bengali? Sprach ich die Sprache, die ich in meinem Leben am häufigsten gehört hatte – mit Ausnahme von Deutsch und Englisch, versteht sich – und die mich mit jedem Wort lockte, verführte ... nur um mich am Ende unweigerlich zurückzustoßen?

Als ich auf die Welt gekommen war, wurde deutschen Eltern noch gesagt: Bringt dem Kind nur eine Sprache bei, sonst lernt es keine richtig. Also, nicht meinen Eltern persönlich, sondern allen Eltern, deren zweite Sprache nicht Englisch oder Französisch war. Und siehe da, Kinder lernen eine Sprache tatsächlich nicht, wenn man nicht mit ihnen redet. Entsprechend hatte Dinesh eine Sprache für Telefonate mit »Indien« und eine für Lila und mich. Bengali war allgegenwärtig und gleichzeitig ein Geheimnis, das mich von jenem anderen Teil seines Lebens abtrennte. Während Lila mir Kinderlieder vorsang und Abzählreime beibrachte, die sie schon als Kind gelernt hatte, vor Begeisterung Schluckauf bekam, als sie *Bettina wo sind deine Zöpfe?* auf dem Trödelmarkt entdeckte und umgehend für mich kaufte – und ich das Kinderbuch mit derselben Vehemenz hasste, mit der sie es liebte –, war bei Dinesh ... nichts. Keine Geschichten, keine Lieder, keine Erinnerungen, weil es keine Worte gab, mit denen er mir davon erzählen und mit denen ich ihm zuhören konnte. Das war niemandes Schuld, und trotzdem konnten wir nicht verhindern, dass wir uns das gegenseitig übelnahmen. Sprache war Intimität, eine Intimität, die wir nicht miteinander teilten.

Sollte das jetzt anders sein? Ich ließ Savarkar stehen, schloss mich in der Toilette ein, öffnete meinen Mund und befahl meinen Lippen, Worte in Benagli zu formen.

»Worte in Bengali«, sagten meine Lippen gehorsam.

Also versuchte ich es erneut mit den wenigen Brocken, die ich über die Jahre erhascht hatte, wie Münzen aus einem fremden Portemonnaie: »Ami, tumi ...«

Doch Bengali war, was es immer gewesen war, ein scharfer Atem in meinem Nacken, der, sobald ich herumfuhr, schon wieder hinter mir war und mich mit einem Schwall unverständlicher Worte verspottete. Irgendwo in diesem neuen alten Körper steckte die Fähigkeit, diese Sprache zu sprechen, doch mir fehlte das Instrumentarium, sein Wissen aufzuschließen.

Mein Körpergedächtnis dagegen funktionierte einwandfrei – ich konnte mit den Fingern essen, ohne dass meine Handflächen auch nur ein Korn Reis oder einen Tropfen Sauce abbekamen –, doch sobald ich versuchte, mich an meine Kindheit oder Jugend in ... Kalkutta? ... zu erinnern, erinnerte ich mich nur an die Siebziger- und Achtzigerjahre in Köln. In den Neunzigern war ich in meine WG mit Nena ein- und wieder ausgezogen und hatte sogar eine Doktorarbeit angefangen, war aber wie Lila nie über das Inhaltsverzeichnis hinausgekommen, weil ich bereits fürs Fernsehen schrieb. Ich wünschte, ich hätte mehr Durchhaltevermögen gehabt. Mein Thema war das Verhältnis von Physis zu Psyche gewesen. Vielleicht hätte ich meine aktuelle Situation dann besser begreifen können. Denn mein Geist schrie roh und wund nach Jack und Rohan, doch mein Körper war kein Resonanzraum für diesen Schmerz und sehnte sich stattdessen nach Savarkar.

Wenn er nicht unter dem Wetter litt. Nach dem endlosen Indian Summer meiner Ankunft begann der Herbst, und der durchgehende dünne Regen machte mich überraschend müde. Die Wolken pressten auf meine Brust, mein Gesicht, jeden Teil meines lebenden Wesens, als wären sie mit Daunen gefüllte Kissen, die eine unsichtbare Hand sanft, aber unerbittlich auf meine Atemwege drückte. Dazu kam unsere klaustrophobische Wohnsituation. Der Polizist, der mich bei meiner Ankunft beobachtet hatte, wurde beständig durch neue Polizisten ersetzt, es war unmöglich, das Haus zu verlassen, ohne beschattet zu werden. Was zur Folge hatte, dass ich ebenfalls begann, mich zu beobachten. Eine Mauer von unsichtbaren Blicken stand zwischen India House und draußen und machte jeden Schritt zur Anstrengung. War das so, wie Lila sich gefühlt hatte? Schließlich basierte ihre Überzeugung, verfolgt zu werden, ja nicht – oder nicht nur – auf ihrem Bedürfnis, sich selbst zu dramatisieren, sondern auch auf tatsächlich empfundener Beklemmung. Und zum ersten Mal seit Jahrzehnten hatte ich Mitgefühl mit meiner Mutter.

»Sanjeev, Sanjeev, hast du nie Bekanntschaft mit dem DCI gemacht?«, spottete Savarkar, als ich mit einem Einkaufsnetz voll von Shyamjis Briefen unschlüssig neben den Schuhen stand, die alle einfach hinter der Haustür liegen ließen, sobald sie hereinkamen.

»DCI?«

»Department of Criminal Intelligence«, sagte er, so wie Studiosus-Reisebegleiter Akropolis sagen oder Eremitage oder Uffizien, etwas, das man in seinem Beruf nun einmal intim kennt. Was sagte das über Savarkars Beruf aus?

»Was ist das Department of Criminal Intelligence?«, entgegnete ich unwirsch, obwohl ich wusste, dass Nachfragen ein Eingeständnis von – ja, von was eigentlich? – war. Aber es regnete seit Tagen, und ich war es leid, so zu tun, als könne ich mich in dem Dschungel von Bedeutungen, in dem ich gegen meinen Willen gelandet war, orientieren. Nur dass ich mir inzwischen nicht mehr sicher war, dass mein Hier-Landen wirklich gegen meinen Willen geschehen war.

»Das ist der indische Geheimdienst, also, der für uns Inder

zuständige britische Geheimdienst in Indien. So wie unsere Special-Branch-Freunde da draußen, nur größer und besser organisiert, und im Gegensatz zu den Clowns hier in der Lage, Hindus und Muslime zu unterscheiden oder überhaupt einen Inder vom anderen. Aber irgendetwas müssen sie ja auch leisten, schließlich lassen uns die Engländer nicht nur selbst, sondern doppelt und dreifach für die Spione bezahlen, die sie auf uns ansetzen.«

»Und die ... Clowns vor unserer Haustür?«, sagte ich, weil er offensichtlich eine Nachfrage erwartete.

»Letzte Woche sind sie Aiyar gefolgt, und da er einen ... ziemlich privaten Termin hatte, habe ich ihn im *Museum of Natural History* getroffen. Er ging hinein, ich kam heraus, und Constable Klumpschuh ist mir gefolgt als wäre ich Mary und er mein kleines Lämmchen, obwohl Aiyar mindestens doppelt so groß ist wie ich.«

»Und wie bist du unbemerkt ins *Museum of Natural History* gekommen?«, fragte ich, inzwischen ernsthaft interessiert. Savarkar hatte diese Wirkung auf die meisten Leute. Wahrscheinlich rührten ihn die Undercover-Polizisten, die alles andere als undercover vor dem Haus herumlungerten, so wenig, weil er sie als gottgegebenes Zeichen seiner Bedeutung wahrnahm. Natürlich war Scotland Yard von ihm fasziniert. Wer nicht?

Er stellte sich vor den Spiegel und rückte seine perfekte Fliege gerade. »Mit dem Taxi.«

»Haha.«

Savarkar sah mich überrascht an. »Nein, das ist die sicherste Form, sie abzuschütteln, geh einfach die Straße entlang, bis ein Hansom-Kutschen-Taxi vorbeikommt, und spring dann plötzlich rein. Wenn die Vertreter des Gesetzes endlich selbst eins gefunden haben, bist du längst über alle Berge.«

»Du meinst, die sind noch nie auf die Idee gekommen, uns aus einem Automobil heraus zu beschatten?«, fragte ich ungläubig.

Savarkar war so beeindruckt von meiner Frage, dass er mich zur Belohnung zur Post begleitete. Ebenso wie unser Schatten, nur dass der am Eingang zögerte und unschlüssig im Nieselregen wartete, während ich jede Sendung einzeln auswiegen und frankieren ließ und ein Heft Fünf-Cent-Briefmarken kaufte.

Beim Herausgehen zwinkerte Savarkar mir zu, streifte den feuchten Polizisten absichtlich zufällig, ging ein paar rasche Schritte die Straße hinunter, drehte sich abrupt um und fragte: »Können Sie mir sagen, wo das Postamt ist?«

Ich beobachtete, wie Mr. Undercover den Mund öffnete und schloss wie ein Goldfisch, bis ihm schließlich eine brillante Antwort einfiel: »Ich weiß nicht.«

»Warum folgen Sie mir dann?«, sagte Savarkar eisig, und Undercover-Goldfisch gab seine Mission auf. Für heute.

»Das mache ich ab jetzt mit jedem neuen Mann«, sagte Savarkar befriedigt. »Lass uns etwas essen gehen.«

Der Teil in mir, der Anfang zwanzig war, bewunderte ihn für seine Kaltschnäuzigkeit. Der Teil, der fünfzig war, bezweifelte, dass das eine vernünftige Art war, der Staatsgewalt entgegenzutreten. Schließlich würde der Port-Blair-Flughafen nicht einfach so nach ihm benannt werden. Savarkars Weg führte unweigerlich auf die Andamanen und nach Kala Pani. *Kala Pani!* Wo waren die beiden Worte hergekommen? Ich hatte sie noch nie zuvor gehört, trotzdem dachte mein Gehirn sie so klar, dass es mir sogar eine Übersetzung zur Verfügung stellte: *Dunkles Wasser.* Das dunkelste Gefängnis des Empires. Die indischen Revolutionäre, die von den Briten dorthin geschickt wurden, wurden betrauert, als wären sie bereits tot.

»Essen?«, wiederholte Savarkar, und ich nickte rasch, um den erstickenden Schmerz zu unterdrücken, der mich bei dem Gedanken an den zukünftigen Savarkar jenseits des dunklen Wassers erfüllte.

»Du bist ja ein ganz Mutiger.«

»Was?«

»Hast du keine Angst, deine Kaste zu verlieren, wenn du etwas isst, das von unreinen Händen zubereitet wurde?«

»Äh ... Nein.«

»Ich auch nicht. Komm, Sanjeev.«

Überraschenderweise war das das Ungewohnteste an meiner ungewohnten Situation: mein neuer Name. Alle Menschen, die ich kannte, hatten Rufnamen. Nena war kurz für Susanne. Jack nannte unseren Sohn nicht Rohan, sondern Rowan, nach dem irischen Vornamen, und mein Vater nannte seinen Enkel Roy. Und Jack selbst war die Koseform von Hamish – ja, auch die Briten hatten ein kreatives Verhältnis zur Realität, wie wären sie ansonsten jemals auf die Idee gekommen, dass der allergrößte Teil der Weltkarte pink wie das Britische Empire war? –, doch wer sich den Namen Durga einmal gemerkt hatte, blieb dabei.

Deshalb war es beinahe sexuell aufregend, plötzlich Sanjeev gerufen zu werden. Was auch daran liegen konnte, dass alles sexuell aufregend war. Die Welt ist beträchtlich sinnlich mit Anfang zwanzig. Der Geruch meiner Genitalien betörte mich, wenn ich morgens aufstand. Die winzigen Nadelstiche des kalten Wassers auf meinem Gesicht, ach was, jede Berührung wurde von mir mit einem Gefühl der inneren Rührung beantwortet. Und die Bewohner von India House waren ein taktiler Haufen. Hier herrschten keine Weiße-Männer-Körperregeln. Und keine Weiße-Männer-Lautstärke-Regeln. Ständig begann jemand, inbrünstig zu singen, oder forderte mich auf, ebenfalls ein Lied zur Nährung der versammelten Seelen beizusteuern. Dummerweise kannte ich keine Lieder außer den schottischen Folksongs, die Jack mir in über hundert Jahren vorsingen würde, und davon auch nur jeweils die erste Strophe und den Refrain, und wünschte, ich hätte besser zugehört, weil meine neuen Mitbewohner bei ihnen Feuer und Flamme waren und nach immer mehr verlangten. Kein Wunder, schließlich waren die meisten davon Rebel Songs gegen die Engländer oder aber Laments über die Niedertracht der Engländer, die von den jungen Männern im India House mit ebenso tiefempfundenen Laments beantwortet wurden.

Doch vor allem waren es die Gerüche, die wie über die gespannten Saiten eines Musikinstruments über meine Nervenbahnen strichen und mein ganzes Inneres zum Vibrieren brachten. India House war eine Symphonie von Düften, von Haaröl und Pheromonen und natürlich Gewürzen. Was es nicht im Kolonialwarenladen zu kaufen gab, fand sich im Garten: Büsche von Koriander und Currykraut, hüfthoher Ajowan und Fenchel, die grünen Speere von Knoblauch und Zitronengras, und im Gewächshaus Chilis und pink blühender Kurkuma, weil alle Bewohner Knollen und Samen in die Säume ihrer Kleidung eingenäht mit nach England gebracht hatten. Und erst die Kleidung. Ich war zwar keine Kostümbildnerin, wusste aber trotzdem die edel in Handarbeit geschneiderten Tweed- und Kammgarn- und Vikunjawolle-Anzüge zu schätzen.

Nahezu alle Bewohner von India House waren nicht nur Hindus, sondern Brahmanen. »Ursprünglich waren die Kshatriyas, also die Krieger, die oberste Kaste«, hatte Dinesh mir immer stolz erzählt, »doch die Inder sind das einzige Volk der Welt, das Weisheit höher schätzt als Kraft, und so sind die Brahmanen an die Spitze des Kastensystems gewandert.« In Wirklichkeit hatten die Briten, als sie nach Indien kamen, entschieden, dass sie von allen Hindus die Brahmanen noch am besten verstehen konnten, weil diese zumindest auch ein heiliges Buch hatten, also, eine Menge davon, aber zumindest zwei zentrale, *Das Mahabharata* und *Das Ramayana*.

Anders als die ganzen Söhne aus bestem Haus um mich herum war mein Vater nicht reich, obwohl er ebenfalls Brahmane war, und ich konnte auch nicht annähernd so gut kochen wie schlicht alle anderen hier. India House hatte selbstverständlich einen Koch – wer ein Hausmädchen und einen Tennisplatz hat, hat auch einen Koch –, trotzdem war jeder ständig in der Küche, um Tee mit Milch und Ingwer aufzukochen oder Grießbrei mit Senfkörnern, Kreuzkümmel und Chili zu mischen oder eines der zahlreichen Gerichte zuzubereiten, das nur bei ihm so schmeckte wie bei ihm. Savarkar wurde nach seiner anfänglichen Skepsis Experte für Fisch, weil er irgendwo gelesen hatte – wahrscheinlich bei P. G. Wodehouse –, dass Fisch gut fürs Gehirn sei. Wenn ich morgens nach Savarkars leerer Betthälfte tastete, war er in der Regel bereits unten und briet Kabeljau an, es sei denn, er war schon auf dem Weg zu einer der Bibliotheken, die er mit derselben Entschlossenheit besuchte wie andere Fitnessstudios, um danach atemlos und aufgeputscht zurückzukehren und mir bis ins kleinste Detail davon zu erzählen.

Überhaupt behandelte er mich wie seinen Praktikanten. Praktikant für was? Wahrscheinlich fürs Savarkar-Sein. Die Nachmittage widmete er seinen »Kontakten«, und so servierte ich dem ständigen Strom von Besuchern aus aller Welt Tee und den Joghurt, den Chaturbhuj, der Koch, jeden Morgen in einem Tontopf zubereitete. Am häufigsten kam Savarkars Sinn-Féin-Freund Grealis, der mich stets prüfend anschaute, als würde er etwas an mir bemerken, was anderen verborgen blieb, nur um sich kurz darauf frustriert abzuwenden, weil es sich in letzter Sekunde seiner Wahrnehmung entzog. Grealis machte mich nervös. Nicht wegen seiner durchdringenden Blicke, sondern weil er seinen eigenen Aussagen nach vor allem zum Beschaffen von Waffen nach London gekommen war. Ich kannte Gespräche über Waffen zwar bis zum Überdruss aus der deutschen linken Szene, doch waren sie dort in der Regel ähnlich ernst zu nehmen gewesen wie das endlose Debattieren darüber, die Banken und Börsen zu besetzen. Grealis war ... anders. Weniger theoretisch und mehr: Wie viel kosten sie? Wer schmuggelt sie nach Irland/Indien? Und wie können wir den englischen Schund vermeiden und deutsche Markenware bekommen? Denn darin waren er und Savarkar einer Meinung: »Deutsche Pistolen sind die besten. Wertarbeit!«

»Vorsprung durch Technik«, stöhnte ich.

»Ich hätte es nicht besser ausdrücken können!«, lobte Savarkar und deutete mit den Augen zum Flur, und ich stand gehorsam auf und verließ das Zimmer.

»Etwas stimmt nicht mit dem Jungen«, hörte ich Grealis' Stimme durch die geschlossene Tür.

»Etwas?«, fragte Savarkar amüsiert. »Mit Sanjeev stimmt eine Menge nicht. Angefangen damit, dass er nie über seine Familie spricht.«

»Gut möglich. Aber das meine ich nicht.«

»Sondern?«

Ich lauschte atemlos und hoffte, dass die beiden nicht auf die Idee kommen würden, plötzlich die Tür zu öffnen.

»Er sieht aus ... sieht aus wie ...«, begann Grealis und wisperte etwas, das ich nicht verstehen konnte.

Savarkar offenbar auch nicht. »Ein Wechselbalg?«

»Ja ... nein ...« Ich hätte nicht gedacht, dass Grealis verlegen werden könnte, ironisch, zynisch, skeptisch ja, aber nicht verlegen. »Was ich meine, ist ... er hat den Blick von jemandem, den die Elfen berührt haben.«

Und da eine Überraschung niemals alleine kommt, sagte Savarkar nur verstehend: »Stimmt.«

Die Haustür flog auf, und Aiyar rief: »Tatya?«

»Hier oben mit Grealis«, rief Savarkar zurück.

Und ich duckte mich hinter die Wäschekommode, während Aiyars Schritte die Treppe hinaufkamen und Grealis fragte: »Warum nennen dich alle Tatya wie ein Mädchen?«

Savarkar lachte auf. »Das zeigt, dass auch du nicht alles weißt. Tatya heißt Bruder auf Marathi.«

Lila hatte Savarkar weder Tatya noch Vinayak genannt, sondern Veer.

»Das zeigt, dass du nichts weißt«, hatte ihr Dinesh damals in der Küche an den Kopf geworfen, als ihm die Teller zum Werfen ausgegangen waren. »Veer ist kein Name, Veer ist ein Titel, wie Mahatma.«

»Er heißt Mahatma?«, fragte Lila unbekümmert.

»Wieso bildest du dir ein, unsere Geschichte schreiben zu können, wenn du keine Ahnung hast?« Dinesh kickte ein paar Scherben durch die Küche, was ein ähnlich befriedigendes Geräusch erzeugte, ohne noch mehr Geschirr zu zerstören. »Der Mahatma heißt nicht Mahatma, sondern Mohandas. Und Veer heißt nicht Veer, sondern Vinayak!«

Im Rückblick/Vorblick ist es beeindruckend, dass Dinesh und Lila wie in Code miteinander kommunizierten und es leichter war, die Namen von Freiheitskämpfern auszusprechen als: Wirst du mich verlassen?

Mahatma bedeutet große Seele, wie jeder weiß. Veer bedeutet mutig. *Veer Savarkar* war der Titel der ersten Biographie Savarkars, die, wie sich später herausstellte – sehr viel später –, eine Autobiographie war.

»Er hat sich seinen Ehrentitel selbst verliehen. Kein Wunder, dass du als Deutsche darauf stehst, der *Völkische Beobachter* hat Savarkar auch über den grünen Klee gelobt«, waren Dineshs gebrüllte Abschiedsworte, bevor er die Küchentür hinter sich zuschlug.

3

Es war ein Dienstag, als ich nach Hause kam und Kirtikar im Vorgarten wartete.

»Was ist los?«, fragte ich überrascht.

»Hoher Besuch«, sagte er und nickte mir zu, hineinzugehen. Kirtikar war erst seit kurzem in India House und studierte Zahnmedizin, theoretisch. Praktisch studierte er Frauen. Er war chronisch gut gelaunt, wusste immer, wo man am besten tanzen konnte, und überschüttete Gladys, das Hausmädchen, mit Komplimenten.

»Wir haben ihn als Wache vor die Tür gestellt, weil Tatya ihm nicht traut«, erklärte Chatto. »Hier entlang.«

Mein Herz weitete sich bei dem Gedanken, dass Savarkar mir also anscheinend traute, dann öffnete Chatto die Küchentür und Bäng! Auf dem Boden saß ein Mann mit John-Lennon-Brille und abstehenden Ohren.

»Mahatma!«

»Wovon redest du? Das ist Gandhi und nicht Mazzini«, korrigierte mich Chatto. Und ich bemerkte im selben Moment wie Savarkar, der am Herd stand und Ingwer und Kurkuma anbriet, dass ich Gandhis Füße berührte, wie man nun einmal verehrten Besuch aus Indien begrüßte.

»Mein Vater war ... ist ein großer Bewunderer«, erklärte ich und versuchte, Savarkars rollende Augen zu ignorieren. Gandhi lächelte mich verwirrt an, und ich schaute ebenso verwirrt zurück, weil er nicht, wie ich das erwartet hätte, auf dem Boden saß und auch kein Lendentuch trug, sondern einen äußerst schicken schwarzen Anzug. Das war Gandhi vor Gandhi, also vor dem Gandhi, den die ganze Welt kannte, im Moment war er hauptsächlich in Südafrika als sozial engagierter Anwalt bekannt.

»Chattopadhyay, Sanjeev Chattopadhyay«, sagte Savarkar im Tonfall von: Bond, James Bond.

»Chattopadhyay?«, wiederholte der mondäne Gandhi. »Ein Verwandter von Sharat Chandra Chattopadhyay?«

»Nein, von Bankim Chandra Chattopadhyay«, sagte Savarkar und wies auf eines der rote Banner mit der Aufschrift *Vande Mataram – Ich verbeuge mich vor dir, oh Mutter*, gemeint war damit die große Mutter Indien –, die überall im Haus hingen. Der »König der Literatur« Bankim Chandra Chattopadhyay hatte das Gedicht geschrieben, das sich rasch zu der Revolutionshymne entwickelt hatte, die wir ständig sangen und als Begrüßungsformel benutzten, wobei wir uns besonders konspirativ vorkamen, weil die Briten sie verboten hatten.

»Vande Mataram«, sagte Chatto prompt herausfordernd.

»Vande Mataram«, wiederholte Aiyar, der sich mit dem Rest der India-House-Crew minus Kirtikar in die Küche drängte. Alle sahen Gandhi an. Die Atmosphäre war eindeutig nicht so festlich, wie sie gewesen wäre, wenn Gandhi bei Dinesh zu Besuch vorbeigekommen wäre.

»Oder hast du Probleme mit unserer verbotenen Nationalhymne?«, fragte Aiyar.

»Keineswegs.« Gandhi nahm scheinbar gelassen seine Brille ab und legte sie vor sich auf den Küchentisch. Zumindest die Brille stimmte. Und er hatte auch schon seinen Schnäuzer. Das war's aber auch schon. Nicht einmal sein Kopf war mönchisch rasiert, sondern voller schwarzer mit Haaröl zurückgegelter Haare. Wie alt mochte er sein? Mitte dreißig? »Welche Mutter würde es mehr verdienen, dass wir uns vor ihr verneigen, als unsere Mutter Indien? Aber ...«

»Ich wusste, dass ein Aber folgen würde«, sagte Savarkar trocken.

»Aber«, fuhr Gandhi unbeirrt fort, »was ist mit unseren muslimischen Brüdern und Schwestern? Sollten wir nicht zu jedem Vande Mataram ein Allahu Akbar hinzufügen?«

»Allahu Akbar!«, verkündete eine fröhliche Stimme, und Asaf – Asaf!!! Aus Florin Court! Mit seinen pinken und beerenfarbenen Jacketts und der unglaublichen Freundlichkeit allen gegenüber, sogar Christian!!! – klopfte Savarkar auf die Schulter. »Er ist nicht sehr gut darin, Allah zu preisen, Tatya hier. Was überraschend ist, weil er ansonsten in allem so außerordentlich gut ist.«

Mir war nicht klar gewesen, dass Asaf Muslim war. Warum nicht? Aber viel wichtiger: »Was machst du hier?«, zischte ich ihm zu.

»Wie meinst du das?«, fragte Asaf und spitzte seine spitzen Lippen.

»Okay: jetzt. Nicht: hier. Was machst du jetzt?«

»Alles okay mit dir?«, fragte er besorgt. »Hi, ich bin Asaf Ali.«

»Ich weiß, dass du Asaf bist«, sagte ich irritiert. »Wie bist du hierhergekommen?«

»Mit Chatto.«

Ich hatte einen Geistesblitz: »Was ist mit Shazia?«

»Shazia?«, fragte er verwirrt.

»Ist Shaz auch hier?«

Er sah sich verunsichert um. »Ich ... glaube nicht?«

»Und Maryam? Carwyn?«

»Warum zählst du wahllos Namen auf? Ist das eine Art Test?«

»Genau, und du hast ihn bestanden«, sagte ich hastig. Mein Gehirn raste. Da war ich ohne meinen Körper durch die Zeit gereist, und hier war Asafs Körper offenbar ohne Asaf – also ohne Durgas Asaf –, und hier war Gandhi. Gandhi! Ich konnte mich nur knapp zusammenreißen, seine Füße nicht erneut zu berühren. Bloß schien niemand dieses Bedürfnis zu teilen. Warum waren die anderen nicht aufgeregter, dass GANDHI bei uns war?

»Wie findest du es, wieder in old blighty England zu sein?«, wandte sich Asaf an ihn, um das misstrauische Schweigen zu überbrücken, oder um nicht noch mehr merkwürdige Fragen von mir gestellt zu bekommen. »London hat ein paar neue Theater, ist aber noch immer derselbe vollgesaugte Parasit wie das letzte Mal, als du hier warst.«

Gandhi setzte seine Brille wieder auf. »Die Engländer haben den Sinn für das Göttliche verloren. Ihre Zivilisation hält sie so fest im Griff, dass sie halb verrückt zu sein scheinen.« Er nickte, als würde er sich selbst zustimmen. Und ich nickte zu Savarkars Verstimmung mit. »Frauen, die Königinnen in ihrem Haushalt sein sollten, schuften für einen Hungerlohn in Geschäften oder Fabriken. Das ist einer der Gründe für die täglich wachsende Suffragettenbewegung.«

Jetzt nickte Savarkar, aber nur aus diebischer Freude, weil ich mich in Qualen wand, da ich es ebenso unerträglich fand, mein Missfallen für mich zu behalten, wie dem Mahatma zu widersprechen.

»Ich glaube, Sanjeev möchte etwas sagen«, sagte Savarkar.

Gandhi sah mich auffordernd an: »Ja, mein Sohn?«

Ich schluckte. »Ist es nicht eher ein Zeichen für den Zerfall ihrer Zivilisation, dass die Engländer ihre Frauen ... *zwingen* ... zu Hause zu bleiben?«

»Sanjeev interessiert sich sehr für Frauen«, sagte Savarkar.

»Nein ... ich meine ...«, stotterte ich, und Gandhi lächelte mich nachsichtig an.

»Ich kann dein Dilemma verstehen. Aber mit der Zeit wirst du lernen, deine Begierden zu beherrschen und dich höheren Zielen zu widmen.«

Während ich an meinen ungesagten Worten erstickte, stellte Savarkar sein Spezialgericht – Krabben mit Ingwer, Kurkuma und Knoblauch – auf den Tisch und sagte: »Lasst uns erst einmal gemeinsam essen.« Und damit war der Abend endgültig verdorben.

Gandhi sah Savarkar an, als wäre er eine der Krabben in der Pfanne. *Interessant*, dachte ich und wusste nicht, was ich damit meinte.

»Bist du kein Vegetarier?«, fragte Gandhi, aber es hörte sich eher an wie: Bist du kein Hindu?

»Wenn du nicht mit uns essen kannst, wie willst du dann mit uns arbeiten?«, fragte Savarkar verächtlich. »Das ist nur gebratener Fisch. Wir brauchen Leute, die bereit sind, die Briten bei lebendigem Leib zu verspeisen.«

Interessant, dachte ich, und dieses Mal wusste ich, was ich damit meinte.

»Aggressionen, das ist dein Problem«, entgegnete Gandhi, und ich hätte ihm am liebsten den Finger auf den Mund gelegt. Es war nie eine gute Idee, Menschen zu sagen, was ihr Problem war, auch nicht, wenn man damit richtiglag. Vor allem nicht, wenn man damit richtiglag. »Gewalt ist das Problem und nicht die Lösung.«

»Wenn du Gewalt so ablehnst, warum hast du sie dann nicht bei den Briten abgelehnt, als sie gegen die Zulus kämpften? Warum hast du stattdessen unsere Landsleute aufgefordert, sie zu unterstützen?«, warf Shyamji wie der Anwalt ein, der er ja war. Ich hatte ihn wie so häufig nicht bemerkt. Dies war Shyamjis Haus, er zahlte für meine Kost und Logis, hinter seinem pompösen Auftreten befand sich einer der schärfsten

Geister, die ich kannte, warum übersah ich ihn dann ständig? Ich hatte den Verdacht, dass es daran lag, dass die Bewohner seines Hauses ihn ebenfalls für übersehenswürdig hielten.

»Als Sanitäter! Sicherlich ist es die Aufgabe eines jeden zivilisierten Menschen, sich um Verwundete zu kümmern«, konterte Gandhi von Anwalt zu Anwalt.

»Blödsinn, die Briten haben Inder nur nicht mit der Waffe kämpfen lassen«, flüsterte mir Chatto zu.

»Wirklich?«, fragte ich verblüfft.

»Oh ja. Fairerweise muss man zugeben, dass Sergeant Major Gandhi hier sich um Verwundete auf beiden Seiten gekümmert hat. Aber wenn er die Zulus einfach liegen gelassen hätte, hätte er auch nicht viel zu tun gehabt. Wie viele Verletzungen kannst du einem Maschinengewehr schon mit einem Speer zufügen?«

Savarkar verteilte demonstrativ Krabben und Reis auf Tellern, und ich nahm einen entgegen, froh, mich daran festhalten zu können.

»Warum ist es unsere Aufgabe, in den Kriegen der Engländer das Blut aufzuwischen?«, führte Shyamji sein Kreuzverhör fort.

»Wenn wir unsere Rechte als britische Staatsbürger einfordern, müssen wir auch unsere Pflichten bei der Verteidigung des British Empire erfüllen.«

Das war ein Albtraum. Das war ein Albtraum. Niemals würde Gandhi so etwas sagen. Das musste eine Nebenwirkung meiner Reise durch die Zeit sein. Das musste ... eine Parallelrealität sein. Schließlich stand Gandhi für *Ahimsa*, also Gewaltlosigkeit, und *Satyagraha*, also ... ebenfalls Gewaltlosigkeit. Zu spät merkte ich, dass ich die Worte laut ausgesprochen hatte.

Savarkar riss sich so auffällig zusammen, dass alle das

›Pah!‹ hören konnten, das er nicht sagte. »Wenn das System der Satyagraha so gut funktionieren würde, hätten die amerikanischen Inder ...«

»First Nation Americans«, korrigierte ich ihn.

»Sanjeev hier ist ein Poet«, sagte Savarkar ironisch. »Wenn das System der Satyagraha so gut funktionieren würde, hätten die *First Nation Americans* Kolumbus durch Sitzstreiks verjagen können.«

»Und die Afrikaner hätten den Sklavenhandel durch Hungerstreiks und Petitionen verhindern können«, ergänzte Shyamji.

»Wenn sie bis zum Tode gefastet hätten, hätten sie nicht versklavt werden können«, entgegnete Gandhi würdevoll, und ich überlegte mir, ob ich mich einfach auf den Boden werfen und heulen sollte.

»Du bist in den Tod verliebt, Mohandas«, sagte Aiyar. »Über nichts sprichst du so lyrisch wie über den Tod.«

»Für die wahren Gläubigen birgt der Tod keine Schrecken.« Gandhi lehnte sich zurück und verschränkte die Arme über der Brust. »Er ist ein beglückender Schlaf, dem ein Erwachen folgt, das umso erfrischender ist, weil man davor so tief geschlafen hat.«

»*Twinkle, twinkle, little Star* ...«, sang Grealis, der unbemerkt wie eine Katze hereingekommen war. Das war neben der Vorliebe für deutsche Pistolen noch etwas, was Savarkar und er teilten: Warum anklopfen, wenn man sich auch anschleichen konnte?

Gandhi blickte ihn kalt an, und zu meiner Überraschung hörte Grealis auf zu singen. Ich hatte mir Gandhi immer als einen Teddybären mit freundlichen Knopfaugen hinter runden Brillengläsern vorgestellt. Stattdessen saß am Küchentisch ein Mann mit spitzer Nase und vorstehender Unterlippe, was keine faire Beobachtung war, weil alle bis auf Shyamji so wahnsinnig jung waren. Gandhi war rund fünfzehn Jahre älter als wir, natürlich hatte er nicht so ein Plüschparadies an Haut. Trotzdem war ich erschüttert, dass ich Gandhi nicht schön fand. Wobei *nicht schön* ein Synonym für *creepy* war.

Das hier ist 1906, erinnerte ich mich, *du kannst 1906 nicht aus deiner Einundzwanzigstes-Jahrhundert-Perspektive bewerten.*

Ach ja? Warum spielt das eine Rolle für die Bewertung von Gandhi, aber nicht von Savarkar? Allein die beiden Namen in einem Satz zu denken, den indischen Jesus und den indischen Hitler miteinander zu vergleichen, war ein Sakrileg. Aber warum sagte Gandhi, mein Gandhi, dann derart unfassbare Sachen? Auf den diversen Plenen meiner Jugend hatte ich seinen Namen wie ein Mantra wiederholt, wie die Gewissheit, dass nicht nur eine andere Welt, sondern auch eine andere Art des Politikmachens möglich war. Wir waren die Guten. Wir hatten den richtigen Widerstand geleistet und die Engländer nicht durch Waffengewalt, sondern allein dadurch, dass wir unsere eigene Kleidung spannen und Salz aus dem Meer holten, aus Indien gejagt. Wir waren die, die nicht durch die Mittel, mit denen wir unsere Freiheit erkämpft hatten, korrumpiert worden waren.

Wie erklärst du dir dann die immensen Massaker bei der Teilung Indiens?, nörgelte eine Stimme in meinem Kopf, die sich wie Shazias anhörte.

Gar nicht. Jede Erklärung begann und endete mit Gandhi. Der gerade ausführte: »Gewaltfreier Widerstand bedeutet nicht, dass keine Gewalt angewendet wird, sondern, dass wir diejenigen sind, die diese Gewalt abbekommen.«

Oh ja. Oh verdammt ja. *Salzmärsche*, das Wort hörte sich immer so archaisch an, braune Männer mit weißen Lendentüchern, die in endlosen Reihen zum Meer gingen, um daraus

Salz zu schöpfen. Was verboten war, weil die Briten selbst die Luft besteuerten, die wir atmeten. Protest als Schwarz-Weiß-Film mit triumphaler Musik. Bloß war es nicht so. Es war ... einfach nur ein Fest der Gewalt. Gegen unbewaffnete Männer, die einer nach dem anderen niedergeknüppelt wurden. Jeder Schlag direkt auf den Schädel. Und für jeden, der zu Boden ging, kam ein weiterer und ein weiterer und ein weiterer und ließ sich den Kopf einschlagen, ohne auch nur die Hand zu heben, um sich zu schützen. Keine Schreie, nur das Keuchen, mit dem sie zusammenbrachen. Und wofür? Der Salzmarsch war ein Medienspektakel, ein psychischer Schlag gegen das Empire, aber Indien blieb noch 17 lange Jahre britische Kolonie. Wegen der zahlreichen Verletzten und Verhafteten, der Studenten, die von ihren Unis geschmissen wurden, würden Savarkar und die anderen Gandhi als Verführer der Jugend sehen. Während der Rest der Welt ihn als Heiligen sah.

»Wie viele von uns müssen noch misshandelt und ausgebeutet werden?«, fragte Savarkar, als hätte er meine Gedanken gelesen. »Wie viele müssen erschossen werden und verhungern?«

»Ist es dir lieber, so zu werden wie sie?«, fragte Gandhi zurück, und ich war erleichtert, dass er zur Abwechslung etwas sagte, dem ich zustimmen konnte.

»In Bezug auf ihre Fähigkeit, Krieg zu führen, absolut«, antwortete Savarkar.

»Denk nur an die Japaner«, fiel Madan mit seiner stockenden Stimme ein, die, noch bevor sie das Ende des Satzes erreicht hatte, erstarb. Alle hielten den Atem an und warteten darauf, dass er weitersprach, doch Madan blickte nur Savarkar an, der ihm kaum merklich zunickte.

Gandhi räusperte sich. »Als die Japaner lernten, sich selbst zu achten, erlangte ihr Land seine Freiheit, und sie bereiteten den Russen eine epische Niederlage. Genau so brauchen wir Selbstrespekt, wenn wir frei sein wollen.«

»Oh, ich fürchte, für Freiheit brauchen wir noch ein bisschen mehr als nur Selbstrespekt«, sagte Savarkar und zeigte zu meinem Entsetzen auf mich. »Sanjeev hier gehört zu den Studenten, die mit Stipendium nach Tokio geschickt wurden.«

»Wurde ich das?«, zischte ich ihm zu.

Er nahm demonstrativ einen Bissen von dem Essen, das wie ein Fehdehandschuh auf dem Tisch stand. »Selbstverständlich. Sag Gandhi, was du in Japan gelernt hast.«

»Uhm, uh«, machte ich erschrocken.

»Dong Du!«, rief Savarkar begeistert. »Du warst Teil der Dong Du Society?«

Da mir kein anderer Ausweg einfiel, nickte ich.

Dong Du, würde mir Savarkar erklären, nachdem Gandhi gegangen war, bedeutete: *Schau nach Osten*. Der vietnamesische Revolutionär Phan Bội Châu war nach dem Tsushima-Strait-Sieg nach Japan gegangen und hatte vor einem Jahr dort Dong Du gegründet, um junge Studenten militärisch auszubilden. »Du weißt, dass ich niemals in Tokio war?«, fragte ich Savarkar, und er antwortete: »Ja, aber Gandhi weiß das nicht.«

Zu Gandhi sagte er: »Ich will nicht die Erlösung aus dem Kreislauf der Wiedergeburten, ich will Unabhängigkeit!«

»Was ist das eine wert ohne das andere?«, fragte Gandhi zurück.

»Richtig! Was wäre Erlösung ohne Unabhängigkeit!«

»Oder zumindest Home Rule«, fiel Shyamji ein, der keine Gelegenheit ausließ, darauf hinzuweisen, dass er der Gründer des indischen Zwillings der Irish Home Rule Society war.

»Fuck Home Rule«, sagte Grealis. »Selbstregierung ist so viel wert wie ein feuchter Furz.«

»So reden wir hier nicht«, ermahnte ihn Shyamji, und zur Abwechslung stimmte Gandhi ihm zu.

»Warum nicht?«, fragte Grealis und schob seinen Stuhl zurück. Er überragte alle um mindestens einen Kopf. »Wir Iren haben deine so heiß ersehnte Home Rule, wir haben sogar ein eigenes Parlament und Abgeordnete, die genau nichts bewirken, weil die Engländer uns noch immer mit vorgehaltenen Bajonetten regieren. Das Spiel geht um: Unabhängigkeit oder nichts.«

»Und glaub bloß nicht, dass die Engländer uns die Unabhängigkeit als Preis für gutes Benehmen überreichen werden«, erklärte Savarkar und trat, dünn wie ein magersüchtiges Mädchen und schnell wie elektrischer Strom, neben Grealis. »Die Dinge ändern sich erst, wenn sich die Machtverhältnisse ändern.« Im Küchenfenster hinter ihnen ging die Sonne in Sozialismusrot unter. *Wacht auf, Verdammte dieser Erde* – Savarkar und Grealis waren wie dafür gemacht, die Posterboys der internationalen Revolution zu sein. Stattdessen würde das Gandhi werden.

Dinesh liebte Gandhi, sogar Lila, die in der Zukunft, die meine Vergangenheit war, Gewalt keineswegs als politisches Mittel ablehnen würde, liebte Gandhi. Okay, auch ich liebte Gandhi. Zumindest bevor ich ihn getroffen hatte. Gandhi war der Garant gewesen, dass man Revolutionen machen konnte, ohne seine Kinder zu fressen. Ohne Gandhi brachen alle meine politischen Überzeugungen in sich zusammen wie ein Kartenhaus. Ich merkte, dass mir die Tränen kamen. Es ging in der Politik wie im Rest des Lebens nicht darum, wer Recht hatte, es ging darum, geliebt zu werden.

»Was ist mit Boykott?«, fragte ich verzweifelt, und alle sahen mich überrascht an. »Ich meine, statt Gewalt. Ich meine ... wenn kein Inder ...«

»Uh, unser Freund hier hat offensichtlich Shyamji gelesen«, sagte Aiyar pointiert.

»Habe ich das?« Ich hätte mehr wissen müssen als Aiyar, da ich die Weisheit des Rückblicks und den Einblick der Nachgeborenen oder ... welchen Blick auch immer hatte, stattdessen stellte ich unter Beweis, dass ich ... keineswegs durchblickte. »Ich dachte, Gandhi hat das Programm des gewaltfreien Widerstands erfunden?«

»Satyagraha ist kein Programm«, sagte Gandhi.

»Ach, aber du widersprichst nicht, dass du es erfunden hast?«, insistierte Shyamji. »Und was ist mit meinem Plan für passiven Widerstand?«

Und plötzlich erinnerte ich mich an Shyamjis Manifest, das ich in einer der älteren Ausgaben des *Indian Sociologist* gelesen hatte, zumindest an Bruchstücke davon, wie dass kein Inder in britische Staatsanleihen investieren sollte, dass wir die uns von den Briten auferlegten Staatsschulden ablehnen, den Staatsdienst, das Militär und alle britischen Bildungseinrichtungen boykottieren sollten und viele weitere konkrete Punkte, die einfach nicht so sexy waren wie Savarkars aufrührerische Reden oder Gandhis künftiger Lendenschurz.

Der Abend endete damit, dass Gandhi sich entschied, ein Hotel zu suchen, anstatt länger in India House zu bleiben. Er hielt zum Abschied meine Hand und sagte tröstend: »Ich bin nicht Gott.«

»Es ist immer schön, Dinge abzustreiten, die niemand gesagt hat, damit sie sich allen einprägen«, kommentierte Grealis, nachdem sich die Haustür hinter Gandhi geschlossen hatte.

Savarkar legte einen Arm um Madan und den anderen um mich. »Er ist ein britischer Spion.«

»Das ist ein Scherz, oder?«, fragte ich entsetzt.

»Ist es das?«, fragte er ernsthaft.

Ich befeuchtete meine Lippen. »Wann ... wann war der Krieg gegen die Zulus?«

»Anfang des Jahres«, antwortete Grealis.

Das war das Problem mit der Vergangenheit. Die Geschichte war von hier aus einfach verdammt weniger vergangen.

4

Als ich zehn war, begann Lila absurderweise, Bengali zu lernen. Ich kann mich noch genau an das gelbe *How-to-teach-yourself-Bengali*-Buch erinnern, das noch Jahre, nachdem sie aufgegeben hatte, sich selbst eine Sprache beizubringen, deren Schrift sie nicht lesen konnte, so demonstrativ auf dem Sofatisch im Wohnzimmer lag, als wolle es sich über sie lustig machen. Denn natürlich war das bengalische Alphabet darin nicht phonetisch transkribiert. Die englischen Übersetzungen standen neben den schönsten Buchstaben der Welt, die geschwungen von der Linie hinunterhingen, anstatt auf ihr zu stehen, aber keinen Sound in meinem Kopf erzeugten, wenn ich darauf starrte, was ich häufiger tat als Lila, und mir die ausführlichen grammatikalischen Erklärungen – gnädigerweise auf Englisch – durchlas. Bengali hat sechs Fälle. Mein Lieblingsfall war der vierte. Er steht für ein bedingungsloses Geschenk, das man niemals zurückgeben muss.

Im Rückblick habe ich Mitleid, ja sogar eines meiner seltenen Gefühle von Gemeinsamkeit mit Lila, weil wir beide bei einer Sprache anklopften, in die es keine Tür gab, wenn man einmal von Dinesh absah. Bloß wusste Dinesh beim besten Willen nicht, wie er eine Tür sein sollte. Doch damals war ich nur sprachlos wütend auf Lila. Warum war es für sie okay, Bengali zu lernen, aber nicht für mich? Es war leichter, wütend auf sie zu sein, weil sie – zu diesem Zeitpunkt noch – mehr zu Hause war als Dinesh. Wie schreit man einen Menschen an, der nicht anwesend ist? Erst als sie ausgezogen war, warf ich Dinesh vor, dass er mich nicht genug geliebt hätte, um mit mir in seiner Sprache zu sprechen.

Worauf er nur antwortete: »Du wolltest ja nicht.«

Was sollte das heißen? Hatte ich ihm als Baby den Mund verboten, wann immer er mit mir in seiner Muttersprache sprechen wollte? Hatte ich seine Hand weggeschoben, wenn er versuchte, mir Bücher auf Bengali vorzulesen? Doch das alles fragte ich ihn nicht. Stattdessen tat ich etwas komplett Uncharakteristisches für mich: Ich drehte mich um und verließ schweigend den Raum. Wäre es um irgendetwas anderes gegangen, wäre ich in Wut und Hitze explodiert. Aber es ging um Bengali, und angesichts von Bengali konnte ich nur schweigen. Inzwischen weiß ich natürlich, dass das kein Schweigen war, sondern Scham.

»Alles in Ordnung, Sanjeev?«, fragte mich mein Namensvetter und Mitbengale Chatto am nächsten Tag, während er sich eine indische Zigarette anzündete. Ungelogen, Joints hießen indische Zigaretten! Und es gab sie in der Apotheke gegen Asthma, Schlaflosigkeit und jede Form von Nervenproblemen, doch wie die meisten Kräuter bauten wir auch Hanf selbst an, und unserer war selbstverständlich besser und aromatischer und … indischer. Wir saßen unter dem Walnussbaum im Garten und ich beobachtete den gelben Schwan auf der rot-grünen Streichholzschachtel, der mit jedem Zug, den Chatto beim Anrauchen nahm, zwischen seinen Fingern wippte wie auf den Wellen eines Sees, so dass ich beinahe enttäuscht war, als die Zigarette endlich brannte und er sie mir reichte. In India House waren Alkohol und Drogen zwar verboten, doch schien sich das nicht auf Haschisch zu beziehen, wahrscheinlich, weil wir alle Nervenprobleme hatten.

»Versteh mich nicht falsch. Wer angesichts der Ungeheuerlichkeiten, die unseren Leuten angetan werden, völlig in Ordnung ist, muss entweder wahnsinnig oder ein Monster sein«, sagte Chatto und blies einen perfekten Rauchring, und weil er so schön war, noch einen. Wie Dada im Strangers' Home war in India House anscheinend ihm die Aufgabe zugefallen, ein Auge darauf zu halten, dass mit mir ... alles in Ordnung war. Schließlich war niemandem der derangierte Zustand entgangen, in dem ich hier angekommen war, und Bengalen waren traditionell fürsorgliche respektive neugierige Menschen. Chatto war beides und dazu voll sinnlicher Begeisterung für die Fülle des Lebens, wenn er nicht gerade von einer seiner intensiven Heimweh-Attacken befallen war, die an ihm zerrten wie unsichtbare Wesen, viele und gleichzeitig und er nur einer und alleine. In Durgas Zeit hätte man ihn bipolar genannt, hier hieß er bengali.

Da er nach Madan der am wenigsten ehrfurchteinflößende Bewohner von India House war und das THC zu wirken begann, gestand ich ihm: »Ich verstehe kein Bengali.«

Er atmete eine Lunge Rauch aus und sah mich genauso verblüfft an, wie ich es erwartet hatte: »Aber wir sprechen doch gerade Bengali!«

Und damit war es an mir ... okay, nicht verblüfft, mehr vom Donner gerührt zu sein. Warum hatte ich nicht gemerkt, dass ich Bengali sprach? Weil eine Sprache, die wir seit ... *immer* sprechen, eben keine Sprache ist, sondern die Luft, die wir atmen, das Wasser, in dem wir schwimmen, unsere Gedanken, bevor wir sie denken. Eine Handvoll Tauben erschien über den Baumwipfeln, als wäre sie in die Luft geworfen worden, und driftete langsam über den Himmel.

In der Nacht vor meinem Aufbruch nach London hatte ich mit Jack ebenfalls gekifft. Da sein Feuerzeug leer war, hatte er sogar auch Swan-Vestas-Streichhölzer benutzt, auf deren Schachtel noch immer derselbe gelbe Schwan auf grün-rotem Hintergrund schwamm. Wir hatten zwar keinen Garten, dafür saßen wir auf dem Balkon, und ich legte meine Füße in seinen Schoß. Oder besser: Durga legte ihre Füße in Jacks Schoß. Auch hier gab es Tauben, nur dass sie gurrten wie Käuzchen. Alles hörte sich nach Regen an, und der Faden ihrer Gedanken wurde feucht. Wenn ihre Mutter gerade erst einfach so hatte sterben können, bedeutete das, dass auch Durga sterblich war. Schlimmer, es bedeutete, dass auch Jack und Rohan sterblich waren. Wozu sich also den ganzen Aufwand mit dem Lieben und Zusammenbleiben und Kinder bekommen machen, wenn sowieso alles irgendwann vorbeiging?

»Warum sagst du nichts? Bist du stoned?«, fragte Jack, und Durga schwieg.

»Durga?«

Welchen Sinn machte es zu antworten, wenn alle Antworten zum Tod führten?

»Durga?«

Wenn auch Schweigen sie nicht retten würde, wenn nichts Sinn machte, weil alles zum Enden verdammt war?

Jack beugte sich nach vorne und griff nach ihren Schultern. »You freak me out.«

Durga fand es unglaublich schwer, die Lippen zu öffnen: »Versprich mir, dass du mich auch im nächsten Leben finden wirst.«

»Ja klar«, sagte Jack.

Und ich fragte mich, warum ich Jack nicht gebeten hatte, mich in meinem vorherigen Leben zu finden.

»Klar«, wiederholte er.

Ich presste mich in Durgas Körper wie in einen zu engen, feuchten Neoprenanzug. »Was?«, sagte ich kaum hörbar unter den Geräuschen der Luft und der Züge, die beim Einfahren in den Mülheimer Bahnhof stöhnten und kreischten wie Katzen, die Sex haben.

Jack lehnte sich nach vorne und flüsterte mir zu: »Ich verspreche, dass ich kommen und dich finden werde.«

OPERATION SHAMROCK

D-DAY + 3

INTRO:
(((CLOSE UP)))
Dill und Dachwurz gegen Hexen
Klee zum Schutz vor Elfen, Schutz vor Feen
Doch die gelbe Schlüsselblume
Iss sie, willst du Elfen sehen
(((INNEN – FLUR – ÜBERBLENDUNG)))
Himmelsschlüsselchen und roter Mohn auf stockfleckiger Tapete, die sich vor Feuchtigkeit von der Wand schält. (((OVER SHOULDER))) Eine Hand greift nach einer vorgewölbten Tapetenecke, (((SCHWENK))) zieht einen Streifen ab, darunter kommen Buchstaben zum Vorschein: Du. *Die Hand erstarrt, zieht zögernd weiter.* Ja, du!
(((SCHNITT))) Rasches Tapete-Herunterreißen.
(((SCHNITT))) Nichts. Nur nackte, leere Wand.
(((ÜBERBLENDUNG))) Die Hand schreibt mit Bleistift auf die Tapete neben dem Loch: Hallo?
(((SCHNITT))) Schatten kriechen mit langen Spinnenbeinen über die Wand, (((SCHNITT))) erreichen die Buchstaben, in diesem Moment reißt die Hand einen weiteren Streifen Tapete ab: Ich weiß, dass du das liest.
(((SCHNITT))) Der Bleistift rollt auf den Boden.
(((SCHNITT))) Die Glühbirne flackert. (((SCHNITT)))
Die Hand greift nach dem Stift, (((SCHNITT))) schreibt auf das nächste Stück Tapete: Wer bist du?

(((SCHNITT))) Tapete herunterreißen: Bitte hilf mir.
(((SCHNITT))) Hand schreibt: Was soll ich tun?
(((SCHNITT))) Ratsch: Bitte hilf mir.
(((SCHNITT))) Stift: Wie?
(((SCHNITT))) Ratsch: Bitte hilf mir.

(((VOICEOVER)))
»I hate Indians. They are a beastly people with a beastly religion.«
Winston Churchill

»List und Verschlagenheit ist der Grundcharakter des Inders; Alles Geschehene verflüchtigt sich bei ihnen zu verworrenen Träumen. Was wir geschichtliche Wahrheit und verständiges, sinnvolles Auffassen der Begebenheiten nennen – nach allem diesen ist bei den Indern gar nicht zu fragen.« Georg Wilhelm Friedrich Hegel

»What's this? A big flashy lighty thing! Big flashy lighty things have my name written all over them, well ... not actually. But give me time and a crayon.« Doctor WHO

Denn alles Fleisch ist wie Gras, und alle Herrlichkeit des Menschen wie des Grases Blumen. Aber das Wort bleibt in Ewigkeit. Hahahahahahahahahahaha ha und ha, deshalb hier ein Wörterbuch für Zeitreisende (1907er-Edition):

BABU, der – Substantiv, maskulin

Wie häufig hatte Rohan mich gefragt, wenn ich ihn bat, die Spülmaschine auszuräumen: »Bin ich dein Babu?«

Worauf ich, okay, Durga, ihn stets ermahnte: »Sag das nicht!«

»Warum?«

»Weißt du nicht, was Babu bedeutet?«

»Diener?«

»Nein, Fürst.«

»?«, Rohan sah Durga an, als wolle sie ihn verarschen.

»Das war eine Bezeichnung für besonders gebildete Inder.« Noch immer keine Erkenntnis in seinem Gesicht, also versuchte sie es erneut: »Inder, die ausgebildet worden waren, um den Briten zu helfen.«

Rohan stellte seinen dreckigen Teller auf die Spülmaschine und zuckte mit den Achseln. »Dann bin ich halt Jacks Babu.«

Jetzt wurde ich auf der Straße als Babu angesprochen. Wenn ich Glück hatte. Wenn ich weniger Glück hatte, riefen die Passanten:

KULI (englisch Coolie), der – Substantiv, maskulin

Richtig: Das ist der Grund, warum es nicht politisch korrekt ist, Kofferkuli zu sagen. Nach dem Verbot der Versklavung von Menschen durch den Wiener Kongress 1815 (das Deutschland erst 1945 umsetzte) fehlten billige Arbeitskräfte auf den Plantagen und in den Bergwerken der Kolonien. Gefüllt wurde dieses Vakuum durch Kulis, von denen nur etwa sechzig Prozent die Schiffspassage überlebten, in den Kolonien ein Brandzeichen auf den Rücken ... gebrannt bekamen und Zwangsarbeit verrichten mussten. Wer jetzt denkt: Das hört sich verdammt bekannt an, ist nicht allein. Bis heute wird über die Ähnlichkeit mit Versklavung gestritten. Der Unterschied ist, dass die meisten Kulis aus Süd- oder Ostasien oder von den Pazifikinseln kamen.

Deshalb war ich so überrascht – sprich: entsetzt –, als Savarkar einen indischen Kommilitonen, den wir auf der Straße trafen und der sich nicht schnell genug von uns verabschieden konnte, als

woc, der – Substantiv, maskulin

bezeichnete.

»Sag das nicht«, channelte ich meine innere Durga, die *Wog* nicht nur als rassistische Beleidigung ablehnte, sondern auch als wahnsinnig onkelig.

»Warum?«, fragte Savarkar. »Er ist nun einmal ein Westernized Oriental Gentleman.«

»Oh«, sagte ich. »Ah.«

»Schau ihn dir an!« Savarkar gestikulierte dem davonhastenden Tweedrücken hinterher. »Über alle Berge, um bloß nicht mit uns gesehen zu werden. Und dabei stolz wie ... wie nennst du das ... Osman?«

»Oskar«, sagte ich und beobachtete eine Taube, die mit nach vorn und hinten zuckendem Köpfchen auf uns zukam, dicht gefolgt von einer zweiten und einer dritten und dann einem ganzen Gestöber übereinanderstolpernder Tauben. Ihre Hälse oszillierten lila und grün, und ihre runden schwarzen Augen schauten uns an, als hätten wir die Taschen voller Haferflocken.

»Oscar? Bist du sicher?«, fragte Savarkar. »Hat das etwas mit Oscar Wilde zu tun?«

»*Du* liest Oscar Wilde?«, fragte ich überrascht.

Er war nicht minder überrascht. »Den Sohn einer irischen Freiheitskämpferin? Natürlich!«

Freiheitskämpferin?, fragte ich zum Glück nicht laut. Ich war inzwischen darin geübt, mein Erstaunen darüber für mich zu behalten, wie anders die Vergangenheit von der Vergangenheit aus aussah.

Außerdem erwartete Savarkar gar keine Antwort. Er konnte ein Gespräch ohne Probleme alleine bestreiten. »Ich wünschte, Oscar hätte ein Theaterstück darüber geschrieben«, sinnierte er. »*The Importance of Being WOG* würde in einem dieser engen englischen Reihenhäuser spielen, zwei Zimmer oben, zwei unten, und alle riechen nach Kohl. Denn ein Hotel ist nicht gut genug für einen Westernized Oriental Gentleman, oh nein, er zahlt jeden Preis, um bei einer weißen Familie wohnen zu dürfen.«

Der Wind kam um die Ecke, kroch uns in die Ärmel, zerzauste den Tauben die Federn und roch nach feuchten Hunden und Harbach. Einen Moment lang sah ich die Asche meiner Mutter durch die Luft tanzen, doch waren es nur Körner, die Savarkar den Tauben zuwarf. Anscheinend hatte er tatsächlich die Taschen voller Hafer. Ich schloss die Augen, lehnte meinen Kopf an seine Schulter und hoffte darauf, dass er weiter über internalisierten Rassismus sprechen würde und nicht über

NATION, die – Substantiv, feminin

Im antiken Rom bedeutete ›natio‹ ›Wurf‹, wie im Wurf einer Katze, und bezog sich – negativ, wie auch sonst – auf Migranten und andere Nicht-Römer. Nur meinten das Savarkar und der Rest meiner neuen Mitbewohner nicht, wenn sie beim Frühstück, beim Mittagessen, beim Tee, beim Abendessen und bei jedem weiteren Essen – und in India House wurde ständig gegessen – davon sprachen, sie wären

NATIONALISTEN, Plural – Substantiv, maskulin

»Ich liebe Garibaldi«, sagte Madan Lal Dhingra mit seiner verträumten Stimme, wegen der ihn alle Madan Lal Dreamer nannten.

»Ich liebe Sonne«, seufzte Aiyar und hielt sein Teeglas vor eine der Kerzen auf dem Tisch, so dass sich die Flamme in dem bauchigen Glas brach und glitzerte wie eine Miniatursonne. »Wie halten die Engländer nur diese ständige Dunkelheit aus?«

Alle nickten.

»Heute dachte ich einen Moment, die Sonne würde scheinen, wie sie das hier manchmal unbemerkt macht, und man erkennt es nur daran, dass auf der Straße ein heller Fleck ist.«

Wieder nickten alle.

»Doch es war nur gelber Sand, der auf das Trottoir gekippt war.«

»England«, bestätigte mein Beschützer Chatto melancholisch, »alles Schatten und kein Licht.«

Alle nickten.

»Geister«, ergänzte Madan.

Dieses Mal nickte nur Chatto, der ebenfalls die unsichtbare Welt in unserer Welt sehen konnte, nur dass das bei Chatto daran lag, dass er – wie Savarkar mir zu erklären nicht müde wurde – Bengale war, während Madans Visionen den Charakter von Heimsuchungen hatten, als wollten sie ihn zu sich auf die andere Seite ziehen.

»Garibaldi«, fragte ich, bevor Madan bemerkte, dass alle ihn besorgt ansahen. »Meinst du die Kekse?«

»Nein. Ich meine den Nationalisten«, lächelte er, und ich zuckte zusammen.

Savarkar griff über den Tisch nach meiner Hand. »Bist du etwa kein Nationalist?«, fragte er eindringlich.

Natürlich nicht! Hältst du mich für einen Nazi? Denn nichts anderes bedeutete *Nationalist* für mich. Das änderten auch Zeit und Raum nicht. Das Einzige, was daran etwas änderte, war die Abwesenheit von Raum: die Abwesenheit eines eigenen Landes bei meinen neuen Mitbewohnern.

»Du hörst mir nicht zu«, rügte mich Savarkar.

»Wenn du wüsstest«, sagte ich.

»Dann lass es mich wissen.« Im Licht der Kerzen waren seine Wangenknochen so spitz, dass ich mir das Herz daran hätte blutig schlagen können. Denn Nationalisten kamen natürlich nicht aus ohne

NATIONALISMUS, der – Substantiv, maskulin

Dabei hatte der Dichter und Denker und Maler und Folklorist und Universitätsgründer und Sozialreformer ... Rabindranath Tagore gesagt – okay, würde Tagore sagen ... gesagt haben – egal! – Tagore stimmte, und Gedanken, die einmal in der Welt waren, waren schon immer da –, also Tagore: »Wir, die ausgehungerten, zerlumpten Straßenkinder des Ostens, werden die Freiheit für die gesamte Menschheit erringen, doch in unserer Sprache gibt es kein Wort für Nation.«

Deshalb liehen wir es uns von ... den Deutschen. Wie immer sind wir an allem schuld. Und auch ›wir‹ ist eines dieser Worte, die ihre Farbe und Verwandtschaft wechseln, je nachdem, neben wem sie stehen.

Nationalismus begann mit der deutschen Romantik, der 1848er-Revolution und natürlich mit

MAZZINI, GIUSEPPE (* 22. Juni 1805 in Genua; † 10. März 1872 in Pisa), besser bekannt als

MAHATMA, der – Substantiv, maskulin

Oh ja, auch der Mahatma ist nicht der einzige Mahatma, er ist ja nicht der Highlander: Es kann nur einen geben. In India House war der Mahatma der Wahl Mazzini. Madan mochte den italienischen Freiheitskämpfern Garibaldi bevorzugen, aber Savarkar war besessen von Mazzini. Er hatte Mazzinis Autobiographie in zwei Monaten übersetzt, während er gleichzeitig Newsletter nach Indien schickte und Zeitungsartikel für *Vihari* in Bombay und *The Gaelic American* in New York und für wer weiß wen noch verfasste. In Sachen Arbeitsmanie konnten Savarkar und Jeremy sich die Hand reichen. Savarkar schrieb durchgehend. Wann immer ich in unser Zimmer kam, saß er auf dem Boden und füllte Seite um Seite mit seiner klaustrophobisch kleinen Handschrift, die ich wundersamerweise lesen konnte, obwohl er das Devanagari-Alphabet benutzte. Verstehen konnte ich sie trotzdem nicht, da Savarkar auf Marathi schrieb. Die schiere Menge an Worten, die er jeden Tag produzierte, ließ mich sprachlos zurück. Und als wäre das nicht genug, lernte er noch Gurumukhi, die Sprache der Sikhs, und hielt ständig Reden zu allen möglichen Themen.

»Mein Mazzini-Buch war Pflichtlektüre in politischen Kreisen, nach einem Monat war die erste Auflage vergriffen, und die Leser überwiesen schon Geld für eine zweite«, hob Savarkar an, als würde er eine Mär aus früheren Zeiten erzählen und nicht aus früher in diesem Jahr. Seine Stimme war hoch und gepresst, doch wenn er sprach, verbreitete er eine Art hypnotische Magie, die es unmöglich machte, ihm nicht mit höchster Aufmerksamkeit zuzuhören. Und wie die meisten der von Helden und Dämonen bevölkerten Geschichten, die durch India House kursierten, war auch diese höchstwahrscheinlich wahr. Jedenfalls wurden die britischen Behörden bald nervös. Nur konnten sie Savarkar nichts vorwerfen, da er, als der sorgfältige Jurastudent, der er war – nahezu jeder in India House schien Jura zu studieren –, ausschließlich Mazzinis Worte übersetzt hatte, auch wenn alle sie als direkten Kommentar zum britischen Kolonialismus lasen, bei dem nur ›Italien‹ durch ›Indien‹ ersetzt werden musste und ›Österreich‹ durch ›Großbritannien‹. Also entschieden die Briten, das Buch mittels des reformierten Indian Press Act zu verbieten, besser bekannt als indisches Zensur-Gesetz, wobei sich Zensur nicht nur auf die Schriften, sondern auch auf die Schreibenden bezog, die genauso jederzeit aus dem Verkehr gezogen – also verhaftet und hingerichtet – werden konnten.

»Was zum Teufel hast du geschrieben, das so gefährlich ist?«, fragte ich entgeistert.

»Nicht *Teufel*«, berichtigte mich Madan, an dem auch im Kerzenschein nichts spitz und hart war, sondern alles Gefühl und glühend. »Gott.« Dabei schaute er Savarkar direkt ins Gesicht.

Savarkar schaute unverwandt zurück und zitierte sich selbst: »Tatsächlich ist die Liebe die einzige Verbindung zwischen Menschen und Gott. Aber Liebe braucht Freiheit. Die Freiheit, zu lieben. Wie kann ein Mensch im Zustand der Sklaverei lieben? *A country in chains is a country in pains.* Es kann nichts beitragen zum Frieden, Fortschritt und Wohlstand der Welt.«

»Das ist alles?«, fragte ich.

»Das ist gar nicht schlecht«, sagte Kirtikar – der Zahnmedizinstudent, der es trotz seiner durchgehenden Feierbereitschaft einfach nicht schaffte, echte Freunde in India House zu gewinnen –, und begann, auf seiner Serviette Notizen zu machen.

Savarkar zitierte weiter Savarkar: »Wir können uns nur selbst befreien, indem wir alle Menschen vom Joch der Sklaverei befreien. Es geht nicht um Mitgefühl, es geht darum, die Ketten zu sprengen. Stillschweigend zuzusehen, wie die menschliche Spezies Unterdrückung ertragen muss, ist eine unverzeihliche Sünde.«

Asaf fischte mit einem Streichholz den Docht einer erlöschenden Kerze aus dem flüssigen Wachs und erklärte: »Mazzini war ein großer

FÜHRER, der – Substantiv, maskulin

»Warum zuckst du die ganze Zeit, Sanjeev?«
Wie erkläre ich es meinem Kinde? Nur dass Asaf natürlich nicht mein Kind war und dass Führer hier offensichtlich, ebenso wie Nationalismus, etwas weitaus ... weitverbreiteteres bedeutete. Dito

EXTREMIST, der – Substantiv, maskulin

Die indische politische Landschaft teilte sich in Moderate und Extremisten. Man hätte meinen sollen, dass die Extremisten die ... Extremsten waren und Gewalt befürworteten. Ha-und-so-weiter-ha! Bewaffneter Widerstand befand sich gar nicht erst auf der Skala des Verhandelbaren, sondern schwebte irgendwo weit entfernt durchs All wie *Doctor WHOs* Tardis-Zeitmaschine. Diejenigen, die wagten, Gewalt in Betracht zu ziehen, waren

REVOLUTIONÄRE, die – Substantiv, plural

»Also wir«, sagte Savarkar.
»Es war ein Durchbruch, als Mazzini erkannte, dass es sinnlos war, gegen leblose Gegenstände vorzugehen«, bestätig-

te Aiyar. »Die Einzigen, die seinen Zorn verdienten, waren die Menschen, die diese leblosen Gegenstände nutzten, um ihre Interessen voranzutreiben. Italien musste die österreichischen Besatzer loswerden, nicht österreichischen Tee.«

»Also die englischen Kolonialisten, nicht englischen Tee«, erklärte Savarkar didaktisch, und Kirtikar schrieb eifrig mit.

»Welcher Tee wächst in England? Kamillentee?«, fragte ich, und Savarkar klopfte mir auf den Rücken.

»Du verstehst mich.«

Das Zauberwort hierbei war natürlich

SWADESHI, Substantiv – keine deutsche Übersetzung vorhanden

Bei der Swadeshi-Bewegung denken wir in der Regel an ... gar nichts. Sollten wir doch an irgendetwas denken, dann an Gandhi und seinen Boykott britischer Güter, an Gandhi vor seinem Spinnrad, an Gandhi beim Verbrennen englischer Kleidung.

Und dann nahm Madan einen tiefen Schluck Tee und erklärte: »Das alles hat Savarkar schon vor zwei Jahren am Ferguson College in Pune gemacht.«

»Und ist 1905 umgehend vom Ferguson College in Pune geschmissen worden«, ergänzte Asaf trocken.

»Wirklich?«, sagte ich ergriffen. Zum ersten Mal war ich dankbar für Lilas verflixtes Buch, das sie zwar nie geschrieben, für das sie aber extensiv recherchiert, sprich zu der Mystikerin Mutter Meera nach Rheinland-Pfalz gegangen war und in ihre Augen geblickt hatte. Das war nicht ganz fair – aber seit wann ging es in meiner Beziehung zu Lila um Fairness? –, sie kopierte auch jedes Foto, das sie finden konnte, und verteilte es in den geschmacklosen Wechselrahmen der Achtzigerjahre im Wohnzimmer. Im Rückblick frage ich mich, warum sie nicht einfach ein Freiheitskampf-Bilderbuch gemacht hatte. Jedenfalls stand vor den Brockhaus Konversations-Lexika das berühmte Foto Gandhis vor dem Scheiterhaufen englischer Kleidung, darauf von Lila in roter Tinte notiert: *Bombay, Elphinstone-Mühlengelände, 31.7.1921.*

Sechzehn Jahre nach Savarkar!

»Das war nicht allein meine Idee«, sagte Savarkar und gab sich Mühe, bescheiden auszusehen. Ohne Erfolg.

»Das war gar nicht deine Idee, sondern Tilaks«, berichtigte ihn Aiyar.

Tilak zu sagen, war in India House so ähnlich, wie bei Dinesh *Gandhi* zu sagen – sein Name stand als Synonym für die indische Befreiungsbewegung. Die meisten meiner Mitbewohner waren durch Bal Gangadhar Tilaks Zeitung *Kesari* politisiert worden. Er und nicht Gandhi hatte 1905 die erste Swadeshi-Bewegung ins Leben gerufen, was sich natürlich mit *Unser eigenes Land* ins Deutsche übersetzen lässt, nur scheint Wiki-Duden das nicht notwendig zu finden. Tilak war auch der Erste, der die Unabhängigkeit von Großbritannien forderte, während Gandhi sogar jetzt noch – also, in dem Jetzt, das 1907 war – lediglich größere politische Selbstbestimmung wollte. Zusammen mit Lala Lajpat Rai und Bipin Chandra Pal formte Bal Tilak das von den Briten mit Argusaugen beobachtete Lal-Bal-Pal-Trio. Ich schwöre, ich habe mir das nicht ausgedacht.

»Kunststück, Tilak hatte wahrscheinlich jede Idee schon einmal«, lächelte Savarkar, dem Tilak das Stipendium für India House besorgt hatte. »Ideen wandern von Revolutionär zu Revolutionär. Vor Tilak hatte Mazzini sie. Mazzinis Swadeshi-Bewegung hat bereits vor achtzig Jahren österreichische Produkte boykottiert« – weil die Teile des damals noch zerrissenen italienischen Stiefels besetzenden Österreicher ebenso wie die Briten in Indien italienische/indische Produkte besteuerten und den Markt mit österreichischen/englischen Waren fluteten. Wo ökonomischer Druck nicht ausreichte – das hatte mir Dinesh, als ich ein Kind war, an Stelle von Gute-Nacht-Geschichten erzählt –, schnitten die Briten den indischen Webern einfach die Daumen ab, und schon hörten diese auf zu weben. So weit so *Struwwelpeter*, nur verwendete Mazzini das Wort Swadeshi nie. Es war eine trojanische Vokabel, die Savarkar in seine Übersetzung hineingeschmuggelt hatte.

Ich fand das beeindruckend. Doch war Savarkar überzeugt, lediglich unsichtbare Kontinuitäten sichtbar zu machen. »Italia, India. Das hört sich sogar an, als wäre es dasselbe!« Savarkar liebte gleich klingende Worte und glaubte, dass sie auf eine onomatopoetische Seelenverwandtschaft verwiesen, weshalb er die englische Vorliebe für *puns* aus voller Seele umarmte.

»Savarkar hat Recht mit Mazzini und Swadeshi ...«, sagte Madan und brach ab. »Ich kann das nicht richtig ausdrücken ... frag Charlotte.« Und meinte damit

CHARLOTTE DESPARD (* 15. Juni 1855 in Ripple Vale, England, † 10. November 1939 in Whitehead, Irland)

Endlich ein Name, den ich nicht googeln musste! Nicht dass ich das gekonnt hätte, aber ... na, ist ja klar. Durga hatte einmal einen Dokumentarfilm über Charlotte Despard gemacht: *Frauen, Frieden, Freiheit*. *Frauen* stand für Despards Zeit als Suffragette. *Frieden* für ihren Pazifismus. Sie war eine der wenigen Feministinnen gewesen, die sich im Ersten Weltkrieg gegen die Doktrin der führenden Frauenrechtlerin Emmeline Pankhurst auflehnten, allen Aktivismus einzustellen und den Kriegseinsatz zu unterstützen. Stattdessen gründete Despard die Women's Peace Crusade, deren Streiterinnen sich während des

Ersten Weltkriegs für einen Waffenstillstand ohne Annexionen oder Bestrafung irgendeiner Seite einsetzten und dafür als deutsche Propagandistinnen (und Verräterinnen, und Mörderinnen) beschimpft wurden. Das hielt Charlotte nicht davon ab, sich gleichzeitig dem irischen Widerstand und Sinn-Féin anzuschließen, die eindeutig nicht gewaltfrei waren, und – *Freiheit* – für die Unabhängigkeit Irlands zu kämpfen.

Deshalb war ich so überwältigt, als Gladys nur wenige Tage später die Tür für eine Frau in einem bodenlangen schwarzen Kleid aus spanischer Spitze öffnete, die eine voluminöse Handtasche hereinschleppte.

»Das ist Charlotte Despard!«, japste ich. Dafür, dass sich in India House ein veritables Who's Who der Linken versammelte, ist es bezeichnend, dass ich hauptsächlich die weißen Aktivistinnen und Aktivisten erkannte.

»Ja«, sagte Savarkar.

»Charlotte *Despard*!«

»Ja«, sagte er zu mir, und »Tee« zu Gladys. Sie kam so schnell zurück, dass ich bezweifelte, dass das Wasser gekocht haben konnte, und blieb auch nachdem Savarkar ihr das Tablett abgenommen hatte, im Flur stehen, als warte sie auf etwas oder jemanden. Savarkar reichte mir die fette Kanne, die mit ihrem getupften braunen Teewärmer wie eine brütende Henne aussah, und schubste mich in Richtung Salon, wo Charlotte mit Shyamji über gewaltfreien Widerstand diskutierte, der ... nicht zu gewaltfrei war.

»Was hältst du davon, wenn wir uns festkleben?«, fragte sie ihn.

»Festkleben?«, fragte Shyamji.

»Wir könnten uns an wichtige Gebäude kleben und uns weigern zu gehen, bis unsere Forderungen gehört werden.«

»Kleben?«, fragte Shyamji.

»Oder anketten!« Charlotte klopfte verschwörerisch auf ihre Tasche, die dumpf zurückklirrte. »St Pauls! Was hältst du von St Pauls?«

»Hm«, sagte Shyamji.

»Buckingham Palace?«

»Zu viele Wachen.«

»Was meinst du?«, wandte sich Charlotte zu meiner Überraschung an mich.

»Ich ...«, begann ich, und platzte dann heraus: »Wie war Eleanor Marx?«, da Charlotte mit der jüngsten Tochter von Karl Marx befreundet gewesen war.

»Tussi?«, sagte sie überrascht. »Gute Augenbrauen.«

»Sanjeev interessiert sich sehr für Frauen«, feixte Savarkar, der nicht nur die englische Vorliebe für *puns* übernommen hatte, sondern auch für running gags.

»Für das Frauen*wahlrecht*«, korrigierte ich ihn, und Charlotte nickte emphatisch.

»Wir müssen uns unbedingt einmal unterhalten.«

»Ja, bitte«, sagte ich.

Doch in diesem Moment rief Shyamji: »Wie wäre der Palace of Westminster!«, und Charlotte zog eine nicht enden wollende Kette aus verzinktem Stahl aus ihrer Handtasche – kein Wunder, dass die Tasche so ausgebeult war – und folgte ihm klirrend wie ein weiblicher Canterville Ghost in sein Arbeitszimmer.

Als ich ihr ein paar Tage später erneut Tee und Kekse servierte, waren gerade nahezu alle ihre Möbel beschlagnahmt worden, weil sie sich weigerte, Steuern zu zahlen. »Ich zahle nicht, bis ich das Wahlrecht habe. Keine Pflichten ohne Rechte!«

Entsprechend hatte sie es nicht eilig, nach Hause zu gehen, und beantwortete mir freundlich meine Fragen zu Mazzini:

»Oh ja, Vinayak hat Recht. Mazzini hat mir gesagt, dass er ein vehementer Verfechter der indischen Unabhängigkeit ist.«

»Ist Mazzini nicht schon gut dreißig Jahre ...«

»Was?«, fragte sie freundlich und biss in einen Keks, der verdächtig nach einer Garibaldi-Teigware aussah.

»Tot?«, sagte ich unsicher, ob meine Daten stimmten.

»Absolut! Ich unterhalte mich regelmäßig über mein Ouijabrett mit seinem Geist.« Wer war ich, ihr zu widersprechen?

»Wegen Mazzini heißen wir Abhinav Bharat«, flüsterte mir Savarkar zu, als Charlotte in Shyamjis Büro verschwunden war.

»Abhinav was?«, fragte ich.

»Pssst.«

GEHEIMBUND, der – Substantiv, maskulin

»Wir heißen Abhinav Bharat, Junges Indien, nach Joseph Mazzinis Giovine Italia, Junges Italien.«

»Joseph, wie mein Großvater«, sagte ich und spürte den weichen, melancholischen Schmerz, den ich jedes Mal empfand, wenn ich an meinen Opa dachte. Ich schaffte es nicht, angemessen über den Tod meiner Mutter zu trauern, aber jede Erinnerung an meinen Großvater verwandelte mein Inneres in Regen.

»Dein Großvater heißt Joseph?«, fragte Savarkar überrascht.

»Das war eine andere Zeit«, sagte ich so wahrheitsgemäß wie vage.

Savarkar sah mich an, als könne er durch mich hindurch in die Vergangenheit schauen. »Meiner hat ein Bataillon von Pferden befehligt.«

Natürlich hat er das, dachte ich, *und er hatte ein Haus mit vierzehn Innenhöfen* – alle Bewohner von India House konnten ihre

Vorfahren bis in die x-te Generation aufzählen, während Durga noch nicht einmal die Namen aller ihrer Großeltern kannte, geschweige denn die ihrer Urgroßeltern. Familiengeschichte war etwas für andere Leute –, doch mein Neid bewahrte mich nicht davor, von Savarkars leicht singender Stimme hypnotisiert zu werden.

»Einmal hat mein Großvater eine Statue der Göttin Ashtabhuja Bhawani mitgebracht, die er einer Gruppe Banditen abgenommen hatte«, fuhr seine Schlange-Kaa-Stimme fort. »Sie war wunderschön, und der Priester sagte, wir sollten ihr täglich Tieropfer bringen.«

»Tieropfer?«, fragte Madan erschrocken, dessen weiches Herz ihm die Vorstellung, ein anderes Lebewesen zu töten, unmöglich machte. War dieser Madan wirklich derselbe Mann, der als der erste internationale indische Märtyrer bekannt werden und hier in London einen britischen Beamten ermorden würde?

»Genau, und wir waren ja Vegetarier«, sagte Savarkar, der eindeutig kein Vegetarier mehr war. »Also wurde Bhawani in den Tempel gebracht, bis mein Vater irgendwann genug davon hatte und sie nach Hause holte. Wozu braucht eine Göttin Blut, wenn sie Geschichten als Opfergaben bekommen kann? Während des Navaratri-Festes – das ist Durga Puja für dich als Bengali, Sanjeev – hat mein Vater ihr immer die 700 Verse des Devi Mahatmya vorgesungen. Und ich habe ihr geschworen ...«

Savarkar brach ab, und Madan, der mit so weit aufgerissenen Augen durchs Leben ging, dass ich nicht gedacht hätte, dass er dazu in der Lage wäre, zwinkerte ihm verschwörerisch zu. Im nächsten Moment fühlte ich Savarkars und Madans Arme um meine Schultern.

»Willst du Mitglied in unserem Geheimbund werden?«

»Geheimbund?« Das hörte sich nach den Enid-Blyton-Büchern meiner Kindheit an. »Wie *Die Schwarze Sieben*, mit Abzeichen und Passwörtern?«

»Genau so. Wenn du bereits Mitglied bei dieser Schwarzen Sieben bist, weißt du Bescheid«, sagte Savarkar. »Du wirst zu uns passen.«

2 Die Selbstverständlichkeit, mit der sich Savarkar und Madan aufeinander bezogen, mehr körperlich als kognitiv, erinnerte mich an Nena und mich, als wir zusammengewohnt hatten.

Dass Nenas Freund nicht wusste, ob er eine Beziehung ertragen konnte, und Durgas Freund, ob er das Leben ertragen konnte, erwies sich als überraschend gute Voraussetzung für eine Wohngemeinschaft. Unter keinen anderen Umständen hätten wir so viel Zeit miteinander verbracht.

»*In the war of the sexes, love will hit you in the solarplexus*«, sang Nena, als sie gemeinsam mit der männlichen Besatzung des Bauwagenplatzes minus Mutter um zwei Uhr nachts nach Hause kam – bloß weil Mutter sie ignorierte, bedeutete das nicht, dass sie zölibatär leben musste. Cassius Clay sprang vom Kühlschrank und versteckte sich unter dem garstigen kleinen Sofa, was sich als Fehler herausstellte, weil er sofort von einem Gitter von Beinen umstellt wurde, durch das er sich vergeblich hindurchzudrücken versuchte, um schließlich der nächstbesten Wade einen Schlag mit ausgefahrenen Krallen zu versetzen.

»Wo ist Mutter?«, fragte Durga gähnend, während Jan aufheulte und Cassius wie ein schwarzer Blitz aus der Küche schoss.

»Der baut bei sich gerade ein Dachfenster ein.«

Durga zog eine Strickjacke über, die durch wiederholtes Waschen auf die doppelte Länge angewachsen war. »Hat er das nicht ...?«

»Genau«, sagte Nena.

Jan reichte Durga eine Flasche Weizen, das nach roher Leber roch und genauso schmeckte. Aber es war schön, mit irgendjemandem irgendetwas zu teilen, auch wenn es nur ein Bier war. Sie dachte an Dirk und fühlte sich wie eine Verräterin.

Bei ihrem letzten Telefonat hatte er sie mit einem Hauch von ehrlichem Interesse gefragt: »Was soll ich denn tun?«

Nur hatte sie daraufhin geantwortet: »Du könntest einen Arzt fragen, oder einen Freund fragen, oder dir ein Buch besorgen, oder Sport machen …« Und das war das Ende des Gesprächs gewesen.

»Vielleicht solltest du überlegen, warum du dir immer so schwierige Männer aussuchst«, bemerkte Nena, als hätte sie Durgas Gedanken gelesen, und schüttete den Inhalt einer vor Tagen erkalteten Wärmflasche in den Wasserkocher. Durga wunderte sich, warum sie Nena diesen Satz wie aus einem Lehrbuch für Feld- und Küchenpsychologie nicht übelnahm. Also setzte Nena noch einen drauf: »Du musst lernen, loszulassen.«

»Was jetzt? Loslassen oder mir einfachere Männer suchen?«

Jan lehnte sich gegen Durga und erklärte ihr konspirativ: »Durga, du musst die Dinge einfach fließen lassen.« Mit den Dingen meinte er wahrscheinlich sich. Doch dazu war Durga nicht in der Lage, und so legte sie sich eine Stunde später ohne ihn zurück in ihr Bett und hörte Nena dabei zu, schönen Sex zu haben, und fühlte sich ein bisschen erregt und ein bisschen deprimiert und irrte gleich darauf unschlüssig durch dumpfe Kellerräume.

Wieso sie ausgerechnet von ihrem Keller träumte, war ihr auch nicht klar. Dort unten stank es so sehr, dass sie den langen Weg zu den Mülltonnen, die in einer absurden Vielzahl und alle bis zum Rand gefüllt in einem mit Teppichen ausgekleideten Verschlag standen, nur mit angehaltenem Atem unternahm. Um nicht zu ersticken, hatte sie Nena schließlich vorgeschlagen, sie würde immer den Abwasch erledigen, wenn Nena sich dafür um den Abfall kümmerte. Da Nena sowieso nie spülte, erschien Durga das wie ein ziemlich cleverer Schachzug. Sie begriff erst nachdem Nena eingewilligt hatte, dass ihre Mitbewohnerin bisher anscheinend heimlich gespült hatte.

Der nächste Morgen dämmerte penetrant heiter. Durga fand zwei leere Kaffeetassen in der Küche, daneben ein Zettel: *Liebste Durga, es ist schon sooo spät, ich habe einfach keine Zeit mehr, den Tisch abzuräumen. Sorry. Bussi. Noch ein Bussi. Nena*
Und: Natürlich! Bei Dirk meldete sich nicht einmal der Anrufbeantworter. Durga setzte sich in Nenas Zimmer, um sich eine Weile nicht wie sie selbst zu fühlen. Nenas Bücher und ihre schwarze Kleidung und die weiße Kommode, die sie mit Bleistift über und über mit Gedichten beschrieben hatte, dünsteten die Gewissheit aus, dass es möglich war, ein Leben ohne Dirk zu führen. Es zählte nicht, dass jeder andere Mensch auf der Welt ebenfalls ohne Dirk lebte, weil kein anderer Mensch so real war wie Nena.

In gewisser Weise hatte Savarkar mit seinen ständigen Sticheleien über mich und Frauen ja Recht. Je länger ich in India House war, desto mehr vermisste ich Frauen. Weniger wegen dem, was sie taten, sondern weil ich in ihrer Gegenwart wusste, was ich zu tun hatte, was von mir erwartet wurde. Aber Madame Cama verbrachte den größten Teil ihrer Zeit in Paris, wenn sie nicht durch die Weltgeschichte jettete, um auf die Situation in Indien aufmerksam zu machen. Nur nach Indien ließen die Briten sie nicht zurück, weil sie sich weigerte, eine Erklärung zu unterzeichnen, dass sie sich an keinerlei politischen

Aktivitäten beteiligen würde. Und Charlotte wurde mehr und mehr von ihren Differenzen mit Mrs. Pankhurst beansprucht. Also war Gladys die einzige Frau, der ich regelmäßig in India House über den Weg lief. Nun mochten wir – um viele Ecken und Zeitfalten – durch unser Geschlecht verbunden sein, doch trennten uns Klasse – die jungen Männer in India House kamen zwar aus beträchtlich reicheren Elternhäusern als ich, doch ich war eindeutig kein edwardianisches Dienstmädchen – und race, sowie meine Unfähigkeit zu kommunizieren. Anscheinend wusste ich keineswegs bei allen Frauen, was von mir erwartet wurde.

»Oh ... hallo Gladys«, stotterte ich, als sie mit einem Stapel Bettwäsche in unser Zimmer kam.

»Guten Morgen, Sir.«

»Ich heiße Sanjeev.«

»Sanjeev, Sir.«

»Einfach nur Sanjeev«, wiederholte ich mit meinem entwaffnendsten Lächeln, das sie sofort misstrauisch machte.

»Sir?«

Ich beschloss, das Thema *Namen* fallenzulassen, und mich stattdessen nützlich zu machen, und begann, die Decken vom Bett zu ziehen, was im besten Fall missverständlich und im schlechtesten Fall #metoo war, weshalb ich zur Tür sprang, bevor sie das Zimmer verlassen konnte, was die Sache nicht besser machte ... »Können wir so tun, als wäre das nie passiert, und noch einmal von vorne anfangen?«

Sie hob das Kinn und strich sich die Haare aus der Stirn, die ihrer Kappe entkommen waren. »Sir?«

»Und kannst du noch irgendetwas anderes sagen?«

»Sir.« In diesem Moment wurde mir klar, dass sie das mit Absicht machte. Sie hatte keine Angst vor mir, sondern identifizierte mich zutreffend als Witzfigur. Ich versuchte es erneut mit einem diesmal deutlich zaghafteren Lächeln. »Wenn du noch einmal Sir sagst, fange ich an zu schreien?«

»Sir.«

»Okay, das war eine Metapher«, gab ich mich geschlagen.

»Sir?«

Ich atmete tief durch. »Eine Redewendung.«

Sie öffnete provokativ den Mund ... doch dann siegte ihr Mitleid. »Was wollen Sie von mir?«

»Ich will mich nur unterhalten!«

»Warum?«

»Wäre die normale Frage nicht eher: Worüber?«

»In Ordnung: Worüber?«, fragte sie herausfordernd. Natürlich fiel mir sofort nichts mehr ein.

»Wie findest du es ... hier?«, fragte ich lahm.

Gladys begann zu lachen, aber es war kein freundliches Lachen. »Wie wohl?«

»Ja, wie?«, fragte ich überrascht.

»Ich wische hinter den Schwarzen her. Sie sind wie Schweine. Schlimmer als Schweine, die sind wenigstens reinlich, wenn man sie lässt und nicht zusammensperrt. Aber diese ... Gentlemen würden in ihrem eigenen Gestank ersticken, wenn ich ihn nicht entfernen würde.« Damit schob sie mich zur Seite und verließ das Zimmer, und ich setzte mich auf das nicht gemachte Bett und lächelte, weil sie mich nicht in die Gruppe der Schweine eingeschlossen hatte.

Ich lächelte noch immer, als Savarkar hereinkam. »Hast du das mitbekommen?«, fragte ich ihn.

»Schrecklich«, sagte er.

»Findest du?«

Zum ersten Mal sah Savarkar mich wütend an. »Du etwa nicht? Ohne Gerichtsverhandlung! Ohne Anklage!«

»Gladys?«

»Lala Lajpat Rai and Sardar Ajit Singh!«

»Okay, ich habe es nicht mitbekommen.«

Savarkar zog mich in seine Arme und weinte zornige Tränen, so wie Gladys zornig gelacht hatte, und ich streichelte hilflos über seine glänzend geölten Haare. Lala Lajpat Rai war der Freund und Mitstreiter von Savarkars Förderer Bal Tilak. Er war das Lal aus dem Lal-Bal-Pal-Trio.

»Deportiert!«, knirschte Savarkar, und ein Schatten fiel über uns. Eine Wolke hatte sich vor die Sonne geschoben, nicht als Kommentar zum Weltgeschehen, sondern weil es das war, was Wolken in London nun einmal machten. »Nach Mandalay.« Ich zuckte zusammen. Mandalay war 3500 Kilometer von Indien entfernt.

»Wofür?«, flüsterte ich in seine Haare.

»Hast du nicht zugehört? Es gibt keine Anklage«, fuhr Savarkar mich an, und ich spürte die Wärme seines Atems an meiner Schulter.

»Ist das ... legal?«

»Oh ja. Die britische Regierung hat dafür extra das Bengal-State-Prisoners-Gesetz aus der Mottenkiste geholt. Von 1818! Als sie noch nicht einmal unsere Herren und Meister waren.«

»Nicht?«, stellte ich mein Unwissen wieder einmal unter Beweis.

»Natürlich nicht. Wir sind nicht von den Engländern kolonialisiert worden, sondern von einem Konzern. Einem Konzern mit einer Armee.«

»Wow, das ist Kapitalismus.«

»Was?«, fragte Savarkar.

»Kapitalismus?«, sagte ich »Gewinnmaximierung, Privateigentum«, und als mir die Schlagworte ausgingen: »Karl Marx?«

»Marx? Marx? Wo habe ich den Namen schon einmal gehört?«, murmelte Savarkar, und einen Moment war es, als wäre ich an Erinnerungen angeschlossen, die ich nie gehabt hatte, und ich WUSSTE, dass Karl Marx' Enkel Jean Longuet Savarkar in wenigen Jahren vor dem Internationalen Gerichtshof verteidigen würde, um zu verhindern, dass er nach Kala Pani geschickt wurde. So musste sich das Internet fühlen, wenn es fühlen könnte. Ein Rauschen von Gedanken und Bildern flüsterte durch meine Nervenbahnen, alles Wissen und Nicht-Wissen, Wahrheit und Lüge und Irrtum und alles, alles gleichzeitig.

»Ich hab's«, sagte Savarkar, und mir wurde heiß und kalt bei dem Gedanken, dass er sich ebenfalls an seine Zukunft erinnern könnte, doch er sagte nur: »Journalist für die *New York Daily Tribune*! Charles Marx wusste, was für ein Haufen von Halunken die East India Company war.«

Sofort flackerte in meinem Kopf wie in einer reißerischen Geschichts-Doku die Zahl 1600 auf. Und da Feuer und rothaarige Frauen nun einmal Hand in Hand miteinander gehen, tauchte als Nächstes Queen Elizabeth auf – nicht die, die gerade gestorben war, sondern die Erste –, und unterzeichnete die Royal Charter, die es der East India Company erlaubt hatte, Handel mit Indien und Südostasien zu treiben.

Und dann krampfte sich mein Herz zusammen, weil plötzlich Jack in meinem Kopf war, laut und deutlich und wie immer ironisch: »Wegen der Gewürze! Das erzählen uns all die Schulbücher und Comedians immer, nach dem Motto: We had to conquer the world, weil wir das geschmacklose englische Essen nicht mehr ertragen konnten. Eine ganz schön fadenscheinige Geschichte, isn't it?«,

Ich rief: »Jack!«, und die Verbindung brach zusammen.

Verzweifelt versuchte ich, ihn festzuhalten, doch in meinen

Armen war nur Savarkars von Weinkrämpfen geschüttelter Körper.

»Was besagt das Bengal-State-Prisoners-Gesetz?«, fragte ich, um mein pochendes Herz zu übertönen.

»Dass sie es dürfen!«, heulte Savarkar auf. »Dass sie alles dürfen, wenn sie bedroht sind. Und wann sie bedroht sind, entscheiden sie.« Er grub seine Zähne in meine Schulter, ich atmete scharf ein und hielt ihn fest, fest umschlungen.

Hinter der Tür hörte ich Shyamji nach mir rufen.

»Ich glaube, Sanjeev ist mit Tatya unterwegs«, kam Aiyars Stimme von unten.

»Wir müssen Flugblätter drucken! Unterstützung mobilisieren! Kannst du ein Telegramm an Madame Cama senden? Sie muss ihre Pariser Kontakte mobilisieren. Sie muss ...«

»Ich bin schon hier«, schwebte die sanfte und trotzdem alles durchdringende Stimme von Bhikaiji Cama durch das Treppenhaus.

Ich hielt Savarkar, obwohl meine Schulter schmerzte. Ich hielt ihn, während Shyamji und Madame Cama das weitere Vorgehen besprachen. Ich hielt ihn, während immer mehr Verbündete eintrafen. Ich hielt ihn, während Türen schlugen und aufgeregte Füße die Treppen hoch und runter rannten. Ich hielt ihn, während Grealis eintraf, während Charlotte eintraf, während die Wolke anschwoll und das Fensterglas mit harten kleinen Tropfen besprenkelte. Und als Savarkar keine Tränen mehr hatte, sondern nur noch trocken schluchzte, sang ich zu ihm wie zu einem Kind:

»*Es geht ein dunkle Wolk herein*
mich deucht, es wird ein Regen sein,
Ein Regen aus den Wolken,
wohl in das grüne Gras ...«

»Welche Sprache ist das?«, fragte Savarkar ruhiger.

»Deutsch«, sagte ich. »Die Sprache von Karl Marx.«

Auch die aufgescheuchten Schritte im Haus kamen zum Stillstand.

»Was jetzt, Madame India?«, fragte Grealis ohne seine übliche Ironie.

»Ich werde eine Rede im Hyde Park halten«, antwortete Madame Cama.

»Auf unseren paar Quadratzentimetern Redefreiheit?«, fragte Charlotte trocken.

»Wir haben nicht einmal einen Quadratmillimeter in Indien«, entgegnete Madame Cama.

In dieser Nacht erzählte Savarkar mir von der Pest.

»Sie kam in alle Dörfer und klopfte an jede Tür. Wenn du von ihr geküsst wurdest, musstest du dein Heim und deine Familie verlassen und wurdest in ein Lager gesperrt.«

»Lager?«, fragte ich in die Dunkelheit.

»Alles, was dir gehörte, wurde verbrannt. So gehen die Briten mit kranken Menschen um. Und der Pestkommissar Walter Rand war der Schlimmste. Statt Ärzten heuerte er Soldaten an.«

Vor dem Fenster tauchte ein Funken auf, vielleicht von einem Glühwürmchen, und zuckte erratisch hin und her. Ich lauschte Savarkars aufgewühltem Atem und fragte mich, warum er mir diese Geschichte wohl erzählte.

»Und dann kam der 22. Juni 1897. Und die Nachricht raste von Haus zu Haus: Walter Rand und sein Leutnant Charles Ayerst sind tot! Erschossen von zwei Brüdern: Von Damodar Hari Chapekar und Balakrishna Hari Chapekar. Die Chapekar-Brüder sind meine Vorbilder.«

»Wofür? Um ebenfalls einen Pestkommissar zu ermorden?« Doch fragte ich das so sanft, dass er unbeirrt weitersprach.

»Als die Chapekars verhaftet wurden, gingen sie mit den heiligen Worten der Baghavat Gita auf den Lippen zum Galgen. In dieser Nacht habe ich an der Statue der Göttin Bhawani geschworen: ›Shatrus maarta maarta mare to jhunjen!‹«

»Du weißt, ich spreche kein Marathi.«

Er richtete sich auf. »Ich werde bis zum letzten Atemzug Krieg gegen den Feind führen!« Durch die Bettlaken konnte ich spüren, dass er vor Erregung zitterte.

»Wie alt warst du damals?«

»Fünfzehn«, sagte er, und ein Echo seines Zitterns lief durch meinen Körper. »Ich war fünfzehn, als mein Vater an der Pest gestorben ist. Wir hatten seine Erkrankung mit allen Mitteln verborgen, aber nach seinem Tod war klar, dass die Soldaten uns abholen und ins Lager bringen würden. Also packten wir noch in derselben Nacht die notwendigsten Sachen und flohen. Die ersten Tage versteckten wir uns in einem verlassenen Ganesha-Tempel in der Nähe einer Einäscherungsstätte. Der Gestank der brennenden Leichen war überall. Tagsüber konnten wir das Weinen der Menschen hören, nachts das Heulen der Wölfe. Und immer, immer die Angst, von Behörden oder Banditen entdeckt zu werden. Ich werde nie den Straßenköter vergessen, der uns Gesellschaft leistete und alle Fremden mit seinem Kläffen davon ...« Von einer Sekunde auf die andere war Savarkar eingeschlafen, mitten im Satz, mitten auf meinem rechten Arm, der sich anfühlte, als würde ihn jemand mit einem Blasebalg aufpumpen. Als ich dachte, er müsse platzen, zog ich den Arm vorsichtig unter ihm heraus, und Savarkar murmelte. »Mein Bruder hatte die Pest.«

»Welcher«, fragte ich leise.

»mein ... kleiner ... Bruder. Und mein großer Bruder ... hat sich bei ihm ange...« Und damit wurde Savarkar endgültig vom Schlaf überwältigt. Da er nahezu täglich Briefe von seinen Brüdern bekam, wusste ich, dass sie überlebt hatten. Die Savarkars waren eine merkwürdig verbundene Familie, absurd stolz darauf, zu den Chitpavan-Brahmanen zu gehören, jener Gruppe von Brahmanen, die einstmals über das Reich der Marathen geherrscht hatte und besonders viele Revolutionäre hervorbrachte, wie Savarkars Mentor Tilak und Savarkar selbst. Jedes aufrührerische Buch, das er schrieb, schickte er nach Indien zu seinem ältesten Bruder Ganesh, den er nur Babarao nannte, damit dieser es unter Gefahr für Leib und Leben veröffentlichte. Und alle schienen das für normal zu halten.

Ich drehte mich auf den Rücken und folgte dem hin und her zuckenden Lichtpunkt im Fenster mit den Augen, bis ich plötzlich erkannte, dass er kein Glühwürmchen war, sondern eine Laterne, die jemand draußen hin und her schwenkte. Behutsam, um Savarkar nicht zu wecken, schwang ich meine Füße aus dem Bett und schlich über die kalten Bodendielen zum Fenster. Auf der Straße stand ein Mann in einem schwarzen Hoodie. Ich bekam Gänsehaut am ganzen Körper. Der Mann hob den Kopf und schob die Kapuze aus seinem Gesicht.

»Jack!«

Ich rüttelte am Fenster, doch wie üblich klemmte es. Also trommelte ich gegen das Glas. Hinter mir wälzte sich Savarkar ächzend im Bett.

»Jack!!!«

Jacks Augen wanderten suchend über das Haus. Ich rüttelte ein letztes vergebliches Mal am Fenster, sprang in meine Schuhe und rannte die Treppe hinunter, deren Stufen mir entgegenrasten. Bevor ich stoppen konnte, prallte ich gegen die Haustür und riss die Riegel zurück. Die Nachtluft griff kalt nach meinen nackten Armen und Beinen. Jack war nicht mehr da.

Am Ende der Straße entfernte sich ein schwankendes Licht. Ich warf mir Chattos Mantel, den ich im Vorbeilaufen wahllos von der Garderobe gegriffen hatte, über und lief hinterher. Die schaukelnde Laterne bog rechts in die Hornsey Lane, wir kreuzten Highgate Hill, liefen am Waterlow Park entlang und vorbei am Highgate Hospital, hinter dem der Friedhof mit Karl Marx' Grab lag. Immer weiter ging es durch dunkle Straßenzüge, bis das Kopfsteinpflaster von Gras überwuchert war. Und das Gras feuchter schmatzender Erde Raum machte. Und ich mir mit der Hand vor den Kopf schlug.

Jack O'Lantern!

War das alles, was meine Sehnsucht nach Jack hervorbringen konnte? Den Dschinn der irischen Märchen, der nachts Wanderer ins Moor lockte?

»I love you, Jack!«, rief ich dem irrlichternden Elf nach, der kurz innehielt, bevor er mit wackelnder Laterne weiterhastete. *I love you too*, flüsterte der Wind. Oder vielleicht flüsterte er auch nur: *What will you do?*

8 Alle hielten Reden. Und sangen Lieder. Ich hatte längst gelernt, dass beides in India House Hand in Hand ging. Shyamji übersetzte die Marseillaise in Bengali, Gujarati, Hindi, Marathi, Sanskrit, Urdu und – jawohl – Englisch, und erklärte öffentlich, dass die Briten mit der Verhaftung von Lala Rai und Sardar Sing endgültig das Recht verspielt hätten, in Indien zu bleiben. »Wir sind bereit, die Unabhängigkeit Indiens mit allen Mitteln zu erreichen.«

Daraufhin forderte ein Mr. Rees, der Abgeordneter des Unterhauses war, Shyamji aus England auszuweisen, und Zeitungen wie der *Standard* titelten: »*Besatzung Englands durch Indien angedroht!*«

Meine Vormittage verbrachte ich nun damit, in der Bibliothek Pressespiegel für Shyamji zu erstellen, und Madan, der – so wie Dinesh, als er Lila kennengelernt hatte – Maschinenbau studierte, leistete mir dabei Gesellschaft, weil er für seine Klausuren lernen musste.

»Du weißt, dass das Lesen von Nachrichten ungesünder ist als Rauchen«, beschwerte ich mich, während ich einen Artikel mit den Titel *Farbige Männer und ihre gefährliche Vorliebe für Englische Frauen* aus der *London Opinion* ausschnitt.

»Rauchen ist ungesund?«, fragte Madan erstaunt und breitete seine Unterlagen auf dem Tisch am Fenster aus. Seine Lerntechnik bestand daraus, verständnislos auf seine Bücher zu starren, bis ihm die Augen tränten, und sie dann abgestoßen wegzupacken. Offensichtlich war das erfolgreich, denn er bestand alle Prüfungen mit Auszeichnung.

Ich nahm *Cassel's Weekly* vom Stapel vor mir. »*Babu, Black Sheep*«. Und darunter eine Karikatur eines ›typischen‹ indischen Babus, der unterwürfig grinsend einem englischen Gentleman einen Dolch in den Rücken sticht. »Wow, es hat sich wirklich nicht viel geändert.«

»Wie meinst du das?«, fragte Madan verloren.

»Soll ich dir etwas verraten?«, sagte ich und starrte erschrocken und trotzig auf den Schwarm Fische an der Wand, die jemand aus Treibholz geschnitzt und notdürftig mit weißer Farbe übertüncht hatte, so dass das Holz hindurchschimmerte wie die Bewegung von Flossen durch Wasser. *Wo steht geschrieben, dass man niemandem verraten darf, wenn man durch die Zeit gereist ist? Okay, in jedem Roman über Zeitreisen steht das geschrieben, allerdings wimmeln die nur so von naturwissenschaftlichen Fehlern, warum sollten sie ausgerechnet damit richtigliegen?*

Madan folgte meinem Blick. »Das ist von mir«, sagte er peinlich berührt. »Das ist, wie Fische aussehen, wenn ich sie halb durch Wasser, halb durch meine Erinnerung sehe.«

Etwas brachte mich dazu, »Die Fische deiner Heimat?« zu fragen.

»Die Fische ... von überall«, antwortete er und schaute auf seine manikürten Fingernägel und wieder zurück zu seinen Tieren aus Holz und Gedächtnis. »Ich habe als Lascar gearbeitet.«

»*Du* hast als Seemann gearbeitet?« *Du mit deinen Savile-Row-Anzügen und rahmengenähten Schuhen?*

»Es ist kompliziert«, seufzte Madan. Offensichtlich sagte man das damals schon. Eine Etage tiefer erklang Savarkars Stimme mit einer Melodie, die mir das Gefühl gab, dass ich sie kannte, aber nicht so, wie er sie sang, und ich wunderte mich, warum er noch nicht zum India Office aufgebrochen war, dessen Bibliothek er, wie ich inzwischen wusste, mit einer Sondergenehmigung benutzen durfte, weil er den englischen Bibliothekar wie die meisten Leute mit seinem Charme mesmerisiert hatte. Madan summte ein paar Takte mit, was das Lied noch unkenntlicher machte, bevor er bemerkte: »Lascar bekommen nur halb so viel Heuer wie die weißen Seeleute.«

»Und schlechteres Essen«, sagte ich mit klopfendem Herzen – natürlich, sonst wäre ich ja tot gewesen, aber ich spürte das Klopfen bis in meine Schläfen –, heute schien der Tag zu sein, an dem ich mich Madan anvertrauen würde, aber nicht so, wie ich gedacht hatte. »Bevor ich hierhingekommen bin, bevor du mich von *Speakers' Corner* hierhergebracht hast, war ich im *Strangers' Home*.«

»Ich auch!«, sagte er aufgeregt. »Das heißt ... also, ich gehe manchmal dorthin ... um mit Übersetzungen zu helfen und ... solche Sachen.«

Und um die Gesellschaft von Menschen zu haben, die nicht wie Savarkar unglaublich schnell und unglaublich brillant sind, nahm ich an.

Der unglaublich schnelle und brillante Savarkar warf die Tür auf:

*»T'was down by the glenside I met an old woman
a-plucking yon nettles, she ne'er heard me coming«*
Ich kannte das Lied eindeutig ... es hieß ...
*»I listened a while to the tune she was humming
Glory-o, glory-o to ...«*
Es hieß: »*The Bold Fenian Men*«.

Und plötzlich war ich zurück in Köln und sang unter der Dusche, und Jack riss die Tür auf und mahnte: »Du darfst *The Bold Fenian Men* nur singen, wenn dich ein Ire dazu einlädt!« Und ich fühlte mich mit einem Mal sehr nackt und sehr nass und sehr deutsch.

Offenbar erschrak Jack über seine eigene Vehemenz, weil er abmildernd hinzufügte: »Nicht einmal ich dürfte das singen, und ich bin Schotte.«

»Halbschotte«, sagte ich, um meine Scham zu überspielen.

»Don't push it, Chatterjee! Weißt du, was das für ein Lied ist?«

»Weißt du, was das für ein Lied ist?«, fragte ich Savarkar.

»Oh ja, ein Rebel Song, hat mir Grealis beigebracht.«

»Oh ... okay.«

»*It's 50 long years since they died near a stranger* ... Ich habe mir überlegt, das für die Märtyrer unserer 1857er-Revolution umzudichten.«

»Sind die Zeitungen noch nicht voll genug von den Märtyrern von 1857?«, fragte ich abgestoßen und hielt ihm den *Daily Telegraph* entgegen: *Auf den Tag genau vor fünfzig Jahren retteten sie das Empire durch ihren Heldenmut*. Überall gab es Theaterstücke und Vorträge und Feiern zu Ehren der aufrechten britischen Soldaten, die für Englands Sieg über die meuternden Inder gestorben waren, und ständig erschien eine neue Autobiographie à la *Ein Mann gegen den braunen Mob* – nur dass brauner Mob 1907 die Hautfarbe meinte und nicht die politische Gesinnung, so wie in Durgas Zeit.

»Eben! Es ist Zeit, dass *wir* unsere Geschichte erzählen«, rief Savarkar. »All ihre Berichte sind von britischen Historikern geschrieben, die britische Generäle zitieren, glaubst du wirklich, dass sie es schaffen ...« Er schnaubte. »... unsere Seite so vorurteilsfrei darzustellen wie ihre eigene?« Savarkar rang nach Luft und fügte hinzu: »Dein Charles war übrigens die einzige Ausnahme.«

»Charles?«

»Marx!« Und dann sang Savarkar mit so viel Gefühl, dass seine Stimme zitterte: »*Glory-o, glory-o to the bold Indian Men*«.

»Ich habe mich immer gewundert ...«, begann Madan versonnen.

»Ja?«, sagte Savarkar ermutigend.

»Weil doch der Grund für den Aufstand von 1857 die Patronen der Sepoys ...« Madan stockte. »... die mit Kuh- und Schweinefett eingefetteten Patronen ... gewesen sein sollen.« Das klang wie pures Dada, aber es war ein Dada, das ich schon einmal gehört hatte.

Nein, gelesen ... wenige Kilometer von hier, aber in einem anderen Jahrhundert, als Durga für ihre Recherche über Charlotte Despard ins NAM gehen wollte.

»Ins *National Army Museum*, you must be kidding«, protestierte Jack.

»Das ist nun mal mein Job«, sagte Durga und drückte ihm den Flyer für die Ausstellung *Rechte durch Gewalt? Militante Suffragetten und das Wahlrecht* in die Hand.

Jack faltete ihn zu einem Flugzeug, das er zielsicher in den Papierkorb warf, und knurrte: »That's the way they get you.«

In Chelsea blieb er demonstrativ vor dem Eingang stehen und rauchte, bis Durga erschüttert herauskam, da sie als Deutsche einfach keine Militärmuseen gewohnt war. Ich bahnte mir einen Weg durch die Tunnel ihrer Erinnerung, bis ich zu einer Vitrine mit drei fetten Zigaretten kam. Nur dass das keine Zigaretten waren, sondern Patronen für Enfield-Pattern-1853-Percussion-Gewehre, und auf der Informationstafel daneben stand ... nichts. *Erinnere dich, Durga!* Als würde ich einen beschlagenen Spiegel mit meinen Gedanken trocken wischen, erschienen nach und nach Buchstaben auf dem gelblich weißen Hintergrund:

Patronen für die meisten Vorderlader-Schusswaffen dieser Zeit hatten die Form einer Papierröhre, die eine Kugel und Pulver enthielt. Die Standardmethode zum Laden bestand darin, den oberen Teil der Patrone abzubeißen und das Pulver in den Lauf zu schütten. Die Kugel und der Rest der Patrone wurden dann mit einem Ladestock hinterhergedrückt. Im Gegensatz zu bestehenden Perkussionsmusketen musste die Patrone bei der gerillten Bohrung der Enfields eingefettet werden, um das Laden zu ermöglichen. 1857 begannen unter den Sepoys – von persisch sipahi*, Soldat – der bengalischen Armee Gerüchte zu kursieren, dass die Patronen absichtlich mit Schweine- und Kuhfett eingefettet wurden, womit das Abbeißen sowohl für Muslime als auch Hindus eine Verunreinigung bedeutet hätte. Die Ängste der Soldaten waren einer der Gründe für die Indische Meuterei (1857–1859).*

Madan hob hilflos die Arme. »Das hat mich immer gewundert.«

»Endlich jemand, der seinen Kopf benutzt!«, jubelte Savarkar, und plötzlich fand ich es ebenfalls unfassbar, dass dieser riesige Aufstand, der die britischen Besatzer in so massive Bedrängnis gebracht hatte, dass die Zeitungen noch fünfzig Jahre später voll davon waren, mit einer Version von »Immer diese Inder und ihre verrückten Religionen« erklärt wurde. Und noch etwas erkannte ich: Madan war nicht zerstreut, er dachte nur über alles, was gesagt wurde – okay, hauptsächlich über alles, was Savarkar sagte (ich konnte mich immer noch nicht überwinden, ihn Tatya zu nennen) –, so intensiv nach, dass er stets abwesend wirkte, obwohl er mit hundertfünfzigprozentiger Aufmerksamkeit zuhörte.

»Natürlich waren die Patronen nicht der Grund für ...«, begann Savarkar und schaute uns auffordernd an.

»Den Aufstand«, sagte ich.

»Die Rebellion«, sagte Madan.

»Den ersten indischen Unabhängigkeitskrieg«, verkündete Savarkar triumphierend. »Es war ein geplanter, koordinierter Aufstand und kein religiöser Wutanfall.«

Schlagartig schien mir auch das absolut offensichtlich. Und ich fragte mich, ob ich es noch genauso sehen würde, wenn ich nicht mehr im selben Raum wie Savarkar, wenn ich jenseits seines Bannes war.

»Warum bist du nicht in der Bibliothek des India Office?«, fragte ich mit belegter Stimme.

»Rausgeflogen«, antwortete er unbekümmert.

»Was?«

»Aufgeflogen«, sagte Savarkar grinsend. »Wie ein kleines Vögelchen: piep, piep, piep.«

»Was hast du dort gemacht?«

»Die Zukunft umgeschrieben. Aber keine Sorge, ich bin bereits so gut wie fertig damit.«

»Zukunft?«, hauchte ich.

»Zukunft, Vergangenheit, wo ist da der Unterschied?«, fragte Savarkar.

»Hast du eine Ahnung, wovon er redet?«, fragte ich Madan,

während Savarkar geräuschlos wie eine Katze zur Tür schlich, um sicherzustellen, dass uns niemand belauschte. Doch Madan war wieder in seinen Ausdruckslos-starren-Modus zurückgefallen, wahrscheinlich lernte er gerade wie bei seinen Maschinenbaubüchern jedes von Savarkar verlautbarte Wort auswendig.

»Der erste Unabhängigkeitskrieg war nur der Probedurchlauf für die Revolution, die das Empire vernichten wird«, eröffnete uns Savarkar. »In meinem Buch ...«

»Du schreibst ein *Buch* darüber?«

»Davon rede ich doch die ganze Zeit«, sagte er ungeduldig. »Und irgendjemand hat dem India Office ein Kapitel davon zugespielt.«

»Oh!«

Ohne Vorwarnung begann Savarkar zu kichern. »Du hättest das Gesicht des Bibliothekars sehen sollen, als er mir heute morgen den Zugang verwehrt hat. Wie ein Kind, dem man Süßigkeiten *und* Spielsachen gestohlen hat. Ein Ausdruck von absolutem Betrug. So müsste ich jeden Tag gucken, wenn ich hier in England durch die Straßen gehe. Alles Lügner und Betrüger!«

»Du hast gelogen?«, fragte Madan.

»Oh ja. Mr. India Office Library hat mir blind vertraut, weil ich immer in höchsten Tönen gegen die indischen Verräter gehetzt habe, die undankbaren Hunde, die niederträchtigen Orientalen, die fanatischen ...«

»Lass uns weiter über dein Buch reden«, unterbrach ich.

»Der erste indische Unabhängigkeitskrieg.« Savarkars Augen bekamen, apropos fanatisch, einen entrückten Glanz. »So wird mein Buch heißen und in meinem Volk den brennenden Wunsch wecken, aufzustehen und einen zweiten und dann erfolgreichen Krieg zur Befreiung unseres Mutterlandes zu führen. Meine geschichtliche Aufarbeitung soll den Revolutionären ein Organisations- und Aktionsprogramm in die Hände geben, um die Nation auf diesen Krieg vorzubereiten.«

»Also kein Druck, ja?«, sagte ich.

»Doch. Hast du mir nicht zugehört?«, sagte Savarkar.

»Das war Ironie«, entgegnete ich. »Schon mal was von Ironie gehört?«

»Ja. Das ist das, was die Engländer einsetzen, um ihre wahren Motive zu verschleiern.«

Gegen meinen Willen war ich ergriffen. Mit Savarkar zu sprechen, fühlte sich an, als wäre es möglich, durch das Gewebe der Realität bis hinunter auf ihr pochendes Herz zu sehen, alles zu durchschauen, alles zu verstehen – außer mich. Ich schätze, das war der Grund, warum Savarkar mich so nah bei sich behielt, weil ich das einzige Rätsel war, das er nicht lösen konnte.

4 »Einen Moment«, sagte Savarkar, als Gladys an diesem Abend den Tisch abräumte, und zog einen Stuhl für sie zurück. Sie setzte sich nervös und starrte in die Runde.

»Gladys ... was ist dein zweiter Name?«, fragte Savarkar.

»Miller, Sir«, sagte Gladys inzwischen hochalarmiert.

»Gladys Miller, mein Freund Sanjeev hier sagt mir, dass du die ganze Hausarbeit in diesem Etablissement machst.«

Jetzt war es an mir, überrascht zu sein, was hatte er denn gedacht, was sie tat?

»Deswegen haben wir beschlossen, dass wir uns von jetzt an diese Arbeit teilen. Wir alle werden ...« Hier fehlte ihm die Vorstellungskraft. »... putzen ...« Protest von den anderen. »... okay, vielleicht nicht putzen, aber wir werden ... Staub wischen und ...«

Gladys sprang auf. Savarkar strahlte sie in Erwartung überschwänglichen Dankes an. Doch sie sagte nur: »Sie schmeißen mich also raus?«, und lief aus dem Esszimmer.

Also einigten wir uns darauf, dass Gladys weiterhin die ganze Drecksarbeit machen würde, wir ihr aber aufrichtig dafür dankbar wären.

Da er abwarten musste, bis Aiyar in der Bibliothek des India Office die letzten Details für sein Buch verifiziert hatte, folgte Savarkar Gladys in den nächsten Tagen durch die Zimmer und drängte ihr seine Mithilfe auf, bis sie ihm erklärte, dass sie ein anständiges Mädchen sei, und er verblüfft zu mir kam.

»Was meint sie damit? Glaubt sie, ich biete ihr meine Hilfe an, weil ich ihre Arbeit unzureichend finde?«

Der Gedanke brachte mich zum Lachen. Savarkar war zu sehr mit dem Freiheitskampf beschäftigt, um Schmutz auch nur wahrzunehmen, und ich hatte zu wenig Ahnung von Hausarbeit Anfang des zwanzigsten Jahrhunderts, um mir darunter etwas anderes vorzustellen, als dass Gladys auf den Knien endlose Korridore schrubbte. »Nein, ich denke, sie hat Angst, dass du ihr ...«

»Was?«, fragte Savarkar irritiert.

»Du weißt schon.«

»Nein.«

»An die Wäsche willst.« War ich versehentlich wieder durch die Zeit gereist und in den prüden Neunzehnhundertfünfzigern gelandet?

»Warum hat sie dann nichts dagegen, wenn Mr.-lieber-Tanzen-als-Studieren Kirtikar ihr hinterherläuft?«, fragte Savarkar, und wiederholte nachdenklich: »Kirtikar.«

»Wir werden überwacht«, rief Shyamji, der mit einem Stapel Notizen hereinkam.

»Was du nicht sagst«, sagte Savarkar.

Shyamji liebkoste seinen Salz-und-Pfeffer-Bart und lächelte ihn nachsichtig an. »Genau, ich sage es dir, also hör besser zu.«

Und zu meiner Überraschung hörte Savarkar wirklich zu, und auch ich hörte zu, während Shyamji Namen durch die Gegend warf, wie »Sir William Lee-Warner« – der offenbar ein hohes Tier in Indien gewesen war und jetzt mit dem britischen Geheimdienst zu tun hatte – und »Sir William Hutt Curzon Wyllie« – dito, anscheinend qualifizierten Dienst in Indien und Arbeit für den Secret Service umgehend für die Ritterwürde – und »Lee Warner Komitee«.

»Was ist das?«, fragte Savarkar scharf.

»Ein Zeichen dafür, dass sie uns ernst nehmen«, grinste Shyamji. »Dieses Komitee verhört neuerdings indische Studenten in England und sogar oben in Schottland. Hast du etwas zum Schreiben, Sanjeev?«

Daraufhin diktierte er mir für die nächste Ausgabe des *Indian Sociologist*: »Wenn jeder Inder realisiert, dass das Auge des India Office stets auf ihn gerichtet ist, wird das Ansehen der ›Regierung‹, die sich so intensiv für jedes Detail unseres Lebens interessiert, sicherlich steigen.«

Spionage und Konterspionage, Überwachung, Täuschung und List.

»Sind Krimis nicht ein unerträglich britisches Genre?«, fragte Shazia und trommelte mit ihren langen Fingernägeln auf den Mahagonitisch.

»Perfidious Albion«, sagten Durga, Asaf und Maryam im Chor.

Carwyn wiegte seinen Kopf hin und her und stimmte dann zu: »Perfidious Albion.«

»Und erst recht Locked-Room-Mysteries, in denen ständig Leute an Orten ermordet werden, zu denen niemand außer ihnen Zutritt hatte«, fuhr Shaz fort. »Mord als Zaubertrick und Verwirrspiel, und man kann nichts und niemandem vertrauen, nicht einmal seiner eigenen Wahrnehmung. Die Engländer lieben einfach Täuschung, Betrug und Hinterlist.«

Christian öffnete erschüttert den Mund, doch es kam nur ein krächzender Ton heraus, der auf einem Fragezeichen endete. Durga vermutete, dass Jeremy ihn als Sidekick eingestellt hatte, so wie der Superdetektiv Sherlock Holmes einen Doctor Watson hatte oder der Superdetektiv Poirot einen Captain Hastings, um neben deren Konventionalität noch brillanter und unkonventioneller zu wirken. Wie auf Stichwort sagte Jere-call-me-cutting-edge: »Die Japaner würden dir widersprechen, Shazia, dass Locked-Room-Mysteries ein britisches Genre sind. Sie haben sogar ein eigenes Wort dafür: Shin-Honkaku. Der berühmteste Autor von Locked-Room-Mysteries war Japaner.«

»Aha?«, sagte Shaz, als wäre sie interessiert, obwohl sie interessiert war: Paradoxe paradoxe Intervention.

»Akimitsu Takagi.«

»Taugt der was?«

»Keine Ahnung, ich habe ihn nie gelesen.«

Shazia hob ihre Augenbrauen.

»Spar dir diesen Blick«, strahlte Jeremy, der Widerspruch brauchte, um funkeln zu können. »Hast *du* ihn etwa gelesen? Siehst du!«

»Aber nur, weil er nicht übersetzt ist. Wir kennen all die englischen Autoren: Agatha Christie ...«

»Halbamerikanerin.«

»Arthur Conan Doyle«

»Schotte.«

»Du weißt, was ich meine. Wir kennen sie, weil sie in alle Sprachen übersetzt sind. Aber wir, wir sind nicht übersetzt.«

»Wenn wir das wären, müssten wir Poirot nicht dekolonialisieren«, stimmte Asaf Shazia zu. »Dann könnte er britisch und belgisch und weiß sein. Und es würde nichts ausmachen, weil es so viele andere mit so vielen anderen Geschichten gäbe.«

Jeremy lehnte sich in einer Parodie von Asafs Körperhaltung nach vorne. »Sollen wir lieber bis nach der Revolution warten, um Filme zu machen?«

»Haha«, sagte Asaf, ohne das Gesicht zu verziehen, und Jeremy brach in sein jedes Mal überraschend charmantes Lachen aus.

»Ihr habt natürlich Recht. Aber ich kann die Welt nicht ändern. Das Einzige, was ich ändern kann, ist diese Neuverfilmung. Diese Version von Poirot. Diese Neuverfilmung. Außerdem müssen wir noch einen Grund finden, dringend, weshalb das koloniale Großbritannien ein Problem mit ihm bekommt. Das koloniale Britannien. Irgendwelche Vorschläge? Vorschläge? Problem?«, wiederholte Jeremy wie ein CD-Spieler mit defektem Laser. Was passierte hier gerade? ...

... »Irgendwelche Vorschläge?«, übertönte Shyamji 1907 Jeremy 2022.

Ich hatte noch immer den von Shyamji diktierten Artikel in der Hand wie ein Herbstblatt, das jederzeit zu Boden fallen und weggeweht werden konnte, aber so viel von dem Gespräch verpasst, dass ich wohlweislich den Mund hielt.

Dafür hatte Savarkar wie immer mehr als genug Ideen. »Lass uns den fünfzigsten Jahrestag der indischen Revolution durch eine eigene Feier markieren, die das Erinnerungstheater der Engländer in den Schatten stellt.«

»Eine Gegenveranstaltung«, lächelte Shyamji. »Interessant.« Doch seine Fröhlichkeit hörte sich erschöpft an.

Savarkar dagegen war so frisch wie je. »Ich habe schon Buttons designed.« *Buttons?* »Nichts Besonderes, nur *In Gedenken an die Märtyrer von 1857* und natürlich *Vande Mataram*.«

»Natürlich«, sagte Shyamji.

»Und als Einladungstext dachte ich an: *Unter der Schirmherrschaft der Free India League laden wir ein, der Revolution von 1857 zu gedenken.*«

»Warum nicht unter der Schirmherrschaft der India Home Rule Society?«

»Lass uns nicht schon wieder darüber diskutieren, Shyamji. Die Feier wird am Samstag, den 11. Mai stattfinden, dem Tag der Unabhängigkeitserklärung.«

Shyamji musterte Savarkar eindringlich. »Du hast die Einladungen schon rausgeschickt, nicht wahr?«

Savarkar hatte die Einladungen schon rausgeschickt. Und die Buttons gebastelt. Und der erste Student, Harnam Singh, war bereits von der ersten Uni, Cirencester, geschmissen worden, weil er ihn zu seinen Vorlesungen getragen hatte.

India House bereitete sich so auf das Jubiläum vor wie die Besetzung einer Jane-Austen-Verfilmung auf eine Hochzeit oder ein Tolstoi-Musical auf das Truppenunterhaltungsprogramm in einem Krieg. Ich war einmal bei einer Konferenz mit dem Titel *Die Vergangenheit prophezeien* gewesen, was eine schicke Beschreibung für Drehbuchschreiben für Kostümdrama war, und die Workshop-Leiterinnen hätten sich den einen oder anderen Kniff von Savarkar abgucken können.

»Banner. Wir brauchen Banner!« In India House ging nichts ohne Banner. Mein Favorit war sonnengelb und trug den blutorangen Schriftzug: *Om, möge sich die Göttin der Unabhängigkeit freuen.*

»Welche Göttin ist das?«, fragte ich.

»Bharati«, sagte Savarkar, und ein Schauer lief mir den Rücken hinunter, weil die hinduistische Göttin als Verkörperung des Landes in Durgas Zeit die Scheide sein würde, die das unabhängige Indien in Wir und Nicht-Wir trennte. Ständig diskutierte die hindunationalistische BJP darüber, Indien offiziell in *Bharat* umzubenennen, weil Indien ein Kolonialname sei, woraufhin ihnen die Ausgrenzung von Muslimen vorgeworden wurde (was richtig war), woraufhin sie erwiderten, dass Indien schon immer auch Bharat hieß (was ebenfalls richtig war). Warum gab es keine einfachen Antworten auf komplexe Fragen?

Savarkar war bereits hinausgeeilt, um die Girlanden in Empfang zu nehmen, die Charlotte mit ihrem Solidaritätskomitee genäht hatte. Außerdem gab es Blumensträuße und Blumenbogen und Blütenblätter, die auf den Boden gestreut werden würden. Ich lernte für den großen Tag, Mandalas aus Blumen und Reis zu legen, so wie Nena in unserem Airbnb ein Mandala aus Kristallen gelegt hatte, das mich erst nervös gemacht hatte – waren Mandalas nicht cultural appropriation? Oder, schlimmer, Esoterik? – und das ich, als Nena es wegpackte, so vermisst hatte, dass ich sie dazu brachte, es erneut zu legen. Ich fuhr mit den Fingern die Blütenblätter und den gefärbten Reis nach, die eine zweidimensionale Darstellung eines dreidimensionalen geistigen Objekts sein sollten. *Wenn man die Vergangenheit vorhersagen kann, wie sieht es dann damit aus, die Zukunft zu erinnern? Bewusst? Und nicht nur in plötzlichen Erinnerungsblitzen?*

»Der Trick ist, dich darauf zu konzentrieren, ohne dich darauf zu konzentrieren«, sagte Madan zu Asaf.

»Manchmal verstehe ich kein Wort von dem, was du sagst«, antwortete Asaf, aber er antwortete nicht Madan, sondern Jeremy, der das als Kompliment verstand und zum Vapen auf den Balkon verschwand. Asaf zwinkerte Chris zu. Und ich merkte, dass das Durgas Asaf war. Und ich war Durga! Allerdings

Durga wie auf einem dieser billigen indischen Drucke, bei denen die Farben nur halb in den dafür vorgesehenen Umrissen landeten und halb daneben. Ich war die zweite Hälfte.

Aus Durgas Augenwinkeln sah ich mich unauffällig um und versuchte herauszufinden, was gerade passierte. Antwort: Nicht besonders viel. Anscheinend war gerade Pause. Wie ein Fehldruck folgte ich Durga in die Teeküche. Sobald sie unbeobachtet war, dachte ich: *Heb die Hand.* Und sie hob die Hand. Was jetzt?

Ruf Jack an! Zu meiner Überraschung zog Durga tatsächlich ihr Handy aus der Tasche. Doch dann fiel mir ein, dass sie Jack sowieso in jeder Pause anrief. Statt Jack antwortete Rohan: »Jack hat sein Handy zu Hause vergessen.« Natürlich hatte er das.

Ich beobachtete Durgas Lippen, die sich öffneten und schlossen, und dachte, ich muss darauf achten, dass meine Unterlippe nicht immer nach rechts rutscht. Und dann dachte ich, dass Zuhören wichtiger war als gut auszusehen, und hörte sie/mich sagen: »Es tut mir leid, dass ich hier in London gerade so mit meiner eigenen Trauer beschäftigt bin. Schließlich ist Lila deine Oma.«

Einige Sekunden lang antwortete Rohan nicht, und das Knistern der Verbindung hörte sich an wie die Telefonate in Nenas und meiner WG, weil wir das Telefonkabel nie entknotet hatten und der Kupferdraht über die Monate Hunderte von kleinen Mikrorissen bekam.

»Da kann man nichts machen«, sagte Rohan in das Rauschen hinein, und ich wünschte, ich könnte ihn umarmen. Und zwar nicht jetzt, sondern dann, wenn der Schmerz ihn irgendwann erreichen würde.

»Du weißt, dass er einen MBE hat?«, sagte Shazia, als Rohan aufgelegt hatte.

»Wer?«, fragte Durga.

»Unser Produzent Sir Godfrey Jeremy Stoddart-West da drüben«, sagte Shaz. »Schlechte Nachrichten von zu Hause?«

»Mein Sohn redet mit mir nicht über seine Gefühle.«

Shazia lachte: »Hey, tiger girl, dein Sohn ist sechzehn, natürlich redet der nicht mit dir. Über seine Gefühle oder sonst etwas. Das nennt man Pubertät.«

»MBE?«, schnaubte Maryam, »Member of the Most Excellent Order of the British Empire. Der Ritterschlag der Queen. Das finde ich jetzt nicht so beeindruckend.«

»Tagore hat bewiesen, dass er nicht nur der größte, sondern auch der coolste Dichter ist, als er seine Ritterscheiße nach dem Massaker von Amritsar zurückgegeben hat«, bemerkte Shazia und verzog das Gesicht, als wäre sie persönlich 1919 dabei gewesen, als die britische Armee das Feuer auf die Pilger und Marktleute eröffnete, die sich im Jallianwala-Garten zu einem Fest versammelt hatten. Die Armee hatte den einzigen Eingang blockiert und in die dichtesten Teile der Menge gefeuert, Menschen wurden erschossen, Menschen wurden zerquetscht, Menschen sprangen in Panik vor den Schusssalven in den einzigen Brunnen – 120 Leichen wurden später daraus geborgen –, Menschen starben langsam und qualvoll an ihren Verletzungen, weil General Dyer nach dem Gemetzel eine Ausgangssperre verhängte und auf alle schießen ließ, die sich bewegten, und die Überlebenden die Nacht zwischen den mehr als 1500 Toten von Jallianwala Bagh verbringen mussten, ohne Toiletten, ohne medizinische Versorgung, ohne Essen oder Trinken. Für diesen Einsatz wurde Dyer im House of Lords ein Schwert mit der Inschrift *Saviour of the Punjab* überreicht. Als mein Vater und Jack sich das einzige Mal wirklich ernsthaft über etwas – okay, über Rohan und seine unentschuldigten Fehlstunden in der Schule – stritten, warf Dinesh Jack vor, dass die britische Regierung sich bis heute, mehr als hundert Jahre nach dem Massaker, noch immer nicht dafür entschuldigt hatte. Dinesh war vollkommen überrascht, dass Jack darüber keineswegs beleidigt war, sondern aus vollstem Herzen in seine Tirade gegen die Engländer einstimmte.

»Warum seid ihr Ladies immer in der Küche?«, fragte Carwyn und holte eine der täglich frisch gelieferten Bowls aus dem Kühlschrank.

»Weil wir hier davor sicher sind, Ladies genannt zu werden«, sagte Shazia.

»Wirklich?«, fragte Carwyn erschrocken.

»Nein«, grinste Shaz.

»Habt ihr das gelesen?«, fragte Maryam und reichte ihnen ihr Handy.

»*Economic Freedom Fighters*?«, fragte Carwyn. »Wer ist das denn?«

»Eine Partei aus Südafrika«, sagte Maryam.

»*Statement zum Tod der Queen*«, las Shaz vor. »*Wir trauern NICHT um den Tod von Elizabeth Alexandra Mary Windsor, die 1952 den Thron bestieg und siebzig Jahre lang eine Institution leitete, die auf der Entmenschlichung von Millionen aufgebaut ist. Von 1811, als Sir John Cradock den amaXhosa im heutigen Ostkap den Krieg erklärte, bis 1906, als die Briten den Bambatha-Aufstand niederschlugen, ist unser Verhältnis zu Großbritannien unter der Führung der britischen Königsfamilie von Leid, Tod und Enteignung geprägt.*«

»1906«, sagte Durga erschüttert.

»Ja, warum?«

»Das ist so ... kurz her.«

»Der Rest ist noch viel kürzer her«, sagte Maryam. Sie scrollte. »Hier geht es um Kenia in den Fünfzigerjahren. Den NEUNZEHNHUNDERTfünfzigerjahren. ›*Mein Onkel war taub. Als die Soldaten ihm sagten, er solle stehen bleiben, konnte er sie nicht hören. Also erschossen sie ihn einfach. Kolonialismus ist echten Menschen geschehen. Es ist Wahnsinn, von uns zu erwarten, dass wir um die Queen trauern.‹«*

»Von wem ist das?«, fragte Durga.

»Von Mūkoma wa Ngūgī, dem Sohn von Ngūgī wa Thiong'o.«

»Und hier ist noch ein Tweet von der nigerianischen Autorin Uju Anya: *Ich habe gehört, dass die oberste Monarchin eines räuberischen, vergewaltigenden, genozidalen Empires endlich im Sterben liegt. Möge ihr Schmerz unerträglich sein.*«

»Wow«, sagte Carwyn. »No justice, no peace.«

»Und was schlägst du vor?«, fragte Maryam wütend, aber auch ein wenig interessiert.

Carwyn hob die Hände. »Ich bin hier nur der freundliche walisische Druide und kann nicht einmal die historisch gewachsenen Konflikte in meiner Ehe lösen. Aber wenn du möchtest, kann ich dir anbieten, bei Vollmond Heilkräuter mit mir zu sammeln.«

»Ist das ein unmoralisches Angebot?«

»Alle meine Angebote sind unmoralisch.«

»Das ist wahrscheinlich der Grund für die Konflikte in deiner Ehe.«

»Gut möglich. Aber wenn du auf mein Angebot zurückkommen möchtest, sag Bescheid.«

Maryam musterte ihn bedauernd. »Ich stehe nicht so auf ...«

»Männer?«

»Nein. Weiße.«

In diesem Moment wieselte Christian zu ihnen in die Küche, um sie zu informieren, dass die Pause vorbei war. Während Durga zurück in Poirots Arbeitszimmer ging, schnappte sie sehnsüchtig die Schutzhülle ihres Handys auf und zu, die sie zusammen mit Jack im *Victoria and Albert Museum* gekauft hatte. *Google Savarkar. GOOGLE SAVARKAR!*, rief ich, so laut ich konnte, in ihre Gedanken. *GOOGLE INDIA HOUSE!*

»Wo sind wir stehen geblieben?«, fragte Jeremy.

»Ich ...« Durga griff sich an den Kopf. Warum hatte sie plötzlich das dringende Bedürfnis, *Savarkar* zu googeln, ein Name wie aus einer Gruselgeschichte, einem alten Märchen, das ihr als Kind erzählt worden war, um sie zu warnen.

»Alles in Ordnung mit dir, Durga?«, fragte Jeremy besorgt.

»Ich ... weiß, warum Poirot in den Untergrund gehen musste!«

Jeremy schaute sie an, als hätte er nichts anderes von ihr erwartet, und Durga, die nicht die geringste Ahnung hatte, was sie sagen würde, öffnete den Mund: »Weil er zugelassen hat, dass Savarkars 1857er-Buch in Belgien gedruckt werden konnte«, erklärte ich. »Weil er seine Hand über Savarkar gehalten und sie damit gegen das britische Empire erhoben hat. Das war Poirots Verbrechen.«

Wenn ich damit gerechnet hatte, dass das ein Volltreffer sein würde, hatte ich mich geirrt. Doch zumindest googelten alle gleichzeitig Savarkar, mit Ausnahme Shazias und Asafs, die als Muslime nur zu genau wussten, wer Savarkar war, und Durga erschrocken anstarrten.

»Hier steht: Es ist das erste Buch, das bereits vor seiner Veröffentlichung verboten wurde«, sagte Jeremy. »Nice, aber wovon handelt es denn nun?«

»Von der 1857er-Revolution«, sagte ich.

»1848er-Revolution«, korrigierte Christian streberhaft.

»1857er«, korrigierte ich zurück.

5 »Erhebt euch zum nationalen Gebet«, verkündete Madame Cama, die zusammen mit Savarkar am Altar stand, also an dem Tisch, den Madan und ich vor den Kamin gerückt und mit

Kerzen, Öllampen und Blumen geschmückt hatten. Sie legte die rechte Hand auf ihr Herz und deklamierte: »Ek dev, ek desh, ek bhasha. Ek jaati, ek jeev, ek kasha.« *Ein Gott, ein Land, eine Sprache. Ein Glaube, ein Leben, eine Hoffnung.*

»Na, das hat ja schon mal super geklappt«, sagte ich zu Madan, der neben mir auf dem Teppich saß und seine Haut wie einen teuren, neuen Anzug trug, über den er seine Finger mit verstohlener Freude gleiten ließ, der ihn aber auch immer noch einschüchterte.

»Was?«, fragte Madan.

»Eine Sprache«, raunte ich kopfschüttelnd. »Eine Sprache? In Indien! Und was ist mit einem Gott? Einem Leben?« Und leiser, als würde ich auf eine Karte des indischen Subkontinents starren: »Einem … Glauben?«

Mehr als zweihundert Menschen drängten sich mit uns und neben uns und an uns in den Salon oder reckten ihre Köpfe durch die offenen Fenster. Nur Shyamji war nicht da. Er beging das goldene Jubiläum mit seiner Indian Home Rule Society im Haus seines Schwagers, das er Tilak House getauft hatte. Die Machtverhältnisse in India House wackelten, und ich merkte, dass mir Shyamjis Pomposität und seine Großzügigkeit fehlten. Und noch jemand fehlte. »Warum kommt David eigentlich nicht mehr?«

»David?«, fragte Madan überrascht.

»Garrett«, sagte ich. »Nein, Garnett.«

»David Garnett? Nie gehört.« Mir wurde trotz der Wärme der zweihundert Körper so kalt, als wäre gerade ein Geist an uns vorbeigegangen. Das konnte allerdings auch daran liegen, dass wir alle die Woche davor gefastet hatten – was Durga nie gelungen und Sanjeev überraschend leichtgefallen war –, so dass mein Körper zu schweben schien, aufnahmefähiger, durchlässiger, nur eben auch kälteempfindlicher.

»Alle, die wir hier heute versammelt sind, kennen die Nachrichten aus Indien«, begann Madame Cama mit ihrer Stimme wie warmer Honig. Ihr weiches, rundes Gesicht sah zeitlos aus, nur das zunehmende Grau im Schwarz ihrer Haare verriet, dass sie doppelt so alt wie wir war, im wahrsten Sinne des Wortes eine Mutterfigur für die Revolutionäre von India House. »Wir wissen, dass Zeitungen geschlossen und Druckerpressen beschlagnahmt werden. Wir wissen, dass die Briten nahezu täglich neue repressive Gesetze erlassen. Wir wissen, dass sie unsere Patrioten verhaften, deportieren, hinrichten.« (**PATRIOTEN**, Plural – Substantiv, maskulin. Noch ein Wort, das mir körperliche Schmerzen bereitete.) »Bis vor wenigen Jahren war mir der Gedanke an Gewalt zuwider. Aber was bleibt uns, wenn die Engländer uns alle friedlichen Mittel verweigern? Deshalb appelliere ich mit Mazzinis Worten an euch: Lasst uns aufhören, zu versuchen, Menschen zu überzeugen, die unsere Argumente auswendig kennen und ihnen keine Beachtung schenken!«

Madame Cama hielt die Chapatis hoch, die die Süßigkeiten ersetzten, die wir bei Pujas, aka Festen, sonst als geweihte Speise verwendeten, und segnete das Brot. Mit dem Brot in ihren erhobenen Händen sah sie aus wie ein katholischer Priester, nur weiblich und im Sari, also nicht wie ein katholischer Priester. Die Anwesenden, die Schulter an Schulter auf dem Teppich saßen oder an der Wand lehnten, brachten das Kunststück zustande, sich wie in einem Tetrisspiel in jede noch so kleine Lücke zu zwängen und in ausgeklügelten Zügen nach vorne zu gelangen. Jeder hielt die Hand erst über die Kerze und wischte sich dann mit der Energie des Feuers über den Scheitel, um das Licht in die Welt zu tragen, und bekam darauf ein Stück Chapati, »Für 1857!«, als Chapatis von Dorf zu Dorf gesandt und die Engländer beinahe wahnsinnig geworden waren über die flachen Brote, die sich schneller durch Indien bewegten als die britische Post, aber keine Nachrichten enthielten. Weil die Inder die Nachricht bereits kannten.

»Ich sehe, dass wir nicht alleine sind. Die Geheimpolizei ist ebenfalls hier«, verkündete Savarkar. Seine Stimme war nie warm wie Madame Camas, doch sie drang mit derselben Unwiderstehlichkeit in uns ein. »Ich bin froh, dass die Herren vom Special Branch gekommen sind. Wenn Sie mit uns zusammenarbeiten, können wir große Dinge erreichen.« Am Ende des Raums begann ein Lachen, das von Schubsen und Gerangel abgelöst wurde.

Bevor es zu Handgreiflichkeiten kommen konnte, stand Asaf auf. »Wir alle müssen zusammenarbeiten!«

»Wir alle müssen zusammenarbeiten«, wiederholte Savarkar feierlich. »Unser Land gehört nicht den Engländern, sondern den Menschen, die dort geboren worden sind, deren Körper von den Pflanzen, die dort wachsen, und deren Seelen von den Geschichten, die dort erzählt werden, genährt wurden.«

»Gehört es auch den Muslimen?«, sagte ich spöttisch.

Savarkar sah mich überrascht an: »Hast du ein Problem mit Muslimen?«

»*Ich*?«, fragte ich ebenso überrascht zurück.

»Die Feindschaft zwischen uns war notwendig, als die Muslime vor siebenhundert Jahren als Eroberer nach Indien kamen und wir ihre Untergebenen waren. Aber jetzt haben wir einen gemeinsamen Feind: die Briten.«

»Ist das alles?«, keuchte ich. »Ein gemeinsamer Feind?«

»Ich verstehe dich«, sagte Savarkar, der mich offensichtlich nicht verstand. »Aber die Beziehung zwischen Muslimen und Hindus hat sich verändert. Wir sind nicht mehr Herrscher und Beherrschte, nicht mehr Eindringlinge und Natives. Was damals ein Akt der Erniedrigung gewesen wäre, ist jetzt ein Zeichen von Großzügigkeit. Endlich können wir uns die Hände als Brüder reichen, als Brüder mit unterschiedlichen Namen, aber derselben Mutter. Indien ist unser aller Mutter. Nach der Unabhängigkeit werden wir die Vereinigten Staaten von Indien gründen.«

»Die Vereinigten Staaten von Indien, das ist ein Witz, oder?«

»Warum nicht?«, fragte Asaf und legte Savarkar den Arm um die Schulter. »Mein hinduistischer Blutsbruder.«

»Mein muslimischer Blutsbruder«, sagte Savarkar und küsste ihn auf den Mund. Und ich glaube, dass er es in diesem Moment so meinte.

Was würde passieren, dass dieser Blutsbruder von hindu-muslimischer Einheit zum Vater des Hasses von Hindus auf Muslime werden würde? Und vor allem: Was würde passieren, dass Hindus und Muslime, die 1857 Hand in Hand gegen die Briten gekämpft hatten, nur neunzig Jahre später, als sie endlich ihre Unabhängigkeit gewannen, die Engländer ungeschoren davonkommen lassen und sich stattdessen gegenseitig umbringen würden? Die offiziellen Zahlen gingen von ein bis zwei Millionen Toten und fünfzehn Millionen Vertriebenen in Folge der Teilung des Landes in Indien und Pakistan aus. Doch waren diese Zahlen nicht vollständig, weil noch immer und immer weiter Menschen auf dem Schlachtfeld der Teilung in Hindus und Muslime getötet wurden. Wir blieben bis heute Blutsgeschwister, aber nicht so, wie Asaf und Savarkar dachten.

»T'was fifty long years since I saw the moon beaming
On men without fears, they were fighting for freedom
I'll see them again in my every day dreaming
Glory-o, glory-o«, sang Grealis mit nach vorne und hinten schwankendem Oberkörper.

»to the bold Indian Men«, stimmten alle mit ein, und ich merkte, dass ich weinte. Aus dem Gewühl von Gliedmaßen

kam ein Arm und hielt mich, während Grealis die Strophe anstimmte, die mir Jack sogar dann zu singen verboten hatte, wenn ein Ire mich dazu einladen sollte:
»*When I was a young guy, their marching and drilling*
Awoke in the Glenside sounds awsome and thrilling
For they loved Mother India and to die they were willing«
Und alle antworteten: »*Glory-o, glory-o, to the bold Indian Men*«
»Wir müssen zusammenstehen, anders als die doppelzüngigen Briten. Siehst du nicht, was sie ihren eigenen Leuten antun?«, fragte Chatto und meinte damit die Iren.

Nicht mehr lange, dachte ich, als Chatto mir die Tränen aus dem Gesicht streichelte, ein vergebliches Unterfangen, da immer neue nachkamen. *Aber auch die Iren werden für ihre Freiheit mit der Teilung ihres Landes bezahlen.* Und dann dachte ich: *Noch vierzehn Jahre bis zur irischen Unabhängigkeit! Das ist länger als ein Weltkrieg!* Plötzlich erschien mir Geschichte unglaublich nah und roh. *Ja, natürlich ist sie nah, weil sie noch nicht geschehen ist, weil sie sich noch vor uns ausbreitet wie endlose Möglichkeiten.* War die Zukunft ein eindeutiges Ziel? Würden die Iren in dieser Zukunft ihre Unabhängigkeit bekommen?

»Für die Briten sind wir nicht ihre eigenen Leute.« Grealis konnte wie Savarkar gleichzeitig singen und zuhören.

»Du weißt schon, was ich meine«, sagte Chatto: »Weiß.«

»Für sie sind wir Iren nicht weiß.«

»Was seid ihr dann?«, fragte Madan verwundert.

Grealis sagte das N-Wort, und ich zuckte zusammen. Doch zur Abwechslung schienen das alle für eine angemessene Reaktion zu halten. »Darwin ordnet uns in die unterste Stufe der evolutionären Entwicklung ein. Nur knapp über oder vielleicht auch auf derselben Stufe wie den Affen, Charlie Darwin kann sich da nicht so recht entscheiden.«

»Darwin ist ein Idiot«, sagte Chatto. »Wenn Indien unabhängig ist, werden wir ihn aus unseren Schulbüchern entfernen.« Und genau das würde passieren, wenn auch aus anderen Beweggründen.

Ich fragte mich, warum ich ausgerechnet Anfang des zwanzigsten Jahrhunderts gelandet war. Hatten wir nicht genug Probleme mit drohenden Weltkriegen und Klimakatastrophen, mit Postkolonialismus und Lagern an den Grenzen Europas? Warum war ich von dieser Gegenwart aus ausgerechnet zu De-facto-Weltkriegen und Kolonialismus und Lagern innerhalb Europas zurückgekehrt?

Noch nicht einmal der Streit um das Gendern war neu. Da der britische *Interpretation Act* von 1850 verfügt hatte, man bräuchte die weibliche Form nicht, da das generische Maskulinum Männer und Frauen gleichermaßen meinen würde, waren die Suffragetten 1867 – und in den USA angesichts ähnlicher Gesetzeslage 1868 – und in England noch einmal 1870 vor Gericht gegangen und hatten auf ihr Recht zu wählen geklagt, schließlich seien sie ja mit der Formulierung *Jeder Mann hat das Recht zu wählen* mitgemeint. Ohne Erfolg, na klar. Außerdem schlugen die Zeitungen ständig neue geschlechtsneutrale Pronomen vor, angefangen bei han und un über um, thon, you, ita, e, es, em, ne, nis, nim, hiser, thons, hizer, hesh, himer, le, hesh, het, shet, se, sis, sim, sin, who, whose, hisern, hi, hes, hem, that'n, they'uns, unis, talis, it, hyse, hymer, twen, twens, twem, twon, hersh, herm, ip, ips, hae, hain, tha, zyhe, ho, id, iro, te, tes, tim, ze, zis, zim, de, der, dem, ons, ith, hor, zie, ha, shee, hesher, mun, und dann verlor ich den Überblick.

In diesem Augenblick flog eine Amsel durch das offene Fenster und versuchte mit panisch schlagenden Flügeln, einen Weg hinaus zu finden. Grealis sprang auf und griff den Vogel aus der Luft, einfach so, mit einer Hand.

»Was zum Teufel ...«, rief ich, als Grealis drei Federn aus dem schwarzen flatternden Köper rupfte und sie in das Feuer im Kamin warf.

»Don't mention the big fella«, sagte Grealis streng, und der Kamin spuckte einen Rachen Asche aus.

»Oh Märtyrer!«, verkündete Savarkar in diesem Moment, und die Dringlichkeit in seiner Stimmer ergriff mich und wrang mir das Herz aus. »An diesem Tag, im unvergesslichen Jahr 1857, habt ihr den ersten Feldzug des Unabhängigkeitskriegs auf dem Schlachtfeld, das Indien ist, begonnen. Euer Blut, oh Märtyrer, werden wir rächen. Euren Kampf werden wir fortsetzen, bis die Briten aus Indien vertrieben sind!«

»Warum sprichst du mit den Toten?«, fragte ich in die andächtige Stille hinein, als hätten wir das vorher geprobt und es wäre meine Rolle, Savarkar seine Stichworte zuzuwerfen.

»Wir schulden den Toten, dass wir ihnen zuhören«, antwortete er würdevoll.

»Auch wenn es im Moment die Toten sind, die dir zuhören? Schulden sie dir das auch?«

»Ein Gespräch geht immer in zwei Richtungen«, erklärte Savarkar. »Diese Toten sind unsere Toten, weil sie für uns gestorben sind. Deshalb lasst uns ihre Namen nennen: Kunwar Singh, Azim Ullah, Pir Ali Shah ...«

Ein Raunen ging durch den Raum, weil alle ihre eigenen Toten hinzufügten, ihre eigenen Opfer, ihre eigenen Helden.

»Weißt du, was die gerechten Engländer nach dem Unabhängigkeitskrieg gemacht haben?«, sagte Savarkar leise zu mir.

»Nur das Schlimmste, nehme ich an?«

»Die britische Armee hat jedes Dorf auf ihrem Weg niedergebrannt. Alte Männer, Frauen und Kinder wurden in ihren Häusern verbrannt. James George Smith Neill – merk dir den Namen! – ordnete an, dass die aufständigen Hindus das Blut

199

auflecken und ihr eigenes Grab schaufeln und die Muslime in Schweinehäute eingenäht und verbrannt werden sollten.«

Inzwischen brannten meine Augen, weil ich keine Tränen mehr hatte. »Es ist immer das, was sie den Toten antun, was dich am meisten aufbringt, nicht wahr?«

»Der Geist der Toten ist durch ihr Märtyrertum geheiligt, und aus dem Aschehaufen springen die Funken der Inspiration hervor.«

Als hätte er sie beschworen, stieg die Asche aus dem Kamin nach oben, drehte sich funkelnd in der Luft zu einer Spirale, einer Helix, der nur noch DNA und ein Körper fehlten, und bewegte sich auf mich zu.

»Die Gebeine von Bahadur Shah schreien aus dem Grab nach Rache. Der Geist von Mangal Pandey nach Erfüllung der heiligen Mission. Das Blut der unerschrockenen Rani von Jhansi, unserer Lakshmibai, kocht vor Empörung«, rief Savarkar und blickte ergriffen in die Asche. »Und Tantia Tope prophezeite am Galgen: ›Ihr mögt mich heute hängen, ihr mögt Menschen wie mich jeden Tag hängen, aber an unserer Stelle werden Tausende aufstehen.‹«

Entgegen meiner Erwartung roch die Asche nicht verbrannt, sondern nach Kamille und dem indischen Gänseblümchen, das Savarkar Davana nannte. *Bist du Lakshmi?*, fragte ich sie. *Oder bist du Lila?*

Bist du Durga? Oder bist du Sanjeev?, fragte die Asche zurück.

»Eure Mission, oh Märtyrer, müssen wir erfüllen!«, donnerte Savarkar. »Euer Blut, oh Märtyrer, werden wir rächen! Vande Mataram!«

»Vande Mataram«, dröhnte India House vor zweihundert Stimmen.

Die Spirale zerbarst in Millionen glitzernder kleiner Aschepartikel. *Bist du bereit, deinem Savarkar zu folgen, auch wenn du weißt, wohin das führen wird?* Fragte sie mich mit Millionen Stimmen aus allen Richtungen.

Ich folge niemandem, sagte ich verzweifelt. *Mit jemandem zu sprechen heißt nicht, mit ihm übereinzustimmen.*

Das sagst du nur, weil du in ihn verliebt bist. Die Stimmen regneten auf mich, auf uns alle herab wie märtyreraktiver Fallout.

Ich bin nicht in ihn verliebt! Schließlich war ich nicht nur von Savarkar angezogen, sondern auch von mir selbst. Von diesen vollen Lippen, die ich nicht aufhören konnte mit meinen Fingern zu berühren, von diesem so magischen wie magnetischen Penis, den ich, auch wenn ich ihn unter westlicher Kleidung verbarg, niemals vergessen konnte.

Vielleicht nicht, räumte die Asche ein. *Vielleicht nicht. Aber du begehrst ihn, du begehrst seine Vehemenz und seine Hingabe und die Sicherheit, mit der er weiß, wer Freund und wer Feind ist.*

Das hier ist noch nicht der Savarkar, der Hindutva *geschrieben hat.* Das Buch, von dem die heutigen Hindunationalisten ihre Rechtfertigung ableiten, als würde es einen Unterschied machen, wer Hindu ist und wer nicht. Warum ist Ethnonationalismus so tödlich? *Hörst du, Asche? Das hier ist noch nicht der Savarkar, der* Hindutva *geschrieben hat,* wiederholte ich wie ein Mantra, wie eine Absichtserklärung, die wahr wird, wenn man sie sich jeden Tag verspricht.

Und was wäre, wenn das der junge Hitler wäre, bevor er Mein Kampf *geschrieben hat, wäre es dann auch okay?*

Uuuund hiermit ist das Gespräch beendet, sagte ich.

Weil du es nicht ertragen kannst, die Wahrheit zu hören?

Weil ein Gespräch nach einem Hitlervergleich nicht weitergehen kann.

Du bist so deutsch, sagte die Asche.

OPERATION LION

D-DAY + 4

INTRO:
(((CLOSE UP)))
Petersilie geht siebenmal zum Teufel, bevor der Samen wächst. Fenchel heißt Ärger, und Breitwegerich, besser bekannt als Fußabdruck des weißen Manns, sprießt überall dort, wo ein Engländer sich niederlässt.
(((INNEN – ZIMMER – HALBNAH)))
Ein Schuss! (((BLACKOUT)))
(((SCHWENK)))
Fensterflügel fliegen auf, Gardinen wehen herein wie voluminöse Unterröcke, Regen prasselt auf den Boden. Blitz.
(((WHITEOUT)))
(((POINT OF VIEW))) Durch das Fenster über dunkles, nasses Gras auf einen Körper in einer weißen Fleecejacke zu, der reglos auf der Wiese liegt. Donner. (((ZOOM))) Beim Näherkommen entpuppt sich der Körper als totes Schaf, dessen Bauch aufgeschlitzt ist, (((SCHWENK))) neben ihm liegt seine Leber, vollständig mit Diagrammen überzogen. Blitz. (((WHITEOUT – BIS AUF DIE DIAGRAMME, DIE NOCH EINEN MOMENT SICHTBAR BLEIBEN, BEVOR SIE SICH EBENFALLS AUFLÖSEN)))
(((SCHWENK))) Eingeweide quellen aus dem offenen Bauch, winden sich durch das Gras, formen Worte:

(((VOICEOVER)))
*»He's a real story, is old man Savarkar. I got him on the subject of Gandhi and fasts. As is everyone, he was respectful of the old Mahatma, but he wasn't respectful to the weapon of the fast. ›If a fast is so effective‹, he asked, ›why doesn't Churchill fast against Hitler? What would Hitler say?‹ I didn't know.
›He'd say something rude‹, said Savarkar.«* Tom Treanor, Interview mit Savarkar, 1944

»Colonized or oppressed peoples shall have the right to free themselves from the bonds of domination by resorting to any means recognized by the international community.« Article 20(2) der Afrikanischen Charta der Menschenrechte und der Rechte der Völker

*»›Have you got a plan yet?‹
›Yes I do.‹
›Are you lying?‹
›Yes I am.‹«* Doctor WHO

1 Die Toten zu beschwören, erwies sich als erstaunlich effektiv. Am nächsten Tag war die Presse voll von India House. *Seditious Indian Propaganda in London* titelte die TIMES, wobei *seditious* nicht weniger als *umstürzlerisch* hieß, und zitierte sogar Savarkar, wenn auch falsch – *Mr. Savarkar sagte: »Die Polizei kann ruhig vor unserem Fenster stehen und uns belauschen, wenn sie kein Problem mit dem Wetter hat.«* Das fanden alle unglaublich lustig und waren, nachdem sie eine Nacht darüber geschlafen hatten, sicher, dass Savarkar es auch genau so gesagt hatte.

Die anderen Zeitungen setzten lieber auf Angst und Alliterationen: *The Devil and his Dirty Dozen.* Und sobald ihr die Homestorys ausgingen, griff auch die TIMES wieder auf Shock Value zurück: *Bomben in Kensington!*

»Geht es melodramatischer?«, fragte ich angewidert und schnitt den Artikel für den Pressespiegel aus.

Savarkar setzte sein selbstgefälliges Ich-bin-so-bescheiden!-Gesicht auf. »Die Scotland-Yard-Leute kombinieren besser als ich dachte.«

»Wasss?«, sagte ich und dehnte das ssss, bis nur noch ein Zischen zu hören war.

»Curzon Wyllie, der Chef des Geheimdienstes, begreift, wegen welcher Sachen ich nach Europa gekommen bin«, antwortete Savarkar, als wäre ich schwer von Begriff.

»Bomben?«, fragte ich entsetzt.

»Bom-ben«, bestätigte Madan, doch aus seinem Mund hörte es sich an wie Bonbon.

»Warum wollt ihr Bomben?«

»Weil sie die Gewehre haben«, sagte Madan schlicht.

Savarkar schaute ihn an wie einen Hund, der einen besonders cleveren Trick vollbracht hat. »Die Engländer behaupten doch immer, dass sie fair play so lieben. Bitte schön! Die Bombe macht die Auseinandersetzung deutlich fairer. Sie ist unser Mittel zur Demokratisierung des Konflikts. Schau dir Russland an.« Einen Moment lang fielen mir nur Kalter Krieg und atomares Wettrüsten ein – Durga war ein Kind der Achtziger –, dann sagte Savarkar ungeduldig: »Schau dir die russischen Anarchisten und ihre Bombenattentate an.«

Und ich sagte: »Ah.«

»Allein die Bombe stellt sicher, dass wir nicht mehr die Einzigen sind, die leiden.« Savarkar zog ein Seidentaschentuch aus seiner Brusttasche und rieb über einen gelben Fleck auf seiner Hand.

»Bom-ben«, erklärte Madan konspirativ.

»Pikrinsäure«, korrigierte Savarkar. »Sie explodiert noch nicht so, wie ich mir das vorstelle. Deshalb habe ich Hemchandra, Bapat und Abbas nach Paris geschickt«, das waren Hemchandra Das Kanungo, Senapati Bapat und Mirza Abbas, die ich seit meinen ersten Wochen in India House nicht mehr gesehen hatte. Dahin waren sie also verschwunden. »Sie sollen sich von Safranski das Bombenbauen beibringen lassen.«

»Safranski, den Namen hast du dir jetzt ausgedacht, oder? Du hast einfach ein indisches Gewürz genommen und hinten -ski drangehängt«, sagte ich wider besseres Wissen. Denn natürlich war Nicolas Safranski nur zu real, er war einer jener russischen Anarchisten, von denen Savarkar gerade gesprochen hatte. Dummerweise war die fünfzig Seiten lange Bombenbauanleitung, die er den dreien gab, ebenfalls auf Russisch, weshalb sie von Frankreich nach Deutschland fuhren, um sie sich in Berlin von einer Freundin Bapats übersetzen zu lassen, was ohne ein Fachwörterbuch für Sprengstoffe wie Dartwerfen im Dunkeln war, okay, wie Dartwerfen im Dunkeln ohne Dartboard und ohne Darts und stattdessen nur mit einer Gruppe von Menschen, die das Dartwerfen anhand von vagen Erinnerungen und den Erzählungen anderer Leute aus Schnürsenkeln rekonstruieren muss.

Erinnern ist dem Hier und Jetzt so unglaublich überlegen, weil man in der Erinnerung die langweiligen Teile herausredigieren kann, etwa das Warten in India House auf die Übersetzung, um endlich mit dem Bombenbauen anfangen zu können, das ein Jahr dauerte. Okay, über ein Jahr. Damals dachte ich noch, dass die Bomben für Statuen und Gebäude bestimmt seien. Währenddessen errichtete Savarkar eine »Kriegswerkstatt« im Gartenhaus, die er mitsamt sich selbst mehrere Male nahezu in die Luft sprengte, so dass Madan und ich ihn schließlich nicht mehr alleine experimentieren ließen. Savarkar nannte uns seine Assistenten, wir uns seine Beschützer, angesichts des Leichtsinns, mit dem er die Chemikalien zu-

205

sammenschüttete, waren wir wahrscheinlich am ehesten seine Betreuer.

Shyamji war nach dem 1857er-Jubiläum nur noch einmal in sein Werk namens India House gekommen, um sich zu verabschieden und uns allen für unsere gute Arbeit zu danken. Wie immer war er zu huldvoll und zu großspurig, trotzdem hatte ich bei seinen Worten einen Kloß im Hals und das Gefühl, dass eine Ära zu Ende ging. Und genau in dem Moment, in dem ich begriff, dass ich mit Shyamjis Abschied nun arbeits- und wahrscheinlich auch obdachlos war, eröffnete er mir, dass er mich weiterhin beschäftigen würde. Als seinen Londoner Korrespondenten.

Nachdem ich ihm geholfen hatte, Kisten voller Akten in die Droschke zu tragen, deren Fahrer sich nahezu den Nacken verrenkte, um einen Blick in das *House of Mystery* (*Sunday Chronicle*) zu werfen, fragte ich Chatto: »Meinst du, es liegt an uns, dass Shyamji ...?« Was ich meinte, war natürlich, ob es an Savarkar lag.

»Überhaupt nicht«, antwortete Chatto unbehaglich. »Shyamji geht nur nach Paris, weil es für ihn unmöglich ist, seine Arbeit hier fortzusetzen.«

Und zumindest dieser Teil stimmte. Shyamji hatte seine Umzugskisten in Frankreich noch nicht ausgepackt, als die britische Regierung in Indien den *Indian Sociologist* mit einem Einfuhrbann belegte. Es folgten Einfuhrverbote für den *Gaelic American*, *Free Hindustan* und den Newsletter *Justice* des Sozialdemokraten Henry Hyndman. Ich hatte gar nicht gewusst, dass es so viele revolutionäre Zeitungen gab, wie verboten wurden.

Nach Shyamjis Abschied übernahm Savarkar die Leitung von India House, was hauptsächlich bedeutete, dass wir noch häufiger *Vande Mataram* sangen, uns stets mit den Worten

»Vande Mataram« begrüßten und jeden Abend »Ek dev, ek desh, ek bhasha. Ek jaati, ek jeev, ek kasha« deklamierten.

»Muss das sein?«, protestierte ich.

»Ich verstehe dich.« Offenbar war das Savarkars Code für: Ich verstehe kein Wort von dem, was du sagst. »Ich wünschte auch, dass das nicht nötig wäre. Aber wenn sie unsere Existenz wegschreiben, müssen wir uns zurück in die Welt sprechen. Zaubersprüche und so.«

»Hast du gerade Zaubersprüche gesagt?«

»Genau.«

»Hat er gerade Zaubersprüche gesagt?«, wandte ich mich an Asaf, der mit einem fadendünnen Mann in die Küche kam, in dessen ausgemergeltem Gesicht Augen, Nase und Mund um Dramatik und Aufmerksamkeit wetteiferten.

»Tatya kann sich einfach nicht vorstellen, dass irgendetwas, was er tut oder sagt, alltäglich ist«, bestätigte Asaf. »Das hier ist übrigens Tirumal Acharya.«

»Aber alle nennen mich nur M. P. T. Acharya. Ich bin Anarchist«, erklärte der dünne Mann mit dem zu vollen Gesicht.

»Ich auch«, sagte der Durga-Teil in mir, und ich überlegte, ob Sanjeev, wer auch immer Sanjeev war, bevor er ich wurde, sich wohl auch Anarchist nennen würde. Wahrscheinlich nicht, nach ABC, ich meine, M. P. T. Acharyas überraschtem und begeistertem Blick zu urteilen. Und damit war der Moment verpasst, zu fragen, was ›unsere Existenz wegschreiben‹ bedeutete. Aber Asaf spürte die Leerstelle und antwortete schlicht: »Tatya meint das Certificate of Identity.«

»Certificate of Identity?«, fragte ich verblüfft. »*Personalausweis*? Ich dachte, die Engländer verlassen eher Europa, als etwas so antibritisches wie einen Ausweis zu akzeptieren.«

»Nur für sich selbst«, sagte Savarkar trocken. »Wir dagegen müssen das ständig bei uns tragen. Hast du etwa kein CoI?«

»... verloren ...«, murmelte ich so unhörbar wie möglich, woraufhin alle gleichzeitig erklärten, dass ich mir umgehend eins ausstellen lassen müsse, weil ich jederzeit und ohne Grund auf der Straße angehalten und danach gefragt werden könne. Racial profiling war also auch nichts Neues.

»Und denk daran, dass du in der Spalte für Nationalität ›British subject by birth‹ eintragen musst. Für die Briten bist du kein Inder«, sagte Savarkar.

»Für die Briten gibt es nämlich kein Indien«, sagte Asaf.

»Für die Briten gibt es nur ihr Raj«, sagte XZY Acharya, und mir wurde klar, dass mein eigener Vater noch als colonial subject geboren worden war. Die Vergangenheit war nicht nur von der Vergangenheit aus nah.

Plötzlich war Savarkar an meiner Seite und legte seinen Arm um mich. Er hatte ein untrügliches Gespür für die Gefühle und Stimmungen anderer Menschen, wenn er sich zur Abwechslung mal die Mühe machte, darauf zu achten. »Wir sind nicht nur geschundene Körper, wir sind nicht passives misshandeltes Fleisch, kein Meer an stummen austauschbaren Massen«, sagte er mit ungewohnt weicher und – noch rarer – mitfühlender Stimme. »Wir sind Körper und Geister, die zurückschlagen. In der Logik der Kolonialisten werden wir erst zu Subjekten, wenn wir Gewalt anwenden – und zwar nicht gegeneinander, sondern gegen sie!« Seine Hände rochen nach den Gewürzen, die er im Mörser zu feinem Pulver zerrieben hatte, süß wie Kreuzkümmel, erdig wie Bockshornklee und scharf wie eine Explosion aus Chilischoten. »Gewalt ist sowohl ein Symptom von Unterdrückung, als auch ein Mittel gegen sie.«

»Wow, du hast Fanon gelesen!«, sagte ich, um das Gefühl von Alles-ist-richtig, das mich jedes Mal überflutete, wenn Savarkar mir nahe war, wegzudrücken.

»Wen?«, fragte Savarkar.

»Frantz ... nicht wichtig.«

»Das Einzige, was die Briten verstehen, ist Gewalt«, übersetzte Asaf Savarkars Ausführungen für mich.

»Echt jetzt?« So dumm war ich nun auch wieder nicht. »Und warum willst du unbedingt von ihnen verstanden werden?«

Savarkar zog mich noch näher zu sich heran. »Genau! Es ist an der Zeit, dass wir aufhören, Petitionen zu schreiben, und anfangen, zu handeln.« Sein Arm war dünn und hart wie ein Klappmesser, und der Teil meines Körpers, der bei Durga die Gebärmutter war, krampfte sich zusammen und zog all meine Sehnsucht nach unten und vorne.

Ein Poltern und Kratzen im Kamin setzte dem ein Ende. Asche rieselte in die Esse. Asaf sprang auf und griff nach dem Schürhaken. Mit einer Wolke Ruß schoss eine Dohle aus dem Kamin und stob Tschack-Tschack-Tschack rufend durch die Küche. Ich hielt Savarkars Arm fest, damit er ihn nicht wegzog, und beobachtete, wie Acharya das Fenster öffnete und in einer Sprache ohne Worte auf den Vogel einredete. Mit schwarzen Krallen landete die Dohle auf dem Fensterbrett. Wir konnten das Herz in ihrer gefiederten Brust rasen sehen, und dann, wie es sich mit jedem Schlag beruhigte. Bevor sie die Flügel ausbreitete und in den regenschwangeren Garten segelte, drehte sich die Dohle noch einmal um, sah mich aus ihren weiß umringten Pupillen direkt an und sagte: »T...*Jack*«.

Jack!, dachte ich, *Wo bist du? Und* wer *bist du in dieser Zeit hier? Bist du ein Baum? Ein Vogel? Ein Pferd?* Nein, kein Pferd, Jack würde niemals ein Pferd sein, oder einer dieser Menschen, die er horsy types nannte. War er eine Frau? Ein alter Mann? Wurde er gerade geboren? Und warum war ich dann nicht bei ihm gelandet, und stattdessen in diesem Haus voller Waffen und Wut und anderer Dinge, über die ich mir keine Gedanken machen wollte, wie: unklare Loyalitäten?

Alle Freunde meines Vaters hatten persönlich mit Gandhi gearbeitet. Auch wenn die meisten von ihnen Kinder oder höchstens Teenager gewesen waren, als der politische Aktivist Nathuram Godse 1948 Gandhi erschossen hatte, und sie also wahrscheinlich nicht mit Gandhi gearbeitet hatten. Aber Gandhi war für Dinesh mehr als ein Politiker, mehr als ein Widerstandskämpfer, er war Teil seiner DNA, Teil der Geschichten, die sich Dinesh über sich selbst erzählte. Ohne Gandhi gab es Dinesh nicht. Mehr noch, ohne Gandhi gab es Durga nicht. In all den Debatten von *Nie-wieder-Krieg* und *Ostermärsche* über *Verhältnismäßigkeit* und *Lediglich-Waffenlieferungen* bis hin zu *Alternativlos* und *Doch-wieder-Krieg* war er ihr Richtstern gewesen, das leibhaftige Versprechen, dass ein anderes politisches Denken und Handeln möglich war. Und hier war ich nun in India House, wo es weder Durgas noch Dineshs Gandhi gab, sondern nur eine verdrehte, invertierte Version von ihm.

Wie auf ein Stichwort sagte Savarkar: »Gandhi ist das monomanische Prinzip der absoluten Gewaltlosigkeit. Angesichts der brutalen Unterdrückung, mit der wir konfrontiert sind, auf Gewaltlosigkeit zu bestehen, hat weniger mit Heiligkeit zu tun als mit Wahnsinn.« Er ging zu dem Glockenzug an der Wand und läutete nach Gladys, damit sie die Unordnung vor dem Kamin beseitigte.

Ich spürte eine Leere, wo sein Arm gewesen war. »Ja, absolute Gewaltlosigkeit ist falsch, aber Gewalt ist auch falsch.«

XTC Acharya fuhr mit den Fingern unter seinen steifen weißen Kragen, der ihm trotz seines erschreckend dünnen Halses zu eng war. »Alles ist falsch. Die Welt, wie sie organisiert ist, ist falsch. Es gibt keine ideale Theorie in einer«, er stockte, »... nichtidealen Welt.«

»Es gibt kein richtiges Leben im Falschen?«, schlug ich vor.

Er lächelte mich mit einem gleichzeitig beglückten wie tragischen Lächeln an. »Richtig! Und deshalb ist es ein Problem, wenn Gandhi uns ermahnt, dass Gewalt nur zu mehr Gewalt führt und sie den Briten bloß Vorwände liefert, uns noch mehr zu unterdrücken.«

Warum?, dachte ich. *Genau so ist es doch!*

»Begreifst du, was er sagt?«, rief Asaf mit der Wucht einer schon Dutzende Male durchexerzierten Argumentation. »Wir werden auf der Straße von der Polizei niedergeknüppelt! Lord Curzon, Curse-him-Curzon, hat als Vizekönig von Indien über eine Million von uns verhungern lassen. Doch wenn wir uns wehren, dann sind angeblich wir es, die die Gewalt auslösen, die bereits vorher gegen uns ausgeübt wurde!«

»Warum dürfen sie in Kriegen töten? Und wir dürfen nicht einmal den Finger heben, um unsere Freiheit zu verteidigen?«, fragte Savarkar, und drei Paar Augen richteten sich auf mich, als würde ich fortwährend die militärische Präsenz Großbritanniens in der Hälfte der Welt entschuldigen.

»Ich bin auch gegen Krieg«, verteidigte ich mich. »Ich bin Pazifistin ... äh, Pazifist.«

»Ich bin auch gegen Krieg«, sagte Savarkar ernst. »Aber es ist Krieg, ob du es willst oder nicht.«

»Bloß ist es ein Krieg, bei dem nur die eine Seite Waffen hat. Und nur die eine Seite tötet und plündert und unterdrückt«, fuhr Asaf fort. Seit wann beendeten Asaf und Savarkar gegenseitig ihre Sätze?

»In einem solchen Krieg für Pazifismus zu sein, heißt auf der Seite der Macht zu sein, auf der Seite der Kolonialmacht«, schloss Savarkar.

Ich schluckte, meine Zunge war plötzlich zu groß für meinen Mund. »Ja aber dann werden wir immer nur gegen Krieg sein, wenn andere ihn führen, und immer für Kriege, an denen wir selbst beteiligt sind, weil das die richtigen Kriege sind.«

Ich hatte erwartet, dass Savarkar sagen würde: Du weißt nicht, wovon du redest. Stattdessen sagte er: »Ja. Das ist ein Problem, das wir noch lösen müssen.«

Und damit löste sich die Spannung. Alle schwiegen, während Gladys hereinkam und den Ruß auffegte. Die ersten Regentropfen schlugen gegen die Fensterscheibe. Sanjeev fröstelte, doch Durga sah durch meine Augen nur den Garten, der sich wie ein Schwamm vollsog. Durga liebte Pflanzen, weil sie darin die Zukunft sah. In pelzigen grünen Stängeln erkannte sie Mohnblüten, in zackigen Blättchen Himbeeren, und dann waren da all die Keime, die aus Samen hervorschossen, und in ihrem Kopf abwechselnd Bohnen, Erbsen und Gurken waren, bis sie sich schließlich als Duftwicken entpuppten. Der nicht zu bändigende Lebenswillen alles ... Lebenden war ihre politische Theorie.

»Bist du links?«, stellte ich Savarkar die Frage, die mir auf der Seele lag, seit ich nach India House gekommen war.

»Die Linke will uns nicht«, sagte ETF Acharya, als wäre das der traurigste Satz, den er sich vorstellen konnte.

»Warum verstehst du das nicht, du hast doch sogar Philosophie studiert«, hatte Lila Durga bei ihrem allerletzten Treffen gerügt. Sie hatten ebenfalls am Küchentisch gesessen, nur dass es in Lilas Küche stets deutlich weniger zu Essen gab als in India House. Eigentlich konnte Lila nur drei Gerichte, alle basierend auf Ei: Spiegelei und Spinat, Bratkartoffeln mit Rührei, und Pfannkuchen, hauptsächlich Pfannkuchen.

Durga spielte mit einem orangen Dosenöffner, den Lila nie benutzte, und überlegte, ihn einfach mitzunehmen, nur dass sie ebenfalls seit Jahren keinen Dosenöffner mehr gebraucht hatte, weil alle Konserven inzwischen mit langweiligen Öffnungslaschen versehen waren. »Ja, und?«

»Dann kennst du doch Nietzsche.«

Natürlich kannte Durga Nietzsche. »Natürlich kenne ich Nietzsche.«

»*Aber der Staat lügt in allen Zungen, und was er auch redet, er lügt – und was er auch hat, gestohlen hat er's*«, zitierte Lila triumphierend, allerdings war triumphierend ihre Standard-Emotion und hieß deshalb nicht viel.

»Und das beweist was genau?«, fragte Durga mit jener Mischung aus Sarkasmus und Mitleid, die sie sich immer extra für ihre pseudorevolutionäre Mutter aufsparte. Doch Savarkar und der Rest der Bewohner von India House hätten Nietzsche zugestimmt. Und sogar Durga stimmte ihm zu, wenn es um die Briten ging. Die Propaganda der Vergangenheit ist einfach so viel leichter erkennbar.

»Hast du mir nicht zugehört?«

Durga ließ den Dosenöffner in ihre Tasche gleiten. Wahrscheinlich war er sowieso aus dem gemeinsamen Haushalt mit Dinesh, und damit sozusagen Durgas Eigentum. »Okay, gib mir ein Beispiel.«

»Öl«, sagte Lila – richtig – triumphierend.

»Okay, erklär mir dein Beispiel.«

»Sie behaupten doch immer, dass wir Peak Oil erreicht haben. Erinnerst du dich noch an die ganzen Warnungen? 2006 sollte es keinen Tropfen Öl mehr geben. Und?«

»Und?«, wiederholte Durga.

Lila stand auf und nahm den Dosenöffner aus Durgas Tasche. »Nun ja. Die Russen hatten dieses Ölfeld, das ausgetrocknet war, oder was Ölquellen sonst so tun, wenn sie leer sind. Jedenfalls hatten sie das Ölfeld aufgegeben, und als sie ein paar Jahre später zurückkamen«, sie schob die orangen Griffe in die Pfütze aus Sonnenlicht auf dem Küchentisch, als wolle sie eine Probebohrung machen, »war es wieder voll.«

»Was?«, Durga hatte wie so häufig bei Gesprächen mit Lila das Gefühl, dass diese mitten im Satz das Thema gewechselt hatte.

»Das Öl hatte sich wieder aufgefüllt!«

»Wo hast du das denn her?«

»Aus dem Internet, wo du auch deine Informationen herbekommst. Das nennt sich Recherche.«

»Es gibt unterschiedliche Arten von Recherche.«

»Richtig!«, nickte Lila. »Mainstream und unabhängige Recherche. Ich mache es dir ja auch nicht zum Vorwurf, dass du so unglaublich Mainstream bist.« Perverserweise suchte sie sich diesen Moment aus, um Durga den Dosenöffner zurückzugeben. »Öl ist nicht, was wir denken, Durga«, sagte sie konspirativ. »Es ist kein fossiler Brennstoff.«

»Verstehe. Und wegen dieser revolutionären Erkenntnis überwachen sie jetzt, wer auch immer ›sie‹ sein soll ... deine Wohnung?«

»Hörst du mir nicht zu? Das kannst du alles im Internet nachlesen! Natürlich ist das nicht der Grund dafür, dass sie hinter mir her sind.«

Durga war ehrlich genug, sich einzugestehen, dass sie die haarsträubenden Theorien ihrer Mutter zumindest zum Teil so haarsträubend fand, weil sie eifersüchtig auf sie war. Seit Lila sie als Vierzehnjährige verlassen hatte, und dann Dachboden-Piet für Terrence McKenna, und dann Terrence McKenna für Dachboden-Piet, und dann ... trieben ihre Komplotte sie stets mehr um als alles, was Durga jemals tun konnte. Selbst Rohans Geburt hatte Lila mit einem Unfall getoppt, der Durga nun verdächtig an ihren finalen Sturz erinnerte, nur dass es damals eine Straßenbahn gewesen war, die mysteriöserweise in letzter Sekunde noch zum Stehen gekommen war.

In der linken Szene der späten Achtziger- und frühen Neunzigerjahre war der Hippie-Heldinnen-Status ihrer Mutter ein Bonus gewesen, den Durga akzeptiert hatte wie eine Ablasszahlung. Dabei hatte sie stets geflissentlich vermieden zu erwähnen, dass Lila sich nicht nur für hippe Themen wie bewusstseinserweiternde Drogen und bewaffneten Widerstand interessierte, sondern auch davon überzeugt war, dass der Feminismus eine CIA-Operation war – »Schließlich war Gloria Steinem CIA-Agentin.« Und dann war da die Sache mit den Ufos gewesen. Angefangen hatte es mit Kornkreisen, doch aufgehört hatte es mit Josef Jacob Johannes Starziczny und der Reichsflugscheibe. Reich wie in Drittes Reich.

2 »Wer schreibt heutzutage noch Briefe?«, fragte Shazia, als Jeremy den Umschlag auf Poirots Schreibtisch knallte wie eine Aufforderung: Los, macht etwas damit.

»Das ist kein normaler Brief«, sagte Jeremy. »Das ist ein offener Brief.«

Shaz ersparte sich ein ›Oh‹ und sagte stattdessen: »Wo?«

»In allen überregionalen Tageszeitungen«, antwortete Jeremy. »Morgen.«

»Und woher hast du ihn dann jetzt schon?«, fragte Asaf.

»Tageszeitungen? Redakteure?« Jeremy trommelte mit den Fingern die Poirot-Titelmusik von Christopher Gunning auf den Umschlag und pfiff den Altsaxophon-Part dazu.

»Okay, dumme Frage«, räumte Asaf ein.

Jeremy kam zum Höhepunkt, an dem sich Poirot im ursprünglichen Intro noch einmal zu den Zuschauern umdrehte und seinen Hut zog. In Hommage daran tippte er mit dem Brief gegen seinen Scheitel und warf ihn dann Durga zu. »Hier, lies uns diese Epistel vor, du hast die schönste Stimme.«

Danke für nichts, Durga war sich ihres deutschen Akzents nur zu bewusst, als sie das steife Papier auseinanderfaltete.

»Okay, also: *Bei dem Staatsbegräbnis der Queen geht es nicht um Prunk und Kommerz. Hier geht es um den Kern dessen, wer und was wir sind. Die Schmähredner, die nicht einmal warten können, bis Elizabeth unter der Erde liegt, bevor sie ihr Andenken beflecken, wollen uns das wegnehmen.*« Sie merkte, dass sie auf der zweiten Seite angefangen hatte, und drehte das Blatt um. »*Agatha Christie hat 74 Romane geschrieben, 164 Kurzgeschichten, 16 Theaterstücke, 7 Drehbücher und 2 Autobiographien. Ihr berühmtester Detektiv Hercule Poirot hat ein Jahrhundert lang Kriminalfälle aufgeklärt, 6 Jahrzehnte davon in England.*« Offensichtlich war das auch nicht die erste Seite, aber Jeremy winkte ihr, weiterzulesen. »*In dieser Zeit haben sich Sensibilitäten und Moden verändert. Bestimmte Worte dürfen nicht mehr ausgesprochen werden, während wir andere in unser Vokabular aufgenommen haben.*«

»Ach, das sind nur Sensibilitäten und Moden?«, fragte Maryam zynisch.

»Still«, sagte Jeremy, und Maryam zeigte ihm einen Vogel.

Durga fuhr fort: »*Poirot war selbst Ausländer und musste sich die Akzeptanz der Briten erst erarbeiten.*«

»Indem er ständig erwähnt, dass er einen Fall für Lord So-und-so aufgeklärt hat und – oh! – was für ein gern gesehener Gast er doch in Sandringham ist, und dass er die junge Prinzessin Elizabeth kennt«, schnaubte Carwyn und erhielt dafür einen anerkennenden Blick von Maryam. Vielleicht würde sie doch irgendwann mit ihm Heilpflanzen sammeln gehen. Und Durga wünschte, sie könnte mitkommen.

»*Agatha Christie hatte ein großes Herz und hat über alle sozialen Schichten geschrieben*«, las sie weiter und wartete bereits gespannt auf die Reaktion.

»Stimmt, so wie man alle sozialen Schichten bei der Jagd trifft: Rechtsanwälte *und* Ärzte *und sogar* Professoren«, sagte Shaz.

Langsam begann Durga die Sache Spaß zu machen. »*Christie Rassismus vorzuwerfen ist dasselbe wie Menschen im Mittelalter vorzuwerfen, dass sie sich nicht genug gewaschen haben.*«

»Im Mittelalter haben sich Menschen verdammt gut gewaschen.« Das Mittelalter war Carwyns Spezialgebiet. Und das neunzehnte Jahrhundert. Und alle Jahrhunderte dazwischen.

»*Agatha Christie war keine Rassistin, sondern sie hat den Rassismus ihrer Zeit abgebildet. Wenn wir das aus ihren Texten streichen, verfälschen wir die Geschichte. Und wir alle wissen, was passiert, wenn wir uns nicht an die Geschichte erinnern.*« Durga begann innerlich zu zählen und kam bis ... eins!

»Don't mention the war«, sagte Chris prompt und hielt sich zwei Finger wie ein Hitlerbärtchen unter die Nase. Sein imitiertes Deutsch klang sehr teutonisch: »*Donner und Blitzen.*«

»Mea culpa. Aber zumindest *erinnern* wir uns an unsere Verbrechen ...«

»Nicht freiwillig«, warf Asaf ein.

»Nicht freiwillig«, bestätigte Durga. »Aber wir erinnern uns, und das ist deutlich mehr, als *ihr* bisher hingekriegt habt.«

»Wer ist wir?«, grinsten Asaf, Shazia und Maryam, während Christian erschrocken »Alleinstellungsmerkmal des Holocaust« in Richtung Durga zischte.

Das ist Heimat für mich, mich schuldig für den Holocaust zu fühlen, dachte Durga und hatte ein merkwürdig nostalgisches Gefühl. *Nehmt uns das nicht weg!* »Nehmt uns«, las sie dann weiter, »nicht unser England weg, an das wir zurückdenken und aus dem wir Kraft schöpfen können! Jenes mystische England, in dem eine schöne Königin in einem weißen Kleid das Land personifiziert.«

»Fair enough«, knurrte Carwyn.

Shazia griff scherzhaft nach seinem Ohr. »Wir wollen euch gar nichts nehmen, ihr Morons, wir wollen nur dazugehören.«

»Dazugehören? Darüber müssen wir noch reden«, sagte Maryam und warf ihre Braids zurück.

Shaz ignorierte ihren Einwand. »Ihr habt uns dazu gebracht, alle eure Bücher zu lesen ...«

»... und eure Gedichte auswendig zu lernen, über Blumen, die es in den Ländern, aus denen wir kommen, gar nicht gibt«, ergänzte Asaf, der, wie Durga inzwischen wusste, in Croydon in Greater London geboren war.

»Fang nicht schon wieder mit den Daffodils an«, lachte Shaz.

»Wusstet ihr, dass sich Wordsworth sehr für Druiden interessiert hat?«, warf Carwyn ein. »Er soll sogar selbst Druide gewesen sein.«

»Sag ich doch! Niemand ist so gut darin, sich selbst zu mystifizieren, wie die Briten. Und dann beschwert ihr euch, dass wir Teil eurer Legenden sein wollen«, erklärte Shazia, und Durga bemerkte, dass Jeremy das Gespräch mit seinem Handy aufnahm. Wahrscheinlich ließ er Chris alles abends abtippen. Ach nein, dafür gab es ja inzwischen Software.

Und noch etwas bemerkte sie: Shaz hatte Recht. Britische Bücher und britische Comedy etwa – und ja, auch Druiden und Steinkreise – erfüllten rund zweihundert Jahre später noch immer das, was der britische Großhistoriker und -Politiker Thomas Babington Macaulay 1835 gefordert hatte, nämlich aus allen gebildeten Indern (er genderte eher nicht) eine Klasse von Menschen zu machen, die ihrem Aussehen und ihrer Herkunft nach indisch, aber in Geschmack, Weltanschauung, Moral und Intellekt englisch sein sollten. Macaulays Worte, nicht Durgas, und sie ließen sich genauso auf alle anderen kolonialisierten Menschen übertragen. So sehr Durga Poirot auch liebte, fragte sie sich plötzlich, ob es wirklich ihre vordringliche Aufgabe war, Agatha Christie zu dekolonialisieren.

Sollten sie nicht lieber eine eigene Serie mit einem indischen Detektiv schreiben? Oder einem mixed-race Detektiv? Oder mit jemand ganz anderem? *Sanjeev Holmes*? Nein, nach wie vor zu sehr Empire. Wie wäre es mit: *The Sanjeev Mysteries*? Die Serie könnte beispielsweise Anfang des zwanzigsten Jahrhunderts vor dem Hintergrund des indischen Unabhängigkeitskampfs spielen ... Vage bemerkte sie, dass die anderen weitergeredet hatten. »Agatha war keine englische Lady, die sich partout nicht für andere ... Kulturen interessiert hat«, gab Chris zu bedenken. »Denkt nur an alle ihre Reisen ...«

»In den Orient?«, fragte Shaz ironisch.

»Mit dem Orient*express*«, antwortete Chris nervös. »Christie war in der Türkei, in Syrien, im Irak, in ...«

»Vergiss nicht mein Ägypten«, unterbrach Maryam mit einem Unterton wie zersplittertes Glas, obwohl weder sie noch ihre Eltern aus Ägypten kamen, sondern aus Südafrika, aber das hier war persönlich, da passte das Possessivpronomen. »Schließlich konnte sich Agathas Familie nach dem Tod ihres Vaters die Debütantensaison der Heiratswilligen in London nicht leisten. Aber zum Glück gab es ja die Aldi-Discounter-Version in Nordafrika! Drei Monate *Imperialist Matchmaking Show* in Kairo kosteten nur etwas mehr als ein Jahreseinkommen. Sozusagen ein Schleuderpreis, um seine Tochter unter die Haube zu bekommen. Natürlich nicht mit einem Ägypter, sondern mit einem aufrechten britischen Kolonialbeamten. Habt ihr die Fotos aus der Zeit gesehen?«

Durga schüttelte den Kopf, und Maryam schob ihr ihr Handy derart vehement vor das Gesicht, dass sie zurückzuckte. Auf dem Display waren Frauen in langen weißen Kleidern und Männer in schwarzen Anzügen zu sehen. Das Bild sah aus, als wäre es in Bornemouth aufgenommen, bis auf die Pyramiden, versteht sich. Und die Schwarzen Dienstboten.

219

Jeremy legte Maryam eine Hand auf die Schulter. »Das Perfideste war, dass sie *Zehn kleine N-Wörtlein* in den USA nicht so genannt haben«, sagte er warm und sonor und apropos of nothing.

»Nicht?«, fragte Asaf überrascht.

»Nein«, grinste Jeremy. »Wisst ihr, wie der Roman stattdessen hieß?«

»*And then there were none?*«, schlug Durga vor.

»*Ten little Soldiers?*«, rief Chris.

»Nein: *Ten little Indians*«, verkündete Jeremy stolz.

»Warum nicht direkt *Ten little Racists?*«, fragte Maryam entrüstet.

»Und damit haben wir den Titel für unsere Pilotfolge!«, rief Jeremy. »Irgendwelche weiteren Wortspiele mit ...«

»Warum ist Poirot überhaupt ein Mann?«, warf Asaf ein.

»Warum ist er was?«

»Wenn du ihn Schwarz machen kannst, warum kannst du ihn dann nicht zu einer Frau machen?«

»Trans!« Christian hob die Hand zum High Five, und aus einem für Durga nicht ersichtlichen Grund schlug Asaf ein.

»Seid ihr von allen guten Geistern verlassen? Habt ihr vergessen, was passiert ist, als sie Doctor WHO zu einer Frau gemacht haben?«, grinste Shaz. »*Wie bitte, ein Alien, der durch die Zeit reist ...*«

»Und durch das Universum.«

»*Der also durch Zeit und Raum reist und die Welt mit Hilfe eines Schraubenziehers rettet ...*«

»Nicht irgendeines Schraubenziehers, eines *sonic screwdrivers*!«

»Das reicht jetzt!«, mahnte Shazia. »*Die Welt mit Hilfe eines sonic screwdrivers retten, das kann unmöglich eine Frau sein. Wir müssen schon realistisch bleiben!*«

Und während alle lachten, sagte Durga plötzlich ernst: »Aber es hat etwas mit mir gemacht, als plötzlich nicht nur der Doctor eine Frau war, sondern noch dazu eine braune Begleiterin hatte.«

»Das *sage* ich doch«, sagte Shazia ungeduldig.

»Oh ja, und mir hat geholfen, als sie zur Abwechslung einen Schwarzen Begleiter hatte, der nicht als Witzfigur angelegt war«, fügte Maryam trocken hinzu. »Davor hatten sie es immerhin schon nach 818 Folgen geschafft, eine Schwarze Begleiterin auftreten zu lassen, die endlich mal nicht unglücklich in den Doctor verliebt ist, ja, die gar nicht in diesen Aliensnob verliebt ist, Time *Lord*, schon klar.«

Mit Wucht spürte Durga, wie rassistisch einige ihrer Lieblingsfolgen waren. Ja sicher, die Charakterisierung von Mickey – 2006, in einer seit 1963 ausgestrahlten Serie –, der jedem Klischee Schwarzer Männlichkeit entsprach, war auch ihr aufgestoßen. Aber sie hatte sich nie gefragt, warum Martha Jones keine Sekunde als potentielle Beziehungspartnerin für den Doctor in Frage gekommen war. Doch das Whoniverse wusste die Antwort: *Weil sie Schwarz ist und er sich nur für englische Rosen interessiert. #MarthaJonesDeservedBetter*

»Kannst du dich daran erinnern, als der Doctor mit Martha ins elisabethanische England gereist ist?«, sagte sie berührt zu Maryam. »Und sie ihn gefragt hat, ob sie vorsichtig sein muss, damit sie nicht als Sklavin verkauft wird.«

»Und er nur gesagt hat: Mach's wie ich, geh durch die Welt, als würde sie dir gehören«, zischte Maryam. »Und das war nicht einmal *Ironie*!«

»Könntet ihr beiden aufhören, herumzunerden?«, sagte Shazia und nahm eine Mandarine aus dem Obstkorb.

»Tödliche Waffe«, sagte Durga automatisch.

»Was?«

Durga deutete auf die Mandarine. »In der ersten Episode mit David Tennant als Doctor tötet er einen Sycorax-Alien mit einer Mandarine.«

»Du weißt, dass das für niemanden interessant ist außer für dich, Schatz?«, fragte Shaz freundlich.

Durga sah sie überrascht an. »Was ich damit sagen will, ist, dass ich den ganzen Doctor-Who-Kanon erst gesichtet ...«

»Gebinged«, berichtigte Shazia.

»Was auch immer – habe, als mit Jodie Whittaker eine Frau der Doctor wurde.«

»*Darüber rede ich doch die ganze Zeit!* Wenn wir aus einem Mythos Kraft für das Jetzt schöpfen wollen, dann müssen wir diesen Mythos mitgestalten können«, sagte Shaz. »Natürlich lese ich nicht nur, weil ein Buch interessant ist, ich lese, weil ich mich verbinden will.«

»Das gilt auch für Serien«, sagte Chris unnötigerweise.

Und

dann

fror

die

Szene

ein.

Ich war so verblüfft, dass ich aufsprang und zu ihm lief. Er schaute mit offenem Mund und fokussierten Pupillen durch mich hindurch. Mitten in der Bewegung und mitten im Atemzug sah niemand besonders vorteilhaft aus, bis auf Shaz natürlich, deren Jugend und glänzende Haut auch die entgleistesten Gesichtszüge attraktiv machten.

»Erklär mir das nochmal. Was war mit diesem Buch?«, sagte Jeremy.

»Welches Buch?«, fragte ich langsam und starrte auf Jeremys Lippen, die sich nicht bewegten.

»Das, das die Briten verboten haben. Warum ist Poirot dafür in Ungnade gefallen, dass er die Druckerei gedeckt hat?«
Jeremys Lippen, die sich nicht bewegten.

»Es hieß *Der erste indische Unabhängigkeitskrieg*«, antwortete ich ohne zu blinzeln. »Und es ist von einem Revolutionär namens Vinayak Savarkar geschrieben worden.«

»That's it, baby.« *Jeremys Lippen, die sich immer noch nicht bewegten.* Dennoch kam die Stimme eindeutig von ihm. Zum Glück, schließlich war es ja Jeremys Stimme.

»Okay.« Ich räusperte mich. »Lord Minto, das war der Vizekönig von Indien, hatte strengste Anweisungen gegeben, dass Savarkars Manuskript nicht nach Indien gelangen dürfe. Dabei war das Buch längst in Indien. Bloß fand Babarao, das war Savarkars Bruder, keinen Drucker, der gewagt hätte, es zu drucken.« Es war gar nicht so einfach, jemandem etwas zu erklären, dessen gesamte Körpersprache ›Ich höre dir nicht zu!‹ schrie. »Also schickte Babarao – Savarkars Bruder, du erinnerst dich? – das Buch nach Deutschland, weil die deutschen Indologen sich mit der Devanagari-Schrift auskannten. Das taten sie auch, nur nicht mit Marathi als Sprache. Und ... also, am Ende hat Aiyar es ins Englische übersetzt.«

»Okay, stop it hier. Das sind zu viele Charaktere mit zu vielen unverständlichen Namen«, sagte Jeremys Stimme.

Und plötzlich war ich nicht mehr verunsichert, sondern wütend. »Genau, das ist ja das Problem! Ihr wisst nichts über uns, deshalb wollt ihr nicht zu viele von uns in euren Geschichten haben. Und weil wir wiederum nicht in euren Geschichten vorkommen, wisst ihr nichts über uns. Ihr kennt noch nicht einmal unsere Namen, während wir ... Weißt du, was mein Lieblingsname war, als ich ein Kind war?«

»Jeremy?«, fragte Jeremy hoffnungsvoll. Auch ohne seinen Körper hatte er nichts von seiner Selbstgewissheit verloren.

»Nein: Jack!«, rief ich und wiederholte: »Jack! *Jack!*« *Warum verschwende ich meine Zeit damit, mich mit Jeremy zu streiten, anstatt dich anzurufen?* Durgas Handy steckte in der Fleecejacke, die sie über ihren Stuhl gehängt hatte, klar erkennbar als Beule und gleichzeitig unerreichbar, weil ihre Hand davor hing. Alles in mir sträubte sich dagegen, sie anzufassen, als würde dann die Welt implodieren oder die Zeit rückwärts laufen oder ... und als ich mich gerade entschlossen hatte, es trotzdem zu tun – vielleicht wurde ich ja in dem Moment, in dem ich unsere/meine Haut berührte, zurück in ihren/meinen Körper gesaugt –, ging die Tür auf. Und Nena kam herein.

Nena!

Mein Herz schmerzte, weil ich sie so lange nicht mehr gesehen hatte. Wie lange? Welche Zeit war real? Die Kutschentaxis-und-Bombenbau-India-House-Zeit oder die Poirot-umschreiben-und-vor-der-Tür-dafür-beschimpft-werden-Zeit-im-Florin-Court? Ich beobachtete atemlos, wie Nena durch das Büro spazierte und Carwyn und Maryam prüfend in die Augen starrte.

»Ich weiß nicht, ob es dir aufgefallen ist, aber die bewegen sich nicht«, bemerkte Nena und begann, Shazias Notizen durchzublättern. »Hmmm ... Zugehörigkeit ... Belonging ... Community of Memory ... Popkultur ... Hat eure Serie was mit Musik zu tun? Weil Pop kann ja heutzutage alles bedeuten. So wie: links. Oder: rechts.«

Aus der Wohnung nebenan wummerte der Bass von etwas, das sich nach X-Ray-Spex anhörte, eine der wenigen Punkbands, die ich jederzeit auch durch eine Wand erkannte, weil sie nicht nur eine Frontfrau hatten, sondern eine Mixedrace-Frontfrau, und ich fragte mich, ob ich jemals mit Nena über diese Dimension meiner Liebe für Poly Styrene geredet hatte.

»Nein, Schnucki.« Nena hielt Shazias Notizblatt gegen das Licht. »Aber du musst auch nicht über alles mit mir reden.« Damit öffnete sie ihre Hand wie zu einem Mic Drop und beobachtete, wie das Papier auf den Boden segelte. »Aus demselben Grund bin ich in den Achtzigern Nena-Fan geworden.«

»Äh, aus welchem Grund, Nena?«

»Dass Neue-Deutsche-Welle-Nena die einzige Frau war, die in der *Bravo* gesagt hat: *Penner! Pisser! Arschlöcher!* Oder dachtest du, es hätte an ihrer Musik gelegen?«

»Ich ...« *Also, um ehrlich zu sein: Ja.*

»Das ist genau wie mit Politik und Partys. Ich verstehe es, denn ich tanze ja dazu.«

In diesem Moment wollte ich nichts dringlicher, als mit Nena zu tanzen. Am liebsten in einem der Autonomen Zentren der Neunziger, in denen die Luft eine Handkante an den Kehlkopf war und die Sohlen der Schuhe am Fußboden klebten, weil viel zu viele Menschen viel zu viele Soli-Getränke verschüttet hatten. Bestimmte Sinneswahrnehmungen waren für mich untrennbar mit Nena verbunden und mit niemandem sonst. Als verändere sich das Gefühl, mit dem sich mein Körper durch die Welt bewegte, je nachdem, mit wem ich mir diese Welt teilte. Wie konnte es sein, dass ich trotz Zeitreisen und Revolutionen und allem pünktlich zur Arbeit hier im Florin Court erschienen war, mich aber nicht daran erinnern konnte, was mit ihr und mir passiert war, seit wir uns voller unausgesprochener Vorwürfe auf der Brick Lane getrennt hatten?

»Nena«, sagte ich.

»Durga«, sagte sie.

Hinter mir hallte ein Satz das Treppenhaus hinauf: »Es ist fünf Jahre her, dass die Queen gestorben ist.« *Was zum Teufel!?!* War ich durch ein weiteres Wurmloch gefallen und in der Zukunft gelandet?

»Nena?«, wiederholte ich, doch an der Stelle, an der sie gerade noch gestanden hatte, war nun eine Kommode mit einem Krug und einer Emailleschüssel. India House hatte fließendes Wasser, aber Savarkar bestand auf einem gefüllten Krug in jedem Zimmer. Ich taumelte und hielt mich am Bettpfosten fest. »Die Queen?«, rief ich die Treppe hinunter.

»Und sie ist gestorben, ohne ihr Versprechen einzuhalten«, rief Aiyar zurück.

»Welches Versprechen?« Denn nun war ja klar, welche Queen er meinte: Victoria.

»Ihre verdammte *Proclamation to the Princes, Chiefs, and People of India*, die wir Trottel als unsere Magna Carta gefeiert haben. Wir naiven ... mir fehlen die Worte ... was haben wir ihr nicht alles geglaubt! Dass die Verbrechen enden würden, wenn die East India Company entmachtet wäre und die Krone übernähme. Gleichberechtigung. Menschenrechte. Ha!« Aiyar rannte, immer zwei Stufen auf einmal nehmend, die Treppe zu mir herauf.

»Was halten Sie von westlichen Menschenrechten? Das wäre eine gute Idee«, zitierte ich Gandhi, nur dass Gandhi das so niemals gesagt hatte. Es war ihm in den Mund gelegt worden, weil es so gut zu seiner Rolle als Weiser aus dem Morgenland passte, der in gut zitierbaren Gleichnissen sprach.

Aiyar lachte trotzdem. Verletzt und verächtlich. »Nichts hat Victoria als Kaiserin von Indien besser gemacht als davor die Handelskompanie, wir sind ärmer und kaputter als je zuvor.« Sein zerzaustes Guru-Gesicht erschien in der Türöffnung, und ich konnte ihm ansehen, dass er ebenso enttäuscht war wie ich, dass ich ohne Savarkar in unserem Zimmer war. Aiyar war Savarkars rechte Hand bei allen politischen Angelegenheiten. Doch dann hatte Savarkar die Fähigkeit, jedem von uns das Gefühl zu vermitteln, dass wir am nächsten mit ihm zusammenarbeiteten, dass wir ihm am wichtigsten waren. »Und jetzt feiern sie das fünfzigjährige Jubiläum ihrer Machtübernahme«, höhnte Aiyar. »Du hast vollkommen Recht, Sanjeev, da würde ich auch zusammenzucken!«

3

»Was machst du eigentlich an der Uni?«, fragte ich Savarkar. Es regnete wie immer. Wir saßen in der Bibliothek um den Kamin, Aiyar tüftelte an einem Code, den die Briten nicht knacken könnten, und Madan starrte schweigend in die Flammen.

»Essen«, antwortete Savarkar.

»Ich dachte, du studierst Jura.«

Die Türglocke läutete. Savarkar schlug seine langen Beine übereinander und erklärte: »Um als Rechtsanwalt zugelassen zu werden, musst du zwölf Semester vorweisen. Oder in Juristensprache: zwölf Semester essen.« Ich starrte ihn verständnislos an. »Das bedeutet, an mindestens sechs der insgesamt vierundzwanzig offiziellen Abendessen im Semester teilzunehmen.«

»Das ist alles?«

»Es kommen auch noch ein paar Prüfungen dazu. Aber die Essen sind die Hauptsache.«

Ich überlegte, ob das einer dieser unverständlichen India-House-Witze war. Der Lieblingswitz meiner Mitbewohner ging so:

Ein Geizhals findet einen Mann in seinem Garten und fragt ihn: »*Was machen Sie auf meinem Baum, Sir?*«

»*Ich suche nach meinem Kälbchen, das sich verlaufen hat.*«

»*Sie werden Ihr Kalb wohl kaum auf meinem Baum finden.*«

»*Deshalb klettere ich ja wieder runter.*«

Richtig, ich verstehe die Pointe auch nicht.

Doch Savarkar wirkte nicht so, als würde er scherzen – sprich: Er sah mich nicht in Erwartung von zustimmendem

Gelächter an –, und irgendwo mussten die zukünftigen Anwälte und Verteidiger und Richter ja ihre Netzwerke knüpfen. Warum also nicht beim Essen und, natürlich, Trinken? Wieder läutete die Klingel, dieses Mal energischer.

»Wo ist Gladys?«, fragte Aiyar.

»Ausgegangen«, antwortete ich. »Mit Kirtikar.«

»Warum?«, fragte Savarkar.

»Weil man das nun einmal so macht, wenn man miteinander ... geht.«

»Kirtikar hat eine Affäre mit Gladys?«, fragte Savarkar ungläubig.

»Natürlich hat er das«, sagte ich überrascht über seine Überraschung. »Das ist doch offensichtlich.«

»Ist es das?«

»Soll ich aufmachen?«, fragte Madan, da die Glocke inzwischen ohne Unterlass klingelte.

»Gute Idee«, sagte Savarkar ohne den geringsten ironischen Unterton. »Kirtikar und Gladys? Bist du sicher? Dann muss sie India House verlassen.«

»Warum?«, fragte ich entsetzt.

»Sie kann nicht hierbleiben, wenn sie ... Das geht nicht.«

»Und was ist mit Kirtikar?«, fragte ich anklagend.

»Was ist mit Kirtikar?«, wiederholte Savarkar, doch er sah dabei nicht mich an, sondern Aiyar. In diesem Moment polterte Savarkars Sinn-Féin-Kontakt Grealis, der mich immerzu prüfend anstarrte und zu sichtbar eine Waffe unter dem Oberhemd bereit hielt, mit Madan in die Bibliothek und trug Feuchtigkeit und die späte Post hinein.

»Ein Brief?«, fragte ich erstaunt und nahm den Umschlag, den er mir reichte. »Für *mich*?« Doch bevor ich ihn öffnen konnte, bemerkte ich, dass hinter Grealis' breitem Rücken noch jemand stand. Ein nervöser junger ... Junge. »David!«

Er sah keinen Tag älter aus als vor zwei Jahren, als ich ihn das letzte Mal gesehen hatte. David Garnett schaute mich überrascht an. »Kennen wir uns?« Und ich begriff, er *war* keinen Tag älter als vor zwei Jahren. Ein Holzscheit brach knisternd im Kamin zusammen und schickte einen Regen funkelnder Asche ins Zimmer. In *Doctor WHO* hätte die Erklärung jetzt gelautet, dass die Zeitlinien zu Anfang meines Besuchs in India House noch nicht völlig stabil gewesen waren und sich verschiedene Zeiten übereinandergelegt hatten. Diese Erklärung war so gut wie jede andere und definitiv besser als die der Asche, die mir mit Lilas Stimme ins Ohr flüsterte: »Lineare Zeit ist nur eine psychologische Kriegstechnik des Empires.«

»Die Asche«, hustete ich, allerdings auf Englisch.

»The Ashes? Haben wir uns beim Kricket-Länderkampf zwischen Australien und England getroffen?«, fragte David auf seine Wenn-ich-groß-bin-werde-ich-ein-Ärmelschoner-Tweedsakko-Intellektueller-Art.

»Was redet ihr da über Kirtikar?«, fragte Grealis. Seine rötlich braunen Haare kräuselten sich, und auf seinem Hemd waren dunkle Flecken, wo der Regen durch die Jacke gedrungen war. »Ah, David rollt die Augen. Kirtikar hat sich also schon bei unserem jungen Freund hier unbeliebt gemacht.«

»Letzte Woche«, begann David eifrig, »als mein Freund Dutta mich das erste Mal hierhin mitgenommen hat, du kennst doch Dutta, oder …«, und stockte, weil Grealis obskure Handzeichen in Savarkars Richtung machte, die noch nicht einmal Savarkar verstand.

»Letzte Woche?«, fragte ich mitleidig. Lineare, voranschreitende Zeit schien wirklich eine psychologische Kriegstechnik des Empires zu sein.

David rieb sich die Nase. »Warst du da auch da? Ich kann mich gar nicht erinnern.« Was er eigentlich meinte, war: *Ich werde mich nicht jemandem anvertrauen, dessen Namen ich nicht kenne.*

»Sanjeev. Ich bin Sanjeev.«

»David Garnett.«

Also verriet ich ihm auch meinen Nachnamen, und dann schüttelten wir uns ausgiebig die Hände, und dann fing er endlich an zu erzählen.

Kurz zusammengefasst – und das ist dringend notwendig, weil David niemals einen Satz sagte, wenn er fünf sagen konnte – hatte Davids Mutter ihn wegen seiner Unfähigkeit, sich etwas anderes in Mathe zu merken, als dass sein Lehrer ein Glasauge hatte, von der Schule genommen und in ein Nachhilfe-Etablissement gesteckt, wo er Chattos Freund Dutta kennenlernte, der ebenfalls für seine Matrikulation paukte. Nachdem Dutta David darüber aufgeklärt hatte, dass er aus Kalkutta kam, und Kalkutta nicht, wie David dachte, in Madagaskar lag, nahm er ihn mit nach India House. Das erklärte zwar immer noch nicht, warum ich David schon vor zwei Jahren hier herumgeistern gesehen hatte, aber ich konnte ja auch nicht wirklich erklären, warum ich hier war.

Davids Großeltern hatten irgendetwas mit dem Britischen Museum zu tun, seine Eltern waren stadtbekannte Bohemiens, er war sozusagen Boheme-Adel und noch dazu Freund indischer Revolutionäre. Deshalb traf es ihn so, als er gerade andächtig mit den anderen einer Schallplattenaufnahme von *Vande Mataram* lauschte, dass Kirtikar verkündete, der englische Gast wolle bestimmt nicht so primitive Musik hören, und stattdessen *The Cock of the North* auflegte. Ich konnte mir vorstellen, wie Kirtikars Herablassung – *Du gehörst nicht dazu, Cocky* – auf jemanden gewirkt haben musste, der so jung und so verletzlich war wie David, und der gleichzeitig ein solches Gefühl von Entitlement mitbrachte, und *Entitlement* war Englisch für: Die Welt dreht sich um mich, weil das nun einmal das Vernünftigste ist, was sie machen kann.

»Also«, schloss David, »habe ich ihn gefragt, zu welcher Rasse er gehört. Alles in Ordnung, Sanjeev?«

»Ja, keine Sorge, ich habe manchmal solche ... Muskelkrämpfe.«

»Wirklich? Warum? Meine Mutter empfiehlt mir immer Milk of Magnesia. Aber ich kann blaue Milch nicht trinken. Merkwürdig eigentlich, weil ich Milch sofort blau *malen* würde. Was denkst du? Jedenfalls antwortete Kirtikar mir: *Tamile*. Und ich: *Ah, ein Nachfahre von Hanuman, dem Affengott.* (Ich habe nämlich eine Menge indische Literatur gelesen, also hauptsächlich das Ramayana, auch wenn ich das nicht besonders toll fand.) Darauf Kirtikar: *Was?* Und ich: *Das erklärt, warum du dich wie ein Affe benimmst.*«

Ich stöhnte, weil ich gar nicht wusste, wo ich anfangen sollte, auf diese Geschichte von Rassismus und Gegen-Rassismus und Gegen-Gegen-Rassismus zu reagieren. Und dann dachte ich an den Gott Hanuman, dessen Darstellungen seit dem Regierungsantritt Modis als Premierminister von Indien 2014 immer monumentaler und muskulöser wurden, als wäre Hanuman nichts als ein großer Affe. Auch Modi selbst prahlte in bester Trump-Berlusconi-Putin-Manier damit, einen Brustumfang von 56 Inches zu haben, also 142,24 cm, nur hörte sich das nicht so beeindruckend an. Dabei ging es bei Hanuman gerade nicht um Kraft und Kampf, sondern um Liebe. Hanuman war nichts als Liebe. In Durgas Auto hing Hanuman als Anhänger am Rückspiegel und riss sich die Brust auf, um zu zeigen, dass sein Herz voll von Rama und Sita war.

Ich spürte Davids Zeigefinger gegen *meine* Brust tippen. »Weißt du was, Sanjeev, ich glaube, du hast Recht, und wir kennen uns wirklich von ir-gend-wo-her. Das ist wie mit diesen

Träumen, in denen du mit jemandem redest, und plötzlich verwandelt der sich in eine Frau oder einen Fuchs.«

Grealis drehte sich blitzschnell um und kommentierte: »Sionnach Sídhe. Vielleicht bist du ja ein Fuchself, Sanjeev. Kannst du in die Zukunft sehen und das Wetter vorhersagen?«

»Zukunft ja, Wetter nein«, grinste ich. Doch nicht annähernd so strahlend wie David, weil jemand so Wichtiges wie Grealis ihm zugehört hatte.

»Wie ist es in Irland?«, versuchte David das Gespräch fortzuführen.

»Schrecklich«, sagte Grealis.

»Ich wollte immer schon einmal nach Irland«, sagte ich, bevor ich mich stoppen konnte.

»Du?« Grealis sah mich an und lachte. »Warum?«

Ja, warum? Weil ich Deutsche war und Irland ein Sehnsuchtsort für Deutsche? Bölls *Irisches Tagebuch* und so weiter. Doch Böll war hier noch nicht einmal geboren, geschweige denn nach Achill Island gegangen. »Wegen ... Tagore?«

»*Where the mind is without fear and the head is held high*
Where knowledge is free
Where the world has not been broken up into fragments
By narrow domestic walls
Into that heaven of freedom, my Father let my country awaken«, zitierte Savarkar und legte mir den Arm um die Schultern, das schien langsam zur Angewohnheit zu werden. »Was ist dein Lieblingsgedicht von Tagore?«

Ich war noch immer aufgebracht über seinen Sexismus – wenn es ein Problem gibt, muss die Frau weg – und seine Prüderie – Sex ist ein Problem –, doch änderte das nichts daran, dass ich seine Anerkennung wollte. »Das über die ... ehem, Revolution«, fiel mir schließlich ein, weil Lila ein Buch über die Oktoberrevolution besessen hatte, auf dem als Motto von

Tagore stand: »*Over the ruins and ashes of hundreds of empires they go on working – the people.*«

»Sanjeev hier ist ein Dichter, aber er kennt keine Gedichte«, sagte Savarkar, aber er sagte es so zärtlich, dass ich mich wirklich wie ein Dichter fühlte, nur halt wie ein zukünftiger Dichter, während Savarkars und Madans Zukunft dunkel auf mir lastete. Je länger ich in India House war, desto dringender wünschte ich mir, sie vor den Folgen der Entscheidungen retten zu können, die sie noch gar nicht getroffen hatten.

»Ich dachte, Dichter wären Bohemiens und hätten kein Problem mit der freien Liebe«, versuchte ich, wenigstens Gladys zu retten. »Du willst Gladys nicht wirklich rauswerfen, oder?«

»Durga!«, rief Savarkar. *WTF?!?* »Das ist, woran du mich erinnerst«, *ich wiederhole: WTF?!?*, »wenn du dich flammend für die Rechte der Frauen einsetzt.« Und dann flüsterte er in mein Ohr, dass sich meine Nackenhaare aufstellten: »*Durga, Durga, burning bright.*«

Die Göttin auf dem Tiger, nach der ich benannt war, wurde in India House ständig angerufen, und jedes Mal fuhr der Name in mich hinein wie ein elektrischer Schock. In Deutschland begegnete ich meinem Namen nie im öffentlichen Raum, deshalb war es so verrückt, ihn hier ständig zu hören und nie gemeint zu sein. Noch verrückter aber war, dass ich seit geraumer Zeit das Gefühl hatte, in meinem Kopf nicht alleine zu sein. Immer wieder meinte ich, Männer mit Hüten um die Ecken meiner Erinnerungen verschwinden zu sehen. Jemand schickte uns nicht nur auf der Straße Spione hinterher, sondern folgte mir bis in meine Gedanken. Und dieser Jemand war ... Curzon Wyllie, der Chef der Geheimpolizei, der hinter den realen Polizisten vor dem Haus steckte. Curzon Wyllie, der indische Studenten in ganz Großbritannien ausfragen und verfolgen ließ. Curzon Wyllie, die Hand des Empires in England, war zumindest in meinem Kopf zu einem Bond-Bösewicht wie Blofeld angewachsen, der in seinem Sessel sitzt und seine Katze streichelt, je sanfter, desto tödlicher.

Deshalb war ich entsetzt, als Savarkar mir nun den halb vergessenen Brief aus der Hand nahm und ihn umdrehte: Auf der Umschlagklappe stand in penibler schwarzer Handschrift der Absender: *William Hutt Curzon Wyllie, India Office, London.*

»Wir alle bekommen diese Briefe«, beruhigte mich Aiyar. »Wir alle werden von dieser Krake mit ihren unendlichen Armen und unendlichen Augen ins India Office eingeladen. Aber niemand von uns geht jemals hin.« Doch das stimmte nicht.

Denn Savarkar war gegangen. Er hatte mir von dem Treppenhaus aus Marmor erzählt und dem roten Teppich, der so dick war, dass seine Füße darin versanken, von den teuren Büsten und den Porträts der Vampire, die Indien für das India Office ausgesaugt hatten, und davon, wie er ihnen direkt in die Augen geschaut und geflüstert hatte: »Wie hoch ist die Summe, um die ihr uns jedes Jahr erleichtert, hm? Wie hoch genau?« Genau das wollte er herausfinden, und dafür brauchte er eine Einlasskarte für die Haushaltsrede im britischen Unterhaus, die ihm nur das India Office ausstellen konnte.

Curzon Wyllie hatte ihn persönlich empfangen. Seine Lider waren ebenso ausgeprägt wie die Tränensäcke unter seinen Augen, was ihm einen ambigen Ausdruck verlieh, als könne man ihn jederzeit auf den Kopf stellen und hätte noch immer denselben Gesichtsausdruck vor sich. »Was kann ich für Sie tun?«, log er mit weicher Stimme. Die Kragen- und Handmanschetten seines Jacketts waren überreich mit Gold bestickt, und Savarkar fragte sich, ob es ihm seit seiner Rückkehr schwer fiel, sich wieder an die gedeckte englische Kleidung zu gewöhnen, und ob Wyllies Geheimdienst-Obsession für indische Studenten an niemals auch nur einer Seele gegenüber ausgesprochener wilder Sehnsucht nach ... Indien lag. Die Hand, die aus der goldenen Manschette herausragte, krampfte sich um ein blütenweißes Taschentuch, während ihr Besitzer Savarkar hungrig musterte. War das Argwohn oder Begehren?

Dann begann das Kreuzverhör, und Savarkar verlor das Interesse an Curzon Wyllie und gab mit einem merkwürdigen Gefühl des Bedauerns die richtigen Antworten auf erwartbare Fragen. Wieso hatte er einen flüchtigen Moment lang so etwas wie Seelenverwandtschaft mit diesem bloßen Buchhalter der Ausbeutung der Welt empfunden? Am Ende erhielt er seinen Passierschein, und Indien bald darauf den ersten von Savarkars Newslettern *Londonchee Batamipatre,* die in den Zeitschriften *Vihari* und *Kal* erschienen.

»Weißt du, wie viel Geld von Indien abgeschröpft wird?«, schäumte er, als er nach der Haushaltsrede in unser Zimmer stürmte und sich direkt an den Schreibtisch setzte.

Ich blinzelte im plötzlichen Licht. »Keine Ahnung.«

»Die Briten wissen es bis auf den Cent! Und sie schämen sich nicht einmal, es in ihrer Mutter aller Parlamente öffentlich zu verkünden. Na?«

»Viel«, sagte ich und setzte mich im Bett auf.

»Oh nein«, knirschte er.

»Sehr viel?«

»Kalt, ganz kalt. 30 000 000 £. pro Jahr! Und das von einem Land, in dem das durchschnittliche Jahreseinkommen bei 1 £ liegt! Diese von den Kolonialisten ernsthaft so genannten ›Steuern‹ werden nicht für Indien verwendet, oh nein! Es werden keine Straßen und Krankenhäuser und Schulen damit gebaut, keine Löhne an indische Arbeiter bezahlt. Nein, das ganze Geld fließt direkt nach England. Aber das ist noch nicht alles.« Savarkars Gesicht war weiß vor Wut. »Ist dir klar, dass wir für jeden Beamten und jeden Soldaten, der uns unterdrückt, selbst bezahlen müssen?«

Ich wickelte mir die Decke um die Schultern und zitierte: »*Wenn ein Engländer etwas will, gibt er das niemals öffentlich zu. Stattdessen entwickelt er eine brennende Überzeugung, dass es seine moralische und religiöse Pflicht ist, die Länder und Menschen zu erobern, denen gehört, was er will.*«

»Gut gesagt, Sanjeev!«

»Das ist nicht von mir, das ist George Bernard Shaw.«

»Wusstest du, dass George Bernard Shaw gesagt hat: *Wenn ein Engländer etwas will, gibt er das niemals öffentlich zu*«, sagte Savarkar zu Grealis, während er Curzon Wyllies Brief zu einem festen kleinen Ball zerknüllte und zielsicher in den Kamin warf. »*Stattdessen entwickelt er eine brennende Überzeugung, dass in den Länder, denen das gehört, was er will, Menschenrechte verletzt werden und* ... wie geht das Zitat noch einmal, Sanjeev?«

»Das war schon richtig so«, sagte ich.

Grealis murmelte »Sionnach Sídhe« und fragte Savarkar mit gedämpfter Stimme: »Hast du schon etwas von Hemchandra, Senapati und Mirza gehört, und ihrer ... Bumm-Anleitung?«

Savarkar warf David einen Blick zu und setzte sein Rekrutiergesicht auf. »Kopien der Bombenbauanleitung sind bereits auf dem üblichen Weg nach Indien.« Das hieß, in den falschen Böden der Kisten eines Import-Export-Unternehmens, das einem Abhinav-Bharat-Genossen gehörte. »Außerdem haben wir noch zwanzig Browning-Pistolen und genügend Munition mitgeschickt.« David hörte andächtig zu.

Grealis richtete seinen prüfenden Blick ebenfalls auf ihn. »Die Frage ist doch immer: Wen sollen wir umbringen?«

»Und jede Antwort darauf ist notwendigerweise falsch«, sagte ich bestürzt.

»Richtig. Und darum ist es auch relativ egal, wen wir exekutieren, solange die Briten nur merken, dass sie es mit Gegenwehr zu tun haben«, sagte Savarkar, als wäre ich da ganz seiner Meinung.

»Das ist nicht euer Ernst?« Ich sah mich hilfesuchend um. »Aiyar?«

»Warum nicht?«, sagte dieser, und ich hatte das Gefühl, der Boden würde sich unter mir öffnen.

»Madan?«

»Hm?«

Ich hatte zwar keine besondere Hoffnung, sagte aber trotzdem: »David?«

David lächelte stolz. »Meine Eltern sind mit mindestens zwei bedeutenden Attentätern befreundet. Russen.« *Natürlich waren sie das. Was war schicker, als einen russischen Anarchisten in seinem Salon zu haben?* »Ich würde mich angesichts der Weltlage schämen, die Ermordung von Briten durch Inder zu verurteilen.« Er hustete rechtschaffen. »Schließlich trage ich als Brite meinen Teil an der Schuld des Empires.«

»Du heißt nicht zufällig mit Zweitnamen Jack, oder?«, fragte ich.

»Wer ist Jack?«, fragte Grealis im selben Augenblick, in dem David »Nein, aber meine Freunde nennen mich Bunny« sagte.

»Ich finde, das Ziel unserer Pistolen sollte Lord Curzon sein ... als Vergeltung für die Teilung Bengalens«, meldete sich Madan plötzlich zu Wort.

Eine kalte Hand griff nach meinem Herzen. »Lord Curzon?« Aber eigentlich hatte ich ›Teilung Bengalens?‹ sagen wollen.

Warum wusste ich das nicht? Teilung hieß für mich die Teilung Indiens in Indien und Pakistan. Oder die Teilung

Deutschlands in Ost- und Westdeutschland. Es war mir immer wie eine Art kosmische Symmetrie vorgekommen, dass die zwei Länder, die Anspruch auf mich erheben konnten, oder auf die ich Anspruch erheben konnte, beide geteilt waren. Und noch dazu derart zeitgleich geteilt worden waren, Indien 1947, Deutschland 1949. Dann vereinte sich Deutschland 1990 völlig unerwartet wieder – zumindest hatte Durga nicht eine Sekunde damit gerechnet –, und kurz darauf begann der für Durga ebenso geheimnisvolle, sprich unerklärliche, Aufstieg von Modis ultrarechter Bharatiya Janata Party in Indien. Was ein gutes Beispiel dafür war, dass Korrelation nicht gleich Kausalität war.

Und jetzt eröffnete Madan mir, dass die erste Teilung Indiens keineswegs 1947 nach der Unabhängigkeit stattgefunden hatte, sondern 1905. Und zwar unfassbarerweise in Bengalen, der Heimat meines Vaters!

»Wisst ihr, was Curse-him-Curzon zu den ganzen Petitionen und Protesten gegen die Teilung gesagt hat?«, fragte Aiyar.

»Was?«, fragte David atemlos.

»*Die Bengalis heulen immer, bis eine Sache erledigt ist, dann akzeptieren sie sie.*«

Ich rang die Hände, was eher so aussah, als würde ich in die Luft greifen, um Curzon von seinem hohen Ross zu reißen. Aiyar nickte mir zustimmend zu: »Aber ihr Bengalen habt die Teilung eben *nicht* akzeptiert.«

Und plötzlich wusste ich, als hätte sich in meinem Kopf eine Internetseite geöffnet, dass es massive Proteste gab und die Proteste Erfolg haben und Bengalen in wenigen Jahren, 1911, wiedervereint werden würde. Nur um 1947 erneut geteilt zu werden. Und das war noch etwas: Warum dachte ich bei dem für Indien so schicksalhaften Wort *Partition* – die eine Million Menschen das Leben kosten und viele Millionen aus ihrer Heimat vertreiben würde – immer nur an Indien und Pakistan?

Warum nicht an Bengalen und Bangladesh, das bei der Teilung zu Ost-Pakistan geworden war? Man musste sich das einmal vorstellen: oben links Pakistan, dann die Landmasse Indiens mit West-Bengalen am östlichen Ende, und dahinter Bangladesh. Letzteres Pakistan zuzuordnen, war so absurd, als würde man Großbritannien nehmen, dann kämen der Kanal *und* Frankreich *und* Spanien, und dessen äußerstes Ende, Gibraltar, sollte britisch sein.

»Lord Curzon soll also das Ziel sein!« David rieb sich die Hände: »Das ist beschlossen, ja? Lasst uns darauf ein Bier trinken.«

»Alkohol ist in India House verboten«, sagte Grealis bedauernd.

»Oh«, sagte Bunnyboy. »Dann einen Whiskey?«

»Wenn du darauf bestehst«, sagte Savarkar.

Grealis zauberte eine Flasche aus seiner Tasche und schüttete den ersten Schluck ins Feuer. »For the fairies.«

»For the fairies«, wiederholte David inbrünstig.

Ich nahm einen Mundvoll Whiskey, der sich in meinem Mund in goldenes Feuer verwandelte, schaute auf Savarkars Profil, während er mit geschlossenen Augen den Stimmen in seinem Kopf lauschte, und dachte: *Wir waren schon einmal hier. Wir waren schon einmal zusammen hier!* Und dann dachte ich, dass das vielleicht jetzt war. Vielleicht war Sanjeev ein früheres Leben von Durga.

Savarkar öffnete die Augen und zwinkerte mir zu. »Kluger Mann.«

»Wer? Grealis?«

»Dein Frantz Fanon«, sagte er so leise, dass nur ich ihn hören konnte.

4 Auf den Fotos, die im Internet kursierten, sah Savarkar immer so hochmütig aus. In Wirklichkeit sah Savarkar ... ja, wie aus? Die passendste Antwort lautete: intelligent. In diesem schmalen Kopf, auf diesem dünnen Hals befand sich ein im Overdrive arbeitendes Gehirn. »Wahrheit und Logik« nannte er die Methode, mit der er an nahezu alles heranging, hauptsächlich daran, Menschen zu überzeugen.

»Das ist sehr Hercule Poirot«, grinste ich.

»Wer?«

»Vergiss es.«

»Nein, das interessiert mich.«

Überhaupt war ich überrascht, wie viele Parallelen es zwischen Poirot und Savarkar gab, wenn man erst einmal begann, nach ihnen zu suchen. Beide waren Widerstandskämpfer, Savarkar mit Abhinav Bharat in Indien und Poirot mit der Résistance in Belgien. Beide gingen respektive flohen nach England. Und beide waren bereit, für ihre Überzeugungen zu töten.

Der Haken an bewaffnetem Widerstand war, dass man dafür
   a) Waffen brauchte.

      Um diesen Teil kümmerte sich Grealis; außerdem trafen sich Savarkar und Aiyar mit Revolutionären aus Ägypten und dem Osmanischen Reich. »Mustafa Kemal, wirklich?«, rief ich aufgeregt. – »Ah, du hast schon von Kemal gehört« – »Natürlich habe ich von Kemal Atatürk gehört!« – »Von *wem*?« (Doch das war noch gar nichts, ein Jahr später sollte Lenin nach India House kommen, sich mehrere Stunden mit Aiyar und Savarkar in dessen Zimmer einschließen, und wenige Tage darauf sogar noch einmal wiederkommen. »Bitte, lass mich dabei sein«, bettelte ich. »Bitte, bitte, bitte.« Bei seinem dritten Besuch schaffte ich es, Lenin die Hand zu reichen, doch er sah unter seinem dunkelroten Haarkranz durch mich hindurch zu Savarkar und verschwand dann mit ihm in unserem Zimmer, ohne auch nur ein Wort an mich zu richten. Savarkar zuckte bedauernd die Schultern und zischte mir zu: »Bei einem Treffen mit Wladimir Iljitsch bestimmen nicht wir die Regeln.«) Und sogar David steuerte stolz ein Winchester-Gewehr bei, mit dem man zwar alles, was mehr als vierzig Meter entfernt war, nicht mehr genau treffen konnte, und dessen Munition in Europa so gut wie nicht zu bekommen war, aber ein Gewehr war ein Gewehr.

Und b) wissen musste, wie man diese Waffen bediente.

Zu meiner Überraschung erwies sich das als das größere Problem. Die Schießplätze in London verweigerten Indern grundsätzlich den Zutritt: Anweisung des India Office. Also belegte Acharya einen Fotokurs an der Fachhochschule und bat, nachdem er absichtlich zufällig einen Stapel Glasnegative umgestoßen hatte, lieber am Schießkurs teilnehmen zu dürfen. Die Fachhochschule schrieb ihn ohne weiteres ein, triumphierend kam er zurück nach India House, doch am nächsten Morgen wurde die Genehmigung zurückgezogen: ein Verwaltungsfehler. Es war nicht schwer, dahinter Curzon Wyllies unsichtbare Hand zu erkennen. Also blieben nur die Schießbuden der Spielhallen.

»Komm doch mit ins *Funland*«, lud mich Madan ein.

»Warum heißt eine Schießbude *Funland*?«

»Weil die Engländer denken, es mache Spaß, Menschen zu töten«, antwortete er für seine Verhältnisse außergewöhnlich gesprächig.

»Und was denkst du?«, fragte ich schnell.

»Wenn du einen Menschen tötest, ist deine Seele für immer an ihn gebunden. Töten ist kein Spaß, aber es kann die einzige Möglichkeit sein.« Ich roch Pears-Seife auf Madans glattrasierter Haut und spürte einen Stich Wut, weil die Traditionfirma Pears wie die meisten Seifenhersteller ihre Produkte als Beweis für die Überlegenheit der Europäer bewarb: das Waschen der schmutzigen Wilden als zivilisierende Mission.

»Das Etablissement, in dem du trainierst, heißt nicht *Funland*, sondern *Fairyland*«, berichtigte Savarkar, der wie immer lautlos in das Kaminzimmer gekommen war, obwohl er eine riesige schwarze Reisetasche trug.

»*Fairyland*«, wiederholte ich nachdenklich. War ich in einen Feenkreis getreten? Nur dass die Zeit in diesem Feenkreis nicht draußen schneller verging, sondern darin. Wenn ich meiner diffusen Erinnerung an die Zukunft vertrauen konnte, war bisher für jedes Jahr, das ich in India House verbrachte, nur ein Tag in Florin Court vergangen.

»Hast du etwa Angst, ins Feenland zu gehen, Sanjeev? Hat Grealis doch Recht, und du bist ein Wechselbalg?« Savarkar tauchte seinen Arm in die Tasche, tastete darin herum, bis sich mit einem Klick der doppelte Boden öffnete, und zog wie ein Magier Exemplar um Exemplar von *Der erste indische Unabhängigkeitskrieg* heraus. Aiyar hatte Savarkars Manuskript im Rekordtempo ins Englische übersetzt und das Gerücht gestreut, er suche verzweifelt in Frankreich nach einer Druckerei, während das Buch bereits in Holland gedruckt wurde.

Ich stürzte mich mit Madan auf den Text, der wie durch ein Wunder zum Buch geworden war, und blätterte durch die unwahrscheinlich neuen, noch nach Druckerschwärze riechenden Seiten, bevor ich ihn fragte: »Du weißt, dass du niemals nur einen Politiker erschießt, sondern immer auch einen Menschen? Was ist der Unterschied zwischen einem Märtyrer und einem Mörder?«

»Ha, ha«, sagte Savarkar und begann, die Bücher in Schutzumschläge von Klassikern wie *Don Quixote* und *The Pickwick Papers* einzuschlagen, um sie nach Indien weiterzuschmuggeln.

»Nein, ganz im Ernst!«

»Sanjeev, manchmal frage ich mich, wie dein Gehirn funktioniert. Warum musst du immer Probleme sehen, wo niemand anders welche sieht?«

Das liegt am einundzwanzigsten Jahrhundert, verkniff ich mir zu sagen. Doch Savarkar erwartete sowieso keine Antwort.

Madan und ich waren sein Captain Hastings, unsere Aufgabe bestand darin, das Publikum für seine brillanten Ideen zu sein und in regelmäßigen Abständen ›Verblüffend, Poirot, du bist ein Superdetektiv‹, beziehungsweise: ›Verblüffend, Savarkar, du bist ein Superrevolutionär‹ auszurufen. Natürlich hörte er sich unsere – okay: meine – Bedenken an, aber lediglich als besonderen Gefallen für mich, und auch nur, wenn ich schnell genug war, bevor ihm der nächste Gedanke kam, den er an uns ausprobieren musste. Wie jetzt: »Unsere größte Hoffnung ist die Armee.«

Madan nickte emphatisch, während ich einwandte: »Welche Armee?«

»Die indische Armee«, sagte Savarkar triumphierend, und einen Moment lang fragte ich mich, ob das wirklich Savarkar war, oder eine Savarkar-Version meiner wegen ihres angeblichen Geheimwissens und sowieso immer triumphierenden Mutter, nur jünger. Und brauner. Und sexier. Etwas wie Trauer zog sich in mir zusammen. Es war, als hätte sich Lila in eine tote und eine lebende Mutter geteilt.

»Wir haben eine ... Armee?«

»Wer, denkst du, sind die Soldaten, die die Briten in Indien einsetzen, um uns zu unterdrücken?«

»Verblüffend, Poirot«, sagte ich dieses Mal ehrlich beeindruckt, und er machte eine theatralische – aber vollkommen ernst gemeinte – Verbeugung. Warum war mir nie aufgefallen, dass es schlicht nicht genug Briten gab, um Indien zu kontrollieren, so dass die Inder das wie so viele andere von den Europäern unterjochte Menschen selbst machen mussten? Die Offiziere waren natürlich Briten, aber die Soldaten der British Indian Army waren Inder. Kein Wunder, dass das Empire es 1857 mit der Angst zu tun bekommen hatte, als die indischen Soldaten sich gegen es erhoben.

»Und die Waffen, die unsere indischen Soldaten tragen, sind unsere Waffen«, fuhr Savarkar siegessicher fort.

Und plötzlich verstand ich, warum er die Abende in der Bibliothek damit verbrachte, Gurumukhi zu lernen. »Du willst an die Sikhs appellieren?« Die Sikhs stellten zwar nur einen kleinen Teil der indischen Bevölkerung, aber einen großen Teil der indischen Armee.

»Ich appelliere bereits an die Sikhs! In diesem Augenblick wird mein Gurumukhi-Flugblatt in Indien verteilt. Es ist alles vorbereitet. Sobald die Soldaten auf unsere Seite übergelaufen sind und die Revolution in Indien beginnt, werden die Türken und Ägypter den Suezkanal blockieren.«

»Das ist utopisch.«

»Danke!«, rief Savarkar befriedigt.

»Das war nicht positiv gemeint«, sagte ich und hatte sofort ein schlechtes Gewissen, aber nicht sehr, da ich ihm immer noch nachtrug, dass er Gladys tatsächlich rausgeschmissen hatte. Ihr Blick, als ich mich bei ihr entschuldigte und ihr den größten Teil des Honorars, das Shyamji mir bei seinem Abschied ausgezahlt hatte, weitergab, hatte sich in mich eingebrannt. Eine Mischung aus Verachtung und Mitleid, aber zumindest nahm sie das Geld.

Savarkar überhörte meinen Sarkasmus sowieso. »Wusstest du, dass die Sikhs gar keine Kriegerkaste sind?«

»Ich wusste nicht einmal, dass sie eine Kriegerkaste sein sollen.«

»Das ist eine Erfindung der Engländer.« *Joa, von wem auch sonst?* »Nach 1857 haben sie vor allem Sikhs rekrutiert und behauptet, das hätte nichts damit zu tun, dass diese damals auf ihrer Seite waren. Nein, nein, es läge lediglich daran, dass sie eine kriegerische Kaste seien. Die Anwerbeoffiziere haben sogar anatomische Handbücher, in denen die körperlichen Besonderheiten aufgeführt werden, die die Sikhs vermeintlich zu so guten Kämpfern machen.«

Der einzige Sikh, den ich kannte, war ein ehemaliger Kommilitone mit der Physiognomie eines weichen Naan-Brotes, und trotzdem bis in seine von jeder Hornhaut freien Fingerspitzen stolz auf die Krieger-Identität seiner Kaste. (Ich hatte ihn natürlich während meines Auslandssemesters in Glasgow kennengelernt. Damals in den Neunzigerjahren hätte an einer deutschen Universität noch niemand öffentlich stolz von seiner Krieger-Identität geredet.) Wie konnte es sein, dass Rassentheorie bis in die intimsten Selbstentwürfe eindrang?

»Die Sikhs sind keine kriegerische Kaste«, fuhr Savarkar fort. Natürlich nicht, schließlich waren die Sikhs gar keine Kaste, sondern eine Religion. Doch das meinte Savarkar nicht. Sondern: »*Alle* Hindus sind Krieger. Schließlich sind wir die Nachfahren des legendären Kriegers Arjuna.«

»Warum ist deine Lösung für Rassismus immer … nur Krieg?«, heulte ich auf.

»Komm endlich damit klar, dass wir uns in einem Krieg befinden. Wenn wir nicht kämpfen, machen wir uns mitschuldig an den Morden und Deportationen und Folterungen in Indien«, antwortete Savarkar. Ich schwieg betroffen und merkte dann, dass er nicht ›du‹ gesagt hatte, sondern ›wir‹. Das war keine Anklage, sondern eine Selbstverpflichtung. Savarkars Lippen waren an meinem Ohr wie eine Liebkosung. »Wenn du rausfindest, was das Richtige für dich ist, wirst du es tun. Wir alle sind nur unserem Gewissen gegenüber Rechenschaft schuldig.«

Mit einem Krachen flog die Haustür auf und Aiyar rief: »Lügner!«

Savarkar sprang auf, als hätte er nur auf dieses Stichwort gewartet.

»Was ist los?«, fragte ich Madan, doch der spähte nur ebenso fragend in den Flur.

»Ich komme gerade von Kirtikars Universität«, antwortete Aiyar und schmiss sein Jackett über den Treppenpfosten. »Er ist schon seit Monaten nicht mehr dort aufgetaucht. Eigentlich war er nur in der ersten Woche da.«

Savarkar stürmte bereits die Treppe hinauf. Bevor ich ›Privatsphäre‹ sagen konnte, hatte er schon Kirtikars Zimmertür mit dem Zweitschlüssel aufgeschlossen und begonnen, zusammen mit Aiyar Kirtikars Schränke zu durchsuchen. Madan und ich folgten unschlüssig und wagten nicht, irgendetwas anzufassen.

»Ich habe mich schon gewundert, wie er es ertragen kann, eine Weiße anzufassen?«, fluchte Savarkar, während er wie besessen einen Stapel sehr privat aussehender Briefe durchblätterte. »Diese bleiche Haut wie ein Geist. Nein, wie eine Leiche, die nicht genügend Seele hatte, um überhaupt zu einem Geist zu werden.«

»Wow«, sagte ich.

»Du benutzt zu viele Amerikanismen«, rügte Savarkar.

»Wow«, sagte ich wieder

»Ist das hier das, wonach ihr sucht?«, fragte Madan und deutete auf ein halb beschriebenes Blatt auf Kirtikars Schreibtisch. Es war das, wonach sie suchten.

»Kirtikar kommt«, zischte Aiyar plötzlich. »Lasst uns verschwinden.«

»Nein, lasst uns genau hier bleiben«, flüsterte Savarkar und zog einen Revolver aus der Hosentasche.

»Das ist nicht dein Ernst«, zischte ich.

»Psst«, machte Aiyar, zückte ebenfalls einen Revolver und trat hinter die Tür.

Savarkar griff so hart nach meinem Arm, dass seine Fingerabdrücke noch am nächsten Tag auf meiner Haut sichtbar sein würden, und zog mich näher zu Madan, so dass er komplett von uns verdeckt war. Keine Sekunde zu früh! Ich hörte Kirtikars Schlüssel im Schloss, konnte sogar seinen Atem stocken hören, als er merkte, dass nicht abgeschlossen war. Dann flog die Tür auf. Madan schaffte es tatsächlich, zu lächeln. Doch meine Mundwinkel zitterten so heftig, dass ich nur ein unbestimmtes Geräusch machte, das sich verdächtig nach »Hei-ei-ei« anhörte.

»Was macht ihr in meinem Zimmer?«, herrschte Kirtikar uns an, um seine Nervosität zu überspielen, während er gleichzeitig versuchte, nonchalant zu grinsen, mit dem Ergebnis, dass er aussah, als hätte er einen nervösen Tick.

In diesem Augenblick stieß Aiyar die Tür hinter ihm zu und richtete den Revolver auf Kirtikars Kopf: »Warum schreibst du Berichte über uns?«

»Für Scotland Yard!«, fügte Savarkar hinzu und richtete seinen Revolver über meine Schulter auf Kirtikars Herz.

Ich hatte noch nie einen Menschen zusammenbrechen sehen. Ich hatte allerdings auch noch nie einen Menschen gesehen, der mit einer Pistole bedroht wurde. Außer in Filmen. Und da hörten sich Geständnisse immer befriedigend an, während hier nichts befriedigend war. Kirtikar mochte ein Verräter sein, aber ich fühlte mich wie das Schwein, während ich seinem Schluchzen zuhörte. Ein Geräusch wie aus der kältesten Hölle, in der es keine Hoffnung gab. Madan reichte ihm sein Taschentuch, was absurd war, so wie jemandem Kamillentee gegen ein gebrochenes Bein anzubieten, und gleichzeitig so menschlich, dass es den Bann brach.

»Und, was sollen wir jetzt mit ihm machen?«, fragte Savarkar mich, und einen Moment lang überlegte ich, ob das ein Test war und er anhand meiner Antwort ermessen wollte, wie er eines Tages mit mir umgehen würde, wenn ... falls ...

»Ihn am Leben lassen«, sagte ich rasch.

»Du bist immer so melodramatisch«, lachte Savarkar und steckte die Pistole ein. »Okay, wir haben entschieden, dass du in India House bleiben kannst.« Kirtikar blinzelte aus seiner zusammengekauerten Position erleichtert und misstrauisch hoch. »Unter einer Bedingung!«

»Ich schreibe nie wieder einen Bericht für Scotland Yard!«, wimmerte Kirtikar.

»Ganz im Gegenteil. Du schreibst, was wir dir diktieren.« Nur zur Erinnerung tippte Savarkar auf die Tasche mit seiner Pistole. »Und zwar jede Woche. Oder wie häufig reichst du deine Berichte ein?«

Ich war so erschüttert, dass ich Madan am nächsten Sonntag ins *Fairyland* begleitete. Zur Abwechslung regnete es mal nicht, und der diesige Sonnenschein machte mich schwindlig und euphorisch. Vielleicht lagen meine Gefühle auch nur daran, dass ich der paranoiden Atmosphäre von India House mit seinen Konflikten, für die es keine sauberen Lösungen, und Fragen, auf die es keine richtigen Antworten gab, für ein paar Stunden entkam. Diese Straßen voller behaglich klappernder Hansom-Taxis und freundlich knisternder Gaslaternen waren das London von Sherlock Holmes und nicht von blutigen Befreiungskriegen. Und dann fiel mir auf, dass es in den Sherlock-Holmes-Geschichten nur so von Colonels wimmelte, die im Raj gedient hatten, und von ungeheuren Schätzen, die so circa jeder in den Kolonien ergaunerte, und die natürlich ganz andere Menschen erarbeitet hatten. Und kurz sah ich London durch Jacks Augen, jeder Stein eine Erinnerung an das alles verschlingende Empire.

»Ich finde es immer noch erschreckend ...«, sagte Madan, während er einem Bettler deutlich mehr Geld gab, als der Mann gewohnt war. »Gott segne Sie«, rief er uns nach und biss misstrauisch auf die Münzen, um sicherzustellen, dass sie echt waren.

»... wie viele Bettler es hier gibt?«, fragte ich.

»Nein. Dass auch weiße Menschen arm sind«, antwortete Madan. »In Indien sind alle Weißen reich. Hast du jemals ...« Seine Finger wanderten zu seiner Brusttasche, als hätte er darin seine Notizen versteckt. »... darüber nachgedacht, dass die Europäer ... die Fähigkeit zu lieben verloren haben?«

»Nicht wirklich«, sagte ich überrumpelt.

»Ich auch nicht. Aber Mukhopadhyay sagt das.«

»Wer?«

»Bhudev Mukhopadhyay, Bengali wie du.«

»Ah«, sagte ich, da mir nichts anderes einfiel. Aus dem Augenwinkel sah ich den Polizisten, der uns im Auftrag Curzon Wyllies beschattete, halbherzig in einen Hauseingang treten. Er wusste, dass wir wussten, dass er uns folgte, doch wahrscheinlich musste er zumindest so tun, als wäre er undercover, um seinen Selbstrespekt nicht zu verlieren.

»Mukhopadhyay schreibt, dass die Europäer seit der Bildung ihrer Nationalstaaten ihre Fähigkeit zu lieben vollständig auf ... Objekte wie Geld oder Besitz übertragen haben.« Madan verstummte.

»Apropos Nationalstaaten«, begann ich.

»Meinst du, ich kann auch einmal so kluge Gedanken denken?«, fragte Madan besorgt. »Seit ich in England bin, habe ich dieses unheimliche Gefühl, dass die andere Welt nicht mehr durch einen Schleier von uns getrennt, sondern unmittelbar mit uns anwesend ist. Dass die Weißen wie Geister sind, wie Wesen, die seelenlos durch diese Straßen hier irren und nur darauf warten, uns unsere Seelen zu stehlen.«

Ich hasste mich dafür, dass ich das überging und stattdessen fragte: »Können wir über Nationalstaaten reden?«

»Warum habt ihr Bengalen so viel Angst davor?«, fragte Madan überrascht. »Sogar Tagore ist inzwischen gegen Nationalstaaten.«

»Good old Tagore«, sagte ich anerkennend.

Wir hängten unseren Schatten im Gedränge des U-Bahnhofs Highgate ab. War es wirklich zwei Jahre India-House-Zeit her, seit ich das letzte Mal mit der U-Bahn gefahren war? Ich konnte mich zumindest nicht an andere Fahrten erinnern, doch zugleich waren überhaupt große Teile meiner Zeit in India House leere Seiten, keine Erinnerungen an Gespräche oder Geschehnisse, sondern nur Gefühle. Zu viel Sehnsucht, um glücklich zu sein. Autokorrektur: Der letzte Satz beschreibt natürlich Savarkar. Es war nur nicht immer leicht, seine Gefühle von meinen zu unterscheiden, wenn er in meiner Nähe war.

Die Tottenham Court Road war voll von Menschen, die uns neugierig betrachteten, und ich schaute mit genauso viel Neugier zurück, noch immer überrascht, dass sie nichts von den zuckenden Bewegungen und der flackernden Schwarz-Weiß-

Ästhetik alter Filmaufnahmen hatten. Sie waren nur Menschen, die an einem unerwartet lauen Tag ihren Geschäften nachgingen, so wie wir. Okay, eine Straße weiter in der Charlotte Street gab es einen kommunistischen Club, in dem schon Karl Marx Mitglied gewesen war, bis der Club sich in einen sozialdemokratischen und einen anarchistischen Flügel spaltete und die Anarchisten ein paar Ecken weiter in die Rose Street umzogen, und noch ein paar Ecken weiter in der Fitzroy Street war die Freie Schule, die die französische Anarchistin Louise Michel gegründet hatte. Oh, und wir waren hier, um zu lernen, wie man britische Würdenträger erschoss. Aber die meisten Passanten schienen nur Schränke kaufen zu wollen. Ich hatte noch nie so viele Tischlereien und Schreinereien in einer Straße gesehen wie hier. Und da war auch schon unsere Schießbude. Savarkar hatte sich geirrt, sie hieß tatsächlich *Funland*. Doch Madan lief zielstrebig weiter, vorbei auch an der nächsten Schießbude mit dem noch unpassenderen Namen *Pleasureland*, bis er vor einer Fassade wie aus Tausendundeiner Nacht anhielt. *Fairyland* war mehr Jugendstil als der Jugendstil selbst. Über der offenen Ladenfront räkelten sich nackte Frauen aus Stein, die durch riesige Muscheln als Aphroditen gekennzeichnet waren, damit niemand an ihrer Nacktheit Anstoß nahm, Auf den Fenstern darüber stand in roter Schrift links *London's Premier* und rechts *Revolver Gunshooting*.

»Wow, What-the-Butler-Saw-Maschinen!«, rief ich, als wir den schlauchartig langen Raum voller Mutoskope betraten. Ich kannte diese frühe Mischung aus Film und Daumenkino nur aus Vorlesungen an der Uni und fummelte aufgeregt nach einer Münze, um durch das Sichtfenster wie durch ein Schlüsselloch eine Frau beim Sich-Entkleiden beobachten zu können, was Butler in der edwardianischen Imagination halt so machten. Die bis auf die Tatsache, dass sie sich doppelt so schnell bewegte, sehr normale Frau in meiner Maschine war bereits nackt und hängte, während ich die Kurbel drehte, Kugeln an einen gigantischen Weihnachtsbaum. Pornographie light. Very, very, very light. Weiter hinten gab es ein Klavier, warum auch immer, dann etwas, das als *Japanese Game Roll Away* angepriesen wurde, und ganz am Ende ein Kasperletheater, nur dass dahinter nicht Handpuppen mit Knüppeln aufeinander einschlugen, sondern in zehn Metern Entfernung mehrere Zielscheiben hingen.

»Guten Tag Alice«, grüßte Madan die Frau, die die Waffen ausgab, und erhielt von ihr eine Webley, nicht, dass ich Revolvern ihre Marke ansehen konnte, aber Alice sagte: »Eine Webley, wie immer?«

Später fand ich heraus, dass das ein Scherz war, weil Madan in der Regel seinen eigenen Revolver mitbrachte, doch ich hatte wie gesagt Probleme damit, Frühes-zwanzigstes-Jahrhundert-Witze zu erkennen. Noch viel mehr Probleme hatte ich allerdings damit, zuzusehen, wie Madan auf eine Zielscheibe oder irgendetwas schoss. Deshalb floh ich die Treppe hinauf in den ersten Stock. Nach den grellen Lichtern unten war es hier nahezu dunkel und roch muffig nach Teppich.

»Na endlich. Ich habe schon gewartet«, sagte eine hohle Stimme direkt neben mir. Wenn ich eins in India House gelernt hatte, dann, mich durch nichts mehr erschrecken zu lassen, doch anscheinend war ich keine gute Schülerin, pardon, kein guter Schüler, und fuhr beinahe aus der Haut.

»Shhhhh«, sagte die Stimme nicht mehr ganz so hohl, weil sie versuchte, ein Kichern zu unterdrücken. Erfolglos. Im Dämmerlicht erkannte ich eine Frau in Shazias Alter, gehüllt in einen Salvar Kameez und auf dem Kopf – warum auch immer – einen Turban, die an der Wand lehnte und ein Rosinenbrötchen aß.

»Wer? Wie? Was?«, stotterte ich.

»Der. Die. Das«, entgegnete sie amüsiert.

Bevor wir anfingen, die Titelmelodie der Sesamstraße zu singen, sagte ich, wenn auch kaum würdevoller: »Auf mich? Gewartet? Warum?«

»Weil ich wusste, dass du kommen würdest.« Sie drückte sich von der Wand ab und trat auf mich zu. Ihre freie Hand wanderte meinen Arm hinauf und drehte meinen Kopf sanft zur Seite. Ich sah einen Diwan, einen Tisch mit einer Glaskugel und dahinter ein Schild: *Madame Pauline, Hellseherin*. Und mir wurde klar, dass ihre absurde Kleidung eine Mischung aus mystischem Orient und Z-Wort sein sollte.

»*Handlesen* oder *Nachrichten von der anderen Seite*?«, fragte sie und steckte sich das letzte Stück Brötchen in ihren Mund. Anscheinend hatte ich sie bei ihrer Mittagspause gestört. »Wobei die Leute nicht wirklich wissen wollen, was ihnen die Zukunft bringt«, fügte sie bedauernd hinzu. »Ich habe Alice da unten gesagt, dass sie eines gewaltsamen Todes durch eben die Gewehre sterben wird, die sie jeden Tag an die Kunden aushändigt. Und, hat sie mir gedankt? Nichts da! Eine Woche nicht mit mir geredet hat sie.«

»Ich warte nur auf meinen Freund«, sagte ich und griff nach dem Treppengeländer hinter mir.

»Das sagen sie alle«, sagte sie und hakte sich bei mir ein. »Du kannst mich übrigens Lilli nennen.«

»Durga«, stellte ich mich vor, und merkte erst, als sie mich bereits auf den Diwan bugsiert hatte, was ich gesagt hatte. Die durchgesessenen Kissen schlossen sich um mich wie eine Umarmung, und die Luft roch nicht mehr muffig, sondern nach Pilzen und Zwergen und sprechenden Pferdeköpfen. Tatsächlich hing ein besonders mottenzerfressenes Exemplar von Letzterem direkt über mir.

»O du Falada, da du hangest«, murmelte ich.

»O du Jungfer, da du gangest, wenn das deine Mutter wüsste, ihr Herz tät ihr zerspringen«, antwortete das Pferd. Oder Lilli. Oder ... Mein Kopf begann zu summen. Ich merkte, dass die Schüsse unten aufgehört hatten, doch anstatt mir die Treppe hinauf zu folgen, unterhielt sich Madan mit Alice. Madan! Unterhielt sich! Die ganze Situation war so fantastisch, dass mich eine unerklärliche Hoffnung erfasste. Schließlich hatte der Erfinder von Sherlock Holmes, Arthur Conan Doyle, daran geglaubt, dass es möglich war, mit den Toten zu kommunizieren. Warum sollte ich dann nicht daran glauben, dass es möglich sein konnte, mit den noch nicht Geborenen zu sprechen? Außerdem war das Summen inzwischen so laut, dass ich mich nur schwer auf irgendwelche Zweifel konzentrieren konnte. Ich öffnete meinen Mund, schloss ihn wieder und fragte, bevor mich der Mut verließ: »Wie kann ich in meine Zeit zurückgelangen?«

Lilli zwinkerte mir zu und sagte: »Ich habe eine Nachricht für dich.«

Die Routine, mit der sie meine Wie-Frage umschiffte, traf mich wie ein Schlag in den Solarplexus. Ich kniff die Augen zusammen und hatte das Gefühl, nach hinten zu stürzen, immer tiefer in das Sofa hinein, bis sich die Sprungfedern in meinen Rücken bohrten. Und noch immer hielt ich die Augen geschlossen. Zu meiner Überraschung merkte ich, dass ich versuchte, Tränen zurückzuhalten. Hatte ich etwa ernsthaft mit einer Antwort auf meine Frage gerechnet? Natürlich nicht. Aber ich rechnete eben auch nicht mehr ernsthaft damit, wieder zurückzukommen. Ich war in den Feenkreis getreten und hatte die Speisen darin gegessen und die Getränke getrunken. Nach allen Regeln der Folklore musste ich nun für immer hierbleiben. Ich spürte Finger mit scharfkantigen Nägeln in meinem Gesicht puhlen. Lilli versuchte, mir die Lider auseinanderzuziehen. »Autsch!«

»Du musst mich schon anschauen, wenn ich dir die Nachricht übermittle.«

»Ich will keine Nachricht!«

»Nein, aber die Nachricht will dich«, lachte sie, und ich konnte die Krümel zwischen ihren Zähnen sehen und ihren überraschend angenehmen Atem riechen. »Komm schon, es ist unhöflich, Botschaften von jenseits des ... Jenseits nicht zuzuhören.«

Da sie sich so viel Mühe gab, reichte ich ihr eine Münze, und sie setzte sich in Positur und musterte mich eingehend. »Die Nachricht, die ich bekomme, ist von einer Frau ... nein, einem Mann.«

»Einem großen dunklen Fremden, nehme ich an«, sagte ich zynisch.

»Nein, er ist kein Fremder. Aber er kommt auch nicht aus diesem Land.« Damit ging sie bei meiner Hautfarbe schon mal auf Nummer sicher. »Sein Name beginnt mit H ...? Mit A ...?« Sie war eine so entzückende Hochstaplerin, und die ganze Sache machte ihr einen solchen Spaß, dass ich ihr den ganzen Mummenschanz nicht mehr übelnehmen konnte. Schließlich war es nicht ihre Schuld, dass ich einen Moment inbrünstig gehofft hatte ...

»*Jack*«, sagte sie.

»Was!«, keuchte ich.

»Ich habe eine Nachricht von Jack.«

Ich griff nach ihren Schultern und konnte mich nur mit größter Anstrengung zurückhalten, sie zu schütteln. »WAS?!?«

»Es tut mir leid.«

»Konzentrier dich! Was ist die Nachricht?«

»Die Nachricht ist: Es tut mir leid.«

»Was«, heulte ich auf, »tut ihm leid?«
»Das hat er nicht gesagt.«
»Oh *for God's sake*! Dann FRAG IHN NOCHMAL!«
»Er sagt ...«
»Was?«
»Er sagt, es tut ihm leid«, jetzt schüttelte ich sie tatsächlich, »dass er nicht so für dich da sein kann, wie du es brauchst.«
»Ist das alles?«, heulte ich außer mir vor Enttäuschung. Um mir das mitzuteilen, brauchte es kein Medium, das sagte Jack mir in nahezu jedem Streit. Und wenn es ihm wirklich so leidtat, warum tat er dann nichts dagegen? Ich erwartete ja nicht, dass er meine Probleme löste. Aber war es wirklich zu viel verlangt, dass er mir einmal zuhörte, ohne Witze zu machen? Schließlich starb meine Mutter nicht jeden Tag. Die Kerze, die am nächsten zu mir stand, erlosch mit einem Zischen und verbreitete einen talgigen Geruch, wie Kopfhaut oder Fußnägel. Plötzlich hatte ich das Gefühl, keine Luft mehr in diesem Raum mit seinen schweren Vorhängen und rußenden Kerzen zu bekommen, und sprang auf.

Auf der Treppe stieß ich mit einer dunkelhaarigen Frau mit Tam-o'-Shanter-Mütze zusammen, die eine Flasche Dr.-Tibbles-Vi-Cocao in der Hand hielt. »Ich sehe ein großes Interesse an Politik ... an Politikern ... an einem bestimmten Politiker ... dem Premierminister! ... Du willst den Premierminister treffen ... nein ... ein anderes Wort mit ›t‹ ... töten!«, hörte ich Lilli noch hinter mir zu Tam o' Shanter sagen, bevor ich mich durch den endlos langen Raum nach draußen tastete. Als ich auf die Straße hinaustrat, war ich überwältigt und wütend und ... beschämt, weil ich sie geschüttelt hatte, Männergewalt gegen Frauen und so weiter. Lilli lehnte sich zwischen den beiden Aphroditen aus dem Fenster und warf mir eine innige Kusshand hinterher. »Von Jack«, erklärte sie. »Er sagt, er ruft dich an.«

»Sanjeev«, rief Madan und rannte mir hinterher. Aber ich konnte nicht anhalten. Meine Füße liefen ohne mein Zutun weiter, und mit jedem Schritt wurde das Summen in meinem Kopf lauter. London löste sich in einem weißen Raunen auf. Wäre ich in der Lage gewesen, überrascht zu sein, wäre ich überrascht gewesen, dass ich in diesem weißen Niemandsland nicht alleine war. Es schien, als würden sich alle verlorenen Seelen, alle Verdammten dieser Erde hier versammeln. Und die meisten von ihnen waren Frauen. Wütende, heulende Frauen.

Sanjeev, drang Madans weit entfernte Stimme durch das Heulen. Und Schatten quollen in das Weiß, so dass die Reihen um Reihen von Frauen wie Negative sichtbar wurden, wie halb entwickelte Fotografien, mit aufgerissenen Mündern und erhobenen Armen, aber starr und stumm.

Sanjeev! Was ist los? Die Welt bebte, nein, ich bebte, jemand griff nach mir und hielt mich fest, während mir die Zähne klapperten. Madans besorgtes Gesicht erschien in meinem Sichtfeld, und hinter ihm der Hyde Park, wo wir uns das erste Mal getroffen hatten und er mir seine Schuhe überreicht hatte. Madan, der mich nicht kannte, aber meine Not wahrnahm. Und die Wärme sickerte zurück in meinen Körper, ein Gefühl, wie in ein Foto hineinzusteigen, das sich daraufhin in einen Tonfilm verwandelte: Die Farben rauschten zurück in die Menschen, die aus ihrer Starre erwachten und sich zu bewegen begannen, als hätte irgendwo ein Prinz – wahrscheinlich der Prince of Wales, der in wenigen Jahren die Teilung Bengalens rückgängig machen sollte – eine schlafende Jungfrau geküsst. Ich roch sogar Rosen, sofort überlagert von Pferdeäpfeln. Und dann plötzlich – wie der Aufprall einer Welle oder Welt – der Lärm. Das Schrillen von Polizeipfeifen, der Ruf der Autorität, und über alldem das Geschrei der Fischweiber, die die Demonstration vor mir begleiteten. Aus allen sieben Himmelsrichtungen marschierten Suffragetten in langen weißen Kleidern mit bunten *Votes-for-Women*-Schleifen und Bannern und Blaskapellen auf den Hyde Park zu. Die Realität war deutlich surrealer als ihre Repräsentation, und überdeutlich brutaler. Zersplitterndes Glas, Polizeipferde, die wie Zentauren durch die kreischende Menge wateten. Ein zerfetztes Banner mit der Aufschrift *Wir wollen keine Kavaliere, sondern Gerechtigkeit!*, das wie eine verlorene Seele in die Blumenrabatten geweht wurde. Und dann – umrahmt von weißer Spitze – ein bekanntes Gesicht: Charlotte Despard! Charlotte erkannte uns beide ebenfalls, hob die Faust und verkündete: »Vande Mataram!«, bevor sie abgeführt wurde. Von rechts warf die Frau mit der Tam-o'-Shanter-Mütze ihre Dr.-Tibbles-Vi-Cocao-Flasche nach den Polizisten. Wie war sie so schnell von Fairyland hierhergekommen? Rennende, schubsende, stolpernde Körper, noch mehr Verhaftungen. Schreie. Noch mehr Schreie. Umgedrehte Arme.

»So geht man doch nicht mit Frauen um«, rief ein Mann hinter mir entsetzt.

»Sind das überhaupt Frauen?«, entgegnete ein anderer.

»Ist das da vorne ihre Oberhexe, Mrs. Pankhurst?«

»Nein, das ist ihre Tochter, Miss Pankhurst.«

Und dann schallte Sylvia Pankhursts Stimme über die Menge, wie durch ein Megaphon verstärkt: »Alles, was wir wollen, ist Freiheit! Gebt uns unsere Freiheit, und wir werden nicht gegen euch kämpfen. Aber wenn ihr uns unsere Freiheit nicht gebt, werden wir sie uns nehmen: Mit allen Mitteln!«

5 Irgendwann wurde es doch Sommer in London. Die Luft war so warm, dass Innen und Außen verschwammen, und ich merkte, dass ich glücklich war, mich eine Weile in der Vergangenheit verstecken zu können. India House fühlte sich an wie

eine zweite Haut, oder in meinem Fall wie ein Kleidungsstück, das noch warm war vom Körper eines anderen. Vielleicht, vielleicht war es gar nicht so schlecht, am Anfang des zwanzigsten Jahrhunderts zu leben. Vielleicht konnte das einundzwanzigste Jahrhundert warten. Oder ich konnte auf das einundzwanzigste Jahrhundert warten. Schließlich wusste ich, dass ich geboren werden würde. Was machte es da schon, wenn ich vorher die Voraussetzungen dafür mitgestaltete? Vielleicht war das mein Dharma. Vielleicht würde ich nach Bengalen gehen/zurückgehen. Vielleicht würde ich in Shantiniketan arbeiten, an der Reformuniversität, die der Dichter Tagore in wenigen Jahren ins Leben rufen würde. Vielleicht würde ich meinen Vater als jungen Mann kennenlernen. Vielleicht würde ich meinen Teil zum Aufbau eines unabhängigen Indiens beisteuern.

Oder, okay, seien wir ehrlich, es war deutlich wahrscheinlicher, dass ich nach Berlin gehen und mich als Mitglied des Indischen Unabhängigkeitskomitees an der Hindu-German Conspiracy beteiligen würde. Hindu-German Conspiracy hörte sich super an. Warum hatte ich nie zuvor davon gehört? Warum musste Durga sie wie in einer Übersprungshandlung manisch für mich googeln: Finde mehr über indische Verschwörungen heraus, um dich davon abzulenken, dass du nicht einmal weißt, wegen welcher ihrer unzähligen Verschwörungstheorien deine Mutter meinte, dass die dunklen Mächte hinter ihr her waren?

Lila hatte immer gesagt, dass die Welt so viel mehr Sinn machen würde, wenn wir ihre vollständige Geschichte kennen würden. Und tatsächlich machten die Verwerfungslinien in Durgas Zeit so viel mehr Sinn, je mehr ich vom Rest der Geschichte erfuhr, und nicht nur von ihrer lektorierten europäischen Version. Wurde ich langsam wie Lila? Wie Lila, deren Lieblingssatz war, dass nicht nur alles mit allem verbunden sei, sondern auch alle mit allen. Schließlich hatte ich mich danach immer gesehnt: einer Vergangenheit, in der Leute wie ich vorkamen, und zwar HIER und nicht nur DORT.

Warum war ich dann nicht in Berlin gelandet? Die wahrscheinlichste Antwort lautete, dass das meine nächste Station sein würde. Dass der einzige Weg für mich nach Hause daraus bestehen würde, das elende, lange zwanzigste Jahrhundert zu durchleben, bis ich schließlich Sanjeevs Körper abstreifen und als Durga wiedergeboren werden konnte. Jeder Körper ist eine Zeitmaschine, nur eben eine sehr, sehr langsame Zeitmaschine.

Savarkar trat mit einer Tasse aus der Küchentür und kam die Stufen in den Garten hinunter. Seine nackten Füße hinterließen Abdrücke im taunassen Gras, die bald von den ersten Sonnenstrahlen aufgeleckt werden würden. Doch noch wölbte sich der frühe Morgen wie ein rotgoldenes Dach über den Himmel und färbte jede der filmdünnen Wolken pink. Er reichte mir die Tasse für einen Schluck, und mein Mund füllte sich mit der Wärme dieser geteilten Intimität.

»In Indien blüht jetzt der Lotus«, sagte er mit Blick auf das Farbspektakel über uns.

»Vermisst du Indien?«, stellte ich ihm die Frage, auf die mir Dinesh nie eine Antwort gegeben hatte.

»Sehr. Aber hier ist es auch schön. Hier gibt es *bog cotton*.« Savarkar deutete auf ein paar weiße, fluffige Gräser, die ich für eine Mischung aus Pusteblume und wilder Baumwolle gehalten hatte. »Und Mädesüß. Wenn es nach mir ginge, würde ich es in alle Schränke unter die frisch gewaschene Wäsche legen, aber Grealis sagt, Mädesüß riecht wie der Tod. Was meinst du?« Er stellte die Tasse auf den Rasen, pflückte ein paar der winzigen weißen Blüten und hielt sie mir unter die Nase, doch ich konnte nur die Wärme seiner Haut riechen und fragte mich, ob er mir wirklich gefolgt war, um über Botanik zu reden.

Savarkar fuhr mit den Fingern über meine Lippen, und ich biss hinein, und bevor ich mich versah, rollten wir ringend über das feuchte Gras und kamen keuchend am Walnussbaum zu ruhen. »Guten Morgen, Onkel Walnuss«, sagte Savarkar und ließ seine Hand langsam und genüsslich über die Rinde gleiten. »Wusstest du, dass wir von Bäumen abstammen?«

»Na klar.« Ich lehnte meinen Kopf gegen den Stamm und wollte ihm gerade erzählen, dass die isländische Regierung der Bevölkerung während des ersten Corona-Lockdowns geraten hatte, Bäume zu umarmen, als mir einfiel ... na, ist ja klar, was mir einfiel.

Savarkar brachte sein Gesicht so nahe an meins, dass seine Haare mich an der Stirn kitzelten. »Nein, du stammst, wie Grealis so schön sagt, von Feen und Füchsen ab, Sanjeev.« Hinter dem Baum raschelte es, und ein unsichtbares Tier verschwand zwischen den Brombeeren, die Shyamji entlang des Zauns gepflanzt hatte, um den Garten so unzugänglich zu machen wie ein römisches Kastell. »Wann wirst du dich wieder verwandeln und zurück zu deinen Leuten gehen, hm?« Ein Prickeln lief über meine Haut, als hätte er sie mit Kampfer eingerieben. »Wir Savarkars dagegen sind Baum-Menschen. Ursprünglich hießen wir einfach nach der Eiche, aber weil es da, wo wir herkommen, noch viel mehr Sawar-Bäume gibt, wurden wir Savarwadikar genannt, was dann zu Savarkar abgekürzt wurde. Unser Name kommt von den heiligen Sawar-Bäumen. So, jetzt weißt du ein Geheimnis über mich.«

Es war ein Pakt, ein Tauschhandel, ein Geheimnis gegen ein Geheimnis. »Ich komme ... ich bin ... mein Name ...«, begann ich.

Savarkars Lippen öffneten sich wie Blütenblätter. »Warum flüsterst du?«

»Glaubst du an Zeitreisen?«

»Was?«

»Zeit...« Aber meine Stimme gehorchte mir nicht. Was auch immer ich ihm anzuvertrauen versuchte, verwandelte sich in einen Lufthauch und wehte davon, bis ich schließlich krächzte: »Weißt du, dass unsere Buchstaben von den heiligen Buchen kommen?«

Savarkar rollte sich auf den Rücken. »In Bengalen?« Ich konnte nicht entscheiden, ob er enttäuscht war.

»In ... Deutschland.«

»Wusste ich doch, dass die Deutschen gute Leute sind. Wahrscheinlich sind sie deshalb auf unserer Seite.«

»Die Deutschen sind nicht auf eurer Seite. Sie sind nur gegen die Briten.«

»Das ist dasselbe«, sagte Savarkar. Eine Spinne schwebte an einem langen silbrigen Faden auf seine Haare herab, und ich pustete sie vorsichtig weg.

Er sah auf und griff nach meiner Hand. »Wir kämpfen nicht für Indien, weil das richtig ist.«

»Nicht?«, fragte ich verblüfft.

»Nein«, sagte er und legte meine Hand auf sein Herz. »Es geht um viel mehr als nur um ›richtig‹. Wir kämpfen für unsere Mutter Indien, weil sie heilig ist. Ich kann England schön finden, aber nicht heilig, meine heiligen Stätten sind in Indien. Das Land spricht mit uns in Indien, die Pflanzen, Bäume, Berge sprechen zu uns in Indien.«

Als Dinesh in den Sechzigerjahren in Savarkars Alter gewesen war, hatte sein Vater ein Stück Wald besessen und es verkauft, um ihm davon die Schiffspassage nach Europa zu finanzieren. Dineshs erste Station in Deutschland war Hamburg, und sein Heimweh war so überwältigend, dass er jeden Tag zum Hafen gegangen war, um den Frachtschiffen hinterherzuschauen, die nach Kalkutta ablegten. Nur wusste ich das nicht. Dinesh hatte nie mit mir darüber gesprochen, sondern erst mit Jack, der ebenso wie Dinesh sein Heimatland verlassen hatte. Die geteilte Sehnsucht der beiden Männer in meinem Leben hatte eine Gemeinsamkeit zwischen ihnen geschaffen, die mich ausschloss. Dinesh konnte seinen Schmerz nicht mit mir teilen, doch damit konnte er auch seine Liebe zu Indien nicht mit mir teilen.

Als ich ein Kind war, flog er jeden Dezember alleine nach Kalkutta, weil nur Mad dogs and Englishmen im Sommer nach Indien gingen, und die Schulferien über Weihnachten für diese überwältigende Entfernung zu kurz waren. Wer ging schon für zwei Wochen nach Indien? Also blieben Lila und ich zu Hause und fuhren in den Sommerferien alleine in die Eifel oder nach Holland, weil mein Vater seinen Jahresurlaub für die nächste Indienreise aufsparte. Vielleicht gab es doch mehr Gründe für das Scheitern von Lilas Ehe mit Dinesh, als ich ihr zugestehen wollte.

Am Anfang meines Studiums war ich dann endlich nach Indien gereist, wie in ein fremdes Land, das mir dabei gleichzeitig eigenartig bekannt war, nur kannte mich niemand. Und ich kannte niemanden, nicht einmal meine Verwandten.

Jetzt holte ich meine gesamten Indienbesuche nach. Und zwar in der Vergangenheit. So dass ich sie gemacht haben würde. Ich spürte Savarkars Herzschlag unter meiner Handfläche. War das Heilung, während um mich herum die Feuerwerke der Geschichte hochschossen und Savarkars Hand die Fackel an die Zündschnur hielt?

Und dann explodierte die erste Bombe.

OPERATION OVERSTUDY

D-DAY + 5

INTRO:
(((CLOSE UP)))
Wenn der Ginster aufhört zu blühen,
kommt Küssen aus der Mode.

SHAZIA Oh nein, lasst Küssen in Ruhe. Wie wäre es stattdessen mit:

Wenn der erste Kuckuck schreit,
müssen die Bohnen gepflanzt werden,
denn die Seelen der Toten wohnen im Bohnenfeld.
(((AUSSEN – TAG – FAHRT)))
Der Wind ist ein unsichtbares Wesen, das durch das Feld rennt.
Die Bohnen zittern in ihren Schoten. (((SCHWENK HOCH)))
Eine Wand aus Bäumen stellt sich der KAMERA in den Weg,
runzlige Rinde und grüne, grüne Blätter. (((ZOOM))) Die Blätter
formen ein Gesicht, das langsam die Augen öffnet.

CARWYN Darf ich vorstellen: The Green Man.
MARYAM (ironisch) Or the Green Woman.
CARWYN *Very good!* Dir ist also auch aufgefallen, dass viele Grüne Männer in Kirchen in Wirklichkeit Grüne Frauen sind. Ich versuche seit Ewigkeiten, das auf Wikipedia zu ändern, aber es wird immer wieder gelöscht.
ASAF Müsst ihr die ganze Zeit flirten?

... der Blättermund öffnet sich.

(((VOICEOVER)))
»Einen Europäer zu töten heißt, zwei Fliegen mit einer Klappe zu schlagen. Übrig bleiben ein toter Mann und ein freier Mann.«
Jean-Paul Sartre

»Verachtung ist von oben herab, gehasst wird von unten.«
Şeyda Kurt

»›Does sarcasm help?‹
›Wouldn't it be a great universe if it did?‹« Doctor WHO

1

Alles ist Lüge
Kein Wort ist wahr
Denn wenn sie wahr wären, wären sie keine Worte, sondern
   ein
      einziger
         langgezogener
            Schrei

   Stattdessen sangen die Vögel, die Milchflaschen klirrten, der Milchmann sang »*The law condemns the man or woman, who steals the goose from off the common, but let's the bigger villain loose, who steals the common from off the goose*«, und Chatto sang aus der Küche: »Khudiram Bose und Prafulla Chandra Chaki haben ein Attentat auf Douglas Kingsford verübt!« Seine Stimme überschlug sich vor Aufregung und landete auf den letzten beiden Worten wie auf einem Trampolin: »In-Mu-zaf-far-pur!«

   Da ich weder wusste, wer Khudiram Bose war noch Prafulla Chandra Irgendwas noch Douglas Kingsford, rannte ich nur stumm hinter Savarkar zurück ins Haus, wo alle aus allen Zimmern stürzten, halb angezogen, in Morgenmänteln oder wie Madan in ein Betttuch gewickelt wie in eine Toga. Chatto saß in einer Explosion von Zeitungen auf dem Boden und verglich die Schlagzeilen.

»Kingsford ist – oder war? – der oberste Richter der Präsidentschaft Bengalen«, informierte mich Asaf, während er versuchte, über Chattos Schulter mitzulesen.

»Das weiß Sanjeev doch, schließlich kommt er aus Kalkutta«, sagte Acharya. *Kam ich aus Kalkutta?*

»Black-cap-Kingsford? Da haben sie den Richtigen getroffen«, brummte Aiyar und gähnte so ausgiebig, dass ich sein Zäpfchen sehen konnte.

»Die-Todesstrafe-ist-noch-zu-gut-für-alle-braunen-Delinquenten-Kingsford«, übersetzte Davids Freund Dutta. Seine Kleidung und die Haut um seine Augen waren so verkrumpelt, als hätte er die ganze Nacht am Küchentisch gesessen. In einer anderen Situation wäre ich neugierig auf die Geschichte gewesen, die dahintersteckte, aber wenn die Situation eins nicht war, dann anders.

»Khudiram und Prafulla haben in Muzaffarpur eine Bombe auf Kingsfords Kutsche geworfen«, rief Chatto und las weiter. »Nein ... die Bombe hat seine Kutsche verfehlt ...«, alle stöhnten auf, »... und stattdessen zwei Frauen in einem anderen Wagen getötet.«

»Was?«, hörte ich meine eigene entsetzte Stimme.

»Eine Mrs. Kennedy und ihre Tochter«, las Chatto. »Aus Irland.«

»Das ist ja entsetzlich!« Meine Worte kamen hoch und körperlos von der Küchendecke. Ich fühlte mich, als hätte ich meinen Körper verlassen und würde über den anderen schweben, ein Funken Seele wie Mrs. Kennedy und ihre Tochter, nur dass ich noch lebte und sie nicht.

Unter mir rief Aiyar entsetzt: »Prafulla hat sich erschossen!«

Und Acharya entsetzt: »Khudiram ist verhaftet worden!«

Madan entsetzt: »Er ist achtzehn Jahre alt!«

Meine eigene Stimme, entsetzt, entsetzt, entsetzt: »Ihr habt die Bombe gebaut, um sie auf Menschen zu werfen? *Menschen!?!* Aus Fleisch und Blut.« *Vor allem Blut!*

»So ist das nun einmal in einem Krieg«, sagte Savarkar seinen Lieblingssatz.

»Genau aus diesem Grund bin ich gegen Kriege. Aber das ist noch nicht einmal ein Krieg. Das ist hinterhältiges Abschlachten von Zivilisten. Er hat zwei Menschen getötet, die ihm nichts getan haben!« Tatsächlich waren es drei, aber die Zeitungen übersahen geflissentlich den Dienstboten, der ebenfalls von der Bombe zerfetzt worden war.

»Warum weinst du um die beiden englischen Ladies?«, fragte mich Savarkar überrascht.

»Irischen Ladies« fauchte ich ihn an. »Irinnen, wie die Fenians, die dir deine Waffen liefern.«

»Iren werden in Irland von den Briten unterdrückt. Aber Iren in Indien sind Briten«, sagte Savarkar kalt und brachte sein Gesicht direkt vor meins. »Einer von ihnen wird getötet, und wir können uns nicht halten vor Weinen. Wir weinen, wir weinen, als wäre unsere Mutter erschlagen worden, während unsere Jugend in großem Maß erschlagen wird! Und es interessiert niemanden, so als wären sie gar nicht erst lebendig gewesen.«

»Das ist Unsinn, und das weißt du selbst. Ich weine nicht mehr um die Kennedys als um Khundiram ...«

»Khudiram«, berichtigte mich Chatto.

»Khudiram«, bestätigte ich »der achtzehn ist!« *Nur zwei Jahre älter als Rohan!* »Und dafür gehängt werden wird!« Woher wusste ich das? Ich wusste es. »Ich weine darum, was wir werden, wenn wir anfangen, Gewalt auszuüben. Schau uns an! Wir verlieren unsere Menschlichkeit, wenn wir nur noch um bestimmte Tote trauern und nicht um andere.«

»Das ist doch genau das, was die Engländer die ganze Zeit tun.«

»Na und? Willst du so sein wie die Engländer?« Ich spürte meinen Körper so wenig, dass ich mir sicher war, ihn und alle Kriege der Welt hinter mir zu lassen und jeden Moment zurück ins einundzwanzigste Jahrhundert gesaugt zu werden, wo alles anders war. Wo alles anders war? War es das?

»Für die Form des Widerstands trägt allein die Besatzungsmacht die Verantwortung«, sagte Savarkar und drehte sich von mir weg.

»Hast du Nelson Mandela gelesen?«, rief ich ihm hinterher.

»Verwandt mit Lord Nelson?«

»Grob.«

Die nächsten Wochen waren ein Albtraum. Mit jeder neuen Verhaftung war es, als würde eine weitere Tür in Sanjeevs Erinnerung aufgestoßen: Barindra Ghosh aus Kalkutta (okay, ursprünglich aus Croydon wie Durgas Asaf, und sein Vater war auch Chirurg wie Asafs Vater), Barindras Bruder Aurobindo Ghosh. Für Durga war Aurobindo nur ein Mystiker mit einem berühmten Ashram gewesen, und mein Durga-Anteil war verblüfft, herauszufinden, dass dies derselbe Aurobindo war, doch Sanjeev wusste, dass er Mitglied des Geheimbundes Anushilan Samiti gewesen war. Bedeutete das, dass Sanjeev ebenfalls Mitglied bei Anushilan Samiti war? Wer zum Teufel war Sanjeev? 38 Genossen und/oder Freunde wurden verhaftet, unter ihnen Ullaskar Dutta, der Bruder unseres India-House-Duttas, und Hemchandra Das, unser ehemaliger Mitbewohner Hemchandra, der in Paris die Bombenbauanleitung von Safranski besorgt hatte. Was sich noch vor wenigen Monaten wie eine hypothetische Debatte über die Ästhetik des Widerstands angefühlt hatte, war eine Frage von Leben und Tod geworden.

Außerdem wurden nahezu alle Herausgeber von Zeitungen, für die Savarkar schrieb, wegen Volksverhetzung angeklagt: Phadke, der Herausgeber von *Arunoday*, Mandlik, der Herausgeber von *Vihari*, Paranjpe, der Herausgeber von *Kal*, und Savarkars Mentor Tilak, der Herausgeber von *Kesari*.

»Tilak wird vor Gericht von Jinnah verteidigt? *Jinnah*?«, fragte ich Savarkar ungläubig.

»Ja, warum?«

»Muhammad Ali Jinnah? *Der* ...« Ich stoppte mich in letzter Sekunde zu sagen: *Der die Muslim League anführen und später der erste Präsident Pakistans sein wird*. Stattdessen bat ich Savarkar, mir mehr über Tilak zu erzählen. Wenn das eine Strategie gewesen wäre, wäre sie brillant gewesen, da Savarkar allem widerstehen konnte, nur nicht Geschichten. Vor allem nicht, wenn er ein derart gebanntes Publikum hatte wie Madan, David und mich. Seit dem Attentat von Muzaffapur schienen wir nichts anderes zu tun, als in unterschiedlichen Gruppen zusammenzusitzen und die immer apokalyptischeren Nachrichten aus Indien zu verfolgen, als wäre bereits das eine politische Handlung. Tilaks Verbrechen bestand daraus, hinduistische Festlichkeiten – vor allem für den Maharaja Shivaji, der gegen den muslimischen Großmogul Aurangzeb gekämpft hatte – wiederzubeleben und zu Protestveranstaltungen umzuformen. *Warum verteidigte Muslim-Jinnah dann Hindu-Tilak?* Welches Puzzleteil fehlte mir, um die Geschichte dieser Welt zu verstehen? Warum wusste ich trotz meiner intensiven Recherchen für *Frauen, Frieden, Freiheit* – meiner Doku über Charlotte Despard – so wenig über *Inder, Aufruhr, Kolonialismus*?

269

»Volksverhetzung ist erst 1870 als Straftat in das indische Gesetzbuch aufgenommen worden, um antikoloniale Propaganda zu verfolgen«, erklärte Savarkar, der sein Jurastudium offensichtlich sorgfältiger betrieb, als er den Anschein erweckte. »Und jede Kritik gilt als Verhetzung. Alle sagen zwar immer, du kannst Großbritannien kritisieren, solange du nicht hetzt, aber jede Kritik gilt als Hetze.«

»Catch-22«, sagte ich.

»Was?«

»Ein klassisches Teufelskreis-Clusterfuck-Sackgassen-Zwickmühlen-Dilemma.«

Savarkar runzelte die Stirn und überging meinen Nonsens-Einwurf. »Bisher musste sich die Kritik konkret gegen die Regierung richten. Doch für Tilak haben sie die Definition geändert. ›Antibritisch‹ beinhaltet nun auch jede Form von Kritik am ›abstrakten Konzept der britischen Herrschaft in Indien‹.«

»Was heißt das?«, fragte ich, obwohl ein Teil von mir es gar nicht wissen und sich lieber mit geschlossenen Augen und Händen über den Ohren in eine Ecke verkriechen wollte.

»Kritik an jedem ihrer Beamten oder auch nur daran, was irgendeiner ihrer Lakaien getan hat, ist jetzt Kritik an der Krone und damit strafbar nach Section 124A.«

Und erst dieses Jahr, im Mai 2022, wurde das Gesetz in Indien ausgesetzt, kann aber jederzeit reaktiviert werden, um Kritiker der Regierung ins Gefängnis zu werfen, sagte Durga so laut in meinem Kopf, dass ich mich reflexartig nach ihr umdrehte. Aber hinter mir pfiff nur der Wasserkessel auf der Küchenhexe.

Während ich Tee aufgoss, strich David die von zu vielen Händen durchgeblätterten Zeitungsseiten glatt und las uns vor: »*Parlamentarische Anfrage an den Außenminister: ›Ist Ihre Aufmerksamkeit auf den Fall gelenkt worden, in dem eine Person zu sieben Jahren Deportation verurteilt wurde, weil sie ein aufrüh-*

rerisches Telegramm verschickt hat? Gibt es irgendwelche Gründe, die dies rechtfertigen?‹

Antwort von Lord Morley: ›Er kann ja Berufung einlegen.‹«

»Siehst du«, fuhr Savarkar mich an. Die Bombe war nicht nur in Muzaffarpur detoniert, sondern auch in unserer Kommunikation; wo vorher ein reger Austausch gewesen war, waren nun Straßenblockaden und Grenzkontrollen. »Niemand, wirklich niemand interessiert sich für gewaltfreien Widerstand, außer Gandhi und ein paar westlichen Idealisten. Damit Gewaltlosigkeit politisch erfolgreich sein kann, müssten sie uns erst mal als Menschen anerkennen. Aber schau nur, wie sie selbst gegen ihre eigenen Bürger vorgehen, gegen Arbeiter und Sozialisten. Wenn wir das Recht auf Selbstbestimmung fordern – Swaraj –, können wir das gewaltfrei machen, dann hat die Polizei weniger Arbeit damit, uns zu verhaften und wegzusperren, oder wir können Bomben werfen, dann hat die Polizei eine noch bessere Begründung dafür, dass sie uns verhaftet und foltert und hängt.«

»Es geht mir nicht um die Polizei. Es geht mir um uns«, erwiderte ich ebenso wütend. »Woher wissen wir, dass unsere Gewalt die Richtigen trifft? Was ist mit den Mrs. Kennedys dieser Welt?« Einen Moment lang vergaß ich, dass das hier Ernst war – blutiger, mit Knochensplittern durchsetzter Ernst –, und hörte beeindruckt meiner eigenen Argumentation zu. »Und wer sind überhaupt die Richtigen? Schließlich sind Menschen immer mehr als nur ihr Amt. Sie alle haben Familien und Eltern und Kinder und Menschen, die sie lieben.«

»Was ist mit all den Indern, die jeden Tag durch das Empire getötet werden? Haben wir etwa keine Familien?«, fragte Savarkar, als wäre er bereits einer dieser indischer Märtyrer. »Wie Shakespeare gesagt hat: *Werden wir von keinen Menschen geliebt?*«

»Ich glaube nicht, dass Shakespeare das jemals so gesagt hat.«

»Dann hätte er es gefälligst sagen sollen!«

»Ich werde es ihm ausrichten, wenn ich ihn das nächste Mal sehe.«

»Tu das«, sagte Savarkar kalt.

»Für Savarkar ist Indien ein Vulkan, der kurz vor dem Ausbruch steht. Bummm!«, strahlte David.

»Hast du vergessen, dass Ullaskar Dutta ebenfalls verhaftet worden ist?«, schrie ich ihn an, weil es einfacher war, David anzuschreien als Savarkar. »Findet dein Freund Dutta das ebenso aufregend wie du?«

David hatte den Anstand, so lange betroffen auszusehen, bis Savarkar sagte: »Wenn sie uns entmenschlichen, dann ist es mir lieber, dass sie dabei Angst vor uns haben, als dass sie uns nicht ernst nehmen.«

Und ich dachte an all die Demonstrationen gegen all die Kriege des zwanzigsten und einundzwanzigsten Jahrhunderts, bei denen Durga mitmarschiert war: So groß, so gewaltlos, so wirkungslos. Ich war durch die Zeit gereist, wie ich vorher durch die Welt gereist war: Mit der festen Überzeugung, dass sich die Welt um mich herum verändern würde, aber ich, ich würde gleich bleiben – während ich mich jetzt fragte, ob die Welt hier sich wirklich so sehr von meiner unterschied, aber dafür mich nicht wiedererkannte. Ich meine, natürlich erkannte ich mich nicht wieder, wenn ich in den Spiegel schaute, aber auch auf einer viel fundamentaleren Ebene war ich mir nicht sicher, ob ich noch ich war. Wenn ich damals gelebt hätte, wäre ich vehement gegen Savarkars Politik gewesen. Aber ich lebte ja damals und ich war ... verunsichert. Manchmal betrachtete ich Savarkar, und sein Gesicht löste sich in ein Raster aus Pixeln auf und ich konnte ihn lesen wie einen Wikipediaeintrag:

Antichrist

Antigandhi

Anti-Anti-Gewalt

Anti alles, was für Durga und die letzte pazifistische Linke des einundzwanzigsten Jahrhunderts irgendeinen Wert und eine Bedeutung hatte.

Nur war ich eben nicht nur Durga. So viel zur Wiedergeburtstheorie. Wenn jeder neue Körper sich so auf meine Seele auswirkte, bezweifelte ich, dass ich alle meine Seelenverabredungen würde einhalten können. Ich fühlte mich wie der Doctor in *Doctor WHO*, der bei jeder Regeneration auch seinen Charakter und seine Freunde zurückließ, ganz zu schweigen von seinem Körper. Das Einzige, was er mitnahm, waren seine Erinnerungen.

Okay, jetzt kommt das Resümee meiner *Doctor-WHO*-Folgen. Es waren zwei, for real! Auch wenn es eine Geschichte ist, die sich über beide Folgen spannt.

Wenn Zeitreisen möglich sind, wird es sie geben. Wenn es sie geben wird, gibt es sie bereits. Aber glaubt ihr im Ernst, dass die Menschen, die die Macht haben, durch die Zeit zu reisen, das verraten würden? Natürlich nicht! Sie würden es zu ihrem Vorteil nutzen. Und dabei so viel Unruhe stiften und Paradoxe erzeugen und die Zeitlinien zerstückeln, dass sie, um den Konsequenzen zu entgehen, die Ordnung im Zeituniversum wiederherstellen müssen. Allerdings haben sie zwar unendlich viel Zeit dafür (weil sie ja zeitreisen können), aber nur eingeschränkten Erfolg. Was bleibt ihnen also übrig? Sie müssen zu den Göttern gehen. Hypertime ist das Reich der Götter.

»... der Doctor ist in Wirklichkeit ein Halbgott – was soll ein Time-Lord auch sonst sein? –, weil er sich an seine vergangenen Leben erinnern kann«, beendete Durga ihre Nacherzählung.

Maryam befestigte das Elementsymbol für Jod – I – am Moodboard und fragte: »Warum gab es eigentlich noch keinen indischen Doctor? Es ist doch offensichtlich, dass Doctor WHO indisch ist.«

»Weil alle Inder Ärzte sind?«, fragte Shaz ironisch aus den Tiefen ihres Art-déco-Sessels.

»Wiedergeburt, Baby! Was sind die Regenerationen anderes als Reinkarnationen?«, antwortete Maryam, und Durga merkte, dass sie Shazia selbstverständlich zu Shaz abkürzte, aber nie im Leben auf die Idee kommen würde, Maryam Mary zu nennen.

»Sie werden einen Schwarzen Doktor haben, bevor sie sich zu einem braunen durchringen«, sagte Asaf vorwurfsvoll.

Und Durga hatte das Gefühl, in einem Zeitloop gefangen zu sein, in dem sie immer und immer wieder erklären musste: »Ich *wollte* den ersten indischen Doktor auftreten lassen. Ich wollte ... Denkt nur an all die achtarmigen Monster, die er/sie/they bekämpfen könnte. Wirklich ... aber nichts zu machen.«

Die erste dokumentierte Zeitreise findet sich im indischen *Mahabharata*-Epos. König Kakudmi reist mit seiner Tochter Revati zum Gott Brahma, um ihn um Rat zu fragen, welchen der zahlreichen Anwärter sie als Revatis Ehemann wählen sollen. Doch als sie bei Brahma ankommen, lauscht der gerade einer Musikperformance – das war Durgas Lieblingsteil der Geschichte – der beiden Gandharvas Haha und Huhu, Gandharvas sind göttliche Musiker und Tänzer. Also warten Kakudmi und Revati höflich das Ende der Performance ab, bevor sie Brahma ihre Frage stellen, und Brahma antwortet: Keinen der Anwärter. Denn die jungen Männer sind alle tot, ebenso wie ihre Kinder und Kindeskinder. Im Reich der Götter vergeht die Zeit nämlich langsamer als auf der Erde. In den wenigen

Stunden, die das Konzert gedauert hat, sind 27 Chaturyugs vergangen. Das war die zweite Sache, die Durga an der Geschichte liebte, die unübersichtliche Wollknäuelform der indischen Zeitrechnung. Ein Chaturyug war ein Zyklus von vier Hugs, also 108 Yugas. Machte das irgendetwas klarer? Das hatte sie auch nicht erwartet. Im Dezimalsystem entsprach ein Chaturyuga 4,32 Millionen Jahren. Was auch nicht wirklich vorstellbarer war.

2

Es war ein Dienstag, als Madan mit besorgtem Blick auf mich zukam und mein Körper sofort in Alarmmodus wechselte. »Kann ich dich etwas fragen?«

»Klar«, log ich.

»Als ich dich das erste Mal getroffen habe, im Hyde Park ... bei Madame Camas Rede ... damals hast du gesagt, jeder kennt meinen Namen.«

»Hm«, versuchte ich, so wenig wie möglich preiszugeben, ohne ihm das Gefühl zu vermitteln, mich nicht für sein Anliegen zu interessieren.

»Stimmt das? Stehen in Indien Statuen für mich?«

»Hmmm ...«, wiederholte ich zunehmend verzweifelter.

»Natürlich nicht *jetzt*.«

»Wie bitte?«

»Ich meine«, Madan senkte seine Stimme. »*Dann*.«

Und ich war mir sicher, dass er *wusste* ... nein, nicht wusste: *verstand* ... »NEIN«, rief ich lauter, als ich beabsichtigt hatte.

Madan trat instinktiv einen Schritt zurück. »Ich habe darüber nachgedacht ...«, sagte er verzweifelt und machte noch einen Schritt zurück. »Vielleicht ist es das, warum jeder meinen Namen kennen wird ...«, mit dem nächsten Schritt stand er in der Zimmertür. »Vielleicht ist das ...«, und dann kollidierte er mit Savarkar, »mein Schicksal.« *Was hatte ich angerichtet?*

Savarkar hielt Madan an den Schultern fest, damit er nicht hinfiel, und lachte sein ansteckendes Lachen, das mir immer das Gefühl gegeben hatte, dass die Welt weniger kostete, als er in der Tasche hatte, dass nichts zu unmöglich war, um es zu erreichen, dass die letzten Tage des Empires begonnen hatten. Madan drehte sein Gesicht zu ihm und fragte: »Ist die Zeit für Märtyrertum gekommen, Tatya?«

Und Savarkar antwortete: »Wenn ein Märtyrer sich entschieden hat und bereit ist, dann ist die Zeit gekommen.«

»HALTS MAUL«, brüllte ich ihn an. »Halt! Deine! Fresse!«

Savarkar sah mich interessiert an.

Ich schüttelte sprachlos vor Entsetzen den Kopf und würgte dann hervor: »Manchmal ... graut mir vor dir ... Manchmal frage ich mich, wer du bist.«

»Chitragupta«, sagte er.

»Chitra-*ernsthaft*!«, sagte ich.

»Chitragupta ist der Buchhalter von Yama.«

»Ich weiß, wer Chitragupta ist!« Tatsächlich wusste ich es genau in diesem Moment, als hätte auch diesmal die Erwähnung seines Namens Durga in der Zukunft dazu gebracht, loszugoogeln.

Chitragupta (Begriffsklärung) steht für:

* den Buchhalter des Todesgottes Yama, der ein exaktes Register über die Sünden und Tugenden jeder Seele führt.

* den Namen von Savarkars erstem Biographen, also von Savarkar selbst.

Und dann kam der Tod persönlich nach India House, und er war dünn wie ein Blatt Papier. Ich beobachtete, wie Savarkar begierig den Brief aufriss und im nächsten Moment sinken ließ, als wäre er zu schwer für seine Hände.

»Was ist passiert?«

»Mein Sohn ist gestorben.«

»Du hast einen Sohn?«, fragte ich und erschrak über meine Herzlosigkeit. Was war mit mir los?

»Prabhakar«, sagte Savarkar so leise, dass ich ihn kaum hören konnte. Und nach einer Pause: »Pocken.«

Ich versuchte, etwas Hilfreiches zu sagen, oder auch nur irgendetwas, aber der Schock hatte jegliche Gefühle aus meinem Körper herauskatapultiert, so dass alles, was mir einfiel, nur war: »Bist du verheiratet?« Offensichtlich war Empathie mit etwas so Großem und sich meinem Verständnis so sehr Entziehendem wie dem Tod deutlich schwieriger, als ich gedacht hatte.

Savarkar versuchte, zu nicken, aber die Anstrengung, seinen Kopf zu bewegen, war mehr, als er bewältigen konnte. »Und was ist mit dir?«, presste er schließlich hervor.

»Ich auch.« Ich vermied, zu erwähnen, dass Jack Brite war. Oh, und ein Mann.

»Dann verstehst du mich.« Er versuchte, weiterzusprechen, doch anstelle von Worten kam nur ein roher, roter Ton aus seinem Mund.

Meine Wange kitzelte, ich tastete danach und merkte überrascht, dass meine Finger feucht waren. Etwas in mir schien zu schmelzen, und bevor ich es bemerkte, war ich auf meinen Knien und hielt Savarkar mit meinen unzureichenden Armen, während seine Stimme den Raum mit Schmerz füllte. Wenn er eine Pause machte, presste ich meine Luft zu einem fragenden Geräusch aus der Kehle, damit er weiter über seinen Sohn und seine Frau und einfach immer weiter sprechen konnte, damit er zumindest nicht vollkommen alleine in diesem Universum aus Leid war.

»Meine Frau heißt Yamuna«, sagte Savarkar mühsam und öffnete mechanisch den nächsten Brief. »Ich nenne sie Mai.«

Und dann fror die Zeit schon wieder ein, und ich war die Einzige, die atmete. »Savarkar?«

Nichts.

Es klopfte. Halb erwartete ich, dass als Nächstes wieder Nena durch die Tür kommen würde. Doch das Klopfen kam vom Fenster. Es war der Ast des Walnussbaums, der vom Wind gegen das Glas geschlagen wurde, und ich bemerkte, dass die Welt draußen sich durchaus weiter bewegte, nur Savarkar war erstarrt. Vorsichtig griff ich nach seiner Hand und zog das Papier heraus, doch der Brief war natürlich auf Marathi.

»Babarao.« Savarkars Stimme kam von so weit her, dass ich mir einen Moment lang nicht sicher war, ob ich sie wirklich gehört hatte.

»Ja?«, fragte ich ermutigend.

»Section 124.«

»Ah.«

»Section 124A«, bestätigte Savarkar. »Mein Bruder ist für Poesie verhaftet worden.«

»Und für eine Bombenbauanleitung«, sagte ich, bevor ich mir auf die Zunge beißen konnte. Also holte ich das nach und spürte den Schmerz wie eine kurze Erleichterung in meinem Mund.

»Es gibt so viele Bombenbauanleitungen auf dieser Welt. Wenn alle Menschen, die wissen, wie man Bomben baut, ins Gefängnis kämen, gäbe es keine Regierungen mehr«, sagte Savarkar noch immer starr. Ich hätte nicht gedacht, dass ich den Schmerz in seiner Stimme vermissen könnte. Doch was ihn nun ersetzte, war so blank und kalt, dass sich alles in mir zusammenschnürte. »Wenn du Gewaltlosigkeit möchtest, Sanjeev, schau dir Babarao an. Die Engländer bestrafen ihn für etwas, was er noch gar nicht getan hat. Weißt du, was jetzt mit meinem Bruder geschieht?«

»Nein«, hauchte ich.

»Stehen.«

»Was?«

»Mit Handschellen. Kannst du dir das vorstellen? Über Wochen und Wochen, manchmal die ganze Nacht. Er muss stehend in Handschellen schlafen.«

Einen Moment lang meinte ich, Krämpfe, die meinen Körper wie lebendes Feuer durchzogen, zu spüren, und mich keinen Millimeter bewegen zu können, um den Schmerz zu lindern – dann ebbte das Gefühl ab, und ich öffnete meine Hand und ließ den Brief auf den Boden fallen.

»Sie geben den Häftlingen absichtlich Essen, das Durchfall verursacht, aber machen sie nicht los, um zur Latrine zu gehen. Mein Bruder steht in seiner Zelle in seiner Scheiße. Doch das ist nicht genug für diese Benchods, sie versetzen seinem wehrlosen Körper Elektroschocks. Elektroschocks! Mein Babarao wird gefoltert, während ich hier sitze, damit er gesteht, gesteht, gesteht. Wie lange, meinst du, wird es dauern, bis er zusammenbricht?«

»Ich weiß nicht«, sagte ich, doch meine Lippen formten keine Worte.

»Sechs Wochen! Babarao ist stark, aber nach sechs Wochen entwickelt er so hohes Fieber, dass sie ihn in die Krankenstation schicken müssen. Und was passiert mit Yesu?«

»Jesus?«, krächzte ich überrascht.

»Mit seiner Frau, Yesu, meiner Vahini? Sie verliert nicht nur ihren Mann, sondern ihr Heim und … alles. Wenn du nach Sektion 124A verurteilt wirst, wird dein gesamter Besitz beschlagnahmt, jede Decke, jeder Topf. Yesu wird mit nichts als den Kleidern an ihrem Leib auf die Straße gejagt.«

»Wer kann jetzt in die Zukunft sehen?«, flüsterte ich.

India House wurde zum Resonanzraum für Savarkars Hass. Wo auch immer ich mich aufhielt, spürte ich ihn durch die Räume vibrieren, durch meinen Körper, durch meine Lunge. Manchmal war es so schwer, zu atmen, dass ich mich zwischen die Anzüge und Hemden im großen Schrank in unserem Zimmer setzte, um Savarkars auf allem lastenden Bedürfnis nach Rache für eine kurze Pause zu entkommen. Savarkar in diesen Wochen anzuschauen, war wie ein Blick in einen Krater, in dem sich die Armeen der Hölle sammelten. Deshalb hockte ich hinter dem Sofa in der Bibliothek, als Savarkar mit Madan hereinkam und die einzige Tür hinter sich schloss, damit die beiden ungestört waren.

»Hier«, sagte er so sanft, dass ich mich einen Moment lang fragte, ob ich mich geirrt hatte, doch Savarkars Schritt, sein Räuspern, ja sogar sein Atem waren mir so intim vertraut, dass ich ihn überall erkannt hätte. Den nächsten Geräuschen nach zu urteilen holte er einen der dickeren Folianten aus dem Regal, gefolgt von etwas, das eindeutig kein Buch war. Dann hörte ich, wie ein Revolver geöffnet und die Trommel gedreht wurde. Es gibt ein Wort für das gesteigerte Bewusstsein für den eigenen Herzschlag, als wolle er die Außenwelt daran erinnern: Ich bin da, ich bin da, ich bin da. Ah ja: *Rubatosis*.

»Zeig mir dein Gesicht nicht wieder«, sagte Savarkar noch immer so sanft, als würde er mit einem Liebhaber sprechen, »bis du es getan hast.«

Ich schoss hinter dem Sofa hervor wie ein Springteufel. »Wie kannst du so etwas nur sagen?«

»Was machst du auf dem Boden?«, fragte Savarkar.

»Wechsel nicht das Thema.«

Er hob eine Augenbraue. »Wer wechselt hier das Thema?«

»Okay, wechsle das Thema zu meinem Thema. Wie kannst du so etwas nur sagen?«

Savarkar schwieg. *Erwischt!*, dachte ich triumphierend. »Also?«

»Ich sage das, weil es die Wahrheit ist«, antwortete er simpel.

»Was hat Wahrheit damit zu tun?«

»Ich will Madan nicht wiedersehen, bis er sein Schicksal erfüllt hat, Sanjeev. Manchmal ist es wichtig, Härte zu zeigen, um ...«

»... Was ist aus ›Wir sind alle nur unserem Gewissen gegenüber Rechenschaft schuldig‹ geworden? Wenn Madan Lord Curzon ermordet ...«

»Hinrichtet«, berichtigte mich Savarkar.

»*Ermordet*«, insistierte ich. »Dann wird er es tun, weil er dir gegenüber Rechenschaft schuldig ist. DU bist an die Stelle seines Gewissens getreten. Du ...« Meine Stimme versagte. Ich hatte *Du hast diese Macht über Menschen* sagen wollen. Sogar Aiyar, Savarkars rechte Hand Aiyar, hatte mir erzählt, dass er vehement gegen die Revolutionäre gewesen war, bis er Savarkar kennengelernt hatte und selbst Revolutionär geworden war. Sogar ich ... Ich räusperte mich und sagte stattdessen: »Warum tust du es nicht selber?« *Genau! Das war die richtige Frage!* »Wenn du so davon überzeugt bist, dass es das ist, was getan werden muss, warum erledigst du es dann nicht selbst?«

»Weil mein Dharma etwas anderes für mich bereithält«, sagte Savarkar mit einer Ernsthaftigkeit, die meine Wut zum Verpuffen brachte. Die Strafkolonie Kala Pani, das war es, was das Schicksal für ihn bereithielt.

»Weil es viele Madans gibt, aber es gibt nur einen Savarkar«, sagte Madan, der bis dahin mit gesenktem Kopf neben uns gestanden hatte.

Ich griff nach seiner Hand. »Falsch! Es gibt auch nur einen Madan!«

»Ja, und das ist mein Dharma«, sagte Madan. »Bring mich nicht dazu, mich selbst zu verraten.« *Wo waren seine Unschlüssigkeit und sein Zögern, wenn man sie einmal brauchte?*

»Sanjeev«, sagte Savarkar zum ersten Mal seit Tagen mit einem Echo seiner alten Wärme in der Stimme. »Ich weiß, dass du immer noch glaubst, dass Gandhi uns retten wird. Aber da kannst du lange warten. Sogar wenn dein Gandhi kein britischer Spion wäre, wäre seine Form von Gewaltlosigkeit nur dann erfolgreich, wenn wir alle Gandhi wären. Er verlangt, dass wir uns zusammenschlagen lassen und dabei Demut empfinden. Das ist einfach nicht auf Dauer praktikabel. Wir brauchen eine robuste, alltagstaugliche Widerstandsstrategie.«

»Ach, und das, was du verlangst, ist alltagstauglich?«

Savarkar sah mich überrascht an.

»Dass wir uns alle für unser Mutterland opfern?«, versuchte ich ihm auf die Sprünge zu helfen. »Dass wir bereit sind, für die Freiheit zu sterben?«

»Ja«, sagte er, erstaunt, dass er das erklären musste. »Aber niemand muss kämpfen und sterben, ohne dabei Hass, Wut, Angst oder Befriedigung zu empfinden. Während für Gandhi nur diejenigen Gefühle gut sind, die wir nicht haben.«

Who's the psychopomp now?, begann Jeremy zu der Melodie von *Who's the fool now?* zu singen.

»Was ist ein Psychopomp?«, fragte Durga.

»Jemand, der Seelen in die Anderswelt begleitet.«

Durga hatte plötzlich das Bedürfnis, das Fenster aufzureißen. Doch draußen skandierten die unermüdlichen Demonstranten: *Wer Bücher verbrennt, wird früher oder später auch Menschen verbrennen*, interpunktiert vom Tuten der Vuvuzelas, die jemand heute Morgen mitgebracht hatte. *Big Brother is watching you.*

»Alles in Ordnung mit dir?«, fragte Shazia.

»Nicht wirklich«, sagte Durga schwach. »Warum ist alles so ... grau? Sogar das Fernsehen. Ich habe gestern durch die BBC gescrollt, grauenvoll, nirgends eine gute alte Comedy.«

»Alles verboten«, sagte Shaz.

»Haha.«

»Nein, wirklich. Wir alle sind verpflichtet, um die Queen zu trauern, deshalb läuft auch nur pietätvolle Musik in der BBC. Sie haben sogar das Parlament dichtgemacht.«

»Das ist noch gar nichts«, beschwerte sich Carwyn. »Sie haben ALLE Fußballspiele gecancelt!! Und uns werfen sie Cancel Culture vor.«

»Intertextualität!«, rief Jeremy, der es nicht ertragen konnte, mehr als eine Minute nicht das Zentrum der Aufmerksamkeit zu sein. »Das ist es, was uns fehlt. Was sind eure Lieblingszitate aus der Weltliteratur?«

»So wie: Ein harter Mann ist gut zu finden?«, fragte Chris.

»So ähnlich«, sagte Jeremy desinteressiert.

»›Ich würde ihr gerne zeigen, dass die Welt nicht so schwarz ist, wie sie glaubt‹ – ›Oder so weiß‹«, sagte Maryam. »James Baldwin.«

»Das nehmen wir«, sagte Jeremy.

»Ist das nicht Plagiat?«, fragte Maryam.

»Bei dir vielleicht, aber nicht bei mir«, sagte Jeremy.

»Weil du weiß bist?«, fragte Maryam skeptisch.

»Weil ich ein Genie bin«, sagte Jeremy.

»Maryam etwa nicht?«, fragte Durga.

Zu ihrer Überraschung lächelte Jeremy sie an. »Niemand versteht mich außer dir.«

Da das das größte Aphrodisiakum war, das sie sich vorstellen konnte, fiel es Durga schwer zu antworten: »Nein, Jeremy, ich verstehe dich nicht«.

»Natürlich verstehst du mich!«, rief er. Darauf gab es nichts zu sagen, also sagte sie nichts.

»Eros is eros is eros is eros«, schlug Shaz vor.

»Wer hat das gesagt?«

»Hercule Poirot.«

»Nicht dass ich mich erinnere. Agatha Christie hat Poirot mit Absicht asexuell ...«, begann Christian.

Shaz grinste. »Du musst es natürlich mit einem französischen Akzent sagen.«e-rose is e-rose is e-rose.«

»Gertrude Stein! Got it«, rief Jeremy.

»Vergiss nicht, einen Smiley dahinter zu machen«, meinte Asaf trocken.

»Warum?«

»Poe.«

»Wie in Edgar Allan?«

»Nein, wie in Poe's Law: Egal wie absurd eine Sache ist, die du im Internet postest, wenn du keinen Smiley dahinter machst, wird sich immer jemand finden, der es ernst nimmt.« Asaf verbeugte sich ironisch in das allgemeine Stöhnen des Wiedererkennens. »Danke, danke!«

Shaz legte ihre Beine auf den Tisch, es war diese Sorte von Büro: anything goes, solange fotogen. »Ich kenne nur Cobra's Law.«

»Watt'n datt'n?«, spielte Maryam *good cop, stupid cop*.

»Dass man mit jeder Motivation das genaue Gegenteil von dem erreichen kann, was man bezwecken will.«

»Und wer war Cobra?«, fragte Durga.

»Eine Schlange«, antwortete Shaz.

»Nein, wer war Herr Cobra, der sich dieses Gesetz ausgedacht hat?«

»Horst Siebert. Nein, Cobra's Law geht darauf zurück, dass die britische Regierung in Delhi ein Kopfgeld für getötete Kobras gezahlt hat, als Schädlingsbekämpfung. Nur begannen die Inder daraufhin wie blöd, Kobras zu züchten. Worauf die Regierung die Belohnung strich und die Schlangenzüchter ihre mit einem Schlag wertlos gewordenen Schlangen überall in der Stadt aussetzten. Bingo!«

»Je mehr ich über die Briten in Indien erfahre, desto weniger halte ich von ihnen«, sagte Asaf und verbeugte sich erneut theatralisch.

Das Haus schlief noch, aber der Garten war schon lange wach und summte vor Insekten. Durga hatte Probleme damit, um diese Uhrzeit auch nur zwei zusammenhängende Gedanken zu denken, doch Sanjeev empfand die Menschenleere des Morgens als Atempause vor dem Ansturm des Tages. Leider war heute nicht alle Tage!

»Curzon Wyllie ist ein Freund deines Vaters?«, fragte ich Madan fassungslos. Warum steckten diese reichen Inder alle mit den Engländern unter einer Decke? Wahrscheinlich weil sie ansonsten nicht reich gewesen wären. »Und was hat Curzon Wyllie jetzt wieder ausgeheckt?«

»Ein Gespräch. Hier. Weil wir nicht zu ihm ins India Office kommen ...«, Madan schaute hilflos auf seine nackten Füßen im noch taunassen Gras ... »Und wenn der Prophet nicht zum Berg kommt, kommt der Berg halt ...« Hoch über uns durchzuckte das Tirilieren einer Lerche den Himmel wie flüssiges Silber. »Deshalb kommt Curzon Wyllie jetzt zu uns ... Du bist doch immer so für Gespräche.«

»Für Gespräche ja, aber nicht dafür, meine Gesprächspartner umzubringen!«

»Umbringen?«, sagte Savarkar. Ich hatte aufgegeben, mich darüber zu wundern, wie er es schaffte, sich stets im kritischen Moment neben mir zu materialisieren.

»Hinrichten, Ermorden, du weißt schon!«

»Wie kommst du denn darauf?«, fragte er überrascht.

»Wovon redet ihr denn die ganze Zeit?«

Savarkar brach in Lachen aus, im wahrsten Sinne das Wortes, sein versteinertes Gesicht schien an den Mundwinkeln Risse zu bekommen und plötzlich auseinanderzubrechen. »Von *Lord* Curzon, dem fürchterlichen Ex-Vizekönig von Indien, der Bengalen geteilt hat. Aber doch nicht von Curzon Wyllie, dem ebenfalls fürchterlichen Chef des Geheimdienstes, der im India Office sitzt wie eine Spinne in seinem Netz und alle Fäden in der Hand hält!«, prustete er und bekam Schluckauf von der ungewohnten Benutzung seines Zwerchfells.

»Das sind zwei verschiedene Personen? Warum haben die Engländer alle dieselben Namen? Machen sie das mit Absicht, um uns zu verwirren?«

»Genau! Und dann stellen sie sich immer an, wenn sie *unsere* Namen aussprechen sollen – und machen aus Harinder Harry und aus Samindhu Sam –, wenn es nach ihnen ginge, würden wir alle Katherine und Elizabeth und Curzon heißen.«

»Das ist ja wie in einem Emily-Brontë-Roman«, fluchte ich, doch eigentlich wollte ich ihm nur über sein plötzlich ungepanzertes Gesicht streicheln.

»Emily Brontë«, sagte Savarkar anerkennend.

»Sag es nicht. Ist sie die Tochter einer irischen Widerstandskämpferin?«

»Eines irischen Sklavereigegners«, korrigierte er mich. *Musste die ganze Literaturgeschichte neu geschrieben werden?*

Ich hakte mich bei ihm ein. »Wie auch immer. Aber warum will India-Office-Curzon-Wyllie unbedingt hierherkommen, *hierher*?« Ich nahm Savarkar noch immer übel, dass er Madan in seinen Krieg schickte, aber … In welchem Universum konnte ein solcher Satz auch nur irgendwie integer weitergehen?

Und gleichzeitig ... was war die Alternative? Savarkar war hier. Ich war hier. Und meine Gefühle für ihn hatten sich nicht verändert, weil ich etwas, das er mit Leib und Seele vertrat, zutiefst ablehnte. *Meine Gefühle?* Da ich nicht darüber nachdenken wollte, sagte ich schnell: »Wer hat jemals von einem hohen Kolonialbeamten, geschweige denn vom Chef des britischen Geheimdienstes gehört, der einfach nur mal auf einen Plausch vorbeikommen möchte?«

»Natürlich nicht. Das ist eine Falle.«

»Eben«, sagte ich erleichtert.

»Aber er wird uns diese Falle stellen, ob wir ihn einladen oder nicht. Ist es dann nicht besser, wenn er sie uns hier stellt als woanders? Was denkst du, Madan?«

»Ich habe Hunger«, antwortete Madan, und plötzlich waren alle Verschwörungen vergessen, und ich konnte an nichts anderes denken als an Rosmarin und weichgekochte Frühstückseier, deren goldene Dotter für mich flüssiges Glück waren. Doch Durga hatte – wahrscheinlich in passiv-aggressivem Protest gegen Lila – eine Lebensmittelunverträglichkeit dagegen entwickelt, darum war es für mich jeden Morgen ein erneutes Wunder, dass Sanjeev sie essen konnte. Ich hob den Rosmarintopf hoch, und eine Motte öffnete ihre nachtgrauen Flügel und flatterte davon. Mit ihr breitete sich eine namenlose Angst über dem Garten aus.

3 Da Durga weder Dirks Schwester noch Ehefrau war, gab es keine Sprache für das, was sie durchmachte, wenn sie wochenlang keine Nachricht von ihm erhielt. Also existierte es in den Augen der Welt nicht. Dazu kam, dass Depressionen in den frühen Neunzigerjahren den Beigeschmack von Sich-nicht-genug-Zusammenreißen hatten und jeder immer eine Anekdote von jemandes Schwester parat hatte, die ihre De-

pressionen ganz einfach durch Am-Rhein-Entlangrennen losgeworden war. Entsprechend galt Durgas Angst um Dirk nicht als Sorge um ihn, sondern als narzisstisches Festklammern an einer unbefriedigenden Beziehung.

»Dann verlass ihn doch einfach«, sagten alle ihre Freundinnen, mit Betonung auf: *einfach.*

Nur Nena sagte: »Dann fick doch Jan.«

»Nena, ich bin mit Dirk zusammen«, protestierte Durga mit neu entdeckter Prüderie – zu wenig Sex und zu viel Agatha Christie.

»Ach ja, und wo ist der?«, meinte Nena trocken, sowie: »Die ist verschimmelt«, als Durga misstrauisch ein Marmeladenglas aufschraubte. »Habe ich gestern schon bemerkt.«

»Aha«, sagte Durga und stellte die Marmelade demonstrativ zurück in den Kühlschrank. Sie drückte ihren Teebeutel mit den Fingern aus, fluchte, ließ ihn wieder in die Tasse fallen und machte dasselbe nochmal. »Dirk ist krank. Ich kann doch nicht, bloß um nicht alleine zu sein, mit Jan ins Bett gehen.«

»Warum nicht?«, fragte Nena. »Wir können alle nicht gut alleine sein, sonst würden wir nicht ständig auf Konzerte gehen.«

Doch solange Nena da war, fühlte sich Durga nicht einsam genug dafür. Nur war Nena häufiger nicht da als da. Es verschärfte die Angelegenheit, dass Durga sich gerade in der Endphase ihrer Magisterarbeit befand, Thema: *Das Indienbild im deutschen Film.* Wann immer sie die Videos von *Der Tiger von Eschnapur* und *Das indische Grabmal* anschaute, überlegte sie, ob sie stattdessen nicht einfach auch Depressionen bekommen sollte, und sprang auf, um ziellos durch die beiden Zimmer ihrer WG zu laufen. Abgesehen davon, dass sie jedes Mal, wenn sie in die Dusche ging, ›Gaskammer‹ dachte und sich umgehend schuldig fühlte – Verharmlosung des Holocaust –, war ihre Wohnung sehr schön. Noch schöner wäre sie allerdings mit Türen gewesen. Alles deutete darauf hin, dass Durgas Zimmer einmal eine Tür gehabt hatte, und eine ziemlich prächtige dazu, wenn man die Türen, die im Keller vor sich hin moderten und alle nicht in den Türrahmen passten, als Maßstab nehmen konnte, doch jetzt war sie verschwunden und durch eine aufklappbare Pappe ersetzt, die im besten Fall einen Sichtschutz hergab, und Nena, die eine eigene Tür besaß, machte sie nie zu, damit die Katzen herein- und herausspringen konnten.

Nach dem Katzenkindermassaker hatten sie Cassius zum Trost ein bereits abgestilltes Kätzchen besorgt. Aber Cassius hatte die Nase voll von kleinen Katzen gehabt, und mit der kleinen Katze kamen auch die kleinen Katzenflöhe, und es sollte noch zwei weitere Wohngemeinschaften dauern, bis Durga an ihren Beinen herunterschauen, einen schwarzen Punkt entdecken und *Oh, eine Fluse* denken konnte.

Um nicht noch einen weiteren quälenden Tag damit zu verbringen, voller Abscheu auf das drei Zeilen große Display ihrer elektrischen Schreibmaschine zu starren, fuhr sie zum Bauwagenplatz. Aber Nena hatte das Wunder zustande gebracht, Mutter aus der Gebärmutter herauszubewegen. Ein offenbar neues Vorhängeschloss versperrte seine Tür und reflektierte die Sonnenstrahlen, so dass sie psychedelische Muster auf die Pfützen des gestrigen Regens warfen, sobald ein Windhauch darüberstrich. Da Durga nichts lieber tat, als schwimmen zu gehen, war sie davon überzeugt, dass Nena und Mutter an den Fühlinger See gefahren waren, und beneidete sie glühend. Unschlüssig spazierte sie durch die Schuttvegetation, wie die Hagebutten- und Brombeerbebuschung auf der Bundesgartenschau genannt worden war, und betrachtete die ersten Anzeichen der jährlichen Bauwagenplatzparty: eine rudimentär zusammengezimmerte Theke, auf die jemand *Free Palestine!* geschrieben hatte. Die Tür von Jans Bauwagen stand offen, doch bis auf den fetten, kranken Kater, den er über alles zu lieben behauptete, aber immer noch nicht zum Tierarzt gebracht hatte, war niemand da.

Bis Jan mit zwei Wasserkanistern zurückkam, hatte Durga einen Plan und lieh sich sein Auto. Da sie keinen Führerschein hatte, hieß das natürlich, sie lieh sich Jan und ließ sich von ihm vor Dirks Haus abstellen, um ihn unauffällig beschatten zu können. In ihrem Freundeskreis gab es nur zwei Arten von Autos: die fahrenden Themenparks und die völlig zugemüllten. Der Fiat, den Jan von seinen Eltern geerbt hatte, gehörte zur zweiten Kategorie. Während Durga auf die sanierte Fassade von Dirks Altbau starrte, um herauszufinden, ob er sich bereits umgebracht hatte, konnte sie sich hervorragend in Dirk hineinversetzen: nichts tun und sich dabei wie Abfall fühlen. Lesen ging nicht, weil sie ihn sonst verpassen konnte, und Musik hören ging auch nicht, weil die Autobatterie in den letzten Zügen lag und Durgas Ghettoblaster einige Tage zuvor auf den Badezimmerboden gefallen war und sich seitdem weigerte, Kassetten abzuspielen. Also vertrieb sie sich die Zeit damit, Nonsensverse zu dichten:

Hallo – Wie geht's denn so?
Hier spricht dein Psychoklo.
Komm lass uns deine – Lieblingstodesarten
Sammeln und horten, nummerieren und ordnen
Hey boah – Hinter meinem
Ohr ist Platz für ein ganzes Abflussrohr!

Das war natürlich Wunschdenken, da Dirk überhaupt kein Interesse daran zeigte, sich über irgendetwas, und seien es nur seine Schmerzen, auszutauschen. Was Durga selbstverständlich nicht davon abhielt, weiterzudichten. Als Jan sie ein Jahrhundert später, in dem genau nichts passiert war, abholte, war sie gerade bei:

Und all die Menschen mit ihren Schmerzen
geh'n mir allmählich auf die Nerven

Jan hatte keine Schmerzen, zumindest behauptete er das: »Ich finde, das läuft total klasse zwischen uns.«

Durga schaute ihn verblüfft an. »Was?«

»Na, dass wir uns überhaupt nicht einschränken«, erklärte er und wich einem auseinandergeschraubten Bettkasten aus, der langsam, aber unaufhaltsam auf die Straße rutschte. In ihrem Viertel war jeden Tag Sperrmüll, was daran liegen mochte, dass alle einfach alle Sachen, die sie nicht mehr haben wollten, auf den Bürgersteig schmissen.

»Warum sollten wir?«, fragte Durga.

»Das ist so«, erklärte er in demselben überzeugten Tonfall, in dem Lila behauptete, dass die Nazis Ufos am Südpol bauten, und zwar nicht während der ... Nazizeit, sondern noch immer.

»Was?«, wiederholte Durga verzweifelt, und dann sagte sie »STOP!«, weil sie einen Postbankautomaten entdeckt hatte. Jan bremste so plötzlich, dass die leeren Pizzakartons vom Armaturenbrett schossen, und rief ihr hinterher: »Du musst nicht immer so viel denken, Durga.«

Sie steckte ihre Karte in das Loch in der Wand und starrte auf das blaue Display: *Ihr Auszahlungsauftrag wird bearbeitet, bitte warten Sie einen Monat.* Sie blinzelte: *einen Moment.*

Was sagte es mir, dass Nena sogar in meiner Erinnerung an unsere intimste Zeit abwesend war?

4

»Ha!«, rief Savarkar, sprang in die Wiese, als hätte er einen Schatz auf dem Meeresgrund erspäht, und tauchte mit einem vierblättrigen Kleeblatt wieder auf.

»Das bringt Glück«, sagte ich. Seit ich aufgegeben hatte, über Savarkar zu urteilen, hatte sich wieder Alltagszärtlichkeit zwischen uns geschlichen.

»Glück«, sagte Savarkar wegwerfend. »Ein vierblättriges Kleeblatt ermöglicht es, die Feen zu sehen.«

»Hast du wieder mit Grealis gesprochen?«, neckte ich ihn, um unsere wiedergefundene Leichtigkeit zu bekräftigen. Das war das Problem mit wiedergefundener Leichtigkeit, es war verdammt anstrengend, sie aufrechtzuhalten. Doch hauptsächlich war unser Geplänkel so angespannt, weil überall um uns herum Polizisten schwirrten. Sie hatten India House umstellt, zwei von ihnen stocherten auf Händen und Knien mit Besenstielen in den Brombeerbüschen, auch wenn sich niemand dort verstecken konnte außer Savarkars Feen, und eine für mich unüberschaubare Anzahl schnüffelte – begeistert, das endlich legal tun zu dürfen – durch unsere Zimmer, weshalb wir die Wochen zuvor damit verbracht hatten, alle wichtigen Unterlagen in Taschen mit Lebensmitteln in das Haus von Shyamjis Schwager zu schmuggeln. Die Waffen waren zum Glück gerade nach Indien verschifft worden, und Savarkars Labor war nun keine gefährliche Werkstatt mehr, sondern Kirtikars Labor, der sich an seiner Universität pflichtschuldigst für einen Grundkurs Chemie eingeschrieben hatte und jedes Reagenzglas und jeden Bunsenbrenner sorgfältig blank poliert und danach mehrfach angefasst hatte, um allein seine Fingerabdrücke zu hinterlassen.

»Mach dich nie über Feen lustig«, sagte Grealis und klackerte die Treppen in den Garten hinunter, als würde er Stepptanzschuhe tragen. Grealis war nahezu nicht wiederzuerkennen, glattrasiert und in einem makellosen Anzug, sogar seine Haare hatte er mit einer Art Pomade zu bändigen versucht, wodurch sie aussahen wie eine schlecht sitzende Perücke.

Savarkar dagegen ähnelte wie immer einer Katze, die sich gerade geleckt hatte. »Hast du niemals Milch über das Bildnis der Göttin Kali gegossen?«

»Ähm«, machte ich, da ich genau das noch nie gemacht hatte.

»Siehst du. Genauso müssen wir auch ihren Göttern hier Respekt zollen.«

»Ihren Göttern?«

»England ist genauso voll von kleinen und größeren Göttern wie Indien«, erklärte er und steckte das Kleeblatt in das Knopfloch seines Revers. »Die Götter der Menschen, die vor der Christianisierung hier gelebt haben, haben ja nicht aufgehört zu existieren. Sie werden heute nur anders genannt.«

»Wie denn? Götzen oder was?«, fragte ich.

»Feen und Elfen«, korrigierte mich Grealis amüsiert, »und Zwerge.«

»Und die Elementargeister, die in Quellen und Flüssen leben«, fügte Savarkar hinzu. Wäre Jack hier gewesen, hätte er vermutlich Savarkar selbst *fay* genannt. Die Frage war nur, ob er das positiv oder negativ gemeint hätte. »Die Fairies hier sind real, auch wenn wir sie nicht sehen, so wie unsere Götter real sind. Und so wie wir direkt mit unseren Göttern sprechen können, können diese …«, er macht eine ausschweifende Geste in Richtung der dunkelbauen Uniformen, »seelenlosen Wesen nur durch Fairies gerettet werden.«

»Seit wann willst du die Engländer retten?«, fragte ich ernsthaft interessiert.

»Ich will sie nicht retten. Aber ich will ihre Feen besänftigen und ihre Hobgoblins, wir brauchen alle Unterstützung, die wir bekommen können, wenn wir die Engländer in ihrem eigenen Spiel schlagen wollen.«

»Und die Fairies helfen dir dabei, ja?«

»Psst«, machte Savarkar und zog mich zu sich. Ich stand zwischen den Wochentagsgeräuschen und den Polizisten, die mittlerweile Tee aus Thermoskannen tranken, und hörte nur seinen Atem, der den ganzen Garten zum Leben erweckte, so dass ich es plötzlich gar nicht unwahrscheinlich fand, dass alle möglichen Wesen hier wohnten und Savarkar vor Curzon Wyllies Plänen beschützen würden.

»Ich dachte, du glaubst nicht an englische Geister?«, flüsterte ich.

»Geister sind überall dieselben Geister, egal, wer ihnen ihre Namen gegeben hat. Aber Geister haben überall verschiedene Mächte«, sagte Savarkar mit einer Vehemenz, die nach mir griff und mich nicht losließ. »Kennst du die Geschichten von Menschen, die nachts in einen Feenkreis treten und mit den Elfen tanzen und essen und trinken – und wenn sie am nächsten Morgen nach Hause gehen, sind alle ihre Lieben gestorben, und es ist hundert Jahre später?«

Da das genau das war, was ich getan hatte – nur umgekehrt –, nickte ich mit klopfendem Herzen. Hinter mir hörte ich ein hohes Kichern und hoffte, dass das Grealis war.

»Kennt ihr jemanden, der Durga heißt?«, kam Madans Stimme aus dem offenen Fenster der Bibliothek.

Nun klopfte mein Herz so laut, dass ich mir sicher war, dass alle es hören mussten. »Warum?«

»Da war jemand am Telefon. Er hat ...« Ich war auf der glitschigen kleinen Holzplattform, die vom Garten in die Küche führte, bevor Madan das Ende seines Satzes erreicht hatte: »... gesagt, er ruft noch einmal an.«

»Hat er einen Namen hinterlassen?«, schrie ich zu ihm hinauf.

Madan steckte seinen Kopf aus dem Fenster. »Nein.« Er trug einen irisierend blauen Turban, als hätte er sich ein Band Himmel um den Kopf gewunden. »Er klang ... hmm ...« Madan schaute sich auf der Suche nach Inspiration im Garten um. »... ein wenig schottisch.«

»Das nächste Mal, wenn ... dieser Schotte anruft, ist das für mich«, rief ich so harsch, dass Madan zusammenzuckte. Da das das Letzte war, was ich wollte, gratulierte ich ihm hilflos zu seinem himmelblauen Turban.

»Himmelblau!«, schnaubte Savarkar hinter mir. »Wenn ein englisches Wort die Farbe des Himmels beschreiben soll, dann müsste es himmelgrau heißen.« Er deutete entrüstet nach oben in einen Himmel, den Durga als milchig blau empfunden hätte, während Sanjeev ... Sanjeev war wie so häufig verunsichert.

»Gibt es etwas, das du uns nicht erzählst?«, fragte Grealis.

»Eine Menge«, antwortete ich wahrheitsgemäß.

»Habt ihr das gehört?«, unterbrach Madan.

»Was?«, fragte ich noch immer schuldbewusst.

»Es ist merkwürdig.« Madan deutete auf einen Flecken Lila zwischen den Brennnesseln, die alle als Gemüse schätzten. »Ich hätte schwören können, dass da gerade irgendwas geläutet hat.«

Grealis schaute hoch in Madans Augen. »*Du hast die Fingerhutglocken gehört?*«

»Ja ... nein ... nicht wichtig«, sagte Madan peinlich berührt.

»Das ist ein Omen und bedeutet, dass du nicht mehr lange auf dieser Welt ...«

Ein Ruf aus dem Haus unterbrach uns, und alle Blumenorakel waren vergessen, während wir uns – bis auf David, in dessen Elternhaus Staatsmänner ein und aus gingen und der deshalb unbeeindruckt vor der Bibliothek sitzen blieb – erwartungsvoll in den Vorgarten drängten und das Hansom-Kutschentaxi beobachteten, das langsam näher kam, anhielt, und dann nichts. Das Pferd zuckte ein bisschen mit den Ohren und schüttelte mit rasselnden Zügeln den Kopf. Noch immer nichts. Endlich öffnete sich die Tür und heraus kletterte ... Hercule Poirot.

Was bedeutete, dass erst zwei Lacklederschuhe mit Gamaschen aus dem Taxi baumelten, denen ein Mann in perfekt gebügeltem Nadelstreifenanzug folgte, dessen Kopf aussah wie ein Luftballon, auf den jemand ein Gesicht gemalt und einen fantastischen Schnurrbart geklebt hatte. Er blieb einen Moment stehen, um seine makellose Kleidung glatt zu streichen, dann musterte er das Begrüßungskomitee von Indern und Polizisten und lüftete höflich seinen Hut. Sogar seine Manierismen waren perfekt Poirot, genau wie in der ITV-Verfilmung mit David Suchet.

»Einen sehr verehrten guten Tag. Ich bin hier, um Shyamji Krishna Varma zu besuchen.«

»You're too late, man«, sagte Grealis.

»Ist dies nicht Krishna Varmas Haus?«

»Dies ist Krishna Varmas Haus. Aber er ist nicht mehr hier, sondern in Paris.«

Die Polizisten verloren abrupt das Interesse und drifteten zurück nach drinnen, um unsere Unterhosenschubladen noch einmal nach versteckten Revolvern zu durchsuchen.

Poirot sah niedergeschlagen aus. »Ich hatte mich so darauf gefreut, den großen Krishna Varma endlich persönlich zu treffen.«

»Ich bin mir sicher, dass er sich ebenso darüber gefreut hätte«, sagte Savarkar, und ich fragte mich, ob es wirklich nötig war, sich sogar in seiner Abwesenheit über Shyamji lustig zu machen. »Mein Name ist Vinayak Savarkar, ich habe die Leitung über India House inne, solange Shyamji abwesend ist.«

Poirot schüttelte Savarkar feierlich die Hand. »Ich bin Lala Har Dayal, sehr erfreut.« Und mein Herz setzte einen Schlag lang aus.

»Das ist nicht wahr«, keuchte ich.

»Doch, doch. Har Dayal«, bestätigte er.

»Es ist mir eine ... Ehre!« Das war der Moment, auf den ich mein Leben lang gewartet hatte. Also nicht wirklich, aber ich hatte mir mein Leben lang ausgemalt, wie der Autor des Ailan-e-Jang wohl ausgesehen hatte. Lilas Ailan-e-Jang, das ich so lange angestarrt hatte, dass ich noch immer jeden der gestickten Buchstaben sehen konnte, wenn ich die Augen schloss, das Ailan-e-Jang, das den Feuertest überstanden hatte, und das mir schon ein Leben lang hätte verraten können, dass der indische Unabhängigkeitskampf nicht ausschließlich gewaltfrei abgelaufen war. Und ich fragte mich, warum ich nicht aufgeregter darüber war. Doch die letzten Wochen schienen meinen Vorrat an Adrenalin so erschöpft zu haben, dass mich nichts mehr überwältigen konnte. *Dachte ich.*

»Du kennst diesen Mann also?«, raunte Savarkar mir zu.

Ich nickte.

»Ist er ... einer von uns?«

Ich nickte wieder, dieses Mal vehementer. Aus dem Hausflur drang ein Poltern, dann eine Entschuldigung. Offenbar hatte einer der Polizisten bei dem Versuch, unsere Jackentaschen zu durchsuchen, den Garderobenständer umgeworfen.

»Herzlich willkommen in India House«, sagte Savarkar zu dem zukünftigen Gründer der Ghadar-Partei, die in nur sieben Jahren, zu Anfang des Ersten Weltkriegs, mit Hilfe der indischen Armee beinahe das gesamte Empire stürzen würde, wenn sie nicht verraten würde.

Nach einem weiteren falschen Alarm kam William Hutt Curzon Wyllie schließlich wirklich, gefolgt von einem ganzen Konvoi britischer Journalisten. Wyllie war offiziell dafür bekannt, die rechte Hand des Staatssekretärs für Indien zu sein, und es war eine Quelle steter Überraschung für uns, dass die Presse nie erwähnte, dass er zugleich die Überwachung von Indern in England, Schottland und Wales koordinierte. Das Register für indische Studenten und sogar die gehassten Certificates of Identity gingen auf ihn zurück, während die Zeitungen so taten, als wäre er nur ein einfacher Beamter. Ein einfacher Beamter, so wie der Premierminister nur ein einfacher Minister war. Die Polizisten bildeten ein Spalier, durch das er hindurchschritt, als würde ihm India House gehören. Dafür, dass er angeblich unbedingt mit uns reden wollte, war er verdammt unerreichbar. Ungeachtet der entrüsteten Blicke der Ordnungshüter trat Savarkar ihm in den Weg. »Herzlich willkommen, Sir! Mein Name ist ...«

»Savarkar, wir sind uns bereits begegnet«, unterbrach ihn Curzon Wyllie, und ich überlegte, ob das ein Punkt für Savarkar war oder für Curzon Wyllie.

»Ich freue mich sehr auf unser Gespräch«, sagte Savarkar mit formvollendeter Höflichkeit, die genau nichts verriet.

Curzon Wyllie musterte ihn so lange, dass alle außer Savarkar anfingen, sich unwillkürlich zu räuspern oder mit den Füßen zu scharren. »Tatsächlich? Ist das so?«, sagte er dann mit seiner bedrohlich weichen Stimme.

»Ganz genauso, wie Sie sich auf den Austausch mit uns freuen, nehme ich an«, antwortete Savarkar glatt.

Curzon Wyllies Hand krallte sich um seine Brusttasche. »Ich habe Ihre Briefe erhalten, wenn Sie das meinen.«

»Welche Briefe?«, fragte Savarkar überrascht.

•

»Okay, was ist das orientalistischste Verbrechen, das euch einfällt?« Jeremy schaute so bohrend über den Tisch, als hätte er die Frage vor dem Spiegel geübt. »Shazia?«

»Ein Messer im Rücken«, sagte Shaz gelangweilt und riss

ihre schläfrigen Augenlider dramatisch auf. »Ich meine natürlich: *Ein orientalischer Dolch!*«

»Sehr gut«, lobte Jeremy. »Durga!«

Durga zuckte ertappt zusammen. »Ein geheimnisvoller Chinese.«

»Verstößt das nicht gegen die Regeln?«, wandte Carwyn ein.

»Welche Regeln?« fragte Christian interessiert.

»Na, die Regeln des *Detection Club*«, erklärte Carwyn und meinte den berühmten Club, den Agatha Christie und Dorothy Sayers und A. A. Milne und G. K. Chesterton und 22 weitere Krimiautoren 1928 gegründet hatten. »Keine übernatürliche Unterstützung, keine eineiigen Zwillinge und kein ...«

»Geheimnisvoller Chinese«, ergänzte Maryam grinsend.

»Ich dachte eher an Gift, das der modernen Medizin nicht bekannt ist«, grinste Carwyn zurück.

»Und genau deswegen ist es dann ... postmodern!«, verkündete Jeremy genüsslich und sah Durga an, als überreiche er ihr die Schlüssel zu seinem Hotelzimmer. Gegen ihren Willen spürte sie die Wärme in ihrer Vulva pulsieren. *Das sind seine Gedanken, nicht deine,* ermahnte sie sich, während eine andere Stimme in ihr sagte: *Bist du dir sicher, dass es nicht umgekehrt ist?* Und eine dritte, die sich verdächtig nach Nena anhörte: *Vielleicht wäre ein wenig Sex keine schlechte Idee? Eros und Thanatos und so!* Durga befahl ihnen allen, den Mund zu halten. *Woher nimmst du die Autorität, zu entscheiden, wann wir schweigen sollen? Weil ich ... ich bin? Und wir etwa nicht? Vielleicht solltest du etwas mehr zuhören und etwas weniger herumkommandieren? Vielleicht brauchst du Sex, um etwas lockerer zu werden? Vielleicht ...*

Die anderen sahen sie erwartungsvoll an, und Durga merkte, dass sie das letzte Wort laut ausgesprochen hatte. »*Vielleicht* ... könnten wir den Chinesen durch einen geheimnisvollen Orientalen ersetzen?«, improvisierte sie. »Ein Mitglied in einem ... indischen Kult?«

»Einem indischen *Todeskult*«, erklärte Jeremy dramatisch.

●

»Ein indischer Todeskult«, erklärte Curzon Wyllie wie ein Schmierenkomödiant und klopfte mit der Faust auf seine Brusttasche, dass seine goldenen Orden klirrten. »*Kali for Freedom*, das ist die kryptische Signatur der Gruppe unter diesen abscheulichen Briefen, aber ich weiß, wer dahintersteckt.« Sein Walrossbart zitterte. »Aber nehmen Sie sich in Acht. Denn nachher werde ich enthüllen, wer der Anführer dieser ...« Dramatisch zog er ein mit rotem Bindfaden zusammengehaltenes Bündel Briefe aus der Jackentasche, dummerweise segelte dabei das Foto einer eleganten weißen Frau auf den Boden und verdarb den Effekt.

»Ja bitte, was werden Sie enthüllen?«, sagte Savarkar kalt und hob das Foto mit einer übertriebenen Verbeugung auf.

»Fassen Sie das Bild meiner Frau nicht an«, bellte Wyllie und riss es ihm aus der Hand. Er schaffte es, Savarkar den Rücken zuzudrehen, obwohl sie direkt voreinander standen, und rief einem Polizisten mit ähnlich buschigen Augenbrauen, aber ohne Schnäuzer zu: »Du da?«

»Athelney Jones, Sir«, sagte der Polizist mit walisischer Singsang-Stimme.

»Ich brauche einen Raum, in den ich mich zurückziehen kann, um mich auf meine Fragen vorzubereiten.« *Wahrscheinlich eher, um sich vorher nicht unnötig mit uns unterhalten zu müssen.*

»Yes, Sir.«

Ich duckte mich durch Curzon Wyllies Schatten zu Savarkar, und seine Kälte begleitete mich durch den Rest des Tages. Wyllie war nicht hierhergekommen, um sich über Politik und Indien auszutauschen. Er interessierte sich nicht für unsere Argumente, die Acharya und ich in der vergangenen Nacht mehrfach mit Kohlepapier zwischen den Seiten abgetippt hatten, um sie ihm und den Herren der Presse zu überreichen. Curzon Wyllie war hier, um India House abzuwickeln, wie auch immer er das bewerkstelligen wollte, und er signalisierte mehr als deutlich, dass er nicht vorhatte, seine Zeit damit zu verschwenden, mitzubekommen, dass wir ... Menschen waren.

Es war so einfach, an Verschwörungstheorien zu glauben, wenn man von Verschwörungen umgeben war. Wenn man sich einmal vom Anker des gesellschaftlichen Konsenses gelöst hatte, trieb man unaufhaltsam hinaus in das Meer der alternativen Realitäten. *Wie Lila*, sagte Durga in meinem Kopf, und ich berichtigte sie: *Wie die Bewohner von India House*, die auf das glorreiche Europa mit den Augen von Außenseitern blickten, und zwar nicht, weil sie aus Indien kamen, sondern wegen dem, was Europa Indien antat. Jemand wie Curson Wyllie und ebenso der größte Teil der Briten empfand bereits diesen Außenseiterblick als Gipfel der Undankbarkeit. Es war, als würden wir in parallelen Realitäten leben, die sich nicht einmal an den Rändern berührten.

•

»Wir haben einen Kult, was fällt euch noch dazu ein?«

»Ein Fluch«, sagte Carwyn.

»Genau!«, jubelte Jeremy.

»Ein Raum, auf dem ein Fluch lastet«, fuhr Carwyn fort und reichte Chris das Cover des berühmtesten Locked-Room-

Mysterys aller Zeiten *Der verschlossene Raum* von John Dickson Carr für das Moodboard.

»Ist das nicht ein Klischee?«, fragte Shazia.

»Klischees sind gut«, strahlte Jeremy. »Klischees bedeuten, dass ihre Muster bekannt genug sind, um mit ihnen zu spielen.«

●

Curzon Wyllie lachte ungläubig: »Es soll einen Raum in einem Londoner Haus geben, auf dem ein indischer Fluch lastet?«

Kirtikar schaute unbehaglich von ihm zu Aiyar und von Aiyar zu Athelney Jones. »Ich habe das von Shyamji Krishna Varma persönlich. Er hat mich beschworen, bevor er nach Frankreich aufgebrochen ist ...« Er schluckte.

»Heraus mit der Sprache, Mann«, sagte Athelney Jones, nein, ein anderer Polizist, dessen Namen ich nicht kannte.

»Er hat mich beschworen ...«

»Was denn nun?«

»Darauf zu achten, dass kein Engländer die Hyndman Library betritt, weil ... dann ... etwas Schreckliches geschieht«, spuckte Kirtikar aus.

»Er hatte wohl was zu verbergen?«, sagte Curzon Wyllie mit einem hässlichen Unterton in seiner leisen Stimme. Die Herren von der Presse machten eifrig Notizen. Das war besser, als sie es sich in ihren kühnsten Träumen erhofft hatten. Curzon Wyllie lachte erneut, dieses Mal höhnisch: »Wo ist diese geheimnisvolle Bibliothek?«

»Bitte, Sir, wenn Sie wert auf Ihr Leben oder Ihren Verstand legen, bleiben Sie fern von ...«, und dann griff Kirtikar wie der Mann auf Edvard Munchs Gemälde *Der Schrei* nach seinem Kopf und starrte mit aufgerissenen Augen auf die Bibliothekstür.

»Was zum Teufel ...«, murmelte ich.

»Teufel ist schon mal richtig«, sagte Chatto.

»Red keinen Unsinn, Mann, wir sind hier nicht in Indien«, ermahnte Curzon Wyllie Kirtikar und schnipste mit dem Finger nach Savarkar. »Bring mir den Schlüssel. Ich habe keine Angst vor einem Raum. Ein Zimmer tut niemandem etwas Schreckliches an, die Einzigen, die so etwas tun, sind ...« Curzon Wyllie schaute Savarkar vielsagend an. »Menschen.«

Savarkar hob fragend die Augenbrauen, bewegte sich jedoch ansonsten nicht. Um ihm die Demütigung zu ersparen, holte ich den Bibliotheksschlüssel von seinem Haken neben der Eingangstür.

»Hier entlang, Sir«, sagte Savarkar zynisch.

Aber Jones hielt ihn am Arm fest. »Können wir Ihnen zuvor ein paar Sicherheitsfragen stellen?«, sagte er und fügte nach einer nahezu unhörbaren Pause hinzu: »Sir.«

»Es ist mir ein Vergnügen«, antwortete Savarkar. »Sir.«

»Gut, aber nicht hier. Wo sind wir ungestört? Wie wäre es mit Ihrem Zimmer?« Jones deutete nach oben. Offensichtlich hatte die Polizei das Haus *sehr genau* untersucht.

»Fühlen Sie sich wie zu Hause«, sagte Savarkar zwischen zusammengebissenen Zähnen. Das war keine besondere rassistische Belästigung durch die Polizei, das war eine alltägliche rassistische Belästigung, aber irgendwie hatte Curzon Wyllie es geschafft, Savarkar aus der Fassung zu bringen.

Anstatt mit Savarkar zu gehen, um seine so ungeheuer wichtigen Fragen zu stellen, wies ihn Jones prompt an: »Gehen Sie schon mal vor.«

»Sonst noch etwas?«, fragte Savarkar.

Aiyar stieß ihn warnend an, nicht die Beherrschung vor den Polizisten zu verlieren, und Savarkar stürmte stumm die Treppe hinauf, nur um bei der Wäschetruhe vor unserem Zimmer von dem nächsten Polizisten aufgehalten zu werden: »Können wir Ihnen ein paar Sicherheitsfragen stellen, Sir?«

•

»Woraus besteht der Fluch?« Jeremy war so Feuer und Flamme für ihren Orientalismus-meets-Postmoderne-Plot, dass es unmöglich war, nicht ebenfalls aufgeregt zu werden.
»Theurgie«, schlug Carwyn vor.
»The Lurgy?«, fragte Asaf.
Durga hatte immer gedacht, dass das eine britische Verballhornung von Allergy war. Bei jeder Grippe sagte Jack zu ihr: »You've got the lurgy«, und lachte, als wäre das ein außerordentlich origineller Witz. Doch Lurgy war ein Nonce-Wort, ein, nun ja, parodistischer Neologismus. Es stammte aus einer BBC-Folge der *Goon Show*, wo es eine schreckliche, hochansteckende und, wie sich im Laufe der Episode herausstellte, erfundene Krankheit bezeichnete, und hatte sich entgegen allen Erwartungen durchgesetzt.
»*Theurgie*«, berichtigte Carwyn. »Altgriechisch – es meint Praktiken, um mit göttlichen Wesen zu kommunizieren.«
»Und was hat das mit dem verfluchten Raum zu tun, in dem eine Leiche von wir wissen noch nicht wem unter unmöglichen Umständen, die wir auch noch nicht kennen, gefunden wird?«, fragte Asaf, um nicht als kompletter Idiot dazustehen.
»Keine Ahnung. Menschenopfer?«
Shaz stöhnte. »Indischer Kult und Menschenopfer. Kali, ick hör dir trapsen. Du weißt schon, dass das Gerede von Menschenopfern bösartigste britische Propaganda war?«
»Das ist ja genau der Trick«, jubelte Jeremy. »Weil alle bei Kali an Menschenopfer denken, guckt niemand genauer hin, ob dieses Verbrechen einfach nur ...«

»Was?«, fragte Maryam.

»Genau: *Was?*«, rief Jeremy. »Irgendwelche Ideen?«

•

Ich starrte von außen auf die Tür der Bibliothek, hinter der Curzon Wyllie ohne ein weiteres Wort mit steifer Oberlippe verschwunden war, und stellte mir vor, wie er sich raumgreifend auf dem Sofa vor dem Kamin flätzte, durch alte Ausgaben des *Indian Sociologist* blätterte und sich sein Statement für die Presse überlegte, wenn er gleich wieder herauskäme und den angeblichen Fluch entkräftet hätte. Der Gedanke hinterließ einen unangenehmen Geschmack in meinem Mund, wie von angebranntem Zucker.

»Ich scheine zu einem schlechten Zeitpunkt gekommen zu sein«, sagte Lala Har Dayal neben mir, und ich erinnerte mich daran, dass Lila mir erzählt hatte, er hätte in Cambridge studiert, bevor er in die USA ging um, na klar, die Ghadar Partei zu gründen, aber vor allem das Bakunin-Institut, das er »das erste anarchistische Kloster« nennen würde – es war merkwürdig, so viel mehr über diesen Menschen zu wissen, den ich gerade zum ersten Mal getroffen hatte, als er selbst über seine Zukunft. »Es tut mir so leid«, sagte er mit einem schüchternen Lächeln. Anscheinend gehörte es an britischen Universitäten zum Lehrplan, bei jeder passenden und unpassenden Gelegenheit *sorry* zu sagen. Und dann dachte ich an Curzon Wyllie und revidierte das. Ich konnte mir nicht vorstellen, dass Curzon Wyllie sich jemals für irgendetwas entschuldigte, außer im Sinne von: *I'm sorry, I'm British, we don't apologize.*

Aus der Nähe sah Lalas rundliches Gesicht weniger nach bemaltem Luftballon aus und eher nach jemandem, der in seinem Leben zu viel hatte lächeln müssen und deshalb das Gegenteil zu einem *resting bitch face* entwickelt hatte: ein *defensive politeness face*? »Ich wünschte, Shyamji wäre hier«, sagte ich ehrlich. »Er wüsste als gestandener Anwalt, wie man mit einer solchen Situation umgeht.«

Lala nickte. »Oh ja, und dazu ist Krishna Varma noch ein großer Gelehrter. Seine Kenntnisse in Sanskrit sind auf der ganzen Welt berühmt.« Warum hatte ich das nicht gewusst? Oder hatte ich mich schlicht nicht dafür interessiert?

In diesem Moment flog ein Gegenstand von innen gegen die Tür der Bibliothek, machte ein dumpfes Geräusch und rollte davon. Es folgte ein Scheppern, dann Curzon Wyllies gellende Stimme: »Kali!«

Und dann.

Nichts.

»Sir?« Jones oder ein anderer Polizist rüttelte an der Tür, doch Curzon Wyllie hatte sie von innen abgeschlossen.

Keine Antwort.

»SIR?«

Erneut keine Antwort.

»Halten Sie die Tür frei, ich breche sie auf!« Jones holte zu einem Tritt aus, und ich konnte jede seiner Bewegungen wie die Frames eines Films als einzelne Bilder sehen: sein Schuh, gegen die Tür, Schuh, Tür, Schuh ... Bevor ich sagen konnte, dass der Schlüssel für das Esszimmer auch in die Bibliothekstür passte, splitterte das Schloss auf. Jones drückte die zerstörte Tür mit der Schulter auf. Ein, zwei, drei, viele Polizisten drängten sich an mir vorbei ihm hinterher.

Ich griff nach hinten und fühlte, wie sich Savarkars Hand um meine schloss. »Polizisten, die Türen eintreten, das ist ja wie in Indien hier«, raunte er mir zu. Der Polizist, der bis eben noch damit beschäftigt gewesen war, die Antworten von Savarkar auf unzählige quälende Kleinstfragen in Kurzschrift aufzuschreiben, schaute an Savarkar und mir vorbei in die Bibliothek hinein. Und wurde kreidebleich.

»Treten Sie alle sofort zurück«, mahnte ein anderer Polizist mit sich überschlagender Stimme. »Schauen Sie auf keinen Fall auf die Leiche!«

Wie immer, wenn jemand *auf keinen Fall* sagte, konnte ich meine Augen nicht von der zusammengekrümmten, blutüberströmten Figur auf dem Boden lösen.

»Wer hätte gedacht, dass der alte Mann so viel Blut in sich hat«, murmelte Savarkar, und ich dachte: Das ist aus Agatha Christie, *Hercule Poirots Weihnachten*! Doch Savarkar hatte natürlich Shakespeare zitiert. Savarkar liebte es, Shakespeare zu zitieren. Er liebte Zitieren überhaupt, aber ich erkannte hauptsächlich Shakespeare.

»Jones«, rief einer der Polizisten aus dem Zimmer. *Wer hätte gedacht, dass so viele Polizisten in unsere gerade eben noch abgeschlossene Bibliothek passten?* Identische dunkelblaue Uniformen, zwischen denen der nasse rote Klumpen Kleidung auf dem Boden hervorstach wie ein mehrfach markierter Fehler in der Klausur des Lebens.

»Yes, Sir«, rief Jones und befahl uns: »Bleiben Sie genau da, wo Sie jetzt sind!« Derart aufgeregt klang seine Stimme nicht mehr gemütlich walisisch, sondern blasiert und elitär wie die von David Cameron, als dieser der Queen bei einem Gipfeltreffen gesteckt hatte, dass »die Regierungschefs der fantastisch korrupten Länder Nigeria und Afghanistan« anwesend seien. Im nächsten Moment war Jones an mir vorbei in den Hausflur gestürzt, und ich hatte keinen anderen Gedanken als den scharlachroten Horror auf dem Boden. Und dann sah ich den Dolch im Rücken des blutdurchtränkten Jacketts.

●

»Das ist wie dieses Sprichwort namens *Hanlon's Razor*, nur halt Jeremy's Razor: Schreibe nichts einem religiösen Kult zu, was durch eine Verschwörung hinreichend zu erklären ist«, schnurrte Jeremy wie eine Katze, die die Sahne *und* die Milch aufgeleckt hatte.

»Du meinst *Ockham's* Razor?«, fragte Chris.

»Nein, Hanlon's Razor: Schreibe nichts der Böswilligkeit zu, was durch Dummheit hinreichend zu erklären ist.«

»Man kann es auch mit Klischees übertreiben«, seufzte Maryam. »Du weißt, dass Hanlon den Satz für ein Witz-Buch geschrieben hat?«

»Er stimmt aber trotzdem«, bemerkte Asaf.

»Ja, aber genauso stimmt leider: Schreibe nichts der Dummheit zu, was durch Böswilligkeit hinreichend zu erklären ist«, versetzte Maryam. »Es kommt immer darauf an, wer die Macht hat.«

•

Alle rannten wie kopflose Hühner umher, Polizisten, Inder, nur Grealis stand wie ein Fels im Meer der dunkelblauen und braunen Körper – wie ein Fels, der die Fähigkeit hatte, sich unsichtbar zu machen –, ich wusste nicht einmal, warum, aber ich rannte mit den anderen aus dem Zimmer und aufgescheucht durch das ganze Haus, ihnen voran die Treppe hinauf, bis ich unsere Zimmertür aufstieß und erstarrte. Auf dem Bett saß Madan – trotz des ganzen Tohuwabohus vollkommen versunken in die Betrachtung einer Fotografie: *Das Porträt von Lady Wyllie!*

Ich spürte einen Stoß in den Rücken und landete auf Händen und Knien. Bevor ich mich wieder aufrappeln konnte, stieg ein Polizist über mich hinweg und riss Madan das Foto aus der Hand. Von meiner Position auf dem Boden aus konnte ich lesen, was auf der Rückseite stand: *Die Inder waren den Eroberern in Sprache, Religion, Philosophie und Barmherzigkeit überlegen, aber die Eroberer waren ihnen in Gewalt und Waffen überlegen. Feuer und Stahl sind die Bibel der Briten.* Als Bekenntnisschreiben war das recht unspezifisch.

Madans unfokussierte Augen richteten sich auf mich. Langsam sagte er: »Deshalb müssen die Führer in Indien das heilige Feuer der Veden neu entfachen, um den Stahl des Krieges am Altar Kalis zu schärfen, damit Mahakal, der Geist der Zeit, besänftigt werden kann.«

»Der Geist der Zeit?«, flüsterte ich.

Da erinnerte sich der Polizist an meine Anwesenheit und schob mich mit dem Fuß aus meinem eigenen Zimmer.

Wieder war Savarkar direkt hinter mir. Meine Lippen formten unhörbar die Worte »Hast du? ... bist du? ... ist Madan?«

Aber Savarkar schaute mich nur genauso entsetzt und verständnislos an wie ich ihn.

»Sie sind verhaftet!«, sagte der Polizist wie in einem schlechten Krimi zu Madan. »Sie haben das Recht, zu schweigen. Alles, was Sie sagen, kann und wird vor Gericht gegen Sie verwendet werden.«

Madan öffnete seine Augen weit wie ein erschrockenes Kind.

Madan.

Alles ist Lüge.

Kein Wort ist wahr.

Denn wenn sie wahr wären, wären sie keine Worte, sondern ein

    einziger

        langgezogener

            Schrei

THE QUEUE

D-DAY + 6

INTRO:
(((PANORAMA)))
Verbrenne einen Hollerbusch,
Damit der Teufel zu dir muss.
(((AUSSEN – DÄMMERUNG – HALBNAH)))
Ziegel. Mauer. Rot und taunass vom Wasser der nahen Themse,
als würden die Steine Blut schwitzen, als würden ...

CHRISTIAN Sollen wir hier ›Intro überspringen‹ einblenden?
MARYAM Wer überspringt denn ein Intro? Das Intro ist doch der beste Teil jeder Serie.
CARWYN Wenn es gut ist.
JEREMY *Wenn?* Wofür bezahle ich euch hier!?

... Die Steine schwitzen Blut.
(((ZOOM & TONBLENDE)))
Je näher die KAMERA kommt, desto lauter wird das Rauschen
und Murmeln aus der Mauer:

(((VOICEOVER)))
»*The only lesson required in India at present is to learn how to die,*
and the only way to teach it, is by dying ourselves.« *Madan Lal*
Dhingra

»*Auch die Toten werden vor dem Feind, so er siegt, nicht sicher sein.*« Walter Benjamin

»*You know the key strategic weakness of the human race? The dead outnumber the living!*« Doctor WHO

1 Die Sonne schien. Was sollte sie auch sonst tun? Trotzdem nahm ich ihr das übel.
»DAS IST ALLES DEINE SCHULD!«, schrie ich Savarkar an.
»WIE IST DAS MEINE SCHULD?«, schrie er zurück.
»Es ist deine Schuld, dass Madan verhaftet worden ist und Curzon Wyllie ...«
»Was ist denn nun mit Curzon Wyllie?«, unterbrach mich Asaf.
Das war die Frage, die sich alle stellten. Denn Curzon Wyllie war nicht der Tote in der Bibliothek. Es gab keinen Toten in der Bibliothek. Der Leichnam vor dem Kamin war kein Leichnam, sondern eine Chimäre, ein Simulakrum, ein Golem, geformt von Curzon Wyllies Hose und Frack, ausgestopft mit den Kissen, die Shyamji in üppiger Zahl für das Sofa, die breiten Fensterbänke und die tiefen Lesesessel zur Verfügung gestellt hatte, zum Leben erweckt durch den orientalischen Dolch in seinem Rücken. All das wäre makaber, aber nicht albtraumhaft gewesen, wäre da nicht das Blut gewesen, echtes Blut, wie wir später erfuhren, dessen klebrig süßer Geruch mir nicht mehr aus der Nase ging, auf dem Parkett erst rot und dann braun, bis ich es schließlich wegscheuerte. (Lifehack: Sand, Mehl, Salz, was auch immer darüberstreuen, aber um keinen Preis versuchen, es mit Wasser wegzuwaschen, es sei denn, das Ziel besteht darin, einen großen Blutfleck in eine riesige Blutlache zu verwandeln.)
Nicht in der Bibliothek jedoch war Curzon Wyllie gewesen,

weder lebendig noch tot. Niemand war in der Bibliothek gewesen, sie war leer, leer, leer. Dabei hatten ich und ich weiß nicht wie viele Polizisten, Journalisten und India-House-Angehörige ihn mit eigenen Augen hineingehen sehen. Wir hatten gehört, wie er von innen den Schlüssel im Schloss drehte, es sich zwischen unseren Büchern und unseren Gedanken gemütlich machte, und dann seinen Schrei, okay, erst einmal nichts außer den Geräuschen, die Menschen nun einmal so machen, wenn sie es sich uneingeladen in einem Raum gemütlich machen, der ihnen nicht gehört, aber dann sein gellender Schrei: »Kali!« Doch als Police Constable Jones die Tür aufgebrochen hatte, war keine Menschenseele in der Bibliothek gewesen.

»Glaubst du etwa, jemand wie Curzon Wyllie hat eine Seele?«, sagte Savarkar erstickt. »Die hat er schon vor Jahrzehnten an den Teufel des Empires verkauft, um ohne Gewissensbisse in unserer Privatsphäre herumspionieren und manipulieren zu können.«

»Manchmal bin ich mir nicht sicher, ob *du* eine Seele hast«, sagte ich. Chatto legte den Arm um mich, und Savarkar sah einen Moment lang derart verloren aus, dass mein Herz, das bereits so sehr schmerzte, dass es nicht noch mehr schmerzen konnte ... noch mehr schmerzte. Warum können wir uns Unendlichkeit nicht vorstellen, obwohl alles unendlich ist?

Dem Kalender nach war Sommer, trotzdem entfachte Acharya ein Feuer im Kamin. Nach der schlaflosesten Nacht meines Lebens war ich dankbar für die Wärme, als wären die gelben Flammen ein Zauber gegen sämtliches Unglück, das das Schicksal bereithalten konnte. Nur nicht für Madan. Madan war jenseits aller Magie, gebannt durch eiserne Gitterstäbe.

»Es tut mir leid, dass ich euch zu einem so schmerzvollen Zeitpunkt besuche«, bemerkte Lala mit seinem ein wenig zu akkuraten Englisch und rieb die Hände beklommen aneinander.

»Kali ist die Göttin der Zeit. Wenn sie entschieden hat, dich hierherzuführen, wird sie ihre Gründe haben«, sagte Chatto. *Chatto!* Der noch nie etwas auch nur entfernt Religiöses geäußert hatte, mit Ausnahme seiner Bewunderung für die heilige Mutter, weshalb ich lange gedacht hatte, er wäre katholisch, bloß meinte er damit natürlich die Mystikerin Sarada Devi.

Savarkar löste seinen brennenden Blick von mir und richtete ihn auf Lala. »Was Chatto sagen will, ist, dass deine Anwesenheit hier Schicksal ist. Und wir sind dir dankbar für deine Unterstützung.«

Lala sank überwältigt auf einen Stuhl, den Acharya ihm gerade noch rechtzeitig hinschob, und ich konnte sehen, dass Savarkar eine neue Eroberung gemacht hatte. Hinter Lala öffnete sich unsicher die Tür, und David spähte durch den Spalt. Er erhielt von uns eine Heldenbegrüßung, weil er sich nach Curzon Wyllies Verschwinden noch nach India House wagte, und blühte unter der ungewohnten Wärme sichtbar auf. David war so erschütternd jung. Warum vergaß ich immer, wie jung er war? Wahrscheinlich weil wir alle so blutig jung waren.

»Die *Illustrated London News* nennt es einen feigen Mord«, informierte er uns und verteilte wie Gastgeschenke eine Armvoll Zeitungen, für jeden eine, und dabei registrierte ich, dass Kirtikar fehlte.

»Mord? Das ist Verleumdung ... nein, üble Nachrede«, sagte der Jurist in Savarkar automatisch. »Um Madan wegen Mordes zu verurteilen, brauchen sie eine Leiche.«

»So würde es laufen, wenn Madan Engländer wäre«, sagte Asaf leise.

»In seinem Fall wird es nicht darum gehen, dass das Gericht seine Schuld beweist, sondern dass wir seine Unschuld beweisen«, fügte Aiyar hinzu.

»Dann müssen wir das halt hinbekommen«, schrie ich.

Während die anderen mich mitleidig ansahen, schlug Aiyar die *TIMES* auf. »*Ritualmord zu Ehren Kalis – Er kam nach England, um Naturwissenschaften zu studieren, doch der alte Aberglaube war stärker und trieb Madan Lao Dhingra ...*«

»Sie können nicht einmal seinen Namen richtig schreiben!«, schrie ich weiter. »Wie sollen sie es dann schaffen, darüber zu schreiben, was wirklich passiert ist?«

Aber was war wirklich passiert? Nichts, nach allen Regeln der Logik. Vor der Bibliothekstür, vor der Haustür, vor jedem Fenster, auf der Straße und rund um India House waren Polizisten positioniert gewesen. Niemand konnte hinein-, geschweige denn herausgelangen, ohne von mindestens zwei Personen gesehen zu werden. Es gab keinen Geheimgang, kein Priesterloch – ich hatte die Bibliothek auf Händen und Knien durchsucht und jeden Zentimeter Wand abgeklopft –, und durch den Kamin passte nicht einmal ein viktorianisches Kaminkehrer-Kind. Trotzdem *war* eindeutig jemand in die Bibliothek hinein- und vor allem wieder herausgekommen, zusammen mit Curzon Wyllie oder seiner Leiche.

Und Polizei und Presse hatten entschieden, dass dieser Jemand Madan war.

Aiyar schmiss die *TIMES* auf den Boden und griff nach der nächsten Zeitung. »*Wir haben uns dieses Verbrechen weitgehend selbst zuzuschreiben*«, las er vor. »*Wir haben diese Hindus mit westlichem Gedankengut erzogen, das sie ebenso wenig begreifen können wie die Kinder von Selfmademännern den Wert von Geld.*«

»Wo ist das denn her?«, fragte ich, einmal Medienfrau, immer Medienfrau, auch wenn ich jetzt ein Mann war.

»*Telegraph*«, antwortete Aiyar und fuhr fort, die toxische Mischung aus Rassismus und Klassismus so vorzulesen, wie Durga Menschenrechtsverletzungen auf Social Media teilte, als wäre das bereits eine politische Handlung. »*Die Lektüre unserer Lehrbücher über Verfassungsgeschichte peitscht ihren überspannten Geist zu jedem noch so aberwitzigen Unterfangen auf, solange es im heiligen Namen ihres Patriotismus geschieht.*« Und natürlich durfte Orientalismus nicht fehlen: »*Friedliche Argumente sprechen den Orientalen nicht so an wie uns. Das Einzige, was diese Fanatiker verstehen, ist Gewalt.*«

»Warum hat sich an der Rhetorik bis heute nichts geändert?«, stöhnte ich.

»Wie meinst du das?«, fragte Chatto.

»Ja, das wäre interessant, wenn du uns das endlich erklären würdest, Sanjeev«, sagte Savarkar.

»Das willst du nicht wissen«, sagte ich.

»Oh doch«, sagte er.

2

Am nächsten Tag riefen die indischen Organisationen Londons zu einem Treffen in Caxton Hall auf, um sich öffentlich von Madans Tat zu distanzieren. Und obwohl dort alle indischen ... Inder erwartet wurden, konnte ich es nicht über mich bringen. Savarkar ging zusammen mit Aiyar, Asaf, Acharya und Dutta, der seit der Verhaftung seines Bruders in India House wohnte, ohne jemals offiziell bei uns eingezogen zu sein. Chatto hatte sie eigentlich begleiten wollen, doch als er in der Küche erschien, war sein Gesicht so aschen, dass ich seine Hand nahm und ihn in sein Zimmer zurückführte, wo er sich auf dem Bett zusammenkrümmte und die Handballen in die Augenhöhlen drückte.

»Kopfschmerzen«, bemerkte Savarkar.

»Migräne«, korrigierte ich ihn.

»Bengalische Kopfschmerzen«, sagte er, sah mich einen Moment lang unentschlossen an und beugte sich dann rasch vor und küsste mich auf den Mund. Es war kein erotischer

Kuss, eher die Sorte Kuss, mit der Nena sich von Durga verabschiedete, doch konnte ich nicht aufhören, daran zu denken, während ich Chattos Vorhänge zuzog und ihm mit Wasser und Essig getränkte Tücher brachte. Auf der Treppe traf ich Lala, der durch das Haus irrte wie ein unglücklicher Geist.

»Willst du ... sollen wir spazieren gehen?«, lud ich ihn ein, um Chatto die Geräusche des äußerst mitteilungsfreudigen Holzbodens zu ersparen.

»Eine exzellente Idee«, sagte Lala mit seinem beflissenen Lächeln, er war einer der dankbarsten Menschen, die mir je begegnet waren.

Also schlichen wir uns wenige Minuten später aus der Haustür, vor der wie durch ein Wunder kein einziger Polizist wartete. Wahrscheinlich, weil sie alle Savarkar und Co nach Caxton Hall gefolgt waren. Ich schlug die entgegengesetzte Richtung ein und begriff, dass das der Weg war, den ich – vor wie vielen Nächten? – hinter dem irrlichternden Jack O'Lantern hergegangen war. Bei Tageslicht war er deutlich kürzer. Wir erreichten Waterlow Park so schnell, dass Lala kaum Zeit hatte, mir zu erzählen, dass er in Oxford – nicht Cambridge, Lila hatte das offenbar verwechselt – Sanskrit studiert hatte, »genau wie der brillante Shyamji Krishna Varma«. Dabei unterließ er es, zu erwähnen, dass er selbst verdammt brillant war und eines der raren Oxford-Stipendien für Inder bekommen hatte, doch aus irgendeinem Grund schien ich das zu wissen.

Und dann erinnerte ich mich, dass Durga Lala tatsächlich gegoogelt hatte, lange bevor sie aus ihrem Zeitstrahl gefallen und ich nach India House gekommen war. Natürlich hatte Durga das. Schließlich hatte sie ihre Kindheit damit verbracht, über ihn zu fantasieren, während sie auf das Ailan-e-Jang starrte, so als hätte Lila ihn in ihre Vergangenheit gestickt. Warum hatte ich das vergessen? Weil ich mir nicht sicher war, ob sie es getan hatte, bevor ich mich daran erinnerte. Aber zur Abwechslung störte mich das diesmal nicht, denn wenn sie es nicht gemacht hatte, dann hätte sie es tun sollen, und meine Anwesenheit hier korrigierte diese Unterlassung, korrigierte ihre Amnesie für ihre eigene Geschichte: Durga war mehr Durga, weil Sanjeev Sanjeev war.

»Und deshalb habe ich mein Stipendium nach zwei Jahren zurückgegeben«, schloss Lala, und ich merkte, dass ich seine letzten Sätze verpasst hatte. *Warum konnte ich nicht einmal in der Vergangenheit in der Gegenwart leben?*

»Entschuldige«, sagte ich und bog in den Highgate Cemetery ein, als wäre das von Anfang an mein Plan gewesen. »Weshalb?«

»Na, wegen der Besatzung Indiens«, antwortete Lala schlicht, und ich revidierte meine Einschätzung, dass seine übermäßige Dankbarkeit eine Form war, mit Diskriminierung umzugehen. Lala war nicht unterwürfig. Er war einfach nur extrem ... freundlich. Doch sollte man sich nicht davon täuschen lassen, hinter diesen weichen Gesichtszügen steckte ein Revolutionär, der das Ailan-e-Jang nicht als poetisches Manifest, sondern als Gebrauchsanleitung schreiben würde – Bezahlung: Tod; Belohnung: Märtyrertum; Rente: Freiheit.

»Wie ist Emma Goldman?«, fragte ich spontan.

»Die russische Anarchistin?«, fragte er überrascht, und ich biss mir auf die Zunge, weil er sie natürlich noch gar nicht kennengelernt hatte. Doch er legte nur wie Poirot seinen runden Kopf auf die Seite und erklärte konspirativ: »Ich habe ein Telegramm von Genossen aus New York erhalten, dass Emma Goldman sich in ihrer Zeitschrift *Mother Earth* für Madan einsetzen will.«

»*Mother Earth*?« Der Name war so Seventies, dass ich gegen meinen Willen zu lachen begann. »Echt jetzt?«

»Natürlich«, sagte er überrascht von meiner Unkenntnis. »Emma Goldman druckt regelmäßig Artikel aus *Free Hindustan* in *Mother Earth* ab. Ohne sie wüsste die amerikanische Öffentlichkeit nichts über Tilak oder Aurobindo Ghose oder ... Madan Lal Dhingra.«

»Emma Goldman, ey«, sagte ich anerkennend.

Und er bestätigte: »Emma Goldman.«

<blockquote>
WÄHRENDDESSEN IN CAXTON HALL

Madans jüngerer Bruder Bhajan, der gerade in London angekommen ist, wird auf die Bühne gezerrt, um sich im Namen der Familie von Madan loszusagen. Doch seine Augen sind blind vor Tränen, und aus seinem Mund kommt kein Laut.
</blockquote>

Ein Schwarm Stare flog aus den Bäumen auf und senkte sich wie ein Seufzer auf die Gräber. Ein Bild von so viel Melancholie, dass ich mich fühlte, als wäre mir etwas geraubt worden, ich konnte mich nur nicht mehr erinnern, was. Und dann wurde mir klar, was mir fehlte: meine Vergangenheit, so wie sie in Durgas Zeit gewesen war, Madan, der als Märtyrer gefeiert wurde, und nicht Madan, der als hinterhältiger ... was auch immer ... Hatte Madan Recht gehabt, als er mich warnte, ihm nicht sein Dharma zu rauben? Hatten mein Wünschen und mein Hoffen, mein Bloßes Da-Sein zu dem absurden und ganz und gar unglaubwürdigen Blutbad in unserer Bibliothek geführt? Und plötzlich war ich mir sicher, dass es mir oblag, den Zeitstrahl wieder richtig zu biegen, auch wenn ich nicht an Zeitstrahlen glaubte, oder an Quantenverschränkung, vor allem nicht an Quantenverschränkung, da ich keine Ahnung hatte, was das genau sein sollte. Doch mit Zeitreisen, das zumindest sagten alle *Doctor-WHO*-Skripte, war es so: Wenn ich jetzt etwas änderte, würde ich vielleicht nie geboren. Auf der anderen Seite: Wenn ich jetzt nichts änderte, würde ich vielleicht auch nie geboren. Nur die Geschichte würde weitermarschieren, wie die indischen Demonstranten auf den Salzmärschen, schutzlos und halb nackt, und dann bemerkte ich, dass das keine Demonstranten waren, es waren die bis aufs Skelett abgemagerten Geister der drei Millionen Toten der bengalischen Hungersnot, der letzten dieser Heimsuchungen in Indien. Seit der Unabhängigkeit hatte es keine Hungersnot mehr gegeben.

»Karl Marx!«, unterbrach Lala meine Gedanken, und ich bemerkte, dass wir schnurstracks auf Marx' Grab zugesteuert waren.

Typisch Durga!, dachte ich, und dann: *Wo ist die Büste?* Der berühmte Kopf auf dem überdimensionierten Steinsockel, halb Mann, halb Lego. Stattdessen lag am Kopfende des Grabes ein schlichter weißer Stein wie ein ergonomisches Kissen. Lala zog die rote Nelke, die ich erst in diesem Moment bemerkte, aus seinem Knopfloch und legte sie ehrfürchtig auf das grüne Grab.

»Du hast Marx gelesen?«, fragte ich überrascht und dachte, wie rassistisch es war, dass ich überrascht war.

»Oh ja!«, antwortete Lala. »Alle seine Bücher, nicht nur die Artikel über die britische Herrschaft in Indien. Ich habe große Achtung vor Karl Marx.« Aus seinem Mund hörte der Name sich an wie ein einziges Wort, *karmaks*. »Und natürlich vor Michail Bakunin.«

Als würde die Gesellschaft der Toten uns eine Pause von der Gegenwart gewähren, verbrachten wir die nächste Stunde damit, Inschriften zu entziffern wie Kurzgeschichten über die Menschen, deren Gräber sie markierten, und wir rechneten nach, wie viele Jahre Paare zusammen verbracht und ob ihre Kinder sie überlebt hatten, bis Lala einen Kopf aus Blättern entdeckte, der in einen aufrecht stehenden Grabstein gemeißelt war. Der Stein war älter als seine Nachbarn, mit Flechten bedeckt und halb verwittert, trotzdem war das Gesicht deutlich zu erkennen. Behutsam strich ich über das Laub, das aus dem Mund spross. »Darf ich vorstellen: The Green Man.«

»Ah, ein Student unserer Mythen und Bräuche«, sagte eine Stimme hinter mir, und ein Mann, dessen weißes Kollar ihn als Pfarrer auswies – oder als Vikar, so genau kannte ich mich nicht mit den unterschiedlichen Rängen der anglikanischen Kirche aus, und Jack, der sich auskannte, konnte ich nicht fragen –, trat zu uns.

»Unser aller Mythologie«, sagte Lala so freundlich, dass Weißes-Kollar ihn nur interessiert anstarrte. »Wir nennen es das glorreiche Gesicht oder Kirtimukha, es symbolisiert die Kraft, die den Keim dazu bringt, aus dem Samen zu schießen.«

Ich war beeindruckt. Der Pfarrer offensichtlich auch. »Wir nennen ihn, nun ja, den Grünen Mann.«

»Mann?«, sagte ich in Erinnerung an Maryam.

»Oder *Jack*-in-the-Green«, antwortete der Pfarrer, und die Blätter unter meinen Fingern bewegten sich.

WÄHRENDDESSEN IN CAXTON HALL

Resolution: »*Hiermit versichern wir der britischen Öffentlichkeit einstimmig, dass die abscheuliche Tat in der Hauptstadt ihres Empires von einem Fanatiker oder Verrückten begangen wurde, den das gesamte indische Volk verurteilt.*«

Nur ein junger Mann ruft: »Nein! Nicht einstimmig!«

Es ist Savarkar. Alle Gesichter drehen sich zu ihm.

Sein Sitznachbar versetzt ihm einen Fausthieb ins Gesicht, der seine Brille zerbricht. Spontan schlägt Acharya dem Mann mit seinem Gehstock auf den Kopf, ein unschönes Knacken ist zu hören, dann bricht Chaos aus.

Savarkar (steigt auf seinen Stuhl): »Eine Resolution kann nicht einstimmig sein, wenn es auch nur eine Gegenstimme gibt. Und ich stimme dagegen.«

»Jack-in-the-Green?«, wiederholte ich. Der Pfarrer nickte emphatisch und bewegte seine Lippen, aber ich konnte ihn nicht hören, weil der Wind in die Bäume gefahren war und alle Blätter rauschten. Die Sonne brach durch den Wolkenschleier und färbte alles schwefelgelb. Durga liebte dieses gelbe Unwetterlicht, während es Sanjeev irritierte, dass sogar die Sonne in England Regen signalisierte. Dann merkte ich, dass das Rauschen nicht aus der Vegetation kam, sondern aus dem Grabstein, und die Lippen des Pfarrers nicht die einzigen waren, die sich bewegten. Ich lehnte mich näher zu dem Blättermund. Das Raunen und Murmeln wurde lauter: »Wir befinden uns immer mitten in dem Teil der Story, in dem wir von all den red herrings und falschen Fährten verwirrt sind und der Detektiv noch nicht aufgetaucht ist, that's life.«

Das war der erste Satz, den Jack zu mir gesagt hatte, vor fünfundzwanzig Jahren – oder in neunundachtzig Jahren, je nachdem, von wo aus man rechnete. Damals erschien mir das unglaublich tiefgründig. Aber nicht so tiefgründig wie jetzt! Warum verhielt ich mich wie ein Huhn im Hagel, anstatt das Geheimnis in unserer Bibliothek aufzuklären? Schließlich waren Locked-Room-Mysteries *meine* Sorte von Verbrechen! Sie aufzuklären war mein Job, okay, Durgas Job als Drehbuchautorin. Genau genommen war ihr Job auch nicht die Aufklärung, sondern sich möglichst unmögliche Morde auszudenken, Krimis waren die letzte Bastion des Surrealismus im Fernsehen, und dieser ... potentielle Mord war nicht nur gänsehauterzeugend und fantastisch, er schrie auch förmlich nach einer Kameraeinstellung mit Überbeleuchtung – und dann, wenn alles zu Sepia schmolz, nach einem Superdetektiv, der die richtigen Fragen stellte. Und plötzlich wusste ich, was die richtige Frage war.

»Wir müssen zurück«, unterbrach ich Weißes-Kollar.

»Oh?«, sagte Lala.

»Ich muss dringend mit Kirtikar reden!«

»*Oh*«, sagte Jacks Stimme anerkennend aus dem Stein.

Bis wir bei India House ankamen, hatte der Regen wieder begonnen, und auch die Undercover-Polizisten waren zurück auf ihren Posten.

»Was ist passiert?«, fragte ich Savarkar alarmiert, als ich sein blutverschmiertes Gesicht sah.

»Unsere Landsmänner und ich haben ... Argumente ausgetauscht«, antwortete er und überprüfte die Schwellung mit einem Handspiegel.

Ich lief in die Küche, um Lappen und Wasser zu holen – es war der Tag der feuchten Tücher –, und rüttelte auf dem Weg an Kirtikars Tür. Abgeschlossen.

»Wo ist Kirtikar?«, fragte ich Savarkar und tropfte blaues Kamillenöl in den Stieltopf mit Wasser, von dem ich einen guten Teil auf der Treppe verschüttet hatte.

»Weg. Pop. Verschwunden«, näselte er.

Ich tupfte vorsichtig sein Gesicht ab. »Wohin?«

»Weiß der Henker und wen interessiert's.« Savarkar lachte bitter über seinen eigenen Scherz. »Henker. Verstehst du?«

»Ja, ich verstehe dich, ich finde es nur nicht witzig«, sagte ich in Gedenken an Jack und merkte, wie gut sich das anfühlte.

»Ah«, sagte Savarkar und schloss den Mund, aber nur, damit ich das Blut unter seinen Nasenflügeln entfernen konnte.

»Wie kannst du die Inderinnen und Inder lieben, wenn

die konkreten Inderinnen und Inder sich mit Händen und Füßen dagegen wehren, von dir befreit zu werden?«, fragte ich erschüttert über den blauen Fleck, der sich schon jetzt unter seiner Haut abzeichnete. Savarkar atmete aus. »Warum möchtest du ein Indien befreien, das dich politisch verfolgt, ins Gefängnis wirft, foltert? Ehm, vergiss, was ich zuletzt gesagt habe.«

Seine Augen fanden meine im Spiegel. »Wann wirst du mir endlich die Wahrheit sagen, Sanjeev?«

Und ich wusste, dass ich ihm alles erzählen würde, und dann würde sich der Boden unter uns öffnen, oder Aliens landen, oder was auch immer bei unreparierbaren Zeitparadoxen passierte. Aber diese Befürchtungen waren nichts gegen das Bedürfnis, mich ihm endlich, endlich anzuvertrauen.

Im letzten Moment flog die Tür auf, und Asaf stürzte mit dem Ersatzschlüssel wedelnd herein. »Kirtikars Sachen sind verschwunden!«

Mir schoss durch den Kopf, dass das die Strafe für meine Versuchung war. Kirtikar war meine einzige Hoffnung gewesen, zu beweisen, dass es sich bei Curzon Wyllies Verschwinden um ein abgekartetes Spiel handelte. Kirtikars Insistieren, dass kein Engländer die Bibliothek betreten dürfe, war ebenso artifiziell und unglaubwürdig wie die Kali-Todeskult-Briefe, die Wyllie vermeintlich zuvor erreicht hatten. Nicht nur hatte niemand von uns jemals davon gehört, dass ein Fluch auf unserem noch nicht besonders alten Haus lag, auch waren bereits zahlreiche Engländer in der Bibliothek ein und aus gegangen, ohne dass ihnen auch nur das Geringste zugestoßen wäre: Grealis ... okay, *Ire*. David ... oder war David vielleicht Waliser?

Ich schüttelte unwillig den Kopf. Glaubte ich etwa an Flüche? Äh: Ja. Aber nicht an lächerliche Flüche, die Menschen nach Nationalität unterschieden, wenn sie in Bibliotheken gingen. Kirtikar wusste etwas, da war ich mir sicher. Mehr noch, Kirtikar hatte seinen Teil dazu beigetragen, indem er Curzon Wyllie die richtigen Stichworte lieferte wie den Käse für die Mausefalle, bis diese ZACK zuschnappte und Wyllie verschwunden war. Dass Kirtikar das Weite gesucht hatte, bewies meine Schlussfolgerungen. Leider bedeutete das aber auch, dass ich ihm nun keine Fragen mehr stellen konnte. Und dann war da das Foto, das Foto von Lady Wyllie in all ihrer weißen Pracht. Warum hatte Madan es in der Hand gehalten, als er verhaftet worden war?

»Was ist los, Sanjeev?«, sagte Asaf besorgt.

Doch ich war bereits in Kirtikars Zimmer. Verglichen mit der Unordnung, die hier geherrscht hatte, als wir herausgefunden hatten, dass er ein Spion für Scotland Yard war, war es diesmal nahezu schmerzhaft ordentlich, als hätte er Unterstützung gehabt, jede Spur zu beseitigen.

»Wessen Hilfe?«, fragte Savarkar, der mir seiner pochenden Nase wegen langsamer gefolgt war.

»Kannst du meine Gedanken lesen?«, fragte ich zurück.

»Manchmal.«

»Dann muss dir klar sein, dass Kirtikar in die ganze Sache verwickelt ist«, sagte ich, so schnell ich konnte, bevor mich der Mut verließ. »Wer von uns könnte ihm geholfen haben?«

»Niemand«, sagte Asaf bestimmt.

»Aber außer uns war niemand ...«, begann ich, und die beiden sahen mich an, als wäre ich schwer von Begriff. Kirtikar ... Kirtikar war ein Spion (oder ein Doppelspion, oder ein Triplespion, doch das tat hier nichts zur Sache) ... Wer hatte Kirtikar von Anfang an bezahlt? Curzon Wyllie. Wer war der Einzige, der in die Bibliothek gegangen war? Curzon Wyllie. Alle Fragen führten zu ihm, nur: Wie war er unbemerkt wieder heraus gekommen?

»Das müssen wir noch herausfinden«, sagte Savarkar. »Aber zumindest ist dieses Herauskommen nur halb so aufwändig, wie unbemerkt hinein- *und* herauszugelangen, wenn jemand ihn ermordet oder entführt hätte. Deshalb können wir die Option, dass es einen ominösen Eindringling gab, guten Gewissens verwerfen.«

»Du glaubst also ... dass Curzon Wyllie die ganze Sache selber arrangiert hat?«, sagte ich fassungslos.

»Dem ist alles zuzutrauen«, erklärte Asaf.

Savarkar grinste mich an, so gut das seine geschwollene Nase zuließ. »Es ist immer gut, einen Feind zu haben.«

»Wovon redest du?«, fragte ich. »An Feinden gibt es nun wahrlich keinen Mangel.«

Savarkar hörte so plötzlich auf zu grinsen, wie er angefangen hatte, und fragte unerwartet: »Hast du Tilak gelesen?«

Savarkars Förderer Tilak? Den Herausgeber der verbotenen Zeitschrift *Kesari*? Ich hasste es, Savarkar zu enttäuschen: »Nicht wirklich.«

»*Die grundlegendste Eigenschaft der britischen Herrschaft ist, dass sie abstrakt, unsichtbar und vor allem fremd ist*«, zitierte Savarkar. »*Ein hinduistischer König ist weder unfehlbar noch der ultimative Träger der souveränen Macht. Die Göttlichkeit des Königs ist in der hinduistischen Ordnung der Dinge nur durch eine gerechte Herrschaft gewährleistet. Der ungerechte Herrscher verliert seinen Status und wird zu einem Dämon, einem Asura.*«

»Und was heißt das«, fragte ich unsicher.

»Dass wir gegen Dämonen kämpfen«, antwortete Savarkar. Der Wind blähte die Gardinen auf. Kirtikar hatte nicht nur jeden Zoll seines Zimmer geputzt, er hatte sogar das Fenster offen gelassen, so dass nicht einmal sein Geruch zurückgeblieben war. Wir standen in einem Raum, der keine Geschichte erzählte. Ich zog die Gardinen zur Seite und lehnte mich hinaus in die Dunkelheit, die die Häuser ausatmeten, während der ewige Regen ihre Fassaden wusch.

»Warum ist England so dunkel und feucht wie eine Höhle?«
»Du meinst Hölle?«, fragte Asaf. *Meinte ich das?*
»Du weißt, dass die Briten keine Gnade mit Madan haben werden?«, fragte Savarkar sanft.
»*Was?*«
»Was denkst du denn, Sanjeev?« Im Regen bewegte sich etwas. Eine Armee von Geistern vor unserer Tür. Savarkar lehnte sich neben mich und flüsterte: »Die Toten wissen, dass sie eine Seele haben.«

4 Wenn ich nachts wach neben Savarkar lag und die Schatten die Grenzen unseres Zimmers in das Unendliche auflösten, dachte ich oft, was Nena wohl zu ihm gesagt hätte. Nicht die Nena mit der Mala-Kette und der Erleuchtung, sondern die punkige Nena, die mit Männern nur etwas anfangen konnte, wenn sie sie ficken konnte. Savarkar war sehr meine Sorte Mann und sehr wenig Nenas Sorte Mann. Old Nena.

»Du bist in ihn verliebt«, antwortete Nena, für die es für jede Form von menschlicher Zuneigung nur eine Interpretation gab. Allerdings nicht jetzt, sondern damals. Und sie meinte auch nicht Savarkar, sondern Jan, Mutters Bauwagennachbarn. Die kleine Katze, die Nena und Durga Katze getauft hatten, kletterte auf Durgas Füße und vibrierte. Körperkontakt, es gab eine ganze Menge, was für ihn sprach, und so fiel Durga kein geeignetes Gegenargument ein.

Außer: »Bevor wir miteinander schlafen, muss ich dir etwas sagen.«
Jan küsste ihren Bauchnabel und murmelte: »Ach ja?«

Ach ja?, dachte Durga von sich selbst überrascht. Sie wusste nur nicht, von welchem Teil: dem, der entschlossen war, Sex mit anderen Männern als Dirk zu haben, oder dem, der vorher noch dringend Dinge klären musste? Ein dritter Teil verschränkte in ihrem Hinterkopf die Arme und erwartete spöttisch, dass Teil eins und zwei hastig einen Kompromiss-Disclaimer aussprechen würden – à la: *Ich mag dich, aber ich liebe Dirk* –, und hoffte, dass die beiden nicht zu tief in die Klischeekiste greifen würden – *Nur weil wir miteinander Körperflüssigkeiten austauschen, heißt das nicht, dass ich eine Beziehung mit dir möchte!* –, womit sie jedoch nicht gerechnet hatte, war, dass sie den Mund öffnete und die Saga von Lila und den Aliens herauskam: »Meine Mutter ist wie besessen davon, also nicht von Aliens an und für sich, sondern von der Idee, dass die du-weißt-schon-wer Ufos gebaut haben.«

»Wer?«, fragte Jan desorientiert zwischen ihren Beinen, sie konnte seinen Atem fühlen.

»Na, die Nazis. Sie ist besessen davon, dass die Nazis im antarktischen Eis Ufos gebaut haben. Deshalb schreibt sie die ganze Zeit Briefe an diesen Baron Starziczny.«

»Baron was?«

»Starziczny. Weil er behauptet, der Sohn des Mannes zu sein, der behauptet hat, dass er an der Entwicklung einer Reichsflugscheibe beteiligt gewesen ist«, erklärte Durga.

Jan zog den Kopf unter der Bettdecke hervor. »Wovon redest du eigentlich?«

»Hast du das Video *Ufo – Geheimnisse des Dritten Reichs* gesehen?«

»Sollte ich?«

»Na ja, stimmt, der Titel ist eigentlich selbsterklärend. Das ist jedenfalls der Grund, warum Lila so heiß darauf ist, diesen vermeintlichen Baron Starziczny zu treffen.«

»Nazis?«, fragte Jan erschrocken.

»Genau das habe ich auch gedacht! Meinst du, meine Mutter hat einen Nazi-Fetisch? À la: Hast du eine Wehrmachtsuniform im Schrank, komm, lass uns Sex haben?«

Jan machte ein Geräusch, das sich anhörte wie: »Pinkeln!«, griff nach seiner Jeans und erklärte: »Dringend. Sorry.«

»Ehm«, sagte Durga.

»Genau – nimm dir doch so lange etwas zu lesen.«

Durga hörte ihn um den Wagen herumgehen und leise nach seinem Kater rufen, dann war es so still, dass sie sogar das Schnarren seines Feuerzeuges hören konnte, als er sich eine Zigarette anzündete. Über dem Kopfende hatte Jan einen Dünsteinsatz an die Wand genagelt, der aufging wie die Sonne, wenn man ihn öffnete. Durga fasste an das gestanzte Metall wie an einen Talisman und überlegte mit wachsender Panik, ob die Erwähnung von Nazis zu viel gewesen war? Oder von Ufos? Oder von Sex mit Nazis? Hatte Jan das als Aufforderung missverstanden? Lebendige Krümel hüpften über die Bettdecke und lachten sie aus.

Zwei Ewigkeiten später kletterte Jan über die Europaletten, die er an Stelle einer Treppe vor der Tür aufgestapelt hatte, und stand wieder neben dem Bett. Im flackernden Teelicht-Licht sah sein Gesicht genauso aus wie immer, und Durga wusste, dass sich alles klären lassen würde. Die Erleichterung fühlte sich an wie ein großer haariger Hund, der sich auf den Rücken legte und gestreichelt werden wollte. Sie öffnete den Mund im selben Moment, in dem Jan sagte: »Du, Durga, es ist spät. Wollen wir nicht schlafen?«

Durga holte tief Luft und hatte, während sie sie mit Worten vermischt wieder herausließ, schon vergessen, was sie eigentlich sagen wollte. Im Rückblick war natürlich klar, dass man Menschen niemals die Chance geben sollte, sich überfordert zu fühlen. Aber Durga war lieber wütend auf ihre Mutter, weil diese ihr soeben – wieder einmal! – mit ihrer Versessenheit auf ungeheuerliche Theorien (und unzumutbare Männer) das Leben zur Hölle gemacht hatte. Lila war Durgas persönlicher Unglücksbringer, dazu musste sie nicht einmal anwesend sein. Es war gerade ihre Abwesenheit, die ... ja, was hatte Lila dieses Mal genau angestellt?

Jan kommentierte das nicht, hauptsächlich, weil er nach der Nacht überhaupt nicht mit ihr sprach, und als Durga Nena bat, ihn zu fragen, was eigentlich los sei, antwortete er Nena mit nichts als drei Wörtern.

»Er hat WAS gesagt?«, fragte Durga entgeistert.

»Nichts. Nur ›Durgas Mutter‹, und dann ›Sex‹.«

»Was soll das denn heißen?«

Nena bewegte sich unruhig durch die Küche und griff schließlich nach der Plastikschaufel, um das Katzenklo sauber zu machen, was dringend notwendig war, nur machten das weder Nena noch Durga sonst freiwillig.

Durga folgte ihr hartnäckig. »Wie kann er so etwas sagen? Er muss doch wissen ...«

»Was?«, fragte Nena, ohne aufzusehen.

»Dass sich das anhört, als hätte Lila nicht mit Baron Reichsflugscheibe, sondern mit mir Sex gehabt ...«

»Ja ... nein ... vielleicht ...«

»Was ist das hier? Multiple Choice?«, fragte Durga entsetzt.

»Durga, ich meine ... ich kann Jan auch verstehen.«

»Ich will nicht, dass du Jan verstehst. Ich will, dass du mich verstehst.«

»Das eine schließt das andere doch nicht aus.«

»In diesem Fall schon! Wie kann er nur allen Leuten, die ich kenne, erzählen, dass ... dass ... Lila mich sexuell ... Oh mein Gott!«

»Ich glaube nicht, dass Jan mit irgendjemandem über irgendetwas spricht«, wandte Nena ein.

Doch Durga hatte von nun an das Gefühl, dass die Bauwagenplatzbewohner sie merkwürdig anguckten. Und zum ersten Mal in ihrem Leben hatte sie ein schlechtes Gewissen Lila gegenüber.

Seit meine Mutter mich verlassen hatte, war jedes Zu-wenig-Lila immer mit einem Zu-viel-Lila gepaart gewesen, wie siamesische Zwillinge. Nannte man das noch so oder war das ableistisch und/oder rassistisch? Und waren Ableismus und Rassismus eigentlich ebenfalls siamesische Zwillinge? Anyway: Jetzt, da diese Zwillinge durch Lilas Sturz/Sprung/Stoß vor ihren einfahrenden Zug viel zu plötzlich getrennt worden waren und nur Zu-wenig-Lila überlebt hatte, spürte ich zum ersten Mal, dass mir auch Zu-viel-Lila fehlte.

Sogar Lilas unfehlbare Vernarrtheit in Männer vom Typ Hochstapler. Selbst Dinesh, den ich immer für die glorreiche Ausnahme davon gehalten hatte, passte in das Muster. Anfang der Siebzigerjahre war er zwar nicht der lauteste, aber eindeutig der auffälligste Mann im Freundeskreis meiner Mutter gewesen. Ihn zu heiraten und ein Mixed-race-Kind zu bekommen, war eine Heldinnenleistung, Resistance durch Reproduktion. Und in ihrem – und wenn ich ehrlich war, auch in Dineshs – Kopf war er eben nicht nur ein Inder, sondern ein indischer Rebell, eine Art moderner Lala Har Dayal. Nur bedeutete das für sie, dass er irgendwann eine britische Botschaft in die Luft sprengen würde, und für ihn, sehnsüchtige Lieder zu singen und Gedichte auf Bengali zu rezitieren, die mich sofort wütend machten, weil ich sie nicht verstand. (»Du verstehst das nicht, Durga«, verschlimmerte er die ganze Sache. »Wir Bengalen sind nun einmal emotionale Menschen.«)

Was mich am meisten überraschte, war, dass ich sogar ihre haarsträubenden Theorien vermisste.

Nach 9/11 hatte Durga Lila gebeten – sprich: ihr befohlen –, nicht mehr mit ihren Freund:innen und vor allem Arbeitskolleg:innen über, naja, ALLES zu reden.

Also rief Lila von da an stattdessen einmal am Tag Jack an und stellte ihm Fragen wie: »Wo ist der Schutt?«

»What's Schutt?«, fragte Jack fasziniert.

»Als die Twin Towers zusammengebrochen sind, hätte viel mehr ... übrig bleiben müssen. Wo bitte schön sind der ganze Beton und Stahl und alles hin?«

»Möchtest du mit Durga sprechen?«, fragte Jack und reichte ihr den Hörer.

»Verschwunden. In Luft aufgelöst. Nada. Nur feiner Staub. Das ist der Beweis!«, rief Lila.

»Wofür?«, fragte Durga streng.

»Dass das World Trade Center durch eine gerichtete Energiewaffe zerstört wurde. *Dustification*!«

Natürlich hatte sich Lila auch nicht gegen Covid impfen lassen. Ärgerlicherweise erholte sie sich von ihrer Infektion deutlich schneller als Durga und besuchte sie mit einem Netz voller Orangen und guter Ratschläge. »Nimmst du genügend Jod? Hast du Wasserstoffperoxid ausprobiert? Einfach eine dreiprozentige Lösung in die Luft sprühen, einatmen, fertig. Dieses Land hat die Meinungsfreiheit auf dem Altar von Big Pharma geopfert.«

»Es gibt Meinungen und es gibt Unsinn«, hustete Durga. »Und ich muss nicht jeden Unsinn diskutieren, mir reichen wissenschaftliche ...«

Lila machte sich nicht einmal die Mühe, diesen Einwand

wegzuwischen, sie tätschelte Durga bloß nachsichtig den Ellenbogen, in den diese gerade gehustet hatte. »Alle Wissenschaftler, die nicht die herrschende Meinung vertreten, werden mundtot gemacht.«

Durga hustete erneut, was Lila – korrekt – als Widerspruch verstand.

»Was ist zum Beispiel mit ÄFI, Durga?«

»AFD?«

»ÄFI – *Ärzte und Ärztinnen für individuelle Impfentscheidungen*? Oder *Ärzte stehen auf*? Oder ...«

»Lila, die repräsentieren vielleicht ein Prozent aller Wissenschaftler. 99 Prozent ...«

»Nein, das ist ein Prozent von denen, die es bis in die Medien schaffen«, verkündete Lila triumphierend. »Was ist mit Luc Montagnier? Dem Nobelpreisträger, der gesagt hat, dass die Virusvariationen überhaupt erst durch die Impfungen entstehen? Nur Leute mit seinem Status können es sich leisten, überhaupt öffentlich zu sprechen!«

Danach hatte Durga sich direkt doppelt so krank gefühlt.

Wenn ich an diesen Besuch dachte, konnte ich in Durgas Entsetzen über ihre Mutter hineinschlüpfen wie in einen kalten, nassen Wollpullover, doch Sanjeev verband mit Corona keine körperlichen Reaktionen, er hatte zwar Durgas Erinnerungen, aber nicht ihre Affekte. Manchmal musste man nur 114 Jahre in die Vergangenheit reisen, um eine neue Perspektive auf die Konflikte mit seiner Mutter zu bekommen. Warum war das nicht längst Standard in Therapien? Durgas Problem mit Lilas HTs – haarsträubenden Theorien – war nicht ihre Wissenschaftsleugnung. Lila hatte null Einfluss auf die deutsche Corona-Politik. Welchen Unterschied machte es dann, wenn sie Entscheidungen über ihr Leben traf, die ich anders beurteilte?

Sogar das Argument, das ich ihr zum Abschied hinterhergerufen hatte – dass sie vulnerable Menschen gefährdete –, ließ sich aus größerer Distanz nicht so wirklich aufrechterhalten. Lila war in Rente und sah niemanden außer ihren Three-Witches-Freundinnen und Dachboden-Piet – ja, der schon wieder, wahrscheinlich war das der eigentliche Grund für Durgas schlechte Laune –, und die endlosen Podcasts, bei denen sie regelmäßig mitdiskutierte, hatten in der Regel weniger Zuhörer als Teilnehmer. Ich dagegen bewegte mich in den Medien, ich hatte eine Stimme mit meinem Schreiben und meinen Filmen, und verbot ihr ihre Stimme.

Durga: *Muss ich jetzt ein schlechtes Gewissen haben?*

Liebe Durga, keineswegs, das Problem ist, dass du ein schlechtes Gewissen *hast*.

Ich drehte mich auf den Bauch – das Beste daran, keine Brüste zu haben, war auf dem Bauch schlafen zu können, das Schlechteste war ... keine Brüste zu haben – und versuchte, mein India-House-Federkissen in eine gemütlichere Form zu knautschen, als meine Finger etwas Steifes spürten, die Kante eines Stücks Karton. Ich erwartete, dass es eine Verpackung von Hemdkragen oder Stofftaschentüchern wäre, stattdessen zog ich unter meinem Kopfkissen ein eingeknicktes Foto hervor, aus dem heraus das weiße Gesicht von Lady Wyllie lächelte.

Bei ihrem nächsten Besuch war Lila ungewöhnlich nachdenklich. »Weißt du, warum ich Lila genannt werde?«, fragte sie schließlich. Es fühlte sich an wie eine Wiedergutmachung – nur war Durga nicht klar, von wem und für wen.

Lila breitete ihre Arme und Beine auf dem Sofa aus wie der Vitruvianische Mensch von Leonardo da Vinci – sie hatte Durga einmal erklärt, dass diese Position ein menschliches Pentagramm darstellte und besonderen Schutz garantierte –

und begann wie immer bei ihren Geschichten ganz woanders: »Ullaskar Dutta war eines der Anushilan-Mitglieder, die in Indien nach dem Bombenattentat auf Douglas Kingsford verhaftet und zum Tode verurteilt wurden.«

»Ich weiß«, sagte Durga. Lila sah sie überrascht an, aber sie war nicht halb so überrascht wie Durga selbst. Woher wusste sie das?

»Ullaskar Dutta ...«, wiederholte Lila und brach ab. In dem harschen Februarlicht, das durch das Fenster fiel, sah sie erschöpft aus. Eltern waren immer alt, aber mit eigenen nahezu fünfzig Jahren waren Eltern dann plötzlich *wirklich* alt und nicht mehr nur älter.

»Ich weiß das wegen deinem Buch«, folgte Durga dem raren Impuls, freundlich zu Lila zu sein. »Erinnerst du dich? Du wolltest ein Buch über den indischen Widerstandskampf schreiben.«

Sofort war Lila wieder Feuer und Flamme für sich selbst. »Ja, das war richtig gut. Aber die Verlage hatten damals natürlich Angst, das zu veröffentlichen. Es war noch zu nahe ... einige der Aktivisten lebten noch ... Hatte ich erwähnt, dass Ullaskar nicht gehängt worden ist?«

Gut zu wissen, dachte Durga und fragte sich, wo dieser Gedanke hergekommen war.

»Seine Strafe wurde zu lebenslänglicher Haft in Kala Pani umgewandelt. Und Kala Pani war nicht irgendein Gefängnis, es war *das* Gefängnis, dazu gebaut, die Gefangenen zu brechen ...«

Durga nickte.

»Ehem ... ja ... ehm ... zum Zeitpunkt seiner Verurteilung war Ullaskar mit der Tochter von Bipin Chandra Pal verlobt, dem Dritten im berühmten Lal-Bal-Pal-Trio.«

Dieses Mal brauchte Lila nach Durgas erneutem Nicken eine geschlagene Minute, bevor sie weiterredete. »Die Ölmühle? Weißt du auch über die Mühle Bescheid, an die die Gefangenen in Kala Pani gekettet wurden, um Öl aus Senfsamen zu extrahieren? Eine Arbeit, die normalerweise von Ochsen erledigt wurde, doch in Kala Pani wurden die politischen Gefangenen ...«

Wenn Durga gewusst hätte, dass sie Lila durch bloßes wissendes Nicken so aus dem Konzept bringen konnte, hätte sie das schon viel früher gemacht: Rhetorisches Wing Tsun, die Kraft des Gegners gegen ihn selbst verwenden ... wie hatte es so weit kommen können, dass sie ihre Mutter als Gegnerin sah?

»Erzähl weiter«, forderte sie Lila auf und überlegte, ob dieser Satz eine Premiere war.

Lila lehnte sich ermutigt nach vorne, obwohl sie dadurch ihr Pentagramm zerstörte. »Nach Monaten in dieser Hölle bekam Ullaskar hohes Fieber und konnte die Ölmühle nicht mehr weiter drehen. Doch die Wachen behaupteten, er würde simulieren, und folterten ihn mit Elektroschocks. Alle Gefangenen konnten seine Schreie hören. Das war Absicht. Die Briten benutzten Folter als psychologische Folter für die anderen Häftlinge. Irgendwann wurde Ullaskar bewusstlos, wurde gewaltsam geweckt und weiter gefoltert, wurde wieder ohnmächtig, wieder geweckt, wieder ... und wieder ... und nach Tagen ununterbrochener Folter verlor er schließlich den Verstand und verbrachte viele, viele Jahre in einer Irrenanstalt.«

Durga bemerkte, dass sich ihre Augen mit Tränen füllten, wie ständig seit ihrer Infektion. »Und dann?«

»Jahrzehnte später wurde Ullaskar gefragt, wie er es geschafft hatte, das zu überleben. Er antwortete, dass er, während die Elektroschocks durch seinen Körper fuhren, seine Verlobte vor sich schweben sah, als wäre sie wirklich da. Fast fünfzig Jahre nach seiner Verhaftung ging er zurück nach Kalkutta, fand Lila und heiratete sie.«

»Ihr Name war Lila?«, fragte Durga.

Lila nickte stolz, doch anstelle von Empörung spürte Durga eine unerklärliche Euphorie, das Pulsieren einer rhythmischen Energie, die Anwesenheit der Vergangenheit.

5 Die Nachrichten waren schlecht. Dann wurden sie schlechter. Und dann begann am 27. Juli Madans Prozess.

»Sie behaupten, er war high von Bhang«, berichtete Grealis.

»Das Problem ist, dass wir alle die Nachrichten lesen und dabei denken, dass alle anderen sie glauben«, sagte Jack. Ich fuhr herum, doch es war Savarkar.

»Was ist Bhang?«, fragte ich.

»Haschisch«, antwortete Grealis ohne seine übliche Ironie.

»Hast du jemals gehört, dass jemand nach einem Joint einen Mord verübt hat?«, sagte ich empört. »Jemanden totgequatscht vielleicht, aber nicht getötet. Hasch macht nicht aggressiv, es macht passiv.«

»Tell that to the judge«, sagte Grealis. Doch genau das konnte ich nicht. Inder durften Old Bailey während Madans Prozess nicht betreten, weshalb Grealis unser Gerichtsbeobachter war.

»Was hat er gesagt?«, sprach Chatto schließlich aus, was wir alle dachten. »Was hat Madan gesagt?«

»Sweet Mother of Divine«, seufzte Grealis – zumindest er war wirklich katholisch – und zog ein zerknittertes Notizheft aus der Tasche. Ich rechnete es ihm hoch an, dass er mitgeschrieben hatte. Ich wollte nicht Grealis' Interpretation hören. Ich wollte Madans Stimme hören: »*Ich erkenne die Autorität dieses Gerichts nicht an. Ihr könnt mich zu Tode verurteilen. Ihr Weißen seid allmächtig – jetzt! –, aber unsere Zeit wird kommen.*«

Mein Herz zog sich auf die Größe eines Reiskorns zusammen. Alles, was darin Platz hatte, war Madans Einsamkeit als einziger brauner Mann in einem Gerichtssaal voller weißer Gesichter, deren Ziel es war, ihn auszulöschen.

Grealis nickte und seufzte und räusperte sich. »Tod durch den Strick«, sagte er. Niemand atmete. Ein Raum voller Menschen, und niemand atmete. »Daraufhin hat Madan sich vor Chief Justice Lord Alverston verbeugt und gesagt: *Thank you, my Lord. Ich bin stolz, dass ich die Ehre habe, mein Leben für meine Landsleute zu opfern.*«

Etwas in mir zerbrach bei der Vorstellung, dass Madan nun nicht mehr Madan war, sondern Gefangener Nummer 9493. Hinter mir begann Lala, auf Sanskrit zu rezitieren. Es hörte sich an wie ein Totengebet, und Madans Verletzlichkeit überschwemmte mich. »Ich halte das nicht mehr aus! Das muss aufhören!«

Savarkar zog mich in seine Arme. »Verstehst du jetzt, warum ich sage, wir müssen uns bewaffnen?«

Und einen Moment lang wollte ich nichts sehnlicher, als alle, die Madan verurteilt hatten, vernichten. Auge um Auge, Zahn um Zahn.

»*Die Verteidigung von Herrn Dhingra ist unzulässig*«, schrieb Gandhi in der Zeitschrift *Indian Opinion*. »*Er behauptet vor Gericht, so wie die Deutschen kein Recht hätten, England zu besetzen, hätten die Engländer kein Recht, Indien zu besetzen. Er sei ein Patriot, ebenso wie der Engländer, der zur Waffe greifen und einen deutschen Besatzer töten würde. Einen beliebigen Engländer in England zu ermorden ist aber keineswegs damit vergleichbar, einen deutschen Besatzer zu töten. Meiner Meinung nach hat Dhingra sich wie ein Feigling verhalten. Er hat Indien und der indischen Sache großen Schaden zugefügt. Trotzdem kann man den Mann nur bemitleiden. Es sind die, die ihn dazu angestiftet haben, die es verdienen, bestraft zu werden.*«

»Er meint mich«, sagte Savarkar.

»Kannst du es nicht ertragen, einmal nicht gemeint zu sein?«, sagte ich, aber er hatte natürlich Recht. Gandhi meinte Savarkar. Die beiden schienen voneinander besessen zu sein.

»Meiner Ansicht nach wurde der Mord im Zustand der Trunkenheit begangen«, schrieb Gandhi weiter. *»Nicht nur Wein oder Bhang berauschen die Sinne, auch eine verrückte Idee kann dies bewirken.«*

»Auge um Auge – und die ganze Welt wird blind«, flüsterte Durga wie ein Mantra vor sich hin, um gegen das Gefühl von Übelkeit anzukämpfen, das ihr gegen den Kehlkopf drückte.

»Du und dein Gandhi. Bleib mir damit vom Leib!«, fauchte Maryam und zerrte an dem Yellowwood-Anhänger um ihren Hals, dem nationalen Baum Südafrikas.

»Habe ich Gandhi zitiert?«, sagte Durga überrascht, *und* überrascht, dass sie gerade eine mörderische Wut auf Gandhi empfand.

»Nur etwa fünfmal pro Tag«, versetzte Maryam. »Dabei ist Gandhi nichts anders als ein Brown Supremacist.«

»Brown Supremacist? Das ist jetzt ein wenig hart.«

»Ach ja? Erinnerst dich noch an seinen berühmten Widerstand gegen die getrennten Türen für Schwarze und Weiße im Hauptpostamt in Durban?«

»Nein«, sagte Durga, die über Gandhis geschlagene zwanzig Jahre in Südafrika genau ... nichts wusste. »Das ist eine gute Sache, oder?«

»Nur wenn *gut* für dich *fucking disgusting* bedeutet! Alles, was er wollte, war, dass Inder nicht den Eingang für Schwarze benutzen mussten!«, rief Maryam, und Durga spürte ihren Hass wie einen Schlag ins Gesicht. »Die BBC wird nicht müde, uns zu erzählen, dass Gandhi in Südafrika die Techniken des gewaltfreien Widerstands perfektioniert hat. Und wofür hat er das getan? Damit Inder nicht behandelt wurden wie Schwarze! Das sagt er selbst: *Unser Leben ist ein einziger Kampf gegen die Erniedrigung, auf das Niveau des rohen* [Triggerwarnung] *Kaffers herabgesetzt zu werden*. – ›Kaffer‹ ist in Südafrika übrigens inzwischen Hate Speech und verboten – *Das einzige Ziel im Leben des K-Worts besteht darin, genug Rinder anzusammeln, um sich damit eine Frau zu kaufen, und sein Leben in Faulheit und Nacktheit zu verbringen. Die K-Wort sind in der Regel unzivilisiert, sie sind lästig, sehr schmutzig und leben fast wie Tiere.* Wie würdest du das nennen, wenn nicht Brown Supremacy?«

»Rassismus?«, fragte Durga erschüttert.

»Na, das ist ja wirklich viel besser.«

»Nein, es ist nicht besser, aber Brown Supremacy ist schlimmer.«

»Du bist so deutsch. Stets argumentieren, als ginge es um Erkenntnistheorie und nicht um ... Menschen!«

»Ich dachte, du wärst wütend auf mich, weil ich Inderin bin?«

»Beides«, sagte Maryam und drehte sich von ihr weg.

»Wenn das hier ein Ritual wäre, müsstet ihr euch jetzt mit dem Rücken aneinander stellen«, bemerkte Carwyn, und Shazia schob Durga zu Maryam.

»Und jetzt?«

»Jetzt bleibt ihr so, bis eine von euch das Bedürfnis hat, sich zu entschuldigen«, erklärte Carwyn und drückte ihre Schultern aneinander.

Na, das kann dauern, dachte Durga und spürte Maryams Atem. Jede noch so kleine Bewegung fühlte sich an wie eine Massage, sie lehnte den Kopf in die Kuhle von Maryams Hals, weil die einen halben Kopf größer war, und schloss die Augen.

»Entschuldigung«, sagte Maryam viel zu bald.

»Hm?«, machte Durga und versuchte, noch ein paar Sekunden länger Maryams Wärme zu spüren.

»Ich habe dich für etwas angeschrien, das nicht deine Schuld ist.«

»Jetzt du«, forderte Carwyn, und Durga fiel beim besten Willen nichts ein.

»Wofür möchtest du, dass ich mich bei dir entschuldige?«, flüsterte sie unsicher.

»Dafür, dass ich mir die ganze Zeit diesen Gutmenschenscheiß anhören muss«, sagte Maryam mit einem Echo ihrer alten Heftigkeit. »Oh, ist Gandhi nicht großartig! Oh, wären wir doch alle mehr Gandhi! Als würden *unsere* Gefühle nicht existieren. Als wären *wir* keine Menschen und hätten keine komplizierten Geschichten. Ich kann das nicht mehr ertragen.«

»Ja«, sagte Durga. »Das kann ich verstehen.«

Abgesehen davon, dass wir jetzt nicht mehr einen Polizisten vor der Tür hatten, sondern drei, ließ Scotland Yard uns überraschenderweise in Ruhe. Es war die Ruhe vor dem Sturm, der im weiten Meer der öffentlichen Meinung bald schon einen Tsunami auslösen würde, der India House schließlich verschlingen sollte.

Zwei Tage nach Madans Verurteilung erschien in der *TIMES* der lange Brief eines Lesers mit dem prätentiösen Alias *Corruptio optimi pessima*. »*Als besorgter Bürger ist es unsere Pflicht, die geneigte Regierung darauf aufmerksam zu machen, dass auf dem Grundstück von India House Denkmäler für die Mörder von Mazaffarpur aufgestellt werden sollen. Mr. Asquith, können Sie als Premierminister mir verraten, wie das mit unserem britischem Recht vereinbar ist?*«

Bis zu diesem Zeitpunkt hatte ich nichts dergleichen gehört, und es hatte definitiv niemand vor, wertvolle Gemüsebeete für ein Denkmal zu opfern, aber anscheinend hatte Shyamji das in einem seiner Editorials für den *Indian Sociologist* geschrieben. Es war die Sorte von grandioser Geste, die ihm zuzutrauen war, ebenso wie der besserwisserische Leserbrief, den er umgehend an die *TIMES* zurückschrieb: »*Als Anwalt mit fünfundzwanzigjähriger Berufserfahrung möchte ich Sie davon unterrichten, dass ich nach britischem Recht innerhalb der Mauern meines eigenen Hauses tun und lassen kann, was mir beliebt, und dazu gehört, Denkmäler für Personen meiner Wahl aufzustellen.*«

Noch am selben Tag, an dem sein Leserbrief in der *TIMES* erschien, cancelte Oxford die von Shyamji zu Ehren Herbert Spencers gespendete Vorlesungsreihe, und zwei Tage später schloss der Inner Temple ihn als Rechtsanwalt aus.

»Wir haben es bis in die Presse geschafft«, verkündete Chris atemlos, als er die Tür von Florin Court Films aufstieß. Er hatte Eierschale auf dem Revers und einen roten Fleck, der aussah wie Blut, aber von einer Tomate stammte, auf dem Rücken. Durga hatte sich schon gewundert, warum der Protestmob an diesem Morgen doppelt so aufgebracht war wie die Tage zuvor, und vermutet, dass es daran lag, dass seine Mitglieder nicht gleichzeitig in der sechzehn Kilometer langen Schlange warten konnten, um der in Westminster Hall aufgebahrten Queen ihre letzte Aufwartung zu machen.

Maryam nahm Chris die Zeitung aus der Hand und bemerkte: »Es hat wieder jemand Blut auf Churchills Statue gegossen.«

»Well done«, brummte Carwyn.

Asaf pickte Eierschale von Chris' Kragen und fragte: »Wo haben sie das Blut her?«

»Vielleicht war es ja rote Farbe?«, schlug Durga vor.

»Nein, hier steht Blut«, sagte Maryam.

»Was hat das mit uns zu tun?«, grunzte Carwyn.

»Empire, my dear«, sagte Shaz. »Im Himmel gibt es einen besonderen Platz für alle Schänder von Churchills Denkmälern.«

»In Wales auch«, sagte Carwyn. »Aber Wales ist ja auch der Himmel auf Erden.«

Und plötzlich hatte Durga einen Geistesblitz: »Was haltet ihr davon, wenn Churchill in unserer Agatha-Christie-Adaption der Mörder ist? Und Poirot weiß, dass er ihn niemals im Leben vor Gericht bringen kann – also muss er einen Teufelspakt mit ihm abschließen.«

»*Durga, Durga burning bright*«, pfiff Shaz anerkennend, und Jeremy nickte Chris zu, der diensteifrig seinen Laptop aufklappte.

»Schön, dass ihr euch daran erinnert, dass wir hier einen Film machen und keine Statuen stürzen. Also: Was hat das alles mit uns zu tun?«, echauffierte sich Carwyn.

»Hier steht, dass wir dazu aufrufen, Denkmäler der Queen zu stürzen«, antwortete Maryam.

»Der Queen of Crime, Agatha Christie?«

»Nein, Denkmäler der anderen Queen«, strahlte Chris.

»Dorothy Sayers?«, sagte Durga.

»Nein, der ... *Queen*.«

»Gibt es Denkmäler für die Queen?«, fragte Shaz. »Ich dachte, man muss tot sein, bevor man ...«

»Windsor Park auf ihrem Pferd, Lagos, Toronto und Winnipeg«, las Chris von seinem Laptop ab. »Oh, die Statue in Winnipeg wurde letztes Jahr heruntergerissen und ... geköpft.«

»*Traditional*«, sagte Carwyn anerkennend.

Chris lachte unsicher und las weiter: »Es war ein Protest, um an die Tausenden von indigenen Kindern zu erinnern, die noch bis 1997 aus ihren Familien gerissen und in sogenannte

Residential Schools verschleppt wurden, um dort zivilisiert zu werden.«

»Du meinst gefoltert«, sagte Shaz.

»Und getötet«, fügte Maryam hinzu.

»Ehm«, sagte Chris. »Ehm, ja. Die Denkmäler von Elizabeth II und Victoria sind gestürzt worden, nachdem in Kanada Hunderte von Massengräbern von indigenen Kindern auf den Geländen dieser Schulen entdeckt wurden. Auf den Sockeln haben sie Handabdrücke mit roter Farbe hinterlassen und den Schriftzug: *Bring them home.*«

»Hut ab! Aber ich stimme Carwyn zu: Was hat das alles mit uns zu tun? Oder ... was haltet ihr davon, wenn in unserer Verfilmung Statuen in die Luft gesprengt werden? Wir könnten mit dem Klotz für General Havelock auf dem Trafalgar Square anfangen«, schlug Asaf vor.

»General Who?«, sagte Durga, doch niemand bekam den Verweis auf *Doctor WHO* mit.

•

»Höllenhund Havelock, der die 1857er-Revolution blutig niedergeschlagen hat.« *Seit wann wusste Asaf von der 1857er-Revolution?* Dann erst merkte ich, dass nicht Durgas Asaf mir geantwortet hatte, sondern Savarkars Asaf. »Und wann reißen wir endlich den verfluchten Obelisken nieder?«, ergänzte er.

»Welcher Obelix?« Einen Moment lang fielen mir nur Gallier und Wildschweine ein.

»Der Obelix, der an das Black Hole erinnern soll, bei dir zu Hause in Kalkutta«, sagte Savarkar sarkastisch.

•

»Und was ist mit dem Obelisk in Kalkutta?«, sprach Durga den Satz aus, der so laut durch ihren Kopf dröhnte, dass sie sowieso nichts anderes denken konnte.

»Asterix?«, kicherte Chris. Da das ebenfalls ihre erste Reaktion gewesen war, fühlte Durga sich wie eine Heuchlerin, als sie mit den Augen rollte.

»Obelisk. 1902. Errichtet von Lord Curzon, dem Vizekönig von Indien, um an die Grauen des Schwarzen Lochs zu erinnern«, las Shaz von ihrem Handy ab. Und Durga googelte umgehend:

Begriffsklärung. Schwarzes Loch steht für:

* Das Gefängnis, in dem der Nawab von Bengalen 1756 britische Kriegsgefangene eine Nacht lang auf so engem Raum zusammenpferchte, dass von 146 Gefangenen 123 zerdrückt wurden oder erstickten.

* Ein astronomisches Objekt, dessen Masse auf ein extrem kleines Volumen konzentriert ist, benannt nach dem Schwarzen Loch von Kalkutta, in dem viele Menschen auf engstem Raum konzentriert wurden.

Durga wünschte, sie hätte das gewusst, als sie ihre *Doctor-WHO*-Folgen schrieb, da die Zeitmaschinen darin Schwarze Löcher waren, weil Schwarze Löcher Zeitmaschinen *waren*. In der Umgebung eines Schwarzen Lochs verging Zeit nicht nur langsamer als auf der Erde – ein Jahr entsprach circa achtzig Jahren, und *in* einem Schwarzen Loch war eine Stunde dann 100 000 000 Jahre –, sondern bog sich auch in sich selbst zurück.

»Schwarzes Loch?«, sagte Durga beeindruckt.

»Schwarz wie die Nacht in der Hölle«, grinste Shazia, courtesy of the internet. »Und woher wissen wir davon? Durch John Zephaniah Hollywood ... sorry, Holwell, leitender Angestellter der East India Company und späterer Gouverneur von Bengalen. Hier steht: Sein Augenzeugenbericht über sein Martyrium in dem Gefängnis 1756 war die Basis für alle weiteren Berichte und gab der East India Company einen Grund – aka Vorwand – für die Schlacht von Plassey. Da ist ein Hyperlink, interessiert euch das?«

»Battle of Plassey?«, überlegte Asaf. »Das hatten wir in der Schule. War das nicht eine berühmte Schlacht in Frankreich?«

•

»Sie kennen nicht einmal ihre eigene Geschichte«, stöhnte Savarkars Asaf.

»Das ist das Problem mit den Briten: So viel ihrer Geschichte hat anderswo stattgefunden, deshalb haben sie keine Ahnung davon«, zitierte ich.

»Gut gesagt«, lobte Savarkar.

»Das ist nicht von mir, das ist von Salman Rushdie.«

»Ahmad Ibn Rushd?«

»Lass uns weiter über das Schwarze Loch reden.«

•

»Später hat Holwell ein Denkmal an der Stelle des Schwarzen Lochs errichten lassen«, las Shazia. »Oh, das ist dann irgendwann in den Achtzehnhundertzwanzigern sang- und klanglos verschwunden, weil Historiker nicht nur seine Zahlen anzweifelten, sondern auch, ob diese Nacht überhaupt stattgefunden hat. Und damit wäre die Angelegenheit erledigt gewesen. *Let sleeping dogmas lie.*«

»Wenn Curzon Wyllie, sorry Lord Curzon – sagt mal, liegt ein Fluch auf dem Namen, dass ich den immer verwechsle? – als er dann achtzig Jahre später Vizekönig von Indien wurde, die ganze Sache nicht wiederentdeckt und den Riesenpenis ... pardon Obelisken hätte errichten lassen«, sagte ich verstehend.

•

»*Wir haben alle dagegen gekämpft*«, *sagte Asaf, sagten beide Asafs, allerdings nicht komplett synchron, sondern mit einer minimalen Latenz, die ihre Aussage umso ominöser machte.*

•

»Mit Erfolg! 1940 wurde der Obelisk abgebaut und auf den Friedhof der St John's Church in Kolkata gebracht, wo er noch heute steht«, schloss Shazia.

»*Nice.* Das wär doch mal eine Idee, die Schule machen könnte: ein Friedhof der rassistischen Statuen«, sagte Maryam.

Asaf highfivete Chris. »Ich sag's ja immer: The stories are in the city buildings.«

»Nein, das sagst du gerade zum ersten Mal«, sagte Maryam.

»Dann werde ich es ab jetzt immer sagen«, entschied Asaf unbeeindruckt.

»UND WAS HAT DAS ALLES MIT UNS ZU TUN?«, dröhnte Carwyn.

Chris reichte ihm grinsend sein Handy, doch Shaz schnappte es Carwyn vor der Nase weg und hielt es hoch, so dass alle den Instagram-Post einer Influencerin mit ambiger Ethnizität und einer halben Million Follower sehen konnten: Ein mit vielen Filtern versehenes Foto der Queen auf ihrem bronzenen Pferd in Windsor Park, und auf dem Sockel, quer über Löwen und dem Einhorn, in roten Buchstaben mit glänzender frischer Farbe wie von einem schreibenden Banksy hingeschmiert: *Für meine zivilisierten Ohren hört sich* Long Live the Queen or King *genauso zum*

Kotzen an wie Heil Hitler. Shaz slidete zum zweiten bereits tausendfach geteilten Foto der Influencerin: *Habe heute die Eiserne Lady getroffen und wusste wieder, warum wir einen #NewPoirot so dringend brauchen. #AntiChristie #FlorinCourtFilms*

»Was? Ist? Das?«, fragte Durga erschrocken.

»Das erste ist ein Zitat des indischen Neurologen Abhijit Naskar«, erklärte Jeremy mit so schlecht unterdrücktem Stolz, dass Durga erriet, dass er das Graffiti veranlasst hatte. Okay, vielleicht nicht das Graffiti, aber eindeutig die Influencerin. Okay, auch das Graffiti.

»Ist dir klar, was du da verbreitest? Er sagt: Die Queen ist so schlimm wie Hitler.«

»Das hat er nicht gesagt«, lächelte Jeremy.

»Er hat genau das gesagt.«

»Nein, hat er nicht«, sprang Chris für Jeremy in den Ring.

»Aber er hat es gemeint«, insistierte Durga, doch niemand war beeindruckt. Sie vergaß immer, dass außerhalb Deutschlands Hitlervergleiche ... anders funktionierten.

»Und wenn schon«, erklärte Asaf prompt. »Die britische Krone hat deutlich mehr als sechs Millionen von uns getötet.«

»...«, Durgas Stimme versagte.

●

»Aber das Ziel der Briten war es nicht, euch vollständig zu vernichten«, half ich ihr aus.

»Euch?«, fragte Savarkar.

»Uns«, korrigierte ich mich.

»Nein, es ist ihnen nur egal, ob wir sterben, solange sie jede Rupie aus uns herauspressen können.«

●

»Was ist mit der Singularität des Holocaust?«, krächzte Durga irgendwann.

»Ja, was ist mit der Singularität des Holocaust?«, fragte Shazia zurück.

»Dass er singulär ist?«, sagte Durga, die es nicht gewohnt war, dass nach dem Wort *Holocaust* noch Rückfragen kamen.

»Warum?«, hakte Shazia nach.

»Das ist nicht fair. Holocaust ist nicht mein Fachgebiet«, sagte Durga vorwurfsvoll. »Warum arbeiten eigentlich keine Juden und Jüdinnen mit an diesem Film?«

»Woher willst du das wissen?«, fragte Jeremy, und Durga wünschte sich, sie könnte im Boden versinken.

»Welchen Sinn macht deine Singularität, wenn man ein Studium braucht, um sie zu verstehen?«, murrte Asaf.

»Die Toten wollen nicht alleine sein«, ergänzte Carwyn carwyntypisch.

»Aber Durga hat Recht. Was ist mit dem Holocaust?«, kam Maryams Stimme von der Fensterbank, wo sie abwechselnd auf die Köpfe der Demonstrierenden herunterschaute und die Seite, die sie gerade auf ihrem Laptop geöffnet hatte, anlächelte. »*Wäre ich Jude und in Deutschland geboren*«, las sie vor, »*würde ich nicht fliehen, sondern in Deutschland bleiben und Hitler auffordern, mich zu erschießen oder ins Lager zu schicken; das Leiden, das die Juden freiwillig auf sich nehmen, wird ihnen eine innere Stärke und Freude bringen.*«

»Was? Wer? Wann?«, stotterte Durga.

»Gandhi. 1938«, sagte Maryam maliziös. »Nicht nur ruft er die Juden auf, sich schön brav in die KZs deportieren zu lassen, sondern auch, keinen Widerstand zu leisten, außer gewaltfreiem Widerstand.«

●

»Also keinen Widerstand«, sagte Savarkar.

•

»*Sie haben in meiner Kampagne des gewaltfreien Widerstands in Südafrika eine genaue Parallele. Dort besetzten die Inder genau denselben Platz, den die Juden heute in Deutschland einnehmen*«, zitierte Maryam weiter.

»Das hat Gandhi nicht geschrieben«, keuchte Durga.

»Willst du es nachlesen?«, fragte Maryam und drehte ihr ihren Laptop entgegen wie einen offenen Mund, aus dem unaufhaltsam Gandhis unsägliche Worte kamen. »Genau *das* bedeutet nämlich Singularität. Es geht nicht darum, das das, was den Juden angetan wurde, schlimmer war als alles, was jemals einer Bevölkerungsgruppe angetan wurde ...«

»Nicht?«

»... Es geht darum, dass es schlimmer war als das, was die Inder in Südafrika erleiden mussten – und dass Gandhis Vergleich eine Verhöhnung ist: *Oh wir mussten denselben Eingang wie die Schwarzen nehmen, das ist mindestens so schlimm wie vergast zu werden*«, erklärte Maryam. »Ich könnte hinzufügen, dass auch die Situation von uns Schwarzen in Südafrika damals schlimmer war als die der Inder.«

»Während der britischen Kolonisation?«, fragte Asaf.

»In Südafrika, du Honk«, sagte Maryam. »In einem System, das während Gandhis Zeit dort zwar noch nicht *Apartheid* hieß, aber war.«

Durga stand auf und tastete sich blind zur Toilette. »Ja, Gandhi lag in diesem Punkt massiv, vollkommen, absolut daneben«, sagte sie zu ihrem Spiegelbild. »Aber er hat auch eine Menge kluger Dinge in seinem Leben gesagt.«

»Ich bin mir sicher, dass er das getan hat. Aber kannst du

auch nur drei davon nennen?«, sagte Maryam neben ihr und begann, in ihrer Strickjackentasche zu wühlen.

»Du bist mir hinterhergegangen?«, fragte Durga überrascht.

Maryam lächelte peinlich berührt und reichte ihr, da sie kein Taschentuch finden konnte, einen Lippenstift. »Shazia und ich haben Streichhölzer gezogen.«

7 Als wäre alles noch nicht schlimm genug, kam Savarkar als Nächstes auf die Idee, eine Delegation von India House nach Marokko zu schicken, um im Rifkrieg an der Seite der aufständischen Amazigh, die damals noch [Triggerwarnung] Berber genannt wurden, gegen die spanischen Besatzer zu kämpfen. Erst als ich das N-Wort und das Z-Wort schon jahrelang nicht mehr verwendete, lernte ich, dass das B-Wort ebenfalls eine rassistische Erniedrigung darstellte, so wie *Barbaren*, weil es – wörtlich – Barbaren bedeutete. Die Idee hinter dieser Delegation war, einem Schwester-, nein, Brudervolk gegen eine Kolonialmacht beizustehen und dabei ganz nebenbei Militärerfahrung zu sammeln.

»Das ist nicht dein Ernst! Gerade jetzt«, protestierte ich.

»Gerade jetzt«, antwortete Savarkar. »Soll Madans Opfer etwa umsonst gewesen sein?«

Zu meinem Entsetzen meldeten sich Acharya und Dutta und wurden von uns mit Fantasieuniformen und Waffen ausgestattet und mit einer Ehrenparade zum Londoner Hafen begleitet, wo sie den deutschen Überseefrachter *Lützow* besteigen würden. Je näher wir den Docks kamen, desto lauter rauschte das Meer in meinen Ohren, und desto weniger konnte ich die allgemeine *Hurra-wir-ziehen-in-den-Krieg*-Stimmung ertragen. Wie hatte ich vergessen können, dass auch ein Befreiungskrieg ein Krieg war? Als es mir nicht mehr möglich war, auch nur einen Schritt weiter mitzugehen, drehte sich Savarkar noch einmal nach mir um. Vor den grauen englischen Häusern sah sein braunes Gesicht so tragisch aus, dass ich ihm beinahe verzieh.

Am Himmel zog eine schwarze Gewitterfront auf, doch die Straßen waren noch in metallisches Sonnenlicht getaucht. Es war, als würden Erde und Himmel zu unterschiedlichen Zeiten existieren, oder als wäre ich in ein Magritte-Gemälde getreten, in dem unten Tag und oben Nacht war. Das Einzige, was fehlte, war ein um die Ecke biegender Schwarm umgekehrter Meerjungfrauen, unten Mensch und oben Fisch.

Stattdessen hörte ich rechts über meinem Kopf einen durchdringenden Pfiff, gefolgt von: »Oy, Mister«. Auf einer Mauer zwischen zwei Häusern saß ein etwa neunjähriger Gassenjunge und zwinkerte mir verschwörerisch zu. Ich fischte einen Penny aus der Hosentasche und warf ihn ihm zu, und er fing ihn gekonnt mit einer Hand auf. Wie aufs Stichwort erschien der Kopf eines zweiten Straßenkindes über der Mauer. Der kleinere Junge zog sich mühsam mit den Armen hoch, scheiterte an den letzten Zentimetern und warf seinen Oberkörper nach vorne. Dann robbte er vorwärts, bis er die Beine nachziehen konnte. Ich wollte ihm ebenfalls einen Penny zuwerfen, bezweifelte jedoch, dass er ihn fangen würde, und reichte ihn stattdessen hinauf.

»Much appreciated«, sagte er mit einem überraschend charmanten Grinsen, das sein bleiches Gesicht verwandelte und Grübchen in seine dreckigen Wangen zauberte. Der Anblick dieses so wenig schönen Kindes, das nur ein wenig Aufmerksamkeit – und Geld – brauchte, um sich in einen bezaubernden Jungen zu verwandeln, brachte mich dazu, einen Satz zu sagen, der so einundzwanzigstes Jahrhundert war, dass ich mich am liebsten getreten hätte: »Kann ich euch helfen?«

Konnte ich ihnen etwa Eltern besorgen? Oder, sollten sie

Eltern haben, diesen Eltern Arbeit, von der sie leben und ihre Kinder ernähren konnten? Einen Platz in einer Schule? Warme Kleidung? Warme ... Wärme?

Statt mich auszulachen, lächelten die beiden noch breiter und sprangen von der Mauer. Okay, Nummer zwei rollte wieder auf den Bauch und ließ sich langsam auf meiner Seite heruntergleiten, bevor er atemlos sagte: »Nein. Aber wir können Ihnen helfen, Mister.«

Er legte seine kleine, klebrige Hand in meine, und Nummer eins nahm meine andere Hand und kommandierte: »Hier entlang.« Und damit gingen wir los, an der Themse entlang, die ebenso aufgewühlt war wie der wütende Himmel, an endlosen Backsteingebäuden vorbei, baumbewachsene Straßen hinauf und hinunter, zwischen den Kutschen und seltenen Motorautos hindurch.

»Sind Sie einer von diesen Indianern?«, fragte Klebriges-Händchen neugierig.

»Das heißt Inder«, fuhr ihn der Ältere an.

»Sind Sie einer von diesen indischen Revo... Revo...?«

»Revoluzzern«, half ihm Nummer eins.

»Revol...vern?«, sagte der Kleine.

»Ja«, sagte ich, und die beiden nickten befriedigt.

»Wenn ich groß bin, werde ich auch ein Revolver«, erklärte Nummer zwei.

»Ich auch«, bestätigte Nummer eins.

»Für wen?«, fragte ich. »Für wen wollt ihr kämpfen?«

»Für den König«, sagte Klebriges-Händchen.

»Verstehe«, sagte ich. »Aber was macht ihr, wenn der König nicht gerecht ist? Ein ungerechter König wird zu einem Dämon.«

»Dann werde ich gegen die Dämonen kämpfen«, sagte der Große.

»Ich auch!«, rief der Kleine.

Wir liefen durch die alten Straßen wie Personifizierungen eines neuen, zukünftigen Londons, drei junge Menschen unterschiedlicher races und classes, Unity in Diversity – bis wir die weißen Stuckfassaden der Regency-Häuser von Mayfair erreichten und meine Hautfarbe und die abgewetzte Kleidung der beiden Jungs mehr und mehr misstrauische Blicke der Passanten auf uns zogen. Schon steuerte ein Polizist von der anderen Straßenseite dienstbeflissen auf uns zu. Meine minderjährigen Begleiter ließen meine Hände fallen und stoben davon. Ich öffnete das nächstbeste Vorgartentor und drückte mich flach gegen die Haustür. Der suchende Blick des Bobbys streifte mich, blieb zu meiner Überraschung aber nicht an mir hängen, als er gemessenen Schrittes vorbeiging. Ich presste die Augen zusammen und hielt die Luft an und wartete darauf, dass er zurückkam, doch außer dem Rauschen des Verkehrs und dem Raunen der Passanten war nichts zu hören. Vorsichtig öffnete ich meine Augen und starrte direkt auf ein Messingschild mit der Aufschrift: *Institute for Time Travel*.

Wie auf Stichwort schwang die Tür unter dem Gewicht meines Körpers auf und ich stolperte in den Hausflur. Auf dem Boden lag ein schäbiger roter Teppich. Die Wände waren mit goldener Farbe gestrichen, von der der größte Teil heruntergeblättert war. Entweder hatte das Haus schon bessere Zeiten gesehen oder es war das Set für einen Gruselfilm im Bordellambiente. Da ich nun schon einmal hier war, begann ich die Stufen, die zu meiner Enttäuschung nicht knarrten, hinaufzusteigen. Das Treppenhaus roch nach Regen, feucht und fruchtbar, als könnten jeden Moment Pilze aus den Fugen sprießen.

Der erste Stock sah aus, als wäre er schon eine Weile nicht mehr benutzt worden. Ich wollte bereits weitergehen, als ein rasselnder Luftzug mir einen Zettel vor die Füße wehte: *Institu-*

te for Time Travel, mit einem eingerissenen Loch an der oberen Kante. Und in der Tür vor mir steckte eine goldene Reißzwecke. Ich klopfe erst vorsichtig, dann lauter, dann sehr laut, dann nahm ich einer Eingebung folgend mein Taschenmesser und schob es zwischen Schloss und Türrahmen. Mit einem Klick öffnete sich die Tür, allerdings die rechts neben mir, und ein sehr großer, sehr dünner Mann trat in den Hausflur. Er sah aus wie ein junger John Cleese, nur mit Adlernase.

Da außer ihm und mir nichts und niemand im Hausflur war, nicht einmal eine Topfpflanze, versuchte ich gar nicht erst, mich zu verstecken. Zu meiner Überraschung herrschte er mich nicht an, was ich hier tun würde, sondern sagte nur kühl und präzise: »Ich sehe, du kommst von India House.«

Während ich ihn sprachlos anstarrte, malte er mit seinen langen dünnen Fingern eine Zielscheibe in der Luft. »Ein junger Mann mit südasiatischem Aussehen, der offensichtlich kein Arbeiter ist. Und warum ist Indien gerade in allen Zeitungen?« Er stach mit seinem Zeigefinger in das Zentrum der unsichtbaren Scheibe. »India House!«

»Bemerkenswert«, sagte ich.

»Elementary. Vor allem angesichts der Tatsache, dass du so dringend mit mir sprechen willst, dass du sogar in mein Büro einbrichst.«

Ich wollte widersprechen, doch in diesem Moment schnappte das Schloss auf, und er deutete ironisch in die dunkle Diele. »Aber bitte, hereinspaziert. Mein Name ist Holmes.«

»*Sherlock* Holmes?«, keuchte ich.

»Etwas dagegen?«

OPERATION DRAGON

D-DAY + 7

INTRO:
(((PANORAMA)))
Esche, Esche, Eberesche,
Verbindest Erde mit dem Himmel,
Vergangenheit mit der Zukunft.
Rettest Götter vor dem Tod
Und Menschen vor den Göttern.
(((SCHWENK HOCH)))
Ein Werwolfmond, an dem die Wolken vorbeijagen wie Hexen auf ihren Besen, die langen Röcke in Fetzen hinter sich herschleifend.

CARWYN Wusstet ihr, dass man die Plastiktüten, die in den Ästen von Bäumen hängen bleiben, *witches knickers* nennt?
DURGA Hexenunterhosen?
CHRISTIAN Ist das eines dieser *German compound nouns*? Kannst du das nochmal sagen?
DURGA Hexenunterh…
MARYAM Ja, ja, alles schön teutonisch, aber ich dachte, es soll in den Intros um Kommunikation mit den Toten gehen. Warum jetzt plötzlich Hexen?
CARWYN Let me mansplain witches to you …
ASAF Nicht schon wieder flirten.
CARWYN Ruhe auf den billigen Plätzen! Wenn du mit der Jenseitswelt Kontakt aufnehmen willst, Maryam, sind

Hexen klassischerweise deine erste Wahl. Denk nur an Kirke in der Odyssee oder an die Hexe von Endor.

CHRISTIAN An wen?

CARWYN The Witch of Endor, die im Alten Testament für König Saul den Geist des Propheten Samuel heraufbeschwört. Wegen Präzedenzfällen wie diesem wurde in England 1517 Kommunikation mit den Toten durch den Hexereiparagraphen unter Androhung der Todesstrafe verboten.

DURGA Ich dachte, John Dee hätte für Elizabeth I mit den Toten gesprochen?

CARWYN Oh, du kennst nicht nur *Doctor WHO*, sondern auch *Doctor Dee!*

MARYAM Einverstanden, aber wie machen wir diese ganzen Meta- und Meta-Meta-Bezüge all den Zuschauern deutlich, die nicht Altphilologie studiert haben und nur einen Krimi gucken wollen?

CARWYN Krimis sind doch die ultimative Kommunikation mit den Toten.

(((ZOOM)) Ein Ast verhakt sich in dem Beutel, den die Besenreiterin mit einer Kordel um ihr schwarzes Gewand gebunden hat. Der Stoff reißt, heraus fallen Knochen, immer mehr Knochen, die sich auf Knochen stapeln, Knochen, die gegeneinanderstoßen, Knochen, die übereinanderrollen, bis sie ein rudimentäres Skelett formen, klickende Finger und klappernde Kieferknochen.

(((VOICEOVER)))
»People are murdered and die, but they go on just the same.«
Agatha Christie

»Now I know what a ghost is. Unfinished business, that's what.«
Salman Rushdie

»Still not interfering, are we?«
»Oy, the Alien Assassins started it.« Doctor WHO

1 Während ich noch den Schock verarbeitete, sprach mein Mund bereits weiter. »Hast du auch eine Deerstalker-Jagdmütze aus Tweed?« Madan war zum Tod verurteilt, hier war der einzige Mann, der ihm helfen konnte, wenn er der war, der er sagte, dass er war, und ich redete über Detektivmützen.

»Ist das deine bevorzugte Kopfbedeckung?«, fragte Sherlock-ich-fass-es-nicht-Holmes, und spähte zwischen den schweren Vorhängen hindurch auf die Straße, bevor er sie mit einem Ruck öffnete. Tageslicht flutete herein, als hätte er einen Scheinwerfer angeschaltet. Er deutete auf den roten Ohrensessel vor dem Kamin, und ich setzte mich gehorsam hinein. Wie im Treppenhaus war auch hier im Arbeitszimmer das vordringliche Farbschema Rot/Gold: Auf dem Boden lag ein dicker roter Perserteppich, über die rote Tapete zog sich ein goldenes Lilienmuster, sogar die Bücher, die aus den Bookcases quollen und sich überall auf dem Fußboden und dem unter Papieren und Landkarten begrabenen Schreibtisch stapelten, waren mit Goldschnitt versehen und hatten rötlich braune Lederrücken. Der Raum wirkte wie eine viktorianische Version von Mutters Bauwagen, nur größer und mit mehr menschlichen Überresten, wie dem anatomischen Skelett in der Ecke und einem dekorativen Schädel auf dem Kaminsims.

»Los, los, wir haben nicht den ganzen Tag Zeit«, sagte Sherlock, fischte mit seinen langen Fingern Tabak aus einer Art orientalischem Pantoffel und drückte ihn in eine Kirschholzpfeife, nicht dass ich Kirsche von anderem Holz unterscheiden konnte, aber einen Moment lang schwamm das Wort *Kirschholzpfeife* neben seinem Mund in der Luft. Ich fragte mich, ob meine Hoffnung aus diesem dünnen Mann vor mir gerade eine Mischung aus BBCs *Sherlock* und Sidney Padgets Illustrationen für das *Strand Magazine* machte, allerdings war er meine einzige Hoffnung, also war das auch egal.

»Ich brauche Hilfe«, gestand ich.

Er wedelte mit der Hand, als wären meine Worte lästige Fliegen. »Verschwende meine Zeit nicht mit dem Offensichtlichen.«

Leichter gesagt als getan. »Ich bin hier wegen dem Attentat ...« Seine Finger trommelten so ungeduldig auf dem Kaminsims, dass ich den Rest des Satzes verschluckte, bis auf: »... dem Verschwinden von Curzon Wyllie.«

»Offensichtlich.«

»Der Verhaftung von Madan Lal Dhingra ...«

»Offen-offensichtlich!«

Sein Blick huschte von mir zur Tür, unter der kalte Luft hereinzog und durch die Seiten des Tageskalenders an der Wand raschelte. Ich überlegte fieberhaft, was ich sagen konnte, um seine Aufmerksamkeit bei mir zu halten. »Wusstest du, dass China im staatlichen Rundfunk vor Zeitreisen gewarnt hat, weil sie unerlaubte Eingriffe in die Geschichte darstellen.«

Sherlock lächelte ein kleines, knappes Lächeln. »Geht doch.«

Erleichtert ließ ich meine Schultern sinken und bemerkte: »Warte mal, es ist 1908, bist du nicht schon längst in Rente und züchtest in den Sussex Downs Bienen oder so etwas?«

Er legte seinen langen Finger an seine ebenso lange Nase. »Psst.«

»Was?«

»Undercover.«

»Undercover?«, fragte ich entrüstet und hielt den Zettel mit der Aufschrift *Institute for Time Travel* hoch.

»Deep Cover dann eben.«

»Deep?«

»Cover«, bestätigte er. »Indem ich mich offensichtlich verstecke, signalisiere ich meinen Gegnern, dass ich mich wirklich verstecke.«

»Verstehe«, log ich.

»Gut. Jetzt erzähl von Anfang an«, sagte er ergeben und schloss die Augen in Erwartung einer Menge redundanter und vor allem langweiliger Informationen. Draußen klopften die Hufe eines Pferds über das Kopfsteinpflaster. Das Feuer, das nicht im Kamin brannte, warf Schatten über Sherlocks Gesicht, die seine Wangenknochen noch ausgemergelter und seine Nase noch länger erscheinen ließen. Ich fragte mich, wie seine anderen Klienten es schafften, vor ihm auch nur einen zusammenhängenden Satz herauszubringen. Also klaubte ich zwei Bogen Briefpapier von dem überfüllten Schreibtisch, öffnete einen der Federhalter und zeichnete nach kurzem Überlegen einen Grundriss von India House und stellte einen dezidierten Zeitplan auf, wer wann wo gewesen war, soweit ich das rekonstruieren konnte, und, oh ja, machte sogar ein Verzeichnis der dramatis personae. Welcher Detektiv, der etwas auf sich hielt, konnte schon Zahlen und Listen widerstehen? Das Sonnenrechteck wanderte vom Teppich das Bücherregal hinauf, und noch immer fügte ich auf sein Insistieren Details hinzu.

»Wir müssen uns drei Fragen stellen«, sagte Sherlock schließlich. »Sobald wir die Antworten darauf haben, wissen wir, was in India House passiert ist.«

»Und wie lauten diese Fragen?«, fragte ich gespannt.

Er sah mich an wie ein Junkie vor einem langersehnten Schuss. »Nummer eins: Wo kam das Blut her?«

»Von Curzon Wyllie.«

»Wohl kaum, oder hatte er etwa eine Riesenflasche Schweineblut dabei?«

»Natürlich nicht.«

»Na also, und ich denke, wir können ausschließen, dass es aus seinen Adern geflossen ist. Dann hätte er ein bisschen mehr geschrien als nur: *Kali*.«

»Wow«, sagte ich beeindruckt.

»Das bringt uns zur nächsten Frage«, fuhr er befriedigt fort. »Wer hat die Bibliothek vor ihm betreten?«

»Du meinst, nach ihm?«, warf ich ein.

»Wenn ich *vor* ihm sage, meine ich *vor* ihm«, rügte er mich. »Ich bin schließlich nicht derjenige von uns beiden, der Probleme mit Zeit und Chronologie hat.« Ich schwieg betroffen. »Irgendwelche Ideen?«

»Zahlreiche ... Leute«, sagte ich zögernd, da ich mich plötzlich an Madans Kopf mit dem himmelblauen Turban erinnerte, den er kurz vor Curzon Wyllies Ankunft aus dem Fenster der Bibliothek gesteckt hatte.

Sherlock rollte die Augen. »Lass es mich für dich in Worten mit wenigen Buchstaben ausdrücken: Wer hat die Bibliothek vor Curzon Wyllie *mit einer Tasche oder einem Sack* betreten?«

Sofort konnte ich nur an die Handtaschen des Londoner Labels Launer denken, die die Queen stets über ihrem Arm trug.

»Und was ist die dritte Frage?«

»Warum sind seine Schuhe verschwunden?«

»Wessen Schuhe?«

»Die der Queen«, sagte er entrüstet. »Curzon Wyllies natürlich! Du hast gesagt, dass *seine Kleidung* mit Sofakissen ausgestopft war. Kleidung, nicht Schuhe! Was ist dann mit den Schuhen passiert?«

»Oh«, sagte ich, da er das offensichtlich von mir erwartete. »Die Schuhe. Naja, irgendwie ist er ja aus der Bibliothek herausgeschleppt worden oder, wenn Savarkar Recht hat, selbst gegangen. Vielleicht hat er sie anbehalten, weil ein Mann ohne Schuhe auf der Straße auffallen würde?«

Sherlock schlug sich mit der Hand vor die Stirn, aber es war klar, dass er sie lieber vor meine Stirn geschlagen hätte. »Ein Mann ohne Kleidung würde noch viel mehr auffallen!« Dann begann er zu meiner Überraschung, in sich hineinzukichern. »Ich arbeite für die Terroristen. Ich! Für die Terroristen!«

Offensichtlich hatte ich ihn engagiert und er meinen Fall angenommen. Er vereinbarte einen neuen Termin mit mir – diesmal in India House –, und damit stand ich auf der Straße. Ich starrte auf die Hausnummer 221b und merkte, dass ich ebenfalls drei Fragen hatte:

- Warum kam aus Sherlocks Pfeife, obwohl er sie regelmäßig nachfüllte und stopfte, kein Qualm, als wäre sie eine Art edwardianischer Vape-Stick?
- Wie sollte ich Savarkar und Aiyar von Sherlock erzählen? Schließlich misstrauten sie britischen Detektiven nicht ohne Grund.
- Und womit sollte ich für seine Hilfe bezahlen?

Denn am 27. Juli war nicht nur Madan zum Tode verurteilt worden, sondern auch der *Indian Sociologist*. Unser Drucker Arthur Fletcher Horsley musste für vier Monate ins Gefängnis, und Lord Chief Justice Alverstone machte klar, dass jedem, der den *Indian Sociologist* auch nur mit der Kneifzange anfasste, ein ähnliches Schicksal drohte. Acharyas sozialistische Genossen vom Allgemeinen Jüdischen Arbeiterbund überlegten, ob sie das Journal heimlich zusammen mit ihrer Zeitung *Poslednia Izvestia* drucken könnten, nahmen aber Abstand davon, als sie einen Besuch von Curzon Wyllies Geheimdienstkollegen bekamen. Damit war ich meinen Job unwiderruflich los. Dachte ich. Doch dann sprang der Anarchist Guy Aldred mit seiner *Bakunin Press* ein – und wurde umgehend verhaftet.

Guy Aldred zu einem Jahr Zuchthaus verurteilt, las Durga und fragte sich, ob es Prokrastination war, Aldred zu googeln, oder Recherche für den Poirot/Savarkar/*The First Indian War of Independence*-Subplot. Insgesamt war Aldred, 1886–1963, in seinem Leben achtmal für Indien ins Gefängnis gegangen – okay, und dafür, den Wehrdienst zu verweigern und überhaupt Menschenrechte zu verteidigen – und hatte erklärt: »*Ich will mit Indien in Kontakt bleiben und wäre – so wie Thomas Paine in Bezug auf die Vereinigten Staaten von Amerika – stolz darauf, mich Bürger von Bharat nennen zu dürfen.*« Vielleicht musste Durga ihre Vorstellungen von cultural appropriation noch einmal überdenken?

»Hey, Dornröschen, hast du das mitbekommen?«, fragte Shazia und stieß sie von der Seite an. »Die *Daily Mail* fragt: *Bricht Florin Court Films das Gesetz?*«

»Welches Gesetz denn jetzt schon wieder?«, fragte Durga und fühlte sich, als würde sie gerade aus einem hundertvierzehnjährigen Schlaf erwachen.

»Das Gesetz, dass du in den britischen Medien nicht zur Abschaffung der Monarchie aufrufen darfst«, sagte Jeremy mit kaum unterdrückter Genugtuung.

»Das ist ein Gesetz? Ich meine, ein aktuelles Gesetz?«, sagte Durga verblüfft.

»Was denkst du denn?«, fragte Shazia und griff sich eine Handvoll Chips aus der Schale auf dem Sideboard. »In den letzten Tagen sind wie viele Leute dafür verhaftet worden, Chris?«

Chris klickte panisch durch seine offenen Tabs. »Finde ich gerade nicht. Aber gestern ist der Aktivist Simon Hill in Oxford festgenommen worden, weil er während einer Zeremonie zu

Ehren von Prince ... ich meine King Charles gerufen hat: Wer hat DEN gewählt?«

»Wirklich?«, fragte Durga und fühlte sich sehr deutsch.

»Keine Sorge«, beruhigte Asaf sie. »Ich bin mir sicher, Jeremy hier hat jeden Tweet über uns und jede geleakte Information von hier vorher mit seinen Anwälten und Marketingexperten abgesprochen.«

»Selbstverständlich«, sagte Jeremy staatsmännisch.

Maryam hielt ihr Handy mit dem neusten viralgehenden Insta-Post in die Runde: Ein Foto der jungen Rosa Luxemburg und dazu das Zitat *Zu sagen was ist, bleibt die revolutionärste Tat: Poirot ist Belgier und damit weiß.*

»Hat Virginia Woolf das wirklich gesagt?«, fragte Chris.

»Den ersten Teil vielleicht. Den zweiten definitiv nicht«, antwortete Shaz und leckte jeden Chip minutiös ab, bevor sie ihn auf einem Stapel schlaffer, bleicher Chips platzierte.

»Warum machst du das?«, fragte Chris fasziniert.

»Kohlenhydrate.«

»Du glaubst doch nicht im Ernst, dass du dein Gehirn damit überlisten kannst«, sagte Chris und trug die Untertasse mit den Kartoffelchipsleichen in die Teeküche.

»Chris ist so ordentlich, typisch Jungfrau.«

»Echt?«, sagte Durga, überrascht darüber, dass jemand so Cooles wie Shazia an Horoskope glaubte.

»Nicht Sternzeichen, sondern ... du weißt schon.«

»*Echt?*«, sagte Durga noch deutlich überraschter.

»Tss, tss, reverse sexism«, machte Asaf und schüttelte die ARSE(Antisemitismus, Rassismus, Sexismus etc)-Dose unter Shazias Nase. »Das macht ein Pfund.«

»Wobei ich Jeremy natürlich zutraue, dass er einen Prozess wegen Propaganda gegen die Monarchie als gute Werbemaßnahme betrachten würde«, meldete sich Carwyn.

»Warum erwartest du immer das Schlechteste von mir?«, lächelte Jeremy sardonisch.

»Weil es Zeit spart«, sagte Carwyn, und plötzlich fiel Durga auf, an wen der zu gewiefte, zu glattrasierte, zu gut gekleidete Jeremy sie erinnerte: an John Simm, aber nicht John Simm in *Life on Mars*, sondern John Simm als der Master in *Doctor WHO*.

Als hätte sie laut gesprochen, bemerkte Maryam: »Ich habe gestern Nacht deine *Doctor-WHO*-Folge geschaut.«

»Folgen«, sagte Durga automatisch.

»Doppelfolge«, sagte Maryam.

Auch Durga und Nena hatten sich die, jawohl, *beiden Folgen* gestern Abend angesehen. Eigentlich hatten sie sich zu einer Aussprache verabredet, doch als Durga die Wohnungstür ihres Airbnbs aufgeschlossen und dabei mit der anderen Hand eine angerissene Tüte voller Marks&Spencer's-Salate stabilisiert hatte, hörte sie bereits den ersten Dialog aus Nenas Schlafzimmer. Also stapelte sie die Plastik-Tiegel auf ein Tablett mit einem verkratzten Bild von Lady Diana, schob Besteck dazwischen und legte sich zu Nena ins Bett.

»Respekt«, sagte Nena, als schließlich der Abspann lief. »Aber warum reist der Doctor in einem Dixi-Klo durch die Zeit?«

»Er reist in einer Police Box«, erklärte Durga.

»Das soll eine Polizeibox sein?«, sagte Nena verblüfft. »Du meinst, so eine mit der Wache verdrahtete Telefonzelle?«

»Na klar, was dachtest du denn?«

Nena rettete die letzte Mini-Mozzarellakugel davor, auf den Boden zu rollen, und inspizierte sie unter der Nachttischlampe auf Flusen. »Hast du in letzter Zeit mal eine Telefonzelle gesehen?«

»Natürlich nicht.«

»Siehst du. Aber überall stehen Dixi-Klos rum und sehen so ziemlich genauso aus wie ... das da.«

So betrachtet hatte Nena Recht. Nur war ein Doctor, der mit einem Dixi-Klo durch Zeit und Raum reiste, eine andere Sorte Film, eher *Space Balls* als *Rule Nostalgia*. Und zumindest ästhetisch war Durga #TeamNostalgie und sehnte sich nach einer Zeit, in der Alltagsdesign tatsächlich gut ausgesehen hatte. Die Utopie von Folkwang und Arts and Crafts, verwirklicht in herrlichen Serienformaten. War das subversiv oder Ersatzbefriedigung? Schätzte sie Gaslaternen so sehr, weil sie sie aus Sherlock-Holmes-Verfilmungen kannte? Und unterschrieb sie deshalb jede Petition für ihren Erhalt, trotz der fadenscheinigen Argumente der Klima-Partei, die sie durch LED-Leuchten ersetzen wollten? Und funktionierten Kultur und Unterhaltung überhaupt so ... linear?

Durga hatte mit Drehbuchschreiben begonnen, weil sie ihrer Community in der Popkultur eine Stimme geben wollte. Das Problem war nur, dass es damals von der Maas bis an die Memel bis auf Kanak Attak herzlich wenig migrantische Community gab. Und ehrlicherweise auch nicht sonderlich viel deutschsprachige Popkultur, die Durga interessierte. Also bingte sie britische Fernsehserien, doch auch dort waren – trotz Diversity-Verpflichtungen, trotz alledem – braune Schauspieler:innen nicht repräsentativ ... repräsentiert. Aus diesem Grund hatte Durga so darauf gedrängt, dass der nächste Doctor aus der indischen Diaspora kommen sollte. Das hatte sie zwar nicht durchgekriegt, aber als Trostpreis wurde sein Gegenspieler und Doppelgänger in ihren Folgen von Sanjeev Bhaskar gespielt (und das war immerhin der Schauspieler und Comedian, nach dem Lila sie benannt hätte, wäre sie ein Junge gewesen!).

»Wir wollten meine erste Folge *Doctor Which* nennen, in Anspielung auf Douglas Adams. Aber dann kam jemand auf die Idee, die Folge *Doctor Wo* zu nennen.«

»*Doctor Wo?*«, fragte Shaz.

»Kurz für *Doctor Wo-kommst-du-her?*« Durga suchte auf ihrem Computer nach dem Zusammenschnitt. »Weil er das immer und immer und immer gefragt wird.«

»Die Lieblingsfrage der Hobby-Genealogen: Wo kommst du her? Nein, wo kommst du wirklich her? Nein, wo kommst du wirklich-wirklich her? Brillant! Doctor Wo-kommst-du-her!«, grinste Asaf.

Durga drückte auf Play: »*Ich komme aus dem Licht! Ich bin der Weg!*«

»*Doctor Wo?*«

»*Ich komme von den Sternen und bin ein Alien-Serienmörder.*«

»*Doctor Wo?*«

»*Ich komme von der Rassismus-Polizei. Du bist verhaftet.*«

»*Doctor Wo?*«

»*Ich bin ein Time Lord. Ich komme vom Planeten Galifrey in der Konstellation Kasterborous. Ich bin 903 Jahre alt, und ich bin der Mann, der dir und den anderen 9 Milliarden Menschen auf diesem Planeten das Leben retten wird. Und du?*«

»*Ich bin Jeffrey.*«

»*Oh, come on, Jeffrey, niemand kann so langweilig sein. Wo kommst du wirklich her?*«

»Und was ist mit uns?«, fragte Shaz überraschend.

»Darüber rede ich doch gerade«, sagte Durga.

»Nein, du redest über dich«, sagte Shaz kalt. »Und du hast Recht, du hast so Recht. Ein hinduistischer *Doctor WHO* wäre ... revolutionär. Aber was ist mit uns ... mit uns Muslimen?«

Zum ersten Mal wurde Durga bewusst, also, wirklich bewusst, dass Shazia Muslima war. The clue was in the hijab. Warum war ihr das nicht aufgefallen? Weil es für sie nicht wichtig gewesen war. Für Durga war Shazia Teil der indischen Diaspora, Punkt. Sie waren ein Clan, ein Team, eine Fam. Durga war schlicht nicht auf die Idee gekommen, dass Muslime sie nicht für ... eine von ihnen halten könnten. Sie schüttelte den Kopf, das hatte Shazia nicht gesagt. Was hatte sie dann gesagt? Nun: dass sie sich nicht von Durgas *Wir* repräsentiert fühlte.

»*Ms Marvel*«, sagte Shaz, und Durga fragte sich, ob eine himmlische Hand die Tonspur der Realität vertauscht hatte und nichts von dem, was Shazia sagte, irgendetwas bedeuten musste. »Hast du *Ms Marvel* gesehen?«

»Oh *Ms Marvel*!«, antwortete Durga. »Nein.«

Shaz schnaubte. »Das war die erste muslimische Superheldin aus Südasien, und du hast nicht einmal reingeschaut? Ich meine, es ist ja bloß so, dass Filme auch noch zusätzlich dein Beruf sind.«

»Ich habe es nicht nicht geguckt, weil sie Muslima ist«, sagte Durga und wünschte sich – wieder einmal –, sie könnte im Boden versinken. »Sondern ...«

»Sondern?«, wiederholte Shazia.

»Weil sie ... amerikanisch ist.« Durgas Popkultur-Interesse war wie der Brexit: »Global Britain«; sonst eher nix.

»Indisches Stockholmsyndrom«, sagte Asaf. »Ich wette, du stehst auch nur auf englische Männer.«

»Schottische«, flüsterte Durga, und Jeremy sah sie mit gerunzelten Augenbrauen an.

»Sexy«, sagte Asaf, und Chris, der mit der gespülten Untertasse aus der Küche zurückkam, sah ihn mit gerunzelten Augenbrauen an.

»Und was ist mit walisischen Männern?«, fragte Carwyn.

»Kann ich nicht einmal über muslimische Superheldinnen reden, ohne dass ihr sofort von Männern anfangt?«, sagte

Shazia so vehement, dass Carwyn die Hände hob. »Nachdem *Ms Marvel* angelaufen war, gab es sofort einen massiven rassistischen Backlash.«

»Ja klar«, sagte Durga.

»Nein, gar nicht klar!«, rief Shazia. »Das war kein Backlash wie sonst immer, dass Schwarze keine Meerjungfrauen spielen können, weil das einfach nicht realistisch ist! Sondern ein Backlash mit der tödlichsten Waffe, die das Empire immer gegen uns einsetzt, wenn alles andere versagt!«

»Dass es keine echte Kunst ist?«, schlug Maryam vor.

»Dass es keine echte Kunst ist!«, bestätigte Shazia. »Dass wir nicht gut genug sind. Nur fanden die Zuschauer uns gut, und zwar verdammt gut. Sogar besser als *Black Panther* und *Avengers: Endgame*. Sogar meine Eltern haben sich *Ms Marvel* angeschaut, und du kannst dir an fünf Popcorntüten abzählen, wie viele Superheldinnenfilme sie ansonsten gucken.«

»Genau das«, verkündete Jeremy und hob die Arme dramatisch in Richtung Himmel, »wollen wir mit *Anti-Christie* erreichen« – aber ausnahmsweise hörte ihm niemand zu. Shazia begann, Bücher aus den Regalen zu ziehen, Maryam signalisierte Carwyn, auf den Balkon zu gehen und eine e-Zigarette zu vapen, respektive in seinem Fall eine Selbstgedrehte zu rauchen, und Asaf und Chris tuschelten erregt miteinander.

»Willst du wissen, wie über Muslime gesprochen wird?«, fragte Shazia Durga. »Hier, lies!«

Durga schlug Alain Daniélous *Histoire de l'Inde* auf und reichte sie Shazia hilflos zurück: »Ich kann kein Französisch.«

»*Seit der Ankunft der Muslime um 632 n. Chr. ist die Geschichte Indiens eine lange, monotone Reihe von Morden, Massakern, Plünderungen und Zerstörungen*«, übersetzte Shazia. »*Wie üblich haben die Barbaren im Namen des ›heiligen Krieges‹ ihres Glaubens, ihres kleinen Gottes, Zivilisationen zerstört und ganze Völker ausgerottet.«*

Durgas Mund formte ein O, doch es kam kein Ton heraus.

»Aber Englisch kannst du, oder?«, rief Shazia und knallte das nächste Buch auf den Tisch: *The Story of Civilization* von Will und Ariel Durant.

»*Die mohammedanische Eroberung Indiens ist wahrscheinlich die blutigste Episode der Geschichte. Die Moral davon ist, dass Zivilisationen zarte Pflanzen sind, deren Freiheit, Kultur und Frieden jederzeit von Barbaren gestürzt werden kann, die von außen eindringen oder sich von innen vermehren*«, las Durga. »Warum kann man Propaganda schon an der Sprache erkennen?«

»Du willst dem Text doch nicht im Ernst vorwerfen, dass er nicht gut geschrieben ist?«, mischte sich Asaf wider besseres Wissen ein.

»Warum nicht?«, fragte Shazia und las über Durgas Schulter weiter: »*Der erste dieser blutigen Sultane, Qutb du-Din Aibak, war ein normales Exemplar seiner Art – fanatisch, grausam und gnadenlos.*«

»So einen Schund nimmt doch niemand ernst«, protestierte Durga.

»Die Leute, die ihnen dafür 1968 den Pulitzer-Preis verliehen haben, haben ihn ernst genommen.«

»1968 ist schon eine Weile her. Inzwischen ...«

»Ach ja?« Shazia verschränkte die Arme. »Was weißt du über die muslimischen Mogul-Kaiser?«

•

Und dann merkte ich, dass Savarkar das gefragt hatte.

»Dass sie das Taj Mahal gebaut haben? Und das Rote Fort und die Jama Masjid«, zählte ich mein komplettes Wissen auf.

»Das war alles Shah Jahan im siebzehnten Jahrhundert«, sagte Savarkar und rollte sich vom Bett, ohne das Buch, das er in der Hand hielt, loszulassen.

»Ehrlich?«

»Ehrlich.«

»Wow. Guter Mann?«, sagte ich unsicher.

Savarkar schnaubte ein Bühnenschnauben. »Wir mussten eine Steuer bezahlen, um unseren Glauben glauben zu dürfen. Eine Hindu-Steuer!«

Dschizya, hallte es in meinem Kopf, ein Wort, das ich noch nie gehört hatte, aber trotzdem wiedererkannte. »Das war doch eher eine Kein-Monotheismus-Steuer«, wandte ich ein, schließlich sollte man sich nicht durch Unkenntnis davon abhalten lassen, andere zu belehren.

»Eine Nicht-Schriftbesitzer-Steuer war es«, zischte Savarkar, der ebenfalls gut im Besserwissen war. »Aber egal, wie viele Haare du spaltest, ändert das nichts an der Tatsache, dass unser Glaube unterdrückt wurde. Denk nur an den Hindukusch.«

Lieber nicht, da das Erste, was mir dazu einfiel, Peter Struck mit seinem Walross-Antje-Bart war, der 2002 als deutscher Verteidigungsminister in einem einzigen Satz deutschen Militarismus und deutsche Selbstbezogenheit auf das Pantoffeligste gekreuzt hatte: *Die deutsche Sicherheit wird auch am Hindukusch verteidigt.*

»Hindukusch, der Berg aus den Schädeln der Hindus?«, half mir Savarkar auf die Sprünge. »Der Berg der zerschmetterten Hindus?«

»Wie bitte?«

»Kusch kommt vom persischen Verb *kushtan: vernichten, töten.*«

●

»Naja, es könnte auch einfach vom persischen Word *kuh* kommen, das *Berg* bedeutet«, schnaubte Shazia. »Die ganze Propaganda mit dem Berg der getöteten Hindus geht auf den Historiker Kishori Saran Lal und seine nationalistischen Publikationen nach 1947 zurück, ein Hindu, na klar – nach dessen Berechnungen die hinduistische Bevölkerung in Indien zwischen der Eroberung Afghanistans im Jahr 1000 und dem Ende des Sultanats von Delhi 1525 um 80 Millionen abgenommen habe.«

Durga griff nach der Tischkante, weil ihr schwindelig wurde. »Warum sind es immer acht Millionen Tote?«

»80«, korrigierte Shazia.

»Ja klar, in Indien ist immer alles größer und lauter und schriller.« In diesem Moment merkte Durga, dass es in Florin Court so wenig laut war wie seit Tagen nicht mehr. Nur Jeremy hörte ihnen noch mit angehaltenem Atem zu, alle anderen waren verschwunden, und sogar die Demonstrierenden schienen Mittagspause zu machen. »Aber was sagt uns das?«, flüsterte Durga in die Stille hinein. »Was soll uns das sagen?«

»Das ist die Frage, die sich alle stellen«, sagte Shazia. »Was haben Leute wie Aurangzeb mit den Muslimen heute in Indien zu tun?«

»Wer war Aurangzeb?«, fragte Durga verwirrt.

»Oder Mahmud von Ghazni«, sagte Shazia.

»Wer war Mahmud von Ghazni?«

»Oder Babur.«

»Wer war ...?« Doch da hörte Durga eine Stimme in ihrem Kopf: *Babur ki Aulad: Pakistan ya Qabristan – Nachkommen Baburs: Pakistan oder Friedhof*! Das hatten Hindu-Mobs 2002 in Gujarat geschrien, als sie Muslimen Autoreifen über den Kopf stülpten und diese Autoreifen anzündeten. *Ein Mensch, der brennt, springt, stürzt, rennt um sein Leben, stürzt abermals, steht wieder auf und rennt weiter,* hatte ihr der Schriftsteller Suketu Mehta erklärt, den sie damals für den WDR interviewt hatte. *Sein Körper trieft von Öl, seine Augen weiten sich, das Weiße wird sichtbar, Öl trieft herab, Wasser tropft von ihm herunter, und überall wird er weiß, überall weiß.*

»Als wären wir verantwortlich für Verbrechen, die Babur ein halbes Jahrtausend vor unserer Geburt begangen hat«, bestätigte Shazia. »Als wäre die pure Gewalt gegen uns nichts weiter als noble Selbstverteidigung der Hindus. Weißt du, wer während dieses Pogroms Regierungschef von Gujarat war? Von happy diverse Gujarat ausgerechnet, dem Bundesstaat, in dem Gandhi geboren wurde. Na?«

Durga nickte schwach.

»Euer heutiger Premierminister«, sagte Shazia trotzdem. »Euer Modi. Euer Ich-liebe-Savarkar-Modi.«

»Ich liebe Savarkar nicht«, sagte Durga schuldbewusst.

»Was?«

»Vergiss es.«

»Versteh mich nicht falsch«, sagte Shazia aus dem Takt gebracht. »Die Massaker des türkischen Eroberers Mahmud von Ghazni sind im Gegensatz zu den 80 Millionen getöteten Hindus – die reine Spekulation sind, weil es damals natürlich keine Einwohnermeldeämter gab – sogar belegt. Allerdings nicht nur an Hindus, sondern auch an Muslimen und Christen. Er war ein Gleiches-Unrecht-für-alle-Tyrann. Doch sogar wenn alle turko-mongolischen Kaiser, die Indien jahrhundertelang beherrscht haben, absolute Arschlöcher gewesen wären, würden sie dann wirklich irgendeinen Muslim heute repräsentieren?«

●

»Repräsentieren sie zum Beispiel mich?«, fragte Asaf und ließ sich hüpfend auf das von Savarkar freigeräumte Bett fallen. »Und warum ist Kirtikars Zimmer schon wieder abgeschlossen?«

»Grealis lagert dort ein paar … Sachen«, sagte Savarkar.

»Warum erlaubst du das?«, fragte ich alarmiert. »Du weißt, dass die nächste Razzia nur eine Frage von Tagen ist.« Aber eigentlich machte ich mir viel mehr Sorgen, weil ich es immer noch nicht geschafft hatte, Savarkar zu gestehen, dass ich Sherlock eingeladen hatte, nach India House zu kommen, um in unserer Bibliothek nach Indizien zu suchen oder was er sonst so machte, wenn er einen Fall aufklärte. Und dass Sherlock in weniger als einer Stunde an der Tür klingeln würde.

»Es sind keine Waffen«, beruhigte er mich. »Es sind … private Sachen.«

»Was heißt das?«

»Sachen halt.«

»Was für Sachen?«

»Sachen für die *Society for Psychical Research*.«

»Die Gesellschaft für paranormale Forschung? Oh!«

»Es ist eben Religion in der Politik und Politik in der Religion«, erklärte Savarkar.

»Ist das Dada?«, fragte ich.

»Nein: Massini.« Savarkar hielt sein Buch hoch. »Der größte der europäischen Unabhängigkeitskämpfer. Er sagt: *Jeder Staat braucht ein Zentrum, um das herum er sich konstituiert.*«

»Ja, aber warum muss dieses Zentrum ausgerechnet Religion sein?« *Seit wann war mein Hauptproblem Religion und nicht mehr Madans Schicksal, beziehungsweise Wyllies vermeintlicher Tod, beziehungsweise die verfluchten Nationalstaaten?*

»Weil Tempel die einzigen Orte sind, an denen wir uns in Indien noch versammeln dürfen«, sagte Savarkar.

»Und Moscheen«, sagte Asaf.

»Und Moscheen«, bestätigte Savarkar.

●

Shazia schob die Bücher zur Seite und sank auf ihren Stuhl. »Babur und Aurangzeb haben mehr mit Kriegsverbrechern wie Churchill und General Dyer gemeinsam als mit Muslimen und Hindus wie dir und mir.«

Durga hielt sich an ihren letzten drei Worten fest wie an einer Rettungsleine, die sie mit Shazia über den Abgrund von Geschichte und Gerüchten hinweg verband. Aus dem Augenwinkel sah sie, dass Jeremy sie mit seinem Handy filmte. »Wag es ja nicht, das zu posten.«

»Darüber reden wir noch«, sagte Jeremy und winkte ihnen, weiterzumachen.

»Eine Menge muslimisch-hinduistischer Geschichte hat sich lange vor den Mogul-Kaisern abgespielt«, sagte Shazia und stützte den Kopf auf ihre Arme, als wäre er plötzlich zu schwer für ihren Hals. »Dschingis Khans Armee, die im dreizehnten Jahrhundert in Bagdad einfiel, sorgte dafür, dass zahllose Muslime – Wissenschaftler, Künstler und Sufis – nach Indien flohen. Das hatte einen viel größeren Einfluss auf Indien als die ganzen muslimischen Invasionen.«

»Wirklich?«, sagte Durga, in der Hoffnung, dass Shazia statt *Dir* und *Mir* irgendwann *Wir* sagen würde.

»Sogar die Sitar, die der Gegenspieler von Doctor WHO in deiner ... Doppelfolge beatlesmäßig-orientalistisch spielt wie eine elektrische Gitarre, ist eine muslimische Erfindung. Das indischste aller indischen Instrumente verdankt ihr Khusrau Khan.«

»Woher weißt du das alles?«, fragte Durga mit einem Flattern in der Brust, weil Shazia ihre *Doctor-WHO*-Folgen gesehen hatte.

»Die Frage ist doch eher, warum du es nicht weißt!«, sagte Shazia.

»Hier ist ein moralisches Dilemma, lass es mich mit meinem Schraubenzieher reparieren«, hatte Jack gesagt, als Durga ihm eröffnete, dass sie für *Doctor WHO* schreiben durfte.

»Freust du dich denn gar nicht für mich?«

»Freust du dich etwa darüber, für Doctor World Health Organization zu schreiben?«, fragte Jack überrascht.

»Doctor WHO? Haha«, sagte Durga.

»This guy is stuck in a linear narrative. Deshalb versucht er immerzu, alles durch Technologie zu lösen.«

»Wer steckt hier in einem linearen Narrativ fest?«, fragte Durga verletzt. »Das ist der größte Drehbuchjob, den ich bisher hatte, aber du betreibst lieber postmoderne Medienkritik.«

»Willst du wirklich für die BBC arbeiten? Das ist eine solche Propagandaschleuder.«

»Hast du dich in letzter Zeit zu viel mit Lila unterhalten?«

»Lila hasst nur die ARD. Und das ZDF. Und die privaten Sender. Und die meisten Newspapers.«

Als hätte er gemerkt, dass sie an ihn dachte, rief Jack in diesem Moment an. *Death is not the End* verkündete ihr Mobiltelefon indiskret, und Durga nahm sich vor, wirklich endlich den Klingelton zu ändern.

»Ach ja, und guck dir nur die Hülle deines Handys an«, sagte Shazia mit belegter Stimme, und Durga hatte direkt ein doppelt schlechtes Gewissen, dass sie seinen Anruf wegdrückte. Denn die Handyhülle war ein Geschenk von Jack gewesen. Er hatte sie ihr im *Victoria-and-Albert*-Museumsshop gekauft,

375

nachdem Durga zum achten Mal zu der lebensgroßen Spieluhr in Form eines Tigers zurückgegangen war, der einen britischen Soldaten zerfetzte. Auf der Webseite des Museums gab es ein Video, in dem ein Musikwissenschaftler die Kurbel drehte und der Soldat seinen Arm in Panik hob und senkte, während der Holz-Tiger die passenden Geräusche dazu machte.

»Das ist Tipus Tiger«, würgte Shazia hervor.

»Ich weiß«, sagte Durga.

»Tipu war Muslim«, sagte Shazia. »Tipu Sultan.«

Einem plötzlichen Impuls folgend, googelte Durga Savarkar. Er hatte als Elfjähriger eine Moschee verwüstet. *Shit!*

Und dann war es so weit. Ich öffnete die Tür, und Sherlock stand mit Cape und Dearstalker-Mütze davor und zwinkerte mir zu. Ich zwinkerte zurück und fragte mich sofort, warum ich das getan hatte. »Hast du auch einen Dr. Watson?«

»Dr. Who?«, fragte Sherlock, und ein Schauer lief durch meinen Körper.

»Du weißt schon, Dr. Watson, Assistent, Freund, Helfer, ein wenig langsam ... also, natürlich langsamer als du, aber sexy.«

Sherlock sah mich lange an, bevor er unerwartet fragte: »Bist du ein Callboy?«

Ein zweiter Schauer durchlief mich und staute sich in meinem Penis. Sherlocks Blick blieb an der Beule in meiner weißen Crickethose hängen, und ich wusste nicht, wie lange wir bewegungslos so dastanden, bis Savarkar die Treppe herunterkam.

»Willst du deinen ... englischen Besuch nicht hereinbitten?«, sagte er kühl.

Ich gestikulierte Sherlock, hereinzukommen, doch der holte ein Vergrößerungsglas heraus und begutachtete das Türschloss. »Das ist Sherlock Holmes«, sagte ich zu dem Dearstalker. »Und das ist ...«

»Vinayak Damodar Savarkar«, sagte Savarkar.

»Der Name ist mir bekannt«, murmelte Sherlock, ohne aufzublicken.

»Sherlock ist hier, um Madan zu helfen«, erklärte ich rasch.

»Ist er das?«, sagte Savarkar zynisch.

Ich schaute ihm direkt in die Augen. »*Auf meine Einladung.*«

Savarkar zuckte die Schultern. »Na dann. Herzlich willkommen.«

Unerwartet hob Sherlock den Kopf und taxierte Savarkar mit seinen kalten, grauen Augen. »Die Sache ist bloß: Wollen Sie überhaupt, dass ich Dhingra entlaste?«

»Was?«, fragte Savarkar perplex.

»Finden Sie es nicht merkwürdig, dass Madan Lal Dhingra verhaftet worden ist, während Sie ...« Sherlock verbeugte sich ironisch vor Savarkar. Und plötzlich hatte ich eine Erleuchtung: Niemand hatte Madan etwas anhängen wollen! Niemand hatte absehen können, dass er genau zu dem Zeitpunkt, als Curzon Wyllie seinen Verschwinde-Trick durchführte, in Savarkars (und meinem, aber das tat hier nichts zur Sache) Zimmer sein und dort das Foto von Lady Wyllie finden würde. Aber ein Polizist hatte Savarkar genau dorthin geschickt.

»Jones!«, stieß ich hervor. »Athelney Jones!« Und der walisische Polizist hatte Savarkar nicht nur in unser Zimmer beordert, sondern sich auch unverzüglich unter fadenscheinigen Vorwänden verdrückt. Savarkar hatte mit dem Foto in der Hand gefunden werden sollen. Und er hatte alleine gefunden werden sollen, ohne ein Alibi für die relevanten Minuten.

Sherlock nickte mir beifällig zu, kritzelte ein paar Worte auf ein Stück Papier und drückte es in meine Hand. »Schick das als Telegramm an meinen Bruder Mycroft in seinem permanenten Office im Parlament in Westminster Palace.«

Als ich von der Post zurückkam, saßen Sherlock und Savarkar in der Bibliothek. Genauer: Savarkar saß und Sherlock kauerte auf dem Boden und versuchte, den Kamin hoch zu spähen.

»Ich habe *Das Zeichen der Vier* gelesen«, bemerkte Savarkar, aber nicht, um Konversation zu machen, sondern mit einem gefährlichen Unterton in der Stimme. Woher nahm er die Zeit für die ganzen Romane?

»Das dachte ich mir«, sagte Sherlock.

»Warum?«, fragte ich.

»Weil das der Roman über mich ist, in dem es um den Inder-Aufstand geht.«

»Um den ersten indischen Unabhängigkeitskrieg«, korrigierte Savarkar.

Sherlock musterte Savarkar, als würde er für einen Sarg Maß nehmen. »Ist das nicht der Titel eines anderen Buches?« Savarkar schwieg. »Eines Buches, das nicht veröffentlicht werden darf?«, ergänzte Sherlock.

»Und wie hat er dann von meinem Buch gehört?«, zischte Savarkar mir zu, als Sherlock sich so tief in den Kamin hineinbeugte, dass nur noch seine Beine herausragten; die Sohlen seiner Schuhe so schwarz, als wäre er niemals auf ihnen gegangen.

»Er hat seine Methoden«, schlug ich vor.

»Zweifellos«, sagte Savarkar trocken.

»Sekunde«, sagte ich zu Sherlocks Rumpf, »wenn du ...« Ich wollte ›echt‹ sagen, entschied mich dann jedoch für: »*hier* bist. Heißt das dann, dass alles wahr ist? Ist *Das Zeichen der Vier* wahr?«

»Natürlich ist es wahr, es ist Literatur«, tönte Sherlocks Stimme dumpf aus dem Kamin.

»Alles daran?« Ich dachte an Jonathan Small, einen der vier in *Das Zeichen der Vier*, der erst als Soldat nach Indien gegangen war und dann dort als Aufseher auf einer Indigo-Plantage gearbeitet hatte. ›*Indigo galt als blaues Gold, weshalb die Briten uns zwangen, es anstelle von Reis oder anderen Lebensmitteln anzubauen,* hatte mir Savarkar während seiner Recherche für das Buch über die Revolution von 1857 erzählt. ›*Die daraus resultierenden Hungersnöte waren der Auslöser – einer der Auslöser – für den Unabhängigkeitskrieg.*‹ Entsprechend wurde in dem Sherlock-Holmes-Roman die Indigo-Plantage zu Beginn des Aufstands von Revolutionären verwüstet, und Small floh nach Agra.

Sherlock hatte also Recht, *Das Zeichen der Vier* war ein Buch über 1857. Warum bemerkten die Legionen von Sherlock-Holmes-Verehrern das nicht? Warum war es selbst Durga nicht aufgefallen? Weil es für jedermann sichtbar verborgen war. Kultur ist nicht diese überaus *weiße* Leinwand – wenn wir näher hinschauen, erkennen wir, dass sie das Palimpsest eines Palimpsests eines Palimpsests ist, so häufig übertüncht und mit neuen Botschaften beschriftet, dass wir vergessen haben, was worunter steht, ja, sogar vergessen, dass unter den vielfarbigen Schichten immer weitere Schichten warten.

»Agra muss während der Revolution schrecklich gewesen sein«, sagte Savarkar, der wie üblich meine Gedanken gelesen hatte. »Wir wissen, dass 1857 ein außergewöhnlich heißes Jahr war und die Regenzeit später kam als sonst. Am härtesten traf die armen Briten, dass sie keine Diener mehr hatten, die ihnen Luft zufächelten.«

»Kann ich mir gut vorstellen«, sagte Sherlock. »Das letzte Mal war ich auf Einladung des Erzbischofs in Agra.«

»Welches Erzbischofs?«, fragte ich.

»Des Erzbischofs von Agra.« Sherlock schien deutlich stärker von meiner Dummheit irritiert zu sein als von Savarkars Antagonismus.

»Dann kennen Sie ja das dortige Rote Fort, in dem die Engländer Sicherheit gesucht hatten.« Savarkar begann in der Bibliothek auf und ab zu gehen, als könne er Sherlock nur ertragen, solange er sich bewegte. »Bloß befand sich dort auch eines der größten Gefängnisse Indiens, und die Insassen standen kurz davor, aus ihren Zellen auszubrechen, weil die indischen Wächter sich den Revolutionären angeschlossen hatten. Was würdest du in einer solchen Situation tun, Sanjeev?«

»Ich weiß nicht?«, sagte ich unsicher.

»Well done! Das zeigt, dass du ein normaler Mensch bist und kein strategischer Teile-und-Herrscher wie der britische Kolonialverwalter Sir William Muir, der entschied, das zu tun, was die Briten auch in Zukunft bevorzugt machen würden. Nämlich, die Sikh-Gefangenen frei zu lassen und zu Wachen zu befördern.«

»Ich habe bereits gehört, dass Sie äußerst empfänglich für Verschwörungstheorien sind, Savarkar.« Sherlock klopfte sorgfältig die Asche von seinen Knien. »Wobei es strategisch selbstverständlich eine gute Idee war, die Sikhs zu befördern.«

»So gut wie Ihr Hegel?«, fragte Savarkar und stieß mich an.

»Mein was?«, sagte ich überrascht, doch er hatte natürlich nicht mit mir gesprochen.

»Ein deutscher Philosoph«, antwortete Sherlock, als hätte er den Unterton in Savarkars Stimme nicht gehört.

»Ein Rechtsphilosoph«, spezifizierte Savarkar, »der Kolonialismus als Lösung für das Problem der Armut in ... unseren Ländern gerechtfertigt findet. Dabei sind wir nur arm, *weil* ihr Engländer unseren Reichtum abschöpft wie die Sahne von der Milch, bevor ihr dann auch noch die Milch trinkt und den Krug stehlt.« Er tippte mit den Fingern auf die Buchrücken, als wären sie Tasten auf einem Klavier, und landete auf – nein, nicht Hegel, Georg Wilhelm Friedrich – sondern Doyle, Arthur

Conan. »Ich habe die Stelle markiert ... Das ist die Szene, in der die Sikh-Wachen den Engländer Small überreden, mit ihnen zusammen den Schatz von Agra zu stehlen: *Wir fordern dich nur auf, das zu tun, wofür deine Landsleute in dieses Land kommen. Wir fordern dich auf, reich zu werden.* Ist das deutlich genug? Indien war das reichste Land der Welt, bevor die Engländer kamen!«

»Wohl kaum das reichste Land der Welt«, sagte Sherlock amüsiert und drapierte ein riesiges weißes Taschentuch über seinem Arm, bevor er ihn zurück in den Kamin schob.

»Ich dachte, dieser Typ soll so ungeheuer klug sein«, zischte mir Savarkar zu.

»Klug, nicht allwissend«, zischte ich zurück. »Er hat diese Theorie, dass das Gehirn wie ein Dachboden ist, und wenn es voll ist, passt nichts mehr rein. Deshalb merkt er sich nie, ob sich die Erde um die Sonne dreht oder die Sonne um die Erde, weil es ihm wichtiger ist, fünfzig verschiedene Sorten von Zigarettenasche unterscheiden zu können, und für beides ist halt nicht genug Platz im Speicher.«

»Die Erde dreht sich um die Sonne«, informierte Savarkar Sherlock. »Und Indien erwirtschaftete dreißig! Prozent! aller! weltweiten! Bruttoinlandsprodukte!, bevor ihr Briten gekommen seid.« Die Worte mit Ausrufezeichen hatte er brüllend geflüstert.

Ich konnte nicht glauben, dass die beiden ernsthaft über Ökonomie und Kolonialismus stritten, während Madans Leben auf dem Spiel stand. Laut sagte ich: »Ich kann nicht glauben, dass ihr beiden ernsthaft über Ökonomie und Kolonialismus streitet, während Madans Leben auf dem Spiel steht.«

»Hegel war ein Philosoph des Idealismus. Es ging ihm nicht um das Aufrechnen von Geld, es ging ihm um den Fortschritt im Bewusstsein der Freiheit«, sagte Sherlock so würdevoll, wie das mit einem kompletten Arm im Luftschacht eines Kamins möglich war.

»Ach ja?«, zischte Savarkar. »Glaubte Hegel etwa, indem ihr uns unsere Freiheit stehlt, hättet ihr mehr davon? Abgesehen von der Freiheit, uns zu unterdrücken und auszubeuten, versteht sich?«

»Ich kann nachvollziehen, dass es für Sie als Inder schwer ist, deutsche Philosophie zu verstehen«, sagte Sherlock nachsichtig. »Die Idee der Freiheit ist nun einmal eine Errungenschaft der europäischen Aufklärung, während ihr voller Determinismus eurem Karma folgt.«

Zu meiner Überraschung war ich über diese Aussage aufgebrachter als Savarkar, der nichts anderes erwartet hatte. »Und was ist mit dem Advaita Vedanta?«, sagte ich.

Sherlock sah mich an, als wäre ich ein Affe, dem es gelungen war, *Oh Tannenbaum* auf einem Glockenspiel zu klimpern. »Es gibt in der indischen Mystik tatsächlich einige interessante ... Ansätze, über die Hegel auch geschrieben hat. Aber ich spreche hier von der *Wissenschaft* der Freiheit, die nicht auf Mythen, sondern auf der Wissenschaft der Vernunft basiert. Ohne den Kolonialismus wären Völker wie das eure nie in Kontakt ...« Er zog seinen Arm vorsichtig aus dem Kamin. »... damit gekommen«, und stellte Savarkar eine dreckige Schale vor die Füße.

»Was ist das?«, fragte Savarkar, gegen seinen Willen interessiert.

»Eine Schale«, sagte Sherlock ungeduldig.

»Das sehe ich auch.«

»Warum fragen Sie dann?«

»Ist das nicht offensichtlich?«, fragte Savarkar ebenso ungehalten wie Sherlock. »Warum haben Sie in unserem Kamin nach einer ... Schale gesucht?«

»Weil ich wusste, dass sie dort sein muss.«

Savarkar riss sich mit größter Mühe zusammen. »Das ist das Problem mit dem Empire, es kann keine Gelegenheit auslassen, sich in Pomp und Geheimnis zu hüllen.«

Aus irgendeinem Grund schien das Sherlock zu gefallen. »Gar keine schlechte Analyse für einen Inder.«

»Was ist die Bedeutung dieser Schale?«, fragte ich, bevor Savarkar auf die Idee kommen konnte, sie Sherlock an den Kopf zu schmeißen.

»Sie ist zu groß, um unauffällig in eine Jackentasche gesteckt werden zu können«, erklärte Sherlock und faltete sein Taschentuch sorgfältig wieder zusammen.

Ich hob die Schale hoch und hielt sie gegen das Licht. Abgesehen davon, dass sie in unserem Kamin gewesen war, war an ihr nichts Besonderes. Sie war vielleicht so groß wie eine kleine Waschschüssel, und auf ihrem Boden war der Rest einer eingetrockneten Flüssigkeit. Savarkar schnipste gegen die dreckige, weiße Emaille. »Das ist eine Rasierschüssel.«

Sherlock hob seine Augenbrauen. »Gar nicht schlecht ...«

»Für einen Inder, ja, ja«, schnitt Savarkar ihm das Wort ab. »Warum ist Curzon Wyllie rasiert worden? Oder ...«

»... hat sich selbst rasiert?«, sagte ich.

»*Aha!*«, machte Sherlock und setzte seinen Dearstalker wieder auf. Er hatte getan, wozu er hergekommen war, und sah keinen Anlass, seine Zeit mit Socializing zu verschwenden. An der Tür drehte er sich noch einmal um und sagte mit einem halben Lächeln zu Savarkar: »Hegel hat übrigens auch gesagt: Freiheit, die nicht mit Gewalt erkämpft wird, ist keine Freiheit.«

4 Immer wenn der Zug vor dem Kölner Hauptbahnhof auf der Deutzer Brücke stehen blieb, hatte Durga Angst, dass die Stahlstreben unter seinem Gewicht zusammenbrechen und sie in den Rhein stürzen würden.

»Schau mal, der Dom!«, rief ihre Mutter.

»Oh ja, wie kommt der denn dahin?«, antwortete Durga sarkastisch. Es war der Tag, an dem sie sich bei Lila entschuldigen wollte, und es lief bisher ... nicht so gut. »Wie gesagt, ich habe Jan von deinem ... von Baron Starziczny und den ... Ufos ...«

»Einfach nur auffällig, dass sie beide Francis hießen«, unterbrach Lila sie und fuhr sich durch ihre gerade leuchtend hennaroten Haare.

»Wer?«, sagte Durga.

»Francis Bacon und Francis Walsingham, die das Theater, wie wir es kennen, erfunden haben, um Theaterstücke zu Propagandazwecken zu nutzen.«

»Hast du mir nicht gesagt, dass das Shakespeare war?«

»Ha! Shakespeare war nur der Frontmann. Die Dramen sind von Bacon. Also, zum größten Teil, das war ein kollektives Scriptorium, wie Bletchley Park, nur für Theater und Bewusstseinskontrolle. Es geht in jedem der Stücke um Täuschung und Irreführung: gut ist böse, links ist rechts, oben ist unten.« Lila sah sich beifallheischend um. Sie war in einer ihrer manischen Phasen, was nichts Besonderes war, da Lila sich nur mit Durga traf, wenn sie sich in einer manischen Phase befand.

»Warum bleiben wir genau hier über dem Fluss stehen? Das ist gefährlich«, sagte der kleine Junge auf dem Sitz ihnen gegenüber, der eben noch über Alien-Armeen geredet hatte.

»Halli-Hallo, kleiner Mann«, sagte Lila mit Babystimme. »Soll ich dir etwas Aufregendes zeigen? Schau mal, da hängt ein Schloss am Brückengeländer. Tadaa!« Wenn sie gewusst hätte, dass in fünfzehn Jahren Zehntausende von Vorhängeschlössern an jedem freien Zentimeter des Brückengeländers hängen würden wie ein spätkapitalistisches Symbol für irgendetwas, hätte sie nicht ganz so großspurig auf das ziemlich unspektakuläre Vorhängeschloss gezeigt.

Der Kleine drehte sein schokoladenverschmiertes Gesicht in Richtung Fenster. »Ist das ein Alienvorhängeschloss?«, fragte er hoffnungsvoll.

»Jedenfalls: Seit ich ihm davon erzählt habe, redet Jan nicht mehr mit mir«, schloss Durga verzweifelt.

»Ihr habt euch in letzter Zeit auch ganz schön häufig gesehen, vielleicht braucht er einfach Abstand«, riet Lila und wandte sich wieder dem Jungen zu, dem inzwischen sehr zu seinem Missfallen das Gesicht von seiner Mutter mit einem mit Spucke befeuchteten Taschentuch gesäubert wurde. »Viel besser als Alientechnologie! Das ist Zauberei! Ein italienischer Liebeszauber, um genau zu sein. Wenn du deinen Namen und den Namen der Frau, in die du verliebt bist, oder des Mannes, ich bin ganz offen für alle Formen von Liebe – wo war ich?«

»Wir sind gleich da, zieh deine Schuhe wieder an«, ermahnte die Mutter den Jungen.

»Ach ja!«, gurrte Lila. »Namen auf das Schloss schreiben, es an einer Brücke festschließen und den Schlüssel in den Fluss werfen. Und dann wird die Liebe so lange halten wie das Schloss ... oopsa!« Der Zug setzte sich unerwartet in Bewegung, hielt ebenso plötzlich wieder an, und rollte dann in den Hauptbahnhof, der anstelle seines Namens in Leuchtschrift *ECHT KÖLNISCH WASSER* verkündete.

»Aber wir sind ja nicht in Italien«, schmollte der Kleine.

»Wir sind nicht in Italien«, wiederholte Lila und schüttelte ihm aufgeregt die Hand.

»Was ist?«, fragte Durga.

Die Mutter des Kindes sammelte in Windeseile die verstreuten Kekspackungen und Schokoladenpapiere ein und sprang auf. »Wenn mir einer mit so einem Schloss kommt, dann schmeiß ich den direkt in den Rhein!«

Lila nickte ihr hinterher. »Richtig so! Denn – oh, warum

ist mir das nicht früher klar geworden – bei uns im Rheinland stehen Schlösser überhaupt nicht für Liebe, sondern für das Verschließen des Herzens.« Die Türen des Zuges öffneten sich, und der Junge floh erleichtert an der Hand seiner Mutter vor der merkwürdigen Frau. »Kannst du dich noch an Margot erinnern?«, fragte Lila mit unbestechlicher Lila-Logik.

»Ja«, log Durga, weil Lila sowieso erklären würde, wer Margot war.

»Meine Freundin Margot! Damals schon rote Haare, ein bisschen wie Milva, aber Henna. Habe ich dir erzählt, dass sie auch in Dinesh verliebt war?« *Ich weiß noch nicht einmal, wer Margot ist, also wahrscheinlich: Nein.* »Und als der Standesbeamte bei unserer Hochzeit gesagt hat *Hiermit erkläre ich euch zu Mann und Frau*, habe ich eindeutig ein Klicken gehört.«

»Ein was?«, fragte Durga gegen ihren Willen.

»Margot hat genau in diesem Moment ein Schloss einschnappen lassen«, erklärte Lila. »Das ist der Grund, warum meine Ehe mit Dinesh in die Brüche gegangen ist.«

»Ich dachte, das lag an Dachboden-Piet«, protestierte Durga.

Lila lächelte sie mitleidig an. »Du warst nie gut darin, Propaganda von Fakten zu unterscheiden.«

»Kannst du dich noch an Margot erinnern?«, fragte Durga ihren Vater, als er sie am selben Abend anrief.

»Was hat dir Lila erzählt?«, fragte Dinesh alarmiert. »Es ist nicht wahr! Sie lügt! Weißt du eigentlich, warum sich deine Mutter Lila nennt?«

»Nach der großen Liebe des Revolutionärs Ullaskar Dutta, der Tochter von Bipin Chandra Pal vom Lal-Bal-Pal-Trio …?«

»Unfug. Weil sie wusste, dass Lila der Lieblingsspitzname ihrer Schwester Elisabeth war. Das ist die Art von Mensch, die Lila ist«, unterbrach Dinesh.

Durga klemmte den Hörer mit der Schulter an ihr Ohr und tastete nach dem Reißverschluss ihres Hundert-Prozent-Polyamid-Kleids. »Du, ich muss gleich weg. Nena und ich gehen noch zu einer Party.«

»Ja, ja, ich weiß, dass du nicht über deine Mutter reden willst«, sagte Dinesh. »Pass auf dich auf und geh nicht mit Ausländern nach Hause.«

Durga atmete tief durch. Noch vor wenigen Jahren wäre das der Beginn eines flammenden Streits gewesen: Die ständigen Warnungen ihres ausländischen Vaters, dass Ausländer frauenfeindlich und gefährlich waren, dass Durga keine Ahnung hatte, dass sie zu westlich war, dass sie zu viel linken Unsinn glaubte. Das alles sagte er wirklich! Zum Glück war sie heute erwachsener – und knallte den Hörer auf die Gabel.

»Na, sehe ich so aus, als ob mir auf der Bauwagenplatzparty gleich alle Männer mit hängender Zunge hinterherhecheln werden?«, fragte Nena und zupfte ein paar Haarsträhnen aus ihrem Zopf.

Durga nahm statt Lippenstift einen Schluck Rote-Beete-Saft, streckte den Daumen in die Höhe und merkte, dass ihre Hand zitterte.

Nena sang: »Sexy! Ich bin so sexy! Ich bin die schönste Frau der Welt!«

Aus irgendeinem Grund nahm Durga das persönlich.

»Wie schön, dich zu sehen«, sagte Jan, als sie auf dem Bauwagenplatz ankamen, zu der Frau schräg hinter Durga.

»Hey, was ist los?«, sagte Durga betont beiläufig, und die Frau verschwand eilig in der Dunkelheit.

»Durga, ich mach hier eine Party«, erwiderte er alles andere als beiläufig. Um ihn nicht durch übermäßiges Klammern zu verschrecken, drehte Durga sich um und ging ohne ein Wort davon. Nena war ebenfalls von der Dunkelheit verschluckt worden. Es war eine gute Party zum Drogennehmen und eine schlechte Party, um irgendjemanden zu erkennen. Zumindest musste Durga nicht so tun, als würde sie sich amüsieren, weil sowieso niemand ihren Gesichtsausdruck sehen konnte. Sie stolperte über die Wurzeln der Bäume zu der Unisex-Toilette, die der Bauwagenplatz schon damals hatte, indem es nur eine Toilette gab, und stellte sich in die Schlange hinter einen Gesichtstätowierten, ein küssendes Pärchen und einen Mann im Kilt. Er schaute auf, als sie in das Licht der Klo-Kerze trat, und sagte: »Wir befinden uns immer mitten in dem Teil der Story, in dem wir von all den red herrings und falschen Fährten verwirrt sind, und der Detektiv ist noch nicht aufgetaucht, that's life.«

Und plötzlich fühlte sich Durga wie eine Detektivin, und ihre Probleme waren ein kniffliger Fall, und am Ende würde alles gut werden.

Warum beantwortete sie dann jetzt, fünfundzwanzig Jahre und ein paar Zeitreisen später, Jacks Telefonate nicht? Warum rief sie ihn nur aus ihrem Londoner Airbnb zurück, wenn sie sicher sein konnte, dass er nicht drangehen würde? Weil sie ihm nicht erklären konnte, wie es ihr ging.

Weil ich es mir selbst nicht erklären konnte. Als ich ein Kind war, lautete Lilas Lieblingssatz: »Ehre ein Mutterherz, solange es schlägt, wenn es im Grab liegt, ist es zu spät.« Sie hatte das stets mit einem impliziten kleinen Lachen gesagt, als wäre klar, dass sie das gar nicht meinte, nur meinte sie es natürlich genau so, sonst hätte sie es nicht ständig wiederholt. Nachdem Lila in ihre Kommune weggezogen war, hatte sie das Rezitieren des Mutter-Herz-Rüttelreims durch den Vorwurf ersetzt, ich hätte mehr Mitgefühl mit den Menschen in meinen

Büchern als mit ihr. Da ich bei meinem ersten Besuch in Nideggen tatsächlich alles daransetzte, kein Mitgefühl mit ihr zu haben, traf mich das tief. Ich konnte unter die Haut der Menschen in meinen Büchern schlüpfen und empfinden, was sie empfanden, doch wenn ich Lilas Bedürfnis nach Freiheit (von mir) ernst nahm, musste ich mein, Durgas, Bedürfnis (nach einer Mutter) ablehnen. Seitdem hatte ich es mir zur Faustregel gemacht, im Zweifelsfall davon auszugehen, dass Lila im Unrecht war – und nur zur Sicherheit alle Regeln der deutschen Friedhofsordnung gebrochen und dafür gesorgt, dass sie niemals in einem Grab liegen würde, nur für den Fall, dass ich, irgendwann, doch noch ihr Herz ehren wollte.

Es war so viel leichter, mit Madan Mitgefühl zu haben. Die Chronik seines angekündigten Todes war kein Rätsel, keine posthume Überforderung, sondern ein Skandal, auf den ich mit allem Recht der Welt wütend sein konnte. Ich konnte die Wände hassen, die ihn beschränkten, und die Türen, die sich nur für mich und Savarkar öffneten, als wir ihn nach seinem Prozess das erste Mal besuchten. Es gab zwei davon, eine weit größere Tür für Fahrzeuge und eine kleinere für uns, durch die wir in eine Art Schleuse gelangten und warten mussten, bis der Aufseher Tür Nummer eins hinter uns verschlossen und unsere Namen notiert und alle möglichen unnötigen Fragen gestellt hatte, bevor er uns in das eigentliche Gefängnis ließ. Ein endloser Gang öffnete sich vor uns, von dem rechts und links Kabinen abgingen, in denen Besucher durch engmaschiges Stahlgitter mit den Gefangenen redeten. Alle schienen gleichzeitig zu flüstern und zu schreien. Die schiere Menge an Leid drückte meine Lungen zusammen, so dass alles, was ich tun konnte, daraus bestand, nicht ebenfalls zu schreien. Endlich erreichten wir Madans Kabine, in der er mit seinen weichen Rebellenlocken und seinem langsamen Lächeln vollkommen ruhig auf seinem Stuhl saß, als wäre der unsichere Madan, der nicht wusste, wohin mit sich, in der Vergangenheit zurückgeblieben, während der neue Madan seinen Weg klar vor sich sah. Und dieser Weg führte zum Galgen.

Ich wollte laut klagend auf ihn zulaufen, aber Savarkar hielt mich zurück. Stattdessen kniete er mit seinen tadellosen Hosen auf dem dreckigen Boden nieder. »Ich bin gekommen, um deinen Segen als Märtyrer zu erhalten«, erklärte er. »Jetzt bist du mein Lehrer.« Zum ersten Mal war ich von Savarkar abgestoßen. Doch Madan kamen die Tränen vor Rührung.

»Aber du bist unschuldig«, protestierte ich.

Madan wischte über seine Augen. »Ich *wollte* ihn töten. Ist das nicht dasselbe?«

»Ich weiß nicht«, antwortete ich ehrlich. »Ich weiß nicht, ob Entscheidungen und Handlungen moralisch einen Unterschied machen. Doch für ihn, für dein Opfer, macht es einen riesigen Unterschied, ob er noch lebt oder nicht.«

»Aber Curzon Wyllie ist tot«, widersprach Madan.

»Ist er das?«, fragte ich. War Curzon Wyllie tot? Lebte er? Und wenn er lebte, wo war er dann? Und wie war es ihm gelungen, gleichzeitig in einem verschlossenen Zimmer zu sein und nicht zu sein? Schrödingers Wyllie. Dann legte Savarkar seine Stirn von unserer Seite gegen das Gitter, und Madan legte seine Handfläche von seiner Seite dagegen. Und wir weinten alle, und das zusammen.

Nur weinte ich nicht aus Mitgefühl, sondern aus Wut. Alles, was ich fühlte, war der Wunsch, Pentonville Prison in die Luft zu sprengen. Das bedeutete Schmerz plötzlich für mich: der Wunsch, das System, das an einem solchen Gefängnis schuld war, zu zerstören.

5

»Sollen wir einen Kaffee trinken gehen?«, fragte Durga Shazia in der Mittagspause.

»Du bist so deutsch«, antwortete Shaz.

»Okay, einen Tee?«

»Lass uns etwas essen!«

Die Glas-und-Stahltüren von Florin Court öffneten sich auf ein Die-in. Deshalb war der Protestmob heute so viel ruhiger als in den letzten Tagen! Dutzende von Demonstrierenden lagen in Union-Jacks eingewickelt auf dem Bürgersteig und streckten, als Durga und Shazia vorsichtig die Füße zwischen sie setzten, ihre Arme empor. Es war wie eine Handmine aus *Doctor WHO*: Beim nächsten Schritt würden die Hände nach ihren Beinen greifen und sie nach unten ziehen.

Shazia nahm Durgas Hand. »Spring!« Vor ihnen krümmte sich eine Frau mit einem pastellfarbenen Hütchen, das aussah wie die Kopie eines der Hüte der Queen, erschrocken zur Seite. »Nochmal!« Und schon waren sie auf der anderen Straßenseite und den Royalisten für einen Moment entkommen.

»Ich habe das Gefühl, ich muss mich bei dir entschuldigen«, sagte Durga, als sie sich mit zwei hawaiianischen Bowls auf einer Bank in dem Handtuch von einem Park des Charterhouse Square niederließen, weil an allen anderen öffentlichen Orten die Liveübertragung aus dem walisischen Parlament lief, in dem King Charles Kondolenzbekundungen entgegennahm und endlose Fragen darüber beantwortete, warum die Queen die walisischen Corgis allen anderen Hunderassen vorgezogen hatte. »Ich weiß nur nicht, für was.« Die Septembersonne war so warm, dass Durga ihre Schuhe auszog, und da sie schon einmal dabei war, auch ihre Strümpfe.

»Es ist ja nicht deine Schuld, dass Savarkar vierzig Jahre nach seinem Tod doch noch gewonnen hat«, sagte Shaz und ließ ihre Finger nachdenklich über die schmiedeeisernen

Schlangen gleiten, die die geschwungenen Beine der Bank bildeten.

»Da bin ich mir nicht so sicher.«

»Seit wann bist du Expertin für Savarkar?«

»Seit ...« Durga blinzelte in die Sonne und entschied, Shaz die Wahrheit zu sagen, oder zumindest das, was sie von der Wahrheit wusste. »Seit ich ... hier bin, träume ich jede Nacht ... von ihm.«

»Lieber du als ich.« Shaz blickte unentschlossen in Richtung der Art-déco-Fassade von Florin Court. »Also ... eigentlich ... wollte ich mich bei *dir* entschuldigen. Jeremy hat mir gesagt, dass deine Mutter gestorben ist.«

»So kann man es auch nennen. Sie ist vor einen Zug gestürzt. Oder gesprungen.« *Oder gestoßen worden?* Durgas Ohren begannen zu rauschen. Tinnitus. Das hatte ihr gerade noch gefehlt. »Und dann habe ich sie an unserem ersten Abend hier da drüben gesehen. Genau eine Woche *nach* ihrem Tod.«

»Na, warum nicht?«, fragte Shaz.

Durga sah sie überrascht an.

»Wenn du Geister sehen willst, bist du hier am richtigen Ort. Wusstest du, dass wir auf dem größten Massengrab Londons sitzen?« Shaz zeigte auf das grüne, grüne Gras. »Während der Pest wurden hier Tausende von Toten begraben. Zehntausende. Der Legende nach kannst du die Schreie der Pestopfer hören, wenn du dein Ohr an den Boden hältst. Hey, ist das nicht das, was Jeremy für seine Intros sucht: Nachrichten aus dem Jenseits?«

Das Tinnitus-Rauschen in Durgas Ohren war also weder Tinnitus noch ein Rauschen. Es war ein Flüstern. Noch mehr Tote der Vergangenheit. Pestopfer, ausgerechnet! Denn Lila war ja davon überzeugt gewesen, dass ihr Covid-Aktivismus und die geheimen Fakten, die sie ganz ungeheim aus dem Internet gezogen hatte, der Grund dafür waren, dass sie gewissen Leuten ... wem? Christian Drosten? Karl Lauterbach? Dem Apotheker um die Ecke? ... zu gefährlich geworden war ... Durga zog Tipus Tiger aus der Hosentasche und reichte Shaz ihr Handy. »Willst du eine Nachricht aus dem Jenseits *lesen*?«

Shaz hob die Hände. »Ich kann zwar Französisch, aber kein Deutsch.«

»Naja, meine Mutter sagt halt das, was Geister so sagen: *Es ist nicht mit rechten Dingen zugegangen*. Warum sagen Geister das immer?«

»Zu viel Shakespeare?«, schlug Shazia vor.

»Nur dass meine Mutter weniger Hamlets Vater ist und eher RAF.«

»Royal Air Force?«, fragte Shaz überrascht.

»Rote Armee Fraktion.«

»Über die habe ich mal eine Doku gesehen ... Sag mal, war deine Mutter ... Ulrike Meinhof?«

Durga musste vor Lachen husten. »Wenn sie dich hören könnte, würde sie sich direkt doppelt freuen, dass sie tot ist.«

»Tut sie das?«

»Oh *ja*!« Niemand hatte sich ihr Leben lang so genüsslich vorgestellt, bald eine heroische, schöne Leiche zu sein, wie Lila. »Es hat Jahrzehnte gedauert, bis mir klar geworden ist, dass meine Mutter manisch-depressiv war.«

»Willkommen im Club«, sagte Shaz.

»Außerdem war sie viel zu intelligent für ihren Beruf als Sekretärin und hat ihre Langeweile damit kompensiert, sich Geschichten auszudenken, die sie sich irgendwann selbst glaubte.«

»Sie war also nicht Ulrike Meinhof?«

»Nein, und auch nicht in der RAF, außer in ihren feuchten Träumen.«

»Meine Mutter hat die IRA geliebt«, sagte Shaz unerwartet. »Sie war in den Siebzigern Teil des *Asian-Youth-Movement,* die sich in Bradford mit den *National-Front*-Leuten geprügelt haben. Okay, ihr damaliger Freund hat sich geprügelt, und sie hat danach seine Wunden verarztet, ganz konspirativ, versteht sich, damit ihre Eltern nicht mitkriegten, dass sie einen Freund hatte. Als ich ein Kind war, hat sie immer, wenn irgendwo eine IRA-Bombe hochging, gesagt: Die sind auf unserer Seite, die kämpfen gegen die Briten.«

Aus einem ähnlichen Impuls hatte Durga ein IRA-Poster in der Küche ihrer Wohngemeinschaft mit Nena aufgehängt. Und dann hatte sie in einem Buch von Ralf Sotscheck von dem 20. März 1993 erfahren, dem Tag, an dem die IRA bei einem Bombenanschlag in Warrington zwei Kinder getötet hatte, den dreijährigen Jonathan Ball und den zwölfjährigen Tim Parry. Durga konnte sich noch genau an das brennende Gefühl von Scham erinnern, als sie das Poster in der Spüle verbrannte. Scham, weil sie eine Organisation bewundert hatte, die den Tod von Kindern in Kauf nahm. *Und* Scham, sich die unschönen Seiten des Freiheitskampfs – jedes Freiheitskampfs, auch des indischen – einzugestehen, als würde sie damit das Narrativ des Westens bekräftigen, dass man diesen braunen und Schwarzen Menschen nicht die Verantwortung übergeben könne, sich selbst zu regieren, weil das unweigerlich in einer Orgie der Gewalt resultieren müsse.

»Ich weiß noch, wie ich früher die Geschichten über die Teilung immer mit großer Bewegung gehört habe«, sagte Shazia, und Durga fragte sich, wie viele ihrer Gedanken sie laut ausgesprochen hatte. »Das große Trauma des Subkontinents, wie Nachbarn plötzlich zu Feinden wurden. Aber inzwischen finde ich all die Verlust-Teilungserzählungen auch schwierig.«

Eine Wolke schob sich vor die Sonne, und es war wieder

Herbst, und Durgas Füße suchten nach ihren Schuhen. »Warum?«

»Weil damit *unsere* Staatsgeschichte negiert wird.«

Erst da begriff Durga, dass Shaz nicht aus der indischen Diaspora kam, sondern aus der pakistanischen. Durgas generisches *Indians* machte Shazia unsichtbar. Sie war in diesen Fettnapf bereits bei Tamilen getreten, die nicht als Sri-Lankaner und erst recht nicht als Inder bezeichnet werden wollten. Und dann war da natürlich noch Bangladesh, das immerzu vergessen wurde. All diese unterschiedlichen Identitäten und Geschichten, verschluckt vom großen Bruder Indien.

»Mein Großvater kommt aus Amritsar«, fuhr Shazia fort. »Er hat damals zu meinem Vater gesagt: Ich bin gegen die Teilung, alle sind gegen die Teilung, aber für uns wäre es sehr schwierig in einem hinduistischen Groß-Indien. Die Mehrheit wird nicht muslimisch sein, und was macht diese Mehrheit dann mit uns? Die werden Rache an uns nehmen für das, was irgendein Großmogul vor Jahrhunderten Fürchterliches gemacht hat.« Und plötzlich merkte ich, dass das nicht nur für Shazia und ihren Vater galt, sondern natürlich auch für Asaf. Asaf war ebenfalls kein Hindu. Ich hatte nicht nur nicht darüber nachgedacht, ich war sogar unterschwellig ein kleines bisschen stolz darauf gewesen, Shazia und ihn als Ehrenhindus einzugemeinden. So wie Deutsche mir häufig großzügig sagten, dass ich für sie deutsch war. Als wäre das ein Kompliment!

»Was ... ist mit deinem Vater passiert?«, fragte Durga gegen die Stimmen in ihrem Kopf. Und dann hatte sie plötzlich noch viel mehr Stimmen in ihrem Kopf. Muslime, die während der Teilung 1947 auf der Flucht von Amritsar nach Lahore von Sikhs oder Hindus getötet wurden, Hindus, die auf der Flucht von Lahore nach Amritsar von Muslimen getötet wurden. Leichen, Leichen, Leichen, während die Züge weiterfuhren. Als hätte ein böser Geist von allen Besitz ergriffen und würde sie zwingen, ihre Unabhängigkeit mit Blut zu taufen. In ihrer Kindheit hatte Durga diese Züge voller Leichen immer mit den Zügen nach Auschwitz verwechselt. Dann kam sie auf ihr Mülheimer Gymnasium und lernte alles über den Nationalsozialismus, außer: *Warum?* Antisemitismus wurde ihr als Massenpsychose beigebracht, als ein Fehler in der deutschen Psyche. Keine Analyse, kein Kontext, nur Ursünde. Und der Schoß war fruchtbar noch, so dass die unvermeidbare Gewalt nur durch ununterbrochene Wachsamkeit provisorisch außer Kraft zu setzen war. Misstraue dir selbst! Und während Durga in Köln-Mülheim in jedem Schuljahr den Nationalsozialismus durchnahm, als wäre er die einzige Geschichte Deutschlands, wurde hindu-muslimische Geschichte in Indien aus den Geschichtsbüchern herausredigiert. Wir leben in der schlechtesten aller möglichen Welten: Wir haben vergessen, aber nicht vergeben.

Politische Diskussionen zwischen ihrem Vater und Jack verliefen in der Regel so, dass die beiden sich innerhalb von Minuten gleichzeitig sprechend und immer lauter werdend übertönten, und Jack dabei ihrem Vater versicherte, dass sie im Grunde einer Meinung seien, und ihr Vater Jack, dass es nichts mache, dass er eine andere Meinung habe, jeder habe ein Recht auf eine Meinung, und Durga auf den Balkon ging und den seit Jahren nicht mehr gepflanzten Blumen in den leeren Balkonkästen hinterhertrauerte. Nicht weil sie konfliktscheu war, sondern weil sie nur begrenzt oft in denselben dumpf stagnierenden Fluss steigen konnte, und vor allem für immer von ihren eigenen Auseinandersetzungen mit Dinesh über ... Muslime durchtränkt war. Denn das war Durga inzwischen klar: Die ständigen Warnungen ihres Vaters richteten sich nicht gegen

Ausländer, sondern gegen Muslime. Sie hatte immer gedacht, dass Dinesh den Rassismus, den er erlebte, verinnerlicht hatte, dabei war er gar nicht generell rassistisch, sondern ganz spezifisch antimuslimisch rassistisch. Inklusive seines Lieblingsarguments: *Wenn die Muslime Frieden wollen, müssen sie aufhören, Krieg zu führen!*

Neben Shazia auf der Schlangenbank im Charterhouse Square kam Durga zum ersten Mal der Gedanke, dass Dinesh, der bei der Teilung zwölf – oder dreizehn oder vierzehn, er wusste es wie so viele Inder seiner Generation nicht genau, und noch immer hatte ein Fünftel aller indischen Kinder keine Geburtsurkunde – Jahre alt gewesen war, traumatisiert war. Die Landkarte war nicht nur oben links im Punjab bei Shazias Eltern zerrissen worden, sondern auch in der Mitte rechts in Bengalen bei Durgas Vater. Die Landkarte der Welt war überall zerrissen.

Dineshs bester Freund Mamood war Muslim, was das größte Problem zwischen den beiden war – das und die Tatsache, dass Mamood mehr Geld hatte als Dinesh –, aber beide waren Bengalen in Deutschland, also hingen sie aneinander und hassten sich und waren glücklicher, wenn sie sich hassen konnten. Wann immer Mamood zu Besuch kam, saß Durga schweigend auf dem Sofa, wenn Mamood erklärte: »Meine Frau fragt mich immer, warum ich mich nicht mit den Pakistanis hier in Deutschland treffe. Und ich sage ihr dann: Ich habe so viele Tote gesehen«, damit meinte er die während des Unabhängigkeitskampfs 1971 von Pakistanis ermordeten Bengalis, »ich kann mit keinem Pakistani reden.« Und ihr Vater nickte dazu. Und damit waren sie dann doch einer Meinung.

6 »Hast du wirklich einmal eine Moschee verwüstet?«, fragte ich Savarkar in der Dunkelheit. Irgendwie fanden diese Gespräche immer nachts statt, als wäre es nicht möglich, solche Fragen zu stellen, wenn ich ihm ins Gesicht schauen konnte. Oder er mir.

Schweigen.

Dann: »Und was, wenn ich es getan habe?«

Ich atmete scharf ein, und Savarkar griff nach meinen Händen und hielt mich fest. »Damals gab es überall in Maharashtra Unruhen. Es fing damit an, dass Hindus ein Schwein in eine Moschee warfen. Daraufhin töteten Muslime eine Kuh in einem Tempel. Und kurz darauf brannte der erste Tempel. Vier Menschen wurden bei den Zusammenstößen getötet. Wir waren Schulkinder und haben alles darüber in Tilaks *Kesari*-Zeitschrift gelesen und beschlossen, etwas zu unternehmen. Die Moschee war seit Jahren verlassen, wir haben ein wenig Unordnung gestiftet und sind wieder abgehauen. Am nächsten Tag haben uns die muslimischen Jungs in der Schule zur Rede gestellt. Ich sage ›zur Rede gestellt‹, ich meine natürlich, wir haben gekämpft. Und danach haben wir einen Waffenstillstand geschlossen, der besagte, dass keine Seite den Lehrern etwas verrät.«

Ich lehnte mich gegen seinen Griff und keuchte: »Und was hast du daraus gelernt?«, in der Hoffnung, dass er sagen würde: *wie absurd diese Kämpfe waren.*

»Wie schlecht wir Hindus organisiert sind. Also habe ich damals beschlossen, eine Akademie zur Militärausbildung zu gründen.«

OPERATION KINGFISHER

D-DAY + 8

INTRO:
(((CLOSE-UP)))
Kümmel hat die Kraft des Schildes, es schützt Dinge vor Diebstahl, Kinder vor Hexen & Tote vor Wesen, die ihnen in der Nacht die Seele stehlen.

MARYAM Nice, aber ich dachte, wir wollten Rauwolfia nehmen.
DURGA Rauwolfia? Was für ein schöner Name, wie Raunächte und Wölfe.
MARYAM Na, ist halt Deutsch, nach Leonard Rauwolf.
SHAZIA Nach wem sollte man auch sonst eine Pflanze benennen, die in Indien heimisch ist?
CHRISTIAN Bei mir steht noch Rauwolfia. Warum ist das rausgeflogen?
CARWYN Das würde ich auch gerne wissen! Schließlich ist Rauwolfia die ganze Überheblichkeit des Kolonialismus in einer Schlangenwurzel. Oder soll ich sie bei ihrem anderen Folk-Namen nennen? Wahnsinnskraut! Eines der erfolgreichsten Mittel bei Psychosen und gewaltsamem Wahnsinn – nur halt nach dem Ayurveda, das die britische Kolonialverwaltung 1833 in Indien verboten, alle ayurvedischen Colleges geschlossen und alle seine heiligen Bücher verbrannt hat, Durga.
DURGA Wieso denkst du bei Bücherverbrennung an mich?

CARWYN Ehem, eher bei Indien ... ANYWAY, der Clou kommt erst noch: Wahnsinnskraut war so wirksam, dass die westliche Medizin dafür eine Ausnahme von ihrem Verbot gemacht hat, allerdings – nach dem Motto: Diese Inder haben keine Ahnung von Medizin, wenn etwas gut ist, dann ist mehr besser – so überdosiert, dass sie, also wir, die Gabe des Mittels in den Fünfzigerjahren wegen Nebenwirkungen eingestellt haben, weil – you guessed it –: diese Inder haben keine Ahnung von Medizin. So wenig Ahnung, dass sie Wahnsinnskraut einfach weiter benutzt haben. Gandhi war dafür bekannt, regelmäßig Rauwolfia-Tee zu trinken.

MARYAM Oh, bitte lasst uns eine Szene machen, in der Gandhi einen psychotischen Schub hat, bis er seinen Tee bekommt!

JEREMY *Darum* ist Rauwolfia rausgeflogen.

(((ZOOM)))
Kümmelsamen prasseln auf einen Sargdeckel, Schaufeln voll feuchter Erde, Regen, Tropfen
(((SCHNITT)))
Eiben stehen zusammen wie Trauergäste
(((SCHWENK)))
Die Schatten der Bäume wachsen, bis sie das Grab erreichen
(((SCHWARZBILD)))
Als das Licht wieder angeht, ist der Sarg offen
(((ZOOM IN)))
und LEER

(((VOICEOVER)))
»Hindutva is not a word but a history.« Vinayak Damodar Savarkar

»Historians are to nationalism what poppy-growers in Pakistan are to heroin-addicts: we supply the essential raw material for the market.« Eric Hobsbawm

»That's the trouble with history, never anything like the books, same with Stephen King movies« Doctor WHO

1 Ich denke, ich habe genug gesagt!
Oh, ich habe ja noch gar nicht angefangen zu sprechen.
Überall der stechend süße Geruch von Urin wie verrottende Früchte. Ich stand vor der Mauer des Pentonville Prison, noch waren alle Farben eins, doch bald würden die Ziegel rot werden und Madan, Madan, der mich gerettet hatte in dieser Welt, in der ich niemanden kannte und niemand mich kannte, würde ... nicht mehr sein.

Das Gewicht Londons lastete auf meinen Schultern. Und dann legte sich ein weiteres Gewicht dazu, Savarkars Arm, und seine Stimme an meinem Ohr befahl: »Sing! Sing für Madan! Sie sagen, dass die Gefangenen jedes Wort hören können, das draußen vor ihren Zellen gesprochen wird. Dann soll unser Gesang ihn bei seinem Märtyrertod begleiten. Lasst uns für Madan singen. Für Madan Lal Dhingra. Für Dhingra den Unsterblichen.«

Von der anderen Seite legte Asaf seinen Arm um meine Schulter. Ich öffnete meinen Mund wie für einen Schrei und warf meine Stimme zusammen mit Savarkar und Asaf und den anderen über die Mauer, über alle Mauern, die uns nicht von Madan trennen konnten:

*»Mother who says you are weak in thy lands
When the swords flash out in seventy million hands,
And seventy million voices roar
Your dreadful name from shore to shore*

Vande Mataram«

In dem Moment, in dem Madan den Schritt ins Leere machte, die unvorstellbaren acht Fuß und drei Inches – zwei Meter und 52 Zentimeter – in die Unendlichkeit fiel, öffnete der Himmel seinen Rachen. Ich schaute nach oben, und ein Regentropfen landete direkt in meinem Auge wie eine Träne. Damit begann der Große Sturm von 1908, der 48 Stunden über dem Kanal wüten sollte.

Der kurze Weg vom Taxi zur Haustür reichte, um mich bis auf die Haut zu durchnässen. Drinnen brannte ein Feuer im Kaminofen, und Grealis teilte uns mit, dass seine Genossen in Dublin Flyer mit *Ireland Honours Dhingra* verteilten. Aiyar zog sein nasses Hemd und die triefende Hose aus, die Kleidungsstücke von uns anderen gesellten sich auf der Wäschespinne vor dem Feuer dazu, die Fenster beschlugen, und die Küche verwandelte sich in eine Schwitzhütte.

»Die Inder haben schreckliche Angst vor dem Tod, und unsere Aufgabe als Revolutionäre ist es, ihnen zu zeigen, wie groß und schön es ist, für eine edle Sache zu sterben!«, weinte Asaf mit offenen Augen und offenem Mund.

»Sterben ist niemals nobel«, schrie ich Lila – ich meine Asaf – an. »Sterben ist ... Verrat! Niemand sollte das Recht haben zu sterben.«

Savarkar griff nach meinem Handgelenk und weinte dabei ebenfalls, als hätten sich die Grenzen zwischen Innen und Außen aufgelöst. »Der Tod muss ungeheuer erschreckend sein, wenn man nicht an Wiedergeburt glaubt. In diesem Weltbild türmen sich jedes Jahr die Leichen auf den Leichen des vorherigen Jahres, bis sie die Lebenden nicht nur zahlenmäßig übertreffen, sondern unter sich begraben. Die Toten sind dann immer mehr. Tod wird zur Norm, Tod als der dominante Seinszustand. Tod! Tod! Tod!«

Ich riss meinen Arm zurück, konnte ihn aber nicht befreien. »Ich interessiere mich nicht für alle Toten. Es geht hier um Madan, und nur um Madan!«

»Madan ist jetzt alle Toten.«

»Nein, Madan ist Madan!«

»Dann hab ein wenig Respekt vor seinem Opfer!«

»Lass Sanjeev in Ruhe«, sagte Lala zu meiner Überraschung, das war das erste Mal, dass er Savarkar widersprach. »Madan ist ein großer Märtyrer. Und Madan ist ein Mensch mit einem großen Herzen. Beides kann gleichzeitig wahr sein.«

Der Regen hörte sich an, als würden wütende Götter Hände voller Steinbrocken gegen die Fensterscheiben schmeißen. Deshalb bemerkten wir erst jetzt, dass es bereits seit einer Weile an der Haustür klingelte und gegen sie hämmerte. Ich ließ David herein, der aussah wie eine ertrunkene Ratte, also so wie immer, und triumphierend verkündete: »Mein Vater hat mir gesagt, dass Churchill im House of Commons Madans Patriotismus gelobt hat, und die Kaltblütigkeit, mit der er in den Tod gegangen ist.«

»Warum hat er dann in Bengalen drei Millionen Menschen verhungern lassen?«, fragte ich abgestoßen.

»Churchill? Der Präsident des Board of Trade?«, fragte Savarkar.

»In 35 Jahr...«, begann ich und brach ab. »Zumindest würde ich es ihm zutrauen.«

Savarkar strich mir die feuchten Haare aus der Stirn. »Sanjeev, Sanjeev, jede Zelle meines Körpers sehnt sich nach Madan und wird das für den Rest meines Lebens tun. Diejenigen, die ihn gehängt haben, haben ein Verbrechen gegen das Leben selbst begangen. Aber sein Tod war ein einzigartiger Akt von Kühnheit und Hingabe, und dafür sollten wir ihn ehren. Wie möchtest du selbst sterben?«

Eine neue Welle Wut ergriff mich wie eine Wehe. »Gar nicht!«

»Das ist albern«, sagte Savarkar. »Wir müssen alle sterben. Was ist dein Problem damit?«

»Ich möchte nicht tot sein.«

»Natürlich nicht. Wer möchte das schon. Aber das bedeutet ja nicht, dass du tot bleiben musst.« Und warum auch nicht? Wenn es möglich war, den Körper und das Geschlecht zu wechseln und durch die Zeit zu reisen, warum sollte der Tod dann etwas anderes sein als eine Phase, eine vorübergehende Verfasstheit, ein Aggregatzustand des Lebens?

»Und du?«, fragte ich erschöpft.

»Ich möchte so lange leben, wie ich nützlich sein kann. Dann werde ich aufhören, Nahrung zu verbrauchen, bis ich aufhöre, in dieser Form zu existieren.« Und mit einem Schock der Erkenntnis wurde mir klar, dass Savarkar genau das tun würde.

Ein Blitz fixierte uns mitten in der Bewegung, und die Küchentür, die eben noch geschlossen gewesen war, rahmte Chatto ein wie eine Erscheinung, wie einen Geist, wie jemanden, der einen Geist gesehen hatte. Er war als Einziger in das Gefängnis gelassen worden, um nach der Hinrichtung die letzten Riten für Madan zu vollführen, und ein Blick in sein Gesicht wie eine Wunde verriet ... dass alles noch viel schlimmer war. Ein Abgrund von Panik öffnete sich in mir, und ich rannte, da die Flucht nach vorne versperrt war, zur Terrassentür und hinaus in den Regen, der meine nackte Haut mit nassen Stromschlägen attackierte. Ein weiterer Blitz erleuchtete für einen Moment den Walnussbaum, ich schlitterte über das triefende Gras und suchte mit den Händen nach seiner Rinde. Er würde immer noch da sein, wenn Indien erst unabhängig und dann geteilt worden war, wenn Savarkar sich zu Tode gefastet hatte, wenn dieser Körper, den ich bewohnte wie ein Embryo, der darauf wartete, in Zukunft geboren zu werden, nicht mehr war. *Bäume sind Zeitreisende.*

»Ist dir die Gesellschaft meines Verwandten lieber als meine?«, fragte eine Stimme direkt neben mir. Savarkar war mir gefolgt, doch das Brüllen der Elemente hatte seine Schritte übertönt.

»Okay, verrat mir die schlechten Nachrichten«, schrie ich, aber nur, damit er mich hören konnte, der Sturm hatte die Kraft zum Weglaufen aus meinem Körper gepeitscht.

»Sie weigern sich, Madan einzuäschern.«

»Was?« Warum sollten sie den letzten Wunsch eines Toten verweigern?

»Das waren noch nicht die schlechten Nachrichten.«

»Was?«

»Sie weigern sich, ihn uns zurückzugeben.«

Ich schien nichts anderes sagen zu können als: »Was?«

»Sie werden Madan in der stinkenden Erde des Pentonville Prison verscharren, weil sie Angst davor haben, welche nationalistischen Gefühle er noch nach seinem Tod in den Herzen unserer Landsleute entfachen kann.«

Meine Finger glitten von dem nassen Stamm ab, der Regen schien aus allen Richtungen gleichzeitig zu kommen, es fühlte sich an, als würde ich von einem reißenden Fluss verschluckt, und Savarkars Körper war das Einzige, was zwischen mir und dem Ertrinken stand.

»Ich wünschte, ich könnte ein Gedicht schreiben, das ist wie Wasser, dieses andere Element, das uns alle verbindet«, rief er und hielt mich fest.

»Wir wollen wie das Wasser sein / das weiche Wasser bricht den Stein?«

»Was ist das?«, fragte Savarkar.

»Nichts, ein Lied aus meiner ... an das ich mich erinnere«,

sagte ich mit klappernden Zähnen, mittlerweile war die Kälte durch meine Haut gedrungen und berührte meine inneren Organe.

»Du kennst merkwürdige Lieder«, keuchte Savarkar, sein Gesicht so nahe an meinem, dass ich trotz des Tosens die langsame, schleppende Melodie hören konnte, die er tief in seiner Kehle summte, wie einen Trauermarsch, der weitergehen musste, obwohl alle bereits tot waren.

2 Das Die-in war auf die doppelte Größe angewachsen. Inzwischen gab es Isomatten und Luftmatratzen für die »Toten«, und eine improvisierte Kapelle direkt vor dem Eingang von Florin Court, in der, äußerst blasphemisch für anglikanische Verhältnisse, Weihrauch verbrannt wurde. Durga atmete den Geruch ihrer Kindheit ein und überlegte, wie merkwürdig es war, dass ihr Sohn keine dieser Körpererinnerungen teilte. Wie konnte es sein, dass die katholische Kirche, die ihr Leben bestimmt und strukturiert hatte, eine Generation später nur noch ein Hintergrundrauschen war? Und zwar in einem migrantischen Stadtteil wie ihrem Köln-Mülheim ein sehr. Leises. Rauschen.

Am Abend vor der Fahrt nach Sinzig, um die Asche ihrer Mutter zu verstreuen, hatte Durga bei ihrer endlosen Suche nach einem Abschiedsbrief, einer Erklärung, irgendeinem Zeichen, das Lilas Tod irgendeinen Sinn verleihen konnte, ein zerknittertes Kommunionsfoto in deren Portemonnaie gefunden.

»Ist das Oma?«, hatte Rohan amüsiert gefragt.

Durga hatte das Bild glattgestrichen. »Nein, das bin ich.«

»Verarsch mich nicht!«

Durga hatte nicht gewusst, dass ihre Mutter ein Foto von ihr bei sich getragen hatte. Und warum dann ein so altes Bild? Sie starrte auf das ernste, dunkelhaarige Mädchen in dem weißen Kommunionskleid, das sie einmal gewesen war, und wurde von einer unerwarteten Melancholie erfüllt, dass ihr Sohn niemals in der versunkenen Zeit dieser Aufnahme leben würde. Für ihn war das Foto nicht 42 Jahre alt, sondern unüberbrückbar viele Jahrhunderte. Das Mädchen mit dem weißen Schleier auf dem Kopf war keine Inkarnation seiner Mutter, bevor er geboren worden war, sondern ein Geist seiner Vorfahren, so weit entfernt, dass keines der merkwürdigen Rituale, an denen sie teilgenommen hatte, für ihn auch nur vorstellbar war. *The past is a foreign country*, wo hatte sie das nochmal gelesen? Mit einem Schreck wurde ihr klar, dass die Achtjährige auf dem Foto nicht nur für Rohan unerreichbar war, sondern sie selbst ebenso wenig zu ihr zurückkehren konnte, weil sie inzwischen so viel mehr wusste. Das innig in die Kamera blickende kleine Mädchen mit der großen Kerze in der Hand war Durgas Vergangenheit und gleichzeitig ein anderes Leben.

In diesem Moment öffnete eine in ein Leichentuch gewickelte Frau des Die-ins abrupt die Augen und fixierte Durga. »Sie haben ein Loch gegraben und mich hineingeworfen und Kalk über mich geschüttet, damit nichts von mir übrig bleibt. Aber ich bin noch immer hier. Ich warte. Und ich werde zurückkehren«, sagte sie mit Madans Stimme, und Durga floh die Treppen hinauf in das Büro von Florin Court Films.

»Wir haben mit Brainstorming angefangen«, sagte Jeremy ungeduldig, als Durga als Letzte auf ihren Platz schlüpfte, obwohl sie fast fünf Minuten zu früh war. »Dann sind wir zu Psychologie übergegangen. Warum lieben die Zuschauer überhaupt Locked-Room-Mysteries, in denen unmögliche Morde begangen werden und man seinen Augen und Ohren nicht trauen kann?«

»Hast du in letzter Zeit mal Politikern zugehört?«, bemerkte Maryam abfällig.

»Was?«, fragte Chris, da das nicht die Antwort war, die er auf seinem Laptop vor sich hatte.

»Vertraue niemandem, vor allem nicht deiner Regierung«, knurrte Carwyn und warf Maryam einen unauffälligen Blick zu, den alle mitbekamen.

»Und erst recht nicht den Medien – also uns«, ergänzte Shazia, während Chris eifrig mittippte.

Asaf hielt Durga sein Handy hin und flüsterte: »Apropos vertraue niemandem.«

Durga starrte ungläubig auf das Foto des Schwarzen Schauspielers, den sie erst am Abend zuvor in die nähere Auswahl für die Hauptrolle genommen hatten. Er war bereits perfekt als Poirot ausgestattet, inklusive seines enormen Schnurrbarts, und teilte ein ›Zitat‹ des berühmten Detektivs: »*Das Empire hat mit Elizabeth I angefangen und endet jetzt mit Elizabeth II*« *Hercule Poirot*. Kein Wunder, dass das Die-in heute solchen Andrang hatte! Wahrscheinlich gab es einen Shuttle Service direkt von der toten Königin in Westminster zu ihnen hier im Florin Court.

Jeremy schlug einmal kurz mit dem Teelöffel gegen seine Tasse. »Und jetzt aktivieren wir einen noch viel älteren Teil eures Geistes: euer Reptiliengehirn.«

»Unser was?«, fragte Asaf.

Jeremy lächelte zufrieden, weil Asaf nicht mehr mit Durga tuschelte. »Legt euch alle auf den Boden. Janet hier wird eine Regression mit euch durchführen.«

Als hätte er sie mit diesen Worten herbeigezaubert, bemerkte Durga erst in diesem Moment die Frau in dem Sessel, in dem Shazia an ihrem ersten Abend gesessen hatte. Janet hatte blondierte Haare mit dunklem Ansatz, eine dieser zu großen britischen Nasen, als würde sie konstant die Nüstern blähen, um eine Fährte aufzunehmen, und Augen mit einer Menge Lachfältchen, in denen sich verlaufener Kajal sammelte.

»Ich habe euch Yogamatten mitgebracht«, sagte sie mit einem Akzent, der die Zuhörenden am Kragen packte und am Ende des Satzes ohne Vorwarnung wieder losließ, und den Durga irgendwo nördlich von Manchester einordnete. Yorkshire? »Das war eine verdammte Verschwendung, wenn ich mir den Hochflor-Teppich hier anschaue. Na dann, macht es euch mal gemütlich.«

Der Teppich roch nach Staub und einer Mischung aus Lavendel- und Orangenöl eines mit Sicherheit hundertprozentig Bio Reinigungsmittels. Janet deckte sie alle persönlich zu und begann, jeden ihrer Körperteile aufzuzählen, angefangen bei den Füßen. Durga war entrüstet. Ihre Mutter war am Kölner Hauptbahnhof von einem fahrenden Zug erfasst worden, und sie sollte sich entspannen. Lila, Lila war tot, Menschen mochten sterben, sie mochten Attentate begehen und dafür hingerichtet werden, ihre Körper mochten in der Erde liegen und von ihren eigenen Bakterien zersetzt werden, zehn Fuß unter der Erde auf ihrer Brust Erde auf ihrem Schoß Erde auf ihren Beinen unter der Erde zehn Fuß

Zehn
    Neun
        Acht
            Sieben
                Sechs
                    Fünf
                      Vier
                        Drei
                          Zwei
                            Eins

»Warum liebt ihr Krimis?«

Das Gefühl von weichem Mulch auf ihrem Gesicht war so real, dass Durga nicht wagte, den Mund zu öffnen. Um sich herum hörte sie Bewegungen, winzige Drehungen von Köpfen, zuckende Finger, wie die Pfoten von Wühlmäusen unter dem Ackerboden.

»Weil Krimis einer der wenigen ... kulturellen Orte sind, an denen am Ende die ganze Propaganda aufgeklärt wird und herauskommt, wer die ... wirklichen ... Schuldigen ...«, Shazias Stimme klang, als würde ein Stein auf ihrer Zunge liegen.

»... Und weil die ... Schuldigen ... bestraft werden für die Millionen von Menschen ... die sie verschleppt, gefoltert, versklavt ... getötet haben«, übernahm Maryams Stimme gedämpft von links, von oben. »Truth and reconciliation.«

»Wahrheit und Versöhnung«, wiederholte Janet. »Und was interessiert euch so besonders an Locked-Room-Mysteries?«

»Dass es Rätsel sind.« Asaf, der sich anhörte wie der andere Asaf, getrennt von Durga durch Schichten und Schichten von Schutt und Zeit.

»Sie sind wie Magie.« Warum klang Carwyns Stimme in Trance so viel weniger grummelig als ... sonst?

»Magie. Und was ist dabei die Rolle des Detektivs?«

»Er ist ... Poirot ist ein ... Magier.« Unglaublich. Jeremy saß nicht souverän lächelnd daneben und schaute ihnen zu, sondern lag ebenfalls auf ... in ... unter ... »Er zeigt uns ... wie der Trick vollbracht wurde.«

»Ein Magier. Go ahead.«

»Indem der Detektiv den Mord aufklärt, ist es, als würde er die Toten wieder lebendig machen.« Wessen Stimme war das? Ihre eigene.

»Die Toten wieder lebendig machen. Wie kann er die Toten wieder lebendig machen?«

»Er ist wie ein Priester.« Shaz rollte den Stein in ihrem Mund. »Wie ein Swami. Ein Sramana.«

»Ein Schamane. Wie macht ein Schamane die Toten lebendig?«

»Indem er zeigt ... was wirklich passiert ist, läuft der Film rückwärts. Das Blut fließt den Opfern zurück in die Körper.« Chris. Warum war Durga überrascht, Chris' Stimme zu hören?

»Weiter!«

»Er macht die Toten lebendig, indem er sie reden lässt.« Asafs Stimme brach durch das Geröll wie die Wurzeln von Pflanzen, die sich einen Weg nach unten und oben bahnten. »Er lässt sie ihre eigene Geschichte erzählen.«

»Und was macht er mit den Toten, sobald er sie zurückgebracht hat?«

»Er verhandelt mit ihnen.« In dem Moment, in dem sie sich das sagen hörte, wusste Durga, dass es die Wahrheit war. »Wir anderen können nur mit den Lebenden verhandeln. Er aber kann mit den Toten ...«

Das Geröll bewegte sich. Hände gruben nach ihr. Hände, die sie bald erreichen würden. Füße, die aufstehen und wandeln wollten. Zehn Fuß hoch.

Eins

Zwei

Drei

Vier

Fünf

Sechs

Sieben

Acht

Neun

Zehn

»*Well done!*«, lobte Janet und verteilte Gläser mit Gerstengrassaft, der zu Durgas Überraschung wenn schon nicht lecker, so doch trinkbar war. Die Wolken brachen auf, und sie sah, wie die anderen in der unerwarteten Helligkeit blinzelten, als hätten sie sich wirklich gerade aus der Erde gegraben.

»Das stimmt übrigens nicht, dass nur der Detektiv das kann. Es gibt in allen Kulturen Wege, mit den Toten zu verhandeln«, wandte Carwyn ungewohnt weich ein. »Nach jeder Gewalt, jedem Mord, jedem Krieg ist Heilung nötig, weil sonst Monster entstehen, deshalb gibt es in jeder spirituellen Community dafür Spezialisten.«

Janet reichte ihm das letzte Glas. »Absolut. Aber in der Welt, in der ihr euch bewegt, kann nur der Detektiv diese Aufgabe übernehmen.«

»Come in or you'll catch your death«, sagte Madan und reichte mir seine Hand. Ich griff danach, und Asaf zog mich hoch. Savarkar sprang ohne Hilfe auf, wie ein Grashalm, der zurückschnellte, nachdem jemand auf ihn getreten war, und folgte uns zurück ins Haus. Lala räumte den Platz neben dem Feuer und reichte mir eine Decke und eine Tasse Tee. Durch das Gewitter hatte die Milch einen Stich, doch mir war so kalt, dass ich den Geschmack nach Kuheuter eisern ignorierte.

»Sie stehlen uns sogar unsere Toten«, murmelte Chatto erschüttert.

»Warum machen wir es nicht wie die Iren?«, schlug ich zwischen schnellen, heißen Schlucken vor.

Grealis musterte mich mit einem seiner unendlichen Blicke. »Go on.«

»Na, nach dem Osteraufstand ...« *In acht Jahren.* Verdammt! Und plötzlich hatte ich keine Geduld mehr für die Regeln von Zeitreisen. »... werdet ihr Iren zum Jahrestag der Hinrichtung von ...« Ich verbiss mir, *Sir Roger Casement* zu sagen, »... zum Jahrestag der Hinrichtung eines wichtigen Widerstandskämpfers jedes Jahr einen einsamen Dudelsackpfeifer zum Pentonville Prison schicken, der nachts das Gefängnis umrundet und die Totenklage spielt, bis die Leiche schließlich ...« 1965, erst 1965! »... exhumiert und nach Irland überführt wird.«

»Easter Rising?«, sagte Grealis. »Wie Jesus aus dem Grab, hm?«

Savarkar trocknete seine Haare mit dem Geschirrhandtuch. »Sanjeev hier kann in die Zukunft sehen.«

»Natürlich, das kann jeder«, sagte ich abwehrend, »die Frage ist nur, in welche Zukunft, es gibt so viele davon.«

»Du bist also nicht nur ein Hellseher, sondern auch ein Philosoph«, sagte Grealis, aber mit deutlich weniger Sarkasmus als sonst.

Ich bin Autorin für Science Fiction und Costume Dramas, aber das ist schließlich fast dasselbe, dachte ich, und in diesem Moment fiel mir ein, dass ich tatsächlich jemanden kannte, der in die Zukunft sehen konnte.

Genauer gesagt: *die* in die Zukunft sehen konnte.

3 *Fairyland* war so voll, dass mich niemand beachtete, als ich mich durch den schlauchartigen Raum voller Mutoskope drängte. Am Schießstand entdeckte ich die Frau mit der schwarzen Tam-o'-Shanter-Mütze und hatte einen Moment lang den Impuls, sie anzusprechen, doch was sollte ich schon sagen? *Hallo, möchtest du wirklich für das Frauenwahlrecht den Premierminister erschießen?* Also schob ich mich an ihr vorbei die Treppe hinauf zu *Madame Pauline, Hellseherin.*

Dieses Mal aß sie geräucherten Hering. Kommunikation mit der Anderswelt schien eine Menge Kalorien zu verbrauchen. »Bist du wieder hier, um mit deinem Jack zu reden?«

»Ja. Nein. Also, eigentlich möchte ich mit Madan sprechen.«

»Wie viele boyfriends hast du so?«, fragte Lilli und wischte sich den Mund mit einem karierten Taschentuch ab. Der Raum roch nach Zwiebeln, ich bekam sofort auch Hunger.

»Ich meine, mit Curzon Wyllie«, sagte ich rasch.

»Noch einer? Wer hätte gedacht, dass London so voll ist von homo... homos... homosapiens.« Mit ihrem zerschlissenen Spitzenkleid unter dem mottenzerfressenen Pferdekopf sitzend, der mit einer rosa Schleife geschmückt war, hätte Lilli nicht einmal camper aussehen können, wenn sie sich Mühe gegeben hätte, und dann erst merkte ich, dass sie sich selbstverständlich Mühe *gab*. Lilli arbeitete als Schaustellerin, wahrscheinlich war die Hälfte ihrer Kollegen und Kolleginnen queer oder wie auch immer transgressive Sexualitäten damals genannt wurden: *Man-Women* und *Macaronis, weibliche Ehemänner* und *Ganymedes, Oscar, Oscar, Oscar Wilde* und *the love that dare not speak its name*. Lilli war nicht homophob, ich war ... chronophob, falls es ein solches Wort gab, oder besser chronovorurteilsbelastet à la: *Lilli lebt früher als ich, also muss sie weniger fortschrittlich sein.*

»Einen Hering?«, bot sie mir kichernd an, und wir tauschten Fisch gegen Geld, das sie rasch in ihrer Rocktasche verschwinden ließ, bevor sie mit einem schuldbewussten Achselzucken erklärte: »Eigentlich müsstest du mir gar nichts zahlen, weil Madan doch schon mit dir gesprochen hat.«

Ich dachte an Madans Stimme, die aus dem Mund der Frau auf dem Die-in zu mir gesprochen hatte: *Ich werde zurückkehren.* Ein intensiver Geruch von Davana erfüllte den Raum, eine Mischung aus Kamille und Gänseblümchen, so warm wie Honig, und dieselbe Stimme sagte hinter mir: *In Indien bleibt die Vergangenheit niemals lange begraben.*

»Ich dachte, es gibt Wiedergeburt«, sagte ich und drehte

mich dabei so langsam um, dass es sich anfühlte, als würde nicht ich mich bewegen, sondern der Raum wie eine Theaterkulisse hinter mir weggeschoben werden: »Wie ... können ... die ... Toten ... dann ... auferstehen?«

Ein plötzlicher Luftzug wirbelte Staub vom Boden auf. *Wenn alle tot sind, die dich gekannt haben, und alle tot sind, die diejenigen gekannt haben, die dich gekannt haben, kannst du nur noch in Gedichten und Liedern kommunizieren.*

»Aber ich kenne dich doch«, widersprach ich, weil mir der Gedanke, dass Madan vergessen werden würde, unerträglich war.

Ja, aber du lebst nicht hier. Mehr und mehr Staub stieg auf, wie Asche aus den Urnen. *Und jetzt.*

»Aber ich lebe«, sagte ich und hatte Angst vor ihrer Antwort – mit *ihrer* meinte ich nicht, dass Madan einen Sexchange durchlaufen hatte, sondern dass er viele war, eine Explosion aus Asche, die sich glitzernd im Raum verteilte, und dann fiel mir ein, dass Madan gar nicht verbrannt worden war.

»Geh zu Mother Jones«, sagte Lilli plötzlich.

Der Tod ist eine Lüge, die wir uns erzählen, um die Unendlichkeit zu ertragen, flüsterte es von allen Seiten, während sich der Staub wie Treibsand über die Bodendielen bewegte und die Treppe hinunterfloss.

»Zu wem?«, keuchte ich.

»Mother Jones.«

Wo zum Teufel hatte ich den Namen schon einmal gehört? »Äh, meinst du die politische Zeitschrift seit den Siebzigern, die nach der frühen Gewerkschafterin heißt?«

»Es gibt eine Zeitschrift, die *Mother Jones* heißt?«, prustete Lilli, deutlich weniger von der Asche beeindruckt als ich.

»Ja, haha, fast so lustig, wie mir einen random Namen zu nennen, von dem es allein in London ...« Ich hatte keine

Ahnung wie viele, also entschied ich mich für eine Hyperbel: »Hunderttausende geben muss.«

»Es ist schließlich nicht meine Schuld, wenn das alles ist, was die Stimmen mir sagen«, verteidigte sich Lilli. »Ich kann die Geister schlecht nach einer Adresse fragen.«

»Warum nicht?«, fragte ich unverschämt.

»Hmm«, machte Lilli. »Noch einen Hering?«

Da ich den ersten noch in der Hand hielt, verstand ich das als Aufforderung, ihr mehr Geld zu geben. Doch anstelle eines zweiten Fischs reichte sie mir ein Stück Zeitung zum Einwickeln. Eine Seite mit Kleinanzeigen: Elektrische Phonographen – *Slots für Halfpennys, 5 Pfund das Stück, Sonderangebot!* –, eine Handleserin – *Die erfolgreiche, wohlbekannte Mademoiselle May* – und Zimmer zur Untermiete – *(nur an Frauen) Bethan Mari Jones, 21 Dickenson Street, Kentish Town.*

Sherlock hatte es sich zur Angewohnheit gemacht, mich jeden Morgen um Punkt zehn Uhr mit einer der von Joseph Hansom patentierten Taxi-Kutschen abzuholen, es gab zwar bereits einige Automobil-Taxis in London, doch Sherlock bevorzugte es eben klassisch. Am ersten Tag hatten wir Scotland Yard besucht – also, er hatte Scotland Yard besucht, ich wartete draußen in der Kutsche –, aber häufig fuhren wir nur ziellos durch London, und ich hatte den Verdacht, dass er einfach besser denken konnte, wenn ihm jemand dabei zuguckte, vorzugsweise jemand, der den Mund hielt. Ich hielt den Mund. Hauptsächlich, weil ich noch immer wie betäubt von Madans Tod war. Aber es wäre gelogen, zu behaupten, dass ich nicht zumindest ein kleines bisschen aufgeregt gewesen wäre, mit *Sherlock Holmes* höchstpersönlich unterwegs zu sein.

»Wenn du dich gar nicht wie in Doktor Watsons Geschichten ... ähem, Dokus ... in den Sussex Downs zur Ruhe gesetzt hast«, fragte ich, nachdem wir zum dritten Mal am *Natural History Museum* vorbeigefahren waren, »wo warst du dann in den letzten zehn Jahren?«

»Indien.«

»Sehr lustig.«

»Ich habe dort die Identifizierung von Kriminellen anhand von Fingerabdrücken studiert«, antwortete Sherlock knapp und starrte weiter auf seine zur Merkel-Raute aneinandergelegten Fingerspitzen.

»Fingerabdrücke?«, sagte ich verblüfft. »Ich dachte, die hast du erfunden? Oder heißt das ... entdeckt?«

»Unsinn, das war Sir William James Herschel in Bengalen. Er hat sich seine Verträge mit Fingerabdrücken unterschreiben lassen, weil die Einheimischen nicht schreiben konnten.«

»Oder weil er das bengalische Alphabet nicht lesen konnte?«

»Gut möglich«, räumte Sherlock ein, »jedenfalls hat er dabei bemerkt, dass jeder Fingerabdruck einzigartig ist, und ein Archiv der unterschiedlichen Abdrücke angelegt. Das System ihrer Klassifikation wurde dann von Francis Galton entwickelt und indienweit eingesetzt. 1901 hat Scotland Yard es übernommen.« *Gab es denn nichts, was nicht mit dem Kolonialismus verbunden war?*

Da fiel es mir auf: »Fingerabdrücke! Warum hat die Polizei dann nicht überprüft, ob Madan den Dolch überhaupt angefasst hat?«

Sherlock grinste, was, da er so selten lächelte, ziemlich bedrohlich aussah. »Da hat jemand bei Scotland Yard die Anweisung nicht rechtzeitig bekommen.«

»Die was?«, sagte ich verwirrt.

»Die Anweisung, dass es Savarkar war, der verhaftet werden sollte. Das ist eben das Problem, wenn man einen Inder nicht vom anderen unterscheiden kann.«

417

»*Was?*«

»Du hast doch selbst herausgefunden, dass das Foto von Lady Wyllie nicht für Madan Dhingra bestimmt war, sondern für deinen Savarkar. Die Person, die es in eurem Zimmer deponiert hat, hat nicht damit gerechnet, dass ... WARUM RUTSCHST DU DIE GANZE ZEIT AUF DEINEM SITZ HERUM?«

»Das Foto ist nicht ... deponiert worden ...«, begann ich stockend.

»Das kann nicht sein«, unterbrach mich Sherlock. »Nicht dass ich Savarkar dieses Verbrechen nicht zutrauen würde, aber er hätte sich den ganzen Mummenschanz gespart. Briefe im Namen einer obszönen Göttin, *Kali for Freedom,* ein Raum, auf dem ein Fluch liegt, und was hast du nicht gesehen! Und warum sollte er einen Dummy erdolchen, wenn er Curzon Wyllie selbst ermorden könnte? Nein, nein, das Foto muss deponiert worden sein. Stell dich nicht dümmer an, als du bist ... es sei denn, DU HÄTTEST EIN IDENTISCHES FOTO AN EINEM NICHT SOFORT EINSEHBAREN PLATZ GEFUNDEN! Wie in Savarkars Unterwäscheschublade – tragen Inder Unterwäsche? – oder unter deinem Kopfkissen.«

»Woher weißt du das?«, fragte ich verblüfft.

Sherlock sah so zufrieden aus, als hätte ich ihm mitgeteilt, dass es Kokain zum halben Preis gäbe. »Weil das die einzige logische Antwort ist. Das war die ganze Zeit der Haken an meiner Schlussfolgerung, dass Savarkar das Foto finden sollte, sobald er in sein Zimmer kam, um auf Jones zu warten. Wie konnte man in dem Fall sicherstellen, dass er es nicht umgehend zerstörte? Schließlich war Savarkar kein Idiot wie Madan und hätte begriffen, wie inkriminierend ein solches Foto der Gattin Wyllies in seinen Händen sein würde. Die Antwort lautet: Es gab ein Back-up-Foto!«

Ich merkte, dass meine Augen vor Erleichterung feucht wurden. Savarkar hatte keine geheime Verbindung zu Lady Wyllie. Sie – wer auch immer sie waren – hatten einfach nur mehr als ein Foto von ihr in unserem Zimmer deponiert. Ich hatte nicht gewusst, wie sehr mich mein uneingestandener Verdacht belastet hatte. »Darf ich noch eine Frage stellen?«

»Selbstverständlich«, antwortete Sherlock großzügig.

»Ich habe *Das Zeichen der Vier* nochmal gelesen. Warum hast du in Pondicherry Lodge, Bartholomew Sholtos Haus ...«

»Ich kann mich noch gut daran erinnern, wem Pondicherry Lodge gehört«, fuhr er mich an, sooo weit reichte seine Großzügigkeit nun auch wieder nicht.

»Okay, warum hast du dann nach dem Mord an Sholto keinen der beiden indischen Butler von Pondicherry Lodge befragt?«

»Weil man Indern nicht vertrauen kann«, sagte Sherlock überrascht. »Das weiß doch jeder.« Tatsächlich galten indische Zeugen vor Gericht nicht als glaubwürdig, wie mir Aiyar später erklären würde, weil ... Hegel.

Ich schaute auf Sherlocks Harris Tweed, auf die speckigen Ledersitze des Hansoms, auf all die Details, die in mir ein wohliges Gefühl von Geistesverwandtschaft erzeugten, wenn ich ihnen in einem Krimi begegnete, und dachte zum ersten Mal, dass Jack Recht hatte: »All das sind Insignien des Empires, aber so nahtlos in Popkultur eingebettet, dass sie zur Tiefengrammatik unserer Gefühle und Begierden geworden sind«, grinste er mich triumphierend aus Sherlocks Cape an.

»Seit wann kannst du so gut Deutsch?«, fragte ich erschrocken.

»I'm happy to see you too«, grinste Jack noch breiter, noch mehr ... Jack, und deutete aus dem Fenster auf eine blaue Polizeibox, auf der flackernd, als würde das Bild von einem unsichtbaren Beamer darauf projiziert, meine Lieblingsfigur aus *Doctor WHO* zu sehen war: Die Echsenfrau Madame Vastra, Sherlocks größte Konkurrentin im viktorianischen London, wo sie als *Die verschleierte Detektivin* bekannt war, damit ihre Klienten ihre grüne Schuppenhaut nicht bemerkten.

»Arschloch.«

»Have you ever wondered, warum eure Schimpfworte fäkal sind, während unsere alle mit Sex zu tun haben?«, fragte Jack interessiert, und ich merkte, wie sehr ich/Durga ihn vermisst hatte. Sogar seine irritierende Eigenschaft, in allem nach der Pointe zu suchen, selbst in meinem/Durgas Schmerz. Etwa meinem Schmerz über Madame Vastra: Wenn jemand Empathie für die wie Ungeziefer behandelten Inder hätte haben sollen, dann die Echsenfrau, doch nein!, das Drehbuch legte Vastra den Schlachtruf »*In the name of the British Empire!*« in den Mund, wenn sie sich aufmachte, einen Fall aufzuklären. Ich konnte mich noch genau an das Gefühl von Verrat erinnern, als ich sie es das erste Mal sagen hörte. Doch der weitaus größere Verrat war, dass ich mir selbst nicht trauen konnte. Wie viel hatte meine Liebe zu Jack mit meiner Liebe zu ... Agatha Christie und schottischen Rebel Songs zu tun? Und seine Liebe für mich mit der britischen Fetischisierung Indiens? Stockholmsyndrome, wohin ich auch blickte.

»Perfidious Albion«, seufzte ich wie ein Friedensangebot.

Perfiderweise erwiderte Jack: »Ich wünschte, du würdest nicht perfidious Albion sagen.«

»Das sagst doch *du* immer!«

»Perfidious is fine, aber nicht *Albion*. Wenn wir noch das Albion der Kelten und Druiden wären, wäre wahrscheinlich alles in Ordnung.«

»Was? Die gute alte Zeit, in der alles besser war?« Ich fasste es nicht.

Jack griff nach meiner Hand, und die Berührung fuhr durch mich hindurch wie ein Elektroschock. »Das Problem waren nicht die Britonen oder die Kelten oder wie auch immer wir uns selbst genannt haben, sondern die Römer.«

»Rassist«, lachte ich, weil es so wunderbar war, wieder seine Hand zu halten.

Doch Jack lachte nicht mit. »Ich meine nicht die Menschen, sondern das Empire. The Empire that came from Rome to England, um von dort aus ein Viertel der Welt zu erobern. It shouldn't be perfidious Albion, it should be perfidious Empire. Hörst du mir zu?«

»Immer.« Aber das war eine Lüge. Ich war zu beschäftigt mit dem Gefühl seiner Hand an meiner, dem Geruch seiner Haut, ich lehnte mich nach vorne, um ihn zu küssen, doch meine Lippen sanken durch seine hindurch, als wäre Jacks Mund Rauch und Schall.

Sogar seine Stimme begann zu hallen und verzerrte mit jedem Wort mehr. »Woran denkst du ... wenn du an England denkst? Doctor WHO? Doctor Watson? ... Miss Marple? ... Paddington Bear? Cake with the vicar und stotternde ... Hugh Grants? Wir sind so gut darin, uns als die liebenswerteste und unbedrohlichste Nation der Welt zu verkaufen. Wir haben sogar dich dazu rekrutiert, bei deinem Writers' Room an dieser Propaganda mitzuarbeiten. Aber hinter all dieser Schusseligkeit ... und Inkompetenz versteckt sich the ... most ... brutal ... Empire ... the ... world ... has ... ever ...«

4 »Du siehst aus, als hättest du einen Geist gesehen«, begrüßte mich Grealis, als ich rechtzeitig zu Savarkars wöchentlichem Treffen zurück nach India House kam. Am Anfang hatte ich diese Sitzungen Plenum genannt, inzwischen bevorzugte ich Diskursdisko, weil wir dabei *Vande Mataram* auflegten und

Savarkar jeweils einen Vortrag zu einem aktuellen Thema hielt. Paradoxerweise waren für ihn hauptsächlich historische Themen aktuell, da Geschichte für Savarkar bedeutete, historische Ereignisse auf eine Quelle zurückzuführen, die er als ›Ursehnsucht‹ definierte, als den Antrieb, der uns dazu brachte, die zu werden, die wir sind. Söhne konnten sterben, Brüder verhaftet, Freunde hingerichtet werden, nichts hielt Savarkar davon ab, weiter zu arbeiten. Allerdings war ich ja auch direkt nach Lilas Beerdigung zum Anti-Christie-Writers'-Room gefahren, und sollte vielleicht besser den Mund halten.

»Heute vor 31 Jahren gründete Vasudev Balwant Phadke eine Rebellengruppe in Maharashtra«, begann er seine Lecture diesmal. »Als Reaktion auf was?«

Lala hob die Hand. »Auf die Hungersnot.« Das war nicht sonderlich überraschend, da das die richtige Antwort auf nahezu jede Frage nach indischem Widerstand war, denn Hunger war die häufigste und tödlichste Waffe des Empires.

»Auf die große Hungersnot von 1877!«, bestätigte Savarkar. »Um an Geld zu kommen, verübten Vasudev und seine Kameraden eine Reihe von Raubüberfällen entlang der Konkan-Küste.« Ich stellte mir vor, wie die Männer die Hippies in Goa um Geld anhauten und stattdessen selbstgedrehte Joints bekamen. Doch natürlich war die ganze Sache viel ... lustiger. »Die Engländer setzten ein Kopfgeld auf ihn aus, und Vasudev reagierte, indem er den doppelten Betrag auf Sir Richard Temple, den Gouverneur von Bombay, aussetzte.« Spätestens als er mit den muslimischen und den Sikh-Soldaten in Verbindung trat, wurden die Briten – die schlechte Erfahrungen damit gemacht hatten, wenn Muslime und Hindus sich zusammentaten – panisch und diskutierten im Londoner Parlament, was sie machen sollten. Und damit hörte die Geschichte auf, lustig zu sein: »1879 wurde er verraten und gefangen. Vasudev schaffte es, aus der Haft zu entkommen. Er wurde wieder gefangen, und durchgehend in Einzelhaft gehalten. In Ketten. Also fastete er sich 1883 zu Tode. Ich habe ein Gedicht über ihn geschrieben: *Für Phadke*.«

Savarkars hohe, magnetische Stimme wusch über uns hinweg, doch ich hörte nur *Für Madan, Für Madan, Für Madan*. »Lass mich in Ruhe mit Märtyrern! Warum ist Geschichte in Indien niemals vergangen? Und warum gibt es so verdammt viel davon?«

»So ist das nun mal in Ländern, in denen die Wunden ...«, begann Chatto.

»Lass mich in Ruhe mit Wunden! Als wären Wunden alles, was uns ausmacht!« Das war nicht fair, schließlich waren die Wunden damals noch roh und rot. Es war Durgas Zeit, in der wir noch immer über dieselben Wunden sprachen, als wäre Politik eine einzige große Therapiesitzung. *Das ist auch nicht fair*, protestierte Durga in meinem Kopf, *schließlich sind die Wunden immer noch nicht verheilt. Sollen wir einfach aufhören, darüber zu reden?* Nein!, schrie ich sie an. Aber dann heilt sie doch endlich. Heilt sie endlich!

»Dann hörst du wohl lieber Savarkar zu, der nicht über die schmerzhafte, sondern über die glorreiche Vergangenheit redet?«, grinste Asaf.

»Ich will über die resiliente Vergangenheit reden!«, rief ich verzweifelt. *Über eine Vergangenheit, in der niemand stirbt und alle überleben.*

»Und für Resilienz brauchen wir das Gefühl, dass wir überhaupt eine Geschichte *haben*«, verkündete Savarkar, der uns mit glitzernden Augen zugehört hatte. »Was wir immer vergessen ist, dass die Briten nicht nur die indische Gegenwart erobert haben, sondern auch unsere Vergangenheit, und behaupten, Indien besäße gar keine Geschichte.«

Ich lachte auf, obwohl mir nicht nach Lachen zumute war. »Keine Sorge, in meiner Zeit hat Indien viel zu viel Geschichte.« Vor meinem inneren Auge begannen sich die Bücher, die wir über uns geschrieben hatten, zu stapeln: Savarkars *First Indian War of Independence*, Nehrus *Discovery of India*, die eigene Geschichte schreiben als revolutionärer Akt, sich selbst in die Geschichte hinein schreiben, finding a voice und Nationbuilding durch History und Hysterie und immer mehr Geschichten, mehr in Konflikt zueinander stehende Gründungsmythen, mehr Vergangenheit, als irgendjemand tragen konnte, zu viele Interpretationen des Jetzt durch das Prisma der Vergangenheit, zu viel Vergangenheit, zu viel wir sind, wer wir sind, weil wir waren, wer wir waren immer schneller und schneller und mehr und mehr, Romila Thapars *The Past as Present*, J. Sai Deepaks *India That is Bharat*, bis die Buchstapel schwankten und unter dem Gewicht der Vergangenheit zusammenbrachen.

»Aber du hast natürlich Recht. Dafür, dass die Briten behauptet haben, Indien stünde außerhalb der Geschichte, waren sie verdammt scharf auf Indiens Geschichte«, fuhr Shaz fort.

Durga sah sich mit einem Gefühl von Schwindel in der Teeküche um. »Sorry, was hast du gesagt?« Warum war sie sicher, dass sie sich gerade noch in einer Bibliothek voller brauner Männer befunden hatte?

»Die Briten«, sagte Shazia mit diebischem Spaß daran, Durga über ihre eigene Geschichte aufzuklären, »haben sich umgehend darangemacht, die indische Geschichte zu schreiben, oder zumindest eine Version davon: die der Eroberungen und Invasionen – was man als Eroberer und Invasor halt so macht –, um *ihre Eroberung* Indiens zu rechtfertigen und sich als die Erben der Römer zu etablieren.«

»Der Römer?« Durga steckte zwei Scheiben von Jeremys

artisan bread, das beinahe so gut war wie deutsches Supermarkt-Brot, in den Toaster.

»Shut up and listen. Indiens Geschichte wird in drei Perioden unterteilt: die hinduistische, die muslimische und die britische. Merkst du was?«

»So wie: Antike – Mittelalter – Moderne?«

Shaz sprang von der Spülmaschine, auf der sie gesessen hatte wie auf einem Thron, und küsste sie auf die Stirn.

»Wofür war das?«, fragte Durga erfreut.

»Dafür, dass endlich jemand mitdenkt!« Shaz küsste Durga erneut, dieses Mal auf ihre geschlossenen Augenlider. »Deshalb faseln alle immer vom goldenen Hindu-Zeitalter, das von der muslimischen Tyrannei ausgelöscht wurde, analog zum europäischen Sturz von der Antike ins angeblich so dunkle Mittelalter, mit den Muslimen in der Rolle der übrigens auch nicht gerade gerecht eingestuften Vandalen und den Briten als – na, was? richtig! – den Erlösern, die Indien von acht Jahrhunderten muslimischer Unterdrückung befreit hätten.«

Der Toaster begann zu qualmen. Durga hämmerte auf den Hebel, bis die angekokelten Brotscheiben aus dem Schlitz schossen und sie sie mit spitzen Fingern auffing. »Warte mal, warum werden die Briten eigentlich nicht die christlichen Invasoren genannt?«

»*You're on fire today, tiger girl!* Richtig! Das wäre nur konsequent. Allerdings wurden die muslimischen Eroberer damals ebenfalls keineswegs ›die muslimischen Eroberer‹ genannt. Zeitgenössische Quellen sprechen von der ›türkischen Invasion‹ oder der ›ghuridischen Invasion‹. Das war kein *clash of civilizations*, bei dem zwei unvereinbare Religionen aufeinanderstießen. Die Muslime, die bereits in Indien lebten, haben zusammen mit den Hindus gegen die Angreifer gekämpft. Die Ghuriden wurden als Dämonen beschrieben, als Feinde der

Kühe, die ungenießbares Essen aßen, aber niemals einfach nur durch ihre Religion.«

»Wissen alle Muslime das?«, fragte Durga schuldbewusst. »Und nur ... wir sind ignorant?«

Shazia lächelte sie an. »Nee, ich habe für dieses Wissen in Cambridge bei Priya Gopal studiert.«

»Wow!«, sagte Durga beeindruckt.

»Na, so toll ist Cambridge nun auch wieder nicht.«

»Ich meinte Postcolonial-Superprof-Priyamvada-Gopal.«

»Nein, Egdar Allan Poe«, sagte Asaf, der mit Chris in die Küche kam.

»*Was* Edgar Allan Poe?«, fragte Shazia streng.

»Asaf meint, dass Poe den ersten Kriminalroman geschrieben hat, dabei ist *Der Doppelmord in der Rue Morgue* eine Kurzgeschichte«, antwortete Chris und versuchte, Asaf mit dem Zeigefinger in die Achselhöhle zu piksen, und der haute ihm keine runter, sondern kicherte nur töricht vor sich hin. »Der erste Kriminal*roman* ist von Wilkie Collins.«

»Oh ja, *The Moonstone*«, sagte Shazia drohend.

»Ja«, sagte Chris. »Und?«

»Der Monddiamant, der fucking Monddiamant, der einer achtzehnjährigen englischen Jungfrau gestohlen wird, *nachdem er davor aus dem Temple von Somnath gestohlen worden ist.*«

»Ja«, wiederholte Chris. »Und?«

Asaf stellte sich schützend vor ihn. »Was er meint, ist ...«

»Dass der ganze Roman Propaganda ist, von vorne bis hinten! Dass unser gesamtes Genre auf Propaganda aufbaut«, fauchte Shazia.

Chris zückte sein Handy, und Shaz sprach wie bei einer Pressekonferenz hinein: »Sagt euch Edward Law Ellenborough etwas? *Lord* Ellenborough, der Generalgouverneur der East-India-Handelskompanie.«

»Nein«, antwortete Asaf.

»Dann GOOGLE IHN! Und das fucking Tor von Somnath noch dazu. Das fucking, fucking Tor, das Ellenborough 1842 von seinem Eroberungsfeldzug aus Kabul nach Indien gebracht hat, wo er dann behauptete, es sei das Tor, das Mahmud of Ghazni, besser bekannt als Mahmud-der-Grausame, 1026 aus dem Somnath-Tempel in Indien geraubt hatte. Und vor allem google Lord Ellenbogens schleimige ›Declaration to all Princes and Chiefs and People of India‹, in der er behauptet, dass er mit seiner Rückführung des Tors von Somnath die 800 Jahre währende Erniedrigung der Hindus durch die Muslime gerächt habe und diese Tür nun ein Symbol des Nationalstolzes der Hindus blablabla.«

»Hier steht, dass Untersuchungen ergeben haben, dass Ellenboroughs Tor weder indisch ist noch aus Sandelholz wie das ursprüngliche Tor von Somnath«, las Asaf, der wie befohlen ›Tor von Somnath‹ gegoogelt hatte, »es ist aus Deodar, das ist eine afghanische Zederart.«

»*Zederart?*«, sagte Chris. »Deodar ist die beste, die größte, die schönste aller Zedern.«

»Spar dir das für *Gardener's Question Time*«, fuhr Shazia ihn an. »Seht ihr? Das ist alles nichts als Werbung für das Empire. By rights sollten wir Krimis boykottieren.«

»Oh nein!«, rief Durga entsetzt. »Kolonialismus hat uns schon so viel genommen, nicht auch noch die Krimis!«

5 »Warum hilfst du mir eigentlich, wenn du Inder so unzuverlässig findest?«, fragte ich Sherlock, als er mich am nächsten Morgen abholte.

Er sprang in den Hansom. »Eine gute Frage! Wie lautet die Antwort?«

»Weil dich das Rätsel reizt?«

427

»Da hatte ich schon bessere.«

Die Kutsche setzte sich in Bewegung, also kletterte ich so schnell wie möglich hinterher. »Weil du Gerechtigkeit für Madan möchtest?«

Sherlock sah mich ehrlich überrascht an.

»Spielst du wenigstens Geige?«, fragte ich.

»Warum? Möchtest du Kammermusik machen?«

»Nein, aber das stand in *Eine Studie in Scharlachrot* und im *Strand Magazine*.«

»Du musst nicht alles glauben, was du in der Zeitung liest.«

»Das ist mir auch schon aufgefallen«, sagte ich bitter und dachte an die ganzen reißerischen Artikel, die Madan als blutrünstigen Kali-Anhänger darstellten, der ›Ungläubige‹ töten wollte.

»Na also«, lobte er und schloss die Augen.

Ich verschränkte die Arme und bereitete mich auf ein weiteres Schweigend-durch-die-Gegend-Fahren vor, und dann riss mein Geduldsfaden! Warum erwartete dieser weiße Mann, dass ich ihm stumm folgte wie eine Art Silent Escort? Kurzentschlossen zog ich die Zeitung mit den Fettflecken aus der Tasche.

Sherlock hielt sie misstrauisch an seine Nase. »Makrele.«

»Hering«, korrigierte ich.

»Eindeutig Makrele.«

»Wie auch immer, können wir zu der Adresse in dieser Anzeige von Bethan Mari Jones hier fahren?«

»You're a dark horse«, sagte Sherlock.

»Ist das eine biblische Anspielung?«, fragte ich.

»Was weißt *du* von der Bibel?«

»Mehr als du glaubst.«

»Ich *glaube* nicht, ich *deduziere*, und es gibt mindestens sieben Anzeichen dafür, dass du nie auf einer Missionarsschule warst. Soll ich sie aufzählen?«

»Nicht nötig.«

»Gut, es gibt nämlich *keine* sieben Anzeichen. Aber jetzt, wo das geklärt wäre, würde ich gerne wissen, was ein Hindu wie du mit der Bibel zu tun hat. Wenn man das Unmögliche eliminiert, muss das, was übrig bleibt, egal wie unwahrscheinlich es ist, die Wahrheit sein. Und was in deinem Fall übrig bleibt, ist die Loslösung von Körper und Zeit und Raum ...«

»Zeitreise«, gestand ich.

»*Astralreise*«, sagte Sherlock im selben Moment.

Die Dickenson Street sah aus, als hätte ein Wirbelsturm die komplette Straße von Holland nach London getragen, so dass die schlichten Ziegelbauten ohne Erker oder anderweitige Verzierungen ihre für britische Verhältnisse skandalös großen Fenster nun verschämt hinter dichten Gardinen verstecken mussten. Nummer 21 war ein schmales dreistöckiges Reihenhaus, das in Deutschland ein zweistöckiges Reihenhaus gewesen wäre, weil bei uns das Erdgeschoss nicht mitgezählt wird. Ich fragte mich, was das über Deutschland und wiederum Großbritannien aussagte, aber hauptsächlich fragte ich mich, unter welchem Vorwand ich an die Tür klopfen sollte. Ich hatte gehofft, dass Sherlock das übernehmen würde, doch der stopfte sich nur die Pfeife, die er nie anzündete, und schlug seine langen Beine übereinander. Also sprang ich alleine aus dem Hansom-Taxi.

»Mr. Sanjeev«, rief eine leicht näselnde Frauenstimme. Die Sonne brach durch die Wolken. Im Gegenlicht sah ich eine blonde junge Frau auf mich zukommen, als würde sie auf einem Sonnenstrahl zur Erde gleiten.

»Gladys«, sagte ich wenig originell – unser ehemaliges Dienstmädchen hatte offensichtlich diese Wirkung auf mich – und fügte noch unoriginneller hinzu: »Wie geht es dir?«

Zu meiner Überraschung, und anscheinend auch ihrer, schien sie sich zu freuen, mich wiederzusehen. Sie machte sich sogar die Mühe, mich mit in den Nacken geworfenem Kopf kokett anzulächeln. Mit ihren wassergewellten Haaren sah sie aus wie die jüngere – und hübschere – Schwester meiner Oma auf dem einzigen Foto, das ich von den beiden als junge Frauen kannte. Und plötzlich dachte ich, dass meine Großmutter in wenigen Jahren in einer Bergarbeiterstadt in Polen geboren werden würde, und ihre Schwester noch ein paar Jahre später in Deutschland, obwohl sie noch immer in derselben Stadt lebten. Meine Oma würde einen Weltkrieg als Kind und einen als Mutter überleben und Lila und meine Tante Elisabeth mit Putzen durchbringen. In Bezug auf Klasse war ich Gladys deutlich näher als den fabelhaft privilegierten Bewohnern von India House. Ja, Inder wurden von England ausgehungert, aber nicht Savarkar oder Madan. Sie riskierten ihre Privilegien freiwillig, und plötzlich spürte ich neben meinem Entsetzen so etwas wie Achtung vor ihrer Entschlossenheit, Attentate zu begehen. Ich fand das immer noch falsch, aber ich konnte ihre Bereitschaft schätzen, für die Freiheit Indiens mit ihrem Leben zu zahlen – und da sie Hindus waren und Mord bedeutete, dass ihre Seelen an die Seelen ihrer Opfer gebunden sein würden: auch mit all ihren weiteren Leben.

»Was machen Sie hier?«, fragte dummerweise nicht ich, sondern Gladys. Ja, was machte ich hier?

»Ich ... ehm ... habe gehört, dass es bei Mother Jones ein Zimmer zu vermieten gibt.«

Gladys lächelte. »Haben sie Sie endlich aus India House geworfen?«

»Nicht direkt.«

»Sie waren immer zu ... normal für diese Bande.« Offenbar war das ein Kompliment.

Also fragte ich kühn. »Wohnst du jetzt hier, Gladys?«

»Nein, ich bin nur zufällig hier.«

In diesem Moment hatte ich einen Geistesblitz. »Das ist nicht das, was Mother Jones sagt.« Okay, einen *kleinen* Geistesblitz.

Sie versuchte, sich mit der Hand durch die Haare zu fahren, und blieb an ihrem Haarnetz hängen. »Jaaa ... aber Kirtikar hat mich schwören lassen, das niemandem zu verraten.«

»Ich bin doch niemand.«

»Stimmt auch wieder.« Aus irgendeinem Grund verletzte mich das.

»Hat Kirtikar dir das Zimmer besorgt?«

»Ja«, lächelte Gladys schon wieder. Ich konnte mich nicht daran erinnern, sie in India House so häufig lächeln gesehen zu haben. »Aber er wohnt nicht bei uns. Das hier ist ein ordentliches Haus. Mother Jones ist sehr gut zu mir ...«

»Aber?«

Sie schaute die Straße hinauf und hinunter, dann trat sie so nahe an mich heran, dass ich ihren Atem riechen konnte wie warmen Birnenkuchen. »Sie haben mir damals geholfen, deshalb helfe ich Ihnen jetzt: Verschwinden Sie und kommen Sie nie wieder hierher zurück. Mother Jones hat ein Herz aus Gold. Aber sogar Kirtikar hat Angst vor dem Herrn, von dem Mother Jones und ihr Ehemann ihre Befehle erhalten. Und für Sie ... für jeden aus India House ist es noch viel gefährlicher.« Damit trat sie über die Schwelle von Nummer 21 und wurde von der Dunkelheit dahinter verschluckt wie von einem fremden Gewässer, in das ich ihr nicht folgen konnte.

»Jetzt müssen wir nur noch abwarten, bis Kirtikar auftaucht«, sagte ich aufgeregt zu Sherlock, nachdem er mich dazu gebracht hatte, unser Gespräch Satz für Satz zu wiederholen, obwohl ich mir sicher war, dass er aus der Kutsche jedes Wort gehört hatte. »Und dann stellen wir diesen doppelten und dreifachen Verräter zur Rede, wer hinter dem Etablissement hier steckt und warum wir vor ihm Angst haben sollen.«

Sherlock steckte den Kopf aus dem Fenster. »Somerset House«, sagte er zu dem Taxifahrer, und »Nicht nötig« zu mir.

Ich befürchte, ich sagte: »Äh.«

Vor dem Fenster zog London vorbei. Im harschen Sonnenlicht waren die Zeichen von Krankheit und Hunger in den Gesichtern der Passanten deutlicher als sonst erkennbar. Warum schafften die Briten es nicht, den Reichtum, den sie aus Indien herausplünderten, an ihre Armen zu verteilen?

»Bethan Mari Jones«, verkündete Sherlock eine halbe Stunde später, als er aus Somerset House kam, dem Palast, in dem alle Geburts-, Sterbe- und vor allem Heiratsurkunden aufbewahrt wurden und den die Briten nur deshalb nicht Einwohnermeldeamt nannten, weil das zu deutsch gewesen wäre, »ist die Frau von Athelney Jones, besser bekannt als Police Constable Jones.«

»Espionage, don't the English just love it«, sagte Jack in der vibrierenden Dunkelheit des Bauwagenplatzes. Aus der PA dröhnte die größte aller James-Bond-Hymnen *Goldfinger*, während sich tanzende Körper durch die Nacht wälzten. »Schon Doctor Dee hat damals im sechzehnten Jahrhundert im Dienste Ihrer Majestät der Queen spioniert und«, Jack lehnte sich näher zu Durga, »seine Nachrichten mit 007 unterschrieben.« Und noch näher: »Also, eigentlich hat er seinen Zwicker – oder heißt das Kneifer? – hingemalt: *for your eyes only*. Aber das sah aus wie 007.«

»Dr. Dre?«, fragte Mutter von der Tanzfläche, wo er sich genau so wenig bewegte, dass es noch als Tanzen galt.

»Doctor Dee, der Magier der Königin im elizabethanischen England«, sagte Durga, um Jack zu beeindrucken.

»Wusstest du, dass John Dee den Begriff *Britisches Empire* erfunden hat?«, sagte Jack, um Durga zu beeindrucken. Das Wah-Wah der Trompeten in *Goldfinger* wurde von den ersten Takten von *Big Spender* abgelöst. Offensichtlich war der DJ Shirley-Bassey-Fan.

Nena balancierte vier volle Cocktailgläser auf sie zu. »Ein Geschenk von Stulle, der mal wieder Bloody Marys statt Red Snapper gemixt hat und sie mal wieder nicht losgeworden ist. Möchtest du auch eine, Stranger?«

»Bloody Mary wasn't anywhere as bloody as Elizabeth«, korrigierte Jack sie und versuchte, Nena eines der Gläser abzunehmen, ohne einen Bloody-Mary-Dominoeffekt auszulösen. »Übrigens war Francis Bacon ihr Sohn.«

»Marys Sohn?«, fragte Mutter und bekam einen Schwall Tomatensaft mit Wodka ab.

»Elizabeth'.«

Durga griff in das Gewirr aus Armen und war unauflösbar verknotet mit Jack und einem alkoholischen Getränk, das sie nicht einmal trinken würde, wenn jemand sie dafür bezahlte. »Francis Bacon soll der Sohn der jungfräulichen Königin gewesen sein? Bacon? Der die Stücke von Shakespeare geschrieben hat?«

»I always dreamed of meeting a woman that would say that.«

»Dann muss ich dich meiner Mutter vorstellen«, sagte Durga, die nichts dergleichen vorhatte.

»Was hat dir deine Mutter noch über Shakespeare erzählt?«

»Dass es bei ihm immer um Trauma als Unterhaltung und False-Flag-Operationen geht.«

»Can I kiss you?«, fragte Jack.

Und dann sprangen die Zeiger der Uhr nach vorne, und Durga lag mit Jack in Mutters Bauwagen, während Mutter und Nena LSD nahmen und die Grashalme auf dem Bauwagenplatz bewunderten. Mit Jack zu sprechen, war ein wenig wie mit Lila zu sprechen, nur mit mehr Haschisch – und ohne Nazis. »Francis Bacon nannte sich zwar gerne einen Philosopher, war aber eine der driving forces von Colonialism«, sagte Jack und zog an seinem Joint. »Er war Mitglied der Virginia Company und der Newfoundland Company und der Northwest Passage Company.«

»Und der East India Company«, ergänzte Durga. »Warum heißen die eigentlich alle Company?«

»Because of capitalism. Francis Bacon dachte, ein erfolgreicher Staat muss andere Staaten erobern. Er hat in seiner Zeitung *The New Atlantic* super viel über taking over the universe geschrieben. The world was not enough. Es musste schon das Universum sein: *The most virtuous thing a man can do is taking over the universe.*«

»Ist das ein Zitat?«

»Ja klar ist das ein Zitat.«

»Warum wollte der das Universum erobern?«

»Ja«, sagte Jack.

Durga streckte die Hand nach der pulsierenden roten Wand aus. »*Ja* ist keine Antwort auf *Warum*.«

»There is probably an astrological reason.«

Zwischen den kontrahierenden Wänden von Mutters Gebärmutter fühlte sich Durga, als könne sie jeden Augenblick neu geboren werden. »Wusstest du, dass Francis Bacon an der Anwaltskammer Grays Inn studiert hat, genau wie später Savarkar?«

»Wer ist Savarkar?«

»Ein Name ... den Lila häufig verwendet hat.«

Jack massierte ihr mit der Konzentration eines Mannes, dessen Joint gerade zu wirken beginnt, das Ohr. »Deine Mutter hört sich nach einer Menge Spaß an.«

»Eine Menge stimmt. Ich weiß nur nicht, ob Spaß das richtige Wort ist.«

Der erste Mensch, dem sie am nächsten Morgen begegnete, war Jan. Seine Augen waren rot, aber es sah eher nach Betäubungsmittelmissbrauch aus, als dass er ihr hinterhergeweint hätte.

»Ich habe keine Zeit«, erklärte er ungefragt.

»Ich auch nicht«, sagte Durga und ging an ihm vorbei, um Brötchen zu holen.

Unsere WG zerbrach nicht an Jan. Sie zerbrach an *Kenopsia*: die unheimliche Atmosphäre eines Ortes, der einmal von Menschen bevölkert war, aber jetzt verlassen und still daliegt. Genauso fühlte sich unsere Wohnung an, nachdem Nena das Wunder vollbracht hatte, Mutter zu einem offen Liebenden zu konvertieren, und daraufhin umgehend das Interesse an ihm verlor, sich in Cornelius verliebte und von da an dreihundert Prozent ihrer Zeit bei ihm verbrachte.

In India House dagegen war ich nie allein. Auch ansonsten erinnerten mich die Neunzehnhunderter mit ihren Wunden und Geistern mehr an die apokalyptischen Zweitausendzwanziger als an die durchgefeierten Neunzehnhundertneunziger. Deshalb wunderte es mich auch nicht, dass alle die ganze Zeit über inter und trans redeten, und es dauerte eine Weile, bis ich verstand, dass damit nicht Gender gemeint war, sondern Kaste. Und dann dauerte es noch einmal so lange, bis ich begriff, dass Savarkar, Savarkar, der *das* Buch über Hindunationalismus schreiben sollte ... Atheist war. Das hieß nicht, dass er nicht an Götter und vor allem Göttinnen glaubte, Savarkar war ein hinduistischer Atheist, aber nichts irritierte ihn mehr als die Verehrung von Kühen. Okay, doch, etwas irritierte ihn noch mehr: das *Varna*-System zur Klassifizierung der Kasten.

»Wirklich?«, fragte ich verblüfft.

Savarkar lächelte mich gönnerhaft an. »Du bist nichts Besseres, bloß weil du Brahmane bist, Sanjeev. Warum sollen Dalits nicht das Recht haben, vedische Zeremonien anzuleiten und den heiligen Faden zu tragen? Wenn ich nach Indien zurückkehre, werde ich allen, die danach fragen, das Gayatri-Mantra beibringen.« Er sah mich prüfend an, ob ich entsetzt war, doch da ich keine Ahnung hatte, was das Gayatri-Mantra war, war ich unbeeindruckt genug, dass er mir konspirativ zuflüsterte: »Ich werde Dalits zu Priestern weihen.«

»Das machst du nur, um den Anteil der Hindus zu erhöhen«, lachte Asaf, der ihn trotz des Flüsterns gehört hatte.

»Ich dachte, Dalits *sind* Hindus«, sagte ich überrascht. Ich kannte Dalits nur als die unterste Kaste, vulgo: die Unberührbaren, weil sie all die Jobs machen mussten, die die anderen Hindus nicht mit der Kneifzange anfassen würden.

Savarkar nickte vehement. Doch Asaf lachte mich aus: »Uh, ein ganz Revolutionärer. Hast du die Dalits mal gefragt? Vielleicht möchten sie lieber Muslime sein? Schließlich waren die Mogul-Kaiser für sie das kleinere von zwei Übeln.« Und damit warf Asaf den Kopf in den Nacken und sang mit seiner Stimme wie Samt und Sandelholz: *Zerbrochen werden Kastenunterschiede / Denn es ist ein Muselman in der Hindu-Familie.*

Savarkar stieß ihn vor die Brust, und die beiden rollten lachend über den satten englischen Rasen, während ich ihnen neidisch zuschaute. Nach meiner hyperkatholischen Kindheit hatte Lila entschieden, dass Religion keinen Platz mehr im

Leben einer Revolutionärin hätte, und mein Hinduismus beschränkte sich auf Begeisterung für die kämpferischeren indischen Göttinnen, die ich allesamt lange mit der Jungfrau Maria verwechselt hatte – oder Maria mit ihnen? Auch in Bezug auf Kaste/Klasse war ich mixed und mixed up. Es war eine Quelle unendlicher Verwirrung, dass Dinesh zur obersten indischen Kaste gehörte – auch wenn das leider nicht mit Reichtum einherging – und Lila aus einer Arbeiterfamilie kam, allerdings für die deutschen Behörden die Autoritätsperson in unserer Familie war, schließlich war sie im Gegensatz zu Dinesh weiß. Und um die Sache noch komplizierter zu machen, war Lila davon überzeugt, dass Dinesh es deutlich leichter hatte als sie, weil er ein Mann war und ein Akademiker obendrauf. Nichts war eindeutig und unter jeder Zuschreibung lag eine weitere, und man konnte sich auf keine Oberfläche verlassen.

7 »Etwas stimmt nicht mit diesem Bild«, erklärte Sherlock und inspizierte das Foto von Lady Wyllie mit seinem Vergrößerungsglas. Ein neuer Tag, eine neue Kutschfahrt. Inzwischen hatte ich Muskelkater an Stellen, von denen ich gar nicht gewusst hatte, dass ich dort Muskeln hatte. ›Das Foto‹ war falsch, es musste heißen: das *Back-up-Foto* von Lady Wyllie. Sherlocks Theorie besagte, dass Jones an dem Tag, an dem Curzon Wyllie aus unserer Bibliothek verschwand, direkt einen ganzen Schwung identischer Fotos in unserem Zimmer deponiert hatte, um die Wahrscheinlichkeit zu erhöhen, dass Savarkar eines davon fand. Und dass Jones nach Madans Verhaftung die doppelten Bilder entfernt, aber eben eines übersehen hatte, nämlich dieses hier, das ich unter meinem Kopfkissen gefunden hatte.

»Warum befragen wir nicht einfach Athelney Jones?«
»Bereits erledigt«, antwortete Sherlock knapp.

»Was?«, sagte ich verletzt, dass er mich nicht mitgenommen hatte.

»Verkleidet«, antwortete Mr.-ich-mache-keine-unnötigen-Worte, und ich fühlte mich wie ein Kind, dessen Mutter seinen Geburtstag doch nicht vergessen hat. Er beugte sich erneut so konzentriert über das Foto, dass sich meine Gedanken überschlugen. Hatte Athelney Jones etwa Lady Wyllie beschuldigt? War Lady Wyllie die treibende Kraft hinter der Entführung ihres Mannes? Hatte Curzon Wyllie ... sie betrogen? ... ihre geheime Schwester ermordet? ... ihr Kind zur Adoption freigegeben? ... Las ich zu viele Kriminalromane? »Und?«, fragte ich schließlich.

»Ein melancholischer Charakter, voller Heimweh und Poesie.«

»Ich meine, was hat er gesagt?«

»Nichts, wenn ich ihn direkt danach gefragt hätte«, fuhr Sherlock mich an, doch inzwischen wusste ich, dass er es genoss, mir zu zeigen, wie beschränkt ich war, und nur darauf brannte, weiterzuerzählen. Richtig: »Stattdessen habe ich ihm mein Lieblingslied vorgesungen. *Lisa Lan*. Kennst du *Lisa Lan*?«

»Ist das das, in dem ein Bruder mit seiner Schwester schläft und sie tötet, als sie von ihm schwanger wird?«

»Nein, das ist *Lucy Wan*.« Dafür, dass Sherlock sich stets damit brüstete, eine intellektuelle Maschine ohne jegliche Gefühle zu sein, verfügte er über ein überraschend enzyklopädisches Wissen zu alten britischen Balladen und erklärte mir entsprechend – inklusive soziologischer Details, die im Lied mit Sicherheit nicht vorkamen –, dass Lisa ebenfalls tot war und das lyrische Ich sie anflehte, ihn zu ihrem Grab zu führen, um neben ihr liegen aka sterben zu können. Happy End im Folksong eben. »*Lisa Lan* ist ein walisisches Volkslied.«

»Aha.«

»Und Athelney Jones ist Waliser.«

»*Ah!*« Ich wusste, dass mir das noch etwas anderes sagen sollte, aber was?

»Nach meinem Lied überschlug sich Athelney beinahe in seinem Bedürfnis, mir mitzuteilen, dass ›der Boss‹ ihn aufgefordert hatte, Kirtikars Geliebte aufzunehmen, weil seine Frau doch Zimmer vermieten würde. Und dass Kirtikar ›den Boss‹ dafür mit Informationen über India House versorgte. Und dass ›der Boss‹ ...«

»Ja?«, sagte ich atemlos.

»Nun, an dem Punkt erinnerte sich Jones, dass seine Lippen versiegelt waren.« Ich stöhnte auf. »Aber was ›der Boss‹ getan hat, ist gar nicht die Frage.«

»Sondern: Wer ist ›der Boss‹?«, fragte ich eifrig.

»Pfff. Sogar Savarkar weiß, wer hinter der ganzen Sache steckt. Die Frage ist nicht *Who done it?*, sondern *How done it?*«, sagte Sherlock auffällig geduldig – also in Wahrheit ungeduldig, und reichte mir das Foto zurück. »Was fällt dir daran auf?«

Ich betrachtete es zum hundertsten Mal. Doch wie die 99 Male zuvor schaute nur eine Frau mit Perlen um den Hals und um die Stirn zurück, die aussah, als hätte sie einen zu starken Foto-Filter benutzt, so dass alle Individualität aus ihrem Gesicht herausradiert worden war.

»Sie hat einen interessanten Kopf, findest du nicht?« hakte Sherlock nach, für den Warten ein Schimpfwort war.

»Kopf?«, sagte ich verblüfft.

»Einen sehr«, bekräftigte er, »ausgeprägten Unterkiefer.«

»Bist du etwa so wie die Journalisten, die behauptet haben, dass Madans volles Haar ein Zeichen für seine ... animalische Grausamkeit ... ist?«, rief ich ungläubig.

»Ah, du hast den Sozialreformer und Forscher Havelock Ellis gelesen!«, sagte Sherlock und rief zum Taxifahrer hinauf:

»Postman's Park, Curzon Wyllies Residenz!« Er rückte sein Jackett zurecht. »Laut Ellis ist der Unterkiefer bei Kriminellen besonders ausgeprägt, weil sie den Neandertalern ähneln.«

Ich war fassungslos. Sherlock und ich jagten anscheinend seit zig Kutschfahrten nichts als nur ein rassistisches Konstrukt, eine Spukgestalt, die im Gegensatz zu Madan tatsächlich Menschen töten, aber nie dafür zur Rechenschaft gezogen werden würde. Und dann erinnerte ich mich, dass Phrenologie tatsächlich einmal eine Wissenschaft gewesen war. Warum war ich bloß bei Empire Holmes gelandet, und nicht bei Jeremys dekolonialem Poirot?

Wenn du denkst, dass es nicht mehr schlimmer werden kann, belehrt dich Social Media eines Besseren. »WHAT THE FUCK!«, rief Durga und ließ das Handy, das sie gerade vom Ladekabel abgenabelt hatte, auf das Sofa fallen.

»Was ist los?«, fragte Nena vom Ostfenster des Airbnbs aus, wo sie mit Hilfe der Morgensonne entschied, welcher ihrer Kristalle sie heute durch London begleiten wollte.

»Donald! Trump! hat gerade getweetet, dass er ein Hindu-Holocaust-Mahnmal bauen will!«

Nena hielt einen Regenbogenfluorit gegen das Licht. »Warum will der in Indien ein Mahnmal bauen?«

»Nicht in Indien. In Washington!«

»In Washington?«

»DC«, bestätigte Durga.

»Was ist überhaupt der Hindu-Holocaust?«

»Ich dachte, du würdest nie fragen. Das Mahnmal soll für die Hindus sein, die während der Kolonialzeit getötet wurden.«

»Oh, okay?«, sagte Nena und begutachtete einen blau schillernden Labradorit. Sie hatte eine sexy Stirnfalte zwischen den Augenbrauen, eher links als in der Mitte, so wie Jodie Whittaker als der Doctor. »Ein bisschen dramatisch von ihm, aber ich dachte, das ist das, was du auch willst.«

»Naja, bloß meint Trump nicht die *britische* Kolonialzeit.«

»Sondern? Möchtest du einen Karneol? Das ist einer der besten Steine für Abwehrkräfte.«

Durga zögerte eine Sekunde, dann schloss sie die Finger um den blutroten Stein, der in ihrer Faust sanft pochte, und sagte: »Sondern die muslimische Kolonialzeit. Wenn man sich auf eins verlassen kann, dann darauf, dass Rechte, die postkoloniale Rhetorik verwenden, antimuslimisch sind.«

Zu meiner Überraschung fuhren Sherlock und ich zum Charterhouse Square. Florin Court war damals noch nicht gebaut, aber die Demonstration wartete trotzdem schon auf uns.

»Suffragetten«, sagte Sherlock mit einem Zungenschnalzen, das ich nicht einordnen konnte. War er für oder gegen die Demonstrantinnen? Einen Moment lang meinte ich meine Bekannte mit dem Tam o' Shanter zu sehen, doch der Hansom bog kurz vor ihnen ab und brachte uns zu einem sogar für diese Gegend zu großen georgianischen Haus mit aufgeplusterten Rhododendren davor. Sherlock überreichte dem Butler seine Visitenkarte, falls der Mann im schwarzen Frack ein Butler war. Ich war nicht Watson, um die feinen Statusunterschiede zwischen Dienstboten unterscheiden zu können. Frack-Mann ignorierte die Karte und taxierte mich mit einem Blick, der meine Seele auf die Größe einer Rosine schrumpeln ließ. Eindeutig ein Butler! Nur ein Butler konnte mit einem einzigen Blick so viel Herablassung vermitteln.

»Unter diesen Umständen ... nicht zuzumuten«, murmelte er, ohne den Blick von mir abzuwenden, vermutlich, um sicherzustellen, dass ich mich nicht heimlich an ihm vorbei ins Haus stahl und es durch meine Existenz beschmutzte.

»Selbstverständlich«, sagte Sherlock, ohne mich auch nur zu fragen. »Warte vor der Tür.«

»Wie bitte?«

»Du hast mich schon verstanden, ksch, ksch.«

It's always raining in fucking England, und die Häuser haben noch nicht einmal Vordächer, fluchte Jack in meiner Erinnerung, oder ich fluchte mit Jacks Stimme, denn natürlich begann es genau in diesem Moment zu regnen. Ich hatte gehofft, zumindest einen Teil des Gesprächs von draußen belauschen zu können, doch die Fenster waren alle geschlossen. Ein Haus voll blinder Augen, in denen sich das Silbergrau des Himmels spiegelte. Ich wollte schon zurück zum Hansom gehen, als der Rhododendronbusch, der bis dahin nicht gesprochen hatte, »Psst!« sagte.

»Psst?«, fragte ich überrascht zurück.

»Ist sie noch immer wütend?«, fragte der Busch mit eindeutigem Eton-Akzent.

»Wer?«

Ein Gesicht erschien zwischen den Blättern, wie ein Green Man ohne Kinn. »Meine Tante Georgiana.«

»Ist Lady Wyllie deine Tante?« Ich fühlte mich, als wäre ich in einem P. G.-Wodehouse-Roman gelandet. Das brachte mich auf eine Idee. »Soll ich herausfinden, ob sie noch ... wütend ist.«

Der Busch zitterte vor Dankbarkeit. »Würdest du das tun?«

Ich machte eine Geste, die hoffentlich ›noblesse oblige‹ vermittelte, und nicht ›ich trage keine Waffen‹. »Wo empfängt deine Tante denn ihre Gäste?«

»Welche Art von Gästen?«

»Ähm. Wie viele unterschiedliche Zimmer hat sie so für Besuch?«

Eine ganze Menge, wie sich herausstellte. Entsprechend dauerte es, bis wir den Status von Sherlock geklärt hatten –

keine Ahnung –, und mein bis zu den perplex aufgerissenen Augen perfekter Bertie-Wooster-Imitator entschied, dass seine Tante Sherlock wahrscheinlich gerade im Blauen Salon empfing. Dann vergingen noch einmal kostbare Minuten, in denen er mir erklärte, wie ich durch den Dienstboteneingang in das Haus und dort zu besagtem Blauen Salon gelangte – immer geradeaus –, und dann war ich in dem endlosen, beängstigenden Flur und wünschte mir, ich würde noch immer mit Oh-Ah-Um-Bertie umständliche Gespräche führen. Der Fußboden knarrte sogar, wenn ich mich nicht bewegte, so dass ich durchgehend überzeugt war, die Schritte des Bodyguard-Butlers zu hören. Zum Glück standen überall unnötige Möbel herum, und so pirschte ich mich von Schrank zu Kommode und presste mich gerade an einen ausgestopften Braunbären, als ich Sherlocks Stimme hörte: »Haben Sie auch eine Landresidenz?«

Eine kurze Pause, dann antwortete eine Frauenstimme: »Ja, aber ich gehe nicht mehr dorthin, seit ... seit ...«

»Natürlich, ich verstehe vollkommen.«

Laut meinen Berechnungen war ich noch fünf Türen vom Blauen Salon entfernt, aber in solchen Situationen lohnt es sich nicht, kleinlich zu sein. Ein rascher Blick versicherte mir, dass der Security-Butler nirgendwo zu sehen war, also verließ ich hastig meinen toten Bären und presste mein Gesicht an den Türspalt. Zuerst sah ich nur das Hahnentrittmuster von Sherlocks Tweed, dann machte er einen Schritt zur Seite, und ich konnte erkennen, dass er ein überraschend realistisches Porträt von Curzon Wyllie über dem Kamin inspizierte. Vor allem der Mund hatte es dem Künstler angetan, mit den vollen Lippen eines Mannes, der in seiner Jugend einmal sexy gewesen war und nun im mittleren Alter aussah wie ein permanent unzufriedenes Kind, die Sahne sauer geronnener Sinnlichkeit.

Doch sogar auf diesem Bild waren die Augen von Schatten verschleiert, weniger Fenster zur Seele als Warnschilder: *Keep out!*

»Worauf warten Sie?«, fragte Lady Wyllie, und ich wagte es, die Tür ein paar Millimeter weiter aufzudrücken, um einen Blick auf sie zu erhaschen.

»Auf die Adresse«, antwortete Sherlock versonnen.

»Welche Adresse?« Lady Wyllie trug nicht direkt Trauer um ihren so makaber aus India House verschwundenen Gatten, aber auch nicht direkt nicht. Jede Kostümbildnerin hätte sich die Finger nach ihrem gedeckten grauen Kleid geleckt.

»Na, die Adresse Ihres Landhauses natürlich. Wenn Sie nicht mehr dorthin gehen, haben Sie sicherlich kein Problem damit, sie mir zu nennen.«

Eine Sekunde sah ich nackten Hass in Lady Wyllies Gesicht und verstand, warum Bertie-im-Busch Angst vor seiner Tante hatte, ich hätte es mir auch nicht mit Georgiana Wyllie verderben wollen. »Ich verbitte mir dieses Eindringen in meine Privatsphäre!«

»Aber natürlich.« Sherlock warf einen letzten zwinkernden Blick auf Curzon Wyllies Porträt. »Das werde ich auch so herausfinden. Einen schönen Tag noch, Madame.«

Ich lehnte gelangweilt im Regen an der Straßenlaterne, als Sherlock das Haus verließ und mich im Vorbeigehen fragte: »Sind dir Lady Wyllies Augen aufgefallen?«

»Nein«, sagte ich, verblüfft, dass er mich durch den Türspalt bemerkt hatte, und hielt ihn an seinem Revers fest.

Sherlock lächelte sein Haifischlächeln. »Das ist wie mit diesen Alpendörfern, in denen nahezu alle Kröpfe hatten und die Ärzte sich lange nicht erklären konnten, warum das ein paar Täler weiter nicht der Fall war. Erst vermuteten sie, dass es in den betreffenden Dörfern etwas geben musste, das die Kröpfe auslöste, eine Infektion etwa, oder Mikroben. Doch dann schrieb der deutsche Chemiker Eugen Baumann 1896 eine Monographie darüber, dass die vergrößerten Schilddrüsen nicht an etwas liegen, das da ist, sondern das *nicht* da ist: Jod.«

»Interessant«, log ich. »Um zurück zu Lady Wyllie zu kommen ...«

»Nicht etwas, das da ist, sondern etwas, das *nicht* da ist«, wiederholte Sherlock. Und dann, da ich ihn immer noch nicht verstanden hatte: »Ihre Augen sind *nicht* vom Weinen gerötet. Und auch ansonsten gibt es kein Anzeichen, dass hier eine Frau gerade den Ehemann verloren hat.«

»Ah«, sagte ich beeindruckt und zitierte aus der Sherlock-Geschichte *Silberstern*: »Wie das merkwürdige Verhalten des Hundes in der Nacht?«

»Welches merkwürdige Verhalten?«

»Es gab keins.«

»Das muss ich mir merken«, sagte er.

»Das wirst du«, sagte ich. »Und was jetzt?«

»Psst«, machte der Rhododendron.

Sherlock ignorierte meinen Freund im Busch souverän und sagte: »Wir beobachten das Haus.«

»Sie ist noch *extrem wütend*«, antwortete ich dem Busch und lehnte mich zurück an meine nasse Laterne.

»Was machst du da?«, fragte Sherlock.

»Ich beobachte das Haus.«

»Doch nicht so!«

Wie sich herausstellte, meinte Sherlock, wenn er ›wir‹ sagte, nicht, dass wir das Beobachten tatsächlich selbst besorgen sollten, sondern dass wir jemanden damit beauftragten, der das effektiver – sprich: mit weniger Langeweile für Sherlock – erledigen konnte. Das englische Wir eben. Sobald wir um die Straßenecke gebogen waren, begann er zu meinem Entsetzen, lautstark *Baa, Baa, Black Sheep* zu singen. Sofort schoss hinter einem geparkten Automobil ein kleiner Junge hervor, in dem ich meinen Begleiter von vor ein paar Tagen erkannte. Er erkannte mich ebenfalls und zwinkerte mir zu: »Hey, Mister!«

»Hey ... Junge.«

»Darf ich vorstellen, einer meiner Baker-Street-Irregulars«, sagte Sherlock, stolz darauf, dass er Kinder für sich arbeiten ließ.

7 Es dämmerte bereits, als ich in den Garten von India House schlüpfte wie in einen Mantel, und mir die Kronen der Bäume über den Kopf zog. Fledermäuse kamen aus dem Dachstuhl und schwirrten wie winzige Vampire durch das rasant ausbleichende Blau des Himmels. Wieder füllte der Geruch von Davana die Luft, doch diesmal kam er von einer gelben Blüte, die Savarkar zwischen den Fingern drehte. »Ich spreche für die Toten«, erklärte er mir mit einem seiner Ich-erfülle-mein-Schicksal-Blicke.

»Was? Für alle von ihnen? Oder nur für bestimmte?«, sagte ich zynisch. Zu viel Zeit mit Sherlock machte mich gereizt. Und ich verbrachte jeden Tag zu viel Zeit mit Sherlock.

»Ich spreche für die Märtyrer und Revolutionäre«, erwiderte er unbeeindruckt. »Du interessierst dich doch so für Frauen, Sanjeev. Für uns macht es keinen Unterschied, ob ein Hindukrieger ein Mann oder eine Frau ist.«

»Warum erzählst du mir das alles?«

Er reichte mir die Blüte. »Weil du einmal meine Biographie schreiben wirst.«

»Nein, das wirst du selber tun.«

Savarkar lachte, als hätte ich einen unglaublich lustigen Witz gemacht. Ich hatte immer noch Probleme, vorherzusagen, was er lustig fand. »Manchmal denke ich, wir sollten alle eine Woche lang gar nichts sagen und einfach nur schreien«, sagte ich und ließ mich neben ihn ins Gras fallen.

Savarkar hörte auf zu lachen und schaute mich prüfend an. »Was hat Slylock heute so gesagt?«

Auf einmal hatte ich keine Kraft mehr in den Armen, und mein Kopf fiel in seinen Schoß, und die Welt stand kopf, und das Gras war der Himmel, und die Wolken waren ein See, in dem ein unerreichbarer Schatz versunken war.

»Weinst du, Sanjeev?«, hörte ich Savarkars Stimme zwischen Himmel und Erde.

Ich presste die Augenlider zusammen und hielt die Blüte an meine Nase, doch alles, was ich riechen konnte, war Tod, süßer, süßer Tod. »Meine Mutter ist gestorben.«

Savarkar berührte verblüffend zart mein Gesicht. »Ich war neun, als meine Mutter starb.« Seine Fingerspitzen an meiner Stirn fühlten sich an wie ein Versprechen, das weder er noch ich einlösen würden. »Ich habe sie so geliebt ... und ich kann mich nicht einmal mehr an ihr Gesicht erinnern. Wenn sie wiederkommen und jetzt vor mir stehen würde, würde ich sie nicht erkennen. Das Einzige, woran ich mich erinnere, ist das Kartoffelcurry, das ich nach ihrer Einäscherung gegessen habe.«

Und plötzlich fühlte ich die Galle in meinem Magen aufsteigen. Ich stieß Savarkar von mir und übergab mich hinter den pink blühenden Herbst-Anemonen.

An dem Tag, an dem Lila ihre Sachen in Dachboden-Piets Bulli gepackt hatte, bekam ich eine Magen-Darm-Grippe und erbrach 24 Stunden lang alles, was ich aß oder trank. Sogar Wasser. Dinesh kam früher von der Arbeit zurück, setzte sich an mein Bett und befeuchtete meine Lippen mit der Pumpsprayflasche, die Lila für die Blumen verwendete und wie so vieles in unserer Wohnung vergessen hatte.

Als nichts anderes half, erzählte er mir eine seiner raren Geschichten aus Indien, wie ein Geschenk, mit dem er mich verführen wollte, wieder gesund zu werden: »Eines Tages kamen die Pandava-Brüder an einen See. Sie waren aus ihrer Heimat vertrieben worden, erschöpft und durstig.« Ich dachte damals, dass er von Freunden redete, die mit ihm nach Deutschland gekommen waren. Aber es war eine Geschichte aus dem *Mahabharata*.

»Als sie auf das Wasser zu rannten, stieg ein Yaksha aus dem See und warnte sie, nicht zu trinken, bevor sie seine Frage beantwortet hätten. Doch sie waren zu durstig und ignorierten ihn. Habe ich dir gesagt, dass Hunger und Durst die schlimmsten Qualen sind, die du dir vorstellen kannst?« Da ich nach dem ganzen Übergeben ebenfalls hungrig und durstig war, nickte ich. »Und so sank einer nach dem anderen bewusstlos zu Boden. Als Letzter erreichte Yudhishthira den See und sah seine Brüder tot am Ufer liegen. Der Hüter des Sees wiederholte seine Warnung, ja nicht zu trinken, und dann stellte er seine Frage: *Was ist das Merkwürdigste am Leben?* Was denkst du, was Yudhishthira geantwortet hat?«

Dass Menschen einfach gehen können, als wäre ihre gemeinsame Geschichte nichts wert. »Keine Ahnung«, log ich.

Dinesh reichte mir das Wasserglas. »Dass wir«, sagte er, »obwohl wir wissen, dass wir sterben müssen, uns so verhalten, als wären wir unsterblich.«

OPERATION FEATHER

D-DAY + 9

INTRO:
(((CLOSE-UP)))
Wächst Majoran auf einem Grab, ist das ein gutes Omen
für das zukünftige Leben des Toten, der dort begraben liegt.
(((NACHT – AUSSEN – NAH)))
Ein Grabstein, aufrecht stehend wie ein Menhir, in den anstelle
von Namen und Daten Spiralen geritzt sind, und Spiralen,
die sich um Spiralen winden. Ein Schatten fällt über den Stein,
ein Kopf, aus dem Hörner wachsen. (((SCHWENK))) Eine
Taschenlampe blitzt auf. Ihr Lichtkegel wandert über Kränze aus
Wildblumen und geflochtene Strohfiguren, bis er an einem
kugeligen Buchsbaum hängen bleibt, hinter dem sich die Zweige
eines Rosmarins wie ein Geweih hochranken. Die Taschen-
lampe erlischt. (((SCHWENK ZURÜCK))) Der Schatten mit
den Hörnern ist jetzt als Buchsbaum erkennbar. Langsam
dreht er den Kopf zur Seite und STEHT AUF.

JEREMY Halt! Stopp! Wir hatten uns geeinigt: Keine Götter!
  Es gibt einfach viel zu viele davon, und es ist einfach nicht
  vermittelbar, warum wir wen auswählen.
CARWYN Aber das ist Arwn.
JEREMY Ja und?
CARWYN Arwn ist ein walisischer Gott.
JEREMY Watch my lips: Nicht vermittelbar.
CHRISTIAN Muss das hier dann auch raus?

(((ZOOM))) Blutige Augenpaare öffnen sich in der Nacht. Das Licht der Taschenlampe flackert erneut auf und beleuchtet ein Rudel weißer Hunde mit roten Augen, die hinter dem Grabstein hervorkommen.

JEREMY Definitiv! Viel zu Horror. Ich will Alltagsvorstellungen von der Anderswelt.

CARWYN Wie die, dass Menschen eine ihnen vorgeschriebene Lebensspanne haben? Wenn jemand ermordet wird, stirbt er vor seiner Zeit. Entsprechend ist die Gefahr groß, dass er zurückkommt, weshalb solche Leichen lange mit dem Gesicht nach unten begraben wurden.

MARYAM Wann hattest du als Teenager den Moment, in dem du gemerkt hast: Wofür ich mich wirklich interessiere, sind Tote?

CHRISTIAN (klagend) Kann mir jemand das mit dem Gesicht nach unten erklären?

CARWYN Das ist natürlich, damit die Leiche in die falsche Richtung gräbt, wenn sie versucht, aus dem Grab hinauszuklettern. Noch aus dem Ersten Weltkrieg sind Fälle von britischen Soldaten bekannt, die tote Deutsche mit dem Gesicht nach unten begraben haben.

DURGA Ist das der Grund?

JEREMY Wofür?

DURGA Dafür, dass ihr bei der indischen Revolution 1857 die von euch getöteten muslimischen Widerstandskämpfer gegen ihre Religion verbrannt und die Hindus gegen ihre Religion beerdigt habt. Wolltet ihr verhindern, dass sie wiederkommen und weiterkämpfen?

(((VOICEOVER)))
»No wonder that the sun never set on the British empire, because even God couldn't trust the English in the dark.« Shashie Tharoor

»Borders are those invented lines drawn with ash on maps and sewn into the ground by bullets.« Mosab Abu Toha

»Imagine a banana or anything curved. Actually don't, since it's not curved or like a banana.« Doctor WHO

1 Letzte Nacht habe ich geträumt, ich wäre zurück auf den Andamanen. Ich würde am eisernen Gitter meiner Zelle stehen und im Kopf den einzigen Brief schreiben, der mir pro Jahr erlaubt ist, während sich von der anderen Seite die Wächter nähern, die eine Million Wege kennen, Fleisch zu Schmerzen zu machen, Kala Pani ist Schmerz und Einsamkeit, doch die Einsamkeit geht tiefer als das Fleisch, tiefer als meine Knochen, so tief, dass sie bleibt, auch wenn ich vergehe, sie ist das Herz der Flamme, die mich verzehrt, die Wände der Zelle, die sich auf mich zu bewegen, der Himmel, der durch das Fenster hereinfliegt wie ein Vogel und mir die Augen auspickt, die Mauern werden einstürzen, das Land wird ins Meer gespült werden, die Einsamkeit bleibt ——————————————
————————————————————————
————————————————————————
————————————————————————
———————————————————————— ich will nicht über Kala Pani schreiben, ich will nicht an Kala Pani denken, aber ich kann nicht aufhören, davon zu träumen, und in meinen Träumen schreit ein brauner Mann. Zu meiner Überraschung – jedes Mal zu meiner Überraschung – bemer-

ke ich, dass das nicht Savarkar ist, sondern Ullaskar: Duttas Bruder, der Verlobte der Namensgeberin meiner Mutter Lila, einer der Geister des verborgenen zwanzigsten Jahrhunderts.

Das war der Moment, in dem ich aufwachte und panisch nach Savarkar tastete, er machte ein Geräusch, halb Atmen, halb Schnauben, und drehte sich auf die andere Seite, und ich lag mit rasendem Puls neben ihm. Ich hatte keine Möglichkeit, zu überprüfen, ob das, was ich im London des Jahres 1908 jede Nacht träumte, bald schon genau so passieren würde. Ich meine, ich wusste, dass die Hand der Geschichte Savarkar greifen und nach Kala Pani zerren würde, so wie ich wusste, dass die Briten gezielt muslimische Wärter einsetzten, um die hinduistischen Revolutionäre zu foltern, in Ullaskars Fall bis zum Wahnsinn. Doch was bedeutete das wirklich? Was machte das mit einem Menschen, der all das erlebte und überlebte, welcher Teil von ihm überlebte eben nicht? Aber auch wenn ich all das niemals vollständig begreifen konnte, wusste ich, WUSSSTE ich, so wie ich wusste, dass ich hier lag, in diesem Zimmer, neben diesem Mann, dass Kala Pani ein zentraler Grund war, warum Savarkar danach schreiben und fordern würde, was er danach schrieb und forderte. Pathologisierte ich damit seine Politik? Bestimmt. Doch war Trauma die Brille, durch die er seitdem auf Muslime schaute. Und nicht nur er. *All these traumatised children waiting at stations / All these traumatised children leading our nations,* hallte Durgas Lieblingslied *Okay Doomer* von den *Black Aeroplanes* durch meinen Kopf. Alle, alle, alle waren traumatisiert, und alles, was traumatisierte Gruppen taten, war gerechtfertigt, weil es stets nur der Selbstverteidigung diente. Ich wollte Savarkar von dem hungrigen Schlund seines Schicksals wegreißen, nicht nur, weil ich ihm Schmerzen ersparen wollte, sondern auch, um zu verhindern, dass er neuen Schmerz in die Welt trug, doch wenn ich nachts aus Kala Pani zurückkehrte und seinen Atem einatmete oder seine Haut berührte, übertrug sich seine Angst auf mich.

Mit einem hohen Pfeifen presste er Luft aus der Nase und drehte sich wieder in meine Richtung. Ich drehte mich automatisch mit, die unbewusste Choreographie unserer Nächte. Nur war ich wach weniger elegant und stieß Madans Foto vom Nachttisch. Nicht das Porträt von Lady Wyllie – das hatte Sherlock behalten, und ich war froh gewesen, es loszuwerden –, sondern das Foto von Madan, das wir erst vor wenigen Monaten feierlich im Garten von India Haus aufgenommen hatten, dasselbe Foto, dessen Reproduktion Lila an unsere Wohnzimmerwand hängen und Leena Dhingra immer bei sich tragen würde. Es rutschte unter das Bett, und ich tastete mit wachsender Dringlichkeit im grauen Zwielicht danach, bis meine Finger endlich den Bilderrahmen fanden und das Gefühl von Bedrohung aus mir herausfloss, als hätte jemand einen Stöpsel gezogen. Mit einem Seufzer ließ ich mich zurückfallen und hielt das Bild fest an mich gepresst wie einen Talisman, einen Zauber gegen jede Angst. Die Gefahr ging nicht von Muslimen oder Hindus aus, sondern von Menschen, die Angst vor ihren Nachbarn hatten. Angst war die größte Gefahr.

Als Rohan auf die Welt gekommen war, hatte ich darauf bestanden, dass Dinesh mit ihm nachholte, was er bei mir unterlassen hatte, dass er ihm seine Sprache, Kultur, Geschichte beibrachte. Also sang Dinesh Rohan pflichtschuldigst seine traurigen bengalischen Lieder vor und schenkte ihm später einen ganzen Stapel der Amar-Chitra-Katha-Comics, mit denen in Indien seit den Sechzigerjahren Geschichte an die Massen gebracht wurde. Band 678 war *Veer Savarkar – He Fought for Human Dignity and Freedom*. Das Cover zeigte einen Mann, der aussah wie der verwahrloste Baldrick in *Blackadder* oder jeder andere europäische Hippie mit Nickelbrille und Hygieneproblemen, und natürlich war er an die gefürchtete Ölmühle gekettet wie Jesus an das Kreuz. Damals hatte ich diesem Heftchen keine weitere Aufmerksamkeit geschenkt, doch in den grauen Augenblicken zwischen dem Ende der Nacht und dem Beginn des Morgens machte mich der Gedanke wütend, dass Savarkar hauptsächlich für seine Leiden erinnert werden würde.

Und wieder war ich zurück auf den Andamanen, wieder jenseits des schwarzen Wassers, wieder in Kala Pani, das für Savarkars Helden der Revolution von 1857 gebaut worden war: Eine Strafkolonie, derart weit entfernt vom Festland, dass niemand mitbekam, was dort mit den Gefangenen geschah. Das Konzept basierte auf dem Pentonville Prison hier in London, in dessen kalkhaltiger Erde Madans Körper festgehalten wurde wie eine Geisel, nur war Kala Pani eben Pentonville in indischen Ausmaßen. Warum war nicht nur alles mit allem verbunden, sondern waren es auch alle Gefängnisse mit allen anderen?

Der offizielle Name für Kala Pani war *Cellular Jail*, weil jede Zelle von einem zentralen Überwachungsturm aus eingesehen werden konnte, während die Gefangenen in kompletter Isolation gehalten wurden. Dadurch würde Savarkar zwei Jahre lang nicht wissen, dass sein Bruder im selben Gefängnis war, nur wenige Zellen von ihm entfernt. Sobald ich einmal vom *Cellular Jail* gehört hatte, begegnete ich ihm überall: in Rohans Comics, an der Uni, wo es zusammen mit anderen panoptikumartigen Gefängnissen die Grundlage für Foucaults *Überwachen und Strafen* darstellte, und natürlich bei Sherlock Holmes. Ein zentraler Teil im *Zeichen der Vier* spielt nach 1857 auf den Andamanen, wo Jonathan Small seine lebenslängliche Haftstrafe verbüßt und den Vater von Doctor Watsons späterer Ehefrau Mary trifft. Doch vor allem trifft er den Andamaner Tonga. Die andamanische Urbevölkerung hatte in grimmiger Isolation gelebt, bis die Briten 1789 auf die Inseln kamen und ihre Krankheiten – und Alkohol, und Opium – mitbrachten. Danach starben die Andamaner hauptsächlich, und die Briten machten sich daran, sie zu fotografieren und katalogisieren, denn ein toter Wilder war ein guter Wilder. Die Andamaner waren keine guten Wilden: Sie weigerten sich, auszusterben, und brachen jeden weiteren Kontakt mit der Außenwelt ab. Bis auf Tonga, den Small im *Zeichen der Vier* fieberkrank im Urwald findet und gesund pflegt. Zum Dank hilft Tonga ihm, von den Inseln zu fliehen, und wird daraufhin von Small auf Jahrmärkten als ›Kannibale‹ ausgestellt, was man nun einmal so mit nicht-weißen Menschen macht. Tonga, der im ganzen Roman keinen einzigen Satz sprechen darf und der schließlich von Sherlock und Watson wie selbstverständlich erschossen wird. Tonga, der mir das Herz gebrochen hat.

»Warum hast du das getan?«, fuhr ich Sherlock bei unserem nächsten Treffen an. Zur Abwechslung hatte er auf seine Kutsche verzichtet und mich in die Baker Street zitiert, wo neben der Hausnummer 221b das Schild mit der Aufschrift *Institute for Time Travel* an der Haustür hing. Ich lief aufgebracht auf seinem roten Teppich hin und her, weil es mir wie posthumer Verrat an Tonga erschienen wäre, gemütlich im Ohrensessel vor dem Kamin zu sitzen. Ärgerlicherweise deduzierte Sherlock ohne Probleme, von wem ich sprach.

»Der Andamaner war zum Tod verurteilt, als die Zivilisation auf die Inseln kam«, antwortete er mit seiner gebildeten, objektiven Stimme, die mir stets das Gefühl vermittelte, dass ich das Offensichtliche nicht verstand. Und das Offensichtliche war, dass bestimmte Leben mehr wert waren als andere, und dass wiederum andere ... überhaupt keine Leben waren. »Warum sollte ich die Sicherheit von Watson und mir für einen wandernden Toten aufs Spiel setzen?«

Ich öffnete den Mund und schloss ihn wieder. Nichts, was ich sagen konnte, würde ihn davon überzeugen, dass Tonga mehr war als ein blutrünstiger Wilder, nur eine Miniatur-Stufe über einem tollwütigen Hund.

»Die interessantere Frage ist doch: Warum India House?«, fuhr Sherlock fort, als hätte er meinen entsetzten Blick nicht bemerkt, was wahrscheinlich sogar stimmte. Wie ich mich fühlte, hatte nichts mit dem Fall zu tun, entsprechend interessierte es ihn nicht.

»Wie bitte?«, fragte ich überrumpelt.

»Warum ist der Berg zum Propheten gegangen?«

»Der ... was?«

»Warum hat sich ein so hochrangiger Beamter wie Curzon Wyllie dazu herabgelassen, nach India House zu kommen, anstatt India House zu sich zu zitieren?«, sagte Sherlock so langsam und deutlich, als würde ich kein Englisch verstehen.

»Das ganze Haus? Oder nur ein paar Räume?«, entgegnete ich irritiert.

»Alle.«

»Zimmer?«

»Bewohner.«

»Oh«, sagte ich. Und dann: »Nein, verstehe ich immer noch nicht.«

»Es wäre für ihn doch ein Leichtes gewesen, ein Treffen bei ihm im India Office anzuberaumen und euch oder zumindest Savarkar dorthin zu befehlen. Stattdessen bürdet er sich den Aufwand auf, einen Polizeikordon zu organisieren. Hast du schon einmal so viele Polizisten an einem Ort gesehen?«

Ich schwieg, da ich mein Leben lang von deutlich mehr Polizisten umgeben gewesen war: bei den Ostermärschen, auf die Lila mich mitgeschleppt hatte, bei der Räumung des besetzten Hauses in der Körnerstraße, bei der Räumung in der Weißhausstraße, bei den Demos gegen den ersten Irakkrieg ... gegen den zweiten Irakkrieg ... Sherlock war bereits bei der nächsten Frage: »Was denkst du, wie viele es waren?«

»Viele«, sagte ich vage.

»Ja, aber wie viele? Ganz exakt!«

»Keine Ahnung, ein Bobby sieht für mich so ziemlich genauso aus wie der nächste. Vor allem mit diesen albernen Riemen an den Helmen.«

Sherlock sah befriedigt auf die Wand, in die er mit seiner Webley-Pistole die Buchstaben V.R. für *Victoria Regina* geschossen hatte, so wie Nena einen Bravo-Starschnitt von Nena an der Wand ihres Jugendzimmers gehabt hatte und Lila die Fahndungsfotos ihrer Lieblingsrevolutionäre an unserer Wohnzimmerwand. »Zehn?«, fragte er verträumt. »Mehr? Weniger?

»Oh, mehr. Eindeutig.«

»Sehr gut.«

»Wenn dich das glücklich macht.«

»Definitiv.«

Neben den Einschusslöchern hing, apropos Fanboy, ein Bild der Queen, also seiner Queen, Victoria, obwohl längst ihr Sohn Edward auf dem Thron saß. Vielleicht hatten die Demonstrierenden vor Florin Court doch Recht, und es ging bei dem ganzen Kampf um Bilder und Symbole nicht um Herrschaft und Dominanz, sondern um ein weitaus älteres Konzept mit einer fruchtbaren Königin als Verkörperung des Landes. Oder hatte Carwyn das gesagt? Apropos Carwyn: »Ich habe inzwischen herausgefunden, warum Curzon Wyllies Schuhe verschwunden sind«, bemerkte ich.

»Aha!«, rief Sherlock interessiert.

»Sie wurden gestohlen, damit seine Leiche nicht *wandeln* kann!«

Sherlock sah mich an, als hätte er mehr von mir erwartet,

was ganz schön beleidigend war, da er mich bereits für einen Vollidioten hielt. »Indischer Unsinn.«

»Wohl kaum indisch«, entgegnete ich pikiert. »Aiyar und Savarkar haben mir den Fall von Edwin Robert Rose herausgesucht, der vor knapp 19 Jahren hier in Großbritannien, also oben im schottischen Arran, von einem Berg gestürzt ist – oder gestoßen wurde. Bis heute wissen wir nicht, was von beidem, weil seine Stiefel, die den Forensikern darüber Auskunft geben könnten, vom ortsansässigen Wachtmeister zwischen Ebbe und Flut begraben wurden, damit Rose nicht auferstehen kann.«

2 »Wer von Ihnen möchte von den Toten auferstehen?«, fragte Jeremy dramatisch, während er die Glastüren des Florin Court aufwarf. »Ich lade Sie ein, nach oben zu kommen, und Ihre Argumente mit uns auszutauschen. Schließlich ist das hier das Mutterland der Meinungsfreiheit. *This scepter'd isle, this other Eden, this blessed plot, this earth, this realm, this England.*«

»Shakespeare«, sagte der seit Tag eins dauerprotestierende Mann mit der Melone auf dem Kopf anerkennend. Doch die meisten Demonstrierenden sahen Jeremy an, als wäre er das Jüngste Gericht.

»Wählen Sie Ihre Seite! Sieben gegen Sieben, ein faires Duell!« Jeremy gestikulierte in Richtung von Durga und Crew, die peinlich berührt lächelten. »Jedoch – und das ist meine einzige Bedingung – nur, wenn Sie bereit sind, einen Austausch zu führen, der hinterher veröffentlicht wird.«

»Aber halte es sauber, falls die wirklich eine Delegation schicken«, warnte Carwyn Durga, während sie die Treppe zum Büro wieder hochrannten.

»Was?«, fragte Durga atemlos.

»Du weißt schon ... nicht zu deutsch.«

»Deutsch?«

»Er ist zu britisch, um Sex zu sagen«, erklärte Shazia.

»Sex?«, fragte Durga.

»Deutsche Krimis, der ganze Sex im *Tatort* und so, das wäre hier alles x-rated«, fiel Asaf ein.

»Das ist ein Scherz, oder?«, fragte Durga.

»Und die ganzen pervy shots«, grinste Maryam.

»Pervy?«, fragte Durga. »Voyeuristisch?«

»Durchs Fenster, wenn jemand von Raum zu Raum geht – nackt«, erklärte Asaf. »Es gibt bei euch einfach immer eine Szene, in der jemand vom Telefon aufgeweckt wird. Hier würde die ...«

»... oder der ...«

»... oder wie Shaz so schön sagt: *oder der* – ihr zeigt nackte Körper für alle sexuellen Vorlieben – einfach nach dem Handy greifen. Aber bei euch liegt das Handy grundsätzlich in einem anderen Zimmer, und darum steht er/sie/they auf.«

»Nackt«, sagten alle zusammen.

»Schlaft ihr wirklich alle nackt in Deutschland?«, fragte Carwyn interessiert.

»Ihr nicht?«, fragte Durga ebenso interessiert zurück und fühlte Shaz' Hand an ihrer Schulter.

»Hast du Lust auf eine Zigarette?«

»Ich rauche nicht«, sagte Durga bedauernd.

»Okay, dann gehen wir aufs Klo.«

Shaz drückte die Toilettentür hinter ihnen zu und reichte Durga ihr Mobiltelefon, »Hast du das hier schon mitbekommen?«

»Neue Hetze?«

»Ja, aber nicht gegen uns. Sondern gegen *uns*.«

Durga schaute verständnislos auf den explodierenden

Thread, bei dem jeder dritte Kommentar ein Link zu Trumps Versprechen war, ein Hindu-Holocaust-Memorial zu bauen.

»Was zum Teufel soll ›Love Jihad‹ sein?«

»Der perfide Plan muslimischer Männern, Hindu-Frauen zu heiraten, nur um sie zu konvertieren.«

•

Ich rollte mich aus dem Bett und öffnete das Fenster. Die Dämmerung kam herein, feucht und kalt und sehr viel einschüchternder, als ich es gewohnt war.

»Findest du meine Nähe so unerträglich, dass du dich heimlich wegschleichst?«, fragte Savarkar aus der Dunkelheit hinter mir.

Ich zuckte ertappt zusammen und versuchte verzweifelt, etwas zu sagen, das die Distanz, die sich seit Madans Hinrichtung zwischen uns geschoben hatte, überbrücken konnte. »Würdest du Gandhi umbringen?« *Wow: o von 10 Punkten.*

Savarkar bewegte sich so lautlos durch das Zimmer, als wäre er sein eigener Geist. »Ich würde keinen Hindu umbringen, nicht einmal Gandhi.«

»Und was ist mit Muslimen? Muslime sind auch Inder!«

»Was hast du immer mit Muslimen?«, fragte Savarkar und atmete die feuchte Frühmorgenluft in mein Gesicht. Und sofort sah die Welt anders aus. Also, sie sah genauso aus, sie fühlte sich nur anders an: So als stünde ich am Schnittpunkt zweier komplett unterschiedlicher Zeitlinien, zweier unterschiedlicher Vergangenheiten. Dasselbe Land, dieselben Menschen, aber zwei sich diametral widersprechende Geschichten. Durch seine Augen sah ich die Schädel der zermalmten Hindus. Durch Durgas Augen (okay, durch die von Gandhis Congress-Partei und ihren bis in Durgas Familie mitmigrierten Ansichten) sah ich muslimische und hinduistische Familien, die in nachbarschaftlicher Freundschaft zusammengelebt hatten, bis die Teilung Indiens sie über Nacht in blutrünstige Fanatiker verwandelte. Wie konnten wir mit diesen sich so widersprechenden Erzählungen gemeinsam in die Zukunft gehen?

Savarkar streckte seinen Arm in das Grau jenseits des Fensters, als würde er in die Zukunft greifen und auf #HinduHolocaustMemorial zeigen. »Warum klagst du den einen Kolonialismus an, aber nicht den anderen Kolonialismus?«

●

It's the Power, stupid, tweetete @ShaziaTheGreat zurück. *Die Briten haben nach wie vor Macht, nämlich Hegemonialmacht. Muslime haben keine Macht in Indien. Viele von ihnen sind arm, weil es eine Klassenfrage war, wer bei der Teilung nach Pakistan fliehen konnte.*

●

Savarkar starrte in das weißer werdende Grau. »Warum hast du so viel Verständnis für Muslime, und so wenig für uns? Warum werden wir als Verräter behandelt, wenn wir über das Unrecht reden, das uns angetan wurde? Die Vergangenheit ist eine Wunde im Gewebe der Welt, die sich weigert zu heilen.«

●

»Warst du schon einmal in Kerala oder Tamil Nadu?«, fragte Shazia.

»Tamil Nadu?«, sagte Durga verständnislos.

»Es gibt dort so viele Schreine, in denen Hindus und Muslime beide beten. Und weißt du, wie sie heißen? Dargahs.«

461

»Durgas?«

»Nein, *Dargahs*: Orte, die eine Tür sind.«

•

Ich lehnte mich neben Savarkar aus dem Fenster. »Aber wir haben so viel gemeinsam.«

»Zum Beispiel?«

Keine Ahnung, ich bin schließlich keine Religionswissenschaftlerin. »Dass Hindus und Muslime beide ... Dämonen kennen?«

Zu meiner Überraschung fing Savarkar an zu lachen, und ich merkte, dass die Beklemmung, die von seiner Haut, seiner Berührung, seinem Atem ausging, nicht von ihm *jetzt* ausging, sondern von ihm *dann*. Ich konnte zwar nicht in die Zukunft sehen, aber in die Zukunft fühlen. Und in dem, was ihm und uns bevorsteht, funktionierte Trauma wie ein soziales Virus und verbreitete sich rasant.

•

»Natürlich geht es darum, über Diskriminierungserfahrungen zu reden«, seufzte Shazia. »Aber vor allem geht es darum, nicht weiter zu diskriminieren.«

»Das weiß ich doch«, sagte Durga. »Aber ich weiß eben nicht, wie das alles angefangen hat.«

»Warum ist das so wichtig? Warum wollen alle immer einen Anfang, einen Schuldigen, eine Ursünde?«

»Weil ich dann an diesen Anfang zurückgehen und alles ändern kann«, sagte Durga entschlossen.

Shazia hob die Augenbrauen, erhaschte hinter Durgas Kopf einen Blick in den Spiegel und beugte sich prüfend nach vorne. »Das sind doch alles polyvalente Konflikte. Wir müssen grundsätzlich das Narrativ hinterfragen, dass es irgendwann eine Zeit gab, in der alle harmonisch zusammengelebt haben.« Sie kramte in ihrer Tasche, bis sie einen Ziplock-Gefrierbeutel mit Kajalstiften und Mascara fand. »Das Problem mit Geschichte ist, dass sie so verdammt lange her ist. Das andere Problem mit Geschichte ist, dass sie natürlich nicht friedlich und fröhlich war, bis die Engländer vorbeikamen.«

»Ich möchte aber, dass die Engländer einfach an allem schuld sind«, sagte Durga mit einem Kloß im Hals.

•

»Warum?«, fragte Savarkar, mit einem Schlag wieder ernst.

»Weil wir gelernt haben, sie zu hassen. Das tut nicht weh. Nicht einmal ihnen.«

•

»Und es spricht ja auch genug dafür«, stimmte Shazia mir zu.

»Ja?«, sagte Durga hoffnungsvoll.

»Ja. Es waren die Briten, die die Geschichte Indiens als Geschichte zweier Nationen erzählt haben«, bestätigte Shaz und begann, ihre Augenbrauen nachzuziehen wie ein Statement.

»Indien und Pakistan meinst du?«

»Nein, vor der Unabhängigkeit: Die Briten haben die ganze Zeit so getan, als wäre Religion dasselbe wie Nation, ohne uns einen eigenen Staat zu geben, versteht sich.«

»Nein.«

»Stimmt, ist nicht besonders verständlich. Willst du auch?« Doch anstatt den Eyeliner anzunehmen, hielt Durga ihr ihr Gesicht hin, und Shaz malte ihr zwei kühn geschwungene Linien auf die Augenlider. »Die Briten haben im neunzehnten Jahrhundert nicht nur ohne Ende Bücher über die Geschichte Indiens geschrieben, sondern auch über die Geschichte der Hindus und Muslime, und zwar als grundsätzlich unterschieden und durchgehend miteinander im Konflikt.«

»Echt jetzt?«

»Oh ja, Religion als Ursprung und Ursache aller Geschichte. Es war die erklärte Strategie der Briten, unsere Communities zu trennen und Misstrauen zwischen uns zu säen. Divide and Conquer. Bis hin zu ihrer absurden Rechtfertigung, sie müssten ja nur in Indien sein, weil wir uns sonst gegenseitig umbringen würden.«

»Aber es ist passiert«, flüsterte Durga. »Wir haben uns ...«

»Ja, aber als Folge des britischen Empires, nicht als Ursache!«, fauchte Shazia und rammte den Deckel so fest auf den Eyeliner, dass Durga sich fragte, ob sie ihn jemals wieder abbekommen würde. »Verwechsle nicht immer Vergangenheit und Zukunft!«

Die Delegation, die das Büro von Florin Court Films betrat, bestand aus fünf Personen und – zu Durgas Überraschung – Nena. Nena schien nicht minder überrascht, als sie sich neben Durga auf Jeremys Art-déco-Sofa fallen ließ. »Was macht ihr denn hier?«

»Was machst du denn hier?«, fragte Durga zurück.

»Ich habe dein Handy auf dem Sofa in unserem Airbnb gefunden, ich dachte, du brauchst das.«

»Das hier ist Janet«, stellte Jeremy vor, und wieder erschien Janet wie aufs Stichwort, diesmal in dem mit mondscheinfarbenem Schaffell bezogenen Lamino-Sessel, der, das hätte Durga schwören können, bis gerade eben noch leer gewesen war. »Janet ist Konfliktlösungs-Moderatorin, bekannt aus Film und Fernsehen.«

»Ach ja?«, polterte Mr. Melone los, in dem Versuch, einschüchtern zu wirken und nicht eingeschüchtert durch die Designerausstattung von Jeremys Büro.

»Ja«, bestätigte Jeremy mit seiner selbstverständlichen Überlegenheit, die sich nicht einmal die Mühe machte, Janets Sendungen aus ihrem Portfolio abzulesen, obwohl es nur eine Armlänge von ihm entfernt lag. »Und sie wird auch dieses Gespräch hier moderieren. Over to you, Janet.«

»Danke, Jeremy!« Janet schwang ihre Beine vom Fußhocker und rieb die Hände. »Willst du deinen Gästen keinen Tee anbieten? Eh-eh.« Sie hielt Chris, der sofort aufspringen wollte, am Arm fest. »Jeremy macht das so gut.« Ohne ein Wort des Protests verschwand Jeremy in der Küche, aus der kurz darauf das Fauchen und Knacken des Wasserkessels zu hören war und die Schritte des letzten Nachzüglers von der Anti-Anti-Christie-Demo übertönte, der sich wie in einem Stummfilm ins Büro quetschte und von Janet auf Jeremys frei gewordenen Sitzplatz dirigiert wurde. Der dritte Mann hatte sich bereits selbst einen Stuhl genommen, und Asaf räumte das andere Sofa für die Frauen aus der Delegation. »Wunderbar. Fangen wir damit an, dass ihr etwas von euch erzählt.«

Alle Augen richteten sich auf Mr. Melone. Anscheinend war er der Wortführer, doch ohne seine Melone wirkte er merkwürdig nackt und verletzlich. »Also, ich repräsentiere *Christen für Christie* ...« Dann gingen ihm die Ideen aus, und er räusperte sich unwohl. »Und ... ich bin Engländer ...«

»Das tut mir leid«, sagte Asaf, so offensichtlich von seiner eigenen Aussage überrumpelt, dass Melone sich nur erneut räusperte. Janet winkte Durga, für die beiden zur Seite zu rutschen. Eingequetscht zwischen Nena und dem peinlich berührten Engländer, war sich Durga plötzlich nicht mehr sicher, ob Nena wirklich nur durch Zufall hier gelandet war. In den fünfundzwanzig Jahren ihrer Freundschaft hatten Durga und Nena

Probleme hauptsächlich dadurch gelöst, dass sie sie ignorierten, bis sie irgendwann vorbeigingen. Doch der ungelöste Konflikt war ihnen von der Brick-Lane-Moschee bis hierhin gefolgt und saß nun mit auf dem Sofa und schaute sie erwartungsvoll an.

»Wir müssen reden, nicht wahr?«, fragte Durga beklommen.

Aber Nena war gerade dabei, den Inhalt ihrer Umhängetasche auf ihrem Schoß auszuleeren. »Es muss so anstrengend sein, in deiner Welt zu leben.« Triumphierend fand sie den roten Karneol, der Schutz vor ... *irgendetwas* geben sollte, und rollte ihn zwischen den Fingern. »Diese ganzen Dualismen – auf welcher Seite stehst du und all das – sind bei weitem nicht so wichtig wie Spiritualität.«

»Was heißt das?«, sagte Asaf interessiert, und Durga fragte sich, warum sie bei all den politischen Diskussionen der letzten Tage kein einziges Mal über Glauben gesprochen hatten, über Religion, ja klar – aber immer nur als Diskriminierungskategorie.

Nena drückte Durga wie am Morgen den Karneol in die Hand und schaufelte ihre Sachen zurück in die Tasche. »Wir sind alle eins. Wenn uns etwas an anderen stört, spiegelt uns das in der Regel nur einen Aspekt von uns selbst.«

»Hm«, machte Asaf und wandte sich wieder Ohne-Melone zu. »Für euch ist das zwanzigste Jahrhundert lediglich von den beiden Weltkriegen und dem Kalten Krieg zwischen USA und Sowjetunion geprägt.«

Mr. Melone zuckte die Schultern, was, da er Arm an Arm mit Durga saß, bedeutete, dass sie ebenfalls mit den Schultern zuckte, zumindest mit der linken. »Ja und?«

»Für uns dagegen ist es das Jahrhundert, in dem wir unsere Unabhängigkeit erkämpft haben. Und nicht nur wir. Es ist das Jahrhundert, in dem die Kolonien ihre Fesseln abgeworfen ...«

»... und sich in Diktaturen verwandelt haben?«, beendete Melone seinen Satz.

»Weil ihr unsere demokratischen Präsidenten immer umbringt«, erwiderte Maryam.

»Verwechselst du uns da nicht mit den Franzosen?«, fragte Melone zur allgemeinen Überraschung. »Ich habe gelesen, dass der französische Geheimdienst seit den Sechzigerjahren ZWANZIG afrikanische Staatsoberhäupter aus dem Weg geräumt hat.«

»Zweiundzwanzig«, berichtigte Maryam.

»Wir Briten hassen die Franzosen auch«, bemerkte eine Frau mit großen melancholischen Augen, auf deren T-Shirt der Aufdruck *Even Dead Queens Read Christie* prangte. Einen Moment waren alle durch den gemeinsamen Feind geeint, dann erschien Jeremy mit einer Kanne Tee, die nur für dreieinhalb Tassen reichte, und verschwand wieder in der Küche.

»Wir sind hier, um eure Einwände gegen die antirassistische Neuverfilmung der Poirot-Krimis zu hören«, sagte Janet sanft, während die Tassen auf dem Glastisch vor sich hin dampften und alle zu höflich waren, sich eine zu nehmen. »Schließlich ist dieses Filmprojekt für uns alle.«

»Für uns alle?«, prustete die Frau mit der Melone, die ebenso wie Mr. Melone (kein Verwandter von ihr) das Bild der Demo von Stunde null an geprägt hatte. »Sollen wir jetzt noch dankbar sein, dass ihr unsere Geschichte auslöscht?«

Und auch die rothaarige Frau, die Durga an ihrem ersten Abend in Florin Court den Weg versperrt hatte, war mit von der Partie. »Der HarperCollins-Verlag hat schon angekündigt, dass er Christies Bücher in Bezug auf ›verletzende Sprache‹ zensieren wird. Ihr schreibt gleich ganze Filme um. Als Nächstes werden dann wieder Bücher verbrannt. Warum nennt ihr euch nicht gleich Heil-Hitler-Films?«

Alle Augen richteten sich auf Durga, doch die schaute ungerührt zurück, sie war schließlich nicht für jeden Naziverbleich zuständig.

»Warum könnt ihr nicht damit leben, dass sich Agatha Christie einen weißen Mann als ihren Superdetektiv ausgesucht hat?«, fragte Ms. Melone.

»Agatha Christie war die Erste, die unglücklich über Poirot war«, entgegnete Carwyn. »Sie bevorzugte Miss Marple.«

»Miss Marple.« Die Rothaarige, die Durga an Sarah-Skandal-Herzogin-Ferguson erinnerte, was aber auch am 24/7-Royal-Content in allen Medien liegen konnte, schaute Carwyn mit etwas wie Zuneigung an, und Durga fiel zum ersten Mal auf, dass Carwyn ganz schön attraktiv war, wenn man auf den Typ stand. Der Typ war ... Taliesin der Barde meets *Trainspotting*.

»Ihr streitet echt über Fernsehsendungen?«, fragte Nena.

»Was dachtest du denn?«, sagte Durga überrascht.

»Keine Ahnung. Kinderarmut, die Krise im Gesundheitswesen, den Nahostkonflikt?«

»Wir streiten uns nicht über Fernsehsendungen«, korrigierte der Nachzügler von Jeremys Bürostuhl aus. »Wir streiten über die Entzauberung der Welt. Die britische Literatur ist ein magischer Kanon und wie jedes schimmernde Mysterium voller Häresie und Ungereimtheiten. Wenn wir ihn im Namen der politischen Korrektheit bereinigen, nehmen wir ihm die Luft zum Atmen.«

Bevor Carwyn zu begeistert nicken konnte, sagte Durga: »Dem stimme ich zu.« Es war immer gut, seinem Gegner zuzustimmen, wenn man ihm widersprechen wollte. »Reinheit tötet Literatur. Genau wie ein Podest, auf das sie gestellt wird, damit sie sich bloß nicht weiterentwickelt. Literatur ist ein wildes, neugieriges Gespräch über die Generationen hinweg. Und die Funktion von Krimis ist dabei, Verborgenes sichtbar zu machen. In unserem Fall die unsichtbare Kolonialgeschichte in der Popkultur.« Durga war von sich selbst beeindruckt.

Nicht so Jeremys Platzhalter. »Du hast Postcolonial Studies studiert, nicht wahr? Wie wäre es, wenn du dich mal in der realen Welt umschaust? Nichts ist weniger unsichtbar als die Kolonialgeschichte.«

»Für die Postcolonial-Blase gibt es nur Gut und Böse, und wir sind auf der Seite der Bösen«, bekräftigte Ms. Melone.

Janet hob die Hand und begann mit ihrer Vertraue-mir-ich-bin-Arbeiterkind-Stimme zu zählen, und Durga spürte, wie sich Nenas Atem an ihrer rechten Schulter und Mr. Melones Atem an ihrer linken synchronisierten. »Nehmen wir einmal einen Moment lang an, dass die anderen genauso Recht haben wie ihr. Und dass sie ihre Meinungen nicht aus Charakterschwäche vertreten, sondern aus Gründen, die ihr zwar nicht unbedingt teilen müsst, die aber trotzdem ... Gründe sind.« Janet senkte alle bis auf den Zeigefinger, als wolle sie die islamische Tauhīd-Geste machen: Gott ist eins und einzigartig. Nur dass sie in ihrem Fall bedeutete: Jeder von euch ist einzigartig, und wir sind trotzdem eins.

»Ist euch klar, dass wir ebenfalls von anderen Völkern kolonialisiert worden sind?«, sagte Jeremy II nahezu versöhnlich. »Von den Römern.«

»Und den Franzosen«, ergänzte die Frau mit den traurigen Augen.

Jeremy wieselte mit zwei weiteren Teekannen herein – irgendwo musste es ein Nest geben –, und Ms. Melone und Shaz sangen seinem maßgeschneiderten Hemd *Polly put the kettle on* hinterher, bis ihre Augen sich trafen und Ms. Melone stockte, hin- und hergerissen zwischen Verschwisterung – endlich müssen mal die Männer in die Küche – und Verdacht – wegen Shazias Kopftuch.

»Nehmt euch selbst«, sagte Janet und reichte so entschlossen Tassen herum wie Miss Marple, für die Tee das Allheilmittel bei jedem Notfall war, wie etwa einer Leiche in der Bibliothek.

Sarah Ferguson griff durstig nach dem Milchkännchen in Form einer silbernen Kuh und erklärte: »Die Figuren in den Büchern reagieren doch nicht misstrauisch auf Poirot, weil er ein Fremder ist, sondern weil er aus Frankreich kommt, einem Land, das uns lange regiert hat. *What the fuck!*« Sie beobachtete entsetzt, wie Hafermilch aus dem Mund der Kuh schoss und ihren Tee in eine blassgraue Flüssigkeit verwandelte. »Gibt es keine richtige Milch? So ist das, wenn ihr Poirot schwarz macht. Dann machen die Geschichten keinen Sinn mehr. Dann sind alle nur ignorante Rassisten und er ein armer kleiner Ausländer. Dann nehmt ihr ihm seine Komplexität.«

»Poirot ist kein Franzose, sondern Belgier«, bemerkte Carwyn.

»Das ist für die Figuren in den Romanen doch egal«, sagte Chris mitgerissen von der allgemeinen Begeisterung für Literaturkritik. »Die halten ihn trotzdem alle für einen Franz... ups!« Er verstummte, als er bemerkte, dass er für die falsche Mannschaft spielte.

»Romane«, lächelte Janet unverdrossen und schob mit beiden Händen einen Haufen von Erstausgaben, grünen Penguin-Exemplaren und Paperbacks mit psychedelischen Covern in die Mitte des Tisches. »Was war euer erstes Agatha-Christie-Buch?«

Es war, als hätte sie einer Gruppe Fünfjähriger die Schlüssel zum Süßigkeitenladen in die Hand gedrückt. Durga schnappte sich einen schwarzen Umschlag, auf dem aus Zeitungen ausgeschnittene Buchstaben den Titel *The Moving Finger* bildeten. Sie hatte das Buch in ihrer WG mit Nena gelesen, als Dirk wegen seiner Depressionen nicht mit ihr sprach, und Jan, weil er

Jan war, nicht mit ihr sprach, und niemand sich für sie einsetzte außer Agatha Christies Ich-Erzähler, den es mit unbeschreiblicher Wut erfüllte, wie die Dorfgemeinschaft Durga Chatterjee alias Megan Hunter behandelte. In Durgas dunkelsten Zeiten waren Agatha Christies Bücher Leuchtfeuer gewesen, nicht nur, weil es darin Figuren gab, mit denen sie sich identifizieren konnte, sondern auch, weil diese Figuren von anderen erkannt wurden, so wie Jack sie erkannt hatte. Und zum ersten Mal seit Tagen fühlte Durga sich einem Telefonat mit Jack gewachsen.

Sarah Ferguson stapelte so sehnsüchtig Erstausgaben von *Murder in Mesopotamia* und *The Hollow* und *The Tuesday Club Murders* aufeinander, als würde sie überlegen, ob sie sie unauffällig mitnehmen könnte. »Warum sucht ihr euch ausgerechnet Agatha Christie aus, um Rassismus vorzuführen?«

»Ich würde Agatha Christie niemals vorführen, ich *liebe* Agatha«, sagte Carwyn mit seinem Ich-kann-jederzeit-anfangen-ein-Gedicht-aufzusagen-Lächeln und legte *The Patriotic Murders* auf ihren Stapel.

»Liebe«, wiederholte Janet, wurde jedoch von einem Klirren aus der Küche unterbrochen, das sich anhörte, als hätte Jeremy einen neuen Vorrat an Teekannen gefunden – und verloren. Und plötzlich redeten alle vom Faschismus.

»Wir sind eine kleine Insel am Rande Europas. Trotzdem haben wir als Einzige gegen die Nazis gekämpft«, verkündete der einzige Mann aus der Delegation, der bisher noch kein Wort gesagt hatte. »Warum redet ihr nie darüber, dass ohne uns die Hakenkreuzfahne über Europa wehen und es bestimmt keine Filme mit schwarzen Schauspielern geben würde, geschweige denn schwarze Schauspieler?«

»Das ist nicht allein euer Verdienst, sondern auch das von zweieinhalb Millionen indischen Soldaten, die ihr nie dafür geehrt habt«, wandte Asaf ein.

»Im Zweiten Weltkrieg kam jeder zweite Soldat, der für euch gekämpft hat, aus den Kolonien. Aber das hat euren Schnösel-Schauspieler und Möchtegern-Politiker Laurence Fox, der denkt, er wäre superschlau, weil er den Inspektor in einem Oxford-Krimi spielt, nicht davon abgehalten, sich zu beschweren, dass in dem Film 1917 ein Sikh-Soldat zu sehen ist«, sagte Shaz spitz. »Wie hat er das nochmal genannt: *zwanghafte Diversität?*«

»*Der* Laurence Fox?«, fragte Durga, die ihn als Inspector Hathaway geliebt hatte.

Sarah Ferguson nickte unwirsch. »Jaja, und er hat sich längst dafür entschuldigt.«

»Das ist aber nett von ihm«, sagte Asaf. »Wenn auch ein bisschen unglaubwürdig. Ich meine, warum hat er dann, als wir es endlich geschafft hatten, ein Denkmal für die muslimischen Soldaten in den beiden Weltkriegen durchzubekommen, als Erstes getweetet: *At last. Ein Denkmal, das wir schänden können.*

»Ihr wollt echt Statuen für Soldaten?«, fragte Durga fassungslos.

Der Mann, der offensichtlich lieber weiter düster geschwiegen hätte, ignorierte sie: »Und was hat uns die Kraft gegeben, gegen den Faschismus aufzustehen? Unsere Traditionen.«

»Da ist was dran«, sagte Carwyn und handelte sich einen bösen Blick von Maryam ein. »Ich meine ... ehem ... welche Traditionen?«

Aber es war klar, dass der Silent-but-Talking-Man die Queen meinte: »Auf der Webseite der königlichen Familie wird die Funktion der Krone als Fokus für nationale Identität, Einheit und Stolz beschrieben.«

»Stolz?«, fragte Shazia ungläubig.

»Was denn sonst?«

»Wie wäre es mit: Scham?« Maryam knallte ihre Tasse so vehement auf den Tisch, dass der Tee überschwappte und eine

Pfütze in Form der Britischen Inseln (ohne Irland natürlich) bildete. »Verdammt, ich vergesse immer, dass sich euer Geschichtsunterricht darauf beschränkt, wie viele Frauen Henry VIII umgebracht hat.«

»Divorced, beheaded, died, divorced, beheaded, survived«, zählte Chris auf.

Maryam schaute ihn an, als wäre sie nicht sicher, ob sie ihm einen Keks zuwerfen oder eine Kopfnuss verpassen sollte. »Okay, hier kommen ein paar weitere Royal Facts. 1645 wurde die Royal African Company durch die königliche Charta von Charles II gegründet. Wer von euch weiß, dass diese ur-englische Company mehr versklavte Afrikaner nach Amerika verschifft hat als irgendeine andere Institution der Welt? Niemand? Wie sieht es dann damit aus, dass sie den Menschen auf den Schiffen die Initialen DY in die Haut gebrannt haben? Noch immer keiner? Aber ihr wisst doch wohl wenigstens, wofür DY steht? Für den Duke of York! Den Leiter des ganzen Unternehmens: den späteren James II.«

»Natürlich ist das alles entsetzlich. Aber warum redet ihr nicht auch darüber, dass wir diejenigen waren, die die Sklaverei abgeschafft haben?«, insistierte Ms. Melone, und Durga stöhnte innerlich auf.

Sie erinnerte sich nur zu gut an das Gefühl von absoluter Unwirklichkeit, das sie ergriffen hatte, als Jack vor ein paar Jahren im Internet recherchiert hatte, ob seine Familie ebenfalls Menschen versklavt hatte, so, als würde er versuchen, die Öffnungszeiten eines Supermarktes herauszufinden, und es dauerte auch etwa so lange – beziehungsweise so kurz, da die Steuerbehörde die Namen aller britischen Sklavenhalter bereits parat hatte, weil sie nach dem Verbot der Sklaverei 1835 Wiedergutmachungen gezahlt hatte. 200 Millionen Pfund – oder nach heutigem Wert 17 Milliarden Pfund –, so viel Geld, dass die Briten dafür einen Kredit hatten aufnehmen müssen, den sie 180 Jahre lang abbezahlten.

»Erinnert ihr euch noch, wie das Finanz- und Wirtschaftsministerium UK Treasury 2015 getweetet hat: ›*Herzlichen Glückwunsch: Ihr habt mit euren Steuergeldern geholfen, die Sklaverei zu beenden*‹?«, fragte Asaf, und beide Melonen nickten. »Bloß, dass unsere Steuergelder nicht an die Menschen gezahlt wurden, die wir entführt, ausgebeutet und misshandelt haben, sondern an die ›Sklavenhalter‹, schließlich verloren die ja Eigentum.«

»Und wisst ihr, wofür HMT noch steht, außer für *Her Majesty's Treasury*?«, fragte Maryam zuckersüß.

»Hexamethylentetramin?«, schlug Jeremy II von Jeremys Bürostuhl aus vor.

»*Her Majesty's Torturers*«, korrigierte Maryam und schob die Braids aus ihrer Stirn. »Eine ziemlich genaue Jobbeschreibung für die Wächter in den Lagern, in denen die Mau-Mau-Revolutionäre und eigentlich alle interniert waren, die die britische Kolonialherrschaft in Kenia nicht auf Knien anbeteten. Diese KZs ...«

»Sag nicht KZs«, bat Durga leise.

Maryam drehte sich mit flammenden Augen zu ihr. »Warum nicht? Schließlich waren es Konzentrationslager.«

Durga schluckte. »Ja, aber damit relativierst du die Konzentrationslager der Nazis.«

»Weil Folter und Mord nur dann ein Problem sind, wenn weiße Menschen gefoltert und vernichtet werden?«

»Oh Gott, lass uns nicht die Diskussion aufmachen, dass nicht alle Juden weiß sind«, sagte Durga verzweifelt und machte damit natürlich genau diese Diskussion auf.

»Ja, ja, ich weiß, für Antisemiten sind alle Juden die ›gefährlichen Anderen‹, aber ich bezweifle trotzdem, dass der Rest der Welt heute so um die Juden trauern würde, wenn wir sie nicht sozusagen posthum weiß machen würden.«

»Maryam, bitte verschone mich, ich bin Deutsche. Ich will hier echt nicht den Holocaust erklären, aber es ging den Nazis darum, nicht nur die Juden in Deutschland umzubringen, sondern *alle* Juden. Das unterscheidet den Holocaust von ...«

»Verschont *mich*!«, sagte Jeremy II.

»Nein, das interessiert mich jetzt«, sagte Maryam perverserweise.

Durga seufzte. »Trotzdem gibt es natürlich viele Kontinuitäten zwischen Kolonialismus und Nazi-Faschismus. Das erste Konzentrationslager haben wir, also, wir Deutschen, in Namibia gebaut, weil wir die Vernichtung durch Arbeit erst einmal in den Kolonien testen wollten, bevor wir das in Deutschland – okay, hauptsächlich in Polen – gemacht haben.«

»Da irrst du dich«, sagte Maryam. »Das erste Konzentrationslager haben die Briten in Südafrika errichtet.«

»Nein, das erste Konzentrationslager haben die Spanier auf Kuba errichtet«, sagte Chris von seinem Laptop aus. »Das Wort kommt vom Spanischen *reconcentrados*.«

»Well done, Wikipedia«, sagte Maryam zu Chris. Und: »Es gibt übrigens keinen Grund, stolz darauf zu sein, dass man die genozidalste Nation der Welt ist«, zu Durga. Für einen Moment konnte Durga Ms.-Für-euch-gibt-es-nur-Gut-und-Böse-und-wir-sind-die-Bösen-Melone verstehen.

»Jedenfalls haben die Briten ihre *Konzentrationslager*«, betonte Maryam überdeutlich, »in Kenia erst 1959 geschlossen. Da war die Queen bereits sechs Jahre lang Queen, und ihr Bild hing an der Wand, wenn die Kenianer bis zur Bewusstlosigkeit geprügelt, vergewaltigt, kastriert wurden. Glaubt nicht mir, glaubt dem High Court hier um die Ecke, der vor zehn Jahren entschieden hat, den Opfern Entschädigungen zuzugestehen.«

Die Sekunden flossen sirrend aus dem Wecker auf dem Kaminsims. Mr. Melone atmete so angestrengt, dass Durga die Bewegungen seines Brustkorbs wie die Ausläufer eines weit entfernten Erdbebens spüren konnte. In der Küche fegte Jeremy die Scherben zusammen.

»Ich bin mir sicher, wenn die Queen davon gewusst hätte, hätte sie das sofort unterbunden«, sagte die traurige Frau irgendwann, und Maryam schnaubte. »Aber sogar wenn, ich meine, sogar wenn sie ... Die Queen ist doch jetzt tot und wartet in Westminster darauf, begraben zu werden, und wir bekommen einen neuen König, der nicht für die Fehler seiner Vorfahren verantwortlich ist.«

»Die Iren würden widersprechen«, widersprach Carwyn. »Als King George V Dublin 1911 besuchte, erklärte der irische Gewerkschafter und Revolutionär James Connolly, dass die Iren den König nicht für die Verbrechen seiner Vorfahren verantwortlich machen würden, WENN er auf die Rechte seiner Vorfahren verzichte. Doch solange der König die Rechte seiner Vorfahren kraft seiner Abstammung beansprucht, muss er kraft derselben Abstammung auch die Verantwortung für ihre Verbrechen übernehmen.«

»James Connolly habt ihr übrigens auch ermordet«, fluchte Maryam.

Mr. Melone räusperte sich, doch es war Ms. Melone, die erklärte: »Ihr schaut nur auf die negativen Teile unserer Geschichte und ignoriert den Rest. Wenn wir dasselbe mit euren Ländern machen würden ... würdet ihr das Rassismus nennen.«

Nena, die spätestens bei der Erwähnung der Nazis das Interesse an dem Gespräch verloren hatte, schaute von ihrem Handy hoch und fragte: »Wusstet ihr, dass Yoko Ono gesagt hat: Das Gegenteil von Liebe ist nicht Hass, es ist Angst?«

4 »Du weißt, dass unsere gemeinsamen Tage gezählt sind?«, sagte Savarkar, und der Morgen war angebrochen.

»Nein!«, protestierte ich, obwohl ich tief in mir die Zeit verrinnen hören konnte wie eine tickende Uhr.

Savarkar griff nach einem Hemd und zog es über das Hemd, in dem er geschlafen hatte. »Du wirst nachher in der Zeitung lesen, dass der Steuereintreiber von Nashik erschossen worden ist.«

»Der wer?«

»Arthur Jackson. Mit einer Browning-Pistole, deren Seriennummer zu India House zurückverfolgt werden kann. Noch belastender ist allerdings die Aussage seines Attentäters Ananta Laxman Kanhere, dass er Jackson als Rache für die Verhaftung meines Bruders Ganesh Damodar Savarkar hingerichtet hat.«

»Das ist nicht wahr«, sagte ich erstickt. Solange ich es nicht glaubte, würden sie nicht kommen, um Savarkar abzuholen.

Savarkar strich mir die Haare aus der Stirn. »Komm, lass uns rausgehen, ich kann sowieso nicht mehr schlafen.«

»Und wohin?«

»Zur Themse. Flüsse fließen durch unsere Adern. Hindu heißt Fluss.« Das war das erste Mal, das Savarkar etwas zum Thema *Hindu* sagte, mit dem ich leben konnte. »Der Sindhu oder Indus ist das Rückenmark, das die fernste Vergangenheit mit der fernsten Zukunft verbindet«, fuhr er fort, während ich in meine kalte Kleidung kletterte. »Das Wort Sindhu bezeichnet auf Sanskrit nicht nur den Fluss Indus, sondern auch das Meer. Damit sind in einem einzigen Wort alle Grenzen unseres Landes enthalten: Vom Indus bis zum Indischen Ozean.«

From the River to the Sea ... From Sea to Shining Sea ... From the Redwood Forest to the Gulf Stream waters ... Sogar die Parolen blieben die gleichen, als wären sie Echos von Echos, Ringe auf dem See der Zeit. Ich nahm den Barbourmantel vom Haken neben der Tür und folgte Savarkar durch die Straßen von London, die sich hinter Nebelschwaden versteckten, eine Geographie des Verschwindens. Nicht einmal die Themse war zu sehen. Wir setzten uns an den Strand und warfen Kiesel in den unsichtbaren Fluss, als würden wir sie über den Rand der Welt schleudern.

»Manche Worte transportieren nicht nur Ideen, sondern sind lebendige Wesen. *Hindu* ist ein solches Wort«, instruierte mich Savarkar, als müsse er die Gelegenheit nutzen, *bevor ... bevor ...* »Wir waren schon immer ein Land, oder glaubst du etwa Churchills Behauptung: *Indien ist nichts weiter als ein geographischer Begriff, es ist genauso wenig eine Nation wie der Äquator.*«

Ich schlug den Kragen meines Mantels hoch und atmete den wehmütigen Wachsgeruch ein. »Woran erkennt man, dass Churchill lügt? Er öffnet den Mund.«

»Du bist wirklich ein Dichter, Sanjeev«, sagte Savarkar mit mehr Wärme, als ich von ihm gewohnt war, und ich brachte nicht über das Herz, ihm zu sagen, dass das ein Zitat gewesen war. Der Nebel wurde noch dichter, und Savarkars Gesicht war die einzige Konstante inmitten wandelnder Schatten. Ich versuchte, den Mann auf dem berühmten Porträt in ihm zu erkennen, doch ließ er sich einfach nicht auf die zwei Dimensionen eines Fotos reduzieren. Und umgekehrt gelang es mir erst recht nicht, aus dem Foto heraus den lebenden und ununterbrochen redenden Savarkar zu rekonstruieren, weil das Ergänzen der fehlenden Informationen eine Arbeit mit zu vielen Unbekannten und Optionen bedeutete, die sich in weitere und immer weitere Wahrscheinlichkeitsarme verzweigten, eine Explosion der möglichen Savarkars – der Atheist, der Hindunationalist, der Blutsbruder von Muslimen, der Blutsfeind von Muslimen, der größte Feind des Empires, der Handlanger der Briten ... ebenso wie dieser Savarkar hier nicht unbedingt jener in den Geschichtsbüchern werden musste, zu viele Entscheidungen lagen zwischen ihm jetzt und ihm dann, zu viel Leben, das noch nicht gelebt war.

»Fühlst du, wie dasselbe Blut, das durch die Adern von Rama und Krishna pumpt, von Vene zu Vene jedes Hindus fließt und von Herz zu Herz pulsiert?«, fragte Savarkar eindringlich, und ich fühlte sein Blut durch meine Venen pulsieren, doch er schien das nicht einmal zu bemerken, wahrscheinlich, weil er diese Wirkung auf jeden Mann, jede Frau und jed*e Hijra ausübte, dem er begegnete. »Aber kein Blut ist rein.«

»Kannst du das nochmal wiederholen?«, fragte ich perplex.

»Kein Blut ist rein. Die Muslime haben von derselben Milch an der Brust des Mutterlands getrunken wie wir.«

»Warum redest du dann die ganze Zeit von Hindus? Was macht für dich einen Hindu zu einem Hindu?«, fragte ich und dachte daran, was Shaz mir auf der Toilette von Florin Court gesagt hatte: *Du weißt, was die Briten am meisten an Hindus und Muslimen gestört hat? Dass sie nicht klar zu unterscheiden waren. Menschen konnten gläubige Muslime im Beruf sein und gläubige Hindus zu Hause und umgekehrt. Die Idee von Identitäten auf der Basis von Religion ist ein britischer Import. Es ist in Indien nahezu unmöglich, solche Identitäten vor dem ersten kolonialen Zensus von 1861 festzumachen.*

»Das Vergießen von Blut für eine gemeinsame Sache«, antwortete Savarkar, als hätte ich endlich die richtige Frage gestellt. »Das ist mein einziges Problem mit den Mohammedanern. Nicht ihre Religion, nicht ihr Glaube, sondern die Tatsache, dass ihre heiligen Stätten in Arabien liegen. Welches Land würden sie verteidigen, wenn es zu einem Krieg zwischen Indern und Arabern käme?«

»Diese ganzen Körperflüssigkeiten werden langsam unappetitlich«, stöhnte ich. »Dann dürften auch keine Christen England regieren – oder Amerika –, sondern nur Palästina.«

Zu meinem Entsetzen nickte Savarkar. »Da ist etwas dran, aber du vergisst, dass die Juden zuerst dort waren. Hast du Theodor Herzl gelesen? Wenn der Traum der Zionisten jemals wahr und Palästina ein jüdischer Staat wird, wird das mein Herz genauso erfreuen wie die Herzen unserer jüdischen Freunde. Es ist nur richtig, dass sie in ihr heiliges Land zurückkehren.« Er holte aus und ließ einen flachen Stein auf den Nebelwellen flitschen, bis er mit einem kaum hörbaren Plopp vom unsichtbaren Wasser verschluckt wurde. »Jemand ist Hindu, wenn Indien sein Mutterland ist, *matrbhumi*, das Land seiner Vorfahren, *pitrbhumi*, und sein heiliges Land, *punya bhumi*. Wir Hindus lieben die Erde unseres Mutterlandes, weil darin unsere Vorfahren schlafen.«

»Und da hätten wir bereits das erste Problem.«

»Was?«

»Meine Vorfahren haben wie so viele Menschen auf dieser Welt so viele Länder verlassen, freiwillig und unfreiwillig, mein Mutterland ist ... nirgendwo.«

Das war das erste Mal, dass ich Savarkar sprachlos erlebte.

Migration ist die Erfahrung, in einem Land zu leben, in dem dich niemand kennt und du die Sprache neu lernen musst. Damit reproduziert in gewisser Form jede Trennung das Erlebnis der Migration. Durga hatte sich Nena nie so nahe gefühlt wie nach deren Trennung von Cornelius, dem Mutter-Nachfolger. Sie selbst war schwanger mit Rohan und verbrachte eine Menge Zeit in Nenas neuer, leerer Wohnung, die nur wenige Straßen von Jacks und Durgas neuer, zu voller Wohnung entfernt war. In ihren Erinnerungen saß Durga in den brütend heißen Wochen vor der Geburt meist bei Nena an ihrem alten WG-

Küchentisch, die von der Schwangerschaft angeschwollenen Füße in einer Plastikschüssel mit Wasser und Eiswürfeln, und diskutierte mit ihr über Männer, und es fühlte sich an, als würden sie über Migration reden.

So wie sie ein paar Tage später in der Pressevorführung einer Doku über Joe Strummer saß und dachte, sie würde eine Doku über Nena sehen, ihre beste Freundin, nicht die Musikerin, versteht sich. Nachdem Joe *The Clash* verlassen hatte, suchte er nach einer neuen Band und ging zu zahlreichen Vorspielen, die in der Regel daran scheiterten, dass die Musiker ihn einfach nicht behandelten wie JOE STRUMMER, so wie Nenas neue Liebhaber sie nicht behandelten wie NENA, weil sie nicht wussten, dass sie eine Legende war, eine überlebensgroße Punkgöttin, die jederzeit auf einen vorbeilaufenden Tiger springen konnte – sondern in ihr nur eine einsame Frau auf der Suche nach Liebe sahen.

Nena lachte sich tot, als Durga mit Auberginenpaste und Dinkelbrötchen bei ihr auftauchte und empört von dem Film erzählte. »Du weißt echt eine Menge darüber, wie sich die Welt anfühlt, wenn du braun bist, aber du hast keine Ahnung, wie das für eine blonde Frau ist«, prustete sie und stellte eine Flasche Bier neben Durgas Füße in das Eiswasser. Und Durga dachte zum ersten Mal darüber nach, dass Weißsein nicht nur ein Vorteil sein musste, dass ihre eigene Haut ihr nicht nur Rassismus einbrockte, sondern ebenso häufig wie ein Schutzmantel wirkte, wenn Frauen mit Kopftuch sie viel häufiger anlächelten als Nena und Männer mit sichtbarem Migrationshintergrund sich bei Gefahr schützend vor sie stellten wie vor ihre Schwestern. Nun war Nena damals zwar schon lange nicht mehr blond, aber sich bewegte sich wie eine blonde Frau. Wie eine blonde Frau mit großen Brüsten.

Durga hatte immer angenommen, dass Dinesh verstummt war, weil Lila ihn verlassen hatte. Erst als er schon lange mit Rosa verheiratet war, wurde ihr klar, dass Lilas Auszug für ihn nicht nur das Ende einer einzelnen Beziehung gewesen war, sondern das Kontinuum der Trennung von seinen Eltern, Geschwistern, Freunden, bekannten Straßen, Gerüchen, Geräuschen fortsetzte und den Grundton seines Lebens von Verlust amplifizierte, den er seiner Tochter vererbte. Dort wo seine Vergangenheit sein sollte, war ein gigantischer leerer Raum, in dem Geisterechos hallten, weil es niemanden gab, mit dem er diesen Raum teilen konnte. Zumindest nicht auf Deutsch. Traf sich ihr stummer Vater mit Mamood und den anderen beiden Bengalen, mit denen er erst nach Hamburg und dann nach Köln gekommen war, konnte er nicht aufhören, zu reden, nur halt in einer Sprache, die er Durga nie beigebracht hatte.

Im Rückblick merkte Durga, dass das Gefühl, keine Geschichte zu haben, keine Menschen zu haben, die sich an dich und deine Vorfahren erinnern, für sie jahrzehntelang dadurch abgefedert worden war, dass sie in der alten BRD der Siebziger- und Achtzigerjahre aufwuchs, die parallel zu ihr ebenfalls eine Identitätskrise durchlief. Aus Entsetzen vor der Nazi-Vergangenheit ihrer Eltern und Großeltern kultivierte die deutsche Linke geradezu das Gefühl von Leere, Absenz und abwehrendem Zynismus. Durga konnte nicht einmal ahnen, dass die neue BRD sich nur wenig später eine glänzend neue Vergangenheit imaginieren würde: Eine obskure, artifizielle Erinnerung an Deutschsein *vor* den Nazis, vor den beiden verlorenen Weltkriegen, eine Phantomvergangenheit (ohne Kolonialismus, versteht sich), der die Deutschen ungelogen im einundzwanzigsten Jahrhundert sogar ein eigenes Schloss bauen würden, das mit alttestamentarischen Propheten dekorierte Humboldt Forum in Berlin.

Und dann kam Durga Puja, das Fest der Göttin, nach der ich benannt war, der feurigen Durga, die den unbesiegbaren Dämonen Mahishasura ... besiegte. Nur dass in India House alle bis auf Chatto und mich das Fest Dussehra nannten und den Sieg von Rama über den Dämonen Ravana feierten, den er ohne Durga zwar auch niemals errungen hätte, aber erzähl das mal Hindus, die den Gott Rama feiern wollen.

Im Jahr davor hatte es noch Auseinandersetzungen über die Ausrichtung des Festes gegeben, und Madan hatte eine Tonfigur von Durga geformt, die wir alle zusammen bemalt und nach dem achttägigen Fest in der Themse versenkt hatten, wofür wir beinahe von der Polizei verhaftet worden wären. Madans Anwesenheit war so unauffällig und leise gewesen, dass uns die Lautstärke seiner Abwesenheit noch immer völlig unvorbereitet traf. Seine Hinrichtung hatte ihn nicht nur aus unserer Mitte gerissen, sie hatte die Textur unseres Zusammenlebens verändert. Chatto war seither noch länger und noch öfter niedergeschlagen, Aiyar noch distanzierter, und Savarkar schrieb noch frenetischer. Wären Grealis und David nicht gewesen, wären wir völlig von der Außenwelt abgeschnitten gewesen, denn die sonstigen Londoner Inder mieden uns aus berechtigter Angst vor Kontaktkontamination wie eine Leprakolonie. Nur Asaf und Lala schafften es hin und wieder, einen Hauch von Normalität zu verbreiten, doch auch sie konnten nicht darüber hinwegtäuschen, dass die Fundamente unter uns wegbröckelten, was perfiderweise physisch keineswegs der Fall war: Die Mauern des Hauses waren so stabil, dass sie selbst die Luftangriffe des Zweiten Weltkriegs und alle nachfolgenden städtebaulichen Umstrukturierungen überdauern würden. Aber India House, so wie wir es kannten, war dem Untergang geweiht. Deshalb war das Dussehra-Fest diesmal so existenziell, es war ein letztes Feuerwerk vor dem Verlöschen des Lichts.

»Das war ja klar«, sagte Savarkar, der Gandhi eingeladen hatte, den Vorsitz bei den Feierlichkeiten zu übernehmen, als er postalisch die Antwort erhielt, dass Gandhi zu einer solchen Teilnahme nur bereit sei, wenn *keine* politischen Reden gehalten würden.

Ich saß zu seinen Füßen und steckte unsere Einladungen in Umschläge, deren Klappen ich mit einem kleinen Schwämmchen befeuchtete, bevor ich sie zudrückte. »Und?«

»Was auch immer er will«, seufzte Savarkar, der Gandhis Besuch so erstrebenswert fand wie einen eingewachsenen Zehnagel, doch bestand darin die einzige Möglichkeit, Gäste zu uns zu locken.

Und India House schmückte sich für sein letztes Fest. Das heißt, ich schmückte es mit Davids Hilfe, knackte körbeweise Walnüsse von unserem Baum, die Chatto daraufhin zusammen mit Datteln in Pralinen verwandelte. Ich verbrachte sogar eine meiner Kutschfahrten mit Sherlock mit der Suche nach Ziegenmilch, da Gandhi wegen der Gewalt, die die Milchindustrie Kühen antat, keine Kuhmilch mehr trank, und Aiyar sich weigerte, die beiden Ziegen, mit denen Gandhi seitdem reiste, in unseren Garten zu lassen. Zu meinem Bedauern konnte Shyamji nicht aus Paris kommen, weil er in London umgehend verhaftet worden wäre. Dafür stand Madame Cama bereits Montagabend mit zahlreichen Taschen und Beuteln im Flur. Sie schlug ihr Lager vor dem Kamin in der Bibliothek auf, und wir wetteiferten darum, ihr handgemachte Leckerbissen, Fußmassagen und andere Aufmerksamkeiten anzubieten, wie man das eben bei älteren Verwandten oder Ehrengästen machte, doch taten wir es, um mehr Zeit in der Nähe ihrer Wärme verbringen zu können.

Der Dienstagmorgen begann mit einem so glorreichen Sonnenaufgang, dass die Dächer der Cromwell Avenue wirkten, als würden sie in Flammen stehen. Ich bekam die Aufgabe zugeteilt, die Gäste zur Garderobe – Asafs Zimmer – zu lotsen, was ein Schild genauso gut erledigt hätte, doch wollten alle verhindern, dass ich versehentlich in der Küche half. In meinen beiden Jahren in India House hatte ich eine Menge gelernt, aber nicht kochen. Ich fragte mich gerade, wie ich die dunklen Mäntel, die Asafs Bett und jede andere freie Fläche unter sich begruben, jemals wieder ihren Besitzern zuordnen sollte, als Charlotte Despard in einem prunkvollen schwarzen Seidenkleid, an das sie eine Rosette mit der Aufschrift *Votes for Women* gesteckt hatte, hereinsegelte und sich rührend freute, mich zu sehen. »Ah, Sandy! Warum nennen dich eigentlich alle Sandy? Du hast doch gar keine roten Haare!«

»Sanjeev«, sagte ich.

»Bist du dir sicher?«, fragte sie skeptisch und schaute sich um. »Wohin ist er nun schon wieder verschwunden?« Wie sich herausstellte, wollte sie mir ihren Neffen vorstellen, doch Asafs Zimmer war neffenfrei. Also zog sie mich näher an ihren vor Wäschestärke knisternden Busen und verriet mir: »Ich bin dabei, ein Spiel patentieren zu lassen.«

»Ein Spiel?«, fragte ich.

»Ja. Spiel. Würfel. Figuren. Du weißt schon.«

»Ein Brettspiel!«

Sie schnalzte ungeduldig mit der Zunge »Du bist ebenso schwer von Begriff wie Freddie, ihr werdet euch großartig verstehen. Ein Brettspiel, richtig. Ich habe es *Suffragetto* genannt. Suffra-Getto, kapische?« Ich nickte. »Es gibt zwei Mannschaften: die Polizisten und die Suffragetten.« Zur Sicherheit nickte ich noch einmal. »Die Polizisten schleppen die Suffragetten ins Gefängnis. Und die Suffragetten schicken die Polizisten ins Krankenhaus.« Sie zwinkerte mir verschwörerisch zu. »Jiu Jitsu!«

Ein junger Mann ohne Kinn erschien nervös an der Zimmertür, und zu meiner Überraschung erkannte ich meinen tantengebeutelten Freund aus dem Rhododendronbusch vor Lady Wyllies Haus. »Bertie!«

»Freddie«, korrigierte Charlotte.

»Mach dir nichts draus, Menschen neigen dazu, meinen Namen zu vergessen«, tröstete er mich, während er enthusiastisch meine Hand schüttelte. »Ich wusste gar nicht, dass du meine Tante Charlotte kennst.«

»Wie viele Tanten hast du so?«

Er schauderte, als wäre das ein schmerzhaftes Thema. »Charlotte ist meine gute Tante, während meine ...«, er schluckte, »toughe Tante Georgiana dafür bekannt ist, dass sie zerbrochenes Glas isst und bei Vollmond Menschenopfer bringt.«

»Ich kann nicht den ganzen Tag herumstehen und euch dabei zuhören, wie ihr Unsinn redet«, sagte Charlotte liebevoll und warf sich ihre Spitzenstola um die Schultern. Sie kam bis zum Flur, wo sie mit einem großen, dünnen Mann kollidierte. Sherlock!

»Du. Hier«, sagte ich das Offensichtliche.

Sherlock sah mich befremdet an. »Wie soll ich sonst herausfinden, wie Curzon Wyllie aus der Bibliothek verschwunden ist?«

»Ist doch egal, wie. Lass uns endlich zur Polizei gehen!«

»Aha«, entgegnete er. »Und mit welchen Beweisen?«

»Ah.«

»Es würde so viel Zeit sparen, wenn du nachdenkst, bevor du redest«, rügte er mich, und ich dachte: *Es würde so viel Zeit sparen, wenn du mir sagst, was du denkst, dann müsste ich nicht so viele dumme Fragen stellen.*

Laut sagte ich: »Kann ich dir Freddie vorstellen?« Doch Freddie hatte sich wohlweislich verdünnisiert. Ich entschied, dass die Mäntel auf sich selbst aufpassen konnten, und folgte Sherlock in die mit zu vielen Menschen und zu viel Essen und zu viel Anspannung gefüllte Bibliothek, hauptsächlich weil die Gäste den Boden mit Blicken nach Blutspuren absuchten. David und ich hatten die Tische im Erkerfenster zusammengeschoben und Teppiche aus Shyamjis verwaistem Büro darüber ausgebreitet, so dass eine Bühne entstanden war, auf der Gandhi bereits im Schneidersitz saß und auf Savarkar wartete. Durch das Fenster hinter ihm sah ich zwei Männer vom anderen Ende der Cromwell Avenue den Berg heraufkommen und sich einen Weg durch die Polizisten vor dem Haus bahnen. Sie trugen Fantasieuniformen, und mein Herz zog sich zusammen.

Alle – bis auf Gandhi, der *Allahu Akbar* rief – stimmten zur Begrüßung *Vande Mataram* an, als Acharya und Dutta die Bibliothek betraten, und verstummten einer nach dem anderen. Acharya sah noch ausgemergelter aus als sonst, und an Duttas Uniform fehlten die oberen Knöpfe. Doch wirkten sie nicht, als wäre der Rifkrieg hart gewesen, sondern anders ... leerer.

»Fragt nicht«, sagte Dutta, und zu meiner großen Überraschung hielten sich alle daran. Das musste das erste Mal in der Geschichte dieser Aufforderung sein, dass sie tatsächlich befolgt wurde.

Nur nicht von mir. »Was zum Teufel?«, sagte ich zu Acharya, als ich ihn hinter die laut auf Sherlock einredende Charlotte gezogen hatte, die offensichtlich seinen Bruder Mycroft kannte, aber nicht viel von ihm hielt. Dutta folgte uns mit einem Teller voller Pakoras und einem entschuldigenden Lächeln.

»Sie wollten uns nicht«, sagte Acharya mit so viel Scham, dass ich begann, über die Undankbarkeit der Amazigh zu schimpfen, die Dutta und er bei ihrem Kampf gegen die spanische Kolonialmacht hatten unterstützen wollen, bis Acharya mir den Boden unter den Füßen wegzog: »Die Spanier wollten uns auch nicht.«

»Ihr habt euch nicht im Ernst danach einfach der Kolonialarmee angedient, bloß um Kriegserfahrungen zu sammeln?« Natürlich hatten sie das. Doch beide Seiten hatten die Inder für Spione gehalten.

Sherlock drehte sich zu mir um und formte mit den Lippen die Worte: *Das hätte ich den beiden auch ohne den ganzen Aufwand verraten können.*

»Macht das irgendetwas besser?«, fauchte ich zurück.

»Manieren«, mahnte Charlotte.

»Wo ist David?«, fragte Sherlock unvermittelt.

»David?«, fragte ich überrascht.

»Etwa achtzehn, ein Gesicht wie eine intelligente Ratte, Sohn des Literaturkritikers Edward Garnett«, beschrieb ihn Sherlock, der genau wie Savarkar kein Ohr für Ironie hatte, es sei denn, er verwendete sie selbst.

»Und Sohn der Übersetzerin Constance Garnett, geborene Black«, wies Charlotte ihn zurecht.

»Ist das nicht die, die die russischen Anarchisten übersetzt?«, fragte Sherlock.

»Russische Anarchisten? Tolstoi und Tschechow!«, sagte Charlotte so streng, dass sogar Sherlock betroffen aussah, bevor sie mit gedämpfter Stimme fortfuhr: »Aber sie hatte einmal eine Affäre mit einem Anarchisten, der uns die russische Strategie des Hungerstreiks beigebracht hat.« In diesem Moment hob Gandhi auf der Bühne die Hände zum Segen, und in meinen Ohren begann ein Summen wie ein Tinnitus oder ein Radio, das seine Frequenz verloren hatte.

»Ihr alle kennt das *Ramayana*«, begann Gandhi. »Ihr wisst, dass Rama, bevor er sein Königreich errang, für zwölf Jahre im Exil litt. Seine Königin Sita ertrug extremes Leid. Sein Bruder

Lakshman schlief zwölf leidvolle Jahre lang nicht und entsagte allen Verlockungen des Fleisches.« Ich drückte auf die Schädelmulden neben meinen Ohren, damit das Summen aufhörte, vergeblich. »Erst wenn wir Inder lernen, so wie er zu leben, werden wir wahrhaft frei sein.«

Neben mir plumpste ein Pakora-Teigmantel auf den Boden. »Willst du damit sagen, die Briten dürfen uns die Augen ausbrennen, die Hände abschlagen, das Rückgrat brechen, ohne Konsequenzen zu befürchten?«, rief Dutta, und ich wusste, dass er an seinen Bruder Ullaskar dachte, der nach Kala Pani deportiert worden war. Ein Pfeifen gesellte sich zu dem Summen in meinem Kopf.

Darüber verpasste ich, dass Savarkar nun ebenfalls auf die Bühne geklettert war. »Da der verehrte Gandhiji gerade über das *Ramayana* gesprochen hat, möchte ich daran erinnern, dass Rama sein Königreich nicht durch Leiden errungen hat, sondern indem er den Dämonen Ravana tötete. Und wir feiern heute Durga«, Savarkars Augen suchten und fanden meine, »die Göttin des Kampfes und des Widerstands.«

Asaf hatte einmal gesagt, dass Savarkar der einzige wirklich gute Redner war, den er kannte, und je mehr Zuhörer er hatte, desto besser sprach er, als würde er seinen Vortrag mit ihrer Energie und Aufmerksamkeit speisen wie mit elektrischem Strom. Ich konnte die abrupte Euphorie im Raum spüren, die Energielinien zu ihm fließen sehen, das Einzige, was ich nicht konnte, war, seine Worte zu hören, da sie in meinem Kopf sofort von anderen Worten übertönt wurden, von Reden, die noch nicht gehalten, von Rednern, die noch nicht einmal alle geboren waren, Everything Everywhere All at Once. »*Revolution ist ein unveräußerliches Recht der Menschheit.*« *Bhagat Singh* (((RAUSCHEN))) »*In der Geschichte wurde keine echte Veränderung jemals durch Diskussionen erreicht.*« *Subhash Chandra Bose* (((RAU-

SCHEN))) »*Niemand auf der Welt, niemand in der Geschichte, hat jemals seine Freiheit erlangt, indem er an das moralische Bewusstsein der Menschen appelliert hat, die ihn unterdrücken.« Assata Shakur* (((PIEEEP))) Und dann wechselte der Sender, und ich hörte: *Bhagat Singh: 1931 Tod durch den Galgen* (((RAUSCHEN))) *Subhash Chandra Bose: 1945 bei einem Flugzeugabsturz verbrannt* (oder wie Dinesh immer sagte: »Alles Fake News, Netaji wartet nur darauf, zurückzukommen wie König Artus.«) (((PIEEEP))) *Assata Shakur: seit 1979 eine der meistgesuchten Terrorist:innen des FBI.*

Der Gedanke schwappte durch mich wie eine Woge von Dunkelheit: Nichts, was die Revolutionäre taten, würde vom Empire verstanden werden. All ihre Opfer und Kämpfe, nichts als die Bestätigung für den Westen, dass diese braunen oder Schwarzen Menschen eben blutrünstig waren.

Die Woge ebbte ab, um Kraft für den nächsten Ansturm zu sammeln, so dass ich Gandhis Stimme für einen Moment verstehen konnte. »Du hast Recht, dass die Engländer brutale Gewalt angewendet haben und es uns möglich wäre, dasselbe zu tun. Doch mit ähnlichen Mitteln können wir stets nur das Gleiche erreichen«, beschwor er Savarkar oder uns. Ein Flüstern ging durch den Raum. Zustimmung? Ablehnung? Beides? Und dann sagte Gandhi: »Es stimmt, dass die Unabhängigkeit mit Blut getauft werden muss, aber es muss unser Blut sein.«

War denn noch nicht genug von unserem Blut geflossen? Wie viele von uns mussten noch verhungern, erschossen werden, gehängt, bis die westliche Welt sagen würde: *Es reicht! Wir sehen, dass euch Unrecht angetan wird.* Wie konnte es sein, dass Gandhis Philosophie über ihn hinauswachsen und so viele Menschen – inklusive mich – inspirieren, während Savarkars Philosophie ihn ebenfalls überleben und zu einem Monster werden würde? Weil jede Form von Widerstand, egal ob mit oder ohne Gewalt, die Idee der Versöhnung beinhalten muss.

Dieses Mal war das (((RAUSCHEN))) so laut, dass ich mir nicht sicher war, ob ich den letzten Satz gedacht oder ob Madame Cama ihn gesagt hatte, die ihre Hand hob wie Janet bei der Florin-Court-Konfrontation, wie die muslimische Tauhīd-Geste, wie Durgas Göttinnenhand, die das Sudarshana Chakra drehte. »Wir haben einmal mehr den großen Männern zugehört, wie sie über indische Philosophie gestritten haben.« Hinter mir schnaubte Sherlock, der ja Hegels Ansicht teilte, dass es keine Philosophie in Indien gab. »Und wie im *Ramayana* wird von Sita erwartet, dass sie still daneben sitzt, während Rama und Ravana um sie kämpfen. Ich denke, es ist Zeit, dass Sita spricht.« Damit stieg sie ebenfalls auf die Bühne: »Freunde. Landsleute. Brüder und Schwestern im Kampf um die Unabhängigkeit. Wir werden nie entscheiden können, welche Form des Widerstands die richtige ist. Doch können wir nicht darauf warten, bis wir den perfekten, den über alle Zweifel erhabenen Widerstand gefunden haben.«

Als würde ein flackernder Projektor angeworfen, begann in meinem Kopf ein Informationsfilm über die Gewissensprüfung für Kriegsdienstverweigerer in der alten Bundesrepublik: »Was würden Sie tun, wenn Sie mit ihrer Freundin im Wald unterwegs sind und ein Mann Sie mit einer Pistole bedroht. Würden Sie nicht zurückschießen?« *Nein, denn ich hätte keine Waffe.* »Aber wenn Sie eine Waffe hätten?« *Ich hätte keine Waffe.* »Würden Sie sich in diesem Fall nicht wünschen, eine Pistole zu haben?« *Nein, denn die Wahrscheinlichkeit, dass der Angreifer seine Waffe benutzt, steigt, wenn ich ebenfalls eine Waffe habe.* »Aber wenn dieser Mann droht, Ihre Freundin/Mutter/Tochter zu erschießen?« Der Film lief schneller, die Bedrohungen wurden bedrohlicher, die Waffen größer, bis er plötzlich abriss und ich Madame Cama wieder hören konnte: »Die Frage, was besser ist, bewaffneter oder gewaltfreier Widerstand, ist bedeutungslos. Jede Freiheitsbewegung bedient sich gewaltfreier *und* bewaffneter Strategien.« Diesmal schnaubte Gandhi, doch sie sprach unbeirrt weiter: »Wichtiger ist, dass die Gesellschaft, für die wir kämpfen, auf den Prinzipien der Gewaltfreiheit beruht. Über diese Gesellschaft müssen wir nachdenken, und zwar jetzt. Ansonsten ersetzen wir eine Form von Unterdrückung durch eine andere. Ein freies Indien besteht nicht nur aus der Abwesenheit der Engländer. Wir müssen wissen, was Freiheit, Gleichheit und Gerechtigkeit für *uns* bedeuten, für alle von uns.«

Zum ersten Mal seit Monaten hörte mein Herz auf zu schmerzen. Ich ließ mich in der Menge der Gäste treiben, sicher, von diesem Meer aus Menschen getragen zu werden, und lauschte weiter Madame Camas süßen Worten, oder vielleicht waren es auch nur meine eigenen Gedanken: *Wie kann Versöhnung aussehen? Wie werden wir zusammen erinnern können? Wie werden wir zusammen trauern können? Wie heilen wir zusammen? Was bedeutet Freiheit, so dass jeder von uns frei sein kann?*

6 »Weißt du, dass ich dich sehr lieb habe, Sanjeev«, sagte Aiyar und legte den Arm um mich. Ich war überrascht, weil Aiyar immer herzlich uninteressiert an mir gewesen war. Dann entdeckte ich die Dose mit den Haschischkeksen, die Asaf gebacken hatte, unter seinem Arm, doch Aiyar schüttelte vehement den Kopf. »Ich habe noch keinen davon gegessen. Hörst du? Die Engländer mögen zwar bessere Waffen haben als wir, aber wir sind besser darin, zu lieben. Vergiss das nicht, wenn du zurückgehst.«

»Wenn ich was?«, fragte ich und nahm vor Aufregung einen Keks aus der Dose.

»Zurück. Wir müssen alle irgendwann wieder nach Hause. Hast du kein Heimweh, Sanjeev?«

»Doch«, sagte ich und merkte, dass Sanjeev Heimweh hatte.

Aiyar tätschelte mir die Wange, sagte: »Liebe. Immer dran denken.« Und drückte sich durch die Menge zu Savarkar, der flüsternd auf Madame Cama einredete. Die beiden schauten kurz auf und nahmen ihn in ihre Mitte. Gandhi unterhielt sich mit Asaf, sprich: Gandhi redete, und Asaf hörte interessiert zu. Sherlock war noch immer in sein Gespräch mit Charlotte vertieft. Wenn ich es nicht besser gewusst hätte, wäre das hier eine ganz normale Party gewesen. Die Reden waren gehalten, das Duell zwischen Savarkar und Gandhi dank Madame Cama ohne Sieger und Besiegte ausgegangen. Und sogar die Stimmen in meinem Kopf waren verstummt.

Der Keks schmeckte wie Gartenerde und verursachte mir leichte Übelkeit. Plötzlich überwältigte mich die summende und schwatzende Anwesenheit der zweihundert Menschen, die sich in die Bibliothek drängten wie in das Schwarze Loch von Kalkutta. Ich griff nach einem Becher Lassi, um den Geschmack in meinem Mund loszuwerden, und kroch unter die Tische, die als Bühne hergehalten hatten. Durch den Spalt zwischen den Teppichen fiel genug Licht zum Lesen herein, also nahm ich das Buch, das Savarkar am Bühnenrand liegen gelassen hatte, mit in meine Höhle. Es waren Shakespeares gesammelte Komödien, und ein Gefühl von Rührung überkam mich, als ich sah, dass er darin sorgfältig alle Rechtschreibfehler korrigiert hatte. Und dann entdeckte ich am unteren Rand einer Seite in ausgeblichener Tinte meinen Namen, okay, den Namen der Göttin: *Durga, wann* ... Neugierig schlug ich die Seite um, doch der Satz ging nicht weiter. Also blätterte ich wieder zurück und bemerkte, dass ich mich verlesen hatte. Klein, fast unleserlich stand dort: *Durga, what the fuck are you doing?* Ja, was tat ich, was tat ich hier? In meinem Aufruhr glitt mir das Buch aus den Händen, und ich konnte die Stelle nicht mehr finden. Inzwischen war ich so getrieben, dass ich das ganze Buch durchblätterte.

»Sanjeev?«, erklang Savarkars Stimme von jenseits des Schlitzes im selben Moment, in dem ich *Where are you?* entdeckte, so klein, dass ich die Augen zusammenkneifen musste und mir wünschte, ich hätte Sherlocks Vergrößerungsglas stibitzt. Oder stand da: *Warum kann ich dich nicht erreichen?*

Wie eine Aufforderung rollte ein Füllfederhalter unter den Tisch, und ich zog ihn vor Savarkars suchend nach ihm tastender Hand weg. Mit zitternden Fingern schrieb ich: *Jack?*

Was denkst denn du?

Vor Aufregung verschüttete ich den Lassi, und die Tinte zerfloss zum Rorschachtest einer Nachricht. Ich zögerte eine Sekunde, dann schrieb ich entschieden: *Ich bin bald zu Hause!* War ich das?

Es war merkwürdig, dass Durga so sehr unter Lilas Verlassen gelitten hatte, während ich es genoss, ein paar Tage – oder Jahre – ohne meinen Sohn zu verbringen. Ich liebte Rohan. Aber nicht, mich jeden Morgen mit ihm darüber zu streiten, dass er pünktlich in die Schule kam. Man sollte meinen, dass es mich nachsichtiger gegenüber Lilas millionenfachen Unzulänglichkeiten gestimmt hätte, selbst ein Kind zu haben und zu erkennen, wie weit ich ebenfalls von der Mutter entfernt war, die ich gerne gewesen wäre. Stattdessen machte es mich nur irrational noch wütender über die Zurückweisungen meiner Mutter, sogar ihr gewaltvoller Tod war eine kalte Schulter, die sie brutal und plötzlich von mir wegdrehte. Ich hatte mir Kinderhaben immer wie einen Roman vorgestellt, in dem der Kleine Lord

Fauntleroy seine Mutter *Dearest* nannte – also, ehrlich gesagt war das ganz schön cringeworthy –, darum war ich nicht auf Rohan vorbereitet gewesen, dem nichts fremder war als viktorianische Sentimentalitäten. Kinder brachten ihren Müttern einfach nicht die ganze Zeit Blümchen und Herzchen als Liebesbeweise mit. Bloß, dass ich genau das getan hatte. Auf dem Weg zu meiner Grundschule hatte es einen Blumenladen gegeben, den alle nur ›den Holländer‹ nannten – wahrscheinlich, weil seine Pflanzen aus Holland kamen –, und ich hatte den Großteil meines Taschengelds in Schneeglöckchen und Stiefmütterchen für Lila investiert und sogar einen Puddingschüsselhaarschnitt wie der kleine Ami-Aristokrat gehabt, aber den hatten wir alle in den Siebzigerjahren. Meine übermäßige kindliche Bewunderung für sie machte ich dann den Rest von Lilas Leben wett, indem ich sie nie wieder ohne ein inneres Hohnlächeln anschaute. Bei einem unserer letzten Gespräche, bevor sie ... na ja *bevor*, fragte Lila mich: »Denkst du wirklich, ich hätte dich aus Egoismus in Köln gelassen?«

»Ja«, sagte ich.

»Wirklich?«

Ich schwieg.

Lila griff nach meiner Hand, wusste dann nicht, was sie damit anfangen sollte, und ließ sie wieder los. »Ich hatte schon lange den Verdacht, dass ich keine so gute Mutter war wie Dinesh.«

»Dinesh war nicht meine Mutter.«

»Mutter, Vater, Schnickschnack. Dinesh konnte dir etwas geben, was ich nie hatte.«

»Und was war das?«

»Beständigkeit.« Lila riss die Augen auf, als wolle sie ihre Aussage damit unterstreichen, eine Mimik, die ich zu meinem Leidwesen von ihr geerbt hatte. »Wer sagt, dass Kinder nach der

Trennung bei der Mutter bleiben müssen? Warum ist der Vater, der auszieht, in Ordnung; aber die Mutter, die auszieht, nicht?«

»Verwirr mich nicht mit Argumenten.«

»Wenn du mit mir gegangen wärst, hättest du ein Leben im ständigen Aufbruch gehabt. Ich war nirgendwo so lange wie bei Dinesh. Und ich wusste, dass ich es nie wieder so lange schaffen würde.«

»Sie behauptet, sie hat dich zu deinem eigenen Besten verlassen? *That really adds insult to pedagogy*«, sagte Jack, nachdem Lila eine geheime Threema-Nachricht erhalten hatte und schlagartig aufgebrochen war.

Ich wünschte, ich hätte damals »Ich verzeihe dir« zu Lila sagen können.

Bloß dass meine Mutter natürlich geantwortet hätte: »Aber ich will deine Vergebung nicht, meine Liebe.«

Es war Zeit, sich zu entscheiden. Ich atmete den bekannten Geruch von Sandelholz und Bohnerwachs ein, kroch aus meiner Höhle und ging zu Savarkar. Er sah mich an, als hätte er nur auf mich gewartet.

»Ich möchte Mitglied in eurem Geheimbund werden«, erklärte ich, und er küsste mich auf den Mund.

»Wenn du bereit bist, Mitglied von Abhinav Bharat zu werden, kannst du den Eid ...«, er nickte Aiyar zu, »gleich ablegen.«

»Ich habe es mir überlegt. Aber ...« Seine Mundwinkel hoben sich höhnisch über mein *Aber*. Hatte ich Lila wirklich die ganze Zeit so angeschaut? Kein Wunder, dass sie so defensiv gewesen war. »Aber ich muss dir erst etwas gestehen«, sagte ich bestimmt. »Ich bin durch die Zeit gereist.«

»Natürlich bist du durch die Zeit gereist«, sagte Savarkar unbeeindruckt. »Der hinduistische Geist reist nun einmal durch die Zeit.«

Es begann, gegen die Haustür zu klopfen, und plötzlich war jede Sekunde wertvoll. »Hör mir zu! Mein Name ist nicht Sanjeev, sondern Durga. Ich werde 1972 geboren werden. Ich bin fünfzig Jahre alt. In meiner Zeit ist es 2022, und die Queen ist gerade gestorben.«

»Victoria?«

»Elizabeth.«

»Du kommst aus der Vergangenheit?«

»Nein, die nächste Queen heißt auch Elizabeth. Das ist wie mit Curzon Wyllie und Lord Curzon, die Engländer haben einfach nicht genug Namen für ihre Aristokraten.«

Das Klopfen verwandelte sich in ein Hämmern. Ich zog Savarkar in meine Arme, als könnte ich ihn von dem Abgrund, der sich mit der Haustür öffnete, wegreißen.

»Wie wird das alles für mich enden?«, fragte Savarkar in meine Haare. »Werde ich Indien befreien?«

»Ich habe keine Ahnung«, flüsterte ich. »Ich habe keine Ahnung, was passiert, weil die Geschichtsbücher nicht mehr stimmen, seit ich hier bin.« Was würde aus ihnen allen werden? Hatte ich durch meine Anwesenheit die Geschichte geändert wie ein mit Elektrizität gefülltes Kabel, das zuckend durch die Zeitlinien peitschte? Oder war Geschichte einfach stets eine Lüge? »Was auch immer nach heute hier geschieht, lass die Muslime nicht im Stich. Die Muslime in Indien sind einfach Inder. Alle Menschen sind einfach Menschen.«

»Selbstverständlich.«

»Und deshalb ... hast du mir gerade zugestimmt?«, fragte ich verblüfft.

»Natürlich. Viele von ihnen sind ja auch Nachfahren von Hindus, die mit dem Schwert konvertiert wurden. Warum müssen wir die einzige Religion sein, die nicht missioniert, ja, es sogar Menschen unmöglich macht, zurückzukonvertieren?

Kein Wunder, dass die Hindus immer weniger werden und die anderen immer mehr. Das werde ich alles ändern, wenn wir unabhängig sind.«

»Aber«, sagte ich und hörte, wie die Haustür aufflog, »selbst wenn ... sie anders bleiben wollen ... wenn sie ... wir gehören trotzdem zusammen. Versprich mir ...« Im Flur brach Panik aus, und Savarkar befreite sich vorsichtig von mir.

»Was denkst du über Modi«, fragte ich hastig.

»Modi wer?«

»Narendra Modi.«

»Ich kenne keinen ...«, murmelte Savarkar.

»Was?«, wiederholte ich atemlos.

»Nichts.« Savarkar schaute nicht mehr mich an, sondern die britischen Polizisten, die in die Bibliothek hineinstürmten wie das Schicksal.

●

»Eklat. Skandal. Sensation«, sagte Jeremy, als die Delegation der Demo gegangen war.

»Was?«, fragte Durga misstrauisch.

»Ich habe das ganze Gespräch aufgenommen. Das benutzen wir für die Werbung.«

»Aber das war doch total konstruk...«

»*Der kontroverseste Film aller Zeiten.* I like it.«

Nena, die es in ihren beiden Stunden in Florin Court geschafft hatte, sich von Durgas Freundin in einen ehrenamtlichen Teil des Teams zu verwandeln – weird wise woman from Germany –, grinste: »Kontroverser als *Das Leben des Brian*?«

»Ha!«, grinste Jeremy zurück. »Das kommt in den Trailer!«

●

»Ist das eine Pistole in deiner Tasche, Britannia, oder freust du dich nur, mich zu sehen?«, sagte Savarkar, als zwei Konstabler seine Arme ergriffen und ihn abführten. Jetzt war der Moment für meinen Plan gekommen. Dann erinnerte ich mich, dass ich keinen Plan hatte.

»Ich kümmere mich«, sagte Madame Cama und griff nach ihrer schwarzen Handtasche, einer perfekten Replik der Tasche der Queen. Wie eine Königin verließ sie zusammen mit den Polizisten und Savarkar India House.

Es fühlte sich an, als würden mich die Körper, die sich zum Fenster drängten, erdrücken. Das Glas war wie Wasser. Das Licht wurde rissig. Ich wusste bereits alles: Savarkar würde nach Indien ausgeliefert werden, weil er in England ein Verfahren nach britischem Recht bekommen hätte, in Indien dagegen nach Kolonialrecht verurteilt werden konnte. Er würde, wenn das Schiff in Marseille Zwischenhalt machte, bitten, ein Bad nehmen zu dürfen, sich so einseifen, dass er seinen dünnen Körper durch das Bullauge quetschen konnte, und, verfolgt von britischen Kugeln, an Land schwimmen. Er würde zu einem französischen Polizisten rennen und diesen bitten, ihn zu seinen Vorgesetzten zu bringen. Doch die Briten würden lügen, wie sie immer logen, dass er ein Dieb sei, und ihn zurück auf ihr Schiff zerren. Der Fall würde internationale Empörung auslösen. Karl Marx' Enkel, Jean-Laurent-Frederick Longuet, würde vor dem Internationalen Strafgerichtshof in Den Haag gegen Savarkars Auslieferung protestieren. Aber das Gericht würde sich wie so viele Gerichte wieder und wieder zu Gunsten der Kolonialmacht entscheiden. Savarkar würde zu zweimal Lebenslänglich in Kala Pani verurteilt werden und kommentieren: *Endlich haben die Engländer das Prinzip der Wiedergeburt verstanden.*

Er schaute noch einmal zu mir hoch, bevor er in den Polizeiwagen gestoßen wurde. Es war das letzte Mal, dass ich ihn sah. Und plötzlich hörte ich auf, mich darüber zu wundern, dass ich in der Vergangenheit gelandet war. Schließlich ist die Vergangenheit der Ort, an dem wir den größten Teil unserer Politik machen. Die Zukunft ist bereits geschehen, alles, was wir gestalten können, ist die Vergangenheit.

7 Ich fand David im Garten, wo er zusammen mit Charlottes Neffen Freddie Gänseblümchenketten flocht und einen enormen Joint rauchte. »Das ist Sherlock«, sagte ich und kämpfte gegen das Bedürfnis, mich neben sie zu setzen und zu einem Grashalm zu werden. »Sherlock will dir ein paar Fragen stellen.«

»Wo wir das Bhang herhaben? Kein Kommentar, Officer«, giggelte Freddie und fuhr Davids Wangenknochen mit seinem Zeigefinger nach, als wären sie das Schönste, was er jemals in seinem Leben gesehen hatte.

»Warum sollte ich das fragen?«, sagte Sherlock irritiert. »Es ist offensichtlich, dass du deine Tante nur nach India House begleitet hast, um hier hochwertigeres Haschisch zu erstehen, als in der Apotheke erhältlich ist, und es dann im Drones Club weiterzuverkaufen, Alfred.«

»Oh ... mein ... Gott«, japste Freddie in Zeitlupe.

»Das ist nur gut und patriotisch«, sagte David würdevoll. »Schon die Queen hat darauf geschworen, wenn sie ... um ... ehm ... ah ... wegen ... ah ... ehm ... da unten.« Offensichtlich konnte er das Wort Menstruation nicht aussprechen.

»Niemand interessiert sich für eure Drogen. Beantworte Sherlocks Fragen«, herrschte ich ihn an. Wenn ich nicht in Schockstarre war, war ich offensichtlich autoritär.

»Righty-ho«, sagte David. Und dann: »Welche Fragen?«

»Ich weiß aus verlässlicher Quelle ...«, begann Sherlock.

»Von meiner Tante Charlotte«, stöhnte Freddie.

»Halt's Maul!«, schrie ich ihn an.

»Oh, ja. Absolut. Selbstverständlich. Mum's the word.«

»… Ich weiß von Charlotte Despard, richtig, dass du, David Garnett, am Tag von Curzon Wyllies Verschwinden stundenlang vor der Tür der Bibliothek gesessen hast.«

»Absolut«, stimmte David ihm zu. »Guardian of the Library für India House, das war ich.« Ich konnte mir lebhaft vorstellen, dass Aiyar ihm diesen Job gegeben hatte, um ihn aus den Füßen zu bekommen.

»Du warst also bereits vor der Bibliothek, als Curzon Wyllie in India House angekommen ist?« David nickte feierlich. »Bist du dir sicher?«

»Mann, ich saß seit dem Frühstück vor der Bibliothek. Ich habe eine Blase wie Royal-Navy-Stahl.«

»Exzellent«, rief Sherlock und rieb seine langen Finger aneinander. »Dann hast du jeden gesehen, der in die Bibliothek hinein- und wieder herausgegangen ist?«

David schwieg in die Betrachtung seiner Gamaschen versunken, bis ich ihn anstieß und er erklärte: »Niemand ist in die Dings gegangen, bis auf Cyllie Wurzon … ich meine Curzon Wyllie.«

»Denk nach!«, insistierte Sherlock.

»Nie. Mand.«, sagte David entschieden. »Of. Fen. Kun. Dig!«

»Nichts ist trügerischer als eine offenkundige Tatsache«, sagte Sherlock pedantisch. »Das Paket kann nicht früher in der Bibliothek versteckt worden sein.«

David widersprach ebenso pedantisch: »Da war nichts versteckt.«

»Woher willst du das wissen?«

»Weil einer der Polizisten die Bibliothek minutiös mit seiner Untersuchungsausrüstung … untersucht hat«, sagte David triumphierend.

»Wasss«, sagte Sherlock drohend.

»Einer der Polizisten ...«

»Ich habe schon verstanden.«

»Warum fragst du dann?«, entgegnete David. Es musste wunderbar sein, eine englische Public-School-Ausbildung durchlaufen zu haben.

»Ist dir klar, was du gerade gesagt hast?«

»Ja, dass keiner ...«

»Wie sah diese Untersuchungsausrüstung aus?«, unterbrach Acharya, der uns gefolgt war, um *irgendetwas* zu tun, so wie ich Sherlocks Aufforderung, David zu finden, sofort nachgekommen war. Nichts war schlimmer als Tatenlosigkeit.

Außer vielleicht, mit David zu reden. »Ich weiß nicht«, lallte er.

»Ich wusste, dass du das sagen würdest«, sagte Sherlock.

»Das kannst du gar nicht wissen.«

»Du weißt es nicht, weil sie sich in einer großen Tasche befunden hat, korrekt?«

»Falsch!«, sagte David stolz. »In einem Koffer.«

»Los!«, sagte Sherlock zu mir. »The game is afoot.«

»Das ist ein Shakespeare-Zitat«, rief Freddie. »*Heinrich der Fünfte!*«

»Nein, ein Arthur-Conan-Doyle-Zitat«, sagte ich. »*Abbey Grange.*«

»*Locked-Room-Mysteries*«, erklärte Sherlock, während sich die Straßen vor dem Fenster der Kutsche wie ein Stadtplan entfalteten, »werden häufig auch *Unmögliche Verbrechen* genannt.«

»No shit, Sherlock.«

»Doch wenn etwas unmöglich ist, dann ist es auch nicht passiert.«

»Aber es ist passiert«, erinnerte ich ihn.

»Na, *was* ist passiert?«

»Also, zunächst einmal hat Curzon Wyllie Drohbriefe eines Kali-Kultes bekommen.«

»Es gab keine Drohbriefe«, versetzte Sherlock. Ich öffnete den Mund, um ihm zu erklären, dass ich sie mit eigenen Augen gesehen hatte, doch er winkte ab. »Vergiss den ganzen Firlefanz. Was ist tatsächlich passiert? Ein Mann geht in ein Zimmer. Alles andere sind Nebelkerzen, um von der simplen Tatsache abzulenken, dass er auch wieder hinausgegangen sein muss.«

»Einverstanden, aber das erklärt immer noch nicht: Wie? Und da wir gerade dabei sind: Warum?«

»Um India House komplett abwickeln zu können. Das passiert jetzt doch wohl als Nächstes.«

»Nein, ich meine, warum hat Curzon Wyllie nicht ein Verbrechen inszeniert, das er Savarkar hätte anhängen können?«

Sherlock zog seine magische Pfeife heraus, was, wie ich inzwischen wusste, ein Zeichen dafür war, dass ich begann, die richtigen Fragen zu stellen. »Weil konkrete Anschuldigungen widerlegt werden können – genau wie das mit dem inkriminierenden Foto in Savarkars Zimmer passiert ist, das versehentlich in die Hände eures dafür gehängten Kumpanen Madan Lal Dhingra geriet. Nein, für Curzon Wyllie war die erfolgreichste Strategie, das ›Verbrechen‹ so exotisch und unwahrscheinlich wie möglich erscheinen zu lassen – ein Ritualmord, Kali-Priester, die ihn mit einem orientalischen Fluch aus der Bibliothek hinaustransportierten wie auf einem fliegenden Teppich – damit alle noch monatelang mit dem Zaubertrick beschäftigt wären. Es war viel besser, alles vage zu halten und das Element des Rituellen und Okkulten zu betonen.«

»Und dadurch zu zeigen, dass es sich bei India House nicht um Widerstandskämpfer handelt, sondern um fanatische Kali-Jünger, die Engländer töten, weil diese für sie Ungläubige sind«, sagte ich mit plötzlichem Verständnis. »OMD, ich glaube du hast Recht!«

»OMD?«

»Oh my Durga!« Etwas in mir begann zu vibrieren. Ich sah aus dem Fenster und stellte mir vor, dass für Sherlock all diese Straßen die Synapsen seines Gehirns waren, und all diese Menschen Signale, und der Sinn seines Lebens darin bestand, aus all diesen Informationen den scharlachroten Faden des Verbrechens zu isolieren, der sich durch das farblose Tau des Lebens zog. Und plötzlich hatte ich Mitleid mit ihm.

»Ich habe dich gerade gefragt: Wo kann man eine Nadel am besten verstecken?«, unterbrach er meine Gedanken.

»In einem Heuhaufen?«, schlug ich vor.

Sherlock runzelte die Stirn. »Unsinn. In einem Nadelkissen natürlich«, sagte er streng. »Und was gab es zuhauf in dem Raum?«

»Blut?«

Sein Stirnrunzeln vertiefte sich. »Ich sage es noch einmal genauer: Wen gab es dort zuhauf, sobald die Tür aufgebrochen wurde?«

»Polizisten.«

»Ah!«

»Und?«

»Muss ich es buchstabieren? Po-li-zis-ten.«

»Das ist nicht Buchstabieren, das ist in Silben aufteilen.«

Er schnalzte mit der Zunge und schlug sich mit der flachen Hand vor den Kopf: »*Imbecile!*«

»Hey, das ist Poirot!«

»Ah, es ist also doch jemand zu Hause hinter dieser Stirn, die so glatt ist, dass jeder Gedanke daran abgleitet. Wenn man das Unmögliche eliminiert, muss das, was übrig bleibt – so unwahrscheinlich es auch erscheint –, die Wahrheit sein.«

In meinem Augenwinkel bewegte sich die Straße wie ein Schwarm Vögel, der sich aus den Bäumen löste und uns folgte, doch als ich den Kopf umwandte, war nichts zu sehen. »Und was bleibt übrig?«, fragte ich.

»Dass er immer noch in der Bibliothek war, als die Tür aufgebrochen wurde, und er sie durch ebendiese verlassen hat.«

»Aber es ist niemand hinausgekommen.«

»Hast du mich angelogen? Was ist mit Jones?«

»Jones?«

»Police Constable Jones«, wiederholte Sherlock wie eine Beschwörungsformel, »der vor dem Verbrechen einen walisischen Akzent hatte – und danach keinen, wie du mir selbst erzählt hast.«

»Die Rasierschale aus dem Kamin!«, stöhnte ich. »Wyllie hat sich rasiert!«

»Der Kupferpenny ist gefallen, das wurde auch langsam Zeit. Der erste Polizist, der im allgemeinen Aufruhr nach dem Fund des Leichen-Dummys die Bibliothek verlassen hat, war nicht Jones, sondern Curzon Wyllie, bloß ohne Bart«, sagte Sherlock anerkennend und stopfte seine Pfeife. »Entsprechend wusste ich, dass es eine Schale geben musste, und da sie in keine Hosentasche passte und es keine anderen Versteckmöglichkeiten gab, musste sie im Kamin sein. Ich wusste nur nicht, wie sie in die Bibliothek *hineingekommen* war, zusammen mit dem Dolch, der Uniform und dem Polizeihelm. Schließlich stimmen alle Zeugen darin überein, dass Curzon Wyllie nichts bei sich trug, als er in India House ankam.«

Ich dachte an Curzon Wyllie und die Aura von Kälte, die ihn bei seiner Ankunft umgeben hatte und in mir Erinnerungen an Nosferatu geweckt hatte. Hatte das daran gelegen, dass er im Begriff war, sich auf unbestimmte Zeit von seinem bisherigen Leben zu verabschieden? War er weniger kalt als verzweifelt? Was war sein Plan gewesen? Nach einer Weile im Ausland unter einem anderen Namen eine neue Existenz zu beginnen? Oder war ihm das egal, solange er die Gefahr, die von India House ausging, stoppte. War Curzon Wyllie der dunkle Doppelgänger von Savarkar, bereit, alles für seine politischen Ziele zu opfern?

»David Garnetts Aussage, dass Jones, von dem wir bereits wussten, dass er für Wyllie arbeitet, einen Koffer in die Bibliothek gebracht hat, war das letzte Puzzleteil, das mir fehlte.«

»Warum musste Jones das alles tun? Ich meine, warum nicht Kirtikar?«

»Ich gehe davon aus, dass das der ursprüngliche Plan war. Doch Kirtikar stand unter ständiger Beobachtung, seit ihr herausgefunden hattet, dass er ein Spion war. Außerdem verhält es sich mit einer Bibliothek anders als mit einem Schlafzimmer, in dem man Dinge unter das Bett schieben kann und sie monatelang unentdeckt bleiben. Nein, die Polizeiuniform und der Dolch und der Rest des Krams durften erst möglichst kurz vor der Tat in die Bibliothek gebracht werden, um das Risiko zu minimieren, dass sie versehentlich gefunden würden. Aus diesem Grund hat Wyllie auch seine eigenen Schuhe anbehalten. Ein Paar Polizeistiefel hätte ein ohnehin sperriges Paket noch auffälliger gemacht.«

Wieder sah ich den Schwarm aus den Augenwinkeln, und wieder war er verschwunden, als ich mich umdrehte. »Okay, lass mich das rekapitulieren. Du sagst, dass Curzon Wyllie selbst aus seiner Kleidung den Dummy gebaut, den Dolch hineingestoßen und eine Flasche Blut darüber ausgeleert hat?«

»Ich gehe davon aus, dass das Blut in einem Schlauch war, weil ein leerer Schlauch leichter zu verbergen ist als eine Flasche. Aber in groben Zügen: Ja.«

»Und dann hat er sich rasiert – das hatten wir bereits – und sich die Polizeiuniform angezogen? Und ein wenig randaliert und um Hilfe geschrien?«, fragte ich, obwohl mir längst klar war, dass genau das passiert war.

Sherlock richtete den Stil seiner Pfeife auf mich, als wolle er mich zum Ritter schlagen. »Exakt. Dann musste er sich nur noch hinter die Tür stellen und abwarten, bis sie aufgebrochen wurde. Nichts war leichter, als sich unter die hereinstürzenden Polizisten zu mischen, während alle Augen auf das Blutbad gerichtet waren. Und dann so schnell wie möglich das Zimmer und India House zu verlassen!«

»Das ist wunderbar«, rief ich. »Worauf warten wir noch!«

Sherlock sah mich überrascht an. »Warten?«

»Lass uns zu Scotland Yard fahren! Jetzt! Sofort!«

»Die Polizei ist ... schwierig. Wir reden hier über Staatsgeheimnisse.«

Ich hatte mich bereits aus dem Fenster gelehnt, um dem Kutscher das neue Ziel zuzurufen, und erstarrte. »Das ist nicht dein Ernst!« Sherlock wollte die ganze Sache vertuschen, einfach vertuschen. Die Enttäuschung schlug mir ins Gesicht wie der Fahrtwind. Was hatte ich auch anderes von einem Engländer erwartet?

Sherlock zog mich zurück auf meinen Sitz. »Wir müssen es höher tragen.«

Die Kutsche bog in die Brick Lane ein, und ich erkannte, dass wir nicht von einem Schwarm Vögel verfolgt wurden, sondern von einer Aschewolke, die in diesem Augenblick zerbarst und über uns herabregnete. »Höher als zur Polizei?«, hustete ich.

»Wir müssen zur Regierung.«

»Zum Premierminister?« Mein Mund füllte sich mit Asche.

»Ich dachte eher an meinen Bruder. Mycroft *ist* die Regierung.«

Ein Gefühl von Erleichterung durchflutete mich, als ich mich daran erinnerte, dass Mycroft Holmes in den Sherlock-Holmes-Geschichten die *Macht hinter dem Thron* war. Eine Mischung aus MI5 und MI6 und Deep-State-Fantasien. Wenn Sherlock seinen Bruder Mycroft involvierte, um sich für India House einzusetzen ... würde ALLES anders werden. Savarkar würde NICHT nach Kala Pani gehen, er würde seine muslimischen Blutsbrüder NICHT hassen, er würde NICHT *Hindutva* schreiben. Das Taxi hielt vor der Synagoge, die später eine Moschee sein würde, wir stiegen an der Stelle aus, an der Nena und ich uns noch viel später streiten würden, und es fühlte sich an, wie nach Hause zu kommen. Ich schaute zu der Uhr hinauf, die Zeit in Schatten verwandelte. Kali ist die Göttin der Zeit, und die 52 Schädel um ihren Hals sind die 52 Buchstaben des Sanskrit-Alphabets, und wenn sie zusammen ausgesprochen werden, ergeben sie gemeinsam den Urlaut OM. Die Sonne schien so hell, dass ich die Schatten der Wolken über das Dach der Synagoge ziehen sehen konnte. Und dann den langgezogenen Leib eines Flugzeugs. Ich blickte in den Himmel, und in diesem Moment brach der Lärm des einundzwanzigsten Jahrhunderts über mich herein.

OPERATION SPRING TIDE

D-DAY + 10

INTRO:
(((AUSSEN – TAG – HALBNAH)))
Brombeeren sind die Früchte des Friedens,
ein so kraftvoller Zauber gegen die Ruhr,
dass im amerikanischen Bürgerkrieg
Waffenstillstände ausgerufen wurden,
damit die Soldaten Brombeeren pflücken konnten,
häufig gleichzeitig vom selben Busch.

MYCROFT HOLMES Dir ist klar, dass diese Informationen mein Büro nicht verlassen dürfen, brother mine?
SHERLOCK HOLMES Versteht sich von selbst. Aber was ist mit dem indischen Jungen?
MYCROFT HOLMES Wird auf die Andamanen deportiert.
SHERLOCK HOLMES Aber Savarkar ist unschuldig.
MYCROFT HOLMES Wohl kaum unschuldig, nur weil wir ihm zuvorgekommen sind.
SHERLOCK HOLMES *Wir?*
MYCROFT HOLMES Täuschung ist das Wesen von Gut und Böse. Das erinnert mich! Ich muss veranlassen, dass India House geschlossen wird.
SHERLOCK HOLMES I do hate you sometimes.
MYCROFT HOLMES Only sometimes? Du hast dein Rätsel gelöst, was willst du mehr? Geh zurück in deinen Ruhestand und zu deinen Bienen.

(((ZOOM))) in einen Bienenstock hinein, schwarze Waben, goldene Waben, krabbelnde Beinchen und schwirrende Flügel, ankommende Bienen, wegfliegende Bienen, Bienen als Symbole für die Seelen der Verstorbenen, die Süße des Himmels, Wiedergeburt.

(((VOICEOVER)))
»Hört, wir sind die Kinder der Unsterblichkeit!« Die Upanischaden

»Only atheists have last words.« Matti Rouse

»Oh, I survived. Brilliant! I love it when I do that.« Doctor WHO

1 Die Asche schloss sich um mich wie ein Kokon, wie Erde, wie ein Grab, drang in meine Nase, meinen Mund, drückte auf meine Augen, bis ich mit Blitzen durchschossenes Rot sah, und in dem Moment, in dem es kein Ertragen mehr gab und keine Gedanken bis auf den Tod ... löste sie sich auf, und ich sah, dass alles von Licht umhüllt war und das Licht sich wie Staubpartikel von meinem Körper löste, und ich löste mich von meinem Körper und war wilder Lavendel und presste mich aus der Erde in Kaschmir, ich war die gelbe Senfblüte und stand für den Tod der Märtyrer und Hoffnung auf Frieden im Punjab, ich war der blaue Lotus der Wiedergeburt in Haryana, ich war die sonnenfarbenen Tagetes, die auf dem Chandni-Chowk-Markt in Delhi zu Ketten gefädelt wurden, ich war der Palasabaum, auch bekannt als Flamme des Waldes in Uttar Pradesh, ich war Lemongras gegen tiefen Schmerz in Bihar, ich war in der Nacht blühender Jasmin in Jharkhand, ich war Gras, Gras, Gras und sang im Wind in Bengalen,

                                      und dann war ich nur noch Durga Chatterjee aus Köln und stand in der Sonne vor der

Brick-Lane-Moschee, die in ihrem Herzen einen Funken der Spittalfields-Synagoge trug, so wie ich einen Funken Sanjeev in mir trug. Ich konnte noch immer die Lichtspuren sehen, die durch die Luft wirbelten und alles mit allem verbanden – verdammt, offensichtlich hatte Lila damit Recht gehabt –, doch je genauer ich hinschaute, desto blasser wurden sie, und die Sonnenuhr zeigte an, dass es Zeit für das letzte Treffen unseres Writers' Room war.

Als ich Florin Court erreichte, waren die Demonstrierenden gerade dabei, ihre Faltpavillons zusammenzupacken. Sarah Ferguson löste sich aus einer Gruppe gutgelaunter Frauen und kam mit einer DVD in der Hand auf mich zu. »Oh ... danke«, sagte ich überrascht, doch Agatha Christies *Lauter reizende alte Damen* mit Geraldine McEwan als Miss Marple war für Carwyn.

In Poirots Büro redeten alle darüber, dass die Queen heute zweimal beerdigt werden würde: zuerst in der Royal Vault, nur um abends zusammen mit Prinz Phillip wieder aus der Gruft herausgeholt und in der King-George-VI-Memorial-Kapelle begraben zu werden. »Wenn das mal nicht okkult ist, weiß ich auch nicht«, grinste Carwyn, der überraschend gute Laune hatte, weil Maryam sich soeben mit ihm zu einem Wildkräuterspaziergang verabredet hatte.

»Meinst du, weil die britischen Royals alle Reptilien sind?«, Chris grinste, weil Asaf sich gerade mit ihm – ganz ohne spezifischen Anlass – verabredet hatte. Die Luft war voller Happy Endings, und ich fragte mich, was ich verpasst hatte.

»Ich sehe, die jüngere Generation liest unser Verschwörungstheoretiker-Verkaufsgenie David Icke«, gurrte Carwyn. »Sweet but wrong. Mir geht es darum, dass die Inszenierung der Monarchie immer voller Magie ist.«

»Magie?«, strahlte Asaf.

»Klar, was soll *the king* – oder in diesem Fall *the queen* – *is dead, long live the king!* sonst sein, wenn nicht eine Beschwörung der Unsterblichkeit? Deshalb wüsste ich gerne, welche symbolische Bedeutung diese doppelte Beerdigung heute hat.«

»Das ist noch gar nichts gegen Madan Lal Dhingra«, klinkte ich mich in die Diskussion ein und merkte, dass der Gedanke an Madan noch immer schmerzte, aber nicht mehr unerträglich, sondern so, wie das Leben halt schmerzt, wenn man es richtig lebt.

»Lallalal Dingsda?«, sagte Jeremy.

»Madan Lal Dhingra, indischer Freiheitskämpfer, er hat 1908 ... ähem Curzon erschossen«, antwortete ich, unsicher, welche Vergangenheit die wahre war, welche Pläne ausgeführt, welche Konsequenzen daraus entstanden waren.

»Wen?«, fragte Jeremy. Und ich musste – schon wieder – eine Entscheidung treffen. Shaz schaute mich so prüfend an, wie Grealis das immer getan hatte, nur dass dessen Augenbrauen rotbraun gewesen waren, und ihre zwei dicke schwarze Balken aus Kajal. Und dann merkte ich, dass der Kern der Geschichte gleich blieb, egal ob Curzon Wyllie seinen dreckigen Trick durchgezogen hatte oder nicht. Madan hatte Recht: Es machte keinen Unterschied für die Nachwelt, ob er Lord Curzon ermordet hatte oder ob er fälschlicherweise für den Mord an Curzon Wyllie hingerichtet worden war. Beides hatte bedeutet, dass der Unabhängigkeitskampf der Kolonien in Europa angekommen war.

»Madan Lal Dhingra war so gefährlich – oder die Engländer so rachsüchtig –, dass sie ihn auch nach seinen Tod weiter gefangen gehalten haben, in der kalkigen Erde von Pentonville«, ich rang nach Luft, »bis er 1976 erneut das Licht der Welt erblickte.«

»Als Geist?«, fragte Carwyn begeistert.

»Als Madan.« Ich zog Chris' Laptop zu mir, weil der Touchscreen meines Handys zu klein für diese Ungeheuerlichkeit war. »Indien hatte ihn schon eine Weile zurückgefordert, um ihn in Ehren bestatten zu können. 1976 fand die Gefängnisverwaltung dann seinen Sarg bei einer anderen Exhumierung – die Briten sind ganz schön nekrophil –, und wisst ihr was?«

»Nein«, sagte Jeremy nicht mehr ganz geduldig, weil ich inzwischen länger redete, als er es getan hatte.

»Als sie den Sarg öffneten, war sein Körper perfekt erhalten. Als hätte er die ganzen Jahrzehnte nur darauf gewartet, nach Hause zurückzukehren.«

»Warum weiß ich das nicht?«, sagte Jeremy, der kurz davor noch nie den Namen Dhingra gehört hatte, irritiert.

»Weil Madan Lal Dhingra zwar in Indien von Indira Gandhi in Empfang genommen wurde und ein Staatsbegräbnis erhielt, aber das in der Presse hierzulande nicht mit einem Wort erwähnt wurde. Das *Defence and Security Advisory Committee* hatte die Information mit einer D-Notice im Interesse der nationalen Sicherheit gesperrt. *Im Interesse der nationalen Sicherheit!* 68 Jahre nach seinem Tod!« Ich scrollte durch die schier endlosen Informationen zu India House. »Oh, und wisst ihr, wer auch noch zweimal beerdigt worden ist?«

Ich wollte *Shyamji Krishna Varma* sagen, doch Carwyn leierte bereits eine Liste von Namen herunter: »Christopher Columbus, Mary Queen of Scotts, Oliver Cromwell, Abraham Lincoln, Eva Peron ...«

Also las ich nur für mich, dass Shyamji, nachdem Frankreich zu heiß für ihn geworden war, in die Schweiz ging und den Vereinten Nationen anbot, einen nach Woodrow Wilson benannten Lehrstuhl zu spenden, an dem die besten Wege, nationale Unabhängigkeit zu erkämpfen, erforscht würden – inklusive Freiheit, Gerechtigkeit und Asylrecht für politisch

Verfolgte. In seinem Testament verfügte er, dass seine Asche, und die seiner Frau, für hundert Jahre auf dem Genfer Friedhof aufbewahrt und nach der Unabhängigkeit nach Indien zurückgebracht werden sollten. Nur dass sich nach der indischen Unabhängigkeit niemand für Shyamji interessierte. Es dauerte bis 2003, bis seine Asche endlich nach Hause geholt, und dann noch einmal bis 2010, bis sie in India House bestattet wurde. Denn ja, auch India House kam nach Hause, also, nach Indien. Hundert Jahre nachdem es in London geschlossen worden war, bauten die Inder es roten Ziegelstein für roten Ziegelstein in Gujarat nach.

»Das stimmt nicht«, unterbrach Shaz meine Gedanken.
»Was?«
»Dass Madan Lal Dhingra Lord Curzon erschossen hat.«
Mein Herz setzte einen Schlag lang aus.
»Er hat den anderen Curzon erschossen.«
»Wen?«, sagte ich überrascht.
»Curzon Wyllie.« Sie reichte mir ihr Handy.
»Da ist irgendwo ein Fehler.« Doch Shaz hatte tatsächlich Recht. Madan hatte Curzon Wyllie erschossen, und nicht Lord Curzon. Ich starre auf Madans bekanntes Gesicht, das durch die Reproduktion und erneute Reproduktion der Reproduktion alles Bekannte verloren hatte und nur noch ein Haufen Pixel war. Auch der Wikipediaeintrag zu ihm war wie eine Reproduktion der Reproduktion seines Lebens, doch bestand er wenigstens in seinen groben Zügen aus derselben Geschichte wie in Lilas Buch, okay, wie in den spärlichen Notizen auf den ansonsten leeren Seiten von Lilas Buch: Madan war zu einer Veranstaltung im *Imperial Institute* gegangen und hatte dort Curzon aus nächster Nähe erschossen. Nur eben, wie Shaz gesagt hatte: den anderen Curzon: Curzon Wyllie, der wie Savarkar davon überzeugt gewesen war, sein Schicksal zu erfüllen. Et-

was hatte sich verschoben. Ich wusste nicht, was, aber ich fühlte die Ausläufer davon, wie die Steine, die Savarkar und ich in die Themse geworfen hatten, und deren Ringe wir nicht auf dem Wasser sehen, aber auf einer subkutanen Ebene hatten spüren können. Und dann las ich Madans Todesdatum: 17. August 1909. Ein Jahr später als die Exekution in Lilas Buch! Mein ganzer Körper begann zu kribbeln, als mir klar wurde – als ich zutiefst zu hoffen begann –, dass meine Anwesenheit in India House tatsächlich ein wenig Sand im Getriebe der Zeit gewesen war, der zu minimalen Verschiebungen mit maximalen Auswirkungen geführt hatte. Nur ein paar Buchstaben: Curzon Wyllie anstelle von Lord Curzon, nicht das offene Böse des kriegerischen Empires, sondern die unsichtbare Bedrohung von Bürgerrechten und Meinungsfreiheit im Mutterland; 1909 anstatt 1908. Ich hatte Madan ein Jahr geschenkt! Was war ein Jahr im Verhältnis zu einem ganzen ungelebten Leben? Nun: Ein Jahr war ein Jahr.

Und plötzlich musste ich unbedingt wissen, was aus den anderen geworden war, und begann wie wild zu googeln. David hatte zusammen mit Grealis und dessen Sinn-Féin-Freunden versucht, Savarkar aus dem Brixton Jail zu befreien, in dem dieser in London darauf wartete, nach Indien ausgeliefert zu werden. Little entitled David, wer hätte das gedacht? Chatto und Acharya gingen, als India House aufgelöst wurde, nach Deutschland und gründeten das Indische Unabhängigkeitskomitee, das zu Beginn des Ersten Weltkriegs maßgeblich an dem Hindu-German Conspiracy genannten Komplott beteiligt war, einen Aufstand der britisch-indischen Armee gegen die Kolonialherren zu orchestrieren – finanziert vom deutschen Außenministerium. Nichts schlägt Verschwörungstheorien, vor allem, wenn sie wahr sind. Die Konspiratoren arbeiteten eng mit der Ghadar-Partei zusammen, die Lala in Amerika gründete – ich überflog Lala und seine Zeit mit Emma Goldman, das wusste ich bereits. Was ich nicht wusste, war, dass Chatto Agnes Smedley heiratete, die Sozialistin Agnes Smedley aus Amerika! Deren Autobiographie *Tochter der Erde* mir durch die dunkle Phase nach Lilas Auszug geholfen hatte – und die ganze Zeit hatte ich dabei über meinen Freund und Mitbewohner Chatto gelesen. Nach der Oktoberrevolution 1917 gingen Chatto und Agnes in die junge Sowjetunion, wo Acharya und Dutta zu ihnen stießen. Acharya und Agnes gründeten dann die Kommunistische Partei Indiens in Usbekistan und schafften es, zu fliehen, bevor die Revolution ihre Kinder fraß, doch Chatto, mein Chatto, der sich noch aus der Sowjetunion für die Unabhängigkeit aller Kolonien und gegen Hitler und gegen die Totalitarisierung der Kommunistischen Partei einsetzte, wurde 1937 von Stalin auf eine Todesliste gesetzt und hingerichtet ... Da war so viel Weltgeschichte, die mir nie in der Schule oder an der Uni beigebracht worden war.

Wussten die Menschen, die sie formten und von ihr geformt wurden, dass sie Geschichte schrieben? Blöde Frage, Savarkar und Gandhi und der Rest der India-House-Crew hatten den Akt des Geschichteschreibens überhaupt erst aus den Händen der weißen Männer gerissen und sich selbst angeeignet, mit all seinen Vor- und Nachteilen. Durch das offene Fenster hörte ich Fetzen eines alten kommunistischen Liedes: »*Gandhi endaki, India mandhi punnaki*«, und einen Moment lang meinte ich zu verstehen: *Was hat Gandhi für uns getan? Indien aufgekratzt und zu einer Wunde gemacht.*

Ich lächelte und hatte gleichzeitig ein schlechtes Gewissen. Gandhi mochte zwar ein deutlich unangenehmerer Mensch gewesen sein, als ich mir in meiner Antifa-Jugend erträumt hatte, doch hatte er eine Fähigkeit gehabt, die Savarkar fehlte: Er konnte die Anderen anders sein lassen. Differenz löste in ihm nicht das Bedürfnis aus, sie sich einzuverleiben. Für Savarkar mussten Hindus und Muslime Blutsbrüder werden, für Gandhi aber reichte Freundschaft.

Die Menschen hinter ihren Theorien sind stets so viel widersprüchlicher, tragischer, wunderbarer, und, ja, auch schrecklicher. Und plötzlich fand ich es großartig, dass Inder nicht die besseren Menschen waren. Dass auch wir erobert und verwüstet und unterdrückt und kolonisiert hatten (okay, kolonisieren bitte streichen, das konnte ich egal unter welchen Umständen nicht verzeihen). Menschengruppen sind nicht besser oder schlechter als andere – Gesellschaftssysteme sind besser oder schlechter.

Aber die Menschen verschwinden nicht einfach in ihnen, oder durch sie. All die Menschen, die vor uns da waren, sind ein Teil von uns. Und damit dachte ich an meine Mutter Lila. Ich glaubte immer noch keineswegs, dass die Mächte der Finsternis ihr die Hand an den Rücken gelegt und sie auf die Schienen gestoßen hatten. Doch zum ersten Mal war ich großzügig genug, mir ihr zuliebe auszumalen, dass jemand sie politisch ernst genug genommen haben könnte, um ein solches Verbrechen in Erwägung zu ziehen. Meine Mutter war eingeäschert, nichts, was ich tat oder nicht tat, was ich glaubte oder nicht glaubte, konnte sie zurückbringen. Aber ich konnte hoffen, dass sie einen Tod gestorben war, der Sinn machte. Und zwar nicht für mich, sondern für sie.

In diesem Moment fühlte ich eine Hand an *meinem* Rücken. Jeremy. »Was machst du mit deinem letzten Nachmittag hier in London?«, fragte er einladend, und ich merkte, dass das der Tanz war, den er und ich die ganzen Tage über getanzt hatten. Die Durga aus der WG mit Nena wäre mit ihm ins Bett gegangen und hätte das danach bereut, doch ich brauchte nicht mehr Bedeutung durch Menschen wie Jeremy. Es war trotzdem eine ernsthafte Überwindung, sie nicht trotzdem nur zur Sicherheit mitzunehmen. Wer wusste schon, wann man Bedeutung nötig hatte?

»*Talking love, talking revolution, which is love, spelled backwards*«, meldete sich mein Handy mit seinem brandneuen Klingelton, einem Soundclip von Diane di Prima.

»Jack?«

»Durga! Are you alright?«

»Interessante Frage. Wir haben noch immer keinen Weltfrieden, und meine Mutter ist immer noch tot, aber ansonsten ...«

»Du warst die letzten Tage so ...«

»Was?«

»... hard to get hold of.«

»Ich habe getrauert.« Wenn ich nach Hause kam, würden die Blumen, die ich zur Beerdigung bekommen hatte, verblüht sein, und Jack würde sie nicht aus den Vasen gepflückt und weggeworfen haben. Nicht weil er ihre morbide Schönheit schätzte, sondern weil er sie schlicht nicht wahrnahm.

»Es tut mir leid«, kam seine Stimme aus meinem Handy.

»Ich weiß, es tut dir leid, dass du nicht so für mich da sein kannst, wie ich das brauche. Das sagst du immer. Warum lernst du es dann nicht einfach, wenn es dir so wichtig ist?«

»Fuck's sake. Wie denn, wenn du nicht mit mir sprichst?«

Und da hatte er auch wieder Recht. Unsere Beziehung war nicht deshalb so beständig, weil er die ganze Zeit für mich da war – schön wär's gewesen –, sondern weil er meine Existenz anerkannte. Ich musste keine Angst haben, dass ich eines Tages oder Nachts nach Hause kommen könnte und er leugnen würde, dass es mich gab, dass ich wichtig, dass ich relevant war. Und für die Tochter von Dinesh und Lila war das sehr, sehr viel.

Nachdem Jack und ich zusammengekommen waren – okay, nachdem Jan unseren Freunden verdruckst angedeutet hatte, dass Lila irgendein unaussprechliches sexuelles Problem hätte –, hatten Lila und ich eine Zeit des Waffenstillstands gehabt. Ich besuchte sie sogar ein paar Mal in Bonn, wo sie damals im Frauenmuseum arbeitete. In ihrer Wohnung lief immer eine Platte von Joan Baez (die Joan in einem Interview mit den Worten beschrieben hatte: »Auf dem Cover sah ich aus, als hätte ich eine Identitätskrise«), und eine Zeile aus einem der Songs hatte sich in meine Erinnerung eingegraben wie die Rille in das Vinyl: *To me they will always remain unchained, untamed and unblamed.* Eine sehnsüchtige Ode an die Jugend als den Höhepunkt des Lebens. Irgendwie hatte ich immer gedacht, dass es so sein würde: Wir würden älter werden, und das Schicksal würde uns Wunden schlagen, und wir würden weniger *wir* werden, Schatten unseres jüngeren radikaleren Selbst. Dabei war es ja umgekehrt. Wenn ich mir Nena anschaute, war sie mehr Nena als damals, weil sie die Nena von damals und die Nena von jetzt war, und alle Nenas dazwischen.

Als ich auflegte, drehte sich Jeremy gerade wie ein eleganter Kreisel mit ausgestreckten Armen durch seine Original-Filmset-Poirot-Bibliothek und forderte uns alle auf, jeweils blind ein Buch zu ziehen, um es mit nach Hause zu nehmen.

»Bücherorakel«, sagte Carwyn anerkennend und erhielt *Woman into Fox* von David, meinem David, Garnett, ja, Bunnyboy war später ein nicht unbedeutender Schriftsteller geworden; Maryam zog *On Violence* von Hannah Arendt; Shaz *The Patient Assassin* von Anita Anand; Asaf *Unfortunatley it was Paradise* von Mahmoud Darwish und Chris *Noddy in Toyland* von Enid Blyton. Ich erwischte Hervé Guibert: *To The Friend Who Did Not Save My Life.* Der Freund war Michel Foucault, doch für mich bezog sich der Titel auf Nena und mich. Wir waren die

Freundinnen, die nicht in der Lage gewesen waren, uns gegenseitig zu retten. In unserer WG in Mülheim waren wir nicht genug füreinander da gewesen, weil wir das nie gelernt hatten. Doch Nena war eine der wenigen Freundinnen, mit denen ich das damals zumindest versucht hatte. Es war wie mit dem fischförmigen Plastikfläschchen Sojasauce, das mir ein Freund einmal von einer Reise mitgebracht und das ich jahrelang aufbewahrt hatte. *Abgefahren, eine winzige fischförmige Flasche Sojasauce!* Bis die kleinen Fische überall waren und jeder Takeaway sie einem nachschmiss wie Kamelle. Nena war dieses Fläschchen für mich: unglaublich besonders und wertvoll zu einer Zeit, in der Frauenfreundschaften so rar waren wie ... fischförmige Fläschchen Sojasauce.

Einem plötzlichen Impuls folgend, fragte ich Shazia: »Warst du schon einmal in der Brick-Lane-Moschee?«

Shaz nickte, als hätte sie nur darauf gewartet.

»Kannst du mich und Nena dahin mitnehmen, bevor wir zurück nach Deutschland fahren? Und wenn wir dann noch Zeit haben, gehen wir zum West India Dock, wo früher das *Strangers' Home for Asiatics, Africans and South Sea Islanders* stand.«

Vielleicht war es das, was Empire bedeutete: Maryam und Carwyn bondeten über heilende Kräuter oder vielleicht auch nur über Heilung, Asaf und Christian waren – so unglaublich das auch war – ineinander verliebt, und Shaz und ich waren miteinander verbunden wie Zwillingsschwestern, die das Schicksal auf den unterschiedlichen Seiten von Grenzen, Staaten, Religionen hatte aufwachsen lassen. Nur Jeremy mit seinem Drei-Millionen-Pfund-Büro und dem MBE-Ritterorden für seine Verdienste um die Fernsehunterhaltung blieb allein.

Und was war mit Sanjeev? Wie war es ihm ergangen? Hatte er vielleicht gespiegelt zu mir in den ersten Jahren des zwanzigsten Jahrhunderts geträumt, über ein Jahrhundert später in merkwürdige Verhandlungen für einen Film verstrickt zu sein, bei dem der britischste aller belgischen Detektive Schwarz sein sollte?

Sanjeev war deutlich weniger gut dokumentiert als die anderen Bewohner von India House. Alles, was ich herausfinden konnte, war, dass jemand mit seinem Vornamen zum Studieren nach London gekommen war, dort eine Art Nervenzusammenbruch erlitten hatte und in India House gestrandet war. Dann verlor sich seine Spur, bis er es zusammen mit Acharya gerade noch rechtzeitig schaffte, Stalins Todeslagern zu entkommen. Sein Weg führte über Puducherry und ein kurzes Intermezzo in Aurobindhos Ashram zurück nach Kolkata, wo er sich trotz seiner Erlebnisse in der Sowjetunion unmittelbar der Kommunistischen Partei anschloss. Freiheitskämpfer schien ein in jedem Wortsinn langlebiger Beruf zu sein. Sanjeev wurde 87 Jahre alt und starb erst kurz vor meiner Geburt. *Reincarnation*, irgendjemand?

Von all den Toten trauerte ich Savarkar am wenigsten hinterher, obwohl der theoretische Physiker Igor Dmitrijewitsch Nowikow natürlich Recht hat mit seiner Selbstkonsistenzvermutung, und es mir nicht gelungen war, die Hauptstränge der Geschichte zu ändern. Ich konnte nicht verhindern, dass Savarkar nach Kala Pani kam, aber ich wusste, dass er es überleben würde. Ich wollte ihm durch die Zeit hinterherrufen: *Du wirst Kala Pani hinter dir lassen!* Aber stimmte das? Würde er Kala Pani jemals wirklich hinter sich lassen? *Du wirst wieder mit deiner Frau vereint sein! Du wirst* ... dreizehn Jahre im Exil in Ratnagiri verbringen. Am Ende des Endes der Welt, wo du keine politischen Tätigkeiten ausführen darfst und trotzdem politisch agieren und ein soziales Experiment durchführen wirst, wie du es nennst, bei dem du alle Kasten an einen Tisch – okay, auf einen Boden – bringen wirst, um zusammen zu essen – ja, auch die Dalits, die sogenannten Unberührbaren –, während du gleichzeitig das rätselhafte Buch schreibst, in dessen Namen heute alle möglichen Diskriminierungen und Verbrechen begangen werden: *Essentials of Hindutva* ... Und dann wirst du auch Ratnagiri hinter dir lassen und dich weiter und weiter von dem Savarkar entfernen, den mein Sanjeev gekannt und geliebt hat. Du wirst Präsident der rechten Hindu-Mahasabha-Partei werden und den Slogan »Hinduisiere die Politik und militarisiere die Hindus« prägen, Du wirst die Unabhängigkeit deiner Mutter Indien erleben, nach der du dich immer gesehnt, und die Teilung Indiens, vor der du immer gewarnt hast. Du wirst geliebt und gehasst und für Gandhis Ermordung angeklagt werden – warst du daran beteiligt? Warum kannst du mir nicht sagen, ob du daran beteiligt warst? –, weil du immer ein Geheimbündler bleiben und in deinen Schriften niemals alle Geheimnisse preisgeben und mit Vorliebe aus dem Dunklen agieren wirst. Zumindest wirst du niemals konservativ und niemals orthodox sein, dafür aber oft vulgär. Und dann wirst du vergessen werden. Und wiederentdeckt. Du wirst für all die falschen Gründe geliebt und aus einer Menge falscher Gründe gehasst werden. Aber du wirst den Menschen in Indien nicht gleichgültig sein. Kann ein einzelner Körper so viele Affekte in sich vereinen?

Es brach mir das Herz, wie einfach es war, ein Exemplar von Savarkars 1857er-Buch im Internet zu bestellen. Es kam gleichzeitig mit mir in Köln an und war einer dieser indischen Drucke, die jeden Millimeter Papier nutzten und Ränder als unnötigen Luxus ansahen, dafür aber gern völlig unmotiviert mitten auf der Seite und mitten im Satz abbrachen und auf der nächsten Seite weitermachten. Beim Durchblättern flatterte ein Exlibris heraus, das deutlich älter als das Buch war, wahrscheinlich hatte der Vorbesitzer es als Lesezeichen benutzt. Auf der Vorderseite prangte ein Feenkreis mit Jugendstilornamenten, auf der Rückseite – mein Herz begann schneller zu schlagen! – standen ein paar Zeilen in Savarkars charakteristischer Handschrift. Zumindest war ich mir zu 85 Prozent sicher, dass die ausgeblichenen Buchstaben Savarkars Schrift waren, okay, 50 Prozent, aber auf jeden Fall 30 Prozent, also mindestens 20 Prozent, naja, 10 Prozent. Während ich auf die Worte starrte, die zu 0,000 002 Prozent von Savarkar stammten, wünschte ich mir, dass die Fähigkeit, die Marathi-Version der Devanagari-Schrift zu lesen, mit mir durch die Zeit gereist wäre, doch ich sah nur Kringel und Striche, die an einer unsichtbaren Wäscheleine hingen.

Es dauerte Ewigkeiten, bis ich es schaffte, sie so zu kopieren, dass Google Translate eine Übersetzung ausspuckte, und als ich diese dann endlich las, war ich mir sicher, dass es eine Botschaft von Savarkar an mich, an uns, an Sanjeev war: »*Wir sind alle so viele unterschiedliche Menschen in unserem Leben, und das ist okay, solange wir uns an alle unsere Ichs erinnern. Ich schwöre, ich werde nicht eine Zeile vergessen, nicht einen Tag.*« Sekunde, das war nicht von Savarkar, sondern von ... »*Ich werde mich immer daran erinnern, wie es war, als der Doctor ich war.*« Doctor WHO.

Ich drehte den Zettel um und fuhr mit dem Finger den Feenkreis nach. Die Geschichte unserer Welt wurde immer wieder geändert. Dafür musst ich nicht in die Vergangenheit reisen. Alles was ich tun musste, war, die Geschichten zu ändern, die wir uns darüber erzählen.

ABSPANN

Alles fing damit an, dass ich vor ein paar Jahren auf Youtube den Vortrag eines Mannes mit meinem Nachnamen entdeckte: Sanyal. Ich begegne meinem Namen sonst nie im öffentlichen Raum (bis auf Mithu, dem berühmtesten Papagei Indiens, weil er in unzähligen Netzvideos »Mithu« sagt), also klickte ich auf den Vortrag und hörte ... eine komplett andere Geschichte des indischen Freiheitskampfes als die, die ich bis dahin kannte.

Freiheitskampf ist eine schillernde Vokabel, die mich mein Leben lang begleitet hat. Mein Vater war Jugendlicher, als Indien 1947 unabhängig wurde, ich wurde 1971 geboren, im selben Jahr wie das unabhängige Bangladesh, rund um die Welt errangen Kolonien ihre Freiheit, und diese Freiheit wurde ihnen nicht von den Kolonialherren geschenkt, sondern musste erkämpft werden. Doch während Freiheitskampf als das Beste galt, was Menschen nur tun konnten, war Terrorismus das Schlechteste. Und es war mitunter verdammt schwierig, die beiden auseinanderzuhalten. So galt Nelson Mandela die erste Hälfte meines Lebens offiziell als Terrorist, bis er 1994 mit dem Ende der Apartheid in Südafrika plötzlich als Freiheitskämpfer gefeiert wurde – auch wenn er noch bis 2008 auf zahlreichen Terror-Watch-Listen der US-Regierung stand.

Deshalb war es für mich immer erleichternd, dass wir – in diesem Fall Wir Inder: *always pick the winning side* – den richtigen, den gewaltfreien Widerstand geleistet hatten. Ich bin damit groß geworden, dass diese Gewaltfreiheit der Grund dafür war, warum Indien nach dem Erreichen seiner Unabhängigkeit von Großbritannien die größte Demokratie der Welt wurde, und nicht eine Diktatur wie so viele andere ehemalige Kolonien. Natürlich hält diese Schlussfolgerung nicht dem Realitätscheck stand, denn dann müsste Frankreich ebenfalls eine Diktatur sein, weil die Französische Revolution nun wirklich nicht gewaltfrei verlief und bekanntlich ihre eigenen Kinder gefressen hat. Trotzdem bin ich überzeugt, dass die Form des Widerstands den Kern der Utopie beinhalten sollte, für die gekämpft wird. Schließlich geht es nicht darum, eine Sorte Menschen durch eine andere zu ersetzen, sondern eine Form von Herrschaft durch ... nein, eben nicht eine andere Form von Herrschaft, sondern durch Selbstbestimmung und Gleichberechtigung und das, was Robin Wall Kimmerer »becoming indigenous to land« nennt. Wenn schon, denn schon!

In den Achtziger- und frühen Neunzigerjahren, in denen ich politisiert wurde, wurde die Frage der Gewalt in der Linken wieder einmal heftig diskutiert. Wir suchten nach Inspiration und Handlungsoptionen, die wir – bis auf gepflegtes Deutschlandfahnenverbrennen – zum Glück alle nicht umsetzten. Im Rückblick frage ich mich, warum wir nicht dieselbe intellektuelle Energie in die Frage nach der Gewaltlosigkeit steckten. Was ist überhaupt gewaltfreier Widerstand? Was für Konzepte gibt es außerhalb unserer so ritualisierten Demonstrationen und Streiks? Und wie können wir die bereits lange gemachten Erfahrungen nutzen? Schließlich wissen wir doch, dass gewaltloser Widerstand erfolgreich sein kann, da es mit ihm gelungen ist, das zu seiner Zeit mächtigste Empire der Welt aus Indien zu werfen.

Entsprechend entsetzt war ich, als mir mein Namensvetter in dem Youtube-Video erklärte, dass es nicht nur ebenfalls eine lange Tradition des bewaffneten Widerstands in Indien gegeben hatte, sondern dass Indien ohne gewaltsamen Widerstand wahrscheinlich noch immer eine britische Kolonie wäre.

Oder es zumindest noch sehr, sehr, sehr viel länger gewesen wäre.

»Ah, Sanjeev Sanyal«, sagte mein Vater, als ich ihm ein Buch des Redners schenkte. »Der hat einen sehr schlechten Ruf.«

Damit meinte er, dass Sanjeev Sanyal der Wirtschaftberater des heutigen hindunationalistischen Premierministers Narendra Modi ist, und damit politisch ... zumindest nicht unabhängig. Allerdings ist er auch ein verdammt guter Redner. Und so sah ich mir, wenn auch mit größeren Vorbehalten, weitere Videos von ihm an und hörte darin zum ersten Mal von India House, jenem Londoner Boarding House für indische Studenten Anfang des zwanzigsten Jahrhunderts, in dem in Wirklichkeit die indischen Revolutionäre zusammenkamen, um mitten im Herzen des Empires Waffen zu schmuggeln und Bomben zu bauen. Und ich wusste: Darüber will ich schreiben. Also nicht über indische Geschichte in Indien, sondern über unsere geteilte Geschichte hier in Europa, und zwar in diesem Fall unsere geteilte Geschichte des Widerstands, mit all ihren Problemen und Widersprüchen, und ihren alle jeweiligen Kategorien von Moral und Macht sprengenden Möglichkeiten.

Also reiste ich nach London und ging zu India House. Es sah aus wie auf den historischen Fotos, nur kleiner. Oder größer, das war schwer zu entscheiden. Als Haus in London war es riesig. Als mythische Überinstitution *The India House* aber glich es der Tardis-Raum-Zeit-Maschine aus *Doctor WHO*, die sich in einer winzigen Polizeitelefonzelle versteckt. Ich stand wie ein Stalker auf der Straße und machte Fotos und überwand mich schließlich, an der Tür zu klingeln, weil mir klar war, dass ich mir nie verzeihen würde, wenn ich es nicht zumindest versuchte. Zum Glück machte niemand auf.

Auf dem Rückweg zu meinem Airbnb fiel mir ein, dass diese Sorte von Haus einen Dienstboteneingang haben musste.

Diesmal öffnete ein Mann in meinem Alter und lauschte seufzend meinen Erklärungen, die mit den Worten endeten: »Darf ich reinkommen?«

»Natürlich nicht«, antwortete er. Was ich nicht wusste, war, dass Inder:innen busseweise nach India House pilgerten und bei ihm klingelten.

Ich entschuldigte mich, und er zwinkerte mir zu und bot mir ein Glas Wein an. Und dann nahmen mich Mark Stieler und seine Frau mit auf eine Tour durch India House. »Und in unserem Schlafzimmer haben sie damals die Bomben gebaut.« Ich kann den beiden nicht genug für ihre Freundlichkeit danken, und dafür, dass sie mir die Grundrisse der alten Zimmeraufteilung heraussuchten und ein Buch des Lokalhistorikers Adam Yamey schenkten: *Ideas, Bombs and Bullets. Indian Patriots in London's Highgate*.

Antichristie spielt aber nicht nur in India House, sondern auch in dem Londoner Art-déco-Bau Florin Court, dem Büro von Florin Court Films. Hier findet ein zehntägiger Writers' Room statt, zu dem Durga aus Deutschland eingeladen wird, weil sie eine (Doppel-)Folge *Doctor WHO* geschrieben hat. Mein Dank für diesen Erzählstrang geht an die Literaturwissenschaftlerin Leila Essa, die eine Podiumsdiskussion mit dem Drehbuchautor Vinay Patel und mir am King's College in London organisierte, um über seinen Text in dem Sammelband *The Good Immigrant* und meinen in der deutschen Entsprechung *Eure Heimat ist unser Albtraum* zu sprechen. Irgendwann fragte Leila ihn, wie es gewesen war, das Drehbuch für die *Doctor-WHO*-Folge *Demons of the Punjab* zu schreiben, und setzte damit eine Lawine in Bewegung. Ich kannte *Doctor WHO*, war aber nie wirklich mit dieser überaus britischen Science-Fiction-Serie warm geworden, doch Vinay war so inspirierend, dass ich mir noch in derselben Nacht *Demons of the Punjab* anschaute, und in ihr alles fand, was ich mir von Fernsehunterhaltung wünsche: Kampf um politische Unabhängigkeit, Liebe, Solidarität, Trauer und die Transformation von Gewalt. In den Monaten darauf schaute ich alle weiteren 177 Folgen. Ich hatte ja die Entschuldigung, dass ich das zur Recherche machte.

Es erscheint mir immer noch wie ein Omen, dass die Schauspielerin Leena Dhingra, die in Vinays Folge die Oma der zweiten Hauptfigur spielt, kurz darauf ein Buch über ... India House schrieb: *Exhumation*. Darin erzählt sie, wie ihr *Doctor-WHO*-Auftritt zum Auslöser ihrer Recherche über ihren Großonkel Madan Lal Dhingra wurde, der in India House gelebt hatte und 1909 einen politischen Mord beging. Alle Bücher, die ich seitdem über Madan Lal Dhingra gelesen habe, stimmen darin überein, dass er ein überaus unwahrscheinlicher Attentäter war, der nicht durch Radikalität auffiel, sondern durch Schüchternheit und ein butterweiches Herz. Was konnte einen solchen Menschen dazu bewegen, eine so drastische Tat zu begehen? Leena Dhingras Antwort lautet: Liebe. Liebe für die Verdammten dieser Erde, und Liebe für Savarkar.

Nur wer ist Vinayak Damodar Savarkar, der Mann, der Madan die Waffe in die Hand drückte, mit der er William Hutt Curzon Wyllie, den Chef der britischen Geheimpolizei, anders als in meinem Roman tatsächlich erschoss, und – wie das bei so vielen politisch motivierten Morden ähnlich geschehen ist und geschieht – nicht nur ihn, sondern auch Dr. Cawas Lalkaka, einen indischen Mediziner, der versuchte, Curzon Wyllie zu Hilfe zu eilen? Nicht dass es an Literatur über Savarkar mangeln würde. Ganz im Gegenteil. Die besten Quellen sind die beiden minutiös recherchierten Biographien von Vikram Sampath. (Ja, er hat zwei Biographien über Savarkar geschrieben, und sie umfassen zusammen mehr als 1200 Seiten.) Vikram Sampath ist wie Sanjeev Sanyal ein wahnsinnig guter Redner und ebenfalls ... nicht übermäßig kritisch gegenüber Savarkars Politik.

Aber von welchem Savarkar rede ich hier überhaupt? Von dem Savarkar, der in India House wohnte und dort das Buch über den ersten indischen Unabhängigkeitskrieg 1857 schrieb, das die Bibel der indischen Revolutionäre werden sollte? Oder von dem Savarkar, der nach seiner langen Haft und Folter in Kala Pani *Hindutva* schrieb, das die Bibel des Hindunationalismus wurde? Aber ist der eine ohne den anderen denkbar? Und auch bereits *The Indian War of Independence* hatte merkwürdige Bettgefährten. 1940 wurde es unter dem Titel *Indien im Aufruhr* von den Nationalsozialisten als Teil ihrer Propaganda gegen die Briten übersetzt. (Dabei liebte Hitler die Engländer und hasste die Inder – Geschichte ist nie gradlinig.) Savarkar selbst schrieb auffällig wenig über die Nazis, obwohl er ständig Briefe von Hindutva-Anhängern bekam, die ihn aufforderten, der Hitler der Hindus zu werden. Er machte einen Punkt daraus, diese Briefe nie zu beantworten. Und dann ist da noch der dritte Savarkar: Seine heutige Rezeption durch die indische Regierungspartei BJP, die sich nicht sonderlich für Savarkars extrem progressive Kritik am Kastensystem interessiert, dafür aber umso mehr für alles in seinen Texten, was Muslime aus dem indischen Wir herausdefiniert. Wie konnte ich über eine solche historische Figur schreiben, ohne ihn bereits durch den Akt, aus ihm eine mehrdimensionale Figur zu machen, zu verharmlosen? Oder aber ihn umgekehrt zu einem Pappkameraden und Bilderbuchbösewicht zu machen?

Bei meinem ersten Roman *Identitti* fragte ich in solchen Fällen kluge Menschen um Rat und Meinung. Das war so hilfreich, dass ich beschloss, es weitergehend zu meiner Methode zu machen. Dieses Mal sprach ich nicht nur Freund:innen und Kolleg:innen an, sondern zog den Kreis größer. Mein besonderer Dank geht an den Schriftsteller Krisha Kops und den Lektor für indische Sprachen an der Universität München Jens Knüppel, die mich nicht nur mit ihrem Wissen und ihrer guten Laune unterstützten, sondern auch ein Sensitivity Reading von *Antichristie* durchführten, um zu verhindern, dass der Roman von Hindutva-Anhängern vereinnahmt werden kann. Ganz herzlichen Dank an die Religionswissenschaftlerin und Kulturanthropologin Leyla Jagiella für ihre Hilfe beim Verständnis des hindu-muslimischen Konflikts (und was alles an diesem Verhältnis gar nicht konfliktuell ist), an die Professorin für Politische Theorie und Ideengeschichte Nikita Dhawan, die mich auf Hegels Indien-Obsession aufmerksam machte und mir die Idee schenkte, Frantz Fanon sozusagen durch die Hintertür in die Geschichte hineinzuschmuggeln, an die Professorin für Postcolonial Studies Priyamvada Gopal, mit der ich mich in Cambridge traf und darüber sprach, was Shazia bei ihr studiert hätte, noch einmal an Leila Essa für unschätzbare Anregungen und ebensolche Close Readings, an die Historikerin und Savarkar-Expertin Luna Sabastian, die die Knoten löste, in die sich mein Gehirn beim Nachdenken über das Rätsel Savarkar gewunden hatte, an den Historiker Ole Birk Laursen, der die großartige Biographie *Anarchy or Chaos* über M. P. T. Acharya geschrieben und mir Savarkars Artikel für den *Gaelic American* zur Verfügung gestellt hat, an Kama Maclean, Professorin für Neuere Geschichte Südasiens an der Universität Heidelberg, für Einblicke in die Rolle, die Repräsentation – Bilder, Bücher und Geschichten – im antikolonialen Kampf spielte, an die Autorin und Künstlerin Simoné Goldschmidt-Lechner, die mir die Augen über Gandhi in Südafrika öffnete, an die Filmemacherin Tamara Gordon, die genau zur selben Zeit an denselben Themen arbeitete wie ich, an den Historiker Benjamin Zachariah von der Universität Trier für unser Gespräch über Savarkar und

Faschismus, an Swati Acharya, Professorin für Fremdsprachen an der Pune University, an den Sozialanthropologen Rohit Jain von der Universität Zürich, an die Autorin Chitra Rameswamy, an die Journalistin Prasanna Oommen, an die Künstlerin Nimi Ravindran vom Sandbox Collective und den:die Multimedia Performancekünstler:in Abinav Sawhney. Danke für eure Zeit, eure Klugheit und eure Großzügigkeit.

Als Savarkar 1906 das Schiff nach London bestieg, war der Bericht des britischen Geheimdienstes aus Bombay über ihn bereits in England angekommen. Er wurde durchgehend bis zur indischen Unabhängigkeit 1947 überwacht und erklärte, dass die Geheimdienstprotokolle ihm später beim Schreiben seiner Autobiographie geholfen hätten. Warum sollten sie mir dann nicht auch nützlich sein? Herzlichen Dank an die Historikerin Alex Holmes, die sie für mich in den Archiven aufspürte. Während Savarkar heute vor allem für seine antimuslimische Haltung bekannt ist, findet sich dazu in den Überwachungsprotokollen seiner Londoner Zeit nur ein einziger Satz, nämlich, dass Savarkars Hass auf Muslime bei seinen Reden schon mal mit ihm durchgegangen sei. Gleichzeitig wissen wir, dass Asaf Ali, einer der wenigen Muslime im Umfeld von India House, ein enger Freund von Savarkar war und ihn als den einzigen ihm bekannten wirklich guten Redner bezeichnete. Antimuslimischer Rassismus scheint zwischen ihnen zumindest keine erwähnenswerte Rolle gespielt zu haben. Was ist wahr? Was ist falsch?

Und dann sind da noch Savarkars eigene Schriften (soweit sie auf Englisch erschienen sind, ich habe intensiv für dieses Buch recherchiert, aber Marathi zu lernen, ging dann doch zu weit). Ich muss zugeben, dass ich lange davor zurückscheute, Savarkar zu lesen, als wäre das eine zu große Intimität mit diesem Mann, den ich als die Antithese zu allem wahrnahm, woran ich glaubte. Es dann endlich zu tun, erzeugte tatsächlich eine merkwürdige Nähe über Zeit und Raum hinweg. Die Texte all der indischen Sozialreformer und Revolutionäre wurden wie im Roman beschrieben mit ungeheurer Geschwindigkeit verfasst und, nahezu bevor sie fertig waren, gedruckt. Dadurch ist die Differenz zwischen dem geschriebenen und dem gesprochenen Wort kleiner, als wir das heute von Texten erwarten. Und so hatte ich irgendwann das Gefühl, ich könnte Savarkars Stimme in meinem Kopf hören. Zumindest die Stimme eines Savarkars, einer historischen Möglichkeit, eines Potentials, wie er gesprochen haben könnte, hätte er einen Sanjeev als Doktor Watson an seiner Seite gehabt.

In seinen Texten erscheint Savarkar als zutiefst widersprüchlicher Mensch. Er war kein Mephisto des rechten Gedankenguts, und *Hindutva* ist auch nicht *Mein Kampf*, sondern ein in sich verstricktes Pamphlet, das die Frage, die es in seinem alternativen Titel stellt – nämlich *Wer ist ein Hindu?* –, letztlich nicht beantwortet. Dazu sagt Luna Sabastian: »*Hindutva* ist kein *citizenship test*.« Natürlich! »Es ging Savarkar in dem Buch nicht in erster Linie um Muslime, sondern darum, aus den Hindus ein politisches Subjekt zu machen.« Und das war wahrlich keine einfache Aufgabe, denn wenn Hindus eins sind, dann widersprüchlich und divers und poly-was-auch-immer und uneins. Die Bezeichnung Hindu-Hitler für Savarkar ist folgerichtig nicht nur falsch, weil Nazivergleiche in aller Regel falsch sind, und weil Savarkar niemals so viel Macht hatte wie Hitler, sondern auch, weil sich Savarkars Vorstellung von *Rasse* grundlegend von der der Nationalsozialisten unterschied. Es stimmt, dass er von *race* in Bezug auf Hindus sprach, doch meinte er damit ein Konzept von Familienbeziehungen, *kinship*. Der vielleicht größte Widerspruch in Savarkars Leben und Texten ist, dass er die intensivste emotionale und familiäre

Nähe zu Muslimen empfand, und sie weitaus mehr bewunderte als die Hindus. Geschichte ist das, was da draußen in der Welt passiert, aber sie ist auch das, was bis in unsere privatesten Beziehungen hineinwirkt. So galt die Ehe meiner Eltern – explizit und ungelogen! – als *Mischehe*, und Mischehe war damals ein Synonym für: *Problem*. Für meine deutschen Verwandten, für meine indischen Verwandten, für Behörden, Kinderärzte und sogar Feministinnen. Deshalb hat es mich immer verwirrt, dass ausgerechnet Savarkar ein so vehementer Fürsprecher von Mischehen war, während sogar Gandhi, der sich stets für diese Sorten von Ehen einsetzte, seinem Sohn verbot, eine Muslima zu heiraten. War Savarkar damit auf der Seite der mixed Menschen dieser Welt? Wie immer ist die Sache komplexer. Denn für Savarkar waren die Muslime nicht die Anderen, sondern sie waren eigentlich Hindus, die er wieder in die Hindugemeinde einverleiben wollte. Die Sprache, die er dafür verwendete, changiert von erotischen Bildern bis hin zu Vergewaltigungsfantasien. Savarkar wollte Muslime nicht vernichten so wie Hitler die Juden. Er wollte sie nur verschlingen.

Anfang des zwanzigsten Jahrhunderts galt Savarkar als der Anti-Gandhi, nach der Unabhängigkeit Indiens dann als Anti-Nehru, also als Anti-Vater-der-Nation, und hier in diesem Roman nun als Anti-Christ(ie) schlechthin. In Indien ist er heute wahrscheinlich bekannter als zu seinen Lebzeiten, und diese Berühmtheit ist gleichzeitig seine größte Tragik.

Die historischen Ereignisse dieses Buches, inklusive des Wetters – noch einmal danke an Alex Holmes für ihre großartige Recherche! –, sind tatsächlich so passiert, nur habe ich manchmal die Daten ein wenig zurechtgebogen, damit sie in meine Geschichte passten. Allerdings reist Durga ja in eine Alternativ-Vergangenheit, die sie erst durch ihre Einmischung zu der uns bekannten Vergangenheit macht, da ist es nur passend, dass einige Jahreszahlen ein wenig flimmern. Die politischen Aussagen von – vor allem – Savarkar, aber auch Gandhi, Madan, Shyamji, Madame Cama, David Garnett etc. sowie die Schlagzeilen, Artikel und Leserbriefe bestehen entsprechend zu einem großen Teil aus Zitaten, der Rest ist eine wüste Mischung aus Geisterstimmen, Channeling und guter alter Lüge. Großer Dank geht an Şeyda Kurt, die – wieder einmal! – zur selben Zeit über ähnliche politische Gefühle nachdachte wie ich, an Max Czollek für unser Gespräch über Rache auf dem Dach der Düsseldorfer Stadtbibliothek, an Melanie Stitz für den lebensrettenden Austausch über das Spannungsverhältnis zwischen Terrorismus und Freiheitskampf und für den Hinweis auf das Suffragetto-Brettspiel, an Elfriede Müller für unschätzbar wertvolle Gedanken zum Dilemma der revolutionären Gewalt, an Guy Dermosessian für das Teilen seiner persönlichen Erfahrungen mit dem Thema, an Ilona Das für Insider-Informationen über Undercover-Einäscherungen. Und an die Physikerin Chanda Prescod-Weinstein, die mit mir über Zeit und Reisen gesprochen hat (und darüber, wie wenig rassismusfrei die Naturwissenschaften und vor allem die Physik sind).

Wie schon bei *Identitti* blutete die Realität auch in diesen Roman hinein. Der Tod der Queen schenkte mir die Struktur der zwölf Kapitel, analog zu den zwölf Tagen der offiziellen Trauer, angefangen mit dem Tod von Elizabeth II am 9.9.2022 der zu spät vom Palast verkündet wurde, so dass der 10.9.2022 zum offiziellen *Death Day* wurde. Daraufhin wurden die Tage bis zur Beerdigung nach lange vorher festgelegten Protokollen als D-Day+1, D-Day+2 bis D-Day+10 gezählt – eine Institution wie die Monarchie basiert eben auf Ritualen und Inszenierungen wie den ganzen Operationen mit Phantasienamen, die nach Elizabeth' Tod umgehend in Kraft traten und mir die Namen der Kapitel schenkten. Wer kann schon einem Titel wie *Operation Unicorn* widerstehen? Das war der Code für das schottische Parlament, sofort die Arbeit niederzulegen. Oder *Operation Dragon*, für die erste Reise des neuen Königs nach Wales, das bekanntlich einen roten Drachen auf seiner Flagge hat? Herzlichen Dank an die Autorin Anneke Lubkowitz für ihren Augenzeuginnenbericht aus dem trauernden England und an die Autorin Neha Shaji aus Oxford für das wunderbare kommunistische Lied aus Kerala und für schönstes Herumbitchen über die Krone der Königin (ja, auch Kronen sind gegendert), in der sich noch immer der Koh-i-Noor-Diamant befindet, dieses eklatanteste Symbol für kolonialen Raub.

Besonderer Dank für Pflanzenfolklore und allgemeine Magie wiederum geht an die Übersetzerin Stephanie Wloch und an den Buchbinder Chris Bradshaw von der Black Mountains Bindery, der mich auf die Forschung Margaret Bakers aufmerksam machte. Und da wir gerade bei Magie sind: Ganz herzlichen Dank an die Achill Heinrich Böll Association für das Stipendium in Bölls irischem Cottage, wo die Figur des Grealis entstand. شكرا جزيلا an die Schriftstellerin Andrea Karimé für unsere Gespräche über unsere jeweiligen Vatersprachen und an Jacinta Nandi, die das Wort *Vatersprache* erfunden hat.

Da *Identitti* in Rezensionen notorisch als autofiktionaler Roman bezeichnet wurde – was eine Leistung war, da die Handlung nicht fantastischer hätte sein können: sprechende Göttinnen, Passing-Skandale an der Düsseldorfer Uni und ein Exorzismus im Volksgarten –, entschied ich mich, Fakt und Fiktion dieses Mal selbst ein wenig zu verwirren, und fragte meine reale Freundin und ehemalige Mitbewohnerin Sandra Röseler, ob sie bereit wäre, für Durgas fiktionale Freundin und ehemalige Mitbewohnerin Nena Modell zu stehen. Natürlich ist Sandra nicht Nena, das wäre ja langweilig, aber sie hat eine Menge ihrer unverwechselbaren Eigenschaften für Nena gespendet, inklusive des brillanten Satzes: »Es muss so anstrengend sein, in deiner Welt zu leben.« Es braucht ein Dorf und 1001 Jahre globale Ideengeschichte, um ein Buch zu schreiben!

Ganz besonderer Dank geht an meine Agentin Karin Graf, an meinen wunderbaren Lektor Florian Kessler, an Carolin Windel für die besten Autorinnenfotos, an Andrea Auner wegen ... allem, an die zahllosen Menschen, die mir in den letzten Jahren gesagt haben, dass sie auf dieses Buch warten, und – sowieso und immer! – an Matti Rouse, für die Geschichten, die du mir jeden Abend vorliest, und deren Rhythmen und Melodien in dieses Buch eingeflossen sind.

DELETED SCENES

»I always rip out the last page of a book, then it doesn't have to end. I hate endings.« Doctor WHO

›WHO‹

Okay, ich habe noch eine dritte *Doctor-WHO*-Folge geschrieben, aber sie wird gerade erst verfilmt. Darin landet die Tardis auf der Erde, doch irgendetwas stimmt nicht. Der Doctor kann den Finger nicht darauf legen, bis Missy irgendwann bemerkt, dass es keine Kriege in den Nachrichten gibt, keinen einzigen. Alarmiert durchsucht der Doctor das Internet: keine Kriege seit 2024! Was ist damals passiert? Die beiden finden heraus, dass 2024 das Jahr war, in dem der Intergalaktische Gerichtshof (IGG) gegründet wurde, der Staaten, denen Kriegsverbrechen, bis hin zu Genozid, vorgeworfen wurden, innerhalb kürzester Zeit zur Räson brachte, woraufhin unilaterale Friedensverträge geschlossen wurden.

Also schleusen sich der Doctor und Missy undercover in den IGG ein und merken rasch, dass er von Aliens betrieben wird. Sie haben eine Geheimwaffe, einen so genannten E-Strahl, den sie auf die kriegerischen Parteien richten, woraufhin diese IM DETAIL nachempfinden können, wie die andere Seite die Situation wahrnimmt und was sie erleidet. Danach sind alle weiteren Verhandlungen eine Frage von wenigen Stunden.

Wochenlang wird der Doctor beinahe wahnsinnig beim Versuch, den Haken an dieser Lösung zu finden, die zu gut ist, um wahr zu sein. Ein Politiker, mit dem er sich zu einem konspirativen Gespräch trifft, erklärt ihm, dass die menschliche Innovation zum Erlahmen gekommen sei, weil stets der Krieg die Mutter aller Entwicklung gewesen wäre. Doch Missy zieht nur ihre perfekt gezupften Augenbrauen in die Höhe und weist den Doctor darauf hin, dass die Menschheit nach wie vor forscht, ja, jetzt sogar mehr Zeit, Energie und Ressourcen in Zukunftsträchtiges steckt.

Die Folge endet damit, dass der Doctor die Aliens überredet, die Erde zu verlassen, weil die Menschen lernen müssen, ihre Probleme ohne außerirdische Hilfe zu lösen.

Während das riesige Raumschiff des IGG, das genauso aussieht wie ein klassizistischer Gerichtsbau, in die Luft steigt, fällt der erste Schuss.

›1907‹

»Nehmt *Sanjeev* mit«, sagte Savarkar.

»Was?«

»Du kannst doch Deutsch, oder?«

Und damit war entschieden, dass ich Madame Cama, ihren Kollegen S. R. Rana und Chatto nach Stuttgart begleiten würde – zum Internationalen Sozialistenkongress in der Liederhalle. In Durgas Antifa-Jugend waren Sozialistenkongresse der Stoff von Mythen gewesen und hatten den Eindruck verstärkt, für alles zu spät geboren worden zu sein, jenes typisch linke Lebensgefühl, das jede Generation erneut formierte. Doch auch unter den großen Sozialistenkongressen war der in Stuttgart ein Jahrhundertereignis.

Die Fahrt nach Deutschland war der unheimlichste Teil meiner Zeitreise, weil Deutschland am heimlichsten hätte sein sollen. Stattdessen zog außerhalb meines Zugfensters ein Dunkeldeutschland vorbei, mit dichten Wäldern und Märchen voller Wölfen. 1907 in Stuttgart anzukommen, war wie ein Film, bei dem die Tonspur verrutscht war. Ich konnte alles verstehen, doch fühlte es sich dadurch nur umso fremder an.

Bis auf: »Rosa Luxemburg! Da ist Rosa!«, rief ich aufgeregt.

»Ja«, sagte Madame Cama nur.

»Und Karl Liebknecht!« Ich musste mich zusammenreißen, um nicht zu hyperventilieren. »Und ... oh! August Bebel!«

»Freunde von dir?«, fragte sie, und verriet mir, dass wir ohne Rosa, Karl und August gar nicht hier wären, da die britische Labour-Partei unsere Teilnahme hatte verhindern wollen, so wie auch die Teilnahme der Delegierten vom Allgemeinen Jüdischen Arbeitsbund.

»Warum?«, fragte ich überrascht.

»Darum«, antwortete Madame Cama und trat ans Rednerpult. »Dies ist die Flagge der indischen Unabhängigkeit. Seht her, sie ist geboren!«

884 Delegierte aus 25 Ländern hielten den Atem an, während Madame Cama in der Liederhalle die Fahne entrollte, die sie zusammen mit Savarkar in India House genäht hatte. (Okay, die Acharya und ich nach den Anweisungen der beiden genäht hatten.) »Der oberste Streifen unserer Flagge ist grün für die Muslime mit acht Lotusblumen für die acht Provinzen Indiens,

der mittlere safranfarben für die Buddhisten und Sikhs mit den Worten *Vande Mataram, Ich verbeuge mich vor dir, Mutter Indien*, und der untere rot für die Hindus mit dem Mond des Islam und der Sonne des Hinduismus«, erklärte Madame Cama mit ihrer Stimme wie Honig mit Chilischoten. »Das Fortbestehen der britischen Herrschaft in Indien ist ein Verbrechen und eine Tragödie, deshalb rufe ich alle Liebhaber der Freiheit auf, mit uns zusammen ein Fünftel der gesamten Menschheit von der britischen Unterdrückung zu befreien.«

Ein Stuhl fiel um. Ramsay MacDonald, der Chef der britischen Labour-Partei – und spätere Premierminister – war ruckartig aufgestanden und verließ, gefolgt von seinen aufgebrachten Parteigenossen, den Saal. Rana und ich und sogar Rosa Luxemburg versuchten, sie aufzuhalten, doch die Tür schlug zu, bevor wir sie erreichen konnten, wie noch so viele Türen der Geschichte vor so vielen Menschen zuschlagen sollten. Savarkar hätte diese Tür eingetreten, doch ich griff nur nach ihrer geschwungenen Jugendstil-Klinke.

CAST & CREW

DURGA Chatterjee, alias Doctor Durga, alias **SANJEEV** Chattopadhya, Drehbuchautorin, verheiratet mit **JACK** Stirling Morris, Mutter von **ROHAN** Morris, Tochter von **LILA** (Sigrun) Chatterjee (geborene Niesporek) und **DINESH** Chatterjee, Nichte von **ELISABETH** Fischer (geborene Niesporek), Cousine von **STANIS** Fischer, Freundin von **NENA** (Susanne) Loesche

In Florin Court
Godfrey **JEREMY** Stoddart-West, Head of Florin Court Films
CHRISTIAN Fowler, sein Assistent, Experte für die Flora der Britischen Inseln

MARYAM Olando, Expertin für Locked-Room-Mysteries, von Jeremy für den Writers' Room ausgewählt, weil ihr Vater Südafrikaner ist

SHAZIA Bey, Expertin für (post)koloniale Geschichte, von Jeremy für den Writers' Room ausgewählt, weil ihre Eltern Pakistanis sind

ASAF El-Sayed, Experte für Erinnerungskultur, von Jeremy für den Writers' Room ausgewählt, weil seine Eltern zur muslimischen Minderheit in Indien gehörten

CARWYN Fardd, Experte für Magie und Rituale der Britischen Inseln, nicht von Jeremy ausgewählt, weil er out-and-proud Waliser ist

Vor Florin Court (Demonstration)

MR. MELONE, Vorsitzender von *Christs for Christie*

MS. MELONE, Dozentin für Englische Literatur (von Jane Austen bis Agatha Christie) an der Open University

JEREMY II, Privatdozent für Englische Literatur (von Matthew Arnold bis Agatha Christie)

SARAH FERGUSON, vom Netzwerk *Mums for Miss Marple*

DIE TRAURIGE FRAU, Buchhalterin der *Dead Queens Society*

DER SCHWEIGENDE MANN, von der *League for Free Speech*

In India House

Vinayak Damodar **SAVARKAR**, 1883–1966, indischer Revolutionär, Rechtsanwalt und Politiker, gilt als Vater des Hindunationalismus »Hindutva«

MADAN Lal Dhingra, 1883–1909, indischer Revolutionär, 1909 erschoss er den britischen Geheimdienstchef Curzon Wyllie in London, das erste indische Attentat in Großbritannien

SHYAMJI Krishna Varma, 1857–1930, indischer Revolutionär,

Rechtsanwalt und Journalist, Gründer von *India House* und der *Indian Home Rule Society*, Herausgeber des *Indian Sociologist*

Varahaneri Venkatesa Subramaniam **AIYAR**, genannt V. V. S. Aiyar, 1881–1925, indischer Revolutionär, Rechtsanwalt und Schriftsteller, er gilt als Pionier der tamilischen Kurzgeschichte

Virendranath Chattopadhyaya, genannt **CHATTO**, 1880–1939, indischer Journalist und Revolutionär, Bruder der Dichterin und Politikerin Sarojini Naidu, enger Freund des KPD-Medienmachers Willi Münzenberg, heiratete die kommunistische US-Schriftstellerin Agnes Smedley

ASAF Ali, 1888–1953, indischer Revolutionär, Rechtsanwalt, Politiker und Diplomat, Mitglied der Muslim Nationalist Party und der Kongresspartei, war 1947 der erste indische Botschafter in den USA

Mandaya Parthasarathi Tirumal **ACHARYA**, genannt M. P. T. Acharya, 1887–1954, indischer Anarchist, Mitglied der *Hindu-German Conspiracy*, des *Berlin Committee* und der *League against Imperialism*

LALA Har Dayal, 1884–1939, indischer Revolutionär, Ethiker und Pazifist, Gründer der radikalen Ghadar-Partei in den USA

Sukhsagar **DUTTA**, 1890–1967, indischer Arzt, Labour-Abgeordneter, Bruder von Ullaskar Dutta, der in Kala Pani bis zum Wahnsinn gefoltert wurde, und Freund von David Garnett

Weitere Bewohner von India House: Lala (**LAL**) Lajpat Rai, 1865–1928, indischer Widerstandskämpfer und Politiker im Indischen Nationalkongress; Pandurang Mahadev (**SENAPATI**) Bapat, 1880–1967, indischer Revolutionär, Bombenbauer und späterer Mitarbeiter Gandhis; **HEM-**

CHANDRA Das Kanungo, 1871–1951, 1907 einer der Angeklagten für das Bombenattentat auf Douglas Kingsford in Muzaffarpur, **KIRTIKAR**, besser bekannt als Agent C von Scotland Yard

Wichtige Kontakte von India House

MADAME Bhikaji **CAMA**, 1861–1936, indische Freiheitskämpferin und Feministin, Gründerin der radikalen *Paris Indian Society*, für die sie 1907 an der Internationalen Sozialistenkonferenz in Stuttgart teilnahm, wo sie die erste indische Flagge der Unabhängigkeit entrollte, Herausgeberin der Zeitschriften *Vande Mataram* und (nach der Hinrichtung von Madan Lal Dhingra) *Madan's Talwar*. Madame Cama inspirierte den Soziologen W. E. B. Du Bois, den historischen Roman *Dark Princess* über die Stärke von People of Colour zu schreiben

DAVID Garnett, 1892–1981, genannt Bunny, britischer Schriftsteller, Verleger und Mitglied der Bloomsbury Group, hatte eine Liebesbeziehung mit dem Maler Duncan Grant und heiratete später dessen Tochter Angelica Bell, die Nichte von Virginia Woolf

GREALIS Murray, einer der beiden – oder, wenn man Sanjeev dazunimmt, natürlich drei – fiktionalen Charaktere in India House, ein Amalgam aus Savarkars verschiedenen Sinn-Féin-Kontakten

GLADYS Miller, die zweite fiktionale Figur in India House, basiert auf dem tatsächlichen Hausmädchen (ihr Name ist nicht überliefert), das wie im Roman eine Beziehung mit Kirtikar hatte

CHARLOTTE Despard, 1844–1939, britische Schriftstellerin und Frauenrechtlerin, Pazifistin und Sinn-Féin-Aktivistin, Gründerin der *Women's Freedom League*, dafür berühmt, dass Mitglieder sich an das House of Commons ketteten, sowie der *Women's Peace Crusade*, die sich im Ersten Weltkrieg für einen Waffenstillstand einsetzte

Mohandas (Mahatma) **GANDHI**, 1869–1948, indischer Rechtsanwalt, Publizist und Freiheitskämpfer, am besten bekannt für seine Lehre des gewaltfreien Widerstands

Bal Gangadhar **TILAK**, 1826–1920, Vater des indischen Unabhängigkeitskampfes, unter dem Ehrentitel Lokmanya bekannt. Förderer Savarkars und Herausgeber der revolutionären Zeitschrift *Kesari*

Madame Pauline (**LILLI**), Hellseherin, verheiratet mit Henry Stanton Morley, dem Besitzer von Fairyland, wo Madan Lal Dhingra ebenso wie die Suffragetten, die den Premierminister ermorden wollten, schießen übten. Wenige Jahre später, 1914, wurde Lillis Kollegin Alice Storey, die die Pistolen und Gewehre ausgab, in Fairyland von einem Kunden erschossen

Sardarsinhji Ravaji **RANA**, bekannt als S. R. Rana, 1870–1957, indischer Freiheitskämpfer, enger Mitarbeiter von Madame Cama und Shyamji Krishna Varma, Mitgründer der *Paris Indian Society* und Vizepräsident der *Indian Home Rule Society*

GUY Alfred **ALDRED**, 1886–1963, britischer Anarchist und Gründer der *Bakunin Press*, Mitglied der *Anti-Parliamentary Communist Federation* (APCF)

William Hutt **CURZON WYLLIE**, 1848–1909, rechte Hand des Secretary of State für Indien und Chef der Geheimpolizei, 1909 von Madan Lal Dhingra erschossen

George Nathaniel Curzon (**LORD CURZON**), 1859–1925, Vizekönig von Indien, verantwortlich für die Teilung Bengalens und für zwei der größten Hungersnöte Indiens überhaupt, gegen die er so gut wie nichts unternahm

INHALT

The Queen is Dead **7**
D-Day **33**
Operation London Bridge · D-Day+1 **64**
Operation Unicorn · D-Day+2 **101**
Operation Shamrock · D-Day+3 **145**
Operation Lion · D-Day+4 **202**
Operation Overstudy · D-Day+5 **264**
The Queue · D-Day+6 **310**
Operation Dragon · D-Day+7 **355**
Operation Kingfisher · D-Day+8 **399**
Operation Feather · D-Day+9 **449**
Operation Spring Tide · D-Day+10 **509**
Abspann **524**
Deleted Scenes **536**
Cast & Crew **539**